Anett Theisen

Charlys Sommer

edition winterwork

Bibliografische Informationen der Deutschen Nationalbibliothek:
Die Deutsche Nationalbibliothek verzeichnet diese Publikation in der Deutschen Nationalbibliografie. Detaillierte bibliografische Daten im Internet über http://www.d-nb.de abrufbar.

Impressum

Anett Theisen, »Charlys Sommer«
www.edition-winterwork.de

Satz: edition winterwork
Umschlag: edition winterwork
Druck und Bindung: winterwork Borsdorf

ISBN 978-3-96014-724-4

Charlys Sommer

Anett Theisen

Gewidmet „meinen“ Männern
Leo
Rolf
Albi

Danke für alles.

Inhalt

Prolog

Die Straßenkreuzung war eine einzige Schlammwüste. Tiefe Spuren, teils mit Wasser gefüllt, führten in verschiedene Richtungen. Ein Wegweiser war nirgends zu sehen. Es war ein trüber Tag; zu allem Überfluss begann es aus dem grauen Nebel auch noch zu regnen.

Inmitten des Schlammes stand ein Pferd. Ursprünglich war es wohl weiß gewesen, nun waren Beine und Bauch des Tieres schwarzgrau und auch das dicke, zottige Fell am Rest des Körpers wies verschiedene dunkle Flecken auf. Mähne und Schweif waren zerzaust und starrten vor Dreck. Auch Sattel und Zaumzeug hatten schon deutlich bessere Tage gesehen.

Das Pferd hielt den Kopf gesenkt, hatte sein Hinterteil in den Wind gedreht und die Augen halb geschlossen. Es war dürr und wirkte müde.

Drei Schritte vor der Nase des Tieres stand eine schlanke Gestalt, in einen langen, dicken Umhang gehüllt, der jegliche Konturen verbarg. Unschlüssig sah sie sich um, dabei rutschte die Kapuze nach hinten und gab das Gesicht einer nicht mehr ganz jungen, aber sehr schönen Frau frei.

Langsam drehte sie sich in einem Halbkreis, als versuchte sie, sich für einen der Wege zu entscheiden. Plötzlich stutzte sie, trat einige Schritte weiter in den Schlamm hinein, ungeachtet dessen, dass ihre derben Stiefel bis über die Knöchel darin versanken, und hockte sich hin.

Inmitten des Schlammes blühte ein einzelner Löwenzahn. Kühn reckte sich die gelbe Blüte auf ihrem Stängel in die Höhe, die vier Blätter wiesen nahezu symmetrisch in die vier Himmelsrichtungen. Kleine Wassertropfen perlten auf den Blütenblättern, dann löste sich ein größerer Tropfen vom Rand der Blüte und platschte auf die Spurrille, auf deren Grat die Pflanze thronte, perfekt und rein inmitten der Verwüstung.

Die Frau streckte einen Finger aus und berührte sacht den gelben Blütenkopf. Einige Augenblicke hockte sie dort und schien über etwas nachzudenken. Abrupt erhob sie sich und drehte sich zu dem Pferd um. Zärtlich schob sie ihre Hand unter das zottige Maul des Tieres. Suchend sah sie in die Augen des Schimmels, bevor sie einige melodiöse Worte sprach.

Erneut sah sie sich um. Der Regen hatte nachgelassen, dafür senkte sich der Nebel tiefer auf die tropfnasse, duldsame Landschaft. Was blieb, war die Wegkreuzung und die von ihr wegführenden Fahrspuren, die sich nach wenigen Metern in grauer Ungewissheit verloren.

Mit sanftem, nach innen gerichtetem Blick strich die Frau über ihren Bauch, dann zog sie fröstelnd den Mantel enger um ihren Körper. Sie trat neben das Pferd und schwang sich in den Sattel. Ein letztes Mal schaute sie über die Kreuzung, dann drückte sie dem Pferd die Fersen in die Seite und folgte einem der Wege, ohne zurückzublicken. Lautlos wurde sie von der wattigen Stille verschluckt.

Part I

Freiheit

On the Road Again – Willie Nelson

Es war nachtschwarz. Charly hielt sich die gespreizten Finger der linken Hand vor die Augen, die andere glitt suchend über das kühle Laken außerhalb ihres kuscheligen Nestes aus Kissen und Decken. ‚Wo ist das Handy abgeblieben?', tauchte als konkreter Gedanke aus ihrer diffusen Traumschwere auf. Noch während sie ihre Hand zu erkennen suchte, ahnte sie die Veränderung. Die Dunkelheit hatte jenen seltsam fahlen Schein angenommen, der die Morgendämmerung ankündigt.

Das Handy zeigte kurz vor vier.

***

Samstag, 16. Mai 2015, zeigten weiß leuchtende Ziffern auf dem Display vor dem knallroten Lack eines Motorradtankes im Hintergrund.

‚Ich brauche nicht zur Arbeit, könnte noch ein paar Stunden schlafen.' Charly schwang die Beine aus dem Bett. Ohne Licht tappte sie barfuß hinunter in die Küche, schaltete die Kaffeemaschine ein und ging weiter ins Bad. Zehn Minuten später stand sie in ihrer Kombi an die Spüle gelehnt und drehte die halb volle Tasse in den Händen. Der intensive Geruch nach Leder mischte sich mit dem des Kaffees. Sinnierend blickte sie in die schwarze Flüssigkeit. ‚Wohin?', überlegte sie. ‚In die Fränkische? Oder doch rauf nach Thüringen? Die Alpen wären schön, aber das lohnt sich wirklich nicht für zwei Tage, selbst, wenn ich vor fünf losfahre.'

Die Gedanken an die nötigen Aufgaben in Haus und Garten schob sie schuldbewusst beiseite. „Dieser Sommer steht im Zeichen von 110 Pferden", sagte sie laut. ‚Das habe ich mir versprochen', setzte sie, in Gedanken nur, hinzu.

Sie hob die Tasse an den Mund, trank und krauste ablehnend die Nase. Zu neu, zu steif war das Leder. Passend zum Motorrad hatte sie sich im vergangenen September das edle Stück geleistet, und während die Maschine durch den trockenen Winter bereits eine beeindruckende Zahl an Kilometern auf der Uhr hatte, war die dünne Sommerkombi kaum über eine Handvoll Ausritte hinaus gekommen. ‚Sie werden mich für einen Schönwetterfahrer halten', schmunzelte sie. ‚Was soll's. Den Irrtum merken sie früh genug.' Achselzuckend stellte sie die Tasse in die Spüle.

Im Flur griff sie Tankrucksack und Helm vom Sideboard, trat aus dem Haus und ließ die Tür hinter sich zufallen. Vorfreude ließ ihr Herz schneller schlagen. Geräuschlos drehte der Schlüssel im Schloss und sie lächelte. Ihr Häuschen und das dazugehörige Grundstück waren zwar alt und malerisch verwittert und verwildert anzusehen, aber gut in Schuss. „Handwerklich macht mir keiner etwas vor", sagte sie halblaut.

„Mrr-rrh-rrrrr" – Ein dunkler Schatten strich durch die Rhododendren und umschmeichelte ihre Beine, dann irrlichterte Amadeus' weiße Schwanzspitze auf dem Weg zum Carport gespenstisch vor ihr her. Sie bezähmte den Drang, sofort in den Sattel zu steigen, hängte den Helm an den Spiegel und deponierte den Tankrucksack auf dem Sitz. Auf einem schmalen Trampelpfad umrundete sie das Haus.

An der Koppel brummelte ihr Napoleon, der große Braune, leise entgegen. Er stand als Einziger und wachte über den Schlaf seiner kleinen Herde, der beiden Esel und Mini-Pony Fred. Sie störte die Tiere nicht, kontrollierte Tränke und Taktgeber für den Weidedraht und schrieb eine Notiz ins Stallbuch. Peter, ihr Nachbar und seit kurzem pensioniert, schaute täglich hinein. So konnte sie kommen und gehen, wie es ihr beliebte, ohne ihn stören zu müssen, und er wusste trotzdem Bescheid, ein Auge auf Haus und Tiere zu haben. Nicht, dass es nötig war; die Pferde lebten ganzjährig im Offenstall und kamen problemlos zwei Tage ohne sie aus, aber es war beruhigend zu wissen.

Mit einem letzten prüfenden Blick über die Koppel ging sie zum Trampelpfad zurück. Amadeus war verschwunden. ‚Vermutlich hat er es sich auf dem Sims des Ostfensters bequem gemacht', dachte sie und konnte der Versuchung nicht widerstehen. Sie schwenkte um den Fliederbusch.

Da saß er, blinzelte sie aus grünen Augen an und wartete bereits auf die Sonne. Bis zum Abend würde er sie an verschiedenen Lieblingsplätzen am Haus und im Garten ausgiebig genossen haben. Noch aber war sie nicht aufgegangen, obwohl es merklich heller geworden war.

Auch in den Tiefen des Carports schälten sich langsam die Konturen der Zweiräder aus dem Dunkel. „Vier sind drei zu viel. Eigentlich", murmelte sie und rangierte ein gedrungenes Motorrad auf den Weg. Es schimmerte edel, auch wenn die Farben noch den düsteren Schatten der Nacht vorbehalten blieben. Kurz darauf bog sie auf die Straße gen Norden.

Im Wagen vor mir – Henry Valentino

Gereon blinzelte.

Er brauchte einen Moment, um die Informationen, die seinem Hirn zur Verfügung gestellt wurden, zu verdauen, dann sprang er fluchend aus dem Bett. Er hatte seinem Kumpel versprochen, beim Umzug zu helfen. In Berlin. Jetzt war es zwanzig vor fünf, die vereinbarte Zeit, acht Uhr in Kreuzberg, nicht mehr zu schaffen. Seine Klamotten lagen im halben Haus verteilt, da, wo sie ihm gestern nach dem Abend im Biergarten aus der Hand gefallen waren. ‚Ich werde mir von meiner Haushälterin wieder einige Bemerkungen über meinen Lebenswandel anhören müssen, aber aufräumen ist nicht mehr drin.' Er griff ein T-Shirt aus dem Schrank, klaubte auf der Galerie die Jeans vom Boden, klatschte sich im Bad eine Handvoll Wasser ins Gesicht, auf die Dusche verzichtete er, aufs Abtrocknen ebenfalls, er fuhr sich lediglich mit dem Arm übers nasse Gesicht und trabte die freitragende Treppe hinunter in die Küche. Stellte die Doppelwandtasse unter die Hightech-Kaffeemaschine, drückte den ‚extra-stark'-Knopf, und während, oh Wunder, die Maschine ohne Nachfüll-, Leerungs- oder sonstige Forderungen den Kaffee ausgab, stieg er in die Jeans und zerrte sich das T-Shirt über den Kopf. Barfuß fuhr er in die ausgelatschten Joggingtreter. Riss die Tasse unter der Maschine weg und im Flur den Autoschlüssel vom Haken.

Kurz bedauerte er, nicht die Fireblade nehmen zu können. Mit ihr wäre es zu schaffen, aber er hatte versprochen, Werkzeug mitzubringen. Wenigstens das hatte er gestern schon zusammengesucht. Er trat in die ans Haus angeschlossene geräumige Doppelgarage, hob die Werkzeugkisten in den Gepäckraum, und während er darauf wartete, dass sich das Rolltor öffnete, ließ er auch das Verdeck aufklappen. ‚Die frische Luft wird helfen, mich wach zu halten.'

Nach rekordverdächtigen sieben Minuten seit dem ersten Blick auf die Uhr schoss er mit aufheulendem Motor auf die Straße und jenseits jeglicher Geschwindigkeitsbegrenzungen erst durchs Dorf, dann die gewundene Landstraße entlang. ‚Kein Mensch auf der Straße, außer mir. So macht Autofahren Spaß', freute er sich. Kurz darauf lief er langsam, aber sicher, auf einen Motorradfahrer auf. ‚Der fährt ja fahrschulmäßig.'

‚Akkurat außen ansetzen, in den Scheitelpunkt reinziehen, rausbeschleunigen. Vorbildlich.' Auch wenn es ihm nicht schnell genug ging, zeigte ein Blick auf die Geschwindigkeit, dass der da vorne nicht langsam unterwegs war. ‚Ganz und gar nicht.'

‚Zierlicher Kerl auf einer relativ großen Maschine.'

‚Dem Röhren nach eine Italienerin.'

‚Wahrscheinlich Ducati.' Zufrieden mit seiner Logik, beschäftigten sich seine Gedanken müßig und angelegentlich mit dem möglichen Modell, während ihm allmählich einige Details des Fahrers ins Auge fielen. ‚Ist das überhaupt ein Kerl?'

‚Schmale Taille, die breiten Schultern könnten auch nur von den Protektoren herrühren.'

Plötzlich stoben vorn Funken auf.

‚Der hat die Fußras… verdammt!' Er trat hart auf die Bremse und hatte danach einige Momente mit sich selbst zu tun, bis er wieder gleichmäßig auf der Straße lag. Sehr viel weiter vorn sah er den Motorradfahrer zügig durch die langgezogene Linkskurve fahren.

„Idiot!", bellte er laut. „Verpennst die Schikane, selber schuld!"

‚Aber den Motorradfahrer habe ich unterschätzt. Nix mit fahrschulmäßig. Der hat es drauf.' Sein Ehrgeiz war geweckt und er versuchte, den Biker einzuholen. ‚Ich will wissen, ob es ein Kerl oder ein Mädel ist!'

Kurz vor der Autobahnauffahrt hatte er ihn wieder. ‚Das Kennzeichen ist nicht von hier', bemerkte er. ‚Ziemlicher Widerspruch zum Fahrstil, der Typ kennt die Strecke.'

Das Glück war ihm hold, die Ampel sprang vor ihnen beiden auf rot. Er bremste auf der Abbiegespur und schaute rechts rüber. Es war eine knackig sitzende Kombi, die ihm keinen Zweifel ließ.

Nicht er, sie.

Und sie nickte ihm grüßend zu! Er sah noch, wie sie die Kupplung schnappen ließ. Die Ducati stob davon.

Er stand noch einen langen Moment verdattert vor der grünen Ampel, schüttelte dann sein Staunen ab und fuhr auf die Autobahn. Während er den Wagen auf ein komfortables, sehr zügiges Tempo beschleunigte, kreisten seine Gedanken um Fahrerin und Kennzeichen und befeuerten seine Phantasie.

‚CAT 69.'

All I Have to Do Is Dream – The Everly Brothers

Blicklos starrte Gereon auf das Kennzeichen des vor ihm parkenden Wagens. Seit einigen Minuten schon, aber er merkte es nicht. Noch immer beschäftigten sich seine Gedanken mit den Widersprüchen der frühmorgendlichen Begegnung, bis ihm langsam bewusst wurde, dass er die gleiche Buchstabenkombination sah. Diese allerdings zierte das wuchtige Heck eines löwengelben Pick-ups amerikanischer Herkunft, der nicht nur durch seine Größe und die ungewöhnliche Farbe die Blicke der Passanten auf sich zog.

"Sag mal, pennst du noch?" Die Stimme seines Freundes Lars ließ ihn zusammenzucken. Der stand neben der Beifahrertür und musterte ihn interessiert. „Erst zu spät antanzen und dann träumend im Auto hocken. Ist was passiert?"

Er winkte ab und stieg aus, der Lack seines Wagens seidig warm unter seinen Fingerspitzen. Die Kühle des Morgens war frühsommerlicher Wärme gewichen.

„Du kannst gleich mit rüberfahren", sagte Lars und deutete auf den Jeep.

„Damit? Wo hast du den denn aufgetrieben?"

„Beziehungen", grinste Lars. „Außerdem, einem geschenkten Gaul ... und so weiter. Auch nicht einem geliehenen Wagen, der mich allenfalls einen Kasten Bier kostet. Rein mit dir und wir stürzen uns in den Großstadtdschungel."

Letztlich erwies sich der Wagen als goldrichtig. Das Wetter hielt, an der alten Parterrewohnung konnten sie alles durchs Fenster direkt auf die Ladefläche heben, und an der neuen Wohnung im zweiten Stock war mit wenig Aufwand eine einfache Rolle installiert. Ein guter Teil der unzerbrechlichen Sachen schwebte so überaus anstrengungslos hinauf. Insgesamt einer der vergnüglicheren Umzüge. Er begann sich auf den Abend – und endlich wieder eine Nacht in Berlin – zu freuen.

It's a Beautiful Day – Michael Bublé

Sie fühlte sich wie Amadeus. Die Sonne schien wärmend und Charly unterdrückte im letzten Moment die Regung, sich genüsslich zu räkeln. Seit einer halben Stunde saß sie in der Morgensonne bei Kaffee und Kuchen. Die Begegnung an der Ampel ging ihr nicht aus dem Sinn. ‚Es war aber auch zu schön, das verdutzte Gesicht des Porsche-Fahrers. Gut ausgesehen hat er auch.' Schon verlor sie sich wieder in Gedanken. Ihr Handy klingelte.

„Hi Dad."

„Guten Morgen, Engel. Habe ich dich geweckt?" Er klang besorgt.

„Dafür bist du gut fünf Stunden zu spät", lachte Charly. „Was hast du auf dem Herzen?"

„Kannst du für mich einen T1 begutachten? Ein Kaff bei Quedlinburg. Muss noch heute sein."

Sie nahm ihr Handy vom Ohr und warf einen Blick auf die Uhrzeit. „Kein Problem, gegen Mittag schaffe ich, schick mir die Adresse, ja?"

„Mach ich. Danke, Engel. Wo bist du überhaupt?", fragte er.

‚Entweder hat er schon bei mir zu Hause angerufen oder wundert sich, warum ich so schnell dort sein kann', dachte sie amüsiert. „Irgendein Café bei Suhl. Das erste warme Schönwetter-Wochenende verplempere ich doch nicht zu Hause!", lachte sie.

„Und da hast du Zeit für einen Auftrag von mir altem Krüppel?"

Sie verdrehte die Augen. Ihr Vater störte sich sonst nicht an seinem Handicap, also musste etwas passiert sein. „Bist du aus dem Rollstuhl gefallen?", fragte sie scherzhaft.

„Nein, vom Büro in die Werkstatt." Er hörte sich so an, als hätte er es ihr lieber verschwiegen.

„Whoa, ist dir was passiert?“

„Blaue Flecken.“ Er seufzte.

‚Da fehlt noch was’, dachte sie. Erwartungsvoll schwieg sie ins Telefon.

„Die Zehen tingeln“, gab er nach.

„Ist das gut oder schlecht?“

„Das wird mir am Montag hoffentlich der Doc sagen können.“

‚Er lacht wieder, gut. Vielleicht sollte ich trotzdem bei Steven nachhören’, überlegte sie und überhörte beinahe seine Frage nach Neuigkeiten. „Langsam gebe ich dir recht, das Kennzeichen der Monster zu ändern. Vorhin hat sich ein Porsche hinter mir verbremst und ich befürchtete schon, Notruf und Ersthilfe leisten zu müssen, aber er hat sich gefangen. Auffällige Farbe“, bemerkte sie noch. Natürlich gab er sich damit nicht zufrieden und sie diskutierten über das wahrscheinliche Modell. „Ich rufe dich an, wenn ich den T1 angeschaut habe“, sagte sie schließlich.

„Geht klar, Engel. Und ras‘ nicht!“

„Ich rase nie. Ich fahre zügig und bremse nur bei dringendem Bedarf“, schloss sie sehr würdevoll und legte schmunzelnd auf. Es war ihr Spruch, seit sie mit acht das erste Mal auf ein motorisiertes Zweirad gestiegen war.

Gerade wollte sie das Handy in die Tasche stecken, da fiel ihr Blick aufs Display. ‚Fünf Anrufe?’ Sie klickte auf die Rufliste. ‚Gitta, wer sonst?’ Sie winkte dem Kellner, bestellte einen doppelten Espresso, und erst, als der vor ihr stand, atmete sie tief durch und drückte den Rückruf.

„Schätzchen! Endlich meldest du dich, ich versuche schon den ganzen Vormittag, dich zu erreichen!“, tönte eine aufgeregte Stimme an ihr Ohr, kaum, dass es ein Mal geläutet hatte.

„Hi Mam, dir auch einen guten Morgen.“ Sie verkniff sich den Hinweis, dass der Vormittag erst halb vorüber war. Nicht gleich einen

Streit vom Zaun brechen. Charly mochte ihre Mutter, aber sie hielt es nur dosiert mit ihr aus. Niedrig dosiert. „Was gibt's?", fragte sie.

„Sag nicht nein. Du musst für eine Präsentation einspringen."

„Schon gut, Mam, mach kein Drama draus. Wann und wo?"

„In zwei Wochen. Im Kaufhaus Görlitz. Ist von dir aus ja nicht allzu weit." Die Stimme ihrer Mutter klang schuldbewusst.

„Immerhin vier Stunden Fahrt!", schnaubte Charly. „Ich mach's. Abgesehen davon, dass ich nicht nein sagen darf, mir gefallen Kaufhaus und Stadt. Aber nicht für lau. Du übernimmst die Kosten für zwei Nächte im Hotel meiner Wahl. Ohne Murren!"

„In Ordnung." Begeisterung hörte sich anders an, aber ihre Mutter wusste, wann sie am kürzeren Hebel saß. „Wann kommst du zur Anprobe? Es sind einige Kleider anzupassen."

„Kommenden Donnerstag, nicht vor sechs."

„Gut." Ihre Mutter zögerte kurz. „Schläfst du dann hier?"

„Es wird eine kurze Nacht. Halb fünf muss ich los."

„Das schaffen wir."

Sie hörte das Amüsement in der Stimme ihrer Mutter und schnaubte wieder, widerwillig ebenfalls amüsiert. „Das hoffe ich doch. Bis dann." Sie legte auf. Dann stürzte sie den inzwischen nur noch lauwarmen Espresso hinunter, zahlte und ging zu ihrem Motorrad. Sie suchte die Route nach Quedlinburg heraus und saß kurz darauf im Sattel. Vergnügt pfeifend schwang sie sich durch die Kurven des Thüringer Waldes, den Refrain sang sie laut: „Liebeskummer lohnt sich nicht, my Darling ..." Zumal es derzeit absolut keinen Grund dafür gab.

Rusty Cage – Johnny Cash

Es war wirklich ein winziger Ort. Die einzige Straße bestand aus unregelmäßigen Feldsteinen, auf denen sich die Monster ihrem Namen gemäß benahm. Charly presste die Knie gegen den Tank und hob den Hintern vom Sattel, wie sie es bei Napoleon tat, wenn sie den Waldweg hoch galoppierten. Die Adresse war leicht zu finden und der große, ungepflasterte Hof allemal besser als die Straße, auch wenn die Gebäude arg heruntergekommen waren.

Erleichtert kurvte sie durchs Tor und stellte die Monster neben das silberne Mercedes-Coupé, das in der schäbigen Umgebung deplatziert wirkte. Eine unwirkliche Stille legte sich über den Hof. Sie nahm den Helm ab und steuerte das Wohnhaus an. Ehe sie es erreichte, kam ihr ein junger Mann entgegen. ‚Etwa mein Alter', schätzte sie. Trotz des seriösen Anzugs und der gewandten Begrüßung fand sie ihn unsympathisch. „Ich will mir den T1 anschauen. Mein Vater hat mich sicher angekündigt", erklärte sie steif.

„Natürlich. Hier entlang." Er ging voraus in die große, reparaturbedürftige Wellblechhalle. Die war vollgeramscht mit Fahrzeugen aller Art, hauptsächlich sehr alte, verrostete und verdreckte Karossen. Staubteilchen flimmerten in den Sonnenstrahlen, die durch das undichte Dach hereinfielen und das Innere streifig erhellten.

„Das steht alles zum Verkauf?", fragte sie erstaunt.

Er nickte und schob eilig eine Erklärung nach: „Mein Urgroßvater hat sie zusammengesammelt. Er meinte, sie wären viel wert."

„Da hat er nicht ganz unrecht", antwortete sie. „Nur nicht in diesem Zustand."

Der Anzugtyp zuckte mit den Schultern. „Das Gerümpel muss raus, so schnell es geht. Das Land ist mehr wert als die Schrotthaufen. Hier ist er“, erklärte er und blieb stehen.

Sie trat an den Wagen heran und spähte durch die verstaubte, halb blinde Heckscheibe. „Das ist kein T1, allerhöchstens eine Hülle. Da drin fehlt alles. Außen übrigens auch so einiges“, fügte sie hinzu, als sie an der Fahrerseite entlang sah.

„Aber es ist ein Samba“, konterte er stolz.

Sie erwiderte nichts, hockte sich neben die Karosse und spähte darunter. Die Bodenplatte war quasi nicht mehr vorhanden. „Was hatten Sie sich denn vorgestellt. Preislich.“

„Zwanzigtausend“, antwortete er wie aus der Pistole geschossen.

„Vergessen Sie‘s.“

Er blinzelte irritiert.

„Maximal die Hälfte, und nur wenn Sie einen Freak erwischen“, erklärte sie, klopfte sich pulverigen Dreck von den Händen und stand auf. „Darf ich mich noch ein wenig umschauen?“

„Ja, sicher“, stotterte er, sichtlich aus dem Konzept gebracht.

Sie nickte und schlenderte andächtig durch die Halle. Hier stand ein Vermögen, für den, der es instandzusetzen wusste. ‚Ich muss Dad nahelegen, selber herzufahren‘, dachte sie. ‚Das darf er sich nicht entgehen lassen!‘

Neben dem hinteren Tor fand sie einen Unimog. Sie ging zur Fahrerseite. Zwischen Kabine und Aufsatz stand eine Klappe offen und ein zerfetzter, ehemals wohl gepolsterter Hebel stand waagerecht heraus. Im Schacht dahinter schimmerte matt ein Hydraulikrohr. Versuchsweise zog sie an der Fahrertür, die sich knarrend öffnete. Verwirrt starrte sie ins Führerhaus. ‚Keine Pedale?‘ Neben dem Lenkrad befanden sich mehrere Hebel, die sie an den Pick-up ihres Vaters erinnerten. ‚Behindertengerecht!‘ Sie unterdrückte einen Jubelschrei.

Stattdessen entsperrte sie die Verriegelung und hob die Motorhaube an. Darin schienen ganze Mardergenerationen gehaust zu haben. Sonst sah es verhältnismäßig gut aus. ‚Bei Unimogs ist meist das Getriebe kaputt', rekapitulierte sie. ‚Aber das kriegt Dad locker hin.' Sie ließ den Deckel herunterklappen und lugte auch hier unters Fahrzeug. Zum Schluss kletterte sie in den Aufbau. Zwei Schlafplätze, Kochnische, Sitzecke, sogar eine Durchstiegsluke zum Führerhaus. Einige Details, die sich auf langen Reisen als annehmlich erweisen könnten, fielen ihr ins Auge. ‚Da hat jemand gut mitgedacht oder war bereits beim Ausbau des Fahrzeugs expeditionserfahren. Vermutlich findet sich davon noch mehr.' Ihre Aufregung stieg, was sich durch fallende Handtemperatur bemerkbar machte. Gewohnheitsmäßig rieb sie die Handflächen an den Oberschenkeln und traf auf kühles Glattleder. Angewidert verzog sie den Mund und schob die Hände in die Achselhöhlen. ‚Ich muss ihn haben, am besten für kleines Geld!'

Sie fand den Verkäufer vor der Halle. Rauchend. Bevor er ihr eine Zigarette anbieten konnte, schüttelte sie ablehnend den Kopf.

„Haben Sie etwas gefunden?“

„Vielleicht. Kommt drauf an, was Sie haben wollen.“ Sie pausierte kurz. „Der Unimog neben dem hinteren Tor.“

Gemeinsam gingen sie hinein. Neben dem Unimog blieb er stehen, zückte sein Handy und tippte eine ganze Weile darauf herum, während Charly geduldig wartete. Schließlich fragte er unsicher: „Was würden Sie mir denn geben wollen?“

„So, wie er da steht? Zweifünf.“

Er sah zwischen ihr und dem Gefährt hin und her. Dann hielt er ihr die Hand hin. „Ok, gehört Ihnen!“

Lächelnd schlug sie ein.

***

Langsam rollte Charly hinter einem teuren Wagen durch die verwinkelten Gassen der Quedlinburger Altstadt. Als er den Blinker setzte, seufzte sie schicksalsergeben und blieb stehen. Die Sonne brannte für Mitte Mai unbarmherzig vom blauen Himmel, den keine Wolke trübte, und vom Motor der Ducati stieg eine beachtliche Hitze empor.

‚Ein Eis wäre jetzt genau das Richtige', dachte sie und fuhr sich mit der Zunge über die trockenen Lippen.

Unerwartet zügig und akkurat wurde der Wagen auf den Hotelparkplatz gesetzt und ein Mann wand sich geschmeidig vom Fahrersitz.

‚Attraktiv, aber zu alt', kategorisierte sie ihn, dann nahm sie Maß, schnippte mit Schwung auf den Gehsteig und nutzte die beiden freien Parkplätze für eine halbe Wende, zur ganzen reichte es nicht. Rangierte einen knappen Meter zurück, schlug erneut komplett ein und fuhr dicht neben das Geländer.

‚Seitenständer raus und langsam ab', dachte sie, wachsam kontrollierend, dass ihr Motorrad nirgendwo „Anstoß nahm". Nahe genug, dass sie es am Geländer würde anschließen können, und Lenker und Heck wunderbar frei. ‚Perfekt!'

Sie schwang sich ungelenk nach rechts vom Motorrad, gleichzeitig die Jacke der Kombi öffnend und den Helm abnehmend. Mit leisem Klappern fiel ihre Sonnenbrille zu Boden und sie unterdrückte den herzhaften Ausdruck, der ihr auf der Zunge lag. Stattdessen richtete sie hilfesuchend den Blick gen Himmel, schloss die Augen und verharrte so für einige lange Sekunden. „Eins nach dem anderen", sagte sie halblaut.

„Richtig", erwiderte eine amüsierte Männerstimme und sie wandte sich hastig in die Richtung des Herrn im gut sitzenden Anzug, der unaufdringlich eine Armeslänge neben ihr stand. Er hielt ihr die Brille entgegen. „Schicke Maschine, passt zu Ihnen."

‚Interessantes Lächeln, das ihn noch attraktiver macht', stellte sie fest. ‚Jünger als Dad', dachte sie, als sie die dargebotene Brille entgegennahm. „Danke“, entsann sie sich der Höflichkeit und einer leichten Geste, die Brille und Motorrad umfasste, und wandte sich mit unverbindlichem Lächeln ab. Ihr Bedarf an Anzugtypen war für heute gedeckt.

Während sie die Schlösser aus dem Tankrucksack nahm, fühlte sie sich unbehaglich beobachtet, als ruhe sein Blick auf ihrem Rücken, doch nach wenigen Augenblicken klappte eine Autotür, dann schritt er mit einem freundlichen, aber distanziert grüßenden Lächeln die Straße hinunter und bog auf den Marktplatz. Trotzdem ließ sie sich viel Zeit, bevor sie ebenfalls zum Hotel schlenderte. Ihre Hoffnung erfüllte sich. Leer gähnte die Lobby gediegene Ruhe.

Die Rezeptionistin turnte vor ihr die Treppen hinauf ins Dachgeschoss, und als sie endlich in ihrem Zimmer stand, fragte sie sich kurz, ob sie den Weg hinunter wieder finden würde, so verwinkelt waren die Flure. Instinktiv zog sie den Kopf ein, denn sie konnte nicht nur mühelos die Balken erreichen, sondern auch die Decke dazwischen. Vorsichtige Versuche zeigten jedoch, dass sie sich ungeachtet der niedrigen Höhen frei bewegen konnte. Plötzlich eilig ließ sie den Tankrucksack in den heimeligen Oma-Ohrensessel fallen, warf die Jacke der Kombi aufs Bett und kehrte, schon halb aus der Tür, noch einmal zurück, um die kleinen Fensterchen aufzureißen.

Auf dem Markt holte sie sich am erstbesten Café eine Kugel Eis, und hastig das schnell schmelzende süße Zeug schleckend, wanderte sie zur Burg, ohne ihrer Umgebung viel Beachtung zu schenken. Sie hatte ihren Vater gebeten, Steven mit dem Krantransporter und dem vereinbarten Betrag zum Abholen des Fahrzeuges zu schicken und auf eine benachbarte Wiese gelümmelt dessen Ankunft erwartet. Seit sie Steven verabschiedet hatte, rechnete sie pausenlos nach, wann er mit seiner Fracht zu Hause sein könnte. Langsam wurde sie ungeduldig. Zu erwartungsvoll, um lange an einem Ort zu verweilen, streifte sie durch die Gassen und versuchte, die liebevoll gepflegten Blumen, das

Summen der Bienen und die wärmende Sonne zu genießen. Schließlich fand sie sich auf den Stufen des Rathauses wieder. ‚Mach schon, melde dich', dachte sie. Endlich klingelte ihr Handy.

„Hi Dad."

„Du hast einen Unimog gekauft?" Er klang nicht sonderlich begeistert. Schließlich gab es die wie Sand am Meer und die meisten waren ziemlich hinüber. Aber nicht dieser. Dieser war eine Fügung.

„Hast du schon reingeschaut?" Atemlos hielt sie die Luft an.

„Wie denn? Erstens steht er noch auf dem Transporter …"

„Lad ihn ab, Dad!", unterbrach sie ihn. Sie war aufgeregt wie ein kleines Kind zu Weihnachten. Ungeduldig wartete sie darauf, dass das Fahrzeug abgeladen wurde. Endlich sprach ihr Vater, noch immer grummelnd, die erlösenden Worte. „Steht unten."

„Steven soll dir die Fahrertür aufmachen. Siehst du die Klappe zwischen Kabine und Aufsatz? Mach sie auf!" Ihre Stimme vibrierte. Am anderen Ende blieb es eine Weile still. Dann klang ihr Vater genau so aufgeregt wie sie.

„Ist nicht wahr!"

„Doch!", juchzte Charly unterdrückt. „Bau ihn auf, Dad! Wir gehen endlich auf Tour!"

Coming Home – Sasha

Charly zog schnell und routiniert durch die lange Rechtskurve, nahm das Gas weg und ließ den Motor die Maschine abbremsen, um die Rechts-Links-Kombination der Schikane mit größtmöglichem Schwung zu durchfahren. Als die Fußraste aufsetzte, schmunzelte sie. ‚Ein perfekter Abschluss für ein perfektes Wochenende.'

Ihre Entdeckung hatte sie im besten Hotel Quedlinburgs gefeiert. Zuerst mit einem luxuriösen Dinner. Allein, obwohl die Rezeptionistin ihr einen Briefumschlag gereicht hatte, mit einer höflich bittenden Einladung zum Abendessen. Noch während sie nachdenklich, den gefalteten Zettel auf den Daumen der linken Hand tappend, auf der Kante eines Sessels in der Lobby hockte, kam der Fremde vom Hotelparkplatz die Stufen der Treppe herab und hatte sie gesehen, bevor sie reagieren konnte. Ihm auszuweichen wäre einem Weglaufen gleichgekommen, und sie stand auf, um ihre Ablehnung nicht aus der völlig nachteiligen Sitzposition heraus formulieren zu müssen. Wenn er über ihre Absage enttäuscht war, so verbarg er es gut und folgte ihr zum Eingang des Restaurants. Sie konnte keine Reservierung vorweisen und der Kellner zuckte bedauernd die Schultern. Da griff ihr Begleiter ein und überließ ihr seinen Tisch, drehte auf dem Absatz um und verließ Restaurant und Hotel mit schnellen Schritten.

Obwohl sie während des Essens den Marktplatz im Auge behielt, sah sie ihn nicht zurückkehren, aber als sie zu ihrem Zimmer gehen wollte, saß er in der Lobby, scheinbar versunken in eine Tageszeitung. Zielstrebig ging sie auf ihn zu und er klappte raschelnd die Blätter zusammen. „Danke", sagte sie einfach ohne weitere Erklärungen. „Darf ich Sie zu einem Glas Wein an der Bar einladen?" Zufrieden registrierte sie die Überraschung, die kurz in seinen Augen aufblitzte.

Er fing sich schnell und erhob sich. In Jeans und Hemd erinnerte nichts mehr an den Anzugtypen; er wirkte sportlich, und kurz streiften ihre Gedanken die Frage, was er beruflich machen mochte.

„Gern."

Es blieb nicht bei einem Glas. Sie fand ihn interessiert, mochte, dass er ihr zuhörte und genauso bereitwillig von sich erzählte. Es wurde spät und allmählich begann sie, die Auswirkungen ihres frühen Starts und des Weins zu spüren. Suchend blickte sie über den Tresen und er kam ihr mit dem Herbeiwinken des Kellners zuvor und zahlte seine letzten beiden Gläser. „Ihre Einladung bezog sich schließlich nur auf *ein* Glas Wein", hob er verschmitzt lächelnd hervor und sie zahlte ihre eigene Rechnung und sein erstes Glas, mit dem üblichen generösen Trinkgeld. „Obwohl ich es sonst bevorzuge, Damen in meiner Begleitung einzuladen."

Sie ließ ihm einen warnenden Blick zukommen, zog es aber vor, nicht zu antworten. Nebeneinander stiegen sie die ersten zwei Stockwerke hinauf; das Hotel verfügte über keinen Aufzug. Dann blieb er stehen und bedankte sich für die Zeit, die sie mit ihm verbracht hatte. „Soll ich Sie noch zu ihrem Zimmer begleiten?", fragte er und sie warf lachend den Kopf in den Nacken.

„So hat es auch noch niemand formuliert."

„Nun, bei jeder anderen Formulierung hätten Sie mir Hintergedanken unterstellt." Ernst sah er sie an, nur ein leichtes Schmunzeln umspielte seine Lippen.

„Haben Sie welche? Hintergedanken, meine ich?", fragte sie. Ihr dämmerte, dass es vielleicht die falsche Frage war. Zu spät.

Sein Schmunzeln wurde breiter. „Darf ich?" Er wartete ihre Antwort nicht ab, sondern griff ihre Hand und hauchte einen Kuss auf ihre Fingerknöchel, kaum dass seine Lippen ihre Haut berührten.

„Gute Nacht." Eilig entzog sie ihm die Hand und unter seinem Blick stieg sie die letzte Treppe zu ihrem Zimmer hinauf. Erst als sie auf den Flur einbog, hörte sie seinen Gute-Nacht-Gruß. Aber sie war sich sicher, dass er dort wartete, bis ihre Tür hinter ihr ins Schloss gefallen war.

***

Sie hatte bestens geschlafen und auf den Sonnenaufgang auf dem Burgberg verzichtet. Stattdessen war sie, in alle Kissen und Decken des geräumigen Doppelbettes gekuschelt, erst lange nach Sonnenaufgang erwacht und hatte noch eine gute Stunde mit ihrem Handy in ihrem gemütlichen Nest verbracht.

Dann hatte sie die Wasserkosten des Hotels kräftig in die Höhe getrieben und die Flasche guten Rotweins, die sie für den vorhergehenden Abend gekauft hatte, sicher im Tankrucksack verstaut, damit sie nach dem Frühstück sofort starten konnte. So faul begann sie selten den Tag und angesichts des strahlenden Sonnenscheins packte sie die Unruhe. Bestes Motorradwetter und sie vertrödelte die Zeit!

Sie verließ ihr Zimmer und flitzte die Treppen hinab. Das Geländer fiel ihr einladend ins Auge, aber darauf hinabzurutschen wagte sie nicht.

Er hatte auf sie gewartet. Das Telefon am Ohr und mit angespanntem Gesichtsausdruck schien er in eine Argumentation vertieft, doch er unterbrach das Gespräch und sprang auf, kaum, dass er ihrer ansichtig wurde. Der Frühstücksraum war ungefährliches Terrain, die Bezahlfrage stellte sich nicht und sie würde in spätestens einer guten Stunde unterwegs sein. Leichten Gemütes nahm sie seine Bitte, ihm beim Frühstück Gesellschaft zu leisten, an. Entgegen ihrer ursprünglichen Absicht nach einem schnellen Kaffee und einem Brötchen auf die Hand, dehnte sie ihr Frühstück zu einer mehr als ausgiebigen Plünderung des Büffets aus.

„Woher wussten Sie, dass Sie nicht umsonst warten?“, fragte sie schließlich.

„Sie würden wohl kaum ohne Ihr Motorrad abreisen. Das stand unverändert an seinem Platz. Ich habe nachgesehen." Er wirkte verlegen und sie begann zu schmunzeln, versteckte es aber gleich hinter ihrer Serviette. Ihrem Einwand kam er zuvor.

„Ihre Anwesenheit war das Risiko, umsonst zu warten, allemal wert, genauso wie die Geduld."

Jetzt wich sie doch seinem Blick aus und faltete übertrieben sorgfältig ihre Serviette zusammen. „Danke", fiel ihr verspätet ein.

„Ich danke Ihnen", betonte er eindringlich und verwirrt sah sie auf.

„Wofür?"

„Ich bin beruflich sehr oft auf Reisen. Glauben Sie mir, ein Abend in solch angenehmer Gesellschaft wie der Ihren ist eine Sternstunde und eine Fortsetzung am Frühstückstisch fast zu schön, um wahr zu sein."

Sie spürte, wie ihre Wangen zu brennen begannen, aber sie hielt am Tisch aus, gesenkten Blickes. Erst, als sie sich sicher war, nicht doch dem übermächtigen Wunsch nach Flucht nachzugeben, sah sie ihn an. Mit liebevollem und nahezu väterlichem Lächeln beobachtete er ihren Kampf um Fassung. ‚Väterlich?' Mit sichtlichem Ruck und aufsteigender Irritation warf sie ihre Serviette auf den Teller und erhob sich nun doch. „Was das anbetrifft, ich muss los." Sie haschte nach ihrem Zimmerschlüssel, der auf dem Tisch lag.

„Nach …", er zögerte, „… Hause?" Ohne Hast erhob er sich ebenfalls und zeigte allenfalls mildes Interesse.

Ihr Magen schickte ein warnendes Tingeln durch ihren Körper und sie nickte nur. „Und Sie?"

„Berlin und anschließend Hamburg. Die andere Richtung." Sein Tonfall war leicht und irgendwie beruhigend und sie lachte.

„Oh, ich fahre nicht direkt, es gibt hier einige nette Treffs, die einen Stopp wert sind." Und ungefährlich, weil dort genügend Menschen sein würden.

Ihm voraus ging sie in die Lobby und zögerte am Fuß der Treppe. Sie wollte nicht unhöflich sein und ohne Abschied gehen, aber sie wusste auch nicht recht, was er als Abschied erwartete. Reichte ein unverbindlicher Gruß? Sie sah zurück, aber er bedeutete ihr, dass er auf sie warten würde. Kurz darauf stand sie neben ihm, komplett in Kombi, Tankrucksack und Helm in der Linken, ihre Kreditkarte in der Rechten, am Tresen des Empfangs.

Die Rezeptionistin schüttelte den Kopf. „Ist bereits erledigt."

Verärgert schob Charly die Karte in die Tasche und angelte stattdessen einen zerknautschten grünen Schein hervor, den sie ihm unmissverständlich auffordernd entgegenhielt.

„Denken Sie beim Tanken an mich", lächelte er und hob eine elegante Laptoptasche vom Boden auf. Mit einem freundlichen Gruß zu der Frau hinterm Tresen, die mit sichtlichem Unbehagen die Situation beobachtete, drehte er auf dem Absatz um und verhinderte so, dass Charly ihm effektvoll das Geld vor die Füße werfen konnte. Mit wenigen schnellen Schritten holte sie ihn ein und wollte ihm gerade den Schein recht unzeremoniell in die Hand drücken, als äußerst unpassend sein Handy klingelte.

Sie verpasste ihm einen Seitenblick der Kategorie ‚den Trick kenne ich' und ging weiter zu ihrem Motorrad. Er war stehen geblieben und sie konnte ihn nicht mehr sehen, aber undeutlich hören. Sie spitzte die Ohren. Worte konnte sie keine unterscheiden, aber seine Stimme wechselte zwischen langmütiger Geduld und kompromissloser Argumentation. Sie war bereit, sich in den Sattel der Monster zu schwingen, als ihr die Gelegenheit bewusst wurde. Vorsichtig den Schein, den sie ärgerlich achtlos in den Tankrucksack gestopft hatte, glättend, ging sie zu seinem Wagen. Den Scheibenwischer bereits gelüpft, zögerte sie. Dienstreisen seien einsam, hatte er gesagt. Langsam ging sie zurück zu ihrem Motorrad. Sie suchte und fand einen Zettel und einen Stift, und im Portemonnaie noch einen Fünfziger.

Nach drei Zeilen wickelte sie Papier und Geld zusammen und platzierte beides gut sichtbar. Mit einem Blick aufs Kennzeichen des Wagens tippte sie die Kombination in ihr Handy und schickte die Nachricht an ihren Vater. ‚Bin gespannt, ob er was herausbekommt', schmunzelte sie.

Der Fremde telefonierte noch immer. Eilig nun zog sie den Helm über die Ohren, saß auf und startete die Maschine. Im Losfahren sah sie, wie er mit enttäuschtem Gesichtsausdruck neben dem Geländer auftauchte und hob kurz grüßend die Linke vom Lenker.

Wenige Straßenzüge später war alles vergessen. Vor ihr lagen kleine, kurvige Landstraßen bei bestem Motorradwetter.

***

Der Umweg nach Stiege und anschließend sogar noch rauf nach Torfhaus war ein Muss, das sich gelohnt hatte. Selten war ihr so viel Aufmerksamkeit zuteil geworden. Sie nahm die Linke vom Lenker, grüßte einen entgegenkommenden Motorradfahrer und klopfte seitlich an den Tank der Monster. ‚Den Großteil verdanke ich dir', dachte sie liebevoll an ihr Motorrad gerichtet. ‚Erstaunlich, wie schnell man in Kategorien verschwindet. Letztes Jahr war es die Anfänger-Kategorie. Nichts war ich weniger als das. Aber kaum einer hat es bemerkt, weil sie mich übersehen haben. Bis sie das Nachsehen hatten, im wahrsten Sinne des Wortes.' Sie lachte unwillkürlich. ‚Jetzt bin ich aufgestiegen und werde gesehen. Prompt hagelt es Respekt, Zweifel, Neid und Missgunst. Immerhin alles selbst verdient. Finanziell und fahrtechnisch.'

Stolz durchrieselte sie.

‚Das ‚Spiel' hat mit der Kleinen immer Spaß gemacht, aber mit dir ist es unvergleichlich. Auch da merke ich die Unterschiede. Sie wurde nie ernst genommen, heute haben mir mehr Opfer Paroli geboten als sonst. Oder es zumindest versucht. Das Wasser reichen konnte mir keiner.' Noch immer schmunzelnd nahm sie das Gas weg, weil sie auf einen dahindümpelnden Sportwagen auflief. Das Überholen war hier verboten und im Allgemeinen achtete sie die Verkehrsregeln. Es war auch nicht mehr weit bis zum Abzweig.

Insgeheim hatte sie gehofft, den Fremden doch noch einmal zu treffen, hatte an beiden Treffs die Parkplätze der Autos kontrolliert, bevor sie gefahren war. ‚Na, vielleicht kann Dad mir da Infos beschaffen.'

Allmählich drang die Umgebung stärker in ihr Bewusstsein, das Spiel der Sonnenstrahlen und Schatten auf der Straße, das Grün der Buchen über ihr und das unverwechselbare niedertourige Schnurren ihrer Monster, das vom satten Klang des Wagens vor ihr fast überlagert wurde. ‚Schöner Sound', bemerkte sie. ‚Ist das etwa der Porsche von der Ampel gestern? Die Farbe jedenfalls kommt hin und ist selten.' Nur der gelangweilte Fahrstil passte nicht so recht. ‚Komm Junge, fahr zu, ich muss aufs Klo', dachte sie und rutschte näher an den Tank.

Sie setzte den Blinker und bog ab ins Dorf. Wenig später schloss sie die Haustür auf. Sie hatte kaum Helm und Tankrucksack auf dem Sideboard deponiert, als das Telefon zu läuten begann. „Du musst jetzt warten", sagte sie und verschwand hastig im Bad.

***

Gereon freute sich auf zu Hause. Er war platt. Weniger vom Umzug denn von der durchzechten Nacht. In der Schikane fiel ihm sein Verbremser vom Vortag ein. Kurz darauf tauchte ein Motorrad hinter ihm auf. ‚Wieso überholt der nicht? Ich bin wirklich nicht schnell unterwegs. Ach ja, Überholverbot. Na, der nimmt das aber genau.'

‚Moment, ist das nicht die Monster von gestern?' Noch ehe er alle Implikationen dieser Feststellung begriff, bog das Motorrad ab.

Die Straße hinter ihm war leer. Gereon trat auf die Bremse und wendete.

Filmreif.

Sekunden später bog auch er ins Dorf. Es gab nur eine einzige, kurvige Straße. Still und leer. Am Ortsausgang konnte er sie bis zu seinem Heimatort überblicken. Genauso leer. Er wendete wieder, langsam diesmal. Im Schritttempo fuhr er die Dorfstraße entlang und spähte in die Einfahrten. Die Monster war verschwunden.

***

Nur wenige Minuten später schloss sich langsam das Rolltor hinter seinem Porsche.

A Good Heart – Feargal Sharkey

Das Telefon läutete noch immer.

"Charly? Beatrix hier. Entschuldige den Überfall, ich habe dich reinfahren sehen. Kommst du bitte rüber? Ich habe ein kleines Problem."

„Ich schau erst nach den Pferden und sage meinem Vater Bescheid, dass ich zu Hause bin, ok?"

„Sicher, bis gleich."

***

„Da hast du dir einen interessanten Mann geangelt", begrüßte sie Stevens Stimme, kaum dass der Rufton einmal erklungen war.

„Inwiefern? Und wie geht's Dad?", fragte sie und balancierte das Handy ungelenk zwischen Schulter und Ohr, während sie versuchte, den Deckel von der Packung Katzenfutter abzuziehen.

„Bestens", rief ihr Vater aus dem Hintergrund. Konferenzschaltung also, und Steven hatte es nur wieder nicht erwarten können, ihr die Neuigkeiten vor den Bug zu setzen. Sie lauschte seiner Aufzählung an Stationen und Posten.

„Er könnte dein Vater sein", beendete er schließlich die beeindruckende Auflistung.

„Ich hätte ihn jünger geschätzt als Dad", antwortete sie, defensiv.

„Er ist reichlich fünf Jahre älter als ich", ertönte die amüsierte Stimme ihres Vaters.

„Er hat mein Zimmer bezahlt", knurrte sie ins Telefon.

„Abgesehen davon, dass er sich das leisten kann …," antwortete er, plötzlich ernst, und fuhr mit verändertem Tonfall fort: „Ich kenne ihn persönlich." Er machte eine Pause, als wolle er mehr sagen und sie wartete ab. „Ich hoffe, du hast ihm seine fürsorgliche Geste nicht zu heftig um die Ohren gehauen?"

„Wieso?", fragte sie mit einem unbehaglichen Kribbeln zwischen den Schulterblättern.

Ihr Vater antwortete nicht sofort und sie sah ihn vor sich, wie er mögliche Antworten überdachte.

‚Was ist es?', dachte sie hektisch. „Ist er gefährlich?", brach sie die Stille.

„Nein", antwortete er ohne zu zögern, aber auch nicht übertrieben schnell, und eine Spannung, die sie bisher nicht gespürt hatte, fiel von ihr ab.

„Er mag es, junge Frauen ein Wochenende lang wie eine Königin zu behandeln und ihnen alles zu bieten, was ihr Herz begehrt. Ohne Gegenleistung", betonte er.

‚Er verschweigt mir etwas', dachte sie, beschloss aber, es nicht weiterzuverfolgen. Sie kannte ihn gut genug, um zu wissen, dass alles Nachbohren vergeblich sein würde. „Da hatte er sich mit mir die Falsche ausgesucht", lachte sie und erzählte nicht ohne Stolz ihre Lösung. „Wobei ich zu gern sein Gesicht gesehen hätte …"

„Man kann nicht alles haben", mischte sich Steven lapidar ein. „Was stand denn auf dem Zettel?"

„Geht dich nichts an, Bruderherz", flötete sie ins Telefon und legte mit einem kurzen Gruß auf, ehe er antworten konnte.

***

Eine Viertelstunde später stand sie mit Beatrix auf deren kleinem Hof. Der rappelvoll war mit Pferden. Elendsgestalten, mager, zerzaust und verdreckt.

„Dir ist klar, dass ich sie nicht alle nehmen kann?"

„Ich dachte, du könntest den Hengst nehmen“, Beatrix wies auf einen nervösen Schimmel.

„Und vielleicht zwei oder drei der Wallache. Weiß der Himmel, wo ich die anderen unterbringen soll.“ Sie seufzte.

„Hmmm“, brummelte Charly. In ihren Gedanken reifte eine Idee. Um Zeit zu schinden, fragte sie nach der Herkunft der Pferde.

„Standen in einem nicht mehr fahrtüchtigen Viehtransporter auf dem Waldparkplatz neben der Autobahnauffahrt. Ohne Wasser. Ohne Futter. Mindestens seit Freitag. Sind vermutlich aus Polen. Die Jungs vom Tierschutzverein haben sie heute Mittag rausgeholt“, berichtete Beatrix im Telegrammstil.

„Hmmm.“ Das Problem war nur, dass sie sich nicht wieder trennen konnte. So war sie zu Fred gekommen und zu den beiden Eseln. Sie fuhr sich mit beiden Händen durch die Haare. „Lass mich kurz telefonieren, ja?“

***

"Ich nehme sie doch alle. Peter überlässt mir die Bachwiese. Er geht mir seit Jahren auf den Geist, dass ich die übernehme. Also soll es wohl so sein.“ Bevor Beatrix etwas dazu äußern konnte, fragte sie weiter: „Du übernimmst die Vermittlung der Pferde?“

„Ja, das mache ich. Einer vom Verein schaut auch täglich nach ihnen, du musst dich nicht um sie kümmern.“

Charly nickte abwesend, noch immer mit ihren Gedanken beschäftigt. „Ich möchte ein Vorkaufsrecht. Ich kenne mich", erklärte sie.

„Das ist kein Problem.“ Beatrix lachte befreit laut auf.

Sie besprachen die Überführung der Pferde auf die Weiden für den nächsten Tag, um die müden Tiere nicht noch einmal aufzuscheuchen, zumal die Dämmerung eingesetzt hatte. Dann zögerte Beatrix. „Allerdings gibt es noch einen Haken: Zu dem Schimmel gehört ein

Hund." Sie wies auf eine Art Schäferhund, den Charly nicht bemerkt hatte, weil er unbeweglich zu Füßen des Hengstes im Schatten lag.

„Na bravo, Amadeus wird sich freuen ..."

***

Der erwartete sie bereits an der Haustür und schlüpfte mit ihr ins Haus. Sie fütterte ihn, fischte sich einen Apfel aus der Obstschale und packte den Tankrucksack für den nächsten Morgen. Mit Handy, Buch und Decke machte sie es sich auf ihrem Big Sofa bequem.

Got My Mind Set on You – George Harrison

Der nächste Morgen hielt eine unliebsame Überraschung für sie bereit. Ihr Transportesel, die kleine schwarze GS 500 E, sprang nicht an. Noch nicht mal "Klack" machte es, als sie den Zündschlüssel drehte.

Ehe Charly einen bewussten Gedanken fassen konnte, griff sie automatisch den Schraubenschlüssel vom Bord und war dabei, die Batterie auszubauen. Als sie dies erledigt hatte, räumte sie den Schlüssel zurück an seinen Platz, drückte die Sitzbank in die Halterung und trabte zum Haus. ‚Lästig, aber nicht wirklich ein Problem. Ich hänge sie eben in der Werkstatt an den Strom und morgen läuft sie wieder.'

Mit zwei Einkaufskörben am Arm kehrte sie zurück und ging zu dem großen Seitengebäude, dessen Stirnseite die Rückwand des Carports bildete. Die zur Straße gewandte Längsseite bestand aus zwei riesigen Schiebetoren. Charly stemmte sich mit ihrem ganzen Gewicht gegen den rechten Flügel und langsam rollte das schwere Tor auf. Dahinter herrschte Dunkelheit. Sie packte Körbe und Tankrucksack ins Auto, kletterte auf den Fahrersitz und parkte aus. Mühsam zerrte sie das Tor wieder zu und kurvte aus der Einfahrt.

‚Mit dem Tor muss ich mir etwas einfallen lassen – entweder saubermachen und ölen oder in eine neue Führung und Rollen investieren. Das eine ist zeitlich aufwendiger, das andere finanziell. Wenn ich meine Arbeitsstunden mit ansetze, kommt es wahrscheinlich auf das Gleiche raus', überlegte sie. ‚Kaum bin ich rum, geht es am anderen Ende wieder los.' Sie seufzte.

***

"Hoi, Mopped kaputt?", wurde sie von den Kollegen begrüßt.

„Batterie“, nickte Charly.

„Na, man gut, dass du den Bus erwischt hast“, brummte Sepp, der Älteste unter ihnen, und alle lachten. Nur der Azubi schaute irritiert von einem zum andern. „Hier fährt doch gar kein Bus.“

„Meiner schon“, grinste Charly schelmisch, obwohl ihr der Bursche leidtat. Aber so war es nun mal: Die Azubis hatten es auf der Baustelle nicht leicht, und das bisschen Neckerei schadete nicht. ‚Ich habe es schließlich auch überlebt.'

„Ganz einwandfrei“, betonte sie noch.

Die Männer lachten wieder.

„Sie fährt einen Transporter“, erbarmte sich Sepp schließlich des Jungen, der immer noch verständnislos dreinschaute.

„Kann ich doch nicht wissen“, maulte der.

„Jetzt weißt du es ja“, antwortete Charly begütigend. „Ich geb dir heute Mittag was aus. Komm, sei ein Gentleman und pack mit an!“ Sie hievte sich einen der Balken für die Dachkonstruktion auf die Schulter. Gemeinsam bugsierten sie ihn nach oben.

Der Vormittag verging in komfortabler Zusammenarbeit. Für den Nachmittag war das Richtfest geplant, das Wetter schön, die Aussicht auf die Fränkische Schweiz atemberaubend. Charly liebte die Bauzimmerei und das Dachstuhlsetzen ganz besonders. Auch wenn es oft schwere Arbeit war. Die Männer achteten darauf, dass es für sie nicht zu viel wurde; manchmal musste sie die Jungs eher bremsen, dass sie ihr nicht zu viel abnahmen. Anfangs hatten sie sich gegenseitig misstrauisch beäugt, aber inzwischen hatte sie sich Respekt und Achtung erarbeitet und ihren Platz im Team gefunden. Pfeifend hämmerte sie einen unterarmlangen Nagel in den Dachfirst, als unten ein blauer Porsche bremste und neben ihrem Bus parkte. Sie stutzte, der Hammer verfehlte sein Ziel – und ihre Hand – nur um Haaresbreite. ‚Das ist der Porschefahrer von der Ampel und gestern Abend', stellte sie fest. ‚Was, zum Henker, macht der hier?'

„Sepp?“, fragte sie halblaut.

„Hm?“

Sie wies beiläufig mit dem Kinn nach unten.

„Der Architekt. Kennst du den nicht?“

Sie schüttelte den Kopf. Dann kletterte sie eilig zum Giebel, hielt sich mit einer Hand am Dachfirst fest und beugte sich so weit wie möglich vor, um dem Mann nachzusehen. ‚Ich will nicht, dass er mich sieht, dem will ich auf der Straße begegnen!‘ Das Bild stand ihr lebhaft vor Augen. Im Prinzip eine ähnliche Hetzjagd wie am Samstag, gerne noch etwas flotter, aber nicht mit verschiedenen Richtungen endend, sondern mit einem gemeinsamen Abend im Biergarten.

‚Romantisch im Sonnenuntergang‘, dachte sie ironisch. ‚Ich wusste gar nicht, dass ich so kitschig sein kann.‘

„Soll ich dich vorstellen?“, schmunzelte Sepp, der sie offensichtlich amüsiert beobachtet hatte.

Wieder schüttelte sie den Kopf. „Eher das Gegenteil.“

Sepps Augenbrauen schnellten in die Höhe. „Ab mit dir, für kleine Mädels. Ich pfeif, wenn die Luft rein ist.“

When Will I See You Again – The Three Degrees

Gereon schaute auf die Uhr und sprang die letzten vier Stufen mit einem Satz hinunter. Er war spät dran. Zügig umrundete er den braunen Transporter, als sein Blick aufs Kennzeichen fiel. „CAT 2014." ‚Zufall?' – Er blickte zum Neubau zurück, zögerte, sah erneut auf die Uhr und stieg ins Auto. ‚Nachher, beim Richtfest', sagte er sich.

***

Bei den nächsten Terminen war er unkonzentriert und hibbelig. Schließlich setzte er sich aufatmend in den Porsche. Am Neubau erwartete ihn jedoch eine herbe Enttäuschung.

Der Bus war weg.

Und die anwesenden Männer der verschiedenen Gewerke schwiegen sich auf seine vorsichtigen Nachfragen hin auffällig eisern aus.

Ridin' Easy with the Sun – Sons of the San Joaquin

Charly bog in ihre Einfahrt, parkte den Bus vor der Scheune und sprang aus dem Auto. Ihr erster Weg führte ums Haus. Amadeus, der sonst das Empfangskommitee auf dem Sims des Küchenfensters stellte, war nirgends zu sehen. An der Koppel erwartete sie eine Überraschung. Beatrix und Peter standen am Zaun, dahinter trabte nervös der Schimmel auf und ab. Der Hund lag zwischen den beiden und beäugte Charly aufmerksam.

‚Das erklärt Amadeus' Abwesenheit.'

Auch die anderen Pferde vom Transport waren auf zwei Koppeln verteilt, fünf unter den alten Obstbäumen in Peters weitläufigem Garten, der Rest auf der Bachkoppel vorm Waldrand.

„Wir haben sie schon rübergebracht. Der Doc war grade da und einige Helfer. Ich hoffe, das ist ok?", erkundigte sich Beatrix. „Es sind alle gesund, entwurmt und geimpft haben wir sie trotzdem. Der Hengst verträgt sich auch gut mit deinen Tieren."

„Passt schon. Ich bin ganz froh, jetzt nicht noch fremde Rösser herumführen zu müssen", antwortete sie und lehnte sich mit verschränkten Armen auf die oberste Latte des Koppelzaunes. Das Holz war rissig und rau, aber noch sonnenwarm. „Habt ihr Amadeus gesehen?"

Peter deutete zum Apfelbaum. Dort saß der Kater in einer Astgabel, seine grünen Augen leuchteten misstrauisch durchs Laub und die weiße Schwanzspitze kräuselte sich aufgeregt hin und her. Charly ging zu ihm und hob ihn herunter, behielt ihn jedoch im Arm. Als sie zu den anderen zurückkehrte, knurrte er missbilligend und krallte sich in ihre Weste. Der Hund sah aufmerksam zu ihnen hoch, rührte sich aber nicht.

„Du wirst dich mit ihm anfreunden müssen, Amadeus, oder zumindest abfinden", sagte sie zum Kater, trug ihn dann zur Haustür, ließ ihn hinein und kehrte mit einer Decke, einem Sack Hundefutter und zwei Schüsseln zurück. Sie deponierte die Decke neben der Futterkiste, füllte eine Schüssel mit Wasser, die andere mit Futter und stellte sie daneben.

„Ich hoffe, es gefällt dir hier, Hund. Demnächst überlegen wir uns einen Namen für dich. Und für deinen großen Kumpel."

Peter schmunzelte. „Der wird sich bald wie zu Hause fühlen. Ich schau morgens und abends nach den Pferden, damit du nicht soviel extra Arbeit hast."

„Danke", lächelte sie zurück. „Ist mir ganz recht, ich werde die nächsten Wochenenden unterwegs sein. Ach, und am Donnerstag bleibe ich über Nacht weg. Ich besuche meine Mutter", erklärte sie schuldbewusst.

Beatrix lachte. „Mach dir keine Sorgen. Ich bin auch noch da. Nach deinen Pferden zu schauen, kriegen wir so eben hin, und einen Haus- und Hofhund hast du jetzt auch, der ungebetene Besucher fernhält."

Peter legte den Kopf schief. „Hoffentlich wagt sich überhaupt noch jemand her. Charly ist ein bisschen jung fürs Einsiedlerleben."

Sie zuckte die Schultern. „Ich kann keinen herbeizaubern."

Sie trennten sich mit einem kurzen Gruß.

***

Charly baute die Batterie in die Suzuki, fütterte Amadeus, der im Haus schmollte, machte sich selbst etwas zu essen und setzte sich damit auf die Terrasse, um den Pferden zuzusehen.

Ihre Gedanken lungerten unbehaglich oft in der Nähe eines gut aussehenden, Porsche fahrenden jungen Mannes herum.

Nachdem sie das Geschirr ins Haus gebracht hatte, holte sie Napoleon von der Koppel, putzte und sattelte ihn und ritt Richtung Aussichtsturm. ‚Napoleon ist zwar kein nervöses Pferd, aber vor mich hinträumen kann ich nicht. Das ist ganz gut so.'

„Ja, sicher bewege ich Flori für dich.“ … „Nein, das wird mir nicht zu viel.“ … „Ehrlich gesagt, kommt es mir ganz recht.“ … „Soll ich vorher bei dir vorbeikommen?“ … „Ganz sicher?“ Gereon lauschte dem Tohuwabohu am anderen Ende der Leitung.

‚Was ist bei meinem Schwesterchen nur wieder los? Wer's woas, werd's wiss'n,', dachte er ‚vielleicht erzählt sie es mir später.'

„Ok, dann schau ich nachher bei dir rein.“ Kopfschüttelnd unterbrach er die Verbindung, ließ den Porsche im Hof stehen, hetzte ins Haus, zog sich um, wieder landeten die Kleidungsstücke verstreut im Haus und markierten seinen Weg durch die Wohnung, dann sprang er in Reitklamotten ins Auto und schoss zurück auf die Straße.

Der Chef des Reitstalls erwartete ihn mit der geputzten, gesattelten und warm gerittenen Florentine, er brauchte nur noch in den Sattel zu steigen. Zügig ritt er zum Aussichtsturm hoch. Er hatte Hunger und die kleine Ausflugsgaststätte dort bot gutes Essen an.

Am Anbindebalken stand bereits ein großer Brauner und brummelte ihnen freundlich entgegen. Er band Florentine mit etwas Abstand neben ihm an, klopfte beiden Pferden den Hals und setzte sich im Biergarten so, dass er sie im Blick hatte. Prüfend musterte er die anderen Gäste, einige ältere Wanderer, niemand, der als Reiter zu dem Braunen passte.

Er bestellte ein Weizen, alkoholfrei, und während er aufs Essen wartete, entspannte er sich und ließ seine Gedanken wandern. Aus dem Räucherofen quoll weißer, verheißungsvoll duftender Rauch und ließ ihm das Wasser im Mund zusammenlaufen. Sein Magen knurrte. Die Bedienung war flott und bald stand die hier obligatorische Räucherplatte nebst Obazdn und Brezn vor ihm.

Über dem Essen vergaß er kurzzeitig die Pferde, bis er bei ihnen eine Bewegung wahrnahm. Ein Mädchen, ‚Nein, eine junge Frau', korrigierte er sich, hatte den Braunen losgebunden und sprach nun mit Florentine, die gegen die Entführung ihres Kameraden protestierte. Beruhigend kraulte sie der Stute den Hals, schwang sich dann behände in den Sattel und ritt in den Wald, ohne sich noch einmal umzusehen. Bedauernd sah er auf seinen Teller und entschied, dass das Essen zu gut war, um es stehen zu lassen, und während er ihn leerte, sinnierte er darüber, warum er in letzter Zeit den entscheidenden Augenblick zu spät zu sein schien.

Eine Stunde später führte er Florentine in den Stall. Diesmal versorgte er sie selbst, räumte das Sattelzeug auf und sah ihr noch eine Weile beim Fressen zu, die Ellbogen auf die Tür und das Kinn auf die verschränkten Daumen gestützt. Schließlich löste er seine Haltung und wandte sich zum Gehen. Halb in Gedanken grüßte er beiläufig die drei Mädchen, die ihn aus der Box eines Schulpferdes heraus anstrahlten. Kichernd tauchten sie fluchtartig hinter das bedächtig kauende Pferd, das sich durch die Unruhe nicht beeindrucken ließ. Draußen schüttelte er sein Unbehagen über die Reaktion der Mädchen ab.

Er mochte es nicht, angehimmelt zu werden. Kurz verspürte er die vertraute Sehnsucht nach einer Frau, die ihm mit Selbstsicherheit und Respekt begegnete, bevor er sich den Erfordernissen der Realität zuwandte. ‚Noch kurz bei Maja vorbeischauen, dann habe ich mir den Feierabend redlich verdient.'

Maja empfing ihn zerzaust und sichtlich erschöpft im Flüsterton. Wohlweislich hatte er nicht die Klingel benutzt, sondern auf ihrem Handy angerufen. Seit die Zwillinge auf der Welt waren, hielt er dies für die bessere Variante.

„Du bist der Einzige, der sich darüber Gedanken macht, ob das Schellen gerade angebracht ist", begrüßte sie ihn mit einer flüchtigen Umarmung. „Komm rein. Pass auf, wo du hintrittst und entschuldige die Unordnung."

Unordnung war weit untertrieben; die Wohnung sah aus wie explodiert. „Ist Michael nicht da?", fragte er.

„Auf Dienstreise."

Er zog die Augenbrauen hoch.

„Angeblich. Ich vermute, er kann mal wieder mit Familie, Haus und Hof nichts anfangen und hat sich bei einem Freund einquartiert." Maja ließ sich schwer auf einen Küchenstuhl fallen und sah ihn von unten herauf an. Mit einer schwachen Handbewegung umfasste sie das Chaos ringsum. „Ich würde manchmal auch gern alles stehen und liegen lassen."

„Wann hast du zuletzt was gegessen?"

„Frühstück?", war ihre vage Antwort.

„Ok, du erzählst mir, was los ist, ich mach dir was zu essen und bringe Küche und Wohnzimmer halbwegs in Ordnung. Um neun schmeißt du mich raus und gehst ins Bett."

Vierzig Minuten später hatte er sämtliche sichtbaren Kinderspielsachen aus dem Wohnbereich ins Spielzimmer verfrachtet, die Spülmaschine brummte eifrig, er war über die komplette Situation im Bilde und konnte Maja leider auch nur bestätigen, was sie schon wusste, nämlich, dass der Trockner den Dienst verweigerte.

„Bestell dir einen neuen. Pack mir jetzt das Wichtigste ein, ich stecke es zu Hause in meinen und bringe es dir morgen früh vorbei."

„Du bist ein Schatz!" Maja umarmte ihn.

Gemeinsam stiegen sie zum Kinderzimmer hoch. Die beiden Jungs lagen in einem Bett, die blondgelockten Köpfe dicht beieinander, alle Gliedmaßen von sich gestreckt, die Decke weggestrampelt am Fußende des Bettes.

Ein Bild des Friedens.

Zärtlich lächelnd betrachtete er seine Neffen, hob den Blick und begegnete den wissenden Augen seiner Schwester. Ertappt wandte er sich ab und seine verbindliche Ader gewann die Oberhand. Mit einem flüchtigen Kuss auf Majas Wange verabschiedete er sich.

A Horse with No Name – America

Charly und Peter standen am Koppelzaun. Der Hengst lahmte. Hinten rechts.

„Es hilft nix. Ich muss mir das anschauen. Hier, lenk ihn ein bisschen ab."

Damit drückte sie Peter die Leckerli in die Hand, holte den Hufkratzer und schlüpfte durch den Zaun. In den letzten beiden Tagen hatte der Schimmel schon gelernt, wo es Leckereien zu holen gab und machte auch gleich einen langen Hals. Ohne zu mucken hob er das Hinterbein an, Charly umfasste den Huf im Sicherheitsgriff, ihre Schulter gegen sein Sprunggelenk gestemmt, und hob ihn auf ihr Knie.

Der Übeltäter, ein Stein, war augenscheinlich. Sie hebelte ihn heraus, während der Hengst kaum einmal zuckte, beide vertieft in ihr Tun. Im Dorf brummte ein Motorrad.

Das Knallen einer Fehlzündung zerriss die abendliche Ruhe. Der Hengst zuckte zusammen, schlug aus und preschte aufgeregt über die Koppel. Fluchend rappelte Charly sich auf. Der Stoß hatte sie zwar von dem Hengst wegkatapultiert, aber im Verlauf der improvisierten Rolle rückwärts hatte sie sich den Hufkratzer gegen die linke Augenbraue geschlagen, wie auch immer sie das geschafft hatte.

„Kruzitürken! Ist dir was passiert?", rief Peter. „Verrückter Gaul, dammicher!"

Sie winkte ab. „Halb so wild." Schnell duckte sie sich durch den Zaun, trat zum Wassertrog, hielt einen Zipfel ihres Hemdes hinein und klatschte sich den tropfnassen Stoff auf die schmerzende Partie.

„Das sah gefährlich aus", erklang hinter ihr die Stimme des Tierarztes und Charly fuhr erschreckt zusammen. Gemeinsam mit Beatrix trat er an die Koppel. „Darf ich einen Blick drauf werfen?"

„Sicher. Bei meiner Rossnatur sind Sie genau der Richtige“, grinste Charly zurück. „Ich schätze, das wird eine nette Beule und schlimmstenfalls blau. Ich werde es überleben“, meinte sie achselzuckend und nahm das Hemd vom Gesicht. Doktor Schnellenbach widmete der Begutachtung ihres Auges genauso viel Sorgfalt, wie sie es von ihm im Umgang mit seinen tierischen Patienten gewohnt war.

„Durchaus akkurate Einschätzung, meine Liebe, mit einer Einschränkung. Das wird ganz sicher blau. Du musst sowieso zu meinem Kollegen für den Spezialfall Mensch.“

„Wieso?“ Charly zog fragend die Augenbrauen hoch und scharf die Luft zwischen die Zähne.

„Krank schreiben kann ich dich nicht.“

„Ist sowieso keine Option. Ich habe zu viel vor in den nächsten Tagen.“ Verschmitzt blinzelnd zuckte sie die Schultern und verpasste dem Hengst, der leise an den Zaun herangetreten war und an ihrer Schulter schnupperte, ihrerseits einen Nasenstüber. „Sorry, Großer, ich habe dich nicht bemerkt.“

Er schnoberte durch ihr Gesicht.

„Schaust du dir an, was du angerichtet hast? Keine Sorge, ich bin dir nicht böse. Ist in ein paar Tagen alles vergessen“, redete sie auf den Schimmel ein, kraulte ihn unterm Kinn und klopfte seinen Hals. Dann folgte sie den anderen, die bereits in Peters Garten neben einer der Stuten standen.

„Lange wird es nicht mehr dauern. Ihr erreicht mich jederzeit übers Handy. Ruft lieber einmal zu oft an als zu wenig“, sagte Doktor Schnellenbach gerade.

Alle drei nickten unisono, dann verabschiedeten sie sich und Charly blieb allein zurück. Am Törchen zu ihrem Grundstück wartete der Hund auf sie. Noch immer namenlos.

Sie stellte ihm Futter hin. Wie in den vergangenen Tagen auch blieb er genau außerhalb ihrer Reichweite. Mit einem kurzen Gute-Nacht-Gruß sammelte sie Amadeus aus dem Apfelbaum ein und nahm ihn mit ins Haus. Sie packte die Alukisten der BMW für die kommenden Tage, kochte Nudeln, feuerte nebenher den Kamin an und machte es sich nach dem Essen im Wohnzimmer mit einem Buch gemütlich.

Blaue Augen – Ideal

Als Charly kurz vor sechs erwachte, war es bereits hell. Ausgiebig geduscht wanderte sie, sich genüsslich streckend, in die Küche, goss Kaffee in den Becher und trat auf die Terrasse hinaus. Beim Blick über die Koppel vergaß sie den Kaffee.

„Der Hengst ist weg!"

***

"Ruhe bewahren!", ermahnte sie sich selbst, stellte den Pott achtlos auf dem Terrassentischchen ab und lief zur Koppel. Auch auf der dahinter liegenden Bachkoppel war er nicht zu sehen. ‚Wo ist der Hund?'

Mit wenigen Schritten war sie beim Unterstand. Er lag auf der Decke und sah ihr mit schräg gelegtem Kopf aufmerksam entgegen. Irritiert blickte sie wieder über die Koppel. Hinter ihr ertönte ein halblautes „Wuff". Sekunden später antwortete ein Wiehern aus Peters Garten und der Kopf des Hengstes erschien über der Feldsteinmauer.

„Was in aller Welt ..."

Das Törchen knarrte, dann stand sie auf Peters Obstwiese und staunte. Unter dem alten Birnbaum stakste auf langen Beinen ein wolliges, hellbraunes Fohlen neben seiner sichtlich erschöpften Mutter her und suchte eifrig unter deren Bauch herum. Der Hengst drehte aufgeregt Runden um die beiden, hielt die anderen Pferde fern und baute sich dann drohend zwischen Charly und der Stute auf.

Der Hund war ihr gefolgt und hatte sich in die Toröffnung gesetzt. Er schien zu wissen, dass der Hengst jetzt niemanden in der Nähe dulden würde. Letzterem gut zuredend und ihn nicht aus den Augen lassend ging Charly vorsichtig zurück zum Törchen und schloss es hinter sich. Der Hengst beruhigte sich sichtlich.

Sie benachrichtigte Peter, den Tierarzt und Beatrix. Nacheinander trafen sie an der Koppel ein und bestaunten das Schauspiel, das der Hengst ihnen bot. Noch immer umkreiste er Mutterstute und Fohlen, zwischendurch trat er an die Stute heran, beschnoberte sie und beknabberte ihren Rücken, kam aber nie dem Fohlen zu nahe.

„Ein Geburtshelfer", schmunzelte Dr. Schnellenbach. „Kann man gelegentlich bei Wildpferden oder nahezu wild gehaltenen Pferden bei Nomaden beobachten. Die meisten Hengste passen nur auf, dass sich die Stute zur Geburt nicht zu weit von der Herde entfernt, aber manche kümmern sich rührend um Mutter und Kind. Mit dem Nachteil, dass man bei Komplikationen an beide nicht rankommt." Er pausierte mit nachdenklich geschürzten Lippen. „Aus der Ferne sieht alles normal aus. Ich bleibe eine Weile hier und beobachte das Trio. Auch danach sollten sie nicht unbeaufsichtigt bleiben." Der Tierarzt sah fragend in die Runde.

Charly schüttelte den Kopf, aber Peter nickte bestätigend und Beatrix fügte hinzu: „Ich löse dich nachmittags ab, Pit."

Charly verabschiedete sich und wandte sich zum Gehen, kehrte jedoch nach wenigen Schritten zurück. „Beatrix? Ich will die drei haben. Machst du die Papiere fertig? Ich komme heute Nachmittag vorbei." Bevor ihre Nachbarn und der Tierarzt sich von ihrer Überraschung erholen konnten, war sie verschwunden. Sie war spät dran.

***

Die Kollegen saßen bereits zur Frühstückspause zusammen, als Charly die BMW an der Baustelle abstellte. Sie kletterte in den Firmentransporter, zog sich um und hockte sich dazu.

"Kneipenschlägerei?", fragte Sepp mit einem Kopfnicken zu ihrem blauen Auge hin.

"Klar, im Dorfkrug. Hast du gestern Abend verpasst", grinste sie und Sepp lachte.

Zur Erheiterung aller berichtete sie die Ereignisse des Abends und des Morgens und musste sich den Rest des Arbeitstages die Sticheleien ihrer Kollegen gefallen lassen. Sie war froh, als sie aufs Motorrad steigen und losfahren konnte. Sie holte Geld von der Bank und fuhr zu Beatrix. Das erledigt, sah sie auf ihr Handy. Sie hatte jetzt überhaupt keinen Nerv für ihre Mutter. Aber es musste sein.

I Knew You Were Trouble – Taylor Swift

Der Motorradtreff kam in Sicht. Charly bremste kurz entschlossen scharf ab und bog in den Parkplatz ein, fuhr gemächlich zum hinteren Ende, wendete halb und ließ die BMW rückwärts in eine breite Lücke rollen. Der Parkplatz war zum Rand hin abschüssig und sie brauchte nur leicht mit den Fußspitzen zu steuern.

Auf der Straße röhrte ein Porsche vorbei. ‚Blau.'

Sie bemerkte ihren Fehler sofort und stemmte sich gegen die Maschine, die ihre Unaufmerksamkeit ausgenutzt hatte und sich gen Erde neigte. Unaufhaltsam, wie sich zeigte.

‚Verdammt!' Charly gab auf und sprang zur Seite, die GS krachte zu Boden. Plastik splitterte. Fluchend riss sie sich den Helm vom Kopf und hob den Fuß, zielte aufs Hinterrad, überlegte es sich im letzten Moment anders und trat heftig gegen den Findling, der als Parkplatzbegrenzung schräg neben ihr lag. Mit einer fließenden Bewegung hängte sie ihren Helm an den Jägerzaun dahinter und umrundete die BMW, die halbmast auf der Ecke des Koffers hing. Sie registrierte, dass ein großer, breitschultriger Mann aus der gegenüberliegenden Parkreihe auf sie zusteuerte, beachtete ihn aber nicht und wuchtete ihr Motorrad erst in die Senkrechte und weiter auf den Hauptständer. ‚Wut ist mitunter ganz nützlich.'

Der Koffer hatte größere Schäden verhindert, nur der Handprotektor war zersplittert. Wie immer hatte sie ihr Bordwerkzeug schnell zur Hand und schraubte ihn bereits ab, als der Fremde sie ansprach.

"Kann ich dir helfen?"

Ohne aufzusehen schüttelte sie ablehnend den Kopf. "Ich komme klar." Sie klang schroffer als beabsichtigt und die Abfuhr tat ihr leid, kaum dass sie sie ausgesprochen hatte. "Trotzdem danke für das Angebot", setzte sie deshalb hinzu und sah zu ihm auf. Braune Augen und ein freundliches Lächeln, das sofort aus seinem Gesicht verschwand und einem eigenartigen Ausdruck Platz machte.

‚Mitleid', dachte sie. ‚Mitleid und mühsam gezügelter Ärger.'

"Wer hat dir das Veilchen verpasst?", fragte er scharf.

Charly verkniff sich mühsam die genervte Reaktion und antwortete so gleichmütig wie möglich: "Ein Pferd."

Sie sah ihm an, dass er ihr nicht glaubte und beschäftigte sich angelegentlich mit dem Zusammenpacken des Werkzeugs. Er blieb, offenbar unschlüssig, ob er eine weitere Abfuhr riskieren sollte, neben ihr stehen und beobachtete ihre Handgriffe. Sie klaubte die Plastiksplitter vom Boden auf, bot ihm ein vages "Ich hol mir einen Kaffee" an und ging zum Kiosk.

Auf dem Weg versenkte sie den zerbrochenen Protektor im Mülleimer. Dabei warf sie einen verstohlenen Blick über ihre Schulter. Er musste gezögert haben, aber er folgte ihr mit langen Schritten und holte auf.

***

Melli, ihre Freundin, war wie erhofft im Dienst und reichte ihr einen Pott Kaffee, ohne die Bestellung abzuwarten.

„Wenn du schon ein blaues Auge hast, wie sieht dann dein Gegner aus?", fragte Melli auch prompt.

„Groß, weiß und unversehrt. Es war keine Absicht."

Der Mann neben ihr stieß ein unbestimmbares Knurren aus und Charly sah zu ihm auf. Er trug den gleichen besorgt wirkenden Gesichtsausdruck wie Melli, nur dass ihr Anflug von Schuld bei ihm durch Aggression ersetzt wurde.

„Es war ein Pferd", seufzte sie. „und er hat sich erschreckt."

Charly umriss die Ereignisse. Ab und zu warf sie einen schnellen Blick zu dem Fremden. Mit einer seltsamen Wachsamkeit blieb er an ihrer Seite, weit genug entfernt, dass sie es nicht als aufdringlich empfand, aber nahe genug, dass sie sich eigenartig geschützt fühlte.

Mit einem leichten Heben der linken Augenbraue schnellte Mellis Blick zu ihm. ‚Kennst du ihn?', hieß das.

Unschlüssig hob Charly halb die Schultern und deutete ein Kopfschütteln an.

Melli nickte unauffällig.

Charly trank ihren Kaffee aus, signalisierte noch ein baldiges Telefongespräch zu Melli, verabschiedete sich mit einer kurzen Entschuldigung in Richtung des Fremden und schritt weit ausgreifend zu ihrem Motorrad. Als sie losfuhr, hob der dunkelhaarige Motorradfahrer lässig grüßend die Hand. Sie grüßte zurück.

An der Ausfahrt passierte sie eine blau-weiße Fireblade.

‚Die würde ich auch gern mal über die Rennstrecke jagen', dachte sie. ‚Ob Dad bald einen Renntermin hat? Der letzte liegt schon einige Zeit zurück.'

Just Met a Man – Anouk

Gereon bog auf den Parkplatz des Motorradtreffs ab und fuhr suchend durch die Reihen, bis er die Maschine seines Freundes gefunden hatte. Er stellte die Fireblade daneben und holte sich vom Kiosk einen Kaffee. Die weitere Suche blieb ihm erspart; sein Freund hatte es sich auf der Bank daneben bequem gemacht und hob träge grüßend die Hand.

Er trat zu ihm, klopfte ihm auf die Schulter und gratulierte den üblichen Summs von Gesundheit, Glück, Erfolg, lalala zum Geburtstag. Dann stutzte er. „Welche Laus ist dir über die Leber gelaufen?"

„Anraunzer bekommen", war Christians einsilbige Antwort.

„Von wem?", fragte er weiter, ohne sich beeindrucken zu lassen.

„Einem Mädel."

‚Das gibt's nicht! Das muss eine seltene Erscheinung sein', dachte er. „Hier?" Seine Augenbrauen schnellten nach oben. Ohne es richtig zu bemerken, ließ er den Blick abschätzend über die verschiedenen Grüppchen schweifen.

„Ist eben weggefahren."

Christians Haltung war eine Nuance zu wegwerfend. Gereon hörte auf, in seinem Kaffee zu rühren und betrachtete ihn eingehend. „Erzählst du es mir freiwillig, oder muss ich dir jeden Satz aus der Nase ziehen?"

Statt einer Antwort stand sein Freund auf, ging zum Kiosk und sprach einige Zeit mit der Bedienung. Noch brummiger und mit einem weiteren Kaffee kam er zurück und schilderte, was sich ereignet hatte. Er deutete mit dem Kopf zum Tresen. „Sie will mir weder den Namen noch die Telefonnummer ihrer Freundin sagen."

„Wie sieht sie aus? Was fährt sie? Hast du das Kennzeichen?“, fragte er langsam und deutlich, als spräche er mit einem geistig Minderbemittelten. „Dann halte ich mit die Augen offen.“

„Hübsch. Motorrad. Nein“, antwortete Christian knapp. „Aber danke. Wie war es in Berlin?“

‚Oha! Entweder hat sie einen Nerv getroffen oder er hat sich prompt in sie verguckt. Ich lasse ihn lieber in Ruhe, bis er bessere Laune hat. Vielleicht morgen Abend, nach dem ersten Bier.’ Er berichtete seinerseits, dann hingen sie beide ihren Gedanken nach.

Christian erhob sich als Erster. „Wir sehen uns morgen.“

„Klar, Party! Lasse ich mir doch nicht entgehen“, zwinkerte Gereon ihm zu.

Zu verkaufen ein schneeweißes Brautkleid – Jürgen Renfordt

Charly gönnte sich zunächst auf der Pottensteiner Strecke ein paar Kurven, zum einen, um ihre Gedanken aufs Fahren zu konzentrieren, zum anderen, um die Begegnung mit ihrer Mutter noch ein wenig hinauszuzögern. Schließlich aber fuhr sie doch auf der Autobahn zügig nach Süden. Wenigstens war die Wohnung ihrer Mutter im Norden Münchens und recht weit außerhalb, so dass sie vor Einbruch der Dunkelheit ankam. Sie stellte das Motorrad ab und hörte den Türöffner brummen, noch ehe sie abgestiegen war. ‚Ungeduldig wie immer', ärgerte sie sich und verdrehte die Augen.

Gitta erwartete sie im Atelier.

„Sag nichts! Es war ein Pferd!", begrüßte sie ihre Mutter und legte ihren Helm ab.

Die zog die Augenbrauen hoch. „Hoffentlich ist es in zehn – nein, neun – Tagen wieder weg!"

Charly konnte sich ein teuflisches Grinsen nicht verkneifen. „Dann hat deine Make-up Artistin wenigstens eine Herausforderung."

Ihre Mutter sah hilfesuchend gen Himmel, beließ es aber dabei. „Kann's losgehen?"

„Ja." Charly schälte sich aus der Textilkombi und ließ sich in eines der Kleider helfen. Die nächsten Stunden vergingen mit unablässigem An- und Ausziehen.

Ihre Mutter konnte sehr anstrengend sein, aber hier im Atelier, zwischen ihren Entwürfen, den edel schimmernden Stoffen und der punktuellen Beleuchtung, kurz, in ihrer Welt, war sie glücklich und ausgeglichen. Und sie, Charly, liebte es, in den ausgefallenen oder verträumten, aber immer eleganten Kreationen ihrer Mutter vor dem Spiegel zu stehen und sich wie eine Prinzessin zu fühlen, während deren schlanke, kühle Finger an ihr herumzupften, Falten und Nähte arrangierten und Maße absteckten. Ein Rausch aus Taft, Tüll und Seide, der sie oft noch die nächsten Tage begleitete.

Zwischendrin orderte ihre Mutter Pizza, weil man Charly ja ‚nirgends mit hinnehmen konnte, so wie sie aussah'. Ihr war es recht. Sie zog die cremeweiße Atelier-Prinzessinnenwolke jedem Münchner Szeneschuppen vor.

***

Nach nur vier Stunden Schlaf fuhr Charly wieder gen Norden. Der Arbeitstag verging ruhig, sie inspizierten eine neue Arbeitsstelle, ein kleines Schlossensemble, das umfangreich instand gesetzt werden sollte. Einem frühen Feierabend stand nichts im Wege.

So saß sie bereits um kurz nach zwei wieder im Sattel, auf dem Weg nach Chemnitz. Diesmal ließ sie sich Zeit, kurvte über Landstraßen durchs Fichtelgebirge, überdachte auf einer ausgiebigen Wiesenrast die vergangene Woche und schmiedete Pläne, machte noch einen Umweg, damit sie in einem kleinen, guten Restaurant essen konnte und fuhr erst im Licht der untergehenden Sonne auf den großen Hof vor der Werkshalle, die ihrem Vater als Lager, Werkstatt und Wohnung diente.

Sie begrüßte ihren Vater und Steven, dann wanderte sie ziellos durch die Halle und begutachtete die verschiedenen Fahrzeuge, die in unterschiedlichsten Stadien ihrer Wiederherstellung entgegensahen. Ganz rechts, im Übergang zum Lagerbereich, stand der Unimog. Die beiden Männer ließen sie in Ruhe.

Raindrops Keep Fallin' on My Head – B.J. Thomas

„Dein Protektor liegt im Büro."

„Prima, danke."

Ihr Vater Arved und ihr Adoptivbruder Steven hatten die Arbeit beendet und es sich draußen neben der Halle gemütlich gemacht. Dort stand ein Bauwagen, innen über und über mit vergilbten Fotos und Postkarten übersät, die Arved von seinen Reisen in die ganze Welt mitgebracht hatte. Er war vor dem Unfall, der ihn in den Rollstuhl gezwungen hatte, gern und viel gereist, und hatte sich auch danach nicht davon abhalten lassen. Finanziert hatte er sein Leben mit dem Ankauf und der Aufbereitung aller möglichen Fahrzeuge. Seit Jahren war er in den einschlägigen Kreisen bekannt und verdiente gut.

Charly beendete ihren Rundgang, holte sich Werkzeug und den Protektor und komplettierte ihr Motorrad wieder. Dann hockte sie sich zu den beiden Männern. „Ich habe mir drei Pferde gekauft", sagte sie in deren behagliches Schweigen hinein. Nach einer kleinen Pause fügte sie hinzu: „Und einen Hund."

Ihr Vater und Steven wechselten einen Blick, der ihr nicht entging.

„Was sagt Amadeus dazu?", fragte Arved.

Sie lachte. „Der sitzt fast nur noch im Apfelbaum."

„Wie hast du eigentlich den Protektor ramponiert?", wechselte Steven das Thema.

„Ach", sie spürte ihre Wangen heiß werden. „War unkonzentriert, beim Parken", nuschelte sie und drehte angelegentlich den Korkenzieher in den Korken der Rotweinflasche.

„Weswegen denn?", fragte Steven unschuldig, aber zielsicher.

Arved nahm ihr die Weinflasche aus der Hand, zog den Korken heraus und hielt ihr die Flasche wieder hin. Sie füllte die Gläser und antwortete, den Blick auf den einfließenden Wein gerichtet. „Wegen eines Autos."

„Wegen des Autos", echote Steven „oder des Fahrers?"

Sie schnappte den Korken vom Tisch und warf ihn in Stevens Richtung. Der versuchte, ihn zu fangen und kippte dabei mit seinem Campingstuhl um.

„Geschieht dir recht", grummelte sie.

Ihr Vater hatte das Schauspiel amüsiert verfolgt.

„Irre ich mich oder war es ein blauer Porsche?"

„Es *war* ein blauer Porsche."

Ihr Vater nickte. „Hat er dir das Bike aufgehoben?"

Sie schnaubte. „Das schaffe ich schon selber. Außerdem könnt ihr euch das Verhör sparen, ich hab den Typen zwar ein paar Mal gesehen, aber immer nur von weitem."

Wieder wechselten die Männer einen bedeutungsvollen Blick.

„Den anderen habe ich sofort vergrault, weil ich ihn angemault habe, als mir die BMW umgefallen ist", fuhr sie fort und funkelte beide an.

„Gleich zwei Männer in einer Woche? Hast einen ganz ordentlichen Verschleiß." Steven kringelte sich vor Lachen und Charly erwog kurzzeitig, ihm eine Rotweindusche zu verpassen. Sie warf einen Blick aufs Etikett und ließ es bleiben. ‚Zu teuer.'

„Drei, wenn du den Hengst mitzählst, der mir das blaue Auge verpasst hat … vier, das Fohlen", antwortete sie betont gleichmütig. „Wie viele Mädels hast du kennengelernt?", erkundigte sie sich süffisant.

„Vertragt euch", mahnte Arved milde. „Habt ihr Pläne fürs Wochenende? Ist schließlich ein langes."

Charly stutzte. „Ach ja, Pfingsten. Das hatte ich ganz vergessen. Ich wäre glatt Sonntagabend wieder abgehauen." Sie überlegte eine Weile, überschlug die Möglichkeiten, gedankenverloren den Wein im Glas schwenkend. Tief atmete sie seinen samtenen Duft ein.

„Ich hatte mich auf Basteln eingestellt. Wie soll denn das Wetter werden?"

„Durchwachsen. Nicht mehr so warm."

„Kletterhalle? Sauna?"

Arved schmunzelte. „Morgen basteln, abends klettern. Sonntag fahren wir ins Gebirge in die Sauna und Montag ausschlafen und klettern. Alle einverstanden?"

Steven und sie nickten.

***

Ein klasse Wochenende neigte sich dem Ende zu. Sie liebte es, gemeinsam mit Steven und ihrem Vater an den verschiedenen Fahrzeugen herumzuschrauben, sich Kniffe abzuschauen. Beim Klettern war ihr endlich an einer 8er-Route ein Erfolg gelungen, und sich in der Sauna zu aalen, war einfach nur himmlisch gewesen. Nur jetzt, da sie auf dem Heimweg war, regnete es in Strömen. Eklig nass schmiegten sich die Handschuhe um ihre klammen Finger; da halfen weder die Protektoren noch die Griffheizung besonders viel. Dazu wehte ein böiger Wind und ließ jede Vorbeifahrt an einem größeren Fahrzeug zu einem Balanceakt werden.

Sie hatte gehofft, über die Autobahn schnell voranzukommen. Doch Stau reihte sich an Stau. Sie mogelte sich durch, mit den Alukoffern nicht die leichteste Übung. Aufatmend bog sie schließlich auf die Landstraße ab. An Kurvenjagd und Fußrastenschleifen war heute nicht zu denken; sie fuhr auf Sicherheit. Nach einer gefühlt endlosen Fahrt schob sie die BMW auf ihren Platz unterm Dach und rief noch von da aus ihren Vater an. Er hörte sich genauso erleichtert an, wie sie es war.

***

Die Pferde standen triefend, die Hinterteile in den Wind gedreht, geduldig im Regen und zuckten kaum mit den Ohren. Das Fohlen hatte den besten Platz abbekommen. Es passte genau unter den Hengst, der dicht neben der Mutterstute stand. Weitgehend trocken zappelte es unter ihm herum und streckte mal die Nase raus in den Regen, nieste, schnappte nach den Schweifhaaren des Hengstes, knabberte an dessen Beinen und war dem langmütigen Gesichtsausdruck des Schimmels nach ein rechter Plagegeist.

‚Spielkamerad besorgen und Unterstand bauen', notierte sie sich mental. Auch wenn letzterer wahrscheinlich genauso ungenutzt bleiben würde wie der bereits bestehende. Wenigstens der Hund lag darin, wie üblich. Nein, nicht ganz, sacht klopfte die Rute auf die Decke, immerhin ein Fortschritt in ihrer Beziehung. Dann legte er mit einem tiefen Seufzer den Kopf wieder zwischen die Pfoten, beobachtete aber jede ihrer Bewegungen argwöhnisch, während sie ins Stallbuch schaute und ihm frisches Futter hinstellte.

Amadeus fehlte. Kein Wunder bei diesem Wetter. Er hatte sich vermutlich in einer der Scheunen des Dorfes ein gemütliches Plätzchen gesucht und würde nach dem Regen wieder auftauchen, kuschelsüchtig und nach Heu duftend.

***

Am nächsten Morgen war sie sehr früh wach. Der Wind wehte kräftig und warm in ihr Schlafzimmer. Aber was sie geweckt hatte, war Amadeus. Er lag der Länge lang auf ihrem Bauch und tatzte mit den Pfoten gegen ihr Kinn. Sie kuschelte ein paar Minuten mit ihm und sprang aus dem Bett.

Einige Handgriffe im Haushalt, dann schaute sie nach den Pferden. Der Hengst kam ihr wiehernd bis zum Törchen entgegen. Vom

Regen, der stellenweise den Dreck aus seinem Fell gewaschen hatte, sah er ganz streifig aus, wie ein Zebra.

Sie holte das Putzzeug, trat zu ihm auf die Koppel und begann zuerst vorsichtig, aber bald routinierter, ihn zu putzen. Er ließ es sich gern gefallen. Unterm Bauch war er kitzelig, an den Beinen putzte sie zunächst nur das Gröbste und sehr wachsam. Nur an den Kopf ließ er sie gar nicht heran. Schließlich trat sie zurück und betrachtete ihr Werk. „Na, vorher war's einheitlicher. Siehst aus wie ein Schwarzkopfschaf. Heute Nachmittag bist du dran, Gesicht, Füße und Haare waschen." Er lauschte aufmerksam ihrer Stimme. Sie belohnte ihn mit einigen Leckerchen für seine Geduld, packte das Putzzeug weg und ging selber unter die Dusche. Kurz darauf war sie auf dem Weg zur Arbeit.

Free Fallin' – Tom Petty and the Heartbreakers

Charly stand auf einem niedrigen Seitengebäude des Schlosses und deckte gemeinsam mit Sepp und dem Azubi das Dach ab. Sie war die Leichteste und hatte die zweifelhafte Ehre, auf dem maroden Dachstuhl herumzusteigen.

Sie waren am Ende des Gebäudes angelangt, die Giebelwand war teilweise weggebrochen, der Dachstuhl mit zwei Stützen abgesichert. Vorsichtig tastend arbeitete sie und horchte auf das Knarren des Balkens unter ihren Füßen. Nur noch wenige Handgriffe, dann war es geschafft. Als sie den letzten Dachziegel vom First angelte, spürte sie, wie die Konstruktion sich zu verschieben begann.

„Achtung!" Sie warf Sepp den Dachziegel zu und hechtete zur Mauer, während der Balken schon unter ihr wegbrach. Sie erwischte die Mauerkrone passgenau, aber ihr Momentum war zu hoch. Mit beiden Händen packte sie die rauen Ziegel und ließ sich an der Außenseite hinabgleiten, stemmte sich mit dem linken Fuß von der Mauer weg und ließ los. Landete knappe drei Meter weiter unten im Gras auf den Füßen, rollte rückwärts über die Schulter ab und stand wieder, als Sepp kreidebleich neben ihr auftauchte. So sah er auch, dass sie das Gesicht verzog, als sie die Arme bewegte.

„Ab zum Arzt! Keine Widerrede." Er schob sie zum Transporter.

***

„Charly, welch seltener Anblick", wurde sie vom Arzt begrüßt.

„Arbeitsunfall", knurrte sie unwillig und er lachte.

„Sonst wärst du wohl kaum hier. Schnellenbach kommt mir ja immer zuvor."

Sie seufzte. Die Blaue-Augen-Story war also schon bis hierher gedrungen. Zudem war es nicht das erste Mal, dass sie sich mit der Einschätzung des Tierarztes begnügt hatte.

„Wo zwackt's?"

„Flügellahm", antwortete sie wortkarg.

Mit der Diagnose ‚leichte Schulterprellung' und dem Arm zur Schonung in einer Schlinge stand sie eine halbe Stunde später wieder auf der Straße. Krank geschrieben für nur eine Woche, weil sie dem Doc versprochen hatte, die zweite Woche Urlaub zu nehmen. Allerdings mit Kletterverbot. Reiten und Motorradfahren hatte er ausdrücklich auf „zuverlässige Untersätze" beschränkt und ihr auf die Schulter geklopft.

Auf die unversehrte wohlgemerkt.

Sepp hatte ihren Bus am Ortsrand geparkt, sie konnte ihn von hier aus sehen. Sie rief ihn an, dann ihren Chef, dann Melli. Mit dem Handy am Ohr wanderte sie langsam Richtung Bus, als es neben ihr heftig rumpelte. Im nächsten Augenblick bellte sie ein riesiger Schäferhund von oben herab an.

„Meine Güte, hast du mich erschreckt!" Sie nahm das Handy vom Ohr und wandte sich dem Hund, der mit zuckender Nase schnupperte, zu.

Aus dem Garten erklang ein scharfer Befehl, es polterte wieder und der Hund verschwand, dafür schaute ein Mann über die Mauer, die hier das Grundstück begrenzte.

„Entschuldigen Sie… oh, hallo!"

Braune Augen blickten sie erstaunt an. ‚Der hilfsbereite Motorradfahrer', erkannte sie. Sein Blick erfasste sie – und natürlich die bandagierte Schulter.

„Schon wieder vom Pferd?", fragte er argwöhnisch und durchaus ironisch.

„Hi." Sie fuhr sich verlegen durch die Haare. ‚Was wird der von mir denken?'

„Äh, nein. Bin vom Dach gefallen“, antwortete sie.

„Und was bitte machst du auf dem Dach?“

Sie lachte. „Meine Brötchen verdienen. Ich bin Zimmermeisterin.“ Sie deutete auf ihre Kluft. „Ich heiße Charly“, setzte sie hinzu. „Sorry für den Anraunzer letzte Woche. Ich hasse es, wenn mir das Motorrad umkippt.“

„Christian.“ Er zuckte die Schultern. „Schon okay.“

Sie zögerte. Mittlerweile spürte sie die Nachwirkungen ihres Sturzes und grub in der Hosentasche nach dem Autoschlüssel. „Ich muss nach Hause.“

Er musterte sie eingehend. Was er sah, schien ihn zu beunruhigen. „Wo ist denn ‚zu Hause‘? Ich fahre dich besser“, bot er an.

Gerührt über seine Fürsorglichkeit schüttelte sie dennoch ablehnend den Kopf. „Im nächsten Dorf. Passt schon, die paar Meter schaffe ich. Mein Auto steht da vorn.“ Sie lächelte ihn an und hoffte, dass sie kompetent genug aussah.

„Wie du willst.“

She Works Hard for the Money – Donna Summer

Charly zerrte den Sitzsack auf die Terrasse und fläzte sich hinein.

Nach wenigen Minuten stand sie auf, ging ins Haus und kam kurz darauf mit Stift, Papier und einem Kaffee wieder heraus.

Rutschte hin und her, um die bequemste Position zu finden.

Stand auf und fügte ihrer Sammlung eine Flasche Wasser, Sonnenbrille und Sonnencreme sowie eine Tafel Schokolade hinzu, überlegte kurz und verschwand noch einmal im Haus.

Mit einem zusammengelegten Sonnensegel kehrte sie zurück, hängte es in die Haken am Haus ein und spannte es zum Apfelbaum.

Räumte die Terrasse um und ließ sich endlich im Schatten wieder in den Sitzsack fallen. Genoss ihren Kaffee und den Blick über Garten und Koppeln und widmete sich dann ihrer To-Do-Liste. Binnen kurzem notierte sie die Punkte:

- Namen aussuchen
- Hengst waschen / Helfer?
- Frühjahrsputz Haus
- Werkstatt aufräumen
- Spielkamerad für Fohlen / Reitverein?
- Unterstand bauen
- Caddy verkaufen
- Gespräch Chef
- neues Winterprojekt organisieren

Bei diesem Punkt verweilte sie.

‚Ob ich noch einmal nach Quedlinburg fahren soll? Mit dem Bus und Hänger? Dort standen ein paar interessante Fahrzeuge. Zwar deutlich älter als das, was ich sonst in den Fingern habe, aber warum nicht? Dad oder Steven helfen mir, wenn ich nicht klarkomme.'

'Aber eigentlich wollte ich was Modernes, Schnelles. An so was kommt auch Dad nicht ohne weiteres ran, und wenn, dann ist meist nicht mehr viel zu retten.'

'Oder wieder eine Auftragsarbeit wie den Umbau des Expeditionsjeeps damals, war auch cool. Am besten, ich spreche mit Dad, der kann mir vielleicht was vermitteln. Es hat ja noch Zeit.'

'Zuerst gibt es naheliegendere Dinge zu organisieren.' Charly seufzte, überlegte und nahm einen neuen Zettel, den sie mit „Unterstand" überschrieb:

- mit Peter klären
- Bauvoranfrage/Baugenehmigung?
- mobil / zerlegbar / Teile für mich händelbar
- Verankerung?
- Dichtigkeit Dach?
- Verbindungen stabil, rostfrei, „eselsicher"

Darunter fügte sie eine Skizze hinzu, die den Unterstand in der Seitenansicht zeigte. Dann ließ sie Zettel und Stift sinken und lehnte sich zurück. Wie gerufen tauchte Amadeus auf und machte es sich schnurrend auf ihrem Bauch bequem.

***

Eine knappe Stunde später erwachte Charly. Sie konnte sich nicht erinnern, wann sie das letzte Mal derart königlich Mittagsschlaf gehalten hatte, wenn auch sehr verspäteten Mittagsschlaf. Sie streckte sich, was Amadeus ungehalten quittierte, indem er seine Krallen in ihren Bauch schlug.

„Autsch!", protestierte sie, aber er sah sie nur aus unergründlich grünen Augen an.

Ergeben nahm sie ihre Schlafhaltung wieder ein und begann, den Kater zu kraulen. Ihre Gedanken wanderten.

„Was machst du denn für Sachen?!"

Charly zuckte zusammen, Amadeus schoss erschreckt von ihrem Bauch herunter, nicht ohne sie wiederum seine Krallen spüren zu lassen, und stolzierte mit ärgerlich wippender Schwanzspitze zum Apfelbaum.

„Hi Peter." Sie rieb sich die malträtierte Mitte. „Halb so wild. Hat Sepp es dir erzählt? Ich dachte, deine Skatrunde ist donnerstags?"

„Ist sie auch. Ich habe Sepp beim Einkaufen getroffen", nickte Peter.

„Gut, dass du da bist." Sie reichte ihm das Blatt mit der Skizze. „Die drei in deinem Garten brauchen einen Unterstand."

Peter angelte umständlich seine Lesebrille aus der Brusttasche seines Hemdes, setzte sie auf und studierte Charlys Notizen. „Nichts dagegen einzuwenden." Er sah auf.

Charly schnaubte. „Wegen Punkt eins hatte ich auch keine Bedenken. Ich hoffte, du könntest mir bei Punkt zwei behilflich sein?"

Er schmunzelte. „Dachte ich mir schon. Auch kein Problem. Ich vermute, es soll möglichst schnell gehen?"

„Ja, wäre nicht schlecht. Wobei ich sowieso nicht gleich loslegen kann." Sie hob die bandagierte Schulter und seufzte. „Dabei hatte ich heute so viel vor."

„Ein bisschen Ruhe schadet dir nicht." Peter betrachtete sie. „Was gibt's zum Abendessen?"

Sie deutete auf die Schokolade.

„Was sagst du zu Wildschweinschinken und Hirschsalami?", fragte er. „Nicht zu vergessen, frisches Brot?"

Charly blinzelte schelmisch. „Ich sage, ich decke den Tisch und denke, es findet sich bei mir ein guter Rotwein dazu."

‚Abendessen in Gesellschaft, besser geht's nicht', dachte sie vorfreudig.

Who's That Girl? – Eurythmics

Christian schwang sich aufs Fahrrad und pfiff Napoleon zu sich. Begeistert stob dieser von seinem Schattenplatz auf ihn zu und sprang schwanzwedelnd um ihn herum. Er nahm den Wirtschaftsweg, der am Waldrand zum Nachbardorf hinüberführte. Den ganzen Nachmittag über hatte er gegrübelt, aber trotzdem keine Idee, wo sie ‚hingehörte'. Vielleicht konnte Peter ihm weiterhelfen.

Nur schien der nicht zu Hause zu sein, obwohl sein kleiner roter Golf in der Einfahrt stand. ‚Oder hört er die Klingel nicht, weil er im Garten zugange ist?'

Kurz entschlossen umrundete Christian die Hausecke und fand sich unversehens vor breitem, weißem Weidedraht wieder. Dahinter hatte sich ein großer Schimmel in unmissverständlich drohender Haltung aufgebaut. Naja, Kopf und Beine des Tieres waren eher gräulich-schwarz. Außen am Draht entlang führte eine Trampelspur im Gras zu einem neuen kleinen Tor in der Feldsteinmauer, durch das soeben Peter hereinkam.

„Grüß dich, Christian, was verschafft mir die Ehre?"

Bevor er antworten konnte, tauchte im Nachbargarten ein löwengelber zottiger Schäferhund auf, schlüpfte durch das neue Törchen und setzte sich abwartend neben die Pferdekoppel. Napoleon kannte keine solche Zurückhaltung und rannte auf den fremden Hund zu, der sich zu Christians Erleichterung sofort demütig auf den Rücken fallen ließ, dann Napoleons Aufforderung zum Spiel Folge leistete und mit ihm durch Peters Garten tobte. Nur wenn sie der Pferdekoppel nahe kamen, änderte sich die Haltung des Fremden zu argwöhnischer Wachsamkeit.

Das Zwischenspiel mit den Hunden hatte ihn abgelenkt.

„Eigentlich nur eine Frage …"

„Schieß los!" Peter winkte ihm zu folgen, trat ins Haus und reichte ihm aus der Vorratskammer einen nach frischem Holzrauch duftenden Schinken und eine Salami, während er seiner Beschreibung lauschte.

„Du hoffst, dass ich dir sagen kann, wo sie wohnt?"

Etwas ratlos und verwirrt ob Peters augenscheinlichem Amüsement rieb Christian sich übers Kinn. „Das war mein Gedanke."

„Und dann?" Peter nahm ihm die Lebensmittel ab und trat aus dem Haus.

‚Ja, was dann? Bei ihr klingeln? Versuchen, sie abzupassen? Bin ich für solche Spielchen nicht langsam zu alt?' Diesmal rieb er sich den Nacken, merkte es und schob die Hände in die Hosentaschen. „So weit war ich noch nicht."

„Aha. – Komm mal mit."

Gehorsam folgte er Peter in den Nachbargarten. Er sah sich nach den Hunden um und pfiff Napoleon zu sich; der fremde Hund folgte, hielt aber Abstand zu ihm. Derweil hatte Peter den lila blühenden Fliederbusch umrundet und sprach mit jemandem. Er beeilte sich und betrat die Terrasse in dem Augenblick, als sie, ‚Charly', erinnerte er sich, mit Tellern, Besteck und Rotweingläsern aus der Tür trat. Sie schien überrascht, ihn zu sehen, fing sich aber sofort und grinste ihn an.

„Du hast mich ja schnell gefunden!"

„Ah, ihr kennt euch schon?" Peter schaute erstaunt von ihr zu ihm. „Auch gut. Dann können wir uns die Formalitäten sparen und gleich essen."

„Du kannst mich doch nicht bei ihr einladen!", protestierte er.

„Kann er schon. Genau genommen ist es sein Essen, ich stelle nur die Lokalität. Wenn es dich beruhigt, ich würde mich freuen, wenn du bleibst." Sie beschäftigte sich scheinbar beiläufig damit, den Korkenzieher in den Korken einer Weinflasche zu drehen.

Let Me Help – Billy Swan

„Dann bleibe ich gerne." Seine Stimme war tief und warm wie seine Hand, die ihre streifte, als er ihr die Flasche aus der Hand nahm und den Korken herauszog. Sie verfolgte es amüsiert, und als er ihr die Flasche zurückreichte, fragte sie in leichtem Tonfall: „Woran liegt es, dass Männer meinen, eine Frau könne keinen Korken aus der Flasche ziehen?"

„Was andere Männer betrifft: keine Ahnung. Ich will meine gute Erziehung zur Schau stellen", konterte er.

Sie lachte.

Während des Essens herrschte zunächst hungrige Stille. Dann deutete Peter mit der Gabel in Richtung ihrer Notizen. „Magst du Christian deine Unterstandsüberlegungen zeigen? Er ist Ingenieur und hat vielleicht noch die eine oder andere Idee dazu."

Ohne zu zögern schob sie ihm ein Blatt zu. Er überflog es und stellte noch einige Fragen. „Bis wann brauchst du das?"

„Ich wollte den Unterstand kommende Woche bauen."

„Hm. Was dagegen, wenn ich mir deine Notizen abschreibe und in Ruhe darüber nachdenke?"

Sie schüttelte den Kopf und reichte ihm Block und Stift. In seine Aufzeichnungen vertieft fragte er angelegentlich: „Gibt's sonst noch was, wo ich dir behilflich sein könnte?"

Charly bedachte ihn mit einem verkniffenen Blick. „Ich bin lädiert, nicht invalid", antwortete sie; den Rest des Gedankens, ‚Ich komm sehr gut alleine klar, mein Freund!', schluckte sie mühsam hinunter.

„Seit wann bist du denn so widerborstig?", staunte Peter.

„Bin ich das?", schoss Charly zurück.

Peter hob nur vielsagend die Augenbrauen.

Seufzend schob sie noch ein Blatt über den Tisch. „Meine To-Do-Liste, nicht spannend und kein Geheimnis.“

***

Nachdem Christian die Zeilen überflogen hatte, war er da ganz anderer Meinung. Trotzdem, sie hatte ihm die Liste nicht freiwillig überlassen.

‚Will sie keine Hilfe? Oder will sie nur keine Hilfe von mir?‘ Er ließ den Zettel auf den Tisch sinken und überlegte, wie er gleichzeitig mehr über sie und die interessanten Punkte der Liste erfahren konnte, inklusive eines baldigen Wiedersehens natürlich, ohne sie stärker in die Verteidigung zu drängen.

Peter kam ihm zuvor und fragte Charly nach ihrem Vater.

‚Auch gut‘, dachte Christian, lehnte sich zurück und überließ die beiden ihrem Gespräch. Er beobachtete sie und ließ die Umgebung und die Stimmung auf sich wirken. ‚Der Wein ist wirklich gut.‘

Die Hunde hatten sich ausgetobt und zu ihnen zurückgefunden. Napoleon lag zu seinen Füßen, der andere demonstrativ zwischen ihm und Charly. Ab und an banden Charly und Peter ihn, Christian, in ihr Gespräch ein, meist mit einer kurzen Erklärung, damit er ihnen weiterhin folgen konnte. Er erkannte es als Angebot, und als sie zu allgemeinen Themen wechselten, beteiligte er sich häufiger am Gespräch. ‚Es scheint sie nicht zu stören.‘

***

‚Schade, jetzt hat er es bemerkt‘, dachte Charly, als Christians Augen auf ihre Frage hin schmal wurden und seine Antwort überlegter ausfiel als die vorherigen. Sie hob die Weinflasche an, die zweite bereits, um nachzuschenken, stellte fest, dass sie leer war und hielt sie fragenden Blickes in die Höhe.

Peter schüttelte ablehnend den Kopf. „Reicht für heute. Sag mir noch, wann ich im Anzug erscheinen soll, dann lassen wir dich in Frieden."

„Was willst du denn im Anzug bei mir?", fragte sie vollkommen perplex.

„Na, zur Taufe unseres Nachwuchses will ich vernünftig aussehen, oder hast du dir noch keine Namen überlegt?"

„Habe ich nicht. Steht ganz oben auf der Liste." Charly nickte zu dem vergessen auf dem Tisch liegenden Zettel hin. „Ich mache darum kein großes Trara."

„Was? Keine zelebrierte Taufzeremonie?" Peter hob gespielt entrüstet die Hände.

„Soll ich ihnen ein Glas Sekt über den Kopf schütten oder gar die Flasche an die Hinterhand knallen?"

Die Männer lachten.

„Schade um den guten Alkohol", schüttelte Peter den Kopf.

„Ich stelle mich als Taufpate zur Verfügung, wenn ich den Sekt trinken darf", ergänzte Christian kichernd.

Entnervt betrachtete Charly die beiden Männer auf ihrer Terrasse, die sich gar nicht wieder beruhigen wollten. Sie verdrehte die Augen, machte eine eindeutige Wedelbewegung mit der Hand vor ihrem Gesicht und entschloss sich dann, die immer noch glucksenden Herren zu ignorieren. Stattdessen fasste sie den ersten Punkt ihrer To-Do-Liste ins Auge. „Zur Taufe braucht man Namen. Mein Dad hat mich auf die griechische Mythologie verwiesen. Wobei ich teilweise auch schon so weit war."

Das Stichwort griechische Mythologie brachte die Männer abrupt zur Ruhe.

„Fürchte, da kann ich dir nicht weiterhelfen", enthob sich Christian. „Es sei denn mit Recherche." Er deutete auf sein Handy.

„Hast du schon Vorstellungen?", fragte Peter, die Stirn in konzentrierte Runzeln gelegt.

Charly schmunzelte. Peter konnte man direkt ansehen, wie sich die Gedankenmaschinerie in Gang setzte. „Also, für den Hengst dachte ich an ‚Phoenix'."

„Passt. Ist sogar noch angekokelt an den Ecken", antwortete Christian trocken.

‚Von wegen nicht weiterhelfen können', dachte Charly, schnaubte und warf ihm einen herausfordernden Blick zu. Sie ignorierte ihn dann aber und blickte sinnend ins Dunkel von Peters Garten, in dem sich schemenhaft die Pferde vor dem Schwarz der Bäume abhoben. Lau strich ein sanfter Wind durch den Fliederbusch und ließ dessen Blätter leise rascheln. Eine Welle süßen Duftes überrollte sie. „Für die Mutterstute hätte ich gern eine Göttin. Nichts Jugendliches oder Schönes wie Diana oder Aphrodite. Gibt's eine Göttin des Alters?"

„Wie gefällt dir ‚Athene'?", fragte Peter nach einigem Überlegen.

Christian tippte den Namen in sein Smartphone. „Die Dame war für einiges zuständig", meinte er kurz darauf. „Unter anderem Göttin der Weisheit. Würde doch passen."

„Gefällt mir", befand Charly. Von weitem schlug die Kirchturmuhr und sie wartete, bis der letzte Ton verklungen war. „Bleiben der Hund und das Fohlen. Bei Letzterem denke ich immer an ‚Puck'."

„Wenn es dir gefällt, dann belass es doch dabei."

„Und wenn er erwachsen ist und es passt nicht mehr?"

„Es wird passen. Ansonsten deklarierst du es einfach als Abkürzung für irgendeinen hochoffiziellen Namen. Der mir jetzt aber grad nicht einfällt", gähnte Christian.

„Fürst Pückler zum Beispiel", warf Peter ein.

„Raffinierte Idee", stimmte Charly lachend zu. „Also ‚Puck'. Für den Hund schwanke ich zwischen ‚Castor' und ‚Pollux', weil er so auf den Hengst aufpasst."

Christian tippte, überflog den Text und fasste die Informationen kurz zusammen. Sie hörte mit leicht geneigtem Kopf konzentriert zu.

„Pollux. Passt besser“, entschied sie.

„Sehe ich auch so“, bestätigte Christian und Peter nickte.

„Punkt erledigt.“ Christian beugte sich zu Peter, zog ihm den Kugelschreiber aus der Brusttasche und strich den ersten Eintrag auf der Liste durch. Er hielt das Blatt ins funzelige Licht der Öllampe auf dem Tisch und las den nächsten Eintrag vor. „Ich stelle mich als Helfer zur Verfügung.“ Er sah sie an.

‚Hartnäckig ist er, das muss ich ihm lassen', dachte sie. Aber der Wein hatte sie auch milde gestimmt. Sie lächelte. „Danke. Lieb gemeint. Leider hat der Hengst was gegen Männer. Jüngere Männer“, korrigierte sie. „Von Peter nimmt er Leckerli, aber mehr auch nicht. Das mache ich mit Beatrix zusammen.“ Sie nahm ihm das Blatt aus der Hand, warf einen Blick darauf und seufzte dann. „Ich werde die Liste diese Woche auf Eis legen. Immerhin bin ich krankgeschrieben. Ich erledige ein paar Sachen für meinen Dad, auf dem Tablet herumtippseln sollte kein Problem sein.“

Peter begann, die Lebensmittel einzupacken. Sie stellte Teller und Besteck zusammen und trug sie durch die dunkle Wohnung in die Küche. Christian folgte ihr mit den Gläsern und den leeren Flaschen auf dem Fuße. Sie lächelte, nahm sie entgegen und bedankte sich. Schweigend gingen sie zurück auf die Terrasse und verabschiedeten sich.

Er war in Peters Kielwasser schon fast um den Fliederbusch herum verschwunden, als Charly ihn noch einmal zurückrief.

„Du kannst gern wieder vorbeischauen.“ Verdutzt starrte er sie einen Moment an. ‚Das hat er nicht erwartet', dachte sie. „Wenn dein Hund jemanden zum Toben braucht“, setzte sie hinzu. „Gute Nacht.“ Sie drehte sich um, trat ins Haus und schloss die Terrassentür, ohne ihn noch eines Blickes zu würdigen.

***

Als sie kurz darauf barfuß in ihr Schlafzimmer tappte, hatte Amadeus sich schon in ihrem Bett breit gemacht. Sie kuschelte sich zu ihm und überdachte den Abend. Es war schön gewesen. Sie fand, Christian passte gut auf ihre Terrasse. Über diesen Gedanken schmunzelnd schlief sie ein.

Money, Money, Money – ABBA

Müde und verärgert stülpte sich Christian den Helm über den Kopf und zog die Handschuhe an. Die Strahlen der tief stehenden Sonne fielen auf den Firmenparkplatz, als er sich aufs Motorrad schwang und losfuhr. Einerseits war ein Riesenberg Arbeit da und immer Not am Mann, andererseits sollte er seine Überstunden abfeiern. Nur deshalb war er gestern tagsüber zu Hause gewesen. Und heute gleich wieder zwölf Stunden. ‚So wird das nichts.'

‚Konzentriere dich', ermahnte er sich selbst, fand langsam in seinen Rhythmus und fuhr reichlich dreißig Minuten später auf seinen Hof, gedanklich noch immer bei der Arbeit. Napoleon freute sich über seine Rückkehr, er kraulte ihn ausgiebig, trat ins Haus, rannte, zwei Stufen auf einmal nehmend, die Treppe hoch, zog sich um und ging durch den Garten zum rückwärtigen Tor. Ein Pfiff schreckte ihn auf. Sein Nachbar stand auf dem Balkon und hielt eine Weinflasche in die Höhe. Er nickte, signalisierte eine halbe Stunde und trabte mit Napoleon los. Die kleine Waldrunde musste heute reichen.

***

Gereon saß in der herabsinkenden Dämmerung auf dem Balkon, als er das leise Klacken von Hundepfoten auf den Fliesen hinter sich hörte. Kurz darauf schob sich Napoleons feuchte Hundenase unter seine Hand. Jetzt tauchte auch Christian nass geschwitzt auf, zerrte sich das Funktionsshirt vom Leib, hängte es auf die Balkonbrüstung und ließ sich in den Sessel neben ihn fallen. Gereon schob ihm die Wasserflasche zu und schenkte ein zweites Glas Wein ein.

„Nur das eine, ich bleib nicht lange." Christian zog einen Zettel aus der Tasche und hielt ihm diesen entgegen. Es war eine Kopie einiger Notizen in Christians Handschrift.

„Ein Pferdeunterstand?" Erstaunt sah er zu seinem Freund auf.

„Nicht für mich. Für eine Bekannte. Es geht nur um die Besonderheiten. Den Rest kriegt sie selber hin. Ist Zimmermeisterin", erklärte der.

‚Frauen in Männerberufen', dachte Gereon unwillig und brummte etwas Unverständliches.

„Lass uns Montag Abend darüber sprechen. Ich fahre morgen wieder nach Berlin und bleibe übers Wochenende weg."

***

Charly saß in der Morgensonne auf der Terrasse, das Tablet auf den Knien, und suchte nach Fahrzeugteilen. Über die letzten Tage war die Liste ihres Vaters kräftig angewachsen; das untrüglichste Zeichen für schönes Wetter. Arved aktualisierte sie im Ein- bis Zwei-Tages-Rhythmus, die eiligsten Sachen ganz oben und rot markiert. Hatte sie etwas gefunden und bestellt oder wartete sie auf die Versteigerung, bekam er eine Kopie der Eingangsbestätigung und am Ende ihrer Bestellsessions die aktualisierte Liste: Grün markiert, was bestellt und ersteigert war und sich im Versand befand, blau, was noch eine Wartefrist hatte. Lieferung direkt zu ihm, Bezahlung über eins seiner Firmenkonten, das er extra zu diesem Zweck eingerichtet hatte. Über die Jahre hatten sie ihr System ausgefeilt und nur selten lief etwas schief.

Charly hatte einiges geschafft. Die roten Zeilen waren abgearbeitet, das meiste davon schon unterwegs, sogar ein paar Schnäppchen waren dabei. Nur zwei Reminder waren offen, die im Laufe des Tages fällig wurden. Sie sah auf die Uhr. Kurz vor zehn. ‚Vier Stunden, reicht für heute', dachte sie, schickte ihrem Vater die Liste zurück und legte das

Tablet zur Seite. Fast gleichzeitig hob Pollux, der ihr Gesellschaft geleistet hatte, mit aufmerksam gespitzten Ohren den Kopf und deutete mit einem halb verschluckten „Wuff" einen Besucher an. Peter umrundete den Fliederbusch und hielt ihr einen Notizzettel entgegen.

„Bzgl. Unterstand, reicht Montag Abend? Gruß, Christian", las sie. Darunter eine Handynummer.

With a Little Help from My Friends – Joe Cocker

Etwa zur gleichen Zeit wie am Vortag stieg Christian auf seine BMW und trat den Heimweg an. Er war enttäuscht. Auf dem Handy war keine Nachricht. Er hatte den Zettel frühmorgens in Peters Briefkasten gesteckt, weil er sie nicht wecken wollte und sich nicht sicher war, ob Pollux ihn schon zum auf dem Grundstück erwünschten Personenkreis zählte. Der Hund machte einen zu misstrauischen Eindruck. Tagsüber hatte er keine Zeit gehabt, aufs Handy zu schauen und war sich sicher gewesen, abends eine Info von ihr zu haben. ‚Habe ich ihre Neugier und ihre Blicke falsch interpretiert?' In Gedanken versunken und langsamer als sonst fuhr er die Landstraße entlang. ‚Bei ihr klingeln?', überlegte er, verwarf jedoch den Gedanken. ‚Sie ist dran. Ich werde erst am Montagabend bei ihr auf der Matte stehen.'

***

Es war Donnerstag, kurz vor Sonnenuntergang und Charly sauer. So selten sie Hilfe brauchte: Wenn es doch so weit war, war keiner greifbar. Sie hatte sich vom Bauern Heu und Stroh nachliefern lassen, der hatte ihr das wie immer ordentlich am Unterstand gestapelt. So weit alles paletti.

Auch die paar Säcke Pferdefutter einzukaufen war kein Akt; die Männer im Lager des Futtermittelmarktes kannten sie und hatten ihr ohne großes Aufhebens die Säcke in den Kofferraum des Transporters gehievt. Nur jetzt war keiner da, der beim Ausladen mit anpacken konnte. Peter nicht, und bei Beatrix hatte sie gerade vergeblich geschellt. Alleine mehrere Halbzentner-Säcke ums Haus zu schleppen wagte sie nicht ihrer Schulter zuzutrauen. Sie schritt Beatrix' Einfahrt zur Straße zurück und fischte ihr Handy aus der Tasche.

‚Melli oder Sepp?' Im Telefonbuch war noch der letzte Eintrag geöffnet. ‚Christian.' Sie hatte morgens seine Handynummer in ihre Kontakte getippt.

Sie drückte die Ruftaste und wartete. ‚Nichts, er geht nicht ran.' Enttäuscht ließ sie das Handy sinken. ‚Nachricht schreiben?' Am Straßenrand blieb sie stehen und blickte unschlüssig auf ihr Telefon, als neben ihr ein Motorrad hielt. Sie sah auf und begann zu lächeln.

***

„Hi, ich hab grad versucht, dich anzurufen."

„Ja?" Er freute sich wie ein Schneekönig. „Was gibt's?"

„Ich brauche Hilfe, um das Pferdefutter zum Stall zu bringen." Sie deutete nach gegenüber, auf einen schmalen, dunklen Tunnel aus Rhododendronbüschen.

„Kein Problem." Er kurvte in die Einfahrt, die leicht nach links bog und in ein Rondell mündete, in dem eine mächtige Blutbuche stand. Daneben parkte ein brauner VW-Bus.

Dahinter, etwas zurückgesetzt und ebenfalls von Rhododendren, allerdings niedrigeren, gesäumt, stand das Haus mit der Breitseite zu ihm. Flach und langgestreckt lag es in das umgebende Grün eingeduckt wie eine Katze im Gras.

Links von ihm führten die Fahrspuren weiter zu einem großen offenen Carport, der mehrere Motorräder beherbergte, und einer großen Scheune.

„So habe ich mir immer das Dornröschenschloss vorgestellt", sagte er, als Charly zu ihm aufschloss. „Mit Türmchen allerdings", ergänzte er.

Sie lachte. „Mein ganz persönliches Dornröschenschloss. Zwar ohne Türmchen, aber mit Pferd. Nur der Prinz fehlt."

„Was nicht ist, kann ja noch werden", antwortete er leichthin.

„Ach, höre ich da etwa Interesse?", fragte sie ihn und öffnete den Kofferraum.

„Vielleicht?", ging er auf ihren neckischen Tonfall ein.

„Gut zu wissen", antwortete sie gleichmütig.

‚Na toll, das klingt nicht nach großer Begeisterung', dachte er.

Sie zeigte ihm den Trampelpfad ums Haus herum zum Stall. Während er die Säcke vom Auto zum Stall trug und auf die geschlossene Seite der Futterkiste hievte, riss sie diese mit geübtem Griff auf und ließ den Inhalt hineinrinnen.

„Hast du schon was gegessen?", fragte sie, als er mit dem letzten Sack hereinkam, ihn ablud und ihr beim Verstauen zusah.

„Nein."

„Magst du mir Gesellschaft leisten?"

„Gerne." Er lächelte. ‚Ihre unkomplizierte Art gefällt mir', dachte er. ‚Ist länger her, dass mich eine Frau zum Essen eingeladen hat. Auch wenn sie sich sonst nicht in die Karten schauen lässt.'

Gemeinsam kehrten sie zum Rondell zurück, sie ging weiter zur Scheune und schob einen der riesigen Torflügel auf. In der Dunkelheit darin waren ein zweiter, alter, bunt bemalter VW-Bus zu erkennen, daneben ein Rasentraktor und ein kleiner Schlepper. Ganz hinten in der anderen Hälfte der Scheune schimmerte etwas.

‚Das sieht aus wie … Heckflossen?' Er blinzelte ungläubig. ‚Wie kommt sie an solch einen Wagen?', fragte er sich erstaunt.

Sie hatte derweil den Bus geparkt.

„Du hast einen Cadillac?"

„Mein Winterprojekt", antwortete sie sichtlich stolz. „Ich hab ihn aufgebaut. Jetzt muss ich nur noch einen gut zahlenden Käufer dafür finden."

Langsam erholte er sich von seiner Überraschung. Ihre To-Do-Liste fiel ihm ein und es fügte sich zu einem Bild.

Er war im dämmerigen Schein der alten Lampe vorsichtig weiter ins Duster hineingetreten. Charly ging an ihm vorbei und drückte einen Schalter. Zwei moderne Werkstattleuchten tauchten die Scheune in gleißendes Licht und er kniff die Augen zusammen, bis sie sich an die plötzliche Helligkeit gewöhnt hatten. Ehrfürchtig umrundete er den Cadillac.

‚Babyrosa lackiert und chromglänzend. Weiße Lederpolster. Das Auto ist ein Traum.' Probeweise zog er am Griff der Fahrertür. Klackend öffnete sie sich. „Darf ich?"

„Sicher", genehmigte sie.

Er setzte sich vorsichtig, schnappte die Schnallen an den Stiefeln auf und zog die Füße heraus. In Socken tastete er nach den Pedalen. „Bist du schon damit gefahren?"

Sie stieg neben ihm ein. „Natürlich. Ich muss doch testen, ob er läuft und heute Morgen habe ich Fotos gemacht."

Er brannte darauf, den Wagen zu fahren.

Sie lächelte. „Wenn es nächste Woche schön ist, können wir eine Runde drehen", bot sie ihm an. „Am Wochenende bin ich nicht da."

Mühsam riss er seine Aufmerksamkeit vom Cadillac los und wandte sich ihr zu. „Motorradtour?"

„Jein. Ich fahre zwar mit der BMW hin, aber ich muss für meine Mam zu einem Fotoshooting in Görlitz. Sie entwirft Abend- und Brautkleider", erklärte Charly.

„Hast du noch mehr Überraschungen zu bieten? Dann zähle sie am besten auf, ich bin gleich komplett überfordert."

‚Ungelogen', setzte er in Gedanken hinzu.

Charly lachte. „Ich weiß ja nicht, was für dich als Überraschung gilt. Für mich ist das alles normal. Komm, hilf mir, den Caddy abzudecken, ich habe Hunger."

„Darf ich noch kurz …", begann er scheu.

„Unter die Haube schauen? Klar!"

Summer Wine – Ville Valo & Natalia Avelon

Nachdem sie gemeinsam den Cadillac zugedeckt hatten, schob er das Scheunentor zu und wunderte sich, wie sie den schweren Flügel überhaupt bewegen konnte.

Im Haus lief eine breite Diele bis zur gegenüberliegenden Außenwand und einer weiteren Tür; ab der Hälfte führte eine alte, ausgetretene Holztreppe nach oben. Ebenfalls alte, breite Dielenbretter bedeckten den Boden. Links zog sich über die gesamte Länge der Diele eine gusseiserne Hakenleiste, an der mehrere Kombis hingen, darüber auf einem Bord mehrere Helme. Rechts stand ein schweres, dunkles Sideboard, darüber hing an einem Haken ein Jagdgewehr.

Die Küche war modern, hell und italienisch anmutend, das Wohnzimmer geräumig über die gesamte Breite am Südende des Hauses und über große französische Flügeltüren mit der ihm schon bekannten Terrasse verbunden. Ein moderner Kamin bildete einen interessanten Gegensatz zur sonst regionalen, gemütlichen Einrichtung.

„Was willst du trinken? Alkoholfreies hab ich nur Weizen und Wasser aus der Leitung", rief Charly aus der Küche.

„Weizen klingt gut."

„Hell oder dunkel?"

„Dunkel."

Sie kam mit schnellen Schritten ins Wohnzimmer und stellte zwei Flaschen auf den rustikalen Esstisch. „Du machst Feuer, ich Essen", wies sie an. Damit verschwand sie erneut in der Küche.

Zehn Minuten später saßen sie bei knisterndem Kaminfeuer im Wohnzimmer und futterten Nudeln mit Gorgonzolasauce.

„Sind das Spaghetti?"

„Capellini. Die brauchen nur drei Minuten“, grinste Charly. „Wenn ich Hunger habe, muss es schnell gehen.“

„Das werde ich mir merken“, schmunzelte er. „Schmeckt jedenfalls sehr gut.“

„Freut mich.“

„Woher wusstest du, was ich fragen wollte, in der Scheune?“

Sie lachte. „Weil jeder Mann unter die Motorhaube eines Caddys schauen will. Ich habe in Kuba jeden Taxifahrer verrückt gemacht, weil ich vor oder nach der Fahrt unbedingt den Motor sehen wollte. Das machen sonst nur Männer.“

„Du warst in Kuba?“

„Mit meinem Dad. Ist fast zehn Jahre her.“

Schweigend machten sie sich über ihre Portionen her. Sie besetzten die gegenüberliegenden Ecken des riesigen Big Sofas und er beobachtete sie während des Essens.

‚Sie beobachtet mich auch‘, bemerkte er, ‚aber unauffälliger.‘

„Ich wundere mich, dass wir uns noch nie gesehen haben“, eröffnete er ein unverfängliches Thema. ‚Sie wohnt neben meinem Patenonkel, fährt eine Handvoll auffälliger Fahrzeuge und wir haben uns noch nie gesehen? Das kann es eigentlich nicht geben!‘ wunderte er sich insgeheim.

„Ich bin entweder zur Arbeit, bastele zu Hause oder bin auf Tour. Der einzige Motorradtreff, den ich hier in der Gegend anfahre, ist der, wo wir uns das erste Mal gesehen haben. Meist auch nur, wenn Mellis Motorrad muckt oder ich dringend einen Kaffee brauche.“

„Sie ließ sich partout nicht überreden, mir deine Telefonnummer zu geben“, schmunzelte er. „Du hast doch sicher Freunde?“

„Ist eine gegenseitige Abmachung aus der Zeit, als wir beide allein gewohnt haben.“

‚Bilde ich es mir ein, oder hat sich ein Schatten über ihre Züge gelegt?‘, überlegte er. Ihre nächsten Worte lenkten ihn von seinen Betrachtungen ab.

„Freunde allgemein, oder einen Freund im Besonderen?“, neckte sie mit schelmischem Lächeln.

„Sowohl als auch“, ließ er sich nicht aus der Ruhe bringen.

„Ich habe hier ein paar Leute, mit denen ich klettern gehe. Unter anderem Melli. In Chemnitz bin ich ein bisschen in der Clique meines Adoptivbruders verbandelt, aber einen festen Freund habe ich nicht“, gab sie preis.

Er lachte. „Jede Antwort von dir wirft drei neue Fragen auf, mindestens.“

„Dann frag doch. Wenn ich etwas nicht beantworten will, sage ich dir das schon.“

Er nahm sie beim Wort und fragte sie leidlich aus. Auch sie war neugierig und stellte so manche Frage. Nach dem Essen hielt sie ihr leeres Glas fragend in die Höhe. „Noch eins?“

Er streckte sich, zögerte. Er war müde und hatte überhaupt keine Energie mehr, sich jetzt aus der kuscheligen Kaminwärme aufs Motorrad zu setzen und nach Hause in seine kalte Wohnung zu fahren. ‚Noch nicht‘, dachte er. „Ich sage nur eben meinem Vater Bescheid, dass es später wird.“

Sie nickte und brachte das Geschirr in die Küche. Solange er sprach, beschäftigte sie sich da und kehrte mit zwei vollen Bierflaschen zurück. Sie hatte es sich eben wieder gemütlich gemacht, als draußen ein heller Blitz aufzuckte, gefolgt von einem krachenden Donnerschlag, dann rauschte Platzregen herab.

„Verdammt, mein Helm!“ Er schoss vom Sofa hoch, aber sie war schneller. Als er bei der Haustür ankam, schlüpfte sie gerade in Stiefeln und Regenponcho hinaus, schnappte den Helm vom Spiegel und die Handschuhe aus dem Cockpit, kam zurück und packte beides aufs Sideboard.

„Ich mache dir unterm Dach Platz!“ Schon war sie wieder draußen. Er folgte ihr. Als er am Carport ankam, hatte sie eine kleine schwarze Suzuki in die hintere Ecke verfrachtet. Er trabte zu seiner BMW und schob sie in die entstandene Lücke. Dann rannten sie zusammen zurück ins Haus. Lachend drückte sie ihm ein Handtuch in die Hand. „Siehst aus wie ein nasser Hund." Sie lüpfte sein T-Shirt, das an seinem Oberkörper klebte wie eine zweite Haut. „Zieh es aus, ich stecke es in den Trockner."

Als er zögerte, schnaubte sie ungeduldig. „Ich werde vom Anblick deines nackten Oberkörpers weder umfallen noch dich anfallen."

„Schade", grinste er und zog sich das Shirt über den Kopf. ‚Letzteres fände ich durchaus interessant', dachte er. Es laut auszusprechen wagte er jedoch nicht.

***

‚Himmel, hat der Mann einen Körperbau!' Sie musste sich arg zusammenreißen, um ihren letzten Satz nicht auf der Stelle zu revidieren. ‚Unverfängliches Thema!' Aber ihr Kopf war wie leer gefegt. Zurück im Wohnzimmer fiel ihr Blick auf die noch ungeöffneten Bierflaschen. „Die oder lieber einen Wein?"

„Ist das jetzt die Einladung, über Nacht zu bleiben?", fragte er prompt und ließ ihr keine Zeit zur Antwort. „Dann gerne Wein."

Entspannt stand er im Türrahmen. Sein Lächeln war eindeutig lasziv, bevor es verschwand und er mit langsamen Schritten auf sie zukam, die nackten Füße lautlos auf den alten Dielen.

‚Stop, das geht mir zu schnell!' Gehetzt sah sie sich im Zimmer um und entdeckte ihren iPod auf dem Tisch. Sie drückte das Gerät in seine Hand. „Such dir was aus, ok?" Dann flüchtete sie in den Keller.

‚Charly, jetzt reiß dich zusammen!', schalt sie sich lautlos. ‚Ja, er sieht verdammt gut aus. Ja, er hat mir geholfen und ich habe ihn eingeladen. Und er ist geblieben', betonte sie. ‚Das muss aber nichts zu sagen haben. Mach nicht mehr daraus, als es höchstwahrscheinlich ist. Behalte die Nerven.'

Als sie zurückkam, lief „Hello“ von Lionel Ritchie und er war immer noch mit dem Gerät zugange. Er sah nur kurz auf. „Ich habe eine neue Liste erstellt bzw. bin noch dabei. Du hast interessante Songs.“

„Zum Beispiel?“, fragte sie atemlos. Hoffentlich bezog er es darauf, dass sie gerade die Kellertreppe hochgerannt war. Sie setzte den Korkenzieher an, als er geschmeidig wie eine Katze vom Sofa schnellte und ihr die Flasche abnahm. Erschreckt trat sie einen Schritt zurück. Bis jetzt war es ein Spiel, aber plötzlich wurde ihr bewusst, dass er sehr viel größer war als sie.

‚Schwerer.'

‚Und stärker.'

Und sie waren allein.

Ihre Nackenhärchen stellten sich auf.

***

‚Ich habe sie erschreckt. Aber da ist noch etwas in ihrer Haltung', dachte Christian. Er musterte sie prüfend, während er die Flasche öffnete und den Wein eingoss, darauf bedacht, keine abrupten Bewegungen zu machen. Er reichte ihr eines der Gläser.

Sie nahm es mit einem Lächeln.

Was auch immer es gewesen war, es war verschwunden. „Sofa oder Bett?“ Er lächelte ein langsames, verheißungsvolles Lächeln.

„Hättest du wohl gern.“ Sie tippte ihm auf die Brust. „In meinem Bett schlafen nur Amadeus und ich.“

‚Moment, wer ist Amadeaus?', fragte er sich, verfolgte die Frage aber nicht weiter. Zeit genug, später. „Du weißt nicht, was dir entgeht“, schäkerte er sacht, zog sich aber in seine Sofaecke zurück.

„Ich habe es die ganze Zeit vor Augen." Bedeutungsvoll wanderte ihr Blick über seinen nackten Oberkörper.

‚Ah, dir gefällt, was du siehst? Nun, ich würde auch gern mehr sehen.' Es war der falsche Gedanke und eilig griff er auf seine Überlegung von eben zurück. „Wer ist Amadeus?"

„Mein Kater. – Trainierst du?"

„Zwei bis dreimal die Woche Krafttraining. Gelegentlich joggen. Und klettern." Er erwartete, dass auch sie in ihre Ecke zurückkehren würde. Stattdessen kuschelte sie sich neben ihn. Aber ihre Reaktion von vorhin gemahnte ihn zur Vorsicht.

„Halle oder draußen?", fragte sie.

„Beides."

Sie fachsimpelten. Zuerst über Schwierigkeitsgrade und Routen in der Fränkischen, dann gingen sie die Kletterhallen der Region durch. Nach einiger Zeit wagte er es, den Arm um sie zu legen. Sie schmiegte sich an ihn und legte ihre Hand auf seinen Bauch. Sanft streichelnd, Kreise und Kringel malend, während sie sprachen, wurden ihre Bewegungen immer träger, bis sie ganz aufhörten und ihr regelmäßiger Atem verriet, dass sie eingeschlafen war.

Er betrachtete sie ungläubig. ‚Das hat auch noch keine geschafft, mich bis unter die Decke zu jagen und dann mir nichts, dir nichts einzuschlafen.' Er wand sich unter ihrem Arm hervor, suchte und fand das Bad und kehrte zu ihr zurück. ‚Gehen oder bleiben?'

Er brachte es nicht übers Herz, sie allein zu lassen und schob sich vorsichtig wieder zu ihr aufs Sofa. Umständlich zog er eine der Decken heran und deckte sie beide zu, dann glitt auch er zu den getragenen Klängen von John Lennon's „Imagine" in den Schlaf.

***

Ein kühler Luftzug strich um seine Nase. Er lag auf einem ihm fremden Sofa und brauchte einen Moment, um sich die Ereignisse des letzten Abends in Erinnerung zu rufen. Statt Charly hatte es sich ein glänzend schwarzer Kater an seiner Seite bequem gemacht. „Du bist dann wohl Amadeus", sprach er das Tier an und bot ihm einen Zeigefinger zum Schnuppern. Schnurrend rieb Amadeus den Kopf an seiner Hand, forderte mit ekstatischem Genuss mehr Zuwendung. Schmunzelnd gewährte er sie. „Auch wenn ich lieber dein Frauchen kraulen würde", vertraute er ihm leise an und sah sich nach ihr um. Die Wohnung jedoch schien leer.

Die Terrassentür stand offen, die bodenlangen Vorhänge bewegten sich sanft im Luftzug. Sehr zum Missfallen des Katers erhob er sich und trat in den kühlen Morgen hinaus. Tau glitzerte auf dem Gras.

Auf dem Gartentisch stand eine dampfende Tasse, der verheißungsvoller Duft nach Kaffee entströmte. Im Vorbeigehen nahm er sie mit und ging zur Koppel hinunter, auf der Charly einhändig den großen Braunen putzte. Der brummelte ihm freundlich entgegen und sie unterbrach ihre Arbeit. „Guten Morgen. Gut geschlafen?", begrüßte sie ihn.

„Bestens", erwiderte er. „Nur etwas einsam aufgewacht."

Sie schmunzelte. „Ich bin zu zappelig, um lange im Bett zu bleiben, wenn ich wach bin", erklärte sie. „Ich wollte dich nicht wecken. Napoleon und die anderen warten auf mich."

„Napoleon?", fragte er zurück.

Sie deutete auf den Braunen neben sich.

„Netter Zufall. Mein Hund heißt auch so."

Sie schwiegen sich eine Weile unbehaglich an, dann hielt er die Kaffeetasse in die Höhe.

„Trink du. Solange er noch heiß ist. Ich putze ihn eben fertig", winkte sie ab.

Er ging auf die Terrasse zurück und beobachtete sie aus der Ferne. Es dauerte etwa zehn Minuten, bis sie sich durch den Koppelzaun duckte und ebenfalls zur Terrasse kam. Er folgte ihr ins Haus.

„Frühstück?“, bot sie an.

Bedauernd schüttelte er den Kopf. „Ich muss zur Arbeit.“

„Wie du willst“, akzeptierte sie ungerührt.

‚Ich werde nicht schlau aus ihr‘, dachte er. Sie nicht aus den Augen lassend zog er seine Motorradjacke an. „Dann sehen wir uns Montag“, stellte er fest, sorgsam darauf bedacht, es nicht als Frage erscheinen zu lassen.

Sie hielt ihm die Haustür auf und lächelte. „Ich freu mich drauf.“

„Pass auf dich auf, ja?“

„Mach ich“, versprach sie.

Im Losfahren sah er, wie sie ihm eine Kusshand zuwarf.

Objekt der Begierde – Rosenstolz

Charly stand im Hotelzimmer und erwog die Risiken, zweihundert Meter ohne Helm bis zum Parkplatz zu fahren versus extra wegen des Helmes noch einmal ins Zimmer zurückkehren zu müssen. Sie entschied sich für die erste Variante und war danach gerade auf dem Weg zur Peter-und-Paul-Kirche, als sie hinter sich das charakteristische Röhren eines Porsche vernahm. PS-vernarrt, wie sie war, drehte sie sich um und erkannte Fahrzeug und Fahrer sofort. Er bog gerade auf den Hotelparkplatz ein.

„Was macht der hier?“ Erschrocken über ihren lauten Ausruf schlug sie die Hand vor den Mund. Ihr Herzschlag beschleunigte sich und sie sah sich um. Niemand war in der Nähe. Kurz darauf kam der Mann auf sie zu.

‚Ruhig bleiben, er kennt mich nicht. Für ihn bin ich irgendeine junge Frau. Also bleibe ich stehen und schau, was er macht.‘ Sie wandte sich eilig zum Gemäuer des Nikolaiturmes um und tat, als studiere sie die daran befindliche Infotafel. Er grüßte, sie grüßte beiläufig zurück. Dann folgte sie ihm mit dem Blick und einem kleinen, aufgeregten Triumphgefühl im Magen. ‚Er hat gegrüßt!‘

Als ihr die Peter-und-Paul-Kirche ins Auge fiel, beeilte sie sich, ihm zu folgen. Er bog zum Hotel ab, sie überholte ihn und schlüpfte durchs Kirchenportal. Gerade noch rechtzeitig zum Beginn des Orgelkonzertes.

Als sie anschließend die Kirche verließ und die Neißebrücke ansteuerte, bemerkte sie, dass er ebenfalls aus der Kirche trat und ihr langsam in einigem Abstand folgte. Unauffällig sah sie zurück. ‚Macht er das absichtlich?‘

‚Charly, er ist Architekt‘, sagte sie sich, die Hand auf dem Geländer und den Blick auf das beruhigend gleichmäßig fließende Wasser gerichtet. ‚Er schaut sich vermutlich die Stadt an.' Sie grübelte noch einige Minuten, dann nahm sie sich zusammen. ‚Ich vergesse jetzt, dass es Männer gibt, und genieße es, endlich wieder hier zu sein.'

Tief atmete sie ein. Auf dem Berg thronte die Kirche und sie spürte das vertraute Glücksgefühl. ‚Wieder hier', dachte sie mit tiefer Dankbarkeit. Sie hielt sich nicht mehr lange auf der Brücke auf, sondern kehrte auf die deutsche Seite zurück. Ursprünglich war ihr Plan gewesen, über die Ochsenbastei zurückzugehen, aber sie hatte Hunger, also kürzte sie ab und steuerte den Untermarkt an. Wenigstens zum Flüsterbogen wollte sie.

***

„Ich fühle mich verfolgt!"

„Von wem?" Instinktiv trat Gereon schützend vor die junge Frau und spähte ins Halbdunkel des Torbogens, aus dem sie herausgetreten war.

„Von Ihnen!" Die Hände in die Seiten gestützt und den Kopf forschend schräg gelegt, sah sie ihn an. Etwas schwang in ihrer Stimme mit.

‚Distanz?'

‚Herausforderung?'

‚Oder … Flirt?'

„Oh …", ertappt fuhr er sich durch die Haare und fügte ein verspätetes „Das tut mir leid" an.

Sie musterte ihn scharf von oben bis unten, lächelte dann und antwortete leichthin: „Ok."

Fasziniert beobachtete er, wie sich ihre Lippen um das kleine Wörtchen kräuselten.

***

Charly amüsierte sich. Er war ihr durch die halbe Altstadt gefolgt und konnte jetzt den Blick nicht von ihr wenden. Sie wollte ihn nicht auslachen und ihn auch nicht verletzen, doch die Situation war zu schön, um sie nicht zu genießen. ‚Er sieht aber auch gut aus.'

Die bisherigen kurzen Begegnungen hatten nicht zuviel versprochen. Durchtrainiert, mit schmalen Hüften und breiten Schultern, trotzdem kein Muskelprotz, sondern eher schlank. Die Ärmel des T-Shirts umspannten den Bizeps und unter dem Shirt konnte sie das Sixpack erahnen. Und er war deutlich größer als sie. ‚Genau, wie ich es mag.'

Sie wies auf den Torbogen. „Wissen Sie, was das ist?"

***

Gereon lächelte. ‚Wer, wenn nicht ich?', dachte er und antwortete: „Ein Flüsterbogen. Die Biegung überträgt die Schallwellen so, dass Sie Worte, die an einem Ende geflüstert werden, am anderen Ende deutlich verstehen."

Sie lachte. „So steht es im Reiseführer. Aber nachprüfen konnte ich es noch nie."

Endlich hatten seine Synapsen wieder Kontakt gefunden und arbeiteten präzise. ‚Aha, nicht von hier, aber schon mehrmals hier gewesen – und offenbar immer allein', speicherten seine grauen Zellen in Windeseile ab. „Möchten Sie es ausprobieren?"

Ihre Augen funkelten kurz auf. "Gerne!" Sie kletterte auf den Prellstein und lauschte erwartungsvoll.

Schmunzelnd stieg Gereon seinerseits auf den anderen. „Sie haben wunderschöne Augen." Er lauschte dem Schweigen am anderen Ende, dann klang ein leises „Danke" zurück.

***

Befangen sprang Charly vom Prellstein herunter. Es war nicht das erste Mal, dass sie vor dem Flüsterbogen stand und es bedauerte, dass eine zweite Person für den Flüstertest fehlte. Sie hatte eine Belanglosigkeit erwartet, kein Kompliment.

Ihr Magen enthob sie der Gedanken über den weiteren Verlauf, indem er laut und vernehmlich knurrte.

„Hunger?", drang seine Stimme an ihr Ohr und sie sah zu ihm auf. Seine Augen waren grün, ihr Ausdruck unergründlich.

„Ja", antwortete sie. „Ich gehe zurück zum Hotel. Vielen Dank für … das Experiment." Sie nickte in Richtung Flüsterbogen.

„Gerne."

***

‚Verdammt, ich bin zu früh, zu direkt gewesen. Das Kompliment hat sie irritiert. Kein Mädel, das sich von schönen Worten blenden und um den Finger wickeln lässt', schalt er sich innerlich. „Wo ist Ihr Hotel?", fragte er schnell, ehe sie sich abwenden konnte.

Ihr Blick, eben nur irritiert und nachdenklich, wurde schlagartig misstrauisch.

„Nicht, dass Sie sich wieder von mir verfolgt fühlen", erlaubte er sich einen leichten, flirtigen Tonfall. Erleichtert sah er, wie sie sich entspannte und lächelte. Irgendwie sogar schelmisch.

„Neben der Kirche, ein paar Schritte die Straße rauf." Sie wies in die entsprechende Richtung.

„Da übernachte ich auch." Er konnte es kaum glauben. ‚Sie wohnt im selben Hotel?'

***

Charly musste sich zusammenreißen, um nicht zu lachen; das übermütige Grinsen konnte sie sich allerdings nicht verkneifen. Womit sie ihn noch mehr verwirrte. „Dann begleiten Sie mich doch. So bin ich vor jeglicher Verfolgung sicher."

‚Und ich weiß, dass er Interesse an mir hat', frohlockte sie.

Schweigend gingen sie nebeneinander den schmalen Gehsteig entlang. Verstohlen warf sie ihm ab und zu einen Blick zu. ‚Eigentlich wollte ich noch irgendwo essen. Ob ich ihn fragen soll?'

Da waren sie auch schon am Hotel angekommen, er hielt ihr die Tür auf und ließ sie eintreten. Sie fischte ihren Zimmerschlüssel aus der Jeans und ging zur Treppe.

***

Auf der zweiten Stufe drehte sie sich um.

„Darf ich Sie zum Essen einladen?", setzte Gereon alles auf eine Karte und wies zum hoteleigenen Restaurant.

„Das wollte ich Sie auch gerade fragen", antwortete sie trocken.

Er lachte. „Dann sind wir uns ja einig."

Sie lächelte. „Ich ziehe mich nur eben um. Bin in zehn Minuten wieder hier."

„Viertelstunde!", rief er ihr nach und schritt seinerseits durch den Gewölbegang, um die hintere Treppe zu seinem Zimmer zu nehmen. Berlin war erfolgreich gewesen, die Fahrt entspannt und jetzt hatte ihm der Zufall sogar noch eine Verabredung beschert. ‚Nun gut, ich habe nachgeholfen.'

Trotzdem. Der Abend ließ sich gut an.

***

Knapp fünfzehn Minuten später stand er wieder am Fuß der Treppe, geduscht und das T-Shirt gegen ein Hemd getauscht. Er lauschte nach oben, alles still. ‚Dann schaue ich derweil auf die Speisekarte.'

Das Klappern von Absätzen auf den obersten Treppenstufen schreckte ihn aus seinem Lesestoff, der ihm den Mund wässrig gemacht hatte. Er blickte hoch und fühlte seine Kinnlade nach unten klappen. Mit etwas Mühe machte er den Mund zu und starrte wie hypnotisiert auf das Wesen, das, eine Hand leicht auf dem Geländer liegend, die Treppe herabstieg. In Jeans, Turnschuhen und der locker sitzenden Hemdbluse war sie attraktiv, jetzt … ‚Eine Göttin!'

Rote High Heels – ‚das sind mindestens zehn Zentimeter' – dazu ein schulterfreies Sommerkleid, der obere Teil weiß, ab der Taille einzelne Blüten, der Rock eine prächtige bunte Sommerwiese. ‚Züchtig bis zu den Knien.' Eine schöne Oberweite, die Taille so schmal, dass er meinte, sie mit beiden Händen umfassen zu können. ‚Ich werde es früher oder später ausprobieren', versprach er sich selbst. ‚Lieber früher denn später. Tolle Beine', schloss er seine Inventur ab. In seinem Kopf überschlugen sich Bilder, die nichts an Eindeutigkeit vermissen ließen. ‚Langsam', ermahnte er sich.

Auf der untersten Stufe blieb sie stehen, fast Aug in Auge mit ihm. Er musste sogar etwas zu ihr aufsehen. ‚Komplett ungewohnt.'

„Wow!", war das Einzige, was ihm einfiel, und er versuchte auch gar nicht, die Atemlosigkeit aus seiner Stimme herauszuhalten. „Sehr …"

Er hatte ‚sexy' sagen wollen, als ihm einfiel, dass sie sich kaum kannten, sich siezten und er noch nicht einmal ihren Namen wusste.

***

“Sexy?", vervollständigte Charly nach einer kleinen Pause seinen angefangenen Satz.

Er hatte nicht gewagt, es auszusprechen, aber sie konnte es nicht lassen. Mochte er denken, dass sie leicht zu haben war. Sie würde ihm das Gegenteil beweisen.

Er schluckte. Nickte.

„Schön, dass es Ihnen gefällt. Ich habe nicht oft Gelegenheit, es auszuführen."

Er hielt ihr die Tür zum Restaurant auf.

Sie wählte einen ruhigen Ecktisch und glitt auf die Bank.

Er nahm ihr gegenüber Platz.

Die Bedienung brachte ihnen die Karten und fragte auch gleich, wie die Rechnung ausgestellt werden solle. Ihre Antworten fielen gleichzeitig – und konträr.

„Ich weiß die Geste zu schätzen und freue mich über Ihre Gesellschaft,", erklärte sie charmant lächelnd an ihn gewandt, „aber mein Essen bezahle ich selbst. - Getrennt", bekräftigte sie bestimmt in Richtung der Bedienung und vertiefte sich in ihre Speisekarte.

***

Er musterte sie über den Rand der seinigen hinweg und wusste nicht, ob er sich ärgern oder amüsieren sollte. Er mochte selbstbewusste und unabhängige Frauen, die ihm auf Augenhöhe begegneten, aber er verwöhnte gern, und ein etwas altmodisches Rollenverständnis konnte er nicht leugnen. ‚Dazu gehört, dass ich im Restaurant die Rechnung übernehme.'

Da klappte sie die Karte zu, nahezu gleichzeitig stand die Bedienung neben ihm und sie sah ihn fragend an. Er nickte.

„Den kleinen Salat und ein Wasser, bitte."

‚Typisch', seufzte er innerlich. Er spürte seine Begeisterung in sich zusammensacken wie einen undichten Luftballon.

Sie sprach bereits weiter. „... Angus Rib Eye Steak, englisch ..."

‚Ich habe mich verhört! Rib Eye? Englisch?'

Sie war noch nicht fertig. „… und die Crème brûlée. Bitte."

‚Was?' Er staunte sie an.

Sie klappte die Karte zu, nahm die Weinkarte und bestellte ein Glas des gleichen Rotweins, den er im Visier hatte.

„Gern. – Für Sie?", fragte ihn die Bedienung.

***

„Was führt Sie nach Görlitz?", fragte er, als seine Bestellung aufgegeben war. Dreist hatte er den Wein auf eine Flasche aufgerundet, die seiner Rechnung zuzufügen sei. Was sie kommentarlos akzeptierte. ‚Interessant.'

„Das Notwendige mit dem Angenehmen verbinden", antwortete sie kryptisch, legte abwägend den Kopf schräg und fragte ihrerseits: „Kennen Sie ‚Mein Haus, mein Auto, meine Yacht'?"

„Wenn Sie auf die Fernsehwerbung anspielen, ja, auch wenn ich nicht weiß, wofür." ‚Worauf will sie hinaus?', fragte er sich.

„Das weiß ich auch nicht mehr", gab sie zu. „Es ist ein Spiel, das wir in unserer Clique spielen, wenn wir neue Leute kennenlernen. Ist lustiger, als sich auszufragen."

„Sie gehen also davon aus, dass ich Sie ausfragen werde?"

„Sie haben schon angefangen!", lachte sie ihn an.

‚Ertappt. Schon wieder', dachte er unbehaglich. „Wenn es ein Spiel ist, gibt es Spielregeln?", konzentrierte er sich auf sie.

Es gab nur zwei Bedingungen. Die Antwort musste der Wahrheit entsprechen. Ansonsten konnte sie als Foto, Schlagwort oder allgemeinverständliche Geste, hier hatte er sie noch intensiver beobachtet als sowieso schon, erfolgen. Das Thema wurde wechselseitig vorgegeben, aber es mussten beide ein Statement abgeben.

„Dann fangen Sie an", forderte er sie auf.

„Mein Haus", antwortete sie prompt.

Das Bild, das sie ihm auf ihrem Smartphone entgegenhielt, ließ keine Aussage über ihren Herkunftsort zu.

‚Ländlich, aber nichts, das ich regionaltypisch zuordnen kann. Marke, Modell und Zustand des Telefons sind da schon aufschlussreicher. Aktuell, gepflegt und – teuer.'

Sie betrachtete das Foto seines Hauses aufmerksam und stellte einige Fragen.

Dann war es an ihm. Er wählte statt des naheliegenden Autos Motorrad. Zum einen wollte er mit dem Porsche nicht mehr angeben als nötig, zum anderen interessierte ihn ihre Reaktion aufs Motorradfahren. Sein Foto zeigte hauptsächlich den Hinterreifen, nach einem Wochenende auf dem Nürburgring.

Ein unergründliches Lächeln umspielte ihre Mundwinkel und kräuselte ihre Lippen. „Sieht so aus, als sei ein neuer Reifen fällig."

„Schon drauf", antwortete er, lehnte sich zurück und versuchte, ihre Antwort einzuschätzen. ‚Sie kennt sich offenbar aus, gut genug jedenfalls, um einen abgefahrenen Reifen zu erkennen.'

Sie deutete ein Daumen hoch an und schien unschlüssig zu sein. „Wo war das?", fragte sie.

‚Täuscht mein Eindruck, oder will sie von sich ablenken, Zeit gewinnen?', überlegte er.

Sie nickte leicht abwesend zu seiner Antwort.

‚Als ob sie damit gerechnet hätte. Nun gut, so viele Rennstrecken gibt es in Deutschland nicht.'

Ihre Finger tippten auf dem Touchscreen. Dann sah sie ihm in die Augen und reichte ihm das Telefon. Das Bild zeigte eine kleine Enduro im Gelände, starrend vor Dreck, der Helm auf dem rechten Spiegel, der linke hing in unnatürlichem Winkel herunter, sie stand auf den Fußrasten und grinste breit in die Kamera. Da sie genauso dreckig war wie das Motorrad, musste sie es selber gefahren haben.

„Sieht so aus, als habe es Spaß gemacht."

„Hat es“, gab sie knapp zurück. „Jedenfalls bis etwa zwei Sekunden nach dem Foto“, ergänzte sie mit einem eigenartigen Zug um die Mundwinkel. Halb lächelnd, halb ärgerlich.

„Wieso?“, erlaubte er sich ein halbes Schmunzeln.

„Dann bin ich mit dem Ding umgekippt.“ Widerwillig lächelte auch sie.

„Ich hätte Sie gern aufgehoben.“ Er sah ihr in die Augen, bis sie den Blick senkte. ‚Errötet sie? Es ist im gedämpften Licht nicht auszumachen.‘

„Zweifellos“, antwortete sie mit einem frechen Zug um die Mundwinkel.

‚Wie schafft sie es, so cool zu bleiben?‘, bewunderte er sie. „Fahren Sie öfter?“

„Wenn es sich anbietet“, wich sie aus.

‚Das Motorradfahren scheint ein heikles Thema zu sein.‘ Er beschloss, es vorerst nicht weiter zu verfolgen.

„Mein Pferd“, fügte sie an und hielt ihm ein neues Bild hin. Es war ein winziges Pony, das frech unter einem Wust Schopfhaare in die Kamera blickte. Unwillkürlich musste er lachen. „Der Hund meines Kumpels ist größer.“

„Keine Kunst. Freddy hat grade mal zweiundsiebzig Zentimeter Stockmaß.“

„Was machen Sie mit ihm? Mit ins Bett nehmen?“ Er hob anzüglich grinsend eine Augenbraue.

„Der Job ist vergeben.“ Sie lächelte unschuldig zurück.

‚Wie soll ich das verstehen? Vor allem, drauf antworten?‘, überlegte er.

Sie ließ ihn nicht aus den Augen, offenbar gespannt auf seine Reaktion.

„Oh, und an wen, sofern ich fragen darf?“

„Sie dürfen.“ Sie lachte jetzt richtig. Nahm ihm das Handy ab und hielt es ihm gleich darauf mit einem neuen Foto entgegen. Eine schwarze Katze mit riesigen grünen Augen. Er hob seinen Blick zu den ihren. ‚Blau.'

Sie hatte sich vorgebeugt, jetzt lehnte sie sich zurück und ihre Augen wurden im schummerigen Licht wieder dunkler und unbestimmbarer.

„Meine Wärmflasche. Amadeus", erklärte sie. „Sie sind dran."

„Ich fürchte, ich muss passen. Ich habe weder Pferd noch Katze. Auch keine Wärmflasche." Er ließ seine Stimme ein paar Töne tiefer wandern. „Auch sonst niemanden zum Wärmen."

Die Härchen auf ihren Armen hoben sich, beobachtete er mit Genugtuung. Aber sie hatte sich gut im Griff; ihre Antwort war leicht, unbeschwert, wenn auch flirtig. „Was nicht ist, kann noch werden."

‚Oha, ist das ein Angebot?' Die Ankunft der Bedienung enthob ihn einer sofortigen Reaktion. Die Atempause war bitter nötig. Das Mädel verwirrte ihn schneller, als er es je von einer Frau für möglich gehalten hätte.

***

Die Vorspeise wurde serviert. Charly atmete langsam aus.

‚Ruhig!', ermahnte sie sich. ‚Übertreibe es nicht.' Sie konzentrierte sich auf ihr Essen, warf ihm nur gelegentlich einen verstohlenen Blick zu. Ihre Gedanken rasten.

‚Was ist ein unverfängliches Thema? Bei diesem Tempo werde ich morgen allen guten Vorsätzen zum Trotz im falschen Zimmer aufwachen.'

‚Ich habe einen leichten Vorteil', überlegte sie. ‚Immerhin weiß ich, wer er ist. Er dagegen bringt mich sehr wahrscheinlich nicht mit der Motorradfahrerin von der Ampel vor einigen Wochen in Verbindung. Auf meine Kollegen ist Verlass; die haben nichts verraten, obwohl er sich zum Richtfest nach meinem Bus erkundigt hat, wie Sepp berichtete. Ob er den Bogen dahin schlägt, wenn ich meinen Beruf offenbare?'

„Womit verdienen Sie Ihre Brötchen?“, fragte sie unvermittelt.

***

Er konnte sich ein Schmunzeln nicht verkneifen. ‚Sie will beeindrucken. Und nicht viel preisgeben. Was mich betrifft, so hat sie diese Ziele bisher übertroffen. Ihre Antworten haben mehr Rätsel aufgeworfen, als sie gelöst haben. Ihre letzte Frage allerdings verrät mir mehr, als ihr vermutlich lieb ist. Sie ist also doch nicht so cool, wie sie vorgibt.' Er schob ihr sein Handy hin. „Mein Schreibtisch.“

Sie studierte das Bild auf dem Display und ließ sich Zeit. „Ist das ein Modell der Dresdner Frauenkirche?“

Erstaunt betrachtete er sie. Das Modell war auf dem Bild nur sehr verschwommen im Hintergrund zu sehen, noch dazu war es angeschnitten und es zeigte nur etwa ein Drittel davon. Ihr erwartungsvoller Blick erinnerte ihn, dass er noch nicht geantwortet hatte und er nickte.

„Dann tippe ich auf Architekt.“ Sie sah ihn fragend an.

„Stimmt“, fing er sich rechtzeitig. „Und Sie?“

Das Bild, das sie ihm reichte, ließ nicht viel Aussage zu. Ein atemberaubender Blick über eine waldreiche, trotzdem abwechslungsreiche Hügellandschaft, die ihm vage bekannt vorkam. „Offensichtlich kein Bürojob.“

„Blättern Sie eines weiter. Das ist zwar älter und woanders, aber aussagekräftiger.“ Ihre Stimme klang amüsiert.

Es war ein beeindruckendes Foto. Ein dramatischer Wolkenhimmel, darunter hohe, schneebedeckte Berge, davor ein See. Ganz im Vordergrund war ein kleiner Teil eines Dachfirstes im Rohbau zu sehen – und sie in Zimmermannskluft, die darauf stand und sich zum Fotografen umwandte.

„Wie hoch war das?“ Er merkte selbst, dass er sich aggressiv anhörte.

„Zehn, zwölf Meter. Noch nichts, wo ich Herzklopfen bekomme.“ Ihre Antwort war spielerisch leicht, enthielt aber einen warnenden Funken.

‚Reiß dich zusammen!‘ Er schluckte den Kommentar, der ihm auf der Zunge lag, hinunter und wechselte abrupt das Thema. „Womit verbringen Sie Ihre Freizeit?“ Er konnte nicht verhindern, dass auch aus dieser Frage eine gewisse Schärfe klang.

„Es wird Ihnen nicht gefallen“, verhieß sie ihm.

Er sah auf das Foto und spürte sein Herz stolpern. Es war ein Fallbild beim Klettern. ‚Vorstieg. Pendelsturz.‘ Er lehnte sich tief durchatmend zurück. „Sie haben recht. Es gefällt mir nicht. Aber da sind Sie wenigstens gesichert. – Im Übrigen ein Hobby, das wir teilen.“

Sein Foto ließ keine Fragen zu seinem muskulösen Oberkörper offen. Sie betrachtete es unter gesenkten Lidern.

‚Schau mich an, Kleine. Ich will wissen, wie dir gefällt, was du siehst!‘ Leider tat sie ihm diesen Gefallen nicht.

„Sächsische Schweiz?“, fragte sie.

„Fränkische“, korrigierte er.

Während des Hauptganges blieben sie zunächst beim Bergthema und schweiften später zu verschiedenen Ausflugs- und Urlaubszielen Deutschlands und deren Besonderheiten ab.

***

„Sie sind viel unterwegs“, stellte er zusammenfassend fest.

„An den Wochenenden. Unter der Woche, eher lazybones“, antwortete sie.

„Wie darf ich mir das vorstellen?“ Diesmal verhinderte er nicht, dass seine Stimme einen verführerischen Singsang annahm.

„Hmm“, wurde auch ihre Stimme dunkler. „Decke, Buch, Wein, Kater, Feuer. – Und Schokolade“, fügte sie hinzu. „Und selbst?“

Er imitierte ein gelangweiltes Lümmeln und Zappen im Sekundentakt.
Sie lachten gemeinsam.

***

Sie genoss ihr Dessert sichtlich.

Er genoss es, ihr dabei zuzusehen.

„Waren Sie schon im Jugendstil-Kaufhaus?“, fragte sie plötzlich.

Überrascht schüttelte er den Kopf.

„Möchten Sie rein?“

„Würde ich gerne“, zuckte er die Schultern. „Geht aber nicht.“

„Was haben Sie morgen vor?“, fragte sie unbeirrt weiter.

„Nichts Konkretes.“ – ‚Worauf will sie hinaus?‘, wunderte er sich.

„Vielleicht kann ich was arrangieren. Etwa am frühen Nachmittag.“ Sie pausierte kurz und ihre stahlblauen Augen fixierten ihn über ihren Löffel hinweg. „Sofern Sie eine Handynummer für mich haben.“

‚Und ich grübele die ganze Zeit, wie ich an ihre Nummer komme, ohne plump zu fragen. Raffiniert, das Mädel.‘ Er reichte ihr seine Visitenkarte. „Ich freue mich darauf.“

***

Die Tür des Hotels stand offen und sie trat aufatmend in den milden Frühsommerabend hinaus.

„Ich mache noch einen Spaziergang zur Kirche.“

„Darin?“ Zweifelnd nickte er in Richtung ihrer High Heels und zog die Augenbrauen hoch.

„Natürlich.“ Anmutig schritt sie über die großen Pflastersteine aufs Kirchenportal zu.

‚Atemberaubend. Ihre Silhouette: perfekt.‘ Seine Gedanken begannen sich damit zu beschäftigen, was sie wohl darunter tragen mochte.

Ohne viel zu sprechen, umrundeten sie die Kirche halb. Eine Mauer begrenzte den Kirchhof zum Fluss hin. An deren Innenseite verlief eine Erhöhung. Sie stieg die Stufen hinauf, legte eine Hand auf die Mauerkrone, blickte auf den Fluss hinunter und folgte weiter dem Verlauf der Mauer.

„Ich liebe den Ausblick von hier oben“, hörte er sie sagen.

Er brummte etwas Unverständliches. Er war viel zu sehr mit ihrem Anblick und dem, was seine Phantasie daraus machte, beschäftigt. ‚Entweder trägt sie etwas drunter, das weder einschneidet noch aufträgt, oder …‘

Jetzt blieb sie stehen und lehnte sich über die Mauer. Zentimeter für Zentimeter glitt der Saum ihres Rockes höher, wenn auch nur bis auf halbe Höhe der Oberschenkel.

‚Macht sie das absichtlich?‘ Er sah sich um. Sie waren allein. ‚Wie sie sich wohl anfühlen mag, bewegungsunfähig zwischen Mauer und mir …‘ Er würgte den Gedankengang ab.

Sie trat auf die Stufen zu und er hob die Hand, um ihr Unterstützung anzubieten. Entschied sich anders, umfasste ihre Taille und hob sie kurzerhand von dem Podest herunter. Sie fiepste kurz, ein erschrockener, atemloser Ton, und er ließ sie sofort, nachdem er sie vorsichtig auf die Füße gestellt hatte, los. Sie deutete einen Knicks an und wandte sich zurück zum Hotel.

***

„Ich begleite Sie zu Ihrem Zimmer“, erklärte Gereon entschieden, als sie das Hotel betraten. „Ich möchte sichergehen, dass Sie unbeschadet da ankommen.“ Unmissverständlich besitzergreifend legte sich seine Hand auf ihre Taille und sein herausfordernder Blick streifte zwei nicht mehr ganz junge Herren, die sie seinem Empfinden nach kalkulierend betrachteten, während sie die Bar ansteuerten.

Sie war seinem Blick gefolgt und akzeptierte sein Ansinnen ohne Widerspruch, wenn auch mit irritiertem Schnauben.

***

Charly drehte den Schlüssel im Schloss und öffnete die Tür. Im Grunde war es egal, was sie tat. Sie würde es bereuen, so oder so. „Danke für den interessanten Abend." Sie sah zu ihm auf.

***

Seine Hände senkten sich auf ihre Hüften, seine Lippen auf die ihren. Er küsste sie leidenschaftlich, seine rechte Hand wanderte über ihren Rücken in ihren Nacken, er presste sie fest an sich. Halbherzig abwehrend lagen ihre Hände auf seiner Brust, aber sie verharrte in seiner Umarmung.

Er drängte sie in Richtung ihres Zimmers, schob die Tür weiter auf. Sie suchte Halt am Türrahmen. Plötzlich verstärkte sich der Druck ihrer Hände auf seiner Brust deutlich, sie schob ihn von sich, war mit einem atemlosen „Gute Nacht!" durch den Türspalt geschlüpft und hatte ihm die Tür vor der Nase zugeschlagen, ehe er sie daran hindern konnte.

Verdattert stand er noch einen langen Moment dort, dann schritt er weit ausgreifend zu seinem Zimmer, ließ die Tür unsanft hinter sich ins Schloss fallen und riss sich die Kleidung vom Körper. Sekunden später stand er unter der Dusche und lehnte kurz darauf zitternd die Stirn gegen die Fliesen. Atmete tief und stellte die Temperatur auf eiskalt.

All I Wanna Do Is Make Love to You – Heart

Charly lehnte sich gegen die geschlossene Tür und ließ sich daran herabgleiten, bis sie auf dem Teppich hockte. Ihr Herz raste, das Blut dröhnte in ihren Ohren.

‚Ich bereue es jetzt schon, die Nacht nicht mit ihm zu verbringen, aber ich weiß genau, dass ich es bereuen werde, wenn ich die Nacht mit ihm verbringe', dachte sie. ‚Dann doch lieber Reue ohne schlechtes Gewissen.'

Sie rappelte sich auf, fummelte sich aus dem Kleid und stand kurz darauf unter der Dusche. Ein Handtuch um die tropfnassen Haare geschlungen, kroch sie anschließend ins Bett. Sie war hundemüde, drehte sich aber schlaflos von einer Seite auf die andere.

***

Schließlich stand sie auf und holte seine Visitenkarte.

Sachlich, dezent edel. „Gereon von Leuwenstein."

Erst durch den Klang ihrer eigenen Stimme wurde ihr bewusst, dass sie seinen Namen laut gelesen hatte. Sie schob die Visitenkarte flach unters Kopfkissen und ließ ihre Hand darauf liegen, fühlte die Erhebungen der Broschierung unter ihren Fingerspitzen. Als habe sie die Nähe, die ihr fehlte, hergestellt, glitt sie in einen erholsamen Schlaf.

***

Pünktlich stand er an der unscheinbaren Tür, die sie ihm beschrieben hatte. Ihm blieb gerade genug Zeit, in einem nahe gelegenen

Schaufenster seine Erscheinung zu überprüfen, da öffnete sie sich und Charly ließ ihn hinein. Ein mit ihm etwa gleichaltriger Mann fuhr einen Kleiderständer mit Kleidersäcken heran.

„Zwanzig Minuten, dann will ich los", gab der ihnen mit auf den Weg.

„Geht klar." Sie nahm ihn an der Hand und zog ihn in die Mitte des Kaufhauses. Etwa die Hälfte der Zeit begleitete sie ihn, dann ließ sie ihn allein. Als er sich wieder an der Tür einfand, fiel sie dem Typen gerade um den Hals und verabschiedete sich mit zwei Wangenküssen, fragte „Fertig?" in seine Richtung und nahm, als er nickte, den letzten verbliebenen Kleidersack. „Gale, danke, dass du mir dein Handy geliehen hast", wandte sie sich noch einmal an den Fremden.

‚Und ich habe mich gefreut, ihre Telefonnummer zu haben.' Er seufzte verstohlen.

***

Gemeinsam machten sie sich auf den Rückweg zum Hotel. Sie hatte sich den Kleidersack auf den Rücken geschwungen und schritt zielstrebig über den Marienplatz. Dabei begann sie, leise zu pfeifen. Einige Töne kamen ihm bekannt vor und er lauschte konzentrierter. ‚Tatsächlich, das ist „Über den Wolken."' Nahezu übergangslos wechselte sie zum nächsten Lied. Diesmal war es „Ich war noch niemals in New York", danach folgte „Liebeskummer lohnt sich nicht". Das nächste kannte er nicht, dann, als sie den Flüsterbogen passierten, „Tausendmal berührt".

‚Moment mal, ist das Absicht?' Er musterte sie von der Seite. Wohl eher nicht; sie schien mit den Gedanken ganz woanders zu sein, ihn gänzlich vergessen zu haben, und er spürte Eifersucht, auf was auch immer ihre Aufmerksamkeit fesselte, in sich aufsteigen. Sie waren fast am Hotel angekommen. Abgelenkt von seinen eigenen Gefühlen hatte er nicht bemerkt, dass sie wieder das Lied gewechselt hatte.

Er erkannte die Melodie und sein Puls beschleunigte. Sie pfiff doch tatsächlich „Ohne Dich schlaf ich heut Nacht nicht ein“.

***

„Darf ich Sie beim Wort nehmen?“

Seine Stimme riss sie aus ihren Gedanken.

„Oder vielmehr, beim Pfiff?“

Verwirrt blieb sie stehen und sah ihn an. Sein Blick war intensiv, belustigt und noch etwas anderes, das sie nicht deuten konnte. Sie spürte ihre Wangen heiß werden. ‚Was, verflixt noch mal, habe ich gepfiffen?‘, überlegte sie hastig. „Ich habe darüber nachgedacht, was ich zu Hause alles erledigen will und gar nicht bemerkt, dass ich überhaupt gepfiffen habe“, antwortete sie ihm hilflos und schuldbewusst; schließlich hatte sie ihn gerade vollkommen vergessen.

„Was haben Sie heute noch vor?“, fragte er abrupt.

‚Das nächste brisante Thema‘, seufzte sie innerlich.

Nach dem halben Tag mit ihrer Mutter wollte sie nur noch auf ihr Motorrad und ein paar schöne Kurvenstrecken unter die Reifen nehmen. Aber dazu musste sie ihn loswerden. Was ganz sicher nicht in seine Pläne passte, so wie er aussah, und sie scheute sich, es ihm direkt zu sagen. Seufzend zuckte sie mit den Schultern und wich seinem Blick aus. „Am liebsten raus aus der Stadt, ins Grüne. Ich brauche ein bisschen Ruhe.“

„Vor mir?“ Sein jungenhaftes Grinsen war eindeutig frech.

‚Baut er mir eine goldene Brücke oder was hat er vor?‘ Ehe sie jedoch antworten konnte, fuhr er fort: „Oder darf ich mich als Chauffeur anbieten?“

***

Fasziniert sah Gereon, wie schlagartig ihre Augen zu leuchten begannen und sie ihn anstrahlte. Er lächelte zurück. „Dann hole ich mein Auto und Sie überlegen sich, wo Sie hinwollen. Viertelstunde bis Abfahrt?“

Sie nickte und schlüpfte durch die Hoteltür.

Seinerseits pfeifend ging er zum Hotelparkplatz und holte den Porsche. ‚Welches wohl ihr Fahrzeug ist?‘

Direkt an der Einfahrt thronte noch immer die BMW, rückwärts geparkt und auf den Hauptständer gestellt. Das sah man selten und war ihm deshalb schon gestern ins Auge gefallen. Er ließ seinen Blick weiterschweifen. ‚Der kleine rote Audi würde gut zu ihr passen‘, spekulierte er.

***

Als sie kurz darauf die Hoteltreppe herunterkam, hörte sie draußen den Porsche vorfahren. Den charakteristischen Sound hatte sie schon im Ohr. Er hielt direkt vor der Tür, mit etwa einem Meter Abstand vom Bordstein, der hier ziemlich hoch war, das Verdeck heruntergeklappt.

„Wow!“ Beeindruckt fuhr sie mit der Hand die elegante Seitenlinie nach. Zeit genug für ihn, aus dem Wagen zu springen und ihr die Beifahrertür aufzuhalten.

„Nun, wohin?“ fragte er, während er wieder ins Auto einstieg.

„Oybin“, antwortete sie, die Augen aufs Display des Navis gerichtet, während sie den Ortsnamen eingab. „Waren Sie schon mal da?“

„Nein.“ Er schüttelte den Kopf.

„Lassen Sie sich überraschen!“

***

Ihre Vorfreude war unübersehbar. Aber die Fahrt verlief schweigsam. Ab und zu schaute er zu ihr hinüber. Ein paar Mal warnte sie ihn vor fest installierten Blitzern. ‚Kennt sie sich hier so gut aus, oder ist sie einfach nur konzentrierter als ich?', überlegte er.

Sie kamen erst kurz vor Ende der Einlasszeit an; die Dame an der Kasse bereitete gerade den Feierabend vor. Nachsichtig lächelnd ließ sie sie noch ein.

Jetzt war er beeindruckt. „Wow! Die Überraschung ist Ihnen gelungen."

Sie lachte. „Ich hab's nicht gebaut. – Kannten Sie es wirklich noch nicht?"

„Davon gehört und gelesen schon", gab er zu. „Es selbst zu sehen, ist etwas ganz anderes."

Gemeinsam strolchten sie durch die Ruinen und Durchgänge. Stiegen auf den Kirchturm. In der Klosterkirche hallten leise gregorianische Gesänge von den Mauern wider und bildeten mit ihrer getragenen Melancholie einen Kontrapunkt zum unbeschwerten Gezwitscher der Vögel.

In einem der schmalen Felsengänge berührte er sie an der Schulter. Sie drehte sich zu ihm um.

„Danke", sagte er leise.

Hier im Schatten waren ihre Augen dunkel. Vorsichtig, um sie nicht zu erschrecken, legte er seinen Zeigefinger unter ihr Kinn, beugte sich zu ihr und küsste sie. Es war ungeplant, ein Impuls. Zu seinem Erstaunen küsste sie ihn zurück. Scheu und kurz, nur eine flüchtige Berührung ihrer Zunge, die ihm einen Schauer über den Rücken jagte und alle Härchen seines Körpers aufrichtete. Dann sah sie ihm in die Augen. Etwas verlegen ließ er seine Hand sinken.

Sie begann zu lächeln. „Gerne", antwortete sie, drehte sich um und schlenderte weiter, als sei nichts geschehen.

***

Charly war vollkommen durcheinander. Nach dem gestrigen Abend hatte sie sich auf direkte, unmissverständliche Kontaktversuche seinerseits eingestellt und war auf diesen harmlosen, zarten Kuss überhaupt nicht vorbereitet. Sie beherrschte sich mühsam, um sich ihm nicht hier und jetzt an den Hals zu werfen. Auf dem Weg zum Auto brachte sie ihre Gefühle langsam unter Kontrolle.

Auf der Rückfahrt fanden sie unterwegs ein Restaurant, und während des Essens versuchte er, etwas über ihre Pläne für den nächsten Tag zu erfahren. Sie antwortete nur vage. Heimreise, vielleicht noch ihren Vater besuchen. Die Ortsnamen verschwieg sie. Er bemerkte schnell, dass sie nicht darüber sprechen wollte und sie wandten sich anderen Themen zu.

Als sie den kleinen Landgasthof verließen, standen neben dem Eingang zwei historische Motorräder. Charly streifte sie zunächst nur mit einem kurzen Blick und ging weiter, drehte aber nach einigen Schritten um und sah sich beide Maschinen genauer an. ‚Tatsächlich.' Sie fischte ihr Handy aus der Tasche und fotografierte sie. Inzwischen war auch Gereon neben sie getreten und sie zeigte ihm, was sie entdeckt hatte: Eine Maschine zierte das übliche blau-weiße BMW-Emblem, die andere das rot-weiße EMW-Emblem. „Jetzt wäre nur noch spannend zu wissen, wann die ‚echte' BMW gebaut wurde – und wo", meinte sie. „Die EMW ist zwischen 1950 und 52 gebaut worden, weil sie noch die gleiche Gabel hat wie die BMW auch. Vorausgesetzt, sie wurde nicht im Nachhinein originaler aufgebaut als sie ursprünglich war", überlegte sie laut.

***

„Ganz recht, junge Dame", ertönte eine Altherrenstimme von der Terrasse. Stühle scharrten, dann kamen zwei Männer, etwa Mitte siebzig und in altmodischer Lederkleidung, zu ihnen auf den Parkplatz, stolz auf ihre Motorräder und neugierig auf die junge Frau, die ein Detail entdeckt hatte, das selbst vielen Männern nicht sofort auffiel.

„Sie kennen sich gut aus“, bemerkte der eine und der andere fügte hinzu: „37 in München, um Ihre Frage zu beantworten.“

Gereon konnte nur noch staunen. Er trat ein wenig an den Rand der Szene und beobachtete, wie sie angeregt mit den beiden Herren fachsimpelte. Wie angetan diese von ihr waren.

Schließlich verabschiedete sie sich, kam auf ihn zu und entschuldigte sich, dass sie ihn warten lassen habe.

***

Natürlich fragte er sie auf dem verbleibenden Weg zum Hotel aus. Oder zumindest versuchte er es. Charly wand sich, so gut sie konnte, ohne ihn zu sehr vor den Kopf zu stoßen, um genauere Erklärungen herum, verwies darauf, dass es mit ihrem Vater zusammenhing, der gerne an alten Fahrzeugen bastele, und dass es eine längere Geschichte sei. Seine Einladung auf einen Drink an der Bar lehnte sie ab mit der Begründung, dass es ein langer Tag war und sie schlafen müsse.

Don't Lose My Number – Phil Collins

„Sehen wir uns beim Frühstück?“ Er sah sie bittend an.

Sie zögerte. „Vielleicht. – Vielen Dank für den Ausflug und gute Nacht.“ Sie stellte sich auf die Zehenspitzen, hauchte ihm einen Kuss auf die Wange und war in ihr Zimmer geschlüpft.

Mit dem Gefühl, etwas Wichtiges versäumt zu haben, ging er zu seinem eigenen. Er schlief unruhig, träumte wild und saß sehr früh im Frühstücksraum. Sie war nicht da und kam auch nicht, so lange er sein Frühstück auch ausdehnte. Schließlich ging er zur Rezeption und fragte nach. Bereits abgereist, war die einzige Auskunft, die er erhalten konnte.

Ziellos und gedankenverloren wanderte er durch die Stadt, bis er sich am frühen Nachmittag entschied, den Freizeitpark anzuschauen, von dem sie gesprochen hatte. Vielleicht war es was für Maja und die Jungs. Fürst Pückler und seinen Park hob er sich für den nächsten Tag auf.

Auf dem Parkplatz fiel ihm auf, dass die gelbe BMW fehlte. ‚War das etwa ihre? War sie deshalb so vorsichtig, als es ums Motorradfahren ging, weil sie nicht wollte, dass ich es weiß? Warum nicht?‘, grübelte er. ‚Und warum bin ich nicht auf den Gedanken gekommen, aufs Kennzeichen zu schauen? Im Grunde weiß ich nichts von ihr.‘

Als er in den Porsche einsteigen wollte, stutzte er. An der Scheibe der Fahrertür steckte eine Visitenkarte. ‚Meine eigene.‘

Sein Herz sank. ‚Sie will meine Kontaktdaten nicht haben und ich Depp habe sie nicht einmal nach ihrem richtigen Namen gefragt. Es war ein Abenteuer, ach, nur eine vergnügliche Episode‘, dachte er. ‚Ich werde sie nie wiedersehen.‘ Unerklärlicherweise stimmte ihn dieser Gedanke traurig.

Er wusste selber nicht, warum, aber er drehte die Karte um. Auf der Rückseite prangten in blauem Kugelschreiber eine Zahlenreihe und darunter „CU Charly“.

***

Charly war schon vor der Frühstückszeit fertig bepackt an der Rezeption. Sie wollte es nicht riskieren, das Motorrad vor die Tür zu fahren und doch noch auf Gereon zu treffen. So schleppte sie lieber den Tankrucksack und beide Alukoffer bis zum Parkplatz. Sie fuhr über Landstraßen durch die Lausitzer Heide- und Teichlandschaft Richtung Hoyerswerda, frühstückte in einem Café und bummelte durch die Stadt, bevor sie weiterfuhr nach Torgau. An Schloss Hartenfels saß sie lange am Wendelstein und dachte nach. Sie teilte ihr Mittagessen, zwei Äpfel, mit den Bären im Burggraben.

Am späten Nachmittag schneite sie bei ihrem Vater herein. Sie war unruhig und wäre am liebsten sofort nach Hause gefahren, erinnerte sich jedoch rechtzeitig daran, dass zu Hause der Kühlschrank leer und es Sonntag war und blieb letztlich doch über Nacht. Morgens verbummelte sie sich, schraubte hier, putzte da. So war es früher Nachmittag, bis sie auf dem Heimweg war. Via Autobahn, es war nun einmal der direkteste Weg und die Gegend zu zersiedelt, als dass sie viel Spaß an der Überlandfahrt hatte. Kurz vor zu Hause hielt sie an einem Supermarkt. Kaum hatte sie ihn betreten, warf sich vor ihr ein etwa zweijähriger, blondgelockter Junge in einer trotzigen Haltung auf den Boden.

„Hallo, junger Mann“, sprach sie ihn an und bot ihm ihren Korb an. „Magst du mir beim Einkaufen helfen?“

Aus dem Konzept gebracht, blickte er sie an und nickte dann.

„Frag schnell deine Mama, ob ihr das auch recht ist“, ermunterte sie ihn und half ihm beim Aufstehen.

Die Mutter, einen zweiten Lockenkopf im selben Alter im Einkaufswagen, nickte ihr dankbar zu. Ungefähr im gleichen Tempo wie sie dirigierte Charly den Jungen durch den Laden. An der Obsttheke fragte sie ihn, ob er sich etwas aussuchen wollte.

„E-mee-nee", nickte er und zeigte auf die Himbeeren.

"Und für Deinen Bruder?"

"E-mee-nee", wiederholte er.

Schmunzelnd ließ sie ihn zwei Packungen Himbeeren in ihren Einkaufskorb legen. Sie verließen das Geschäft gemeinsam und Charly reichte der Mutter das Obst. Sie hatte die ganze Zeit gegrübelt, woher sie die Frau kannte.

„Täusche ich mich, oder gehört Ihnen die Fuchsstute mit der Blesse, die aussieht wie ein Fragezeichen?", sprach sie die Frau an.

„Das klingt nach Florentine", antwortete diese.

„Dann habe ich Sie erst vor kurzem am Aussichtsturm gesehen", erläuterte Charly. „Zumindest Florentine."

„Gut möglich. Mein Bruder reitet sie gelegentlich. Die beiden lassen mir keine Zeit mehr dazu."

„Das glaube ich gern. Wollt ihr auf meinem Motorrad sitzen, während eure Mama die Einkäufe ins Auto packt?", fügte sie an die Jungen gewandt hinzu, die begeistert aufschrien und wild herumzuhüpfen begannen. Sie nahm einen an jede Hand und steuerte sie zur BMW, die sie glücklicherweise in einer ruhigeren Ecke geparkt hatte. Mit je einer Hand an jedem Kind fragte Charly sich, wie man mit Zwillingen in diesem Alter überhaupt irgendetwas erledigt bekam.

Während sie begeistert auf der Maschine herumrutschten, überboten sich die Kleinen darin, ihr zu berichten, dass Onkel „Geo" auch ein Motorrad habe, imitierten eifrig das Brummen eines Motors und wollten unbedingt die Hupe drücken.

„Das dürfen sie auf dem Motorrad meines Bruders auch immer“, bemerkte die Mutter entschuldigend, die unbemerkt neben sie getreten war.

„Ist ja nichts Schlimmes“, lachte Charly. „Onkel Geo?“ fragte sie.

„Er heißt Gereon.“

Charly stutzte kurz, ließ sich aber nichts anmerken. ‚Konnte es tatsächlich sein, dass sie ausgerechnet die Schwester des Mannes traf, mit dem sie am Wochenende…, ja, was eigentlich?‘, überlegte sie. „Gut, jeder ein Mal“, sagte sie streng.

Die Jungen nickten, drückten andächtig auf die Hupe und freuten sich über das misstönende „Miep“. Dann ließen sie sich unter Protest von ihrer Mutter zu deren Auto ziehen. Charly winkte ihnen nach und befestigte den Tankrucksack. Sie überlegte kurz und folgte ihnen. „Entschuldigen Sie, dass ich noch einmal störe.“

„Kein Problem, Sie haben mir beim Einkauf so sehr geholfen“, antwortete die Frau freundlich.

„Ihr Bruder fährt einen blauen Porsche?“, vergewisserte sie sich.

„Ja.“ Die junge Mutter lächelte fragend.

„Falls Sie ihn sprechen, grüßen Sie ihn bitte von Charly“, antwortete sie, nickte abschließend und ging zu ihrem Motorrad.

***

„Würdest du mir einen Gefallen tun, kleiner Bruder?“

„Was denn, große Schwester?“ Gereon war auf dem Heimweg und hatte kurz bei seinem Schwager angehalten, um seine Neffen und Maja zu besuchen.

Maja packte ihm einen dicken Stoß Zeitschriften vor die Nase. Obenauf lag ein Hochzeitsmagazin.

„Die zum Altpapiercontainer mitnehmen?“

„Mache ich. – Ist es dafür nicht ein bisschen spät?“, fragte er, ließ sich aufs Sofa fallen und hob die Hochzeitsbroschüre hoch.

„Nicht von mir“, schnaubte Maja. „Eine Freundin hat mir von Designerkleidern vorgeschwärmt.“

Gereon blätterte angelegentlich in dem Heft herum, es fiel an einer oft geknickten Seite auf. Verwirrt starrte er auf ein Bild von … Charly … in einem eleganten Brautkleid.

„Gereon, was ist?“ Maja musste ihre Frage wiederholen, ehe ihr Sinn zu ihm durchdrang.

Er drehte die Zeitschrift so, dass sie das Foto sehen konnte. „Ich habe mit dieser Frau so quasi das Wochenende verbracht“, kiekste er in unnatürlich hoher Stimmlage und räusperte sich. Er berichtete in wenigen Sätzen.

Jetzt sah Maja irritiert auf das Foto. „Ich habe sie heute Nachmittag beim Einkaufen getroffen. Sie hat mir mit den beiden Rabauken geholfen. Sie durften sogar auf ihrem Motorrad sitzen.“

„Motorrad? Was für eins?“ Elektrisiert rutschte er auf die äußerste Sofakante und sah zu ihr hoch. Sie zuckte die Schulter, hatte nie seine Leidenschaft dafür geteilt.

„Es war gelb“, fügte sie hinzu, als sie bemerkte, wie sehr er sich wünschte, mehr zu wissen. „Ziemlich groß für sie.“ Maja maß die ungefähre Höhe von Sitz, Tank und Lenker ab.

‚Etwa doch die BMW aus Görlitz?‘, überlegte er.

„Eins hat mich verwundert“, sprach sie weiter.

„Ja?“

„Das Kennzeichen war nicht von hier. Sie hat aber, ich sag mal ‚normal‘, eingekauft, auch Kühlsachen und nicht nur was zum Knabbern, wenn du verstehst, was ich meine?“ Sie zwinkerte ihm zu.

Er nickte.

„Singlehaushalt, den Mengen nach“, sagte sie verschmitzt lächelnd.

„Das Kennzeichen?“, hakte er nach.

„Aus Chemnitz. Die anderen Buchstaben weiß ich nicht mehr, und die Zahl hab ich nur behalten, weil es der Geburtstag der Jungs ist. Vierzehn“, erklärte sie. „Ach, und sie hat Florentine am Aussichtsturm gesehen.“

‚Natürlich, die junge Frau mit dem Braunen!‘ Schlagartig begriff er, warum sie ihm bekannt vorgekommen war. „Kennst du jemanden, der einen großen und recht schweren Braunen hat?“ Er versuchte, sich an besondere Kennzeichen des Wallachs zu erinnern. „Abgesehen von der Größe war er recht unauffällig.“ Jetzt war er es, der die Schultern zuckte.

„Nicht direkt. Ich höre mich um und im Reitstall fragst du, wenn du Florentine das nächste Mal bewegst.“

„Hm, ja.“

„Übrigens, ehe ich es vergesse, sie bat mich, dich von Charly zu grüßen.“

‚Ich werd nicht wieder. Sie lässt mich in Görlitz sitzen, trifft hier ausgerechnet meine Schwester beim Einkaufen und lässt auch noch grüßen! Raffiniertes kleines Luder, ich kriege dich! Auch wenn ich zugeben muss, dass mir dein Versteckspiel Spaß macht.‘

Me and You and a Dog Named Boo - Lobo

Charly schaute noch schnell bei Melli vorbei. Ihre Freundin sah verheult und zerzaust aus; ihr Freund Enrico, Charly mochte ihn nicht, und das beruhte auf Gegenseitigkeit, war nicht da, so dass sie länger blieb und versuchte, Melli aufzumuntern.

Es war spät, als sie tief durchatmend auf ihr Motorrad stieg. Im Nachbarort legte sie plötzlich eine Vollbremsung hin, ließ die BMW mit laufendem Motor mitten auf der Straße stehen und lief ein paar Schritte zurück. Stand, den Helm in der Linken, die Rechte in die Seite gestützt, im geöffneten Tor zum Grundstück eines zurückgesetzten, modernen und noch neuen Hauses, auf dessen gepflastertem Hof ein blauer Porsche parkte.

‚Nein, das ist jetzt nicht wahr!', weigerte sie sich, die Offenbarungen zu akzeptieren. ‚Aber Haus und Porsche sind eindeutig. Ich muss mir ausgerechnet die beiden Männer anlachen, die Nachbarn und wahrscheinlich nicht nur das sind. Na, noch ist nichts passiert.' Ihr Blick wanderte zwischen Haus, Porsche und Nachbargrundstück hin und her und ihre Gedanken überschlugen sich, als vom Haus her ein helles Jappen erklang. Da stürmte auch schon der große dunkle Schäferhund heran. „Hi, Großer!", sprach sie ihn an und wehrte seine freudige Begrüßung nach kurzer Zeit ab.

Sie legte ihren Helm auf den Boden, packte ihn mit beiden Händen bei der Mähne und schickte ihn mit einem eindringlichen „Geh zum Herrchen!" zurück. Dann schnappte sie sich ihren Helm, flitzte zur BMW und beeilte sich, nach Hause zu kommen.

***

Gereon hatte ein Déjà-vu. Kurz überlegte er, ob man es anders nannte, wenn es sich nicht aufs Sehen, sondern aufs Hören und Fühlen bezog. Wie beim letzten Besuch hörte er erst Napoleons Pfoten auf den Fliesen klacken, dann spürte er dessen feuchte Nase, ehe sein Freund nahezu lautlos auf den Balkon trat. „Du schleichst dich ganz schön an", meinte er und reichte Christian ein Blatt mit Notizen. „Wein?"

„Nein." Christian schüttelte den Kopf und überflog seine Anmerkungen. „Hab versprochen, ihr das heute noch vorbeizubringen. – So ähnlich habe ich das auch."

Sie diskutierten ein paar Minuten darüber, kombinierten ihre Überlegungen.

Auf dem Tisch lag das Hochzeitsmagazin, das er bei Maja mitgenommen und nicht übers Herz gebracht hatte, in den Papiercontainer zu entsorgen. Eine ihm völlig unbekannte Sentimentalität. Er nahm den Notizzettel vom Cover.

„Seit wann liest du Hochzeitsmagazine? Habe ich was verpasst?", neckte Christian.

„Hab ich von Maja", lenkte er von sich ab und drehte den Zettel in den Händen.

„Was hast du da?" Christian nickte in Richtung seiner Hände.

„Ach. Eine Auflistung." Wegwerfend zuckte er mit den Schultern. Aber sein Freund kannte ihn zu gut.

„Wovon?", insistierte Christian.

„Fahrzeugkennzeichen."

Christian setzte sich nun doch.

„Wenn du meinst, dass das was erklärt, muss ich dir sagen: Nein, das tut es nicht", erklärte er langsam und bedächtig.

Gereon seufzte. „Ich hab dir doch von der Monster erzählt. Und dem Bus."

Christian nickte geduldig.

„Irgendwie verfolgt mich diese Buchstabenkombination. Inzwischen sind es schon vier, vielleicht fünf Kennzeichen. Kannst du dir vorstellen, dass eine junge Frau drei Motorräder und einen Transporter besitzt?“ Er hielt seinem Freund den Zettel hin. ‚Und was ist mit dem Pick-up in Berlin oder war das nur Zufall?‘, überlegte er. „Ich habe schon versucht, übers Internet was rauszufinden, aber nix Plausibles gefunden. Nur eine Firma in Chemnitz mit den passenden Initialen, gehört aber einem Mann. – Kennst du was davon?“

Christian warf einen Blick darauf. „Wie war's in Görlitz?“, fragte er, den Blick aufs Papier gerichtet.

Gereon grinste. „Spannend.“

***

Christian studierte die Einträge:

CAT 69	Ducati Monster, rot (900?)
CAT 2014	VW T5, braun
C(AT?) 14	gelb (BMW 800 GS?)
CAT 2	GS 500 E, schwarz

Er sah von dem Zettel auf, musterte seinen Freund und lehnte sich erwartungsvoll zurück. „Erzähl!“

Gereon fasste die Ereignisse vom Wochenende zusammen.

Christian überlegte. ‚Gereons Beschreibung nach ist es eindeutig Charly. Ganz offensichtlich hat sie ihm aber nicht viel von sich verraten. Warum? Außerdem bin ich ziemlich sicher, dass alle Fahrzeuge der Liste ihr gehören. Der Bus ist ganz eindeutig, die gelbe kann nur ihre BMW sein, obwohl ich da nicht aufs Kennzeichen geachtet habe. Die Suzuki passt dazu. War die ganz links im Carport eine Monster?‘

‚Möglich‘, entschied er. ‚Auch der bunte Bulli und der Cadillac haben Kennzeichen, die mit CAT beginnen. Darf ich ihr vorgreifen und Gereon ihre Identität enthüllen? Spielt sie nur mit ihm?‘

‚Spielt sie mit mir?', fragte er sich. Er überdachte die Gespräche mit ihr, die Nacht, in der nichts passiert war auf ihrem Big Sofa. Unbewusst begann er zu lächeln.

„Woran denkst du?", unterbrach Gereon seine Gedanken.

„Eine Nacht mit einer aufregenden Frau", antwortete er wahrheitsgemäß.

„Oha! Es sieht wohl eher danach aus, als hätte ich etwas verpasst?!"

„Es ist nichts passiert", sagte Christian. ‚Auch wenn du mir das nicht glauben wirst.'

***

Gereon maß Christian mit ungläubigem Blick. Christian war ein paar Zentimeter größer als er selbst, sah gut aus und war muskulös und trainiert. Ihnen beiden war es nie schwergefallen, Mädchen kennenzulernen. Sie hatten jede Chance weidlich genutzt. „Das soll ich dir glauben?"

Christian hob die Schultern. „Wie du meinst, es ändert nichts an der Tatsache."

Von der Straße her erklang das sonore Brummen eines Motorrads. Unterm Tisch hob Napoleon lauschend den Kopf, sprang dann jappend auf, so dass der Tisch bedenklich kippelte und beide Männer reflexartig zufassten. Nahezu im gleichen Moment setzte Napoleon auch schon über die Balkonbrüstung, landete rumpelnd auf den Mülltonnen und stob um die Hausecke. Auf Christians Pfiff reagierte er überhaupt nicht. Der folgte seinem Hund eilig auf zivilerem Weg durchs Haus, nicht ohne ihrer beider Notizen zum Unterstand mitzunehmen.

***

Als Christian kurz darauf selbst um die Hausecke bog, kam ihm Napoleon bereits wieder entgegen, machte jedoch sofort kehrt und lief zu einer Stelle in der Einfahrt zurück. Er schnupperte dort kurz, setzte sich und wartete, bis er fast bei ihm war, dann sprang er auf, rannte auf die Straße, blieb dort wieder schnuppernd und schwanzwedelnd stehen, sah zu ihm zurück und jaulte kurz, bevor er sich erneut hinsetzte.

„Verstehe, wer will, was du mir sagen willst,", sagte er zu seinem Hund. „Ich tue es nicht. Komm, wir bringen noch die Skizzen zu Charly und du kannst mit Pollux toben." Er ging über den Hof zurück, rief einen Abschiedsgruß zu Gereon hinauf und trat durch das Gartentor auf sein Grundstück. Holte den Helm, auf die Kombi verzichtete er und schickte Napoleon auf den Gehsteig. Gemächlich tuckerte er ins Nachbardorf. Napoleon wetzte nebenher, im Ort auf dem Gehweg, auf der Landstraße im Feldrain. Im nächsten Dorf trabte er hechelnd quasi bei Fuß, bis sie bei Charly in die Einfahrt einbogen, dann rannte er voraus.

The Name of the Game – ABBA

Charly hatte wohl eben die Alukoffer und den Tankrucksack ins Haus getragen, als Napoleon wie ein Blitz an ihr vorbeischoss und auf den Trampelpfad zum Stall einbog. Sie schob die BMW unters Dach und sah ihm dann abwartend entgegen.

„Gut, dass du kommst, ich muss mit dir reden“, begrüßte sie ihn.

„Sind wir schon so weit?“, grinste er zurück. ‚Was kommt denn jetzt?’, fragte er sich.

„Der Name Gereon sagt dir was?“

‚Aha, daher weht der Wind.’ Seine verspielte Laune erhielt einen Dämpfer. „Mein Nachbar?“

Sie nickte. „Dein Freund?“

„Mein bester Kumpel, ja.“

Sie schien mit dieser Antwort gerechnet zu haben, und sie gefiel ihr ganz offensichtlich nicht. „Na, bravo.“ Sie zog die Unterlippe zwischen die Zähne und überlegte.

‚Was sie mir sagen will, oder ob sie es mir sagen will?’, dachte er zynisch.

„Ich habe ihn in Görlitz kennengelernt“, informierte Charly ihn. Holte tief Luft, und ehe er sich eine Antwort zurechtlegen konnte, fuhr sie fort: „Ich mag ihn.“ Sie sah ihm direkt in die Augen. „Ich werde die Finger nicht von ihm lassen können.“

„Aber von mir schon?“ Er versuchte nicht, seinen Ärger zu verbergen. ‚Verdammt, Mädchen, hast du die geringste Ahnung, was du mir da eben gesagt hast? Dass er wieder mal die Nase vorn hat? Wie oft habe ich ihm zuliebe zurückgesteckt? Soll ich wieder warten, bis er auch dich abgelegt hat und mir überlässt?’ In aufgebrachte Gedanken verstrickt, starrte er sie an.

Sie wich seinem Blick aus. Seine BMW stand zwischen ihnen, und sie begann, auf der Sitzbank Kreise zu malen.

Er erinnerte sich an das Gefühl, als sie das auf seinem Bauch gemacht hatte. ‚Damn, ist das erst vier Tage her?' Ihm fielen die Blicke, mit denen sie seinen nackten Oberkörper gemustert hatte, ein. ‚Sie findet mich attraktiv. Dachte ich. Sollte ich mich so gründlich getäuscht haben? Und das nach dieser Nacht mit dir? Der bisher einzigen Frau, neben der ich in der ersten Nacht wirklich nur geschlafen habe?'

Kurz bevor das Schweigen unerträglich wurde, antwortete sie leise: „Nein, nicht wirklich", hob den Kopf und sah ihn an.

Das verschlug ihm die Sprache und das Denken gleich mit. Um Zeit zu gewinnen, zog er die zusammengefalteten Zettel aus der Hosentasche und reichte sie ihr. „Wie versprochen." Seine Stimme war rau und er räusperte sich.

„Daran hatte ich gar nicht mehr gedacht." Sie blätterte beide Zettel auf, breitete sie auf der Sitzbank aus und beugte sich darüber. Nach einiger Zeit tippte sie auf eine Stelle. „Das ist eine klasse Idee, und das", sie zeigte auf eine andere, „habe ich so ähnlich. Danke!" Sie steckte die Zettel ein und strahlte ihn an.

‚Zum Teufel mit Gereon', dachte er sehr deutlich, beugte sich zu ihr und küsste sie.

***

Charly warf alle Bedenken über Bord, schloss die Augen und küsste ihn zurück. Spürte, wie Christian seine Linke in ihren Nacken schob und die Finger in ihre Haare wühlte. Sie langte über die BMW hinweg, zerrte mit beiden Händen sein Hemd aus der Jeans und fuhr darunter. Er zuckte zusammen, als ihre kalten Hände seinen nackten Bauch berührten.

„Sorry", hauchte sie an seinem Mund.

***

„Egal, mach weiter.“ Dieser Aufforderung hätte es nicht bedurft.

Sie war zielstrebig. „Dein Mopped stört.“

„Festhalten!“ Unwillig, sie loszulassen, umfasste er ihre Taille und hob sie über den Sattel.

„Komm!“ Rückwärts gehend lotste sie ihn in Richtung Haus, ohne ihren Kuss zu unterbrechen. Die Haustür stand halb offen. Sie waren kaum in der Diele, die Tür noch nicht richtig hinter ihnen zugefallen, da riss sie ihm bereits das Hemd über den Kopf.

‚Holla! Wird das wirklich das, wonach es sich gerade anfühlt? Dann hat sie es plötzlich ziemlich eilig. Aber mir soll es recht sein.‘

Ihre Motorradjacke rauschte zu Boden.

Er schob seine Hände in ihre Hose, umfasste ihren Hintern, zog sie an sich und küsste sie erneut. Lange und genüsslich.

Sie hatte es währenddessen irgendwie geschafft, die Schnallen ihrer Stiefel zu öffnen und schleuderte sie von den Füßen. Der Nierengurt flog in eine Ecke.

***

‚Es ist mir egal, was er von mir denkt. Ich will ihn, jetzt, hier und sofort!‘

***

Er fasste sie an den Hüften und schob sie sanft ein kleines Stück von sich weg. „Langsam.“ Er lachte leise. „Ich lauf dir nicht weg.“

„Weiß ich's?“, antwortete sie, hatte ihre Hände in seiner Jeans und gleich darauf fühlte er ihre kühlen Finger.

Sie dirigierte ihn rückwärts ins Wohnzimmer, klaubte unterwegs ein Kondompäckchen aus dem Medizinschrank und ging vor ihm in die Knie.

„Nein!“

„Doch!“

‚Nein, das halte ich nicht aus!‘

Ihr Mund löste ihre kühlen Hände ab, er stöhnte auf, wühlte beide Hände in ihre Haare, schloss die Augen, dirigierte sanft. Er brauchte all seine Selbstbeherrschung, um dem Vergnügen kein schnelles Ende zu setzen. Er atmete tief durch, als sie mit einem unschuldigen Augenaufschlag absetzte und ihm das Kondom überstreifte.

„Das wirst du büßen“, verhieß er ihr.

„Gerne.“ Sie grinste ihn herausfordernd an und hielt ihm einen Fuß hin. „Dafür musst du mir erst aus der Kombi helfen.“

Das war in wenigen Sekunden erledigt.

Sie wollte sich das T-Shirt ausziehen.

„Lass mich“, bremste er sie. ‚Ich will auch was davon haben.‘ Genießerisch und langsam zog er ihr das T-Shirt über den Kopf, ließ es aufs Sofa fallen. Er legte seine Hände auf ihre Hüften und ließ sie langsam an ihren Seiten emporwandern, während er sie noch einmal küsste. Routiniert schnippte er den BH-Verschluss auf. ‚Meine Lieblingsbeschäftigung. Es gibt nichts, was ich mehr liebe, als dieses ‚Schnipp‘.‘

Sie legte die Hand auf seine Brust und schob ihn rückwärts aufs Sofa. Glitt geschmeidig wie eine Katze über ihn und ließ sich langsam auf ihn sinken, bis sie festsaß. Offensichtlich hatte sie die Luft angehalten, denn jetzt atmete sie langsam aus und seufzte dabei so wohlig, dass er sich schleunigst die unliebsamsten Erlebnisse des letzten Monats in Erinnerung rief und mit beiden Händen erneut ihre Hüften packte, um zu verhindern, dass sie sich bewegte. ‚Verdammt, es ist zu lange her, dass ich mit einer Frau im Bett war!‘ – „Nicht bewegen. Wenn du noch was davon haben willst.“

Sie kicherte. „So schlimm? Sag Bescheid, ja?“

Wieder malte sie Kringel auf seinem Bauch. Es kitzelte und trug tatsächlich dazu bei, die Spannung zu mildern. Nach einiger Zeit lockerte er seinen Griff, und sie begann, sich leicht zu bewegen. Ein sehr langsamer Rhythmus und nicht viel ‚Hub', wie er es innerlich grinsend bezeichnete. Er merkte schnell, dass sie das nicht unbedingt seinetwegen machte. Nein, sie kümmerte sich komplett egoistisch um sich selbst. Fasziniert beobachtete er sie, die kleinen Veränderungen in ihrer Haltung, sah, wie sich an ihrem Hals kleine rote Flecken bildeten, hörte, wie sich ihr Atem beschleunigte. Er rührte sich kaum, darauf bedacht, sie so wenig wie möglich zu stören.

Sie atmete immer tiefer, die roten Fleckchen erblühten zusehends, dann bäumte sie sich auf, grub ihre Finger in seine Brustmuskeln und sandte einen Schauer aus Gänsehaut über seinen Körper, bis in die Finger- und Zehenspitzen.

***

Sie hatte ihre Haare über die Augen geschüttelt und langsam atmete sie ruhiger. Er ließ ihr noch ein wenig Zeit, ehe er die Hüften bewegte. Nach kurzem Zögern antwortete sie vorsichtig. Zufrieden sah er, wie die roten Fleckchen, die inzwischen verlaufen waren, sich wieder andeuteten. Er schlang einen langen Arm um ihre Taille und drehte sie ohne Kontaktverlust auf den Rücken. Er hatte nichts gegen die Ausblicke, die eine Reiterin ihm bot und in diesem Fall war es sogar noch sehr lehrreich. ‚Trotzdem, im Bett bevorzuge ich die dominante Position. Und jetzt bin ich dran.' Er unterdrückte ein Knurren.

Er verschränkte seine rechte mit ihrer linken Hand und zog sie über ihren Kopf. Dann widmete er sich ihren Brüsten. Spielerisch und leicht wie eine Feder zeichnete er deren Form nach, kreiste und streichelte, ohne die Nippel zu berühren. Langsam begann sie, um Berührungen zu betteln, wölbte ihm ihren Körper entgegen. Er beugte sich zu ihr, nahm die linke Brustwarze zwischen die Lippen und saugte kräftig. Sie stöhnte auf. Er hatte währenddessen versucht, ihren langsamen Rhythmus beizubehalten. Langsam steigerte er zunächst den Hub, dann das Tempo. Ein paar Mal fasste sie ihn mit der freien Hand an der Hüfte und korrigierte seine Position ein wenig. Er zog ihren Arm noch etwas höher über ihren Kopf, streckte sie noch mehr unter sich. Schob, als die Flecken erblühten, seine linke Hand unter ihre Schulter, packte ins „Nackenfell" und zog sanft ihren Kopf nach hinten. Ließ seine Zunge über ihre Kehle wandern.

Sie erschauerte. Wand sich. „Bitte …"

„Was bitte?", flüsterte er an ihrem Ohr, seine Stimme heiser vor Erregung. ‚Sag mir, dass du mich willst.'

Sie hob sich ihm entgegen, öffnete sich noch mehr. „Bitte!"

‚Mich.' – „Ja?"

Fast lautlos flüsterte sie: „Nimm mich."

„Lauter." – Seine Stimme war sanft und verführerisch. ‚Nicht ihn.'

Sie wich seinem Blick aus.

Er lachte leise. „Entweder lauter oder du siehst mich an." – ‚Mich!'

Sie knurrte. Inzwischen spürte er auch, dass sie zitterte.

„Ich warte …" Er hatte nicht viel Härte in seine Stimme gelegt, aber es zeigte sofortige Wirkung.

„Nimm mich endlich!", fauchte sie ihn mit funkelnden Augen an, und er nutzte sein ganzes Gewicht, presste sich tief zwischen ihre Schenkel, wieder und wieder. ‚Ja! Mich!' dachte er triumphierend.

Diesmal war sie laut. Sie bäumte sich unter ihm auf, mit einer Kraft, die er nicht vermutet hatte.

Er verstärkte seinen Griff in Hand und Haar. Als Charly aufschrie, senkte er seine Zähne in ihre Halsbeuge und stöhnte selbst kehlig auf. ‚Mich.'

Er hielt sie unbeweglich, solange er es wagte. Dann löste er zuerst seinen Biss, dann die Hand aus ihren Haaren. Beugte sich über sie und küsste sie. Lange und zärtlich. ‚Mich.'

Er ignorierte ihre Befreiungsversuche, bis er schließlich widerstrebend von ihr herunterrollte und ihre Hand losließ. Stattdessen zog er sie rücklings an seine Brust, sie dockte ihren Hintern in seinen Schoß, gemeinsam zerrten sie eine Decke zurecht, und binnen weniger Minuten war Charly eingeschlafen.

'Mich, Kätzchen', dachte er, tief befriedigt, sanft und zärtlich. Er wartete geduldig, bis er sicher war, dass er sie nicht wecken würde, dann stand er auf und schlüpfte in seine Jeans.

***

Barfuß ging er zum Stall. Pollux und Napoleon lagen nebeneinander auf Pollux′ Decke. Er stellte beiden Futter hin, reinigte den Wassernapf und sah nach den Pferden.

Zurück im Haus inspizierte er das Medizinschränkchen, fand tatsächlich noch ein Kondompäckchen und kroch wieder zu Charly unter die Decke. Sie murmelte leise und schmiegte sich an ihn. Gerührt küsste er sie in die Halsbeuge, wo sich noch immer sein Biss abzeichnete. Er schlang Arme und Beine um ihren Körper in dem unsinnigen Wunsch, sie vor allem Übel der Welt beschützen zu wollen. 'Oh Gott, sie ist viel zu unschuldig für mich.'

***

Charly erwachte weit nach Mitternacht. Sie schreckte hoch. „Die Pferde! Pollux! – Und Napoleon!“, fiel ihr verspätet ein.

„Sind gefüttert und wohlauf“, erwiderte er schläfrig.

„Wirklich?“, fragte sie zweifelnd, ihr Körper unter seiner Hand gespannt und bereit, vom Sofa zu springen.

„Nachdem du eingeschlafen warst, bin ich raus und hab sie gefüttert, nach den Pferden gesehen und den Schlüssel von meiner Maschine abgezogen“, erläuterte er und gähnte.

„Danke.“ Sie schien noch einen Augenblick unentschlossen, ob sie sich selbst überzeugen sollte, dann kuschelte sie sich zurück an seine Brust. „Du bist so schön warm.“

Er lachte leise. Schlaftrunken ließ er seine Hand über ihren Körper wandern. Umschloss ihren Venushügel mit der ganzen Hand. Sie öffnete ihre Beine.

Er konnte nicht widerstehen und begann sanft zu kreisen. Sie verspannte sich. Langsam, unendlich langsam bewegte er seinen Finger, und nach und nach fiel die Spannung von ihr ab. Schließlich fasste sie nach hinten und revanchierte sich. Er machte einen tiefen, zufriedenen Knurrlaut in der Kehle, den sie mit einem ähnlichen Geräusch erwiderte.

Er unterbrach seine Liebkosungen, um sich das Kondom überzustreifen, dann schob er seine Linke unter ihrem Körper durch, um sie weiterhin berühren zu können, und hob mit der Rechten ihren Oberschenkel an. Sie gab seinem sanften Druck nach und zog das Knie fast bis an die Brust. Behutsam drang er in sie ein. Spürte, wie sie zusammenzuckte.

„Schon wund?“ In seiner Stimme lag ein Hauch von Neckerei. Sie schnaubte und machte halbherzig eine abweisende Bewegung. „Ich zerre nicht dauernd Männer vom Motorrad auf mein Sofa.“

„Nichts anderes hatte ich gedacht“, versicherte er ihr ernsthaft. ‚Aber das darfst du gerne noch mal machen. Jederzeit. Mit mir’, dachte er. ‚Und wenn das dein kleines Abenteuer ist, mit einem Fremden ins Bett zu gehen, dann hast du dir zumindest keinen Falschen ausgesucht.’

Sie schnaubte wieder, sog dann scharf die Luft ein und grub ihre Finger in seinen Oberschenkel. „Du tust mir weh!“ Sie wollte sich ihm entziehen.

Sofort hörte er auf, sich zu bewegen, fasste sie jedoch an der Hüfte und verhinderte, dass er aus ihr herausglitt. „Shhh, Charly, vertrau mir. Ich bewege mich erst wieder, wenn du es willst.“ Er sprach leise, beruhigend, ignorierte aber gleichzeitig ihren Versuch, sich zu befreien. ‚Ich tu dir nicht weh, Kätzchen. Ich werde sanft sein, zärtlich, und ich nehme mir alle Zeit, die du brauchst, aber du wirst mich nicht abweisen. Niemals.’

Ohne ihr die Gelegenheit zu geben, sich ihm zu entwinden, setzte er seine Berührungen fort, streichelte und küsste sie, knabberte an ihrer Schulter und registrierte zufrieden, wie nach einiger Zeit ihre verunsicherte Haltung in wohliges Räkeln überging und sie selbst begann, sich zu bewegen. Sehr, sehr vorsichtig beantwortete er ihre Bewegungen, bis sie in einen sanften gemeinsamen Rhythmus fanden, den sie fortsetzten, bis Charly laut aufseufzend in seinen Armen erschauerte.

Er verhielt wieder seine Bewegungen, lehnte seine Stirn an ihre Schulter und konzentrierte sich aufs Atmen.

„Was brauchst du?“ Ihre Stimme war nur ein Flüstern.

„Hältst du ein paar schnelle Stöße aus?“ Er zögerte. Jede Faser seines Körpers schrie nach Erlösung. „Es muss aber nicht sein.“

Sie fasste nach seiner Hand, führte sie zwischen ihre Beine; gemeinsam tasteten sie nach ihrer Verbindung.

„Es muss nicht sein?“ Der Hauch ihres Lachens glitt durch die Dunkelheit. „Beweg dich, ich will dich stöhnen hören!“, forderte sie laut.

Er brauchte nur einige Bewegungen, stöhnte auf und presste Charlys Körper an den seinen.

„Halt mich fest …“ Der Rest ihres Satzes endete in unverständlichem Murmeln.

***

Er erwachte von einem kühlen Luftzug, der ihm um die Nase wehte. Die Terrassentür stand offen, die bodentiefen Vorhänge wirbelten dramatisch in den Raum.

Er war allein.

‚Das reinste Déjà-vu. Halt, nicht ganz.'

Auf der Lehne des Big Sofas lag ein akkurat gefaltetes Duschtuch, seine Jeans und sein Hemd waren verschwunden.

***

Er hatte geduscht. Als er nur in seinen Shorts aus dem Badezimmer trat, sah er Charly an der Spüle hantieren.

„Kaffee?", fragte sie.

„Immer." – ‚Frag: ‚Sex'', dachte er.

Ihr Blick streifte über seinen Körper, dann stieg sie aus seiner Jeans und hielt sie ihm entgegen. Während er umständlich die von ihr hoch gekrempelten Umschläge entfaltete, stellte sie ihm einen Pott Kaffee auf die Arbeitsplatte, lehnte sich mit ihrer Tasse in den Händen rücklings an die Spüle und beobachtete ihn. „Es war schön letzte Nacht", eröffnete sie das Gespräch.

Er hielt in der Bewegung inne. Sie trug jetzt noch sein Hemd, es reichte ihr knapp bis zur Mitte der Oberschenkel. Sie hatte es nicht zugeknöpft, sondern vor dem Bauch zusammengerafft; unmöglich zu sagen, ob sie etwas darunter trug. ‚Vermutlich nicht.' Das bot Raum für verschiedenste Möglichkeiten. „Mir hat es auch gefallen", grinste er frech.

Der Anflug eines ähnlich frechen Grinsens erschien um ihren Mund, aber sie blieb ernst. „Wir können es gern mal wiederholen."

‚Stopp!' Er starrte sie an. ‚Ich habe schon einiges an Avancen erlebt, aber das noch nicht. Es fehlen die Erwartungen. Alle Mädels haben Erwartungen', überlegte er. ‚Hier ist gar nichts! Oder doch?' Er versuchte, ihre Haltung zu entziffern. „Aber …?", soufflierte er.

Sie sah ihm zu, wie er in seine Jeans stieg, seufzte und zuckte die Schultern. „Nichts aber."

Er zog die Augenbrauen hoch. „Ok, anders gefragt: Mit Betonung auf ‚gern' oder ‚mal'?"

„Beides."

Er verschränkte die Arme und lehnte sich ebenfalls rücklings an die gegenüberliegende Küchenzeile. Betrachtete sie. ‚Worauf will sie hinaus?' – „Es klingt alles nicht nach großer Begeisterung", sagte er laut und war überrascht, als sie lachte.

„So war es nicht gemeint. Ich will nur keine feste Beziehung. Dir keine Hoffnungen machen, die ich nicht halten kann. Das ist alles." Sie sah ihn aufmerksam an, offensichtlich gespannt auf seine Reaktion.

„Wegen Gereon?", fragte er direkt. Es nützte nichts, um den heißen Brei herum zu reden.

„Nein. Oder vielmehr, nicht hauptsächlich. Ihm würde ich das Gleiche sagen, stünde er jetzt hier, an deiner Stelle."

„Ach ja?" Eine eindeutig zynische Nuance schlich sich in seinen Ton.

„Beziehungsweise, werde ich das Gleiche sagen. So oder so."

‚Langsam verstehe ich gar nichts mehr', dachte er.

Sie seufzte und holte tief Luft. „Ich will im Augenblick niemanden, der mich bindet." Sie beugte sich vor und sah ihm eindringlich in die Augen. Die Wirkung verpuffte durch den gleichzeitigen tiefen Ausblick in ihr Dekolleté.

„Dich nicht. Und Gereon nicht. – Auch sonst niemanden", fügte sie mit wegwerfender Handbewegung an. „Ich bin für – fast – alles zu haben. – Wenn du damit klarkommst. Sonst lassen wir es lieber", setzte sie nach einem Augenblick der Überlegung hinzu, lehnte sich wieder zurück und widmete sich ihrem Kaffee.

Er musterte sie aus schmalen Augen. ‚Plausibel so weit. Die vorletzten beiden Sätze wiederum lassen eine Menge offen. Teilen kann ich, mit Gereon allemal. Und vielleicht …' Er würgte den aufkeimenden Gedanken ab. ‚Das hier ist Sex. Sehr schöner Sex. Mehr, als ich die letzten Jahre hatte. Warum irgendetwas überstürzen?', fragte er sich. ‚Ich will es. Sie will es. Das reicht.'

Sie wartete geduldig auf seine Antwort.

‚Nein', korrigierte er sich. ‚Nicht geduldig, auch wenn sie es gut verbirgt.' – „Nachvollziehbar." Er löste seine angespannte Haltung und griff nach seinem Kaffee. „Prinzipiell habe ich damit kein Problem", hörte er sich sagen. „Motorradfahren mit Bettoption ohne sonstige Verpflichtung bekommt man nicht jeden Tag angeboten", grinste er frech, „und das , – fast – alles' interessiert mich."

Sie verschluckte sich an ihrem Kaffee und hustete. Ihre Wangen färbten sich rot und sie mied seinen Blick. Er nahm einen Schluck aus seiner Tasse. Der Kaffee war überraschend stark. Ein weiterer Pluspunkt für sie.

Nach seinen deutlichen Worten breitete sich Schweigen zwischen ihnen aus und etwas unbehaglich standen sie sich gegenüber, als im Flur Charlys Handy klingelte.

She's Got Nothing On (But the Radio) – Roxette

Charly war aus der Küche geflitzt, kurz darauf ertönte ein atemloses "Hi Dad", und sie kehrte mit dem Handy am Ohr zurück. "Weder noch", sagte sie gerade, "Hab doch Urlaub." Sie machte eine betretene Miene. "Alles ok, Dad. Hab's vergessen. Tut mir leid. Ich weiß ja, dass du dich sorgst."

"Sachsenring? Immer doch! Was hast du für mich? Und wann überhaupt?"

„Dienstag geht, dann nehme ich noch zwei Tage Urlaub. Kein Akt." Sie lauschte konzentriert, streifte ihn mit einem nachdenklichen Blick. „Kann noch jemand mitkommen?"

„Ok, geht klar. Bis später. Bye, Dad."

‚Vergiss es, Rennstrecken sind nicht mein Ding', dachte er. ‚Falls du überhaupt an mich gedacht hast bei dieser Frage.'

Sie legte auf. Zog ein Blatt Papier und einen Stift aus einer der Schubladen und schrieb einige Stichpunkte auf. Gerade, als sie sich ihm zuwandte, klingelte das Handy noch einmal. „Melli, was gibt's?", meldete sie sich kurz angebunden. „Klettern darf ich noch nicht, sichern kann ich dich, wann und wo?"

„Ja, see you. – Moment, Melli? Bist du noch dran? Kommenden Dienstag, Sachsenring, wie immer?"

„Ok, see you." Sie ergänzte ihre Liste um einen Punkt.

Das Handy klingelte wieder.

„Was ist denn heute los?", wunderte sie sich, schaute aufs Display, vermied es, ihn anzusehen und zögerte einen Augenblick, bevor sie das Gespräch annahm. „Hi."

Aus der Antwort erkannte er die Stimme seines Freundes, auch wenn er keine Wörter ausmachen konnte.

Charly lachte. „Dafür müssen Sie früher anrufen.“

‚Interessant. Sie siezt sich mit Gereon', dachte er. Ihm fiel dessen Zettel ein. Es war nur eine Frage der Zeit, bis der selber darauf kam, wer sie war. Hoffentlich verstrickte sie sich nicht zu sehr in ihr Versteckspiel. Auch wenn Gereon so was liebte. ‚Nun, immerhin weiß ich, dass sie mir gegenüber mit offenen Karten spielt. Das ist viel wert.'

„Ja, danke der Nachfrage, ich bin gut nach Hause gekommen“, sagte sie mit einem Seitenblick auf ihn.

Ihr war es sichtlich unangenehm, dass er sie bei diesem Gespräch beobachtete und mithörte. Er konnte sich ein diabolisches Lächeln nicht verkneifen.

„Ich weiß nicht“, sagte sie eben und zuckte unschlüssig die Schultern.

Ihr Handy gab eine Reihe von Pieptönen von sich, sie entschuldigte sich und sah einige Nachrichten an, bat Gereon dann, ob er sie später noch einmal anrufen würde und legte mit einem kurzen Gruß auf. Rief jemanden an; dem Gesprächsverlauf nach hatte ihr Vater einen Auftrag für sie. Sie verhandelte ein paar Minuten mit ihm und legte das Handy weg. „Alle verrückt geworden. – Wären wir bei Plan C“, kommentierte sie ihre Änderung auf ihrer Liste.

„Plan C?“, fragte er amüsiert.

Sie deutete an ihm vorbei auf eine Holztafel, die in geschwungenen Buchstaben verhieß: „If Plan A doesn't work, the Alphabet has 25 more letters.“

„Sieht nach einem durchgeplanten Vorgehen aus.“

„Im Grunde ist es ganz einfach.“ Sie sah ihn an und lachte übermütig. „Plan A geht sowieso immer schief, deshalb ist Plan B: ‚Es gibt keinen Plan und irgendwie wird's trotzdem'.“

Er schmunzelte. „Damit kann man sich die restlichen 24 Buchstaben gleich ganz sparen.“

„Oder man belegt sie schon mit verschiedenen Plänen, damit man hinterher genau sagen kann, was nicht funktioniert hat und welche Optionen offen bleiben."

„Meine Optionen sind im Moment jedenfalls recht eingeschränkt, und für die meisten brauche ich mein Hemd", gab er zu bedenken.

Das Handy klingelte wieder. Für einen Moment sah sie so aus, als wolle sie es aus dem Fenster werfen, nahm dann aber ab. Sie lauschte einem aufgeregten Wortschwall, zog dabei einen neuen Zettel aus der Schublade und füllte ihn in kurzer Zeit mit Daten und Ortsnamen.

„Ich gleiche es mit meinen Plänen ab und melde mich dann. Vermutlich nicht vor morgen Abend. Ach, und alles zum üblichen Stundensatz sowie Auslagen für Anreise und Übernachtung und 75 Euro, wenn ich dir die Übernachtungskosten einspare, in Frankfurt zum Beispiel." Während sie der Antwort lauschte, verdrehte Charly die Augen. „Tja, Profis kosten nun mal Geld", lachte sie dann. „Was das betrifft, bin ich ein sehr kostengünstiger Profi, das weißt du selber. Bye, Mam!"

Sie hatte kaum aufgelegt, da klingelte es schon wieder. Es war Gereon. So, wie sie sich wand, schien er auf ein Wiedersehen zu drängen und sie wollte ihm nichts von sich preisgeben. Schließlich gab sie insofern nach, dass sie ihm erzählte, abends in Magdeburg zu sein. Dann beendete sie das Gespräch recht schnell und stützte sich nachdenklich auf die Arbeitsplatte. „Alle verrückt geworden. Sagte ich das schon?" Sie blickte auf, ihre Augen fokussierten auf ihn und sie stutzte. „Du wolltest dein Hemd wiederhaben. Sorry."

Sie ließ es von den Schultern gleiten und reichte es ihm. Stand vor ihm. Nackt.

Sein Herzschlag überschlug sich. Wie in Trance, den Blick unverwandt auf ihren schlanken Körper gerichtet, nahm er ihr sein Hemd aus der Hand. Sie trat an ihm vorbei über den Flur ins Bad und schnappte sich dort eine Jeans vom Boden, wobei sie ihm eine äußerst verführerische Rückansicht präsentierte. Zog die Jeans an ohne sich um Unterwäsche zu bekümmern. Mit einem gewissen Bedauern sah er zu, wie sie den Reißverschluss hochzog. Dann verschwand sie hinter der Tür, und als sie in sein Blickfeld zurückkehrte, trug sie bereits einen BH und hatte sich ein Hemd übergeworfen, an dem sie eine Handvoll Knöpfe schloss, die Zipfel nachlässig in den Bund der Jeans stopfte und ein mehr als großzügiges Dekolleté zur Schau stellte. Sie warf einen Blick in sein Gesicht und schloss noch einen Knopf mehr.

Er fasste nach ihrem Handgelenk, zog sie an sich und küsste sie, fordernd. „Schade“, flüsterte er an ihrem Ohr. „Ich wollte noch die Erinnerungen der Nacht auffrischen.“ Seine Hände waren eifrig mit ihrem Po beschäftigt.

Sie lachte auf, ein wenig rau und kehlig. „Zu spät, ich muss los. Soll ich Napoleon bei dir rausschmeißen?“

„Gute Idee.“ Widerstrebend ließ er sie los und sie schob ihn zur Haustür.

***

Charly hielt gerade lange genug, dass er Napoleon aus dem Bus lassen konnte. Er sah ihr kopfschüttelnd nach, wie sie mit einem Kavaliersstart die Dorfstraße hinauffuhr und um die nächste Kurve verschwand.

‚Ich fasse es nicht’, dachte er. ‚Die Jungs träumen seit Jahren davon, dass ein Motorrad fahrendes Mädel daherkommt und direkt vom Bike mit ihnen in die Kiste steigt. Genau so lange erzähle ich ihnen, dass es so was nur in Pornos gibt. Männerphantasien eben.’

‚Wem passiert’s?’

‚Mir.’

‚Schade eigentlich, dass sie nie erfahren, dass es so was doch gibt.’

Er brachte Napoleon bei seinem Vater unter, vergewisserte sich, dass es dem alten Herrn an nichts fehlte und saß kurz darauf wieder im Sattel seiner BMW, diesmal auf dem Weg zur Arbeit. Er war bei weitem kein Langschläfer wie Gereon, aber so früh war er selten unterwegs. Er genoss die frühsommerliche Stimmung, die Kühle der Luft und die wärmenden Strahlen der Sonne. Pfeifend stellte er das Motorrad auf dem Firmenparkplatz ab und steuerte beschwingt sein Büro an. Noch ehe er es erreicht hatte, brachen die ersten Hiobsbotschaften über ihn herein. Aber heute konnte ihn nichts erschüttern.

Jede Stunde – Karat

Charly parkte den Bus am Sägewerk. Alles war noch still. Sie öffnete die Schiebetür, kramte ein kleines Fläschchen aus dem Handschuhfach, hockte sich in die Türöffnung und lackierte sich die Fußnägel. Dies erledigt, lehnte sie sich an die Rückbank, streckte die Füße nach draußen und genoss die Morgensonne.

Selten hatte sie sich so wohl gefühlt wie jetzt. Ihre Gedanken glitten zurück zur Nacht. ‚So habe ich Sex noch nie erlebt', dachte sie. ‚Nicht, dass ich viel Erfahrung hätte, aber sonst war es … Sex. Diesmal … eher, was ich mir unter ‚Liebe machen' vorstellen würde.' Ein Schauer überlief sie und sie überließ sich der Erinnerung an Christians Hände und seine Stimme, bis sie Schritte hörte.

Der Chef des Sägewerkes kam auf sie zugestapft und begrüßte sie in seiner gewohnt poltrigen Art. „Na, Charly, bist wohl aus dem Bett gefallen?"

„Ich war gar nicht erst drin", antwortete sie verschmitzt und er zog die Augenbrauen hoch. Sie hielt ihm einen Zettel unter die Nase. „Könnt ihr mir das morgen Nachmittag liefern?"

„Für dich immer", sagte er und steckte den Zettel ein, ohne auch nur einen Blick darauf zu werfen. „Um zwei?" Er hielt ihr seine schwielige Pranke entgegen.

„Perfekt!" Charly schlug ein.

***

Als Nächstes fuhr Charly zum Baumarkt, dann heim. Sie ließ die Einkäufe im Bus und bepackte die Monster. Schwang sich auf die kleine Schwarze und fuhr zu ihrem Chef. Die zwei zusätzlichen Urlaubstage waren kein Problem; sie hatte sowieso noch viel zu viel Urlaub übrig. Zu ihrem weiteren Ansinnen sagte ihr Chef zunächst nichts, lehnte sich in seinem Stuhl zurück, betrachtete sie und überlegte. Charly wartete. Jede verstreichende Minute machte sie zusehends nervöser. Normalerweise war Alois nicht so zurückhaltend und überlegt.

„Nein", beschied er und ihr Herz sank. „Innerhalb des nächsten Jahres, sagst du?"

Sie nickte. „Wahrscheinlich."

„Dann mache ich dir einen anderen Vorschlag: Wir ändern jetzt gar nichts, du sagst mit mindestens vier Wochen Vorlauf Bescheid, wir rechnen zunächst alle dann noch übrigen Urlaubstage und Überstunden an und zahlen die restliche Zeit dein übliches Gehalt fort. Anschließend besprechen wir deine Gehaltserhöhung, die längst überfällig ist."

Charly fehlten die Worte. Damit hatte sie nicht gerechnet. Sie kam mit ihrem Geld gut aus. Zusätzliche Wünsche finanzierte sie aus ihren Winterprojekten oder den Gelegenheitsaufgaben für ihre Eltern, die trotz ordnungsgemäßer Anmeldung als Nebenjobs für ein solides Polster gesorgt hatten. Deshalb hatte es sie auch nie gestört, dass sie kaum mehr verdiente als im letzten Lehrjahr. Es war perfekt, und es war ein mehr als großzügiges Angebot. Sie bedankte sich ausführlich und wollte sich verabschieden, als ihr Chef sie noch einmal zurückrief.

„Charly, eine Sache noch."

„Ja?", fragte sie, die Hand schon auf der Klinke.

„Hast du schon darüber nachgedacht, wie deine berufliche Laufbahn weitergehen soll?"

Charly ließ die Klinke los und ging zu ihrem Stuhl zurück. „Noch nicht viel, nein. Ich wollte nach dem Meister erst eine Weile arbeiten und hier und da mal Urlaub machen. Das Leben genießen halt. – Weshalb fragen Sie?"

„Nun“, begann ihr Chef bedächtig. „Ich war damals nicht sicher, ob der Beruf für dich das Richtige ist. Als junge Frau auf dem Bau. Aber deine Entschlossenheit hat mich beeindruckt, und von deiner Zielstrebigkeit und Arbeitsweise können sich die jungen Kerls alle was abschauen. So gesehen bist du mein bester ‚Mann'.“

Charly setzte sich wieder. ‚Das höre ich gern', dachte sie. ‚Wo ist das Aber?'

„Aber du möchtest sicher irgendwann eine Familie haben. Nicht mehr den ganzen Tag bei welchem Wetter auch immer auf fremden Dächern herumhampeln wollen.“ Er formulierte seine Gedanken ungewohnt vorsichtig. „Gibt es etwas, das dich interessiert im Sinne einer Weiterbildung?“

Charly überlegte. ‚Manövriere ich mich ins Abseits, wenn ich jetzt etwas Bestimmtes bekenne, oder will er mir neue Perspektiven eröffnen?' Sie beschloss, es auf unbeschwerte Art anzugehen. „Also, für die Familie fehlt noch eine klitzekleine Voraussetzung, das dürfte nicht ganz so schnell gehen.“

Er lachte dröhnend.

„Was die beruflichen Perspektiven angeht: Restauration interessiert mich und Bauzeichnerei auch. Wenn es etwas artfremder sein darf, auch Kartographie.“ Sie sah ihn abwartend an. Auf seinem Schreibtisch welkte ein Strauß Sommerblumen vor sich hin, sie fegte mit der Hand die herabgefallenen Blütenblätter auf und ließ sie in den Papierkorb fallen.

„Wie sieht es mit Buchhaltung aus?“

Sie zog eine Schnute. „Das kann ich, in Grundzügen. Aber es wäre eher ein Notnagel.“

Er lachte wieder.

Charly verlor langsam die Geduld. „Alois, worauf wollen Sie hinaus?“

„In absehbarer Zeit brauche ich einen Nachfolger“, antwortete er schlicht.

Charly schluckte.

„Du hast das Zeug dazu. Ich kann dich nach und nach einarbeiten und würde dir auch nach meinem Rückzug aus dem Geschäft als Berater zur Verfügung stehen. Du musst dich nicht jetzt entscheiden, es hat noch Zeit."

„Ich werde darüber nachdenken."

Er nickte und sie schüttelten sich die Hände.

Als sie sein Büro verließ, hörte sie das Klappen einer Autotür, erhaschte durch das Flurfenster einen Blick auf den Hof und sah Gereon auf die Tür zusteuern. Rasch huschte sie in ihr persönliches Umkleidekämmerchen und ließ die Tür nur angelehnt. Sie hielt den Atem an und hörte Gereon das Haus betreten. Er klopfte einmal kurz am Büro und trat ein, schloss jedoch nicht die Tür hinter sich. Langsam atmete sie aus und wartete ungeduldig. Ihren Händen entströmte der unverwechselbar modrige Geruch abgeblühter Blumen, aber sie wagte nicht, die Hände zu waschen, um sich nicht zu verraten. Es dauerte zum Glück nicht lange, bis beide Männer den Gang betraten und zur Haustür gingen.

„Wem gehört die schwarze Suzuki?", hörte sie Gereon fragen.

„Einer Mitarbeiterin."

„Wo kann ich sie finden?"

„Keine Ahnung. Sie hat Urlaub, stellt aber gelegentlich ihr Fahrzeug hier ab, wenn sie etwas erledigen will. Also müssen Sie entweder warten, bis sie zurückkommt …"

‚Bloß nicht', dachte Charly halb entsetzt, halb amüsiert.

„… oder sie verraten mir ihren Namen und ihre Adresse", führte derweil Gereon das Gespräch im Flur fort.

Erneut hielt sie den Atem an.

„Geben Sie mir Ihre Visitenkarte und ich werde ihr ans Herz legen, sich bei Ihnen zu melden."

Sie hörte Gereon seufzen, dann verabschiedete er sich. Als sie den Porsche starten hörte, atmete sie auf und trat aus ihrem Kämmerchen.

„Vielleicht geht es mit Familie schneller als gedacht – du hast einen Verehrer“, schmunzelte ihr Chef und reichte ihr Gereons Karte.

Sie drehte sie um.

‚Ich möchte Sie treffen. Bitte. G‘, las sie.

„Sieht ganz so aus.“

***

Charly fuhr in Schrittgeschwindigkeit auf das Gelände des Reitvereins. Eine junge Frau führte eine Fuchsstute mit auffällig gekrümmter Blesse zum Außenreitplatz, Charly grüßte und parkte ihr Motorrad vor dem Büro. Die Tür war nur angelehnt und sie klopfte. Sie rechnete mit keiner Antwort, aber es ertönte gleich darauf ein kräftiges „Herein“.

Sie trat ein. Der Chef des Reitvereins war etwa im Alter ihres Vaters, ein mittelgroßer, schlanker Mann mit ruhigem Naturell. Sie kannte ihn flüchtig vom Sehen.

„Was kann ich für Sie tun?“ Er legte die Papiere, in denen er geblättert hatte, beiseite, und winkte sie zu einem Sessel der Besuchersitzgruppe.

„Ich möchte ein etwas ungewöhnliches Anliegen besprechen“, begann Charly.

Mit ermutigender Handbewegung setzte er sich ebenfalls.

„Ich habe ein Fohlen und brauche einen Spielkameraden für ihn. Die Mutterstute stammt von einem Schlachttransport, der vor einiger Zeit vom Tierschutzverein unterbrochen wurde.“

„Also noch nicht alt?“

„Anderthalb Wochen. Die Mutter ist schon ziemlich betagt und noch sehr dünn, trotz Zufütterung, und bräuchte ab und an etwas Ruhe vor dem Quälgeist.“

Nachdenklich strich er sich über den grau melierten Drei-Tage-Bart. Er sah müde aus. „Ich dachte schon, Sie seien die Antwort auf ein dringendes Problem, aber der zweite Teil ihrer Erklärung hört sich eher nach weiteren Schwierigkeiten an. Kommen Sie mit, ich zeige Ihnen, was ich meine.“

Sie verließen das Bürogebäude über eine rückwärtige Tür und gingen zu einem der kleineren Nebenställe. In der letzten Box lag ein sehr kleines Fohlen zu einem Oval eingeringelt unter einer Wärmelampe und rührte sich auch bei ihrer Annäherung kaum.

„Der ‚Kleine Prinz' wurde viel zu früh geboren, die Stute war gestürzt und musste nach der Geburt eingeschläfert werden. Wider Erwarten hat er die ersten Tage überlebt. Im Moment füttern wir ihn mit der Flasche und Ersatzmilch. Wir bräuchten dringend eine Ammenstute, aber bisher hat keine den Kleinen angenommen.“

Charly überlegte. „Ich würde es ja darauf ankommen lassen…“, dachte sie laut.

„Aber?“, soufflierte er.

„In dem Transport war ein Hengst, der ganz eifersüchtig über die Stute und ihr Fohlen wacht. Selbst wenn die Stute willig wäre, bleibt die Frage, wie der Hengst reagiert und ob man bei Schwierigkeiten an den Kleinen wieder herankäme, wenn der Hengst ihn akzeptieren sollte. Vom Transportproblem ganz abgesehen. Das Fohlen und die Stute bekäme ich noch in einen Hänger, aber den Hengst?“, äußerte Charly ihre Bedenken.

„Also müssten wir den Kleinen zu Ihnen bringen?“

„Ich müsste die Koppeln tauschen, dann könnte der Kleine in den Unterstand. Ich bin allerdings über Nacht unterwegs, kann also die Bande nicht beobachten“, überlegte Charly weiter.

Er schmunzelte. „Das kriege ich grade noch geregelt. ‚Versuch macht klug', heißt es so schön. Dann packen wir den Burschen ein und schauen, was Ihre Stute dazu sagt.“

Er reichte ihr einen Autoschlüssel, trat in die Box und hob das Fohlen auf seine Arme. Sie hielt ihm die Türen auf und er wies auf einen großen Geländewagen. Im Heck des Wagens stand eine weich ausgepolsterte Wanne, in die er das Fohlen vorsichtig hineinsetzte.

„Es ist nicht seine erste Fahrt." Er deckte das Fohlen mit einer weiteren Decke zu und klappte einen Gitterdeckel über die Wanne. „Auf geht's."

Charly fuhr langsam voraus. Auf ihrem Hof angekommen trugen sie das Fohlen auf die Koppel und stellten es auf die Beine. Sie mussten es stützen, damit es nicht umfiel. Der Hengst kam als Erster heran, um zu erkunden, was auf seiner Koppel vor sich ging, und beschnupperte das Fohlen ausgiebig. Der Kleine wurde etwas lebendiger, wandte sich dem Hengst zu und machte leise, quietschende Geräusche. Der Hengst wandte sich ab und schob die Stute auf das Fohlen zu. Auch sie beschnupperte den Kleinen. Dann wandte sie ihm die Flanke zu. Sie dirigierten das Fohlen zu ihrem Euter und gleich darauf hörten sie schmatzende Geräusche, die auf der anderen Seite Nachahmung fanden. Charly legte die Hand auf den zarten Körper des Fohlens und fühlte, wie dessen Bauch rund wurde. Dann ließ sich der kleine Hengst erschöpft auf den Boden sinken. Die Mutterstute trat daneben und begann das Fohlen abzulecken.

„Das ging ja fast zu einfach", stellte der Chef des Reitstalles fest. Er hielt ihr die Hand hin. „Bernd."

„Charly. – Dann bringen wir den Kleinen in den Unterstand. Ich gehe davon aus, dass Phoenix", sie deutete auf den Schimmel, „die Stute und ihr Fohlen hinter uns herscheuchen wird."

Er nickte und hob den Kleinen Prinz wieder auf seine Arme, die Mutterstute folgte aus eigenem Antrieb, dann ihr Fohlen, der Hengst bildete das Schlusslicht. Im Gänsemarsch gingen sie durch das alte Törchen bis zum Eingang der alten Koppel. Charly schlüpfte durch den Zaun, schnappte aus dem Unterstand Halfter und Führstricke und hatte binnen kurzem Napoleon, Freddy und die beiden Esel außen am Zaun angebunden. Die kleine Kavalkade marschierte auf die

Koppel und Charly schloss aufatmend den Zaun. Sie polsterten gemeinsam ein kuscheliges Strohnest aus und hoben das Fohlen hinein.

„Ich hole die Wärmelampe. Sie sollten derweil außerhalb der Koppel warten, der Hengst ist unberechenbar bis offen aggressiv gegenüber Männern."

Er wandte sich um und musterte den gleichgültig hinter ihm stehenden Schimmel erstaunt, folgte jedoch ihrem Vorschlag. Sie installierte die Wärmelampe, währenddessen telefonierte er und organisierte die Beobachtung der Pferde. Schließlich brachte sie noch ihre Tiere auf der improvisierten Koppel auf Peters Grundstück unter. Als sie zurückkehrte, lag Pollux neben dem neuen Fohlen. Der Hengst stand eine Armeslänge vor Bernd und schien mit ihm Zwiesprache zu halten.

„Die Überraschungen nehmen kein Ende", stellte sie fest.

Er antwortete nicht sofort. Erst, als der Hengst seine Aufmerksamkeit von ihm abwandte, sah er Charly an. „Man weiß nie, was Tiere auf einem solchen Transport erlebt haben, oder, wie die Stute, in ihrem langen Leben davor. Wie verhalten sie sich dir gegenüber?"

„Ich lasse sie weitgehend in Ruhe. An die Stute habe ich mich noch nicht herangewagt, außer zum Füttern. Sie ist nicht direkt scheu, eher zurückhaltend, mitunter desinteressiert. Als wolle sie möglichst keine Aufmerksamkeit auf sich lenken. Der Hengst ist mir gegenüber recht aufgeschlossen, wachsam zwar, und schreckhaft, aber nicht aggressiv. Lässt sich auch gerne putzen. Den Männern, die ihn und die anderen Pferde aus dem Transporter geholt haben, hat er jedoch ziemliche Schwierigkeiten bereitet, gebissen und geschlagen. Wie mir berichtet wurde, konnten sie ihn nur zu viert und mit Führstangen handhaben. Von meinem Nachbarn nimmt er Leckerchen, meiner Nachbarin begegnet er in etwa wie mir. Mehr Erfahrungen haben wir noch nicht miteinander, von meinem blauen Auge abgesehen. Aber das war ein Unfall, und ich denke, es tat ihm leid, wenn man das so nennen kann." Sie erzählte die Begebenheit.

„Er hat einen starken Beschützerinstinkt und er scheint dir zu vertrauen – oder dich als Teil seiner Herde zu betrachten. Was ich von ihm gesehen habe, weist auf einen umgänglichen Grundcharakter hin, der von dir beschriebenen Aggressivität würde ich schlechte Erfahrungen mit Männern zugrunde legen. Vorsicht im Umgang mit ihm ist sicher angebracht, aber als gefährlich schätze ich ihn nicht ein."

„Ganz meine Meinung", bekräftigte eine Stimme hinter ihr und Charly fuhr erschreckt herum. Dr. Schnellenbach reichte ihr entschuldigend die Hand. „Dann will ich das Quartett im Auge behalten", fuhr er fort und stellte im Schatten des Apfelbaumes einen Klappstuhl auf.

„Quintett", verbesserte Charly. „Und überlegen Sie sich was, wie ich die Stute ein bisschen aufpäppeln kann, je ein Pfund Gerste und Pellets morgens und abends haben keinen nennenswerten Erfolg gebracht." Sie warf einen Blick auf ihr Handy. „Jetzt muss ich mich leider empfehlen."

***

Eine halbe Stunde später als verabredet betrat Charly die Kletterhalle. Das Mädel an der Rezeption grüßte sie und wies in Richtung des Boulderbereiches. Melli brach ihre Route ab, als sie Charly bemerkte.

„Hi, alles ok? Ich hab mir Sorgen gemacht."

Sie umarmten sich.

„Bestens", erwiderte Charly. „Im Gegensatz zu dir." Vielsagend berührte sie einen faustgroßen blauen Fleck auf Mellis Unterarm.

„Ich bin beim Klettern abgerutscht." Melli wandte sich schnell ab. „Was war los, du bist sonst nicht unpünktlich, und wenn, sagst du Bescheid."

Es war ein Ablenkungsmanöver, aber Charly nahm es an. Sie wusste aus Erfahrung, dass Melli alle anderslautenden Vermutungen abstreiten würde. Sie ließ sich auf die Matte fallen. „Ich weiß gar nicht, wo ich anfangen soll."

„Am Anfang?", suggerierte Melli spitz.

„Selbst der ist zu kompliziert."

„Sag mir wenigstens, worum es geht!" Melli verdrehte die Augen.

„Meine Stute hat zu ihrem eigenen Fohlen noch ein Adoptivkind, mein Chef will mich als Nachfolger haben, ich muss für meinen Dad ein Auto besorgen, meine Mutter hat eines ihrer Mädels vergrault und ich soll den Sommer über einspringen, und ich hab einen Verehrer und einen Liebhaber. Das alles seit heute Morgen", zählte sie die Ereignisse des Tages auf.

„Verehrer und Liebhaber?" Mellis Augen wurden rund.

„Nicht ein- und derselbe Mann", bekannte Charly.

„Der Dunkelhaarige vom Moppedtreff ...

„... ist der Liebhaber", beendete Charly mit einem verträumten Lächeln den Satz.

„Und der Verehrer?"

„Heißt Gereon und fährt einen blauen Porsche."

„Wer ist der Favorit?"

Charly ließ sich Zeit mit der Antwort. „Keiner ... beide ..." Sie zuckte mit den Achseln. Dann gewann ihr übliches schelmisches Selbst die Oberhand. „Frag mich das noch mal, wenn ich die anderen Punkte geklärt hab." Charly sprang auf und stieg in ihren Klettergurt. „Welche Routen willst du klettern?"

The Lady in Red – Chris De Burgh

Charly schnappte den Lippenstift zu und spitzte die Lippen zum Kuss. Ihre Mutter hatte sich mit dem roten Kleid selbst übertroffen. High Heels und Lippenstift passten perfekt dazu. Beschwingt verließ sie das Hotel und strebte zur Straßenbahnhaltestelle. Ihr folgte so mancher Blick, aber Charly ignorierte es. In der Stadt wechselte sie die Bahn und stieg knapp eine halbe Stunde später an einem Gewerbegebiet aus. Das Autohaus lag nur wenige Schritte von der Station entfernt.

Sie betrat den Verkaufsraum. Der einzige anwesende Verkäufer staunte sie mit offenem Mund an. Sie grüßte und wandte sich einem Fahrzeug zu, das direkt vor ihr auf einem Podest thronte. Ehrfürchtig betrachtete sie den Oldtimer, während dieser langsam um sich selbst rotierte.

„Wie kann ich Ihnen helfen?“ Der Verkäufer war unbemerkt neben sie getreten.

Sie wies auf den Wagen vor sich. „Ich möchte ihn kaufen.“

Zum zweiten Mal klappte ihm der Kiefer nach unten.

„Er steht doch zum Verkauf, nicht wahr?“, vergewisserte sie sich.

Er nickte. „Einen Augenblick, bitte. Ich hole den Chef.“

Dieser war ein hochgewachsener Mann Mitte fünfzig, der ihr reserviert die Hand reichte. „Sie interessieren sich für den Isabella?“

„Ich bin hier, um ihn zu kaufen.“

Er nickte und wies ihr den Weg zu einem der Schreibtische. „Üblicherweise interessieren sich nur deutlich ältere Semester als Sie für einen Borgward.“

Charly setzte sich und lächelte. „Meine Urgroßmutter hat diesen Wagen gefahren, er hat ihr sehr viel bedeutet“, improvisierte sie. Es war noch nicht einmal gelogen. „Sozusagen ihr zu Ehren möchte ich ihn haben."

Er legte die Fingerspitzen seiner Hände aneinander und betrachtete sie nachdenklich.

‚Ich hätte einen Hut aufsetzen sollen', dachte sie. ‚Hinter Krempen kann man so schön die Augen verstecken. Ganz ruhig bleiben', mahnte sie sich. ‚Ich mache nichts Illegales. Nur ein bisschen Schauspielkunst à la Mam zugunsten Dad´s.' Sie wartete geduldig und ohne eine Miene zu verziehen.

Schließlich nickte er leicht und zog die Tastatur seines Rechners zu sich heran.

„Es gibt nur eine Kleinigkeit zu klären", fuhr Charly fort.

„Die wäre?"

„Inwieweit sie mir mit dem Preis entgegenkommen würden. Ich habe alle meine Konten abgeräumt, aber es reicht leider nicht ganz." Erwartungsvoll sah sie ihn an.

Er schmunzelte. „Wie viel haben Sie denn?"

Charly zog eine Geldbörse aus ihrer Handtasche und legte sie auf den Schreibtisch. „Das sind genau siebenundfünfzigtausendneunhundertdreiundzwanzig Euro und zweiundsechzig Cent."

„Darf ich?"

Sie nickte.

Er zählte das Geld ab und legte alle Fünfhundert-Euro-Scheine auf einen Stapel zu seiner Rechten, die Geldbörse mit dem Kleinkram und die vier Einhundert-Euro-Scheine reichte er ihr zurück. „Ihren Ausweis, bitte." Er stutzte kurz, als er ihren Namen auf das Verkaufsformular übertrug.

‚Na, fragt er nach Dad oder fragt er nicht?' Aufgeregt knautschte sie den Trageriemen ihrer Handtasche.

„Wann wollen Sie ihn abholen?"

„Gleich mitnehmen, dachte ich", erwiderte sie unschuldig.

Er sah auf die Uhr, nahm den Telefonhörer und wählte. „Ich habe hier eine Kundin, die den Isabella sofort mitnehmen möchte. Geht das noch?" Er lauschte.

„Wunderbar", er legte auf und nahm ein Blatt aus dem Drucker, das er ihr hinschob.

Charly las es aufmerksam durch und unterschrieb. Derweil war ein Mechaniker erschienen, hatte die Türflügel des Verkaufsraumes aufgeschoben und fuhr den Isabella auf den Hof. Der Verkäufer begleitete sie hinaus. Sie verabschiedete sich, bedankte sich und stieg ins Auto.

„Eine Frage noch", hielt er sie auf, als sie nach dem Schlüssel griff. „Da Sie den gleichen Familiennamen tragen: Kennen Sie Arved Thelen?"

Charly lächelte. „Das ist mein Vater." Sie startete und fuhr los. Im Rückspiegel sah sie noch, wie er ärgerlich die geballte Rechte in die Linke schlug. ‚Zu spät gefragt, Junge!'

***

Ihr Telefon klingelte. Sie fuhr an der nächsten Bushaltestelle rechts ran und nahm das Gespräch an. Ihr Vater. „Ich hab ihn!", rief sie grußlos ins Telefon.

„Zu welchem Preis?"

„Errätst du nie", flötete sie. „Wann und wo holt Steven ihn ab?"

„Hauptbahnhof. Ich setze ihn jetzt gleich in den Zug, er dürfte gegen acht da sein."

„Ok, see you later, Dad."

***

Auf dem Display wurde ein Anruf in Abwesenheit angezeigt. Sie drückte die Ruftaste. Es hatte kaum einmal geklingelt, da meldete sich Gereon.

„Hi. Hier ist Charly."

„Schön von Ihnen zu hören. Sie sind in Magdeburg?"

„Ja", schmunzelte sie.

„In welchem Hotel?"

„Verfolgen Sie mich wieder?", neckte sie ihn.

„Ich möchte Sie wiedersehen."

Sie nannte ihm das Hotel. „Wann werden Sie da sein?", fragte sie.

„In zwanzig Minuten laut Navi."

„Diesmal möchte ich Sie zu einer kleinen Ausfahrt einladen und anschließend zum Essen, ich habe etwas zu feiern."

„Ausfahrt ist ok, über das Essen reden wir noch", kündigte er an.

Sie lachte.

„Was feiern Sie denn?"

„Das sehen Sie gleich."

„Wo treffen wir uns?"

„18 Uhr am Hoteleingang. See you."

***

Pünktlich stand Gereon vor dem Foyer. Ein cremeweißes Oldtimer-Cabriolet bog in die Auffahrt und hielt vor ihm. Darin Charly in einem raffiniert geschnittenen, roten Kleid.

„Hi!"

Ihre Stimme setzte die Zeit wieder in Gang, die irgendwann stehen geblieben sein musste. „Wo haben Sie denn dieses Schmuckstück aufgetrieben?" Er wusste selbst nicht, was er meinte, Fahrzeug oder Kleid.

„Soeben erst erstanden."

Überrascht musterte er sie. ‚Woher nimmt sie das Geld, oder habe ich mich verschätzt?'

Als habe sie seine Gedanken gelesen, sagte sie: „Er ist für meinen Dad. Ich kaufe öfter Fahrzeuge in seinem Auftrag."

‚OK, das erklärte einiges', dachte er.

„Haben Sie Wünsche, wo wir hinfahren? Um acht muss ich den Wagen am Hauptbahnhof abgeben", holte sie ihn ins Gespräch zurück.

„Ich überlasse mich ganz Ihrer Führung", blieb er absichtlich zweideutig. Sie zog die Unterlippe zwischen die Zähne und beobachtete schweigend, wie er zu ihr ins Auto stieg. „Sie sagen gar nichts?"

„Ich versuche, mich für eine der unzähligen attraktiven Möglichkeiten zu entscheiden."

‚Ihre Antwort ist auch nicht gerade eindeutig', überlegte er und sah zu ihr hinüber. Sie hatte den Blick von ihm abgewandt und fuhr los. Ihre Wangen glühten.

‚Welche ‚attraktiven Möglichkeiten' sie wohl erwogen hatte?', fragte er sich.

Sicher lenkte sie den Wagen durch den Feierabendverkehr, ließ sich von einer Navigations-App ihres Handys leiten, das sie im Schoß liegen hatte. Etwa eine halbe Stunde später stoppte sie den Wagen auf einem Parkplatz.

***

„Schloss Hundisburg", verkündete sie.

Sie betrachteten den imposanten Schlossbau von außen und schlenderten durch den Park. Ihre Unterhaltung drehte sich sorgfältig nur um Belanglosigkeiten und erst im Verlauf des Spazierganges machte er ihr ein vorsichtiges Kompliment. Es war unnötig. Sein Blick sprach Bände. Zeitweise fragte sie sich, ob er von Schloss und Park überhaupt etwas wahrnahm, so stark fokussierte er seine Aufmerksamkeit auf sie.

Schließlich kehrte sie bedauernd dem wunderschönen Park den Rücken.

***

Sie wählte für die Rückfahrt eine andere Strecke und er stellte sich moralisch darauf ein, gleich ihrem Vater gegenüberzustehen. Die letzte ähnliche Begegnung lag einige Jahre zurück. Sehr viel Erfahrung hatte er damit sowieso nicht. Während des Studiums waren seine Beziehungen meist nur oberflächlich gewesen und selten lang genug, dass er den Eltern vorgestellt wurde. Danach hatte er sich in die Arbeit gestürzt, woran auch die zwei, drei Beziehungen recht früh gescheitert waren, die er seitdem gehabt hatte.

‚Immerhin kann ich dem Zusammentreffen mit Charlys Vater gelassen entgegensehen, war ich doch noch nicht mit ihr im Bett. Nicht, dass es an mir gelegen hätte …' Er grinste in sich hinein.

Charly brachte den Isabella in der Bahnhofszufahrt zum Stehen, sprang aus dem Auto und schlang die Arme um den Hals eines jungen Mannes, der unmöglich ihr Vater sein konnte. Mit einem Anflug von Eifersucht beobachtete Gereon, wie dieser sie im Kreis schwenkte und sie ihn mit einem Wangenkuss bedachte, als sie wieder auf den Füßen stand.

„Steven, das ist Gereon", sagte sie. „Gereon, darf ich Ihnen Steven vorstellen? Mein Bruder."

Sein Gegenüber abschätzend, schüttelte er dem jungen Mann die Hand. ‚Jünger als ich, älter als Charly', dachte er. ‚Groß, gutaussehend, harmonisch gebaut, sparsame, effiziente Bewegungen. Und überhaupt keine Ähnlichkeit mit ihr.'

Sie angelte ihre Handtasche aus dem Wagen, nahm einige Scheine aus der Geldbörse und drückte sie Steven in die Hand. Er zählte sie durch.

„Du hast siebeneinhalbtausend rausgeholt?"

„Ja." Charly schmunzelte selbstzufrieden.

Er schüttelte ungläubig den Kopf. „Wie machst du das?"

„Ein paar Zentimeter mehr an der richtigen Stelle können Wunder wirken."

„Tatsächlich? Ich dachte immer, weniger?!" Gewandt wich er ihr aus und setzte sich ans Steuer.

„Falsch gedacht", lachte sie.

„Mehr Zentimeter", murmelte Gereon vor sich hin. „Das aus dem Munde einer Frau …"

„Fahr vorsichtig", gab sie Steven mit auf den Weg.

„Pass auf dich auf und mach keinen Unsinn", antwortete der. Ein letzter misstrauischer Blick galt ihm, dann setzte Steven aus der Parklücke und fuhr davon.

„Hunger?" Charly sah zu ihm auf.

„Ich könnte schon was vertragen", bestätigte er.

„Es ist nicht weit."

***

Kurze Zeit später saßen sie auf einem kleinen Platz und prosteten sich zu. Er war ihrer Empfehlung gefolgt und hatte das gleiche Bier bestellt wie sie. Eine gute Wahl, wie er nach dem ersten Schluck feststellte.

Charly war sichtlich unruhig. Zappelig schlug sie die Beine übereinander, und keine zwei Minuten später andersherum. Sie zog ihr Handy aus der Tasche, tippte ein paar Mal darauf, packte es weg, nur um es ein paar Sekunden später wieder herauszuwühlen. Er beobachtete sie dabei und konnte sich eines Schmunzelns nicht erwehren. Sie wurde noch nervöser.

Gerade als er sie aus ihrer Verlegenheit erlösen wollte, wurde die Vorspeise serviert. Knoblauchsuppe.

Immerhin, sie hatte ihn vorgewarnt und er war ihr auch in diesem Punkt nur zu gern gefolgt. Erstens mochte er Knoblauch und zweitens, wenn sie darüber nachdachte, so hieß das doch, dass er früher oder später mindestens mit der Möglichkeit zu einem Kuss rechnen durfte – oder gar mehr.

***

Charly ärgerte sich. Über sich selbst. Sie hatte, in aller Vorfreude auf Gereon und mit einem Anflug schlechten Gewissens, wenn sich dabei Christian in ihre Gedanken schlich, das rote Kleid und die High Heels in den Tankrucksack gepackt, aber keinen Gedanken an weitere Kleidung verschwendet. Soeben war ihr eingefallen, dass sie sich nicht noch einmal ums Frühstück drücken konnte, zumindest nicht ohne plausible Ausrede. ‚Die ich nicht habe. Abgesehen davon ist das Frühstück im Hotel viel zu gut, um darauf zu verzichten.' Mühsam zwang sie ihre Gedanken von ihrer Bredouille weg. „Waren Sie schon hier?"

„Sie haben ein Händchen für die weißen Flecken auf meiner Landkarte", antwortete er.

„Hm, was gibt es hier zu sehen?", überlegte sie laut. „Den Dom, das Kloster, diverse Kirchen, nicht zu vergessen das Hundertwasserhaus." Sie probierte vorsichtig die Suppe, leckte genießerisch den Löffel ab und sprach weiter. „Der Elbauenpark nebst Jahrhundertturm – oder Jahrtausend?", unterbrach sie sich selbst. „Ich vertue mich da immer." Sie kniff schelmisch die Augen zusammen. „Unser Hotel, dessen Park und die Elbe. Mehr kenne ich selbst noch nicht."

„Für heute Abend sollte es reichen", schmunzelte er. „Da genügt mir Ihr Hotelzimmer. Von innen."

Charly lachte. „Das dürfte nicht viel anders aussehen als Ihr eigenes."

„Es hat einen ganz entscheidenden Unterschied."

Sie legte fragend den Kopf schräg.

„Sie."

Sie spürte, wie sich ihr ganzer Körper mit Gänsehaut überzog und ihr die Hitze in die Wangen stieg. Verlegen wandte sie den Blick ab und knüllte die Serviette in der Hand zusammen. Wieder rettete sie die Ankunft des Kellners, der den Hauptgang servierte. Sie aßen schweigend.

„Nachtisch?", fragte er.

„Natürlich, Palatschinken lasse ich mir doch nicht entgehen!“ Sie kam ihm mit dem Heranwinken des Kellners zuvor und bestellte nicht nur den Nachtisch, sondern auch einen Slivovitz.

„Für mich auch, bitte“, schloss er eiligst an und verlangte die Rechnung.

Charly kniff verärgert die Augen zusammen. ‚Ich hasse es, von einem Mann eingeladen zu werden‘, dachte sie. ‚Hat er dann nicht ein Recht darauf, dass ich ihm mehr entgegenkomme? Hat er dann nicht ein Recht … auf die Nacht mit mir?‘ Sie fühlte sich so … ‚käuflich‘, pulsierte der unangenehme Gedanke.

Als ob er ihren inneren Widerstreit gefühlt hätte, legte er seine Hand auf ihren Arm und sagte eindringlich: „Charly, bitte lassen Sie mir die Freude, Sie einzuladen.“

Sie zögerte, sah auf den leeren Teller vor sich.

***

„Ich bin nicht gerne jemandem verpflichtet“, sagte sie leise.

‚Herrje! Sie denkt doch nicht etwa, dass ich mir damit eine Nacht mit ihr erkaufen will?!‘, dachte er innerlich kopfschüttelnd.

Auf einmal wirkte sie jung und verletzlich.

‚Wie alt sie wohl sein mag?‘, überlegte er, nicht zum ersten Mal. „Sehen Sie es als Beitrag zu den Fahrtkosten mit dem Isabella.“ Er lehnte sich entspannt zurück und lächelte sie offen an.

Sie sah zu ihm auf, schien noch einen Moment abzuwägen, dann nickte sie. Sein jungenhaft strahlendes Lachen war offenbar ansteckend, denn sie lächelte zaghaft. Er hob den Slivovitz. „Auf den Isabella!“

Sie nickte und wiederholte den Spruch, dann stürzten sie beide den Schnaps hinunter.

„Und jetzt? Was zeigen Sie mir heute?"
"Lassen Sie sich überraschen!"
Er freute sich über ihre schelmische Antwort.

***

Sie spazierten zum Dom. Wie erwartet konnten sie ihn nur von außen betrachten; die Öffnungszeit war längst vorüber. Hand in Hand gingen sie die Breite Straße zurück, nahmen nebenher das Hundertwasserhaus in Augenschein und waren schon fast an der Straßenbahnhaltestelle, als Charly auffiel, dass das große Einkaufscenter noch ungewöhnlich stark frequentiert wurde.

Sie stutzte. ‚Tatsächlich! Die Geschäfte sind geöffnet', jubelte sie still, wurde jedoch sofort unsicher. ‚Wie soll ich ihm beibringen, dass ich jetzt noch einkaufen will?' Sie wandte sich zu ihm, nur um zu bemerken, dass er sie schmunzelnd beobachtet hatte.

„Shopping?", fragte er.

„Wenn es Sie nicht stört?"

„Woran dachten Sie denn?"

„Jeans und ein Shirt. Vielleicht noch einen Bikini."

„Dann los." Seine Miene war unlesbar, aber sie meinte, ein belustigtes Schmunzeln in seinen Augen zu entdecken.

***

Mit einem dezent angedeuteten Knicks trat sie an ihm vorbei in die Karusselltür. Mit dem Finger auf dem Überblicksplan an der Scheibe vor ihnen drehte sie zwei Runden und verließ die Drehtür dann zielstrebig in Richtung eines Jeans-Stores. Er ließ sie vorausgehen und hielt sich beobachtend im Hintergrund.

Die Billigjeans würdigte sie keines Blickes, am Sale-Ständer verharrte sie kurz und sah sich einige Sachen an, dann fing sie den Blick einer Verkäuferin auf und signalisierte Beratungsbedarf. Nannte ihr eine Marke und die benötigte Größe, die er sich vorsorglich einprägte; wer wusste denn, wozu er das Wissen noch brauchen konnte?

Derweil war Charly der Frau in den hinteren Teil des Raumes gefolgt, nahm zwei blaue Jeans entgegen und verschwand in der Umkleidekabine. Tauchte kurz darauf mit hochgerafftem Kleid in einer knackig sitzenden Jeans auf, drehte sich zweimal vor dem Spiegel, warf einen prüfenden Blick zu ihm und war verschwunden, ehe er es geschafft hatte, den Blick von ihrem Po loszureißen. Die zweite Jeans führte sie gar nicht vor, sondern reichte sie mit dem Kommentar „Sitzt nicht" heraus, wies das Angebot nach weiteren Hosen ab und trabte, wieder mit nackigen Beinen, zur Kasse.

Die Einkaufstüte schwingend schwebte sie weiter durch das Einkaufszentrum. Er bemerkte die Blicke anderer Männer, die sie entweder ignorierte oder wirklich nicht wahrnahm. Auch nicht wenige Frauen blickten ihr mehr oder weniger offen neidisch nach. Die Auswahl des Oberteiles erfolgte ähnlich flott und unspektakulär wie die der Jeans.

Als Nächstes huschte sie tatsächlich in ein Dessous-Geschäft! Die Preise im Schaufenster wiesen auf die gehobene Klasse hin und wieder fragte er sich, wie sie dies finanzierte. Als er die Boutique betrat, wurde Charly bereits von einer älteren Dame bedient. Eine Handvoll Bikinis lagen vor ihr auf einem Tisch ausgebreitet und jetzt fügte die Dame noch einige BHs dazu, die eindeutig nicht in die Kategorie Strandmode fielen.

Charly ignorierte ihn geflissentlich, aber er beugte sich leicht über ihre Schulter, wies auf ein sündig rotes Set und raunte leise neben ihrem Ohr: „Für heute Nacht? - Schatz?"

„Oh, ist das ihr Freund, Liebes?", sprach die Dame Charly an.

Die lächelte zurück.

„Ein“, betonte sie. „Freund.“

„Ach, was nicht ist, kann ja noch werden“, leutselig tätschelte die Dame Charlys Arm und zwinkerte ihm zu.

Charly wurde nun doch rot. Sie schnappte einige Teile vom Tisch und entfleuchte in die Umkleidekabine.

Diesmal allerdings wartete er vergebens. Sie zeigte sich ihm nicht und sie rief ihn auch nicht zu sich. Zu gerne hätte er einen Blick zu ihr hineingeworfen.

Und sie ließ sich Zeit. Er sah auf seine Uhr. Mindestens zwanzig Minuten war sie nun schon verschwunden. Eine Bewegung ließ ihn aufblicken. Sie stand vor ihm.

„Sie haben es geschafft. Ab zur Kasse!“

Dort angekommen klappte ihm der Kiefer nach unten, ob des stolzen Preises, den Charly zu zahlen hatte. Ihre Einkäufe waren bereits eingepackt und keine Chance für ihn, noch einen Blick zu erhaschen.

Auf dem Weg aus dem Einkaufszentrum zur Straßenbahnhaltestelle kamen sie an einem kleinen Motorradladen vorbei. Ebenfalls geöffnet.

„Ich brauche neue Handschuhe“, bemerkte er und steuerte das Geschäft an.

Charly folgte ihm und sondierte das Angebot, während er verschiedene Modelle anprobierte. Er war nicht bei der Sache, sondern beobachtete sie verstohlen. Plötzlich stand sie neben ihm.

***

„Sie waren mit dem Motorrad in Görlitz?“

Sie zog fragend die Augenbrauen hoch. ‚Mist! Hat er mich etwa doch irgendwo gesehen?‘, überlegte sie hastig. ‚Oder wo habe ich den Fehler gemacht?‘

„Meine Schwester hat mir die Grüße ausgerichtet und sagte, Sie wären ein großes gelbes Motorrad gefahren, meine Neffen hätten sogar darauf sitzen und die Hupe drücken dürfen. – Auf dem Hotelparkplatz stand eine gelbe 800 GS“, erklärte er. „Ich hatte Ihnen ja eher den kleinen Audi angedichtet.“

Charly lachte erleichtert. „Der gefällt mir auch. Ja, das war meine.“

„War?“

„Ist“, gab sie zu. ‚Meine Güte, er nimmt es aber genau‘, dachte sie.

„Haben Sie noch mehr Motorräder?“, fragte er weiter.

Sie lächelte. „Reicht eines nicht?“, antwortete sie mit einer Gegenfrage.

„Normalerweise ja“, erwiderte er sanft. „Ich kann mich nur des Eindrucks nicht erwehren, dass für Sie ‚normale‘ Maßstäbe nicht gelten.“

Seine Augen ruhten auf ihr, während er eines der Handschuhpaare packte und es dem Verkäufer über den Tresen reichte.

Sie schluckte und wusste keine Antwort.

***

Eine halbe Stunde später betraten sie das Foyer des Hotels. Charly nahm zunächst die Treppe, dann forderte sie den Aufzug an. Die Türen öffneten sich sofort. Die kurze Fahrt lohnte kaum. Charly lehnte sich diskret an den Handlauf und er vermutete, dass ihr die High Heels unbequem waren. ‚Ich bin beeindruckt, wie lange sie mit diesen klaglos auf den Beinen ist.‘

Als der Aufzug mit einem leisen Glöckchenton stoppte, hielt er ihr die Hand entgegen. Sie nahm sein Angebot an. Er ließ sich von ihr führen und nur wenige Sekunden später standen sie vor der letzten Tür des kurzen Querganges.

‚Ihr Zimmer. Direkt neben meinem eigenen.‘

Sie hielt die Schlüsselkarte an den Leser und drückte die Tür auf.

„Danke für das Abendessen und die Geduld beim Einkaufen." Sie lächelte zu ihm auf.

Am anderen Ende des Ganges klappte geräuschvoll eine Tür zu, dann erklangen eilige, vom dicken Teppichboden gedämpfte Schritte in ihre Richtung. Reflexartig sah er sich um und gab dabei Charly den Blick in den Gang frei. Sie erstarrte mitten in der Bewegung.

„Mutter! Was machst du hier?"

Sein Blick zuckte zwischen Charly und der elegant und teuer gekleideten Frau Anfang vierzig, die erstaunt stehen geblieben war, hin und her. ‚Mutter?'

Die erfasste die Situation und kam näher. „Das frage ich dich!", gab sie mit einem strengen Ausdruck an Charly gewandt zurück. Ein bedeutungsvoller Blick streifte seine Person.

Charly trat an ihm vorbei und begrüßte ihre Mutter mit einer flüchtigen Umarmung. „Urlaub. – Mutter, das ist Gereon. Gereon, meine Mutter, Gitta Thelen."

Charlys Mutter reichte ihm eine kühle, kleine Hand und erwiderte seinen Händedruck fest. Unverkennbar abschätzend musterte sie ihn.

Impulsiv hob er ihre Hand leicht an und beugte sich zu einem Handkuss darüber. Als er sich aufrichtete, sah er die Überraschung in ihren Augen. „Darf ich die Damen zu einem Drink an die Bar einladen?"

„Sie dürfen", erwiderte Charlys Mutter, und jetzt, da er sich von der überraschenden Wendung erholt hatte, fiel ihm deren Stimme auf.

‚Ungewöhnlich', fasste er seine Gedanken vorsichtig zusammen und hoffte, dass beiden Frauen das leichte Heben der Härchen auf seinen Armen entgangen war.

Kommentarlos schnappte Charly die Tüte aus seiner Hand, ließ sie zusammen mit ihren Einkäufen in ihrem Zimmer achtlos zu Boden sinken und zog die Tür wieder zu.

Er bot Charlys Mutter den Arm, aber diese wies ihn weiter an Charly, die, offensichtlich unsicher, wie sie mit der Situation umgehen sollte, sich vage bei ihm einhakte. Kurz darauf saßen sie, Charly in der Mitte, am ruhigen hinteren Ende der Bar.

„Whisky, doppelt", bestellte Charly als Erste, mit rauer Stimme, räusperte sich, sondierte eilig das Angebot der aufgereihten Flaschen und verfeinerte: „Bowmore."

Charlys Mutter entschied sich für einen Calvados, er überlegte, ob er Charly wiederum folgen sollte, ließ es aber bei der milderen Variante, Glenmorangie, einfach.

Sie stießen an und Charly stürzte die Hälfte des Glasinhaltes in einem Zug hinunter.

Gitta schüttelte missbilligend den Kopf. „Du benimmst dich unmöglich!"

„Wenn ich dich unvorbereitet aushalten muss, brauche ich das", feuerte Charly zurück.

„Das nehme ich als Kompliment", lachte Gitta und Charly verdrehte die Augen, nippte aber vorsichtiger an ihrem Getränk.

„Du siehst bezaubernd aus."

„Du hast dich selbst übertroffen."

Mit zufriedenem Lächeln überließ er die Frauen ihrem Gespräch und genoss einfach Charlys Nähe.

***

Charlys Mutter sah auf ihr Handy und entschuldigte sich. Sie glitt vom Barhocker, wandte sich mit „Mach keinen Unsinn!" an ihre Tochter, bedachte ihn mit einem warnenden Blick, der in starkem Kontrast zu ihrer gewandten Verabschiedung stand, und war verschwunden, noch ehe er und Charly es so richtig begriffen hatten.

In unsicherem Schweigen tranken sie die Neigen aus ihren Gläsern, er zahlte und Charly sprang von ihrem Hocker und hob ihre Schuhe auf, die sie während des Gesprächs mit ihrer Mutter von den Füßen gestreift hatte. Barfuss ging sie vor ihm her, verzichtete diesmal auf den Aufzug und nahm die Treppe, dann standen sie wiederum vor ihrer Tür.

Schnurrend entriegelte der Kartenleser und sie drückte die Tür auf. Elegant hob sie seine Einkaufstüte vom Boden auf.

Er nahm sie entgegen, und bevor sie sich in ihr Zimmer flüchten konnte, hatte er einen langen Arm um ihre Taille geschlungen und küsste sie. Sie schmeckte warm und rauchig nach Whisky, ein bisschen süß nach Toffee. Er konnte gar nicht genug von ihr bekommen. Atemlos ließ er schließlich von ihr ab. „Bitte“, flüsterte er in ihr Haar. Er wusste selbst nicht, worum er bat. Widerstrebend ließ er sie los, um ihr in die Augen schauen zu können. Sie waren dunkel.

Charly leckte sich über die Lippen, ein Anblick, der ihm fast den Verstand raubte. Er schloss die Augen und kämpfte mit eisernem Willen um seine Selbstbeherrschung. Ihre Hand auf seinem Arm machte seine Anstrengung um ein Haar zunichte. Er öffnete die Augen.

Charly stand ganz dicht vor ihm. Sichtlich selbst um Haltung bemüht, schüttelte sie den Kopf. „Nicht, wenn meine Mutter ein paar Zimmer weiter … wohnt“, schloss sie lahm.

Er spürte, wie ihre Hand zitterte.

„Sieben Uhr Frühstück?“, drang ihre Stimme zu ihm.

Er nickte.

„Gute Nacht“, flüsterte Charly nahezu lautlos, stellte sich auf die Zehenspitzen und küsste ihn flüchtig, dann schloss sich leise die Tür hinter ihr.

I Like Birds – One Zever

Es war eine harte Nacht. Sie im Nebenzimmer zu wissen, raubte ihm den Schlaf. Immer wieder stellte er sich vor, wie es wäre, sie in den Armen zu halten, ihren Körper neben, an und unter dem seinen zu spüren.

Draußen sang lieblich eine Nachtigall, gelegentlich akzentuiert durch den klagenden Ruf eines Käuzchens. Er zwang seine Sinne, sich darauf zu konzentrieren, und nach einiger Zeit glitt er von den beruhigenden Tönen in einen unruhigen Schlaf.

***

Charly schichtete zum wiederholten Male die Kissen um und wendete die Decken. Kühl streichelte der Stoff über ihre nackte Haut. Vom Fenster wehte ein ebenfalls kühlender Luftzug herüber, der jedoch wenig dazu beitrug, ihr erhitztes Gemüt zu beruhigen. ‚In welchem Zimmer wohl Gereon schläft?' Sie lauschte dem Gesang einer Nachtigall. ‚Ob er auch wach liegt?'

Sie nahm ihr Handy zur Hand, tippte „Schlafen Sie?“, zögerte dann jedoch, die Nachricht abzuschicken. Löschte sie wieder und legte das Handy weg. Kuschelte sich tiefer in ihr Nest aus Kissen und zweiter Decke und beobachtete die Gardine, die sich im Luftzug bauschte. Die hypnotisch gleichförmigen Bewegungen wiegten sie in einen tiefen, traumlosen Schlaf.

***

Ihr Handy klingelte, der Weckerton. ‚Verflixt, verpennt!'

Charly schoss aus dem Bett hoch, ins Bad unter die Dusche und hüpfte kurz darauf ins Handtuch gewickelt zurück in den Raum. Sie nutzte die Schere des Hotel-Nähsets, um die Preisschilder aus den neu erstandenen Kleidungsstücken zu trennen, schüttete die Tüte aus dem Wäscheladen auf ihrem Bett aus und probierte alle BHs an. Schließlich entschied sich für den, der Gereon gefallen hatte, zog das Shirt darüber und die Jeans an. ‚Motorradstiefel oder wieder die Heels?'

Er würde sich sicher denken, dass sie mit dem Motorrad hier war, andererseits hatte sie die Monster in der hintersten Ecke des Parkplatzes neben einen klobigen SUV gequetscht. Wenn der nicht weggefahren war, hatte sie gute Chancen, unentdeckt zu bleiben.

Sie sah auf die Uhr, zwei vor sieben schon! Eilig fuhr sie in die Heels, stob aus der Tür und fand sich in Gereons Armen wieder.

„Hoppla, Sie sind aber schwungvoll am frühen Morgen!"

Was man von ihm nicht behaupten konnte. Charly musterte ihn verstohlen. Er sah aus, als habe er die halbe Nacht kein Auge zugetan, und die Haare standen widerspenstig zerzaust in alle Richtungen. ‚Oh verflixt, ist der Kerl süß…' Sie merkte, dass sie ihn anhimmelte und versuchte, ihre Verlegenheit zu überspielen.

„Ich konnte erst nicht schlafen und hab dann fast verpennt. Ich brauche dringend einen Kaffee. Haben Sie die Nachtigall gehört?"

***

Behände strebte sie dem Frühstücksraum zu. Er folgte ihr mit einigem Abstand; so konnte er ihren herrlich runden Hintern in der engen Jeans gebührend bewundern. ‚Verdammt, kann ich auch mal an etwas anderes denken?!'

Das Geld für sein Frühstück war auch rausgeschmissen, er begnügte sich mit einem Kaffee; um diese Uhrzeit hatte er schlicht keinen Hunger.

Sie dagegen sondierte das Angebot und kehrte mit einem Teller voll Rührei, Speck und Lachs zurück und ließ es sich schmecken. Dem ersten Teller folgten rasch eine Schale mit Müsli, ein Brötchen süß, Gemüse - ‚Gemüse zum Frühstück?' - und eine Scheibe Kuchen. Ein letzter Gang brachte einen Apfel und eine Banane sowie ein Glas Orangensaft.

Sie deutete seinen amüsierten Blick richtig. „Zu Hause ist der Kühlschrank leer – und hier kostet es mich nichts."

„Sie zahlen die Übernachtung nicht selbst?"

„Nein, das geht über meinen Dad. Sein Auftrag, seine Kosten." Sie lächelte versonnen. „Normalerweise ist die Abmachung: Was ich an Rabatt rausholen kann, darf ich behalten."

„Dann war der gestrige Tag sehr lukrativ."

„Wie man es nimmt. Das Geld ist schon verplant, und in diesem speziellen Fall ist es egal, ob es bei meinem Dad oder bei mir liegt, weil wir es gemeinsam ausgeben werden."

„Fürs nächste Motorrad?" Ein Rätsel war gelöst, das weitaus spannendere noch nicht.

„Nein, eine Reise. Aber es gibt noch keine genaueren Pläne." Sie weigerte sich, näher darauf einzugehen. Seufzend angelte sie nach ihrem Telefon und sah nach der Uhrzeit. Kurz vor acht.

Er trank seinen Kaffee aus. „Ich muss mich leider auf den Weg machen." Widerstrebend erhob er sich.

Charly schnappte sich das Obst vom Tisch und folgte ihm. „Nach Hause oder haben Sie noch etwas vor?", fragte sie.

„Unterwegs ein Termin. Und selbst?"

„Nach Hause, aber ich habe Zeit."

Wieder endeten sie vor ihrer Tür.

„Danke, dass Sie mir ein Wiedersehen ermöglicht haben."

„Es war mir ein Vergnügen", lächelte sie. „Kommen Sie gut nach Hause." Sie legte die Hand an seine Wange und küsste ihn. Sehr sanft, sehr zärtlich.

Er schloss die Augen und ließ sich von ihr führen. Irgendwann während des Kusses legte er seine Hand über ihre, umfasste sie. Als sie sich von ihm löste, streifte er mit den Lippen ihre Handfläche und sah ihr dann eindringlich in die Augen.

„Melden Sie sich, wenn Sie zu Hause sind? Bitte!“

„Mache ich“, versprach sie.

Schon war sie wieder verschwunden.

Drive – REM

Charly trödelte über dem Packen, putzte die unvermeidlichen Insektenkadaver von ihrer Kombi, weichte das Visier ein und zog jede Aufgabe so gut es ging in die Länge. Kurz vor neun schließlich riskierte sie es. Zügig trabte sie zum Empfang, das Auschecken ging flott und beschwingt trat sie ins Freie. Verdutzt blieb sie stehen.

Direkt vor ihr stand ein Wagen, den sie nur zu gut kannte. Der Pick-up ihres Vaters. Kopfschüttelnd ging sie weiter zum Parkplatz und ließ den Blick über die parkenden Fahrzeuge schweifen. Kein blauer Porsche weit und breit.

Ihre Monster stand noch immer versteckt, der SUV unverrückt an seinem Platz. Sie schob und rangierte sie vorsichtig – und ein wenig umständlich – aus der Lücke, schwang sich darauf und verließ Magdeburg auf kürzestem Weg nach Süden. Sie ließ den Harz schweren Herzens links, vielmehr rechts, liegen, nahm sich jedoch im Thüringer Wald Zeit für einige kleine Straßen, ehe sie wieder zielstrebiger nach Süden fuhr. Für vierzehn Uhr war die Holzlieferung angekündigt und die Jungs waren immer pünktlich. Sie hatte nicht vor, es sich mit ihnen zu verscherzen, indem sie zu spät nach Hause kam. Sie passierte die Autobahn und zog das Tempo an. Hier kannte sie jede Bodenwelle, jeden Riss und jeden Flicken in der Straßendecke. Sie schob alle Gedanken beiseite, verließ sich nur noch auf ihre Wahrnehmung und ihren Instinkt, genoss die Kurven und das Gefühl der Maschine unter ihr.

***

Er bog von der Autobahn, durchfuhr die ersten Kurven noch frei und zügig, dann lief er auf einen konsequenten Schleicher auf. Noch hatte sich keine Möglichkeit geboten, ihn zu überholen. Ungeduldig lauerte er auf eine Gelegenheit, und so bemerkte er den Biker erst beim letzten Kontrollblick, bevor er zum Überholen ausscheren wollte. Er ließ ihm den Vortritt, nicht, dass es ihn Zeit gekostet hätte, und folgte ihm dann. Erst als der Schleicher schon hinter ihm lag und er seinem Ehrgeiz nachgab und versuchte, an dem Biker dranzubleiben, wurde ihm bewusst, wen er da vor sich hatte. ‚Die Monster!'

Das Kennzeichen, CAT 69, schien vor ihm durch die Kurven zu tanzen. Er konnte zwar halbwegs mithalten, ohne gar zu riskante Manöver zu fahren, langsam, aber sicher setzte sie sich jedoch von ihm ab. Sie näherten sich dem Abzweig zum Dorf. Er hatte sie bereits einmal verloren. ‚Ja, sie biegt ab!'

Mit quietschenden Reifen folgte er, sah noch ihre Bremsleuchte aufblinken … und hatte sie wieder verloren. Ärgerlich verzichtete er auf eine Patrouille und fuhr nach Hause.

Im Büro merkte er, dass er sein Telefon im Auto liegen lassen hatte und kehrte zurück, um es zu holen. Das Display zeigte eine Nachricht. Er klickte sie an.

„Bin gut zu Hause. Und Sie?"

„Auch. Danke", tippte er zurück.

Nach einem Moment Überlegung schrieb er noch, „Fürs Melden und die Nachfrage."

Die Antwort kam umgehend.

„Gern."

Wir trafen uns in einem Garten – Traumwohnung

Christian hatte kaum das Motorrad zum Stehen gebracht und die Zündung ausgeschaltet, da tauchte Pollux zwischen den Büschen auf und sprang an ihm hoch. Er wehrte die Zudringlichkeiten des Hundes ab und wunderte sich, wo Charly blieb. Normalerweise folgte sie dem Hund auf dem Fuße.

Als er den Helm abnahm, hörte er Musik aus Richtung der Terrasse. Er hängte den Helm an den Spiegel und folgte dem Hund auf den Trampelpfad. Die Musik wurde lauter. ‚Thunderstruck, AC/DC', erkannte er.

Er bog um die Hausecke. Charly kniete mit dem Rücken zu ihm in der Nähe der Feldsteinmauer und hantierte mit einem Akku-Schrauber. Er ging auf sie zu und tippte ihr auf die Schulter.

Charly ließ den Schrauber fallen, fasste mit der Rechten über ihre Schulter und erwischte sein Handgelenk mit unnachgiebigem Griff. Gleichzeitig packte sie mit der Linken einen griffbereit liegenden Zimmermannshammer und schnellte mit einer halben Drehung nach oben und herum, der Hammer zielte auf seine Rippen.

Sie erkannte ihn und ließ den Hammer los, der haarscharf an ihm vorbeiflog und sich harmlos, aber mit einem dumpfen Geräusch, das sogar die Musik übertönte, in die Wiese hinter ihm bohrte.

„Himmel, erschreck mich nicht so!" Verspätet ließ sie auch sein Handgelenk los, trat einige Schritte zur Seite, nahm eine Fernbedienung von der Feldsteinmauer und stellte die Musik leiser.

„Wenn das mal kein eindrucksvoller Ansatz von Selbstverteidigung war. Du hättest mir die Rippen brechen können."

„Darauf zielt diese Technik ab", antwortete sie, ohne mit der Wimper zu zucken. „Und im nächsten Augenblick gleich noch die

Nase." Ein selbstsicheres Schmunzeln glitt über ihre Züge. „Überaus effektiv." Sie hob den Hammer auf und legte ihn zurück an seinen Platz.

„Kann ich mir lebhaft vorstellen." Sein trockener Tonfall brachte sie zum Lachen. „Ich werde jedenfalls zukünftig vorsichtiger sein, wann – und wie – ich dir nahe komme." Ihre kompromisslose Reaktion hatte ihn erschüttert, aber sein Humor war nicht ganz so erschrocken wie sein restliches Selbst.

„Eine weise Erkenntnis." Sie schien sich das Lachen zu verkneifen. „Was gibt's?"

„Du hattest mir eine Ausfahrt mit dem Cadillac versprochen", erinnerte er sich an den Grund seines Besuches.

Kalkulierend glitt ihr Blick über das Arrangement an Brettern, Pfosten und Werkzeug, das rings um sie verstreut war. Nachdenklich strich ihre Zungenspitze über ihre Oberlippe, dann zog sie die Unterlippe zwischen die Zähne.

Sein Körper reagierte. Der Caddy war vergessen. Hypnotisiert starrte er auf ihren Mund. ‚Verdammt, hat sie die geringste Ahnung, wie heiß sie aussieht?'

„Meinetwegen."

‚Was habe ich sie noch mal gefragt?'

…

‚Ach ja, Cadillac fahren'

„Zwei Bedingungen", sprach sie weiter und ließ ihm kaum Zeit zu nicken. „Du hilfst mir eben, die Seitenwand fertig zu machen und aufzuräumen."

„Kein Akt." Er hatte sich so weit gefangen, dass er normal denken konnte.

„Und nicht so." Ihre Handbewegung umfasste seine und ihre Erscheinung.

„Sondern?"

„In vernünftigen Klamotten."

„Kein Problem."

„Dann los." Charly setzte die restlichen Schrauben an dem Unterstand-Seitenteil mit geübter Selbstverständlichkeit, dann half Christian ihr, es zu den anderen bereits fertigen Bauteilen an die Feldsteinmauer zu stellen. Gemeinsam räumten sie auf.

„Kommst du wieder her?", fragte Charly zögerlich.

Er musterte sie scharf. ‚Einfacher wäre, wenn sie mich abholen würde', dachte er. ‚Ah, da liegt der Hase im Pfeffer. Sie hat Angst, dass Gereon sie sieht.'

„Mach ich", antwortete er und wurde mit ihrem strahlenden Lächeln belohnt.

Er fuhr heim. Bei seinem Vater war alles in Ordnung und er sprang eilig die Treppe hoch, drei Stufen auf einmal. Er wollte noch schnell unter die Dusche. In schwarzen Jeans, Hemd und Fliege war er eine Viertelstunde später auf dem Weg nach unten, nahm im Vorbeigehen noch das Sakko vom Haken.

‚Im Sakko auf dem Motorrad.' Über sich selbst den Kopf schüttelnd kurvte er auf die Straße.

***

Der Cadillac erwartete ihn am Rondell und Charly riss die Haustür auf, lugte kurz heraus und war mit den Worten „Moment noch" wieder verschwunden. Der Schlüssel steckte und er stieg in den Wagen ein.

‚Traumhaft.' Bewundernd ließ er die Hand über den Schwung des Lenkrades gleiten. Versunken in die Details des Wagens, bemerkte er aus dem Augenwinkel nur eine Bewegung. Charly war aus dem Haus getreten.

‚Marlene Dietrich, Audrey Hepburn, Grace Kelly' … die Bilder jagten sich in seinen Gedanken: Sie trug eine schwarze, weite Hose, ein bordeauxrotes, edel schimmerndes, ärmelloses Top, eine riesige Sonnenbrille und einen breitkrempigen Hut. In der Hand schwenkte sie eine Handtasche.

Eilig stieg er aus und hielt ihr die Tür auf. Er musste seinen Blick gut zehn Zentimeter höher justieren als gewohnt, als sie vor ihm stehen blieb.

„Sehr schick.“ Sie zupfte an der Fliege.

„Atemberaubend“, entgegnete er.

Während sie einstieg, erhaschte er einen Blick auf die Schuhe. ‚Sind das High Heels?‘, überlegte er. Die Absätze lugten nur unter dem Saum der Hose hervor, waren aber bleistiftdünn. ‚Jedenfalls rot‘, schloss er seine Beobachtungen ab und ließ ihre Autotür zufallen.

„Wohin, die Dame?“

„Bayreuth. Eremitage.“

Langsam fuhr er vom Hof, aus dem Dorf, bog auf die Bundesstraße ab. Behäbig und majestätisch glitt der Wagen über die Landstraße. Er hatte es nicht eilig. Die Sonne schien, die Luft duftete würzig nach frischem, trockenem Heu, er fuhr ein traumhaftes Auto und neben ihm saß eine der verführerischsten jungen Frauen, die diese Welt zu bieten hatte. Er sah zu ihr und bemerkte, dass sie ihn mit verstohlenem Lächeln beobachtete. „Was?“, fragte er.

„Du siehst so glücklich aus.“

„Ich bin‘s.“

***

Charly kniete im Gras und schraubte ein weiteres Element für den Unterstand zusammen. Das war keine besondere Herausforderung und sie ließ ihre Gedanken zum vergangenen Abend zurückwandern.

Er hatte den Cadillac an der Eremitage sehr fotogen geparkt und sie waren, Hand in Hand, zu den Wasserspielen flaniert. Sie setzte sich an ihren Lieblingsplatz, lauschte dem Plätschern des Wassers und sah dem Spiel von Licht und Schatten zu. Er akzeptierte ihre Zurückgezogenheit, förderte irgendwann eine kleine Kamera aus dem Sakko zutage und machte einige Fotos.

Später hatte er sie gefragt, ob er sie zum Essen einladen dürfe. Er hatte wohl ihren Magen knurren hören. Sie hatte angenommen – und er das leichte Zögern dabei bemerkt.

„Du magst es nicht, eingeladen zu werden?" Sie mochte seinen leichten Tonfall, der ihr alle Möglichkeiten offenließ.

„Normalerweise nicht", gab sie zu.

„Ich bin also ‚nicht normal'?" Es war neckend formuliert, aber sie hatte das Gefühl, als freute er sich darüber.

„Du bist sehr speziell", gab sie im passenden Ton zurück.

Er lachte und nahm ihre Hand.

„Was begründet deine Abneigung gegenüber Einladungen?"

„Weil Erwartungen daran geknüpft sind", antwortete sie schärfer als beabsichtigt.

Er blieb abrupt stehen. Da er ihre Hand nicht losgelassen hatte, war sie gezwungen, ebenfalls stehen zu bleiben. Sehr sanft legte er seine große Hand an ihre Wange. „Charly, egal, was ich mache, ich erwarte keine ‚Gegenleistung' von dir." Er war sehr ernst, wollte, dass sie seinen Standpunkt verstand. „Wenn ich etwas für dich mache, dann, weil ich es möchte. Ist dir das zu viel, sag es. Wir können über alles verhandeln. Bevor du dich unter Druck gesetzt fühlst."

Seine Eindringlichkeit war einschüchternd. Schließlich nickte sie. Sichtlich erleichtert legte er ihr kumpelhaft den Arm um die Schulter und dirigierte sie in Richtung des Biergartens.

„Wunderbar. Das ist geklärt, dann können wir endlich essen. Ich habe Hunger."

***

Das Bauteil war fertig. Sie hob es auf, stellte es zu den anderen und legte die Materialien für das nächste bereit, maß aus und schnitt zu. Arrangierte die Einzelteile, räumte das benötigte Werkzeug griffbereit und überprüfte ihre Gürteltasche, füllte sie auf.

'Das nächste.'

***

Der Rest des Abends war entspannt verlaufen. Während sie aufs Essen warteten, ließ sie sich die Fotos zeigen. Er hatte einen interessanten Blick fürs Detail. Meist fand sie sich auf Fotos doof, aber seine mochte sie auf Anhieb. Sie unterhielten sich gut und brachen rechtzeitig auf, um den Sonnenuntergang auf einer der Hochflächen zu beobachten. Er hatte sogar noch an einem Supermarkt angehalten und eine Flasche Sekt gekauft. Und woher auch immer zwei Sektgläser hervorgezaubert. Der Mond stand hoch am wolkenlosen Nachthimmel, als er ihr das Tor zur Scheune aufschob. „Wie schaffst du es, dieses Tor zu bewegen?", fragte er erstaunt.

„Ich hänge mich dran und hoffe, dass es sich bewegt. – Bis jetzt hat es das zum Glück auch."

Er schüttelte den Kopf. „Das muss leichter gehen. Darf ich mir das anschauen? Bei Gelegenheit?"

„Bei Gelegenheit. – Komm mit rein", bot sie an.

Aber er verneinte. „Ich habe einen wichtigen Termin morgen. Da brauche ich meinen Schlaf. Den ich nicht bekomme, wenn ich hierbleibe", neckte er. Aber er küsste sie. Sanft, zärtlich, sehnsüchtig. Seine Hände jedoch umfassten ihre Ellenbogen und hielten sie auf Abstand.

'Ob er sonst nicht gefahren wäre?', sinnierte sie. Sein Bedauern jedenfalls war offensichtlich gewesen, als er zu seiner BMW gegangen war. Kopfschüttelnd hatte sie ihm nachgesehen, bevor sie die Haustür schloss. 'Im Sakko auf dem Motorrad!'

***

‚Fertig!', dachte Charly und erhob sich.

Das letzte Seitenelement geschafft, lehnte sie es an die Mauer und begann an der Stützkonstruktion zu arbeiten. Eine Stunde später war auch die fertig. Charly zerrte die einzelnen Teile der Stützkonstruktion zum geplanten Standort des Unterstandes und schlug die Halterungen für die Pfosten ein. ‚Einbetonieren wäre einfacher', dachte sie, als sie die erste Halterung endlich so tief verankert hatte, wie sie es sich vorstellte. ‚Aber ich will ihn nun einmal mobil.' Sich die Haare aus dem verschwitzten Gesicht streichend, setzte sie die zweite Halterung. Verbissen hämmerte sie, bis auch diese zu ihrer Zufriedenheit saß.

‚Ein Mann wäre manchmal ganz praktisch', dachte sie mit einem Blick auf die verbleibenden sechs Halterungen, die ihrer Aufmerksamkeit harrten. ‚Eine noch, dann Pause', entschied sie. Es dauerte gefühlt endlos; Millimeter für Millimeter senkte sich das Metall in den Boden. Die Arme wurden ihr lahm.

‚Schluss!' Sie ließ den Hammer fallen, wo sie stand, ging zum Wassertrog und klatschte sich mehrere Hände kalten Wassers ins Gesicht. Kurz war sie versucht, den Kopf ganz hinein zu stecken, ließ es aber sein. Sie trocknete sich das Gesicht notdürftig mit dem Saum ihres Hemdes ab, ging zur Terrasse und streifte die abgewetzten Arbeitsschuhe von den Füßen. ‚Kaffee.'

Ungeduldig tigerte sie in der Küche hin und her, während der Kaffee durchlief. Sie hatte Hunger. Im Kühlschrank empfing sie gähnende Leere. ‚Einkaufen muss ich also auch.' Entsagungsvoll klappte sie die Tür zu und inspizierte die Vorratsregale im Wirtschaftsraum. Mit deprimierendem Ergebnis. Sie griff sich zwei Mohrrüben und einen Apfel aus der wohlgefüllten Pferdekiste. ‚Müssen die Rösser eben mit mir teilen.'

Im Tankrucksack stöberte sie noch einen Riegel Schokolade auf. Deformiert durch Druck und Wärmeeinwirkung bot er keinen appetitlichen Anblick, aber sie war zu hungrig, um dem mehr als beiläufige Beachtung zu schenken. ‚Noch genießbar', urteilte sie.

Kurz darauf saß sie mit einem Pott heißen Kaffees auf der Terrasse und genoss die Sonne. ‚Ich muss unbedingt den Garten mähen und die Terrassenbepflanzung in Ordnung bringen. Unterstand ausmisten wäre auch nötig. Wenn ich dabei bin, auch gleich aufräumen. Den scheußlichen alten Kirschbaum habe ich vergessen. Naja, nun ist es zu spät, Bäume fällen ist seit April verboten. Vielleicht fällt er ja von selber um? Oder ich helfe ein bisschen nach. Aber um ihn ‚versehentlich' umzufahren steht er zu geschützt.'

Kritisch betrachtete sie den Teil des Gartens und der Koppeln, den sie von ihrem Platz aus sehen konnte. ‚Zweckmäßig und in Ordnung', war ihr zufriedenes Urteil. ‚Die Pferde müsste ich putzen', fiel ihr noch ein.

In ihre Überlegungen versunken hatte sie nicht bemerkt, dass sie alle Nahrungsmittel vertilgt hatte. „Na denn, auf, auf!", feuerte sie sich selber laut an, brachte den Pott ins Haus, und als sie herauskam, einen Zettel mit den neuen Notizen mit sich. Ihre Motivation litt sichtlich, als sie auf der Koppel die vierte Halterung in Angriff nahm. Zuerst schwerfällig, dann fand sie in ihren Rhythmus.

Auch diesmal ließ sie, wo sie stand, den Hammer fallen. Gespannt hievte sie das Gerüst für die Ostwand in die Halterungen, dann das der Nordseite. Ruckelte daran herum, bis sie perfekt aneinander saßen und schnappte die großen Verschlüsse ein. ‚Die Jungs hatten eine geniale Idee', frohlockte sie.

***

Auch am Boden- und Dachpfosten hatte sie die großen Verschlüsse vorgesehen. Sie zog die ersten passenden Seitenteile heran. Um die zu befestigen, brauchte sie aber einen Helfer. Grübelnd stand sie daneben, die Lippen gespitzt, die rechte Fußspitze tippte nachdenklich auf den Boden. ‚Leiter und Pflastersteine', dachte sie triumphierend.

Sie holte alles heran, präparierte das Seitenteil mit untergefütterten Steinen, kletterte auf die Leiter und konnte ohne Schwierigkeiten die Verschlüsse zuschnappen. Sprang enthusiastisch von der Leiter, die Verschlüsse am Boden waren jetzt ein Kinderspiel. In rascher Folge setzte sie den Rest der Ost- und Nordwand nach dem bewährten Muster zusammen. Immerhin die Hälfte des Unterstandes war fertig und sie war ganz zufrieden mit sich. Pollux stob von seinem Liegeplatz zur Hausecke und verschwand Richtung Hof. Sie lauschte. ‚Ist das ein Motorrad?' Ehe sie sich sicher war, war das Geräusch verstummt und erwartungsvoll sah sie zur Hausecke. Pollux kam zurückgestürmt, dicht gefolgt von Napoleon. Es dauerte noch einige Herzschläge, bis Christian ebenfalls im Blickfeld erschien.

„Hi."

Sie hatte keine Zeit zu antworten.

„Wow, das sieht richtig gut aus!" Er musterte sie überrascht und mit nicht geringem Respekt.

Geschmeichelt lächelte sie. „Tja, gewusst wie. Einen Großteil verdanke ich eurer Idee mit den Verschlüssen", schränkte sie ein und gab ihm damit die Anerkennung zurück.

„Tja, gewusst wie", grinste er. „Ich dachte, nachdem ich dich gestern von der Arbeit abgehalten habe, kann ich dir heute was helfen", erklärte er seine Anwesenheit.

Es war eine Feststellung, keine Frage, bemerkte sie. „Kannst du." Sie maß den Standort der fünften Halterung aus, schlug sie so weit ein, dass sie nicht umkippte und hielt ihm auffordernd den großen Hammer entgegen. Staunend beobachtete sie, wie die Halterung unter seinen wuchtigen Schlägen im Boden verschwand. Es war sehr viel einfacher, einen Mann für derlei Aufgaben zu haben. Ein schöner Anblick obendrein.

Er richtete sich auf und war noch nicht einmal großartig aus der Puste.

„Ich habe an jeder mindestens eine Viertelstunde rumgemurkst." Charly wusste nicht, ob sie lachen oder sich ärgern sollte. Kopfschüttelnd bezeichnete sie ihm die nächste Halterung.

Auch das Einhängen der Westwand ging zu zweit schneller. Die beiden kurzen Teile der Südseite erst recht ein Kinderspiel. Charly entschied sich sogar für die stabilere Variante mit je zwei Bodenhalterungen pro Seite.

„Fertig! Aufräumen und dann schauen wir, was die Herrschaften dazu sagen. Das Dach mache ich morgen."

„Ich helfe dir."

„Musst du nicht arbeiten?" Erstaunt sah sie ihn an.

„Ich muss Überstunden abbauen. Deshalb habe ich über den Sommer montags und freitags frei."

„Klingt nach einer Menge Überstunden."

„Bei 12-Stunden-Tagen kommt was zusammen", gab er zu.

„Und kaum was runter. Kannst du nicht ganze Wochen frei nehmen?"

„Kann ich", erklärte er. „Ich habe nur auch jede Menge verschleppten Urlaub. Außerdem bleibt meine Arbeit liegen, wenn ich nicht da bin."

„Klingt so, als wäre ein Kollege fällig."

„Theoretisch hab ich einen richtig guten Mann im Auge."

„Aber es hapert am Geld?"

Seine halb ärgerlich, halb entschuldigend gehobene Schulter war ihr Antwort genug.

„Hm, und was macht deine Firma, wenn du ausfällst? Längere Zeit, meine ich?"

Er lachte. „Die zerren mich noch vom Krankenbett ins Büro."

„Tolle Aussichten", knurrte Charly.

„Dafür kann ich etwas aufbauen", erwiderte er sanft.

„Es war keine Kritik." Charly sah blicklos in die Werkzeugkiste, gedanklich mit etwas ganz anderem beschäftigt.

„Worüber denkst du nach?", fragte er.

„Ach, nix", wiegelte sie ab.

„Charly, ich sehe es dir an. Wenn du es mir nicht erzählen willst, ist es ok, aber ..."

„Mein Chef hat mir seine Firma angeboten", platzte sie heraus.

Er ließ den Hammer, den er eben in die Werkzeugkiste hatte legen wollen, unverrichteter Dinge sinken und hockte sich auf die Fersen zurück. Unverhohlene Überraschung stand in seinen Augen. „Das ist toll! Gratuliere, Charly", fing er sich. Er freute sich wirklich und er war stolz auf sie, das merkte sie an der Art, wie er sie ansah.

„Na ja, nicht sofort, und ich habe noch nichts dazu gesagt." Sie umriss ihr Gespräch vom Dienstag mit sachlichen Worten. „Ich muss darüber nachdenken und vielleicht mit dem Einen oder Anderen reden. Ich hab es bisher nur Melli erzählt und da eher als Randnotiz."

***

Er war überrascht. Sie war sehr jung, um die Nachfolge einer Handwerksfirma angeboten zu bekommen. Zu jung? Dass sie noch nichts dazu gesagt hatte, es durchdenken wollte, sprach für sie. Sie trug die Info seit zwei Tagen mit sich herum und hatte weder mit ihren Eltern noch sonst jemandem gesprochen, außer mit ihm jetzt. ‚Ich bin der Erste!' Diese Erkenntnis durchzuckte ihn freudig, er stellte sie jedoch gleich in Frage.

‚Vertraut sie meinem Urteil? Oder will sie auf neutralem Boden mögliche Reaktionen darauf testen?' Er entschied sich für die naheliegendste Frage. „Du hast nicht mit deinen Eltern gesprochen?"

Sie schüttelte den Kopf. „Mit meiner Mutter rede ich darüber nicht, sie hat kein Verständnis für meinen Beruf. Mit Dad hat sich noch keine Gelegenheit ergeben. Das heißt, mit ihm berede ich das, sobald ich mir eine Meinung gebildet habe. Dann kann ich meinen Standpunkt besser darstellen", erklärte sie.

Er nickte. Intuitiv verstand er aus den wenigen Begegnungen mit ihr, was ihren Chef zu seinem Angebot bewogen haben mochte. Er zweifelte nicht daran, dass sie Erfolg haben würde, wenn sie sich dafür entschied. Verstohlen beobachtete er sie. ‚Erwartet sie eine Stellungnahme von mir?', überlegte er, verwarf den Gedanken jedoch gleich. ‚Konkrete Antwort gibt es auf gezielte Fragen', erinnerte er sich. ‚Sie hat nicht gefragt.'

So, wie sie den Werkzeugkasten zuklappte und zum Haus trug, schien das Thema für sie erledigt. Er folgte ihr auf die Terrasse. Charly nahm eine Liste in die Hand.

„Schon wieder neu? Ist die andere abgehakt?" Er deutete auf den Zettel.

„Mitnichten", antwortete sie trocken. „Das multipliziert sich, wenn ich nicht hinsehe."

Unschlüssig zögernd stand sie da. Ihr Magen knurrte.

„Du solltest erst mal was essen, ehe du über weitere Aufgaben nachdenkst", mahnte er sacht.

„Dazu muss ich einkaufen fahren, bei mir verhungern sogar die Mäuse."

„Da hast du heute aber schlechte Karten."

Sie sah ihn verständnislos an.

„Feiertag", präzisierte er.

„Oh, verflixt, das habe ich komplett vergessen!"

Er trat zu ihr, sah über ihre Schulter. Fragte nach dem Stichpunkt Kirschbaum und nickte zu ihrer Erklärung.

„Vorschlag: Du mähst den Garten und ich kümmere mich um was zu essen für uns. Hinterher zeigst du mir den Kirschbaum und wir schauen mal, ob der nicht doch einfach so umfällt. Zum Tagesabschluss putzen wir die Pferde."

„Klingt wie ein vernünftiger Plan", schmunzelte sie.

„Morgen früh bauen wir das Dach fertig und kümmern uns um den alten Unterstand. Als Belohnung für meine ganze Mühe fährst du danach mit mir zum See schwimmen, es sind über dreißig Grad angesagt."

„Und wo schläfst du?", fragte sie.

‚Scheinheilig und mit kokettem Augenaufschlag, du kleines, freches …' Ihm fiel keine passende Bezeichnung ein. Die Antwort auf ihre Frage schon eher.

„Auf deinem Sofa, wahlweise mit dir oder ohne dich. Natürlich nur aus rein praktischen Gründen. Spart Zeit." Er duckte sich aus ihrer Reichweite und verschwand grinsend um die Hausecke.

***

Schwer beladen kehrte er zurück. Er hatte gnadenlos die heimische Vorratskammer geplündert. Kurzerhand nahm er die Koffer ab und trug sie ums Haus.

Charly schien das Mähen des Gartens eher als Rallye zu betrachten und bretterte mit dem Rasentraktor in halsbrecherischer Manier um die Obstbäume. Ganz offensichtlich hatte sie Spaß.

Er räumte die ‚Einkäufe' in den Kühlschrank, entdeckte Charlys iPod auf der Arbeitsplatte und stellte sich Musik an. Den laufenden Song mitpfeifend, begann er die Vorbereitung des Abendessens.

„Was wird das denn?" Unvermutet war Charly aufgetaucht, lugte um seinen Arm herum und sog schnuppernd die Luft in die Nase. Sie sah aus wie Napoleon, wenn er Mäuse witterte.

„Avocado-Mango-Salat."

„Klingt spannend. Was ist da im Ofen?"

„Ziegenkäse mit Speck. Sei nicht so neugierig", rügte er sie. „Such uns was zu trinken aus."

Kommentarlos nahm Charly Besteck aus einer Schublade und verschwand aus der Küche. Als Christian mit beiden Tellern auf die

Terrasse kam, badete Charly mit geschlossenen Augen in den Strahlen der Abendsonne, die durch den Apfelbaum fielen. Träge blickte sie auf. Auf dem Tisch wartete Rotwein.

„Bist wieder mal dran", kommentierte Charly eine Viertelstunde später, als sie ihr Besteck beiseite legte.

„Gerne." ‚Ha, ich darf wiederkommen, auch wenn ich dafür arbeiten muss', freute er sich. „Kirschbaum?", fragte er.

Seufzend sammelte sie ihre Beine unter sich und hievte sich aus dem Stuhl. „Kirschbaum", seufzte sie.

Minuten später standen sie vor dem Baum. Er sah wirklich nicht mehr ansehnlich aus. Prüfend stemmte er sich dagegen. ‚Fest gemauert in der Erden …', schoss ihm durch die Gedanken. So einfach war es denn doch nicht. Er schüttelte den Kopf.

„Was ist?" Charly sah fragend zu ihm auf.

„Die deutsche Literatur lässt grüßen. – Schiller's ‚Glocke'."

„‚Fest gemauert in der Erden steht die Form, aus Lehm gebrannt, heute muss die Glocke werden'", deklamierte Charly und warf sich in Positur. „Weiter kann ich's nicht."

„‚Frisch Gesellen, seid zur Hand'", ergänzte er. „‚Von der Stirne heiß rinnen muss der Schweiß.' – Da hört es bei mir auch auf."

„Immerhin. Du bist der erste Mann, der mir begegnet ist, der mit Schiller was anfangen kann. – Ich hab's ja eher mit Goethe."

„Zauberlehrling? – ‚Walle, walle, manche Strecke'?"

„Ganz nett, da gefällt mir aber nur der Anfang und der Part ‚Besen, Besen, bist's gewesen!' - ‚Willkommen und Abschied' ist sehr schön", träumerisch blickte sie über die Koppeln zum Wald, „der ‚Osterspaziergang' ist Ostersonntag festes Ritual, und ganz gruselig, ‚Der Erlkönig'." Unwillkürlich schüttelte sie sich.

Zeit für Ablenkung. „Kirschbaum", rief er ihr ins Gedächtnis.

„Bleibt stehen. Gnadenfrist. Im Winter ist er dran", entschied sie prompt.

„Ok. Pferde putzen. – Wieso hast du die Koppeln getauscht?“

„Damit der ‚Kleine Prinz‘ einen Unterstand hat. Die Mutterstute hat doch ein Adoptivkind. – Ich zeige es dir.“

Sie betraten den Unterstand über die kleine Tür zum Garten. Im ersten Moment dachte er, er sähe doppelt, erkannte dann aber die Unterschiede. Zwei Fohlen lagen unter einer Wärmelampe im dick gepolsterten Stroh und blickten ihnen neugierig entgegen. Der stämmige kleine Hengst erhob sich und kam an die Absperrung, das andere Fohlen, feingliedrig und zart, blieb abwartend liegen.

Er kraulte den kleinen Burschen, der übermütig nach seinem T-Shirt schnappte und daran zog. Charly nahm Putzzeug aus einem eingelassenen Schrank. Von draußen kam der Hengst herein, schob das Fohlen von ihm weg und baute sich dann drohend vor ihm auf.

„Schon gut, Phoenix. Ich tu dem Kleinen nichts. – Und dir auch nicht“, sprach er den Hengst an.

„Putzt du Napoleon und einen der Esel? Ich nehme den anderen und Freddy.“

Als sie vor der Koppel standen, blickte er verwundert vom Pferd zu ihr. „Was soll ich denn an Napoleon putzen, der ist blitzeblank.“

„Rücken und Hintern, da komm ich so schlecht rauf.“

‚Auch wieder wahr.’ Sorgfältig putzte er die bezeichneten Partien des großen Braunen. „Wie groß ist er?“

„Einssechsundsiebzig“, erklang es dumpf. Charly kniete neben dem Pony und bürstete kräftig dessen Bauch.

„Großes Pferd, großes Auto, großes Motorrad“, spielte er auf ihren Bus und die BMW an.

„Großer Kerl“, ergänzte Charly trocken, offenlassend, wen sie damit meinte. „Klein bin ich selber.“

„Komplexe? – Kann ich mir bei dir eigentlich nicht vorstellen“, entkräftete er seine Aussage.

„Hab ich mir noch nie Gedanken drum gemacht. Aber ja, ich stehe auf große Männer, wenn es das ist, was du wissen willst."

Ihm fiel ihr erster gemeinsamer Abend ein. „Keine ... Angst?", formulierte er vorsichtig und schickte Napoleon mit einem abschließenden Klaps von sich weg. Er nahm sich den größeren der beiden Esel vor.

Charly tauchte mit rotem Gesicht über Freddys Mähne auf, lehnte sich mit verschränkten Armen und aufgestütztem Kinn auf dessen Rücken und sah zu ihm hoch. „Weshalb fragst du?"

‚Gegenfrage, sie ist vorsichtig. Pluspunkt, Mädchen', dachte er und erklärte seinen Eindruck.

„Ich wusste nicht, dass dir das aufgefallen ist."

Er machte eine unverbindliche Geste. ‚Was soll ich dazu sagen?'

„Ich hatte einen Moment Panik, weil ich mir nicht sicher war, dich auf Abstand halten zu können", gab sie zu. „Aber es ist eine Illusion zu denken, dass das mit einem kleineren Mann anders wäre. Eher im Gegenteil." Sie überlegte, offensichtlich formulierte sie ihre Gedanken sorgfältig. „Fast wie bei Hunden, je kleiner, umso giftiger und unberechenbarer."

Er lachte.

„Große haben das nicht nötig. Sie wissen um ihre Kraft und treten mit einer ganz anderen Selbstsicherheit auf."

‚Spricht sie noch von Hunden, oder ist sie wieder bei Männern? Vielleicht beides', überlegte er.

„Berechenbarer sind sie deshalb aber noch lange nicht", sagte sie mit einem Seitenblick auf ihn.

Sie hatte sich dem kleineren Esel zugewandt. „Jetzt bist du dran", sagte sie herausfordernd. „Deine Traumfrau?"

‚Oho, gefährlicher Boden!', dachte er. „Du hast ja gar nicht viel verraten", wiegelte er ab. „Groß sind viele Männer."

„Heute schon in den Spiegel geschaut? Oder Gereon gesehen?", fragte sie provozierend.

„Beides“, gab er sich unbeeindruckt.

„Noch Fragen?“

Ehe er sich für eine Antwort entschieden hatte, sprach sie weiter: „Du bist dran.“

***

Er putzte eine Weile schweigend den Esel. „Mir missfällt der Begriff ‚Traumfrau'. Das ist zu festgelegt.“

Charly verdrehte die Augen. ‚Junge, mach es nicht komplizierter, als es ist', dachte sie. „Dann eben der Typ Frau, dem du hinterherschaust“, fragte sie.

„Grundsätzlich allem, was weiblich ist und Motorradklamotten trägt.“

„Ziemlich viele“, kommentierte sie.

„Es schränkt sich ein, wenn man Verschiedenes rausrechnet. Zu alt und zu jung, zum Beispiel.“

„Wie definierst du ‚zu alt', respektive ‚zu jung'?“, konnte sie ihre Neugier nicht zügeln.

„Plus/minus fünfzehn Jahre. – Bevor du fragst, ich bin dreiunddreißig.“

„Nach dem Alter fragt man nicht. Frau auch nicht. Aber schön zu wissen.“

Er wartete eine Weile, offenbar in der Hoffnung, sie würde ihr Alter offenbaren, aber sie ging nicht darauf ein, und er fuhr schließlich fort: „Alles, was nicht selber fährt.“

Charly lächelte sacht in sich hinein.

„Und alles mit Anhang. – Was das Äußere angeht, bin ich flexibel.“

Diesmal murmelte sie etwas für ihn hoffentlich Unbestimmbares.

„Selbstständig.“

Sie nickte.

„Temperamentvoll“, führte er fort. „Sag mal, führst du eine Strichliste?“, fragte er.

„Wie?“ Sie blickte ihn verwirrt an.

„Du siehst aus, als würdest du innerlich eine Checkliste abhaken.“ Verdeutlichend malte seine Linke Häkchen in die Luft.

‚Ertappt‘, dachte sie. „Bis jetzt pass ich ganz gut rein, würde ich sagen.“ Sie senkte den Kopf, um zu verbergen, dass sie rot wurde.

„Sonst wäre ich nicht hier“, antwortete er sichtlich amüsiert. „Im Ernst: Du bist unabhängig, siehst gut aus, fährst selber Motorrad und gibst den Männern zu verstehen, dass du nicht gerade auf sie wartest. Das ist verdammt attraktiv.“

„Danke“, murmelte sie verlegen.

Like a Virgin – Madonna

In kameradschaftlichem Schweigen putzten sie die Esel fertig. Als sie danach die Terrasse betraten, zog Christian sie unvermittelt in seine Arme und küsste sie.

„Ich bin total verschwitzt und stinke nach Pferd", versuchte sie, sich ihm zu entwinden.

„Pferde stinken nicht", murmelte er an ihren Lippen. „Außerdem mag ich, wie du riechst." Sein Mund glitt über ihre Wange zu ihrem Ohr und an ihrem Hals sog er demonstrativ tief die Luft ein. „Ich habe mich den ganzen Tag darauf gefreut."

Etwas weniger widerstrebend verharrte sie in seiner Umarmung, bis er sie mit einem zufriedenen Knurren losließ und sich das T-Shirt über den Kopf zog. Er warf es nachlässig über die Lehne des klapprigen Terrassenstühlchens und sich auf den Sitzsack. Streifte die Turnschuhe von den Füßen und streckte genüsslich die Beine aus.

Charly schluckte sicht- und hörbar. ‚Himmel, ist der Kerl lang!'

„Wie groß bist du?" Ihre Stimme war rau und sie räusperte sich.

„Einsneunundachtzig. Steht zumindest im Ausweis."

„Soll ich das Stockmaß holen und nachmessen?" Sie lachte ihn an.

„Lieber die Schokolade."

„Du hast Schokolade mitgebracht?" Sie zog hastig die Schuhe aus und schnappte ihr Weinglas vom Tisch. Einen tiefen Schluck nehmend, verschwand sie im Haus.

„Auf dem Kühlschrank!", rief er ihr nach.

„Völlig unnötige Info", antwortete sie von drinnen und trat wieder auf die Terrasse, „Mein Schokoladenradar funktioniert bestens." Sie ließ die angebrochene Tafel auf seine Brust fallen, drehte das klapprige

Stühlchen so, dass sie die Lehne zum Aufstützen vor sich hatte und schwang sich darauf. Ihre Beine schlossen sich darum.

„Jessie – Joshua Kadison, das Video dazu." Seine Stimme war ebenso belegt wie ihre vorhin, bemerkte sie mit Genugtuung.

„Wenn mich meine Erinnerung nicht trügt, trägt sie aber Hut und Kleid", grinste sie frech.

„Es sieht trotzdem verführerisch aus – sogar in Jeans."

„Wer geht zuerst duschen? Du oder ich?", wich sie ihm aus.

„Ich dachte an gemeinsam." Seine Stimme war wieder so tief wie am Montagabend, als er ..., als sie ... Prompt wurde ihr heiß.

„Duschen", murmelte sie und entfleuchte ins Haus.

***

Er folgte ihr. Ein kurzer Stopp am Medizinschränkchen. ‚Ah, sie hat aufgefüllt', stellte er fest und packte seinen Stapel daneben.

„Was hast du denn vor?" Unbemerkt war Charly neben ihm aufgetaucht und schaute mit komischem Entsetzen in ihren Medizinschrank.

„Mein Vater und ich haben die Abmachung, wer etwas leer macht, ist dafür zuständig, es aufzufüllen. Ich hatte das letzte", erklärte er.

„Gut zu wissen", murmelte sie und flüchtete ins Bad.

Er klappte das Schränkchen zu. Im Bad ließ Charly gerade ihr Hemd von den Schultern gleiten und knöpfte die Jeans auf, die im nächsten Moment zu Boden sackte. Er trat an ihr vorbei und drehte den Wasserstrahl der Brause an die Wand. Sie blickte ihn irritiert an. Ohne Umschweife öffnete er seine Jeans, streifte das Kondom über, hob sie hoch und lehnte sie an die Stelle, die das Wasser angewärmt hatte.

„Raffiniert." Sie schlang die Beine um seine Hüften. „Deine Jeans wird nass", schnurrte sie.

„Egal.“ Er justierte die Brause erneut, so dass die sie beide berieselte, ohne allzu sehr zu stören. Sein Becken gegen sie gepresst, langte er nach dem Duschgel. Sie lehnte sich fest gegen die Wand, er spürte, wie ihre Muskeln sich um ihn schlossen, dann hielt sie ihm die Hände hin. Großzügig dosierte er und sie strich mit den glitschigen Händen über seine Brust, den Bauch, den Rücken hinauf, dann legten sich ihre Arme um seinen Hals und sie zog ihn an sich. Sie rieb ihren Körper an seinem.

Zuviel des Guten. Stöhnend presste er sich tiefer in sie hinein, suchte mit der Rechten Halt an der Duschstange, lehnte seine Stirn gegen ihre und genoss noch einige kurze Augenblicke lang das Gefühl ihres Körpers, dann schlang er den linken Arm um sie und setzte sie vorsichtig ab. „Sorry“, atmete er neben ihrem Ohr.

„Wieso? Die Nacht hat noch gar nicht angefangen.“ Kokett zwinkerte sie ihn an.

Er ließ sich Zeit, sie von Kopf bis Fuß einzuseifen. Sah ihre Reaktionen, spürte, wie sie sich in seine Hände schmiegte, und schließlich ließ er seine Hand zwischen ihre Beine gleiten. Schob mit dem Knie ihr Bein nach oben. Drang mit zwei Fingern in sie ein und sie stöhnte auf, er spürte den rhythmischen Druck der Muskeln, dann lehnte sie sich an ihn. Eine Weile verharrten sie so, dann zog er sacht seine Finger aus ihr zurück und strich federleicht durch ihre Scham.

Sie zuckte zusammen und er nahm seine Hand weg.

Küsste sie, lange.

***

Sie hatte seine Jeans in den Trockner gesteckt und sich ein Hemd übergeworfen, das ihr mindestens drei Nummern zu groß war.

„Wem hast du das denn geklaut?“

„Meinem Dad. Oder nein, wahrscheinlich eher Steven.“

„Steven?“

„Mein Adoptivbruder. – Bei den beiden geht nahezu täglich beim Basteln ein Hemd in die Binsen. Wenn ich oben bin, sammle ich die reparaturbedürftigen ein, bringe sie hier halbwegs in Ordnung und nehme sie wieder mit rauf. Ein paar bleiben halt bei mir hängen.“

„Klingt kostengünstig.“

„Ist es auch, für alle Beteiligten.“

***

Sie fönte sich die Haare. Noch immer war ihr ganz zitterig zumute. Bei all ihrem selbstsicheren Auftreten ihm gegenüber fühlte sie sich doch in seinen Armen unerfahren und linkisch.

‚Wie eine Jungfrau. Ob er es weiß?', überlegte sie. ‚Ihm bleibt nicht viel verborgen, das steht fest.' Andererseits konnte er wohl kaum Gedanken lesen. ‚Nein, er fordert meine Gedanken ein.' Das war in den letzten beiden Tagen deutlich geworden.

Sie stöpselte den Fön aus und verstaute ihn. Bemerkte, dass sie sich dabei mehr Zeit nahm als nötig. Verzögerungstaktik.

Sie hielt bewusst inne. ‚Was stört mich?'

‚Deine eigene Unsicherheit', war die prompte Antwort.

Dagegen gab es nur ein Mittel. Sie wappnete sich innerlich und trat auf die Terrasse hinaus, wo Christian auf sie wartete. Sie sah ihn nicht an, spürte aber seinen Blick. Sie senkte die Nase über ihr Weinglas, um den Moment, da sie ihn ansehen musste, noch etwas länger hinauszuzögern.

Als sie endlich den Blick hob, sah sie, dass er sie tatsächlich betrachtete. Ein sanfter Zug lag um seinen Mund. Er stellte ihr eine Frage zu dem neuen Fohlen.

***

Er fragte sich, was am Haare fönen so lange dauerte, aber als er ihre zögerlich tappenden Schritte im Haus hörte, begann er zu ahnen, wo die Schwierigkeit lag.

Er hatte sie aufgrund ihres Auftretens zunächst ähnlich seinem eigenen Alter eingestuft, aber bereits gestern seine Schätzung nach unten korrigiert. ‚Sie ist noch keine dreißig.'

‚Aber entweder ist sie noch deutlich jünger oder sie hat weniger Erfahrung mit Männern, als ihr forsches Wesen vermuten lässt. Wahrscheinlich beides', grübelte er. ‚Oder ich bin zu dominant.'

‚Zu einschüchternd', korrigierte er, da das andere Wort ungelegene Gedanken heraufzubeschwören drohte.

Sein harmloser Smalltalk trug nur langsam zu ihrer Entspannung bei, und mehr als einmal fragte er sich, ob ihr nicht irgendeine Aktion, auf die sie hätte reagieren können, lieber gewesen wäre. Schließlich trank er sein Glas aus. „Charly?"

Aufgeschreckt sah sie ihn an.

„Bezüglich unserer Abmachung: Versprich mir, dass du es mir sagst, wenn sich für dich etwas ändert." Eindringlich blickte er sie über sein leeres Glas hinweg an.

Sie antwortete nicht sofort, schien verschiedene Antworten abzuwägen. „Ja", sagte sie dann einfach. „Du mir bitte auch."

***

Natürlich hatte sie bei ihm auf dem Sofa geschlafen. Auch wenn an Schlaf nicht wirklich zu denken gewesen war. Dafür erwachte er früher als Charly.

Sie lag von ihm abgewandt mit dem Rücken an seine rechte Seite gedrückt. Vorsichtig drehte er sich und umschlang ihren schlafwarmen Körper. Sie murmelte etwas und schmiegte sich an ihn, wachte jedoch nicht auf. Er konnte nicht widerstehen und ließ langsam, genüsslich die Hand über ihren Körper wandern. Sie streckte sich unter seinen Liebkosungen, rollte sich dann seufzend noch etwas weiter auf den Bauch.

„Ich will nicht aufwachen", murmelte sie recht deutlich.

„Das wird sich gleich ändern", flüsterte er an ihrem Hals.

Er hatte vorgesorgt und konnte die Idee, mit der er aufgewacht war, ohne große Verzögerung in die Tat umsetzen. Wie er vermutet hatte, war sie nicht nur willig, sondern auch bereit für ihn. Als er sacht in sie eindrang, drängte sie ihm plötzlich den Hintern entgegen, forderte lautlos mehr Tiefe, mehr Tempo. Letzteres verweigerte er ihr, liebte sie weiter langsam, wenn auch tief. Es dauerte nicht lange, da begann sie zuerst zu bitten, dann zu betteln.

„Nein."

Sie wand sich unter ihm, presste ihren Po in seinen Schoß, ihren Rücken an seine Brust, versuchte, sich zu nehmen, was er – noch – nicht bereit war, ihr zu geben.

„Bitte, ich will dich. – Ich will nicht mehr warten."

„Du willst doch heute was schaffen, oder?"

„Ja." Es war mehr ein Stöhnen.

„Nicht alle halbe Stunde – unterbrechen?"

Sie antwortete nicht. Lange konnte er sie nicht mehr hinhalten, jeden Augenblick konnte er die Kontrolle über sie verlieren – oder sich selbst. „Dann lass mich jetzt so viel von dir haben, dass ich den Vormittag überstehe."

Tag am Meer – Die Fantastischen Vier

Aufatmend ließ er seine Jacke ins Gras fallen und streckte sich. Muskelkater würde er es nicht nennen, aber die ungewohnten Betätigungen der letzten Tage waren spürbar.

Charly dagegen war nichts anzumerken. Sie streifte eben die Stiefel von den Füßen.

Der Platz, den sie ausgesucht hatte, weil sie ihn schon länger kannte, vermutete er, gefiel ihm. Er war etwas abgeschieden; nur eine Gruppe junger Männer lagerte bereits einige Meter entfernt und beobachtete ihre Ankunft. Er bemerkte, wie die Jungs sich gegenseitig auf Charly aufmerksam machten und eine unterschwellige Aufregung durch die Truppe lief.

‚Vergesst es, das ist meine Frau', dachte er und beeilte sich, aus seinen Klamotten zu kommen.

Charly war ihm einiges voraus, denn sie legte eben ihre Kleidung ordentlich zusammen. Sie trug einen verspielten sonnengelben Bikini. „Fertig?", fragte sie in seine Richtung. „Hey, Jungs, habt ihr bitte ein Auge auf unsere Sachen?" Mit schwingenden Hüften trat sie zu der Gruppe und hielt einem von ihnen einen Zehner hin.

„Machen wir", stotterte der Angesprochene verdattert.

„Das ist nicht nötig", meinte ein anderer mit einer Geste zu dem Geldschein. „Du hast was gut bei mir, für die Starthilfe letztens."

Charly winkte ab. „Das passt schon. Läuft sie wieder?", erkundigte sie sich.

„Ja, war ein genialer Tipp!" Der Junge lächelte sie strahlend an.

‚Für meinen Geschmack zu strahlend, zu anbetend, fast ein bisschen devot. Viel zu flirtig. Meine Frau!', dachte Christian drohend und trat demonstrativ näher.

Charly wandte sich zu ihm um, reichte ihm die Hand und er folgte ihr nur zu gerne in Richtung Wasser. Nach ein paar Metern knuffte sie ihn mit dem Ellbogen in die Seite. „Du kriegst mich nicht!" Übermütig lachend rannte sie los.

Er ließ ihr einige Schritte Vorsprung und folgte ihr. Sie rannte durch den seichten Uferbereich und warf sich, als der Untergrund stark abfiel, mit einem flachen Hechtsprung ins Wasser. Sie tauchte einige Meter, kam an die Oberfläche und schwamm auf eine der hölzernen Badeinseln zu. Kurz bevor sie dort anlangten, überholte er sie, hievte sich aus dem Wasser und half ihr herauf.

***

Die Beine im Wasser baumelnd saßen sie eine Weile schweigend. Sie berührten sich nicht, aber Charly war sich seiner Nähe sehr bewusst.

„Bist du eifersüchtig?", fragte sie schließlich. Sie spürte sein Erstaunen.

„Ich würde mich nicht als eifersüchtig bezeichnen. Wie kommst du darauf?", antwortete er.

„Du hast vorhin die Jungs so eigenartig angeschaut."

„Ach so!" Er lachte. „Das ist Platzhirschgehabe. Die Burschen sollen es gar nicht erst wagen, mich herauszufordern."

„Platzhirsch, aha." Sie verkniff sich mühsam das Lachen und warf einen verstohlenen Blick zu ihm. Er beobachtete sie, und errötend wandte sie sich ab.

„Wie würdest du im umgekehrten Fall reagieren?" Sie hörte die Neugier in seiner Stimme.

„Wenn du mit einer Truppe Mädels reden würdest, die dich anhimmeln, meinst du?" Er antwortete nicht und sie wagte einen erneuten Blick zu ihm. Still lächelnd beobachtete er sie noch immer. „Hm. Keine Ahnung", gestand sie und zuckte die Schultern. „Vermutlich mein Vorhaben weiterverfolgen und dich mit den Mädels schäkern lassen. Du kommst schon wieder, und wenn nicht … – dein Pech." Sie grinste verwegen und sah ihn direkt an.

Er lachte wieder.

Erneut senkte sich Schweigen über sie. Abwesend spielte sie mit den Fingern im Wasser, wie ein kleines Kind. Er bewegte sich träge neben ihr, lehnte sich auf die Ellbogen zurück. Im Schutz ihrer Locken schielte sie zu ihm. Er hatte die Augen geschlossen und schien die Wärme der Sonne, den leichten Wind und das Schaukeln der Plattform zu genießen.

Versonnen betrachtete sie ihn. „Es ist schön, dass du da bist."

„Auch wenn ich besitzergreifend mögliche Konkurrenten aufs Geweih nehme?"

„Es gibt mir das Gefühl, begehrt zu werden. Das ist …" Sie suchte nach dem passenden Wort. ‚Wie soll ich ihm erklären, wie ich mich gefühlt habe, als ich bemerkte, dass er die Jungs eingeschüchtert hat, weil die mit mir geflirtet haben?'

Sie war schon des Öfteren Objekt männlicher Konkurrenz gewesen, aber die hatten meist keine Zweifel daran gelassen, dass es ihnen um die bloße Eroberung ging. Diesmal war es von ganz anderer Qualität. So, als böte er ihr einen Raum, in den sie sich bei Bedarf zurückziehen und ihm die Klärung der Situation überlassen könne.

„Wenn wir zusammen unterwegs sind, dann bist du meine Frau. Das lasse ich andere Männer auch spüren", sagte Christian gerade. „Wenn dir das nicht gefällt, reden wir darüber." Er zuckte die Schultern.

„Es gefällt mir", flüsterte sie, ohne ihn anzusehen. ‚Sogar sehr', fügte sie in Gedanken hinzu. „Es klingt seltsam, wenn du sagst ‚meine Frau'. Ich fühle mich dann so … alt."

„Gefällt dir ‚mein Mädchen' besser?" Seine Stimme hatte einen sanften Unterton.

„Das wiederum klingt so jung." Sie musste lachen. „Himmel, bin ich heute kompliziert!"

„Meine Perle, meine Schnitte, meine …", begann er mit einem Grinsen in der Stimme mögliche Varianten aufzuzählen.

„Bloß nicht!" Entsetzt sah sie ihn an und er lachte.

„War nicht ganz ernst gemeint. – ‚Meine' Charly?", fragte er dann. Sein Blick hielt den ihren und die Zärtlichkeit in seiner Stimme prickelte auf ihrer Haut wie seine Berührung. Sie erschauerte und schloss die Augen. Um das Gefühl festzuhalten und seiner Eindringlichkeit zu entfliehen.

„Klingt gut", antwortete sie betont lässig. „Lass uns zurückschwimmen, ich muss mich eincremen."

Chasing Cars – Snow Patrol

"Hi Melli, was gibt's?" Charly lauschte mit konzentriert gerunzelter Stirn. Christian beobachtete, wie ihr Mienenspiel von genervtem Ärger zu widerwilliger Akzeptanz wechselte. „Ok, ich komme, dauert aber ein bisschen, ich bin am See und muss erst nach Hause." Sie stand auf und griff nach ihrer Kleidung. „See you." Damit drückte sie das Gespräch weg.

„Mellis Mopped muckt. Ich habe ihr die neuen Zündkerzen noch nicht vorbeigebracht", erklärte sie an ihn gewandt.

In bemerkenswerter Geschwindigkeit zog sie sich an und er beeilte sich, es ihr gleich zu tun. Obwohl sie etwas Vorsprung hatte, stiegen sie nahezu gleichzeitig auf die Motorräder.

„Falls wir uns unterwegs verlieren, sehen wir uns später am Treff."

Es war eine Feststellung, keine Frage. Er nickte und Charly zog sich den Helm über die Ohren. Dicht hintereinander rollten sie vom Parkplatz. Die ersten paar hundert Meter bis zur Ampel ließ Charly es ruhig angehen, fuhr Schlangenlinien und schien sich in den richtigen Sitz zu ruckeln. Gesittet fuhr sie auf der Linksabbiegerspur an der Autoschlange nach vorn. Passend sprang die Ampel auf grün und Charly schnippte am ersten Auto, das soeben zögernd anfuhr, geradeaus vorbei und beschleunigte röhrend.

Platz genug für ihn, ihr zu folgen. Sie fuhr zur Mitte orientiert und er setzte sich schräg hinter sie. Auf der Fahrt zum See war es ein Genuss gewesen, ihr zu folgen, jetzt entwickelte es sich zu einer echten Herausforderung. Es war klar, sie kannte die Strecke gut, die Stärken und Schwächen ihrer Maschine bestens und entschied, ohne zu zögern.

‚Wenn ich nicht gleich abgeschlagen sein will, muss ich aufhören zu denken und mich aufs Fahren konzentrieren.' Überraschend schnell fand er in eine Kombination aus Strecke und Charly lesen. Kurz wunderte er sich noch darüber, wie leicht er ihre subtilen Signale entzifferte und ihrem Urteilsvermögen vertraute, dann gab es für längere Zeit keine bewussten Gedanken mehr.

***

Auf einer langen Geraden erhaschten sie den Blick auf mehrere vorausfahrende Motorradfahrer. Sofort zog Charly das Tempo noch stärker an. Nun gab es in fast jeder Rechtskurve einen Funken, wenn nicht gar einen Funkenregen, und auch in der ein oder anderen Linkskurve sah er Funken aufstieben. Als sie aus der letzten Kurve vor der Autobahn herauszogen, sprang die Ampel an der Autobahnauffahrt auf rot und zwang den Trupp vor ihnen, dem sie beträchtlich nähergekommen waren, zum Anhalten. Charly bremste zunächst unerwartet scharf ab und schnurrte dann mit moderater Geschwindigkeit auf die Ampel zu. Offensichtlich ließ sie die Motorbremse wirken, denn er sah sie einen weiteren Gang herunterschalten, ehe sie auf die Linksabbiegerspur wechselte. Gemächlich näherte sie sich der Stopplinie.

Gewagt, diese Taktik auch bei Motorradfahrern anzuwenden. Noch dazu bei dieser zügigen Truppe. ‚Ich kenne sie, da lässt sich keiner die Butter vom Brot nehmen. Das wird spannend.'

Die fünf Fahrer hatten sich zu zweit nebeneinander sortiert und er bremste seine BMW neben dem letzten und nickte ihm zu. Dann konzentrierte er seine Aufmerksamkeit nach vorn. ‚Für Charly wird es knapp.'

***

Charly warf einen Blick in den Spiegel. Christian hatte sich neben den letzten Fahrer des Trupps gesetzt. ‚Warum?', fragte sie sich.

Sie war fast neben dem Anführer, einem großen Mann auf einer blau-weißen Fireblade, der sie seiner geduckten Haltung nach im Spiegel beobachtet hatte und jetzt über die Schulter direkt zu ihr blickte.

‚Gibt nix zu schauen, getöntes Visier', dachte sie. Sie ignorierte ihn, ihre ganze Aufmerksamkeit auf die Ampel gerichtet. Schaltete noch einen Gang herunter. Tippte auf die Fußbremse und ...

Die Ampel sprang auf gelb.

Aus den Augenwinkeln registrierte sie, dass die Fireblade ebenfalls losschoss, aber sie war schneller. Auf der folgenden Kurvenstrecke nutzte sie jede Möglichkeit, ihrem Verfolger Abstand abzutrotzen. Wenn auch mit nur geringem Erfolg. Kurz vor der Einfahrt zum Dorf kam ihr der Zufall zu Hilfe.

Ein Trecker, den sie vor einer Kolonne Gegenverkehrs noch eben, zugegebenermaßen riskant, überholen konnte, er nicht. Sie bog ins Dorf ab, er sah es zu spät und verschaffte ihr damit die paar Sekunden Vorsprung, die ihr ausreichten, um unbemerkt in ihre Einfahrt zu schlüpfen. Sie schaltete das Licht aus, drückte den Kill-Schalter und ließ die Monster um den Bogen der Einfahrt herum rollen. Beeilte sich, die Zündkerzen für Mellis MZ zu holen und schlich mit ausgeschaltetem Licht, so leise es mit der Ducati eben ging, zur Straße zurück.

‚Links, rechts ... alles frei.' Aufatmend stob sie aus der Einfahrt.

You Drive Me Crazy – Shakin' Stevens

Gereon fluchte. ‚Sie ist mir entwischt!' Er war durchs Dorf gefahren und hatte am Ortsausgang die Straße bis zu seinem Heimatort überblicken können, die flirrend in der Nachmittagssonne lag und nicht den kleinsten Hinweis auf einen Motorradfahrer barg. ‚Vielmehr Motorradfahrerin.'

Er wendete, und wie mit dem Porsche vor drei Wochen schlich er durchs Dorf und spähte in die Einfahrten. Erfolglos.

Am Abzweig traf er auf seine Truppe, zu der sich auch Christian gesellt hatte. Die Motorräder standen säuberlich aufgereiht in der Bucht der Bushaltestelle. Die Männer waren abgestiegen, rauchten und sahen ihm neugierig entgegen. Er stellte sein Motorrad neben die anderen und stieg ebenfalls ab.

„Respekt. Der war ganz schön flott unterwegs", kommentierte Andi.

„Sie", knurrte Gereon.

Andi musterte ihn skeptisch. „Bist du sicher?"

„Ja", bellte er.

„Schon gut, Mann", lenkte Andi ein. „Reg dich nicht auf."

Gereon schwieg und zerrte sich die Handschuhe von den Fingern, verwundert bis irritiert von seinen Freunden beäugt.

„Was ist denn mit dir los? Du bist doch sonst kein schlechter Verlierer, noch dazu, wenn es so knapp war", fragte einer der anderen.

„Ich will wissen, wer sie ist", blaffte Gereon und klatschte seine Handschuhe auf den Sitz der ihm am nächsten stehenden Maschine. Er sah fragend in die Runde. Die Männer sahen sich gegenseitig an und zuckten die Schultern.

Gereon seufzte, hockte sich auf die Bordsteinkante, fuhr sich durch die Haare und blieb mit gesenktem Kopf, die Hände im Nacken verschränkt, sitzen. Eine Berührung schreckte ihn kurz darauf hoch. Andi hatte ihn mit dem Fuß angestoßen. „Da!“

Aus dem Dorf näherte sich zügig die Ducati. Er sprang auf, gerade als sie fußrastenschleifend auf die Bundesstraße einbog, an ihnen vorüberfuhr und gleich darauf links auf die kleine kurvige Waldstraße zum Motorradtreff abbog. Ehe er einen klaren Gedanken fassen konnte, war sie nicht mehr zu sehen, aber das charakteristische Röhren noch zu hören.

Er schnappte nach seinen Handschuhen und schmiss sie fluchend auf den Asphalt.

***

Charly fegte die Kurvenstrecke zum Motorradtreff hoch, tauchte aus dem Dunkel des Waldes in die Helle des offenen Hochplateaus, bremste scharf und hielt kurz darauf neben Mellis blauer MZ. Melli hatte schon eine der Zündkerzen herausgedreht. Charly schraubte eine neue ein, setzte die Kappe drauf und betätigte den Starter. Die MZ sprang an.

Nahezu gleichzeitig klingelte Charlys Handy.

„Hi Dad!“

„Hallo, Engel. Gibt's ein Codewort für die Hunde?“

„Wieso?“

„Steven klebt mit dem Rücken an deiner Haustür und sie stehen vor ihm und tun, als wollten sie ihn bei lebendigem Leib fressen.“

„Ich komme. Vier Minuten. Er soll sich nicht rühren.“

***

„Was machen wir noch?“, fragte Gereon in die Runde.

Einer zündete sich eine neue Zigarette an. Die anderen traten unbehaglich von einem Fuß auf den anderen.

„Unentschlossene Bande“, meinte Andi locker. „Kaffee oben am Treff?“

„Ist ein Wort. Wenn ich die Kippe nieder hab“, bemerkte der Raucher.

Im allgemeinen zustimmenden Gemurmel blieb es zunächst unbemerkt.

„Hört doch mal!“ Wieder war es Andi, der die anderen auf das sich nähernde Dröhnen aufmerksam machte. Sie lauschten und wandten sich zur Waldstrecke.

Tatsächlich, die Ducati erschien, bremste mit einem Stoppie ab, wurde nach rechts in die Kurve gekippt, beschleunigte und zog in einem bildschönen, weiten Bogen fußrastenschleifend in die Straße zum Dorf. Verblüfft folgten sie der Maschine mit den Blicken. Vor der ersten Kurve sahen sie noch die Bremsleuchte aufflammen, dann war alles still.

„Ich fühle mich verarscht“, brach Gereon grollend das staunende Schweigen.

Christian förderte sein Handy zu Tage und nahm einen Anruf an. „Alles ok?“ Er klang besorgt und Gereon musterte interessiert seinen Freund, der aufmerksam lauschte.

„Brauchst du Hilfe?“, fragte Christian gerade ins Telefon. Er hob seinen Blick und sah Gereon einen Moment nachdenklich an, dann antwortete er. „Mach ich.“ Kurze Pause. Schmunzeln. „Auch das. Bye.“ Christian steckte das Handy weg. „Kaffee“, sagte er und schwang sich auf seine Maschine.

***

Charly preschte in ihre Einfahrt und brachte die Monster schlingernd hinter dem großen Krantransporter ihres Vaters, der wie eingeklemmt im Rhododendrentunnel stand, zum Stehen. Eilig quetschte sie sich daran vorbei und rief Napoleon und Pollux zu sich. Nachdem sie Steven und ihrem Vater um den Hals gefallen war, schienen die Hunde beide ins Rudel akzeptiert zu haben und wichen seither ihrem Vater nicht mehr von der Seite. Eilig ließ sie den beiden Männern ein Minimum an Gastlichkeit zukommen und organisierte Peter als Gesellschafter, ehe sie sich etwas schuldbewusst mit der Bemerkung, noch etwas Essbares besorgen zu müssen, wieder auf die Monster schwang.

***

Steven sah ihr nach, wie sie aus der Einfahrt rauschte. Er umrundete das Haus, trat auf die Terrasse, wo Arved und Peter es sich gemütlich gemacht hatten, ließ sich in Charlys Sitzsack fallen und fragte unvermittelt: „Wie will sie die Einkäufe transportieren?“

„Wir werden es erfahren“, antwortete Arved ungerührt.

***

Charly fegte die Kurvenstrecke zum Motorradtreff hoch, tauchte erneut aus dem Dunkel des Waldes in die Helle des offenen Hochplateaus, bremste scharf und kippte die Maschine in die Kurve zur Einfahrt des Parkplatzes.

‚Wie in einem Endlosschleifen-Traum‘, dachte sie.

Sie entdeckte den Trupp sofort auf der Sitzgruppe neben dem Kiosk; Christian saß links, Gereon rechts. Ausnahmslos alle sahen ihr entgegen. Sie hielt direkt auf sie zu und brachte die Ducati haarscharf vorm Tisch zum Stehen, drückte den Kill-Schalter, setzte gleichzeitig den linken Fuß auf den Boden, nahm den Helm ab und schüttelte ihre kinnlangen rotbraunen Locken. „Hi. Ich bin Charly.“

***

Gereon schluckte. ‚Sie ist das!'

Da stieg sie auch schon von ihrem Motorrad, bot ihm das Du an, was er mechanisch akzeptierte, holte sich einen Kaffee und hockte sich zu Christian auf die Bank, der locker seinen Arm über die Lehne um ihre Schulter legte. Die Geste hatte nichts Besitzergreifendes, aber … ‚Gefällt mir nicht!'

Seine Gespräche mit Christian fielen ihm ein. ‚Sieht ganz danach aus, als ob wir die gleiche Frau im Visier haben.'

Charly stürzte derweil den Kaffee im Eiltempo runter. „Sorry, ich muss noch einkaufen", entschuldigte sie sich und zog die Handschuhe wieder an.

„Is klar. Nen Müsliriegel? Oder wie willst du das Zeug transportieren?" Andi, vorlaut wie immer. Gut beobachtet ebenfalls, denn die Ducati verunzierte noch nicht mal ein Tankrucksack.

Charly schmunzelte Andi an. „Mein Plan ist, Christians BMW als Lastesel zu verpflichten."

„Mit oder ohne ihn?", hakte Andi nach.

"Was bietest du denn?", fragte Christian gleichzeitig.

Gereon runzelte die Stirn. Christians Tonfall kannte er zu gut. Es war die träge Laszivität, mit der er bisher noch jedes Mädchen in sein Bett bekommen hatte.

„Wie es ihm beliebt", antwortete Charly Andi und wandte sich Christian zu. Ihre Haltung veränderte sich und ein Hauch von Verheißung kroch in ihre Stimme. „Ich dachte an Steak vom Grill und einen Rotwein …"

Die Pause war lang genug, um die Phantasie zu beflügeln und Gereon spürte Eifersucht in sich aufsteigen.

„Hm, du musst ja noch fahren", fuhr Charly fort und ihre Stimme wurde neckend. „Dann eher mit alkfreiem Weizen."

‚Ist das Bedauern in Christians Blick?' Gereon versuchte, aus den beiden schlau zu werden.

„Und bitte wie willst du Christians BMW denn fahren?“, fragte Andi dazwischen und maß Charly von Kopf bis Fuß. „Die ist dir doch viel zu groß.“

„Ich fahr alles, was Räder und einen Motor hat“, war Charlys selbstbewusste Antwort.

„Will ich sehen“, konterte Andi und verschränkte zweifelnd die Arme vor der Brust.

Ohne weiteren Kommentar hielt Charly Christian die Hand hin und Gereon den Atem an. Christian verlieh sein Motorrad äußerst ungern. Aber jetzt zog er tatsächlich den Schlüssel aus der Tasche und gab ihn an Charly!

Sie nahm ihn mit einem Nicken und leichtem Lächeln, drehte auf dem Absatz um und schritt zu Christians Maschine. Wuchtete sie auf den Hauptständer. Schwang sich in den Sattel. Drückte den Starter und legte den Gang ein. Verlagerte ihr Gewicht nach hinten, bis das Hinterrad Bodenkontakt bekam und fuhr die Maschine vom Hauptständer. Lenkte sofort nach rechts und umrundete die Doppelreihe Motorräder, bis sie zur freien Fläche im hinteren Teil des Parkplatzes kam. Drehte dort einige Runden und kam zügig zum Tisch zurück. Bremste ab, die Maschine tauchte tief ein und Charly nutzte den Schwung des aus der Gabel auftauchenden Motorrades aus, um es auf den Hauptständer zu wuchten, während sie sich gleichzeitig aus dessen Sattel schwang. ‚Ich bin beeindruckt. Wie macht sie das?’

Ein Blick auf Christian und die anderen zeigte ihm, dass es ihnen genau so ging wie ihm. Einige andere Motorradfahrer, die die Vorführung ebenfalls beobachtet hatten, applaudierten und pfiffen anerkennend und verspätet fielen sie in den Applaus ein.

Charly warf Christian den Schlüssel zu und griff nach ihrem Helm. Sofort erhob sich Christian und machte sich ebenfalls fahrbereit.

„Man sieht sich“, lächelte Charly in die Runde und die Männer nickten.

„Kommst du mit?“, wandte sie sich an ihn.

Verblüfft fühlte er sich erneut nicken.

Take Good Care of My Baby
– Dick Brave & The Backbeats

Charly steuerte den nächsten Supermarkt an, kaufte ein und packte die Sachen in Christians Koffer. Wieder übernahm sie die Spitze.

‚Ich bin gespannt, wo sie wohnt.' Eine ungewohnte aufgeregte Neugier erfasste ihn.

‚Kein Wunder, dass ich sie nicht gefunden habe.' Das wurde ihm klar, als sie in die schmale, überwucherte Einfahrt bog. Noch mehr erstaunten ihn die beiden großen Autotransporter, die am Rondell geparkt waren; dahinter konnte er das Haus ausmachen, das er sofort als das Gebäude von ihrem Foto erkannte.

Charly schob ihr Motorrad in einen offenen Carport, der unter anderem die gelbe BMW beherbergte, die er aus Görlitz kannte. Zwischen den Büschen stürmten zwei Hunde hervor. Napoleon kam heran und holte sich seine Streicheleinheit ab, der andere baute sich abwartend vor ihm auf und sah zwischen ihm und Charly hin und her. Mit federnden Schritten kam sie auf ihn zu und strich dem Hund über den Kopf. „Alles ok, Pollux, er gehört dazu."

Sie umrundeten das Haus auf einem schmalen Trampelpfad und betraten die Terrasse. Sie wurden erwartet. Peter, Steven, dem Charly in Magdeburg das Auto übergeben hatte, und ein Mann im Rollstuhl sahen ihnen entgegen.

„Steven? Christian. Gereon kennst du ja schon. – Dad, darf ich dir Gereon und Christian vorstellen?" Charlys Hand wedelte beiläufig von ihm zu seinem Freund.

Er wechselte einen hastigen Blick mit Christian.

„Du darfst“, erwiderte der Mann im Rollstuhl lächelnd und entblößte zwei Reihen makellos weißer Zähne. Er war schlank, für einen Mann im Rollstuhl ungewöhnlich muskulös, braungebrannt und noch recht jung. Gereon schätzte ihn auf etwa Mitte vierzig.

„Ich bin Arved. Freut mich, euch kennenzulernen.“ Er reichte ihnen beiden die Hand. „Der Mann mit dem Porsche?“, Arveds Blick ruhte fragend auf ihm.

„Der bin ich“, bestätigte er. Er hielt dem Blick stand, nach einigen Sekunden nickte Arved und sah zu Christian.

„Von Ihnen hat mir Charly noch nichts erzählt, fürchte ich.“

„Doch, hab ich“, rief Charly aus dem Haus, bevor Christian antworten konnte. „Der, den ich angemotzt hab, als mir die BMW umgekippt ist.“

„Dann haben Sie die Launen meiner Tochter schon zu spüren bekommen.“

„Ich bin nicht launisch. – Setzt euch. Und Dad, hör auf, Christian zu siezen.“

Charly hatte inzwischen den Tisch gedeckt, Peter die Steaks auf den Grill verfrachtet und Arved zog bei ihren letzten Worten die Augenbrauen hoch. „Ich sieze, wen ich will.“

Gereon konnte nicht ermessen, ob die Rüge in Charlys Richtung ernst oder foppend gemeint war.

Sie schnaubte. „Du siezt sonst niemanden. Nur Männer, denen du unmoralische Absichten unterstellst.“

Christian verschluckte sich an seinem Bier, begann zu husten, und Arved streifte ihn mit einem interessierten Blick.

Gereon spürte, wie sich seine Augen verengten. ‚War Christian etwa doch schon mit Charly im Bett?‘, fragte er sich. ‚Am Montag hat er es noch abgestritten, und solange ich ihn kenne, war er ehrlich zu mir. Gut, er bindet niemandem die Tatsachen auf die Nase, aber angelogen hat er mich bisher nicht. Ist in den letzten vier Tagen etwas passiert, wovon ich nichts weiß?', grübelte er und verpasste beinahe Arveds Antwort.

„Aus Sicht eines Vaters hat jeder Mann unmoralische Absichten, der Interesse an seiner Tochter zeigt." Arved grinste und Charly verdrehte die Augen.

„Wieso seid ihr überhaupt hier?", lenkte sie ab, als befürchte sie ...

‚Was?', überlegte Gereon.

„Ich habe einen Käufer für den Caddy und zwei neue Projekte für dich. Drei Fliegen mit einer Klappe." Arved schien das Manöver seiner Tochter nicht bemerkt zu haben.

***

Charly musterte ihren Vater. Sie war sicher, es war nicht die ganze Wahrheit, dafür wirkte er zu grimmig. Sie seufzte und ließ ihn in Ruhe; vielleicht würde er es ihr später sagen.

Peter fragte Christian nach seinem Vater und Gereon nach seiner Familie. Ihr Vater verfolgte die Gespräche interessiert und durchaus wohlwollend. Es schien ihm zu gefallen, dass die beiden bekannt und offensichtlich geschätzt waren. Natürlich nutzte er die Gelegenheit auch, etwas mehr über die Männer zu erfahren, die er bisher aus dem Freundeskreis seiner Tochter nicht kannte und denen er zu Recht ein Interesse an ihr unterstellte.

‚Wenigstens hat Dad aufgehört zu versuchen, sie einzuschüchtern.'

Im Gegenteil: Er gab Stories von seinen Reisen zum Besten und alle amüsierten sich königlich. Charly entspannte sich und begann, den Abend zu genießen.

***

Sie waren zu Rotwein übergegangen. Christian fläzte genauso im Sessel wie am ersten Abend. Er schwenkte den Wein in seinem Glas in langsamen Kreisen und beobachtete Charly unter gesenkten Lidern. Genüsslich streckte er die Beine aus. „Charly?"

„Hm?"

„Ist das dein richtiger Name?"

„Eigentlich Charlène." Sie sah ihn fragend an.

„Ein außergewöhnlicher Name."

Charly zuckte die Schultern. „Ich konnte ihn als kleines Kind nicht richtig aussprechen. ‚Charly' ist das Überbleibsel davon."

Christians Augen ruhten mit einer Intensität auf ihr, die sie einschüchterte.

„Er passt, so oder so."

Sie senkte ihren Blick und sah in ihr Weinglas, als gäbe es darin etwas zu entdecken. „Keine Ahnung, wer ihn ausgesucht hat."

„Das war ich", ertönte Arveds ruhige Stimme.

Charly zuckte zusammen. Abgelenkt von Christians Aufmerksamkeit ihr gegenüber hatte sie nicht bemerkt, dass die anderen Gespräche verstummt waren.

„Charlène Blanche Mélisande." Auch Arved betrachtete seinen Wein, als sei darin die Wahrheit geschrieben. „Nach deiner Urgroßmutter." Er machte eine gedankenvolle Pause. „Ich weiß nicht, ob du dich noch an sie erinnerst. Du warst fünf, als sie nach Frankreich zurückkehrte. Sie war meinem Großvater gefolgt, den sie im zweiten Weltkrieg in Paris kennengelernt hatte. In den Wirren der letzten Kriegswochen. Schwanger mit meinem Vater. Ganz allein, nur mit einem klapprigen Beutepferd, das sie sich unterwegs gekauft hatte. Sie stammte aus altem französischen Adel, aber es wurde gemunkelt, sie sei Tänzerin im Moulin Rouge gewesen. Sie hat sich dazu nie geäußert, aber ich erinnere mich noch an ihr unergründliches Lächeln, wenn sie merkte, dass darüber spekuliert wurde. Bei deiner Geburt war sie bereits über achtzig, immer noch eine Dame und …“ Arved zögerte. „… unheimlich. Als könne sie Gedanken lesen.“

Peter betrachtete ihn. „Wird nicht schwer gewesen sein, bei einem Zwanzigjährigen.“

Arved lachte. „Vielleicht. Sie war gerührt, dass ich dir ihre Namen weitergegeben habe.“ Leiser, fast zu sich selbst: „Die Kämpferin, die Unabhängige, die Tapfere, die Erfolgreiche, die Weise …“ Seine Stimme verlor sich und er schluckte. „Manchmal habe ich Angst, dass ich zu starke Namen für dich ausgesucht habe.“

In einer flirrenden Bewegung stand Charly auf und kniete an der Seite ihres Vaters nieder.

Christian stellte sein Glas auf den Tisch. ‚Der Wein ist gut, aber ich muss noch fahren.’

Charly legte ihre Handfläche an die Wange ihres Vaters. „Dad, es sind nur Worte.“

Er lächelte, legte seine Hand über ihre.

***

Nach einigen Augenblicken unterbrach Arved den intensiven Blickkontakt mit seiner Tochter.

„Jedenfalls ist es ganz gut, dass ihr ein Auge auf mein Mädchen habt“, wandte er sich unvermittelt ihm und Gereon zu.

Charly schnaubte.

Diesmal war es Gereon, der hastig sein Glas absetzte.

„Sie kann gut auf sich selbst aufpassen, aber seit sie die Ducati hat, habe ich einige eindeutige Anrufe bekommen.“

„Nicht die schlechteste Idee, Charlys Fahrzeuge über deine Firma laufen zu lassen.“ Gereons Stimme war ruhig und nur das winzige Zögern vor dem Duzen von Charlys Vater verriet ihn.

„Nur erhalten meine Initialen bei ihr eine ganz andere Bedeutung." Aus Arveds Worten klang Ironie und alle Blicke wanderten erneut zu Charly.

„Ich habe auch versucht, via Kennzeichen was über sie rauszufinden", gab Gereon zu.

„Ach?" Charly legte den Kopf schief und betrachtete ihn nachdenklich. „Ihr Männer habt einfach zu viel Phantasie ..." Sie ließ den Satz halb in der Luft hängen und schickte sich an, ins Haus zu gehen.

‚Was mich betrifft, hat sie damit nicht unrecht', dachte Christian träge.

An der Tür drehte sie sich um. „Ich gehe schlafen. Gute Nacht. Es war ein sehr schöner Abend. Dad, lass sie bitte nicht mehr fahren, ja?"

„Ihr habt es gehört, Jungs. Schlüsselabgabe." Arved beugte sich nach vorn und hielt ihnen die offene Hand entgegen. „Ihr könnt sie morgen abholen, wenn ihr nüchtern seid."

Widerstrebend gab er den Schlüssel seiner BMW ab, kurz darauf legte auch Gereon den der Fireblade dazu. Arved steckte sie in die Brusttasche seines Hemdes.

„Erledigt, Engel." Er lächelte seine Tochter an.

„Danke, Dad." Sie blies ihm einen Handkuss zu und verschwand im Dunkel des Hauses.

Can You Deal with It – Duran Duran

„Jetzt aber Butter bei die Fische“, forderte Gereon und ließ sich schwer auf die verwitterte Bank am Waldrand fallen.

Christian ließ sich ächzend und vorsichtig fühlend neben ihm nieder und stützte den Kopf in beide Hände.

Auf den Wiesen schimmerten einzelne Nebelstreifen und kühlfeuchte Nachtluft strich kaum merklich über sie hinweg. Über ihnen raschelte ein Vogel im Laub und begann, noch müde, die ersten zaghaften Töne zu singen. Die Morgendämmerung kündigte sich an.

Sie hatten beide mit Arved, Peter und Steven noch einige Flaschen von Charlys gutem Roten geköpft.

‚Wir sollten ihn ihr ersetzen', glitt als flüchtiger Gedanke durch seinen vernebelten Verstand. „Du meinst, was Charly und mich angeht?“, fragte Christian.

„Ja.“

Er verspürte den nahezu unbezähmbaren Wunsch, seinen Freund vor Tatsachen zu stellen – die nicht bestanden. Nur äußerlich gleichgültig zuckte er stattdessen die Schultern. „Motorradfahren mit Bettoption“, grinste er Gereon herausfordernd an.

Dessen betroffene Miene war unvergleichlich. Beinahe ohne es zu bemerken, schob er beiläufig nach: „Übrigens bin ich nicht der Einzige.“

‚Viel Spaß beim Verdauen', dachte Christian zynisch, lehnte sich zurück, schloss die Augen und überließ die Welt der Drehzahl des Alkohols.

***

Gereon war so geschockt, dass es ihm zunächst die Sprache verschlug. Ein paar Mal setzte er vergeblich zum Sprechen an, bevor er überhaupt einen Ton hervorbrachte.

„Wer denn noch?", blaffte er dann seinen Freund an.

Christian schreckte zusammen. „Du", nuschelte er undeutlich.

„Ich hab nichts mit ihr", schnappte Gereon scharf. „Nur zweimal getroffen, in Görlitz und Mitte der Woche in Magdeburg."

„Sie meinte, sie würde die Finger nicht von dir lassen können." Christian sprach konzentriert deutlich, ein sicheres Zeichen, dass er ziemlich betrunken war. Aber das war er, Gereon, auch. Er mühte sich, seinem Hirn einen vernünftigen Gedanken abzuringen.

„Du meinst …", begann er zögernd.

„Ich meine nicht, ich weiß. Sie hat es mir gesagt. Wortwörtlich."

„Es stört dich nicht?"

Christian hob offenbar unschlüssig die Schultern. „Sie will jetzt keine Beziehung."

„Aha", konstatierte Gereon nicht sehr geistreich.

Sie schwiegen.

„Dann …," Gereon zögerte kurz, „…pfusche ich dir nicht dazwischen." Er lachte reumütig. „Leicht fällt mir das nicht. Ich bin grade richtig im Jagdfieber."

„Ist mir klar. – Versuch doch, ob sie sich erlegen lässt."

‚Christian, wie immer ohne Hemmungen, die Dinge beim Namen zu nennen', bemerkte Gereon mit verkniffenem Respekt. „Du meinst, wir teilen sie uns?"

Christian blinzelte ihn an und hatte sichtlich Mühe, seinen Blick auf ihn zu fokussieren. „Meinetwegen. Es ist ja nicht das erste Mal." Er überlegte, grinste dann und bleckte die Zähne. „Mich interessiert, ob sie die Nerven hat, die Geschichte durchzuziehen." Wiederum Pause. Dann fuhr Christian fort. Leiser, mehr zu sich selbst, so dass Gereon Mühe hatte, ihn zu verstehen: „Und wenn ja, wie."

Sie blieben noch einige Zeit sitzen und sahen zu, wie sich die Konturen der Bäume aus dem Dunkel schälten. Schließlich rafften sie sich auf und nahmen den restlichen Heimweg unter die Füße.

A Beautiful Morning – The Rascals

Sein Handy klingelte. Er wälzte sich im Bett herum, langte das Telefon vom Nachtschrank und brummte irgendwas, ohne die Augen zu öffnen.

„Ich hab dich geweckt. Sorry", erklang Charlys schuldbewusste Stimme.

Er versuchte, seine Lebensgeister so weit zu sammeln, um ihr eine sinnvolle Antwort zu geben, aber sie sprach schon weiter: „Ich wollte fragen, ob ich dir dein Motorrad mitbringen soll, wenn ich Brötchen vom Bäcker hole. Du müsstest mich dann nur wieder heimfahren."

Er rieb sich mit der Hand übers Gesicht und fühlte die Bartstoppeln unter seinen Fingern. „Wie spät ist es?"

„Halb acht."

Er war gerade mal seit zwei Stunden im Bett. Sie deutete sein Ächzen richtig.

„Wie lange habt ihr gestern Abend denn noch gesessen?", fragte sie zögerlich.

„Keine Ahnung. Jedenfalls war es hell, als ich ins Bett bin."

„Tut mir leid. Damit hab ich nicht gerechnet."

Er atmete tief aus. „Hast du deinen Dad nicht gefragt, der schien mir noch am nüchternsten zu sein." Er stolperte über das komplizierte Wort.

„Mein Dad und Steven schlafen noch."

„Ach, die lässt du schlafen und mich rufst du zu nachtschlafender Zeit an?" Er hatte es mit einer Mischung aus Sarkasmus und Amüsement versucht, aber er schien noch nicht den richtigen leichten Ton erwischt zu haben, da Charly betreten schwieg. Er lachte leise. „Da du mich nun geweckt hast, kann ich auch aufstehen. Also bring die Kiste mit. Dafür will ich was zum Frühstück."

„Der Tisch ist gedeckt und der Kaffee gleich fertig." Damit legte sie grußlos auf und er beeilte sich, aus dem Bett zu kommen. Duschen und Zähneputzen mussten sein, rasieren ließ er ausfallen. ‚Mal sehen, was sie zu Stoppeln sagt.'

Unten rauschte ein Motorrad vorbei, dem Sound nach sein eigenes, und Napoleon raste bellend zum Tor. Kurz darauf stand er draußen, den Hund neben sich, und sah ihr entgegen. Diesmal schwang sie sich schnell aus dem Sattel und stellte die Maschine auf den Seitenständer. Sie holte seinen Helm aus einem der Koffer und musterte ihn kritisch.

„Dir möchte ich nicht im Dunkeln begegnen", bemerkte sie.

Er zog fragend die Augenbrauen hoch. ‚So schlimm habe ich meinen Anblick im Spiegel gar nicht empfunden.'

„Du siehst aus wie ein Pirat, fehlt nur das Entermesser zwischen den Zähnen."

„Grrrr", parodierte er und bleckte die Zähne.

Lachend reichte sie ihm seinen Helm. „Los, ich hab Hunger."

Er stieg auf sein Motorrad und Charly nahm auf dem Sozius Platz. Unwillkürlich schmunzelte er, als sich ihre Knie fest um seine Hüften schlossen. Sie hielt ihre Pferde also nicht nur zum Anschauen, sondern ritt sie auch. Gemächlich tuckerte er ins Nachbardorf. Er genoss ihre Nähe und Wärme, denn sie trug wie er nur Jeans und Hemd.

Viel zu schnell war die kurze Fahrt vorbei. Sie sprang leichtfüßig ab und fischte in einer Wolke warmen Duftes die Brötchentüte aus dem Koffer. Als der Motor seiner Maschine verstummte, legte sich eine unwirkliche Ruhe über das Grundstück und ihr Haus wirkte verwunschener denn je. Sie bog auf den Trampelpfad ein und er folgte ihr auf die Terrasse. Er ließ sich in den gleichen Sessel fallen wie am Vorabend.

Charly tauchte mit der Kaffeekanne aus dem Haus auf und schenkte ihnen beiden ein. Auch sie wählte den gleichen Platz wie am vergangenen Abend und räkelte sich genießerisch in der Sonne.

„Schlafmützen", brummte sie. „Wie kann man bei dem herrlichen Wetter nur im Bett liegen und pennen?"

„Was machst du denn so großartig anders?", fragte er amüsiert.

Träge blinzelte sie. „Ich genieße die Sonne."

Das war offensichtlich. Ungebeten soufflierten seine Gedanken die Erinnerung an Charlys sonnenwarme Haut, als er ihr am Vortag am See den Rücken eingecremt hatte. Nahtlos glitten sie weiter zu ihren gemeinsamen Nächten, das Gefühl ihres Körpers unter seinen Händen, seinem Körper …

Arveds kräftiges „Guten Morgen" riss ihn jäh aus seinen genüsslichen Erinnerungen. Er spürte, wie ihm das Blut in die Wangen stieg und wandte hastig den Blick von Charly ab. Nur um dem Blick seines potentiellen Schwiegervaters zu begegnen, der ihn mit einem unergründlichen Lächeln beobachtete. Er wunderte sich über seine Gedanken. ‚Wie komme ich auf potentiellen Schwiegervater?'

Arved sondierte das Frühstücksangebot, bediente sich und belegte in aller Ruhe ein Brötchen. „Du bist früh dran", wandte er sich schließlich an ihn. „Ich habe nicht damit gerechnet, dass irgendeiner von euch vor dem Mittag hier aufschlägt."

„Deine Tochter hat mich um halb acht angerufen, um mir mein Motorrad vorbeizubringen."

Charly warf ihm einen bitterbösen Blick zu.

Arved lachte. „Besagtes Motorrad steht jetzt wieder da, wo es die ganze Nacht stand?"

Er konnte sich ein Grinsen nicht verkneifen. „Aber so habe ich wenigstens ein Frühstück in angenehmer Gesellschaft."

„Das Kompliment bezieht sich sicherlich zum größten Teil auf meine Tochter", bemerkte Arved trocken.

Christian lachte auf. Der Mann gefiel ihm. „Im Augenblick bist du angenehmer. Bei Charly befürchte ich jeden Moment, irgendwas an den Kopf zu kriegen." Er duckte sich, denn Charly hatte tatsächlich ein Brötchen in seine Richtung geworfen. Es kollerte harmlos ins Gras, und beide Hunde stoben hin und begannen, sich gegenseitig die Beute abzujagen.

Charly funkelte ihn an.

„Was habt ihr denn heute noch vor?", fragte Charlys Vater.

Er wandte seine Aufmerksamkeit zurück zu Arved. „Ich empfehle mich gleich, ich habe eine Verabredung. Mit einem Freund", fügte er hinzu, als er Arveds schmalen Blick bemerkte. „Anschließend bin ich eine Woche im Urlaub."

Über Charlys Gesicht huschte ein Schatten.

‚Irre ich mich, oder ist sie enttäuscht?', beobachtete Christian.

„Und du?", fragte Arved Charly.

„Bleibt ihr nicht?" Erstaunt sah Charly ihren Vater an.

„Ich hab um zwei den Termin mit dem Interessenten für den Caddy." Wieder sah Arved recht grimmig drein.

„Hm, dann … keine Ahnung. Aber es wird sich schon was finden", meinte sie achselzuckend und biss in ihr Brötchen.

The Best – Tina Turner

Christian verabschiedete sich nach dem Frühstück recht eilig und Charly setzte sich in Arveds Krantransporter und manövrierte ihn in Abladeposition. Die erste Karosse betrachtete sie ungläubig. „Das ist doch der T1, den ich mir vor ein paar Wochen anschauen sollte."

Er grinste von einem Ohr zum andern. „Steven hat mir erzählt, dass dort die Halle voll stand und ich bin ein paar Tage später selber hingefahren. Mit dem jungen Mann ist gut Geschäfte machen." Er lachte jetzt richtig.

Charly wartete, bis er sich beruhigt hatte und nur gelegentlich glucksend die Lachtränen aus den Augenwinkeln wischte. „Das heißt, du hast ihm die Bude ausgeräumt? Zum Schnäppchenpreis?"

Arved lachte erneut laut auf. „Nachteil: Ich weiß nicht mehr, wohin mit den Rostlauben und musste schon eine zweite Halle anmieten. Deshalb habe ich dir auch gleich zwei mitgebracht. Aber den anderen wollte ich dir nicht vorenthalten."

„Was ist es denn?"

„Fahr den LKW ran."

Schnaubend kletterte sie in den Transporter und fuhr ihn in die Einfahrt, damit sie den nächsten vor ihre Scheune setzen konnte. Gemeinsam lösten sie die Schnüre, dann zog er mit einem Ruck die Plane herunter. „Et voilà!"

Charly hüpfte zuerst kreischend auf und nieder, dann fiel sie ihm um den Hals, holte den Traktor aus der Scheune und schleppte das ramponierte Fahrzeug hinein, als fürchte sie, es würde sich in Luft auflösen.

„Steven bringt dir Anfang der Woche die großen Teile vorbei und hilft dir beim Einbau. Ist alles schon bestellt."

„Dad, du bist einfach der Beste!"

Er lächelte. „Immer noch? Ich hatte schon gedacht, ich wäre von Platz eins der Hitliste abgerutscht." Er sagte es leicht genug; denn auch wenn er die beiden jungen Männer ganz in Ordnung fand, so fürchtete er doch ein wenig den Augenblick, da sich Charly einem Mann zuwenden würde. Diesmal schien es ihm durchaus etwas Ernsteres zu sein, auch wenn ihm noch nicht so recht klar war, wen Charly favorisierte.

‚Oder ich werde beiden beizeiten auf die Finger klopfen müssen', dachte er.

***

Charly legte den Kopf schräg und sah ihren Vater fragend an. Er war ein stiller Mann, liebte es zu beobachten und musste seine Gedanken mit niemandem teilen. Aber dieser zärtlich-melancholische Blick und seine resolute, Entschlossenheit ausstrahlende Haltung passten nicht recht zusammen.

Noch während sie überlegte, ob sie ihn fragen sollte, wandelte sich sein Gesichtsausdruck zur üblichen, gelassen aufmerksamen Miene und er legte die Hand auf seine Knie, stutzte kurz und zog dann einen Umschlag aus der Cargotasche seiner Hose, den er ihr unmissverständlich auffordernd entgegenhielt.

„Was ist das?", hörte sie sich fragen, während sie ihn annahm.

„Ein Brief, würde ich sagen", antwortete er.

Sie verdrehte die Augen und den verschlossenen Brief hin und her. Keine Anrede, keine Adresse, kein Absender. Schmucklos, neutral weiß und für den Lagerort erstaunlich unzerknautscht ließ er keine Schlüsse zu.

‚Soll ich ihn öffnen, während er noch hier ist oder lieber beiseite legen und später ...?'

„Warum holst du den Cadillac ab? Sonst durfte ich die Fahrzeuge selber vorführen", entschied sie sich für die Frage, die ihr seit gestern auf der Zunge lag, die er ahnen musste und auf die er trotzdem mit keinem Wörtchen eingegangen war.

Er seufzte und sah auf seine Hände, die er im Schoß liegen hatte. „Es gibt im Gegensatz zu Jean", er nickte zu dem Brief in ihrer Hand hin, „Männer, die besser nichts von meiner Tochter wissen." Seine Stimme war grimmig wie gestern, und verwirrt hob sie den Brief wieder an.

‚Jean', überlegte sie.

„Quedlinburg", sagte ihr Vater, gerade, als auch sie die Verbindung dahin geschlagen hatte.

„Aber warum?", insistierte sie.

Ihr Vater hob hilfesuchend die Augen gen Himmel, murmelte etwas von „stur wie ihre Mutter", antwortete aber doch, herausfordernd. „Weil ein Mann, der noch nie einen Pferdestall von innen gesehen, aber ein Dutzend Peitschen im Büro an der Wand hängen hat, nicht unbedingt von dir wissen sollte."

Sie spürte, wie ihr das Blut in die Wangen schoss, wich seinem Blick aus, und um ihre Verlegenheit zu überspielen, riss sie nun doch den Brief auf. Ein einmal gefalteter, weißer A5-Bogen, drei Halbsätze, eine Adresse mit Telefon- und Handynummer und sein Name. „Und", sie hob den Zettel bedeutungsvoll höher, „Jean hat das nicht?" Sie blinzelte ihm zu, bemüht, gleichzeitig verspielt und lässig zu wirken.

„Nein", seine Antwort radierte ihr Grinsen aus, und die wenigen Sätze, mit denen Arved Jean's Lebensgeschichte zusammenfasste, rieselten ihr trotz des warmen Wetters kalt den Rücken hinunter. Jedes seiner Worte hob die feinen Härchen ihres Körpers höher. Abrupt verstummte er und in atemlos gelähmtem Entsetzen starrte sie ihren Vater an, das Papier vergessen in ihren tauben Fingern, die Worte darauf dumpfe Glockenschläge in ihren Ohren.

‚Komm, wenn Du willst, bleib, wenn Du kannst, geh, wenn Du musst.'

Dein Anblick – Schandmaul

Charly brachte Gereons Motorradschlüssel und die Hunde zu Peter und brach mit der Monster auf. Sie hatte Hunger und überlegte, wo sie sich am schnellsten verpflegen konnte. Einige Ortschaften weiter hielt sie kurz, um einen Landwirt sein Gespann in eine schmale Hofeinfahrt rangieren zu lassen, dabei fiel ihr ein Plakat ins Auge. Es klang vielversprechend und war nicht weit.

***

Sie bremste und reihte sich in die Schlange der langsam auf eine abgegrenzte Wiese einbiegenden Fahrzeuge ein. Geduldig, wenn auch mitunter innerlich kopfschüttelnd, sah sie den Rangierereien mancher Autofahrer zu und parkte ihre Maschine in der dem Eingang nächstgelegenen Ecke. Es war sehr warm und sie schloss Helm und Jacke am Motorrad an. Unbelastet und neugierig zahlte sie den Eintritt und mischte sich unter Schaulustige und Schausteller. Als sie an einem Stand mit Knoblauchbrot vorbeikam, konnte sie nicht widerstehen. Sie ergänzte den Belag um zwei weitere Löffel voll Knoblauch und balancierte das Ganze zum Getränkestand.

Den Ausschank bedienten zwei Männer, etwa fünf Jahre älter als sie und gut aussehend. Ihr entging nicht, dass sie sich anstupsten, als sie an die Theke trat. Bedauernd sondierte sie das verlockende Angebot an Fruchtweinen und bestellte eine Fassbrause.

"Kann ich dich zu einem Wein überreden? Geht aufs Haus", bot ihr der Blonde an.

Sie klopfte sich mit der Rechten gegen den Oberschenkel.

"Muss noch fahren", wehrte sie ab.

"Einer geht doch."
"Nicht, wenn ich mit dem Motorrad unterwegs bin."
"Eine Kostprobe?" Er stellte ein Schnapspinchen auf den Tresen.
"Also gut", gab sie sich geschlagen. "Welchen empfiehlst du mir?"
"Heidelbeer."
"Her damit."
Er goss ihr und sich ein.
"Dein Kumpel kriegt nix?" Sie zog die Augenbrauen hoch.
"Einer muss ja einen klaren Kopf bewahren."
Sie stellte ihr Essen auf den Tresen und er schnupperte. "Hast du Angst vor Vampiren?"
"Jetzt nicht mehr."
Er lachte und sie prostete ihm zu.
"Der ist echt gut", befand sie.
Er hielt fragend einen Tonbecher in die Höhe. Sie schüttelte, wenn auch nach kurzem Zögern, den Kopf. Er grinste. "Bring dein Bike heim und mein Kumpel holt dich ab", bot er an.
"Und wie komme ich dann zurück?"
Er lehnte sich vertraulich näher zu ihr. "In meinem Zelt ist noch Platz."
"Was das Problem nur temporär löst." Sie klimperte neckisch mit den Wimpern und er lachte. In diesem Moment lehnte sich ein ebenfalls blonder, großer Mann neben ihr an den Tresen. Er trug die Tracht eines einfachen Büttels und verschiedene Folterwerkzeuge am Gürtel. Sie rückte ein wenig zur Seite und biss demonstrativ in ihr Knoblauchbrot. Die beiden hinter dem Tresen lachten, der Folterknecht ließ langsam seinen Blick über ihre Gestalt wandern und fingerte ein Paar Handeisen vom Gürtel, die er schwer auf das rissige Holz poltern ließ. "Ein aufsässiges Weibsbild?"
"Wer, ich?", fragte Charly mit seelenvollem Augenaufschlag zwischen zwei Bissen. Unter den Blicken der beiden blonden Männer

vertilgte sie ihr Essen, der Dunkelhaarige bediente an der anderen Seite.

Den Folterknecht kannte sie vom Sehen von anderen Märkten. Sie konnte ihn nicht einschätzen und machte gewöhnlich einen Bogen um ihn. Sie reichte dem Schenk ihren leeren Krug zurück. "Bis später, vielleicht."

"Jederzeit. Mein Angebot steht." Er zwinkerte ihr zu.

Charly nickte und tauchte zwischen den nächsten Ständen und Besuchern unter, bevor der Folterknecht ausgetrunken hatte und ihr folgen konnte. Sie wechselte einige Male die Richtung und fand sich im Heerlager wieder.

Vom Strom der Besucher geschoben, beantwortete sie einige Anrufe scherzhaft und hielt nach bekannten Gesichtern Ausschau. Gerade als sie einen korpulenten Kreuzritter entdeckt hatte und auf ihn zusteuerte, stolperte ihr ein kleiner Junge, der auf einen rot gewandeten Ritter losgegangen war, vor die Füße. Sie fing ihn auf. Er schniefte.

"Alles ok?"

"Er hat mir versprochen, dass ich ein echtes Schwert bekomme, wenn ich ihn besiege", informierte er sie und wollte wieder auf den Mann losstürmen.

"Hm-mhm", machte Charly nachdenklich und hielt ihn fest. "Was heißt denn 'besiegen'?"

"Entwaffnen", antwortete ihr der Ritter. Er trug keinen Helm und lächelte siegessicher. "Willst du auch mal?" Er hielt ihr sein Schwert an der Klinge, Heft voran, entgegen.

Sie nahm die dargebotene Waffe und lächelte dem Jungen zu, beugte sich zu ihm hinunter und flüsterte ihm etwas ins Ohr. "Verstanden?", fragte sie, sich aufrichtend.

Der Junge grinste übers ganze Gesicht und nickte eifrig.

"Was wird das, ein Komplott?", fragte der Ritter amüsiert.

Statt einer Antwort hob sie mit der Rechten das Schwert und deutete einen Hieb an. Er parierte mit dem Schild und trat in Erwartung des Aufschlages einen halben Schritt zurück. Der Junge umkreiste ihn nach rechts und er folgte mit dem Schild dessen Bewegungsrichtung.

Charly wechselte das Schwert in die Linke und führte einen deutlichen Hieb auf die Körpermitte des Ritters. Er bemerkte seinen Fehler, aber nicht rechtzeitig genug, um ihren Hieb abzuwehren. Verspätet zog er seine Axt aus dem Gürtel. Mit einer halben Seitwärtsdrehung brachte Charly ihre Klinge unter den Axtkopf und hebelte die Waffe mit einem kurzen Ruck aus seinem Griff, bevor er sie sicher fassen und einsetzen konnte. Er versuchte, aus ihrer Reichweite zu kommen, trat wiederum rückwärts, stolperte über seinen Umhang, saß im nächsten Moment auf dem Hosenboden und starrte den Jungen an, der ihm sein Holzschwert auf die Brust gesetzt hatte.

"Gut gemacht", lobte Charly den Jungen und bot dem Ritter die Hand zum Aufstehen.

Die Umstehenden klatschten.

"Du bist gut."

"Glück", zuckte sie bescheiden die Schultern. Charly reichte das Schwert zurück.

"Kriege ich jetzt mein Schwert?", bettelte der Junge.

"Beeil dich, der Schaukampf beginnt gleich und ich will antreten", brummte der Ritter ungehalten.

"Ich weiß schon, welches. Komm!" Der Junge fasste ihn aufgeregt an der Hand und zog ihn mit sich. Der Mann nickte ihr noch einmal zu und hob grüßend die Hand zu jemandem, der sich hinter ihr befand. Sie drehte sich um. Ein großer, breitschultriger Mann stand wenige Schritte hinter ihr, voll gerüstet, was ihn noch mächtiger wirken ließ, als er ohnedies war, mit Helm und geschlossenem Visier. Schwert und Axt hingen am Gürtel, er trug einen hohen Schild und soweit sie das erkennen konnte, sogar noch einen Bidenhänder auf dem Rücken. Sie hatte das Gefühl, als gelte sein Blick allein ihr.

‚Was ist bloß mit den Männern los heute?', fragte sie sich. Ihre Irritation abschüttelnd wandte sie sich der abgesperrten Wiesenfläche zu, wo die Ritterkämpfe stattfinden sollten. Sie erinnerte sich an den Kreuzritter, suchte und fand ihn und fragte nach Marek. Erfuhr, dass der nicht hier war, aber am nächsten Wochenende in der Nähe sein würde.

***

Christian stand, voll gerüstet, am Eingang des Mittelalterfestes und ließ sich von den Kindern bestaunen. Hier waren sie meist noch zu scheu, um die Waffen anzufassen, und er begnügte sich damit, das Visier auf- und zuzuklappen. Einer der Jungs vor ihm war vorwitziger als die anderen und er bot ihm seinen Schild an, als er am Rand seines Sichtfeldes eine vertraute Bewegung wahrnahm. Tatsächlich, da ging Charly zielstrebig in Richtung der Essensstände.

Er strich dem Jungen entschuldigend über den Kopf, nahm den Schild wieder an sich und folgte ihr unauffällig. Im Schatten eines Waffenhändlerzeltes beobachtete er ihr Gespräch am Ausschank. Den Schenk kannte er, der war harmlos, aber er sah, wie sich Charlys Haltung anspannte, als der Folterknecht hinzutrat. Sie schien ihm zu misstrauen, und als sie weiterging, kam er diesem geschickt in die Quere und hielt ihn davon ab, ihr zu folgen. Mit dem Nachteil, dass er sie selber verloren hatte.

‚Egal, ich muss zum Kampffeld.' Auf dem Weg dahin entdeckte er sie per Zufall wieder. Sie schien sich mit dem Jungen verbündet zu haben, der schon seit dem letzten Jahr versuchte, seinen Onkel zu besiegen, um ein echtes Schwert zu bekommen. Was auch immer sie getan hatte; der Ritter saß auf dem Boden und sie stützte sich lachend auf dessen Waffe. Kurz darauf drehte sie sich zu ihm um und starrte ihn an.

‚Ich muss mich auf die Kämpfe konzentrieren.' Aber allein das Wissen, dass sie zusah, verlieh ihm ungeahnten Elan. Den jungen Burschen, die mehr mit Kraft denn Können kämpften, drosch er mit einer Mischung aus Finten und Einsatz seiner Größe die Waffen aus der Hand, die alten Hasen ließ er gar nicht erst ihr Geschick ausspielen, sondern drängte sie gleich mit mächtigen Hieben in die Defensive. Selbst sein Mentor musste sich seinem ungestümen Angriff geschlagen geben.

***

Charly beobachtete, wie der Ritter, der sie beobachtet hatte, alle vom Kampfplatz fegte. Er war geschmeidig und seine Bewegungen kamen ihr sehr vertraut vor, aber nicht vertraut genug, dass sie ihn zuordnen konnte. ‚Ich werde am kommenden Wochenende Marek nach ihm fragen', nahm sie sich vor. Sie applaudierte mit der Menge und konnte nicht umhin, beeindruckt zu sein. Sie beobachtete ihn, aber er nahm auch nach den Kämpfen den Helm nicht ab.

Schließlich wandte sie sich den restlichen Ständen zu, verharrte eine Weile bei den Kleidern und ließ sich überreden, eines anzuprobieren. Als sie aus der Umkleideecke trat, stand er am gegenüber befindlichen Lederwarenstand und betrachtete sie scheinbar ohne den Blick von ihr zu wenden.

‚Das ist unheimlich.' Sie spürte, wie ein Schauer über ihren Rücken rieselte. Sie richtete sich kerzengerade auf, warf ihm einen warnenden Blick zu und drehte sich noch zwei Mal vor dem Spiegel. Dann kleidete sie sich um und mit einem kurzen Aufenthalt am Rande des Lagers bei der Reitergruppe, die am nächsten Tag mittelalterliche Ritterspiele zu Pferd vorführen würden, ging sie zu ihrem Motorrad.

***

Bevor er sich entschieden hatte, ob er sich zu erkennen geben sollte, verließ sie den Markt. Er sah ihr nach, wie sie davonfuhr, dann setzte er aufatmend den Helm ab und machte sich grimmig auf die Suche nach dem Folterknecht.

Am späten Nachmittag verstaute er seine Ausrüstung im Auto. Normalerweise wäre er über Nacht geblieben, aber er wollte seine Urlaubswoche nicht zu sehr verkürzen.

Feuerwasser – Pampa Tut

Charly fuhr zielstrebig nach Hause. Noch auf dem Weg reifte ihr Plan. ‚Wenn ich auf direktem Wege und zügig reite, brauche ich etwas mehr als zwei Stunden.' Sie setzte den Blinker und überholte den Wagen vor sich. ‚Es ist warm genug, um eine Nacht unter freiem Himmel zu schlafen', überlegte sie, als sie wieder einscherte. Sie konzentrierte sich auf die nächsten Kurven und nahm auf der nächsten Geraden ihren Gedankenfaden wieder auf. ‚Der Abend wird sicher lustig.' Schattige Kühle legte sich um sie, als sie vom offenen Feld in den Wald eintauchte. ‚Ich kenne dort genug Leute, dass ich mich sicher fühle, und dem Folterknecht gehe ich entweder aus dem Weg oder weise ihn in seine Schranken. Vielleicht bekomme ich raus, wer der blau gekleidete Ritter ist.' Bei dem Gedanken an ihn wurde ihr doch mulmig. Aber das Geheimnis um ihn verlockte auch und sie spielte mit verschiedenen Szenarien. ‚Am besten, ich nehme Christians Hund Napoleon mit.'

Als sie zu Hause ankam, stand ihr Entschluss fest. Sie zog sich um, ein einfach geschnittenes, weites Leinenhemd und Hosen aus Wildleder, darüber ein langer Reitermantel, der fast ihre gesamte Figur verbarg und sogar leicht über den Boden schleppte. Dazu feste Lederstiefel, fertig war der reitende Bote. Sie packte die Satteltaschen, sattelte Napoleon und pfiff die Hunde zu sich. Nahm Pollux' Kopf zwischen die Hände und bat ihn eindringlich, auf alles aufzupassen. Er schien verstanden zu haben, was sie von ihm wollte, denn er platzierte sich in Wachhundpose auf der Terrasse und sah gleichmütig zu, wie sie aus dem Garten ritt. Hund Napoleon sah sich zu seinem Kumpel um, dann rannte er freudig voraus.

***

Es wurde wirklich ein amüsanter Abend. Der Schenk musterte sie überrascht, als sie an die Theke trat, und allein dessen Blick war es wert, wiederzukommen. Sie lächelte immer noch still in sich hinein, als sie den Jungen, jetzt stolz mit echtem Schwert, wiedersah. Sie bewunderte ihn ehrlich und gebührend und er stellte sie seiner Familie vor.

Der Ritter, der sie so beobachtet hatte, war nicht mehr da. Sie hatte vorgehabt, sich nach ihm zu erkundigen, vergaß es aber bald über den Gesprächen, Anekdoten und Geschichten, die ausgetauscht wurden, während sie, ihrer Gewandung gemäß, von Lagerfeuer zu Lagerfeuer und Grüppchen zu Grüppchen streifte.

Der Folterknecht ließ sie zwar kaum aus den Augen, hielt aber Abstand zu ihr. Auch sonst kam ihr niemand zu nahe oder wurde allzu eindeutig in den Plänkeleien, wahrscheinlich nicht zuletzt deshalb, weil Napoleon ihr wie ein Schatten auf dem Fuße folgte. Zu später Stunde erneuerte der Schenk sein Angebot, bei ihm im Zelt zu übernachten, aber sie lehnte dankend ab und zog sich zu den Pferden zurück. Ihr Brauner hatte sich bereits hingelegt und sie lehnte sich, in ihre Decke gewickelt und einen letzten, süß duftenden Becher Heidelbeerwein in der Hand, an seinen warmen Körper und schaute zu den Sternen hinauf.

Thunderstruck – AC/DC

Sie erwachte vor Sonnenaufgang. Im Osten kündete ein breiter rotglühender Streifen das baldige Erscheinen der Sonne an. Sie beeilte sich, ihre Sachen zu packen, saß wenige Minuten später im Sattel und ritt zügig aus dem Tal, um den Sonnenaufgang zu bewundern. Auf der Höhe und freiem Feld angekommen, ließ sie Napoleon die Zügel lang und freute sich über das Farbspektakel. Eine unerwartete Windböe ließ sie ihren Blick nach Westen wenden und sie erstarrte. Dunkle Wolken ballten sich drohend zusammen, die nächste Windböe fegte über das Feld und traf sie und Napoleon mit solcher Wucht, dass selbst der schwere Braune einen Schritt zur Seite machte. Sie wendete ihn und galoppierte an. Glücklicherweise lag ihr Zuhause im Osten und sie konnte sich vom Wind treiben lassen. Trotzdem war die Gewitterfront sehr viel schneller als sie. Noch ehe sie den Wald, der den Abstieg ins nächste Tal ankündigte, erreicht hatten, fielen klatschend schwere Tropfen zur Erde und gingen in einen prasselnden Regen über. Sie lenkte Napoleon in den Schutz der hohen Buchen, aber das Blätterdach bot kaum Zuflucht vor den Wassermassen, die vom Himmel strömten. Napoleons Hufe versanken bis zu den Fesseln in dem Wasserlauf, in den sich der Weg verwandelt hatte, und sie rutschten und stolperten den Hang hinunter. Unten stand neben dem Bach eine kleine Kapelle. Charly hielt an, sprang vom Pferd und probierte die Tür. Erstaunlicherweise war sie unverschlossen. Der Hund schlüpfte an ihr vorbei ins Trockene und auch das Pferd ließ sich von ihr in den kleinen Raum ziehen. Er passte soeben durch die Tür.

Sie checkte ihr Handy. ‚Natürlich, weder Internetverbindung noch Empfang.'

Sie wartete ungeduldig, Wallach Napoleon, der bei jedem Donnerschlag heftig zusammenzuckte, beruhigend kraulend, bis das Gewitter weitergezogen und das heftige Prasseln des Regens in ein stetiges Rauschen übergegangen war. Dann führte sie seufzend ihr Pferd wieder in den Regen hinaus, beseitigte, so gut es ging, die Spuren ihrer Anwesenheit in der Kapelle, schloss sorgsam die Tür, zog den triefend nassen Mantel enger um ihre Schultern und nahm den restlichen Heimweg unter Napoleons Hufe.

***

Nachdem sie Pferd und Hund kräftig abgerubbelt, ihnen eine Extraportion Futter verabreicht und Sattel- und Zaumzeug zum Trocknen aufgehängt hatte, fand sie endlich Zeit, sich um ihre eigenen Belange zu kümmern. Das Wasser troff noch immer aus ihrem Mantel und hinterließ überall kleine Pfützen. Sie huschte ins Bad und schälte sich aus der Kleidung, während heißes Wasser in die Wanne plätscherte. Wohlig seufzend ließ sie sich in den duftenden Schaum gleiten, und als die leise platzenden Schaumbläschen sie in eine Wolke des Wohlgefühls hüllten, konnte sie über ihr Abenteuer schon lachen. Es war Sonntag, frühmorgens, andere Leute noch nicht aus dem Bett aufgestanden, und sie hatte schon mehr erlebt, als an einem Regentag zu erwarten war. ‚Was anfangen mit dem angebrochenen Tag?' Sie war viel zu aufgekratzt, um ihn alleine zu Hause zu verbringen.

Take it easy, altes Haus – Truck Stop

Gereon war erst spät aufgewacht, hatte sich einen Kaffee geholt, geduscht und lümmelte jetzt unschlüssig und nur mit seiner ältesten Jeans bekleidet auf dem Sofa und zappte durch die Fernsehkanäle. Regenwetter verlockte nicht gerade zu einer Unternehmung, sein Kumpel war im Urlaub und besonders viel Elan hatte er auch nicht.

Es klingelte.

Er rappelte sich auf und tappte barfuss Richtung Haustür, schnappte sich noch schnell ein T-Shirt, das nachlässig auf einem der Sessel drapiert lag und zog es sich über den Kopf, während er die Tür öffnete. Als er aus dem T-Shirt auftauchte, stand vor ihm eine amüsierte Charly in einer cognacbraunen Fliegerjacke, von der Regenwasser perlte. Vervollständigt wurde ihr Aufzug durch sandfarbene Cargohosen und Bundeswehrstiefel. In seinem Hof parkte ihr brauner Bus.

„Hi", sie legte den Kopf schräg, „damit kann ich leider nicht dienen."

Er sah an sich hinunter. Das Shirt zierte die Aufschrift ‚Komm nackt! Bring Bier mit!'

„Äh …" Er fuhr sich ertappt durch die Haare.

„Ich will klettern gehen. Magst du mitkommen?", überrumpelte sie ihn vollends.

„Klar doch. Komm rein, solange ich meinen Kram zusammenpacke. Kaffee?"

Sie nickte, trat ein, hatte die Schuhe von den Füßen gestreift, ehe er sie davon abhalten konnte, und folgte ihm in die Küche. Die Kaffeetasse in beiden Händen und an die Küchenzeile gelehnt, ließ sie interessiert ihren Blick durch das offene Interieur des Hauses schweifen. Zwei Stufen auf einmal rannte er die Treppe hoch, zog sich schnell um, überprüfte seine Klettertasche und kam zurück, als sie gerade die leere Tasse in die Spüle stellte. Er streifte sie mit einem kalkulierenden Blick.

„Kann's losgehen?“, fragte sie.

„Fast.“ Er ging ins Wohnzimmer und betätigte ein Bedienpanel. „Fertig.“

***

Charly steuerte ihre Lieblingskletterhalle an. Schmunzelnd nahm sie zur Kenntnis, dass er ebenso wie sie eine Zehnerkarte besaß.

Jetzt trat sie, umgezogen und ausgerüstet, aus dem Gang der Umkleiden heraus in die Halle. Acht, Karabiner und ihre Notfall-Expresse klimperten leise im Takt ihrer Schritte.

Gereon stand an einer der Säulen und inspizierte eine neu geschraubte Route. Sobald er sie wahrgenommen hatte, wandte er sich ihr zu und kam ihr entgegen. Seinem Blick, Lächeln und Gesichtsausdruck nach gefiel ihm, was er sah.

‚Mir auch, muss ich zugeben', dachte sie.

„Wo willst du anfangen?“ Sein Tonfall war harmlos genug, mit nur einem Hauch von Doppeldeutigkeit.

Mit unschuldigem Augenaufschlag wies sie in die Kinderecke.

„'Tabaluga'. Zum Aufwärmen.“ Sie streifte seine Ausrüstung mit einem Blick. ‚Acht und Karabiner, wie ich.'

„Auch altmodisch?“, fragte sie.

„Solange sie mich damit noch reinlassen, sehe ich keine Notwendigkeit, dauernd in neues Sicherungsgerät zu investieren.“

Sie schmunzelte. „Ist wie beim Motorrad fahren. Ein Restrisiko bleibt, selbst bei modernster Technik. Dann lieber bewusst damit umgehen.“

„Was du ‚bewusst‘ nennst, habe ich gesehen.“ Sein trockener Tonfall wurde von einer hochgezogenen Augenbraue begleitet.

„Deshalb sagte ich ‚bewusst‘. Nicht ‚risikolos‘.“ Sie schlug mit schnellen, geübten Bewegungen den Achterknoten ins Seil und band sich ein. Wandte sich zu ihm um, prüfte den Seillauf um seine Acht, den sicheren Verschluss des Karabiners, schob zwei Finger unter seinen Hüftgurt und zurrte ihn noch etwas enger.

Er revanchierte sich, nur dass es bei ihr nichts zu beanstanden gab. Ganz offensichtlich gefiel es ihm, einen Vorwand zu haben, um sie anzufassen.

Verstohlen lächelnd beobachtete sie seine Handgriffe, während er das Seil durchschlaufte.

Er sah auf. „Rauf mit dir!“

Dancing on the Ceiling – Lionel Ritchie

Er ließ ihr den Vortritt und kletterte interessehalber alle Routen, die sie geklettert war, nach. Auch ‚Tabaluga', eine 3, obwohl er sich dabei etwas seltsam fühlte. Die folgende 4- namens ‚Herbert seine Erste', harmlos, weil auf dem geneigten Pfeiler, bot immerhin schon ein wenig Raffinesse und, für Charly, etwas Herausforderung, weil sie nicht über seine Reichweite verfügte. Die nächste, wieder eine 4-, diesmal aber die lange Hauptwand hinauf, fand er zunächst überbewertet, merkte jedoch auf den letzten Metern, dass die Bewertung der Länge der Route geschuldet war. Allgemein fiel ihm auf, dass die ‚kleinen Nummern' durchaus raffiniert geschraubt waren und ein bisschen Umdenken erforderten. Sie waren gut geeignet, um Techniken zu üben und zu verbessern. Was Charly ganz offensichtlich nutzte.

Die 4+, ‚Rotkäppchen', war eine nette Kantenkletterei. Charly kletterte souverän und ihr war keine Anstrengung anzumerken. Zum ersten Mal fragte er sich, in welchen Graden sie normalerweise unterwegs war. ‚Der Stein der Weisen', als 5 ausgezeichnet, begann als witzige Umrandung der Notausgangstür, wand sich über die gesamte Breite der Südwand und nahm alles mit, was diese zu bieten hatte. Überhang, ein kleines Dach, Kanten- und Eckenkletterei. Unerwartet hatte er mit dieser Route Schwierigkeiten. Nicht vom Klettern her, nein, ihm fehlte schlicht die Übersicht, wo er den nächsten passenden Griff oder Tritt finden konnte.

„Noch eine? Oder erst Pause?", empfing sie ihn, als er wieder festen Boden erreichte.

„Ich kann noch", grinste er und sie streifte ihn mit einem Blick, der seiner Meinung nach nichts mit Klettern zu tun hatte.

Die 6-, die sie auswählte, kannte er. Die Route begann am linken Pfeiler neben einem der deckenhohen Hallenfenster, und in halber Höhe endete sie auf einem großen Trittstein, um am rechten Pfeiler mit einem ebensolchen Trittstein weiter nach oben zu führen. Die Lücke, etwa zweieinhalb Meter, musste man entweder mit einem Sprung überwinden, oder man setzte sich ins Seil und pendelte rüber. Ansonsten schöne und unschwierige Kantenkletterei.

Charly kletterte ohne großen Verzug nach oben, erreichte den Trittstein, drehte sich mit dem Rücken zur Wand und zupfte am Seil. „Locker lassen."

Er öffnete seinen Griff, sie lüpfte einen reichlichen halben Meter Seil raus. „Zu!"

„Ist zu."

Sie nickte. Sprang. Traf den Trittstein perfekt, es rumpelte kurz und heftig, als ihre Sicherungsausrüstung gegen die Wand pendelte, dann zupfte sie auch schon am Seil und rief, „Straffen, nicht träumen!"

Während er dem eilig nachkam, war sie gewandt wie eine Katze auf dem weiteren Weg nach oben. Kurz darauf stand sie wieder neben ihm.

***

Charly war neugierig, wie er die Lücke überwinden würde. Er hatte sich in den niedrigeren Graden unwohl gefühlt, die ‚Tabaluga'-Route war ihm wahrscheinlich sogar peinlich. Sie rechnete es ihm hoch an, dass er sie trotzdem geklettert war.

‚Diese hier scheint er zu kennen, also kommen wir langsam in die Regionen, in denen er normalerweise zu Hause ist. Nach dem, was ich bisher gesehen habe, schätze ich, dass er meist im siebener/achter Grad klettert. Weniger technisch versiert als ich, er verlässt sich auf seine Größe, Kraft und Schnelligkeit.' Während ihrer Überlegungen hatte er die Absprungstelle erreicht, sie gab ihm Seil aus und er sprang ebenfalls, rumpelte aber heftiger gegen die Wand als sie. Den Rest der Route bewältigte er ohne Schwierigkeiten, und als er wieder neben ihr stand, banden sie sich aus und holten etwas zu trinken.

***

Sie hockten sich an einen der Tische in der Café-Ecke und beobachteten andere Kletterer.

„Was hast du als nächstes vor?"

„Eine kurze 8-. Welche genau, weiß ich noch nicht." Sie unterbrach sich und winkte jemandem. „Les!"

„Hi Charly." Der mit Les Angesprochene begrüßte Charly mit einem Wangenkuss, wie Gereon argwöhnisch beobachtete.

„Hey, Gereon, sieht man dich auch mal wieder?"

Sie begrüßten sich ebenfalls. Mit Genugtuung sah er Charlys überraschte Miene.

„Ihr kennt euch?", fragte sie.

„Flüchtig", antwortete Lester.

‚Jetzt kannst du wieder abhauen', dachte Gereon.

Aber Lester zog sich vom Nachbartisch einen Stuhl heran und setzte sich zu ihnen.

„Ihr habt mir die Route geklaut", beschwerte sich Charly mit Augenzwinkern.

„Welche?"

„Vertical Fun. Am Südpfeiler. Kannst du mir was Ähnliches empfehlen?"

Lester überlegte nicht lange und zeigte zur langen Wand. „First Kiss. Hab ich vor ein paar Tagen geschraubt. Extra für dich."

Gereon runzelte missbilligend die Stirn. Lesters Antwort war anzüglich.

„Wie komme ich zu der Ehre?“, erkundigte sich Charly schmunzelnd.

„War nicht ganz ernst gemeint“, ruderte Lester zurück. „Aber ist eine Mädelsroute. Sogar in der passenden Farbe.“ Er erhob sich und stellte den Stuhl zurück. „Lila.“ Er wich Charly, die nach ihm geschlagen hatte, aus. “Man sieht sich.” Grinsend ging er zurück zur Theke.

“Als ob ich Mädelsrouten nötig hätte”, schnaubte sie.

Flying through the Air – Oliver Onions

Natürlich nahm Charly sich den lila ersten Kuss vor. Gereon verriet nicht, dass er sozusagen die Erstbegehung gemacht hatte, wusste aber von daher, wo die Schlüsselstellen lagen. Die erste hatte sie soeben ohne Schwierigkeiten souverän überwunden, mithilfe des Minitritts, den er als obsolet betrachtet hatte.

Sie arbeitete viel mit Körperdrehungen, stieg oft seitlich an oder durch und holte so die fehlenden Zentimeter zum nächsten Griff heraus. Jetzt kam sie zur zweiten Schlüsselstelle, ein tiefes Dach, an der Wand darüber ein ordentlicher Henkel, aber am Dach selbst nicht wirklich viel, und das auch noch weit auseinander. Er hatte mit Lester darüber diskutiert, wie jemand, der nicht über seine Reichweite verfügte, da rüberkommen sollte.

„Schnelligkeit, Mut zum Loslassen und Muskelkraft", war Lesters Antwort.

‚Was daran eine Mädelsroute sein sollte, ist mir jedoch schleierhaft', dachte Gereon innerlich kopfschüttelnd bei der Erinnerung.

Charly streckte sich zum letzten Griff am Dachrand, aber da fehlten sicher fünfzehn Zentimeter. Sie hängte sich an den langen Arm und sah sich um. „Bist du sicher, dass du hier nichts vergessen hast?", rief sie herunter.

Lautlos war Lester neben ihm aufgetaucht. „Ganz sicher. Mach dich lang."

Charly versuchte es noch einmal, mit dem gleichen Erfolg. „Was mache ich falsch?" Sie klang atemlos.

„Variante eins", rief Lester hinauf, „ganz flach unters Dach hängen, dann kommst du auch ran. Brauchst aber Kraft."

Charly versuchte es. Hing wie eine Spinne waagerecht unterm Dach. Ihre gepressten Atemzüge waren bis hier unten zu hören. Sie schnappte mit der Linken nach dem Henkel.

‚Ist Charly Linkshänderin?', wunderte er sich.

Mit einem heftigen Ruck fiel sie ins Seil und er stemmte sich gegen den unerwarteten Zug. Sie hatte es nicht für nötig gehalten, ihn zu warnen! Die Frauen, mit denen er bisher klettern war, hatten vorm Fallen noch die Ankündigung vorausgeschickt. Seiner Meinung nach Kraftverschwendung.

Charly zog sich zurück an die Wand. „Variante zwei?", japste sie.

„Hangeln. Nach Affenart. Nur rückwärts. Rechts, links, rechts."

Von oben ertönte ein gänzlich undamenhafter Fluch. „Du weißt genau, dass ich Linkshänderin bin", bestätigte sie seine Vermutung. Sie klang ernstlich sauer.

„Ja, und du vernachlässigst deine rechte Seite."

Verärgertes Schnauben von oben.

„Steig doch mal von rechts auf dein Motorrad, dann merkst du, was ich meine."

„Halt die Klappe, ich muss mich konzentrieren!" Charly hing wieder halb an der Wand, halb unterm Dach, schien die Abstände zwischen „rechts"- und „links"-Griff zu messen und wippte in den Knien.

„Der Henkel ist über dem schwarz-gelben", rief Lester hilfsbereit hinauf, Charlys Anweisung ignorierend.

„Schnauze."

Lester grinste.

Charly streckte erneut die Linke in Richtung Griff, eine tiefe Halbschale, zog plötzlich das linke Bein an und stieß sich damit auf Höhe ihrer Hüfte von der Wand ab, gleichzeitig rechts loslassend. Erwischte den Griff mit gebeugtem linkem Arm, schwang den rechten Arm nach oben und streckte sich, um den Henkel zu erreichen, ehe sie links die Kraft verließ. Kam dran, bekam ihn jedoch nicht richtig zu fassen und fiel rücklings mit Schwung ins Seil.

Sie versuchte es noch zwei Mal. Ohne Erfolg. Dann blieb sie im Seil sitzen und sah sich die Sache aus der Entfernung an. „Noch mal."

„Charly, du hast keine Kraft mehr. Komm runter", rief Gereon hinauf.

Sie ignorierte ihn. Das war dem angespannten Schwung ihrer Schultern nach die freundlichere Variante. Sie erreichte ihre Ausgangsstellung und er stellte sich auf den nächsten Seilsturz ein. Genau wie bei den Versuchen vorher schnappte sie mit der Linken nach dem letzten Griff, versuchte jedoch diesmal nicht, die Rechte nach oben zu bringen, sondern legte sie über die Linke, behielt die Arme gebeugt und verdrehte den Körper, um den rechten Fuß an der Dachkante vorbei an den Henkel zu mogeln. Ertastete ihn und hängte sich mit der Ferse ein. Vor Anstrengung keuchend zog sie mit beiden Händen ihren Oberkörper näher ans Dach und griff dann schwerfällig mit der Rechten zum Henkel. Als sie ihn sicher hatte, nahm sie den Fuß weg und blieb einen Moment an langen Armen hängen, dann nahm sie die linke Hand ebenfalls zum Henkel, stemmte den linken Fuß gegen die Halbschale und rang sich einen Klimmzug ab.

‚Woher nimmt sie die Kraft?', wunderte sich Gereon.

Der nächste Griff, auch ein Henkel, befand sich in guter Reichweite.

‚Sie hat es geschafft', staunte er beeindruckt.

Schwerfällig kletterte sie die restlichen paar Griffe bis ganz oben. Wieder unten und noch immer keuchend sagte sie:

„Erklär mir, was daran Mädchenroute ist." Sie versuchte, sich auszubinden, aber ihre Hände zitterten so stark, dass sie den Knoten nicht aufbekam.

Er half ihr, was ihr sichtlich unangenehm war. ‚Warum?' Selbst er hatte Schwierigkeiten, so fest hatte sich der Knoten durch die wiederholten Stürze zusammengezogen.

Lester lächelte. „Weil nur besondere Mädels sie schaffen", erklärte er und ging.

Charly sah ihm verblüfft nach.

„Pause?", fragte Gereon.

„Zumindest kann ich dich im Moment nicht sichern. Ich habe Arme wie Popeye."

Er lachte. „Ich schau mal, was sich im Boulderbereich getan hat."

„Gute Idee."

Physical Fascination – Roxette

Während er dort verschiedene Routen kletterte, fläzte sich Charly in das alte Ledersofa und genoss es, ihn ungestört beobachten zu können. Seine Muskeln zeichneten sich unter dem Funktionsshirt ab, seine Bewegungen waren kraftvoll. Die Augen unverwandt auf ihn gerichtet, kam Charly ins Träumen. ‚Ah, die Route kenne ich. Catwalk. Raffiniert geschraubt.' Gespannt beobachtete sie ihn mit neuer Aufmerksamkeit. Dann sprang sie auf und stieg vor ihm in die Route ein. Er war überrascht, wartete aber ab, was sie vorhatte und sie turnte vor ihm her. Sie sah zurück zu ihm und ihre Blicke trafen sich. Er ließ los und sprang nach unten. Richtete sich auf und beobachtete sie. Verlegen kletterte sie die Route weiter, und jedes Mal, wenn sie einen verstohlenen Blick nach unten warf, hing sein Blick an ihr. Sie beendete die Route und sprang ebenfalls nach unten.

„Mit deiner Eleganz kann ich nicht mithalten", bemerkte er.

„Eleganz ist nicht unbedingt das Erste, was mir bei männlichen Qualitäten einfällt", entgegnete Charly lachend.

„Was dann?" Seine Stimme hatte jenen dunklen Ton angenommen, der ihr schon in Görlitz und Magdeburg aufgefallen war.

„Harmonie der Bewegungen, Geschmeidigkeit, Kraft, auf körperlicher Ebene."

„Auf körperlicher Ebene", wiederholte er.

„Zielstrebigkeit, Einfühlungsvermögen, Durchsetzungsstärke auf geistiger."

„Widerspricht sich das nicht?"

Sie ließ sich nicht beirren. „Nicht notwendigerweise."

„Was ist mit Humor?"

„Was soll damit sein?"

„Das ist doch das Erste, was man um die Ohren gehauen bekommt. Schon mal Kontaktanzeigen gelesen?“

Sie lachte. „Wenn auch nur zu meiner Erheiterung. – Wir sprachen von männlichen Qualitäten, nicht von denen eines potentiellen Partners.“

„Da gibt es Unterschiede?“

„Bei mir schon.“

„Und, was sind die Anforderungen an einen potentiellen Partner?“, fragte er beiläufig nach einigem Zögern.

Charly musterte ihn. Er zeigte nur mildes Interesse, aber seine angespannte Haltung verriet ihn. Er wartete gespannt auf ihre Antwort. „Mich so nehmen, wie ich bin.“ Ernst blickte sie ihn an, grinste dann. „Das dürfte kompliziert genug sein.“

Hotblooded – Roxette

Sie bog auf Gereons Hof ein und wendete.

„Komm mit rein. Ich bestelle uns Pizza“, fragend sah er sie an.

Sie wollte ablehnend den Kopf schütteln, als ihr bewusst wurde, dass sie so gut wie nichts gegessen hatte. Aber der Tag war auch lang und sie hatte in der vergangenen Nacht nicht viel Schlaf bekommen. Unschlüssig zögerte sie.

„Ich habe die Sauna eingeschaltet“, warf er in ihre Gedanken hinein ein.

„Sauna? Sag das doch gleich!“ Eilig zog sie den Schlüssel ab und sprang aus dem Bus.

Schon als er die Haustür öffnete, empfing sie der sanfte Saunaduft. Tief sog sie die Luft ein. Er zeigte ihr den Weg und schnappte noch schnell den Flyer der Pizzeria von der Pinnwand. Während er die Handtücher aus dem Regal nahm, ließ sie den Blick über die Sauna und den wintergartenähnlichen Ruhebereich schweifen und wandte sich dann zu den bodentiefen Fenstern um, die auch hier den Blick auf den Garten freigaben. Sie ließ die Jacke von den Schultern gleiten und warf sie auf eine der Liegen. Er reichte ihr den Zettel, sie überflog die erste Seite.

„Nummer 7, mittel. Wieviel Grad hat die Sauna?“

„Fünfundachtzig. - Zu kalt?“

„Perfekt. Für mich.“ Sie legte den Kopf schief. „Du hast darauf spekuliert, dass ich zur Sauna nicht nein sagen kann?“

Er bemühte sich um Beiläufigkeit. „Die beste Vorbeugung gegen Muskelkater. Da ich nicht so häufig zum Klettern komme, ist Muskelkater meist vorprogrammiert. – Ladies first. Bin gleich wieder da.“ Er verschwand um die Ecke zum Wohnzimmer, und sie inspizierte die Dusche. Dann folgten in rascher Reihenfolge ihre Hose, Shirt, Unterwäsche und Socken dem Beispiel ihrer Jacke. Kurz darauf trat sie geduscht in die Sauna, erschauerte in der Wärme und machte es sich auf der obersten Liegefläche rechts der Tür bequem.

***

Als Gereon einige Zeit später ebenfalls die Sauna betrat, blinzelte Charly kurz, rührte sich aber nicht. Sie lag bäuchlings, in der Kuhle ihres Rückgrates glitten kleine Schweißperlen zur tiefsten Stelle und sammelten sich dort in einem Pfützchen. Ihre anliegende Kletterbekleidung hatte nicht zu viel versprochen. Sehnsüchtig verweilte sein Blick auf Charlys herrlich runden Pobacken, dann stieg er eilig ebenfalls auf die oberste Liegefläche. Er dachte nicht im Traum daran, sich hinzulegen, nein, er wollte ihren Anblick genießen. Charly gegenüber war er ungewohnt gehemmt, so kannte er sich gar nicht. ‚Ich habe keine Ahnung, wie der Abend weitergehen soll. Aber ich nehme, was ich kriegen kann.' Seine Gedanken wurden von Charly unterbrochen, die bedauernd seufzte, das Handtuch unter sich zusammenraffte und sich in bemerkenswerter Geschwindigkeit aufrappelte. Schon klappte die Saunatür zu, ohne dass er auch nur einen Blick auf ihre Vorderseite erhaschen konnte. Sich selbst bedauernd seufzend streckte er sich auf der Bank aus.

***

Charly warf sich einen der Bademäntel über und inspizierte den Kamin, der in die Wand zwischen Ruhebereich und Wohnzimmer eingebaut war. Anzünder und Feuerzeug lagen in einer Nische daneben, die Holzschütte allerdings war leer. Aber im Garten hatte sie einen Holzstapel gesehen. Barfuß rannte sie durch das nasse Gras, füllte den Holzkorb mit Scheiten und Kleinholz und schleppte die Ladung ins Haus. Wenige Handgriffe später züngelte im Kamin eine erste Flamme und sie beeilte sich, unter die Dusche zu kommen. Sie hatte eben das Wasser abgestellt, als die Türklingel läutete. Sie schnappte nach dem Bademantel, rief: „Ich geh schon!“ in Richtung Sauna und flitzte zur Tür.

Atemlos riss sie diese auf. Sie hatte gerade noch rechtzeitig daran gedacht, den Bademantel zusammenzuraffen und schlang sich jetzt den Gürtel um die Hüften. Der Pizzabote wusste nicht, wo er hinschauen sollte. Sie erlöste ihn aus seiner Verwirrung, nahm ihm die Lieferung ab, entdeckte Gereons Geldbörse auf dem Sideboard und zahlte. Einen schönen Abend wünschend, ließ sie die Tür ins Schloss gleiten und trug alles in die Küche, verteilte es auf Teller und balancierte das Essen zur Sauna. Gereon verknotete soeben den Gürtel seines Bademantels.

„Wein?“, fragte er.

„Ein kleines Glas, gerne.“ Charly drehte ihren Liegesessel zum Kamin um, machte es sich darin gemütlich und hielt ihre Zehen gefährlich nahe an die hell lodernden Flammen.

„Beruhigend zu wissen, dass eine Glasscheibe dazwischen ist“, bemerkte Gereon.

„Warme Füße sind etwas Herrliches. Gefroren habe ich heute genug. Wenn ich gewusst hätte, dass du eine Sauna hast und einen Pferdestall, hätte ich dich heute Morgen überfallen.“

Er zog fragend eine Augenbraue hoch und sie berichtete ihr Abenteuer.

***

Charly gähnte so herzhaft, dass ihre Kiefer knackten. Mit müden Bewegungen rappelte sie sich auf und griff nach ihrer Kleidung.

„Du gehst?“, fragte er erstaunt. ‚Es ist hoffnungslos, das ist nun schon das dritte Mal, dass sie mich aus einer vielversprechenden Situation heraus sitzen lässt’, dachte er.

„Ich muss ins Bett. Ich kann kaum noch die Augen offenhalten.“

Sie stieg barfuß und ohne Unterwäsche in die Hose, bei der er sofort an die Armee denken musste. Ein passendes Hemd dazu, ein keckes Mützchen auf, und fertig wäre ein hervorragender Feldwebel. ‚Ein sehr weiblicher dazu.’ Seine Gedanken wanderten in eindeutige Bahnen, während sie ihm den Rücken zuwandte, den Bademantel auf ihre Liege warf und ihr Shirt anzog. „Das nächste Bett ist keine Minute entfernt“, versuchte er es noch einmal.

„Zweifellos.“ Sie musterte ihn mit amüsiertem Blick und so etwas wie Kalkulation, wenn er es richtig deutete. „Aber mein Viehzeug wartet aufs Futter.“ Sie hängte sich die Jacke über die Schultern. „Abgesehen davon will ich nicht komatös das Schlafdefizit der letzten Nächte aufholen, sondern auch etwas davon haben, wenn ich bei dir …“, sie legte den Kopf schräg, “… oder vielmehr, mit dir, schlafe.“ Sie trat zu ihm, beugte sich herab, berührte flüchtig mit den Lippen seine Wange und wandte sich zum Gehen. „Bleib sitzen, ich finde raus.“

Vollkommen perplex hörte er ihre sich entfernenden Schritte.

„Außerdem, Vorfreude ist doch die schönste Freude“, rief sie noch zurück.

Dann das leise Klacken seiner sanft ins Schloss gezogenen Haustür. Es dauerte einige Zeit, bis er alle Offenbarungen der letzten Minuten verstanden hatte.

What Are You Waiting For – Nickelback

„Guten Morgen“, tippte er, zögerte dann. ‚Was noch?‘ Er entschied sich für ein harmloses „Ausgeschlafen?“.

Eine Antwort ließ auf sich warten. Zwischen seinen Aufgaben checkte er immer wieder das Handy. Nichts.

Am frühen Abend riss ihn ein Piepton aus seinen Skizzen und achtlos fegte er die Papiere beiseite.

„Fürstlich. Was macht der Muskelkater?“

‚Ist sie zweideutig oder empfinde ich es nur so?‘ Unwillkürlich reckte er sich. „Zeigt Krallen. Was macht die Katze?“

Die Antwort kam postwendend.

„Räkelt sich katerlos am Kaminfeuer.“

‚Das ist eindeutig zweideutig‘, überlegte er und tippte dann: „Wenn du so weitermachst, nicht mehr lange.“ Er wartete gespannt.

„Stimmt, aber anders, als du denkst.“

„?“ Mehr fiel ihm nicht ein.

Zurück kam ein Bild. Eine Rotweinflasche – leer, soweit er es erkennen konnte – und zwei Gläser. Er sah ihr verschmitztes Grinsen vor sich.

‚Zwei Gläser?‘, überlegte er. ‚Wer …‘

„Ist dein Besuch so langweilig?“ Er überlegte kurz und setzte einen Zwinkersmiley dahinter.

„Ganz und gar nicht. Aber temporär aus dem Haus.“

‚Wer?‘

„Brauchst du Ersatz?“ Er hatte es getippt und abgeschickt, ehe er darüber nachdenken konnte.

„Ist schon hier.“

‚Wer, verflixt noch mal?!' Er drückte die Ruftaste.

***

„Wer?", grollte er grußlos.

„Amadeus", klang es unschuldig zurück.

„Der wird wohl kaum mit dir Wein trinken", knurrte er.

„Das war Steven und er ist vor zwanzig Minuten mit einem Freund zum Klettern."

Er hörte das Lachen in ihrer Stimme. „Das machst du absichtlich", grummelte er ins Telefon.

„Tut mir leid." Sie klang zerknirscht. „Ich wollte dich nicht ärgern."

„Was machst du heute noch?", wechselte er das Thema.

„Nichts, was mehr Bewegung umfasst als das Umblättern von Buchseiten." Sie ächzte und setzte erklärend hinzu: „Ich habe mit Steven am Auto geschraubt und den ganzen Tag elend schwere Teile durch die Gegend gehievt."

„An welchem Auto?"

„Verrate ich nicht. Es wird dir nicht entgehen, wenn es fertig ist."

„Klingt nach ‚Vorfreude, schönste Freude'."

„Ja!", juchzte sie unterdrückt.

„Machst du Luftsprünge?"

„Ich kann einfach nicht normal laufen, wenn ich an das Geschoss denke."

Sie klang atemlos und aufgeregt. Aber ihm war auch klar, dass er keine Chance hatte, mehr zu erfahren. „So viel zum Thema ‚nicht mehr bewegen'."

Sie lachte. „Was machst du?"

Er holte tief Luft. „Ich sitze über ein paar Zeichnungen."

„Ich will dich nicht von deiner Arbeit abhalten …"

Jetzt lachte er. „Keine Sorge, die läuft nicht weg. Und eilig ist es auch nicht“, setzte er aus einem Impuls heraus dazu.

„Magst du vorbeikommen?“, fragte sie unsicher, dann sprach sie schnell weiter: „Mein Bruder hat mir einen Schwung DVDs mitgebracht …“ Sie ließ den Satz in der Luft hängen.

Bereits während sie sprach, war er aus seinem Büro zur Haustür gewandert und in die Schuhe geschlüpft. Jetzt nahm er den Schlüssel aus dem Kasten. „Soll ich was mitbringen?“

„Dir was zum Essen, wenn du Hunger hast. Bei mir sieht es mau aus.“

„Für dich was?“ Die Hand auf der Klinke der Tür zur Garage, drehte er um, ging zu einem Regal im Wohnzimmer, griff zwei DVDs heraus und ging zurück zur Tür.

„Danke, ich bin versorgt.“

„Bin gleich da.“

Behindert von den beiden Hunden balancierte er seine Einkäufe zu ihrer Haustür. Sie öffnete ihm, kaum dass er sie erreicht hatte und nahm ihm den Stapel ab. Er trat ins Haus und die Hunde huschten durch die Büsche in den Garten.

„Napoleon ist bei dir?“

„Christian meinte, dann sei ihm nicht so langweilig.“

Er zog die Schuhe von den Füßen und folgte ihr in die Küche. Sie legte die DVDs beiläufig auf den Tisch. „Wolltest du sichergehen, dass was dabei ist, das du schauen möchtest?“

„Nur für Notfälle.“

Sie reichte ihm einen großen Pastateller und Besteck und er schüttelte den Salat aus der Packung, ergänzte ihn um die Zutaten und mischte alles durch.

„Aha.“ Sie hob den oberen Film hoch und er sah, wie ihr die Röte ins Gesicht schoss. Hastig drehte sie sich von ihm weg. Er hörte das Klappern, als sie die DVD auf die andere zurücklegte.

„Der Wein steht schon drüben“, hörte er sie sagen, dann schnappte sie sich die Schokolade und die Chips und ging ihm voraus ins Wohnzimmer.

Ein geräumiges Big Sofa dominierte den Raum. Sie räumte einen Paravent beiseite, der die Ecke links neben der Terrassentür verdeckt hatte, und schwenkte einen großen Flachbildschirm herüber. Nicht ganz so groß wie sein eigener, aber trotzdem beeindruckend und ungewöhnlich für eine Frau.

Vor dem Sofa stand der Couchtisch, darauf ein Stapel DVDs. Er stellte seinen Teller daneben und blätterte sie durch. Bunt gemischt; sie ließen keinen Rückschluss auf ihre Vorlieben zu. Er legte zwei zur Seite.

„Hast du einen gefunden, der dir zusagt?“, fragte sie.

„Sogar zwei. Oder einen von meinen.“

„Hast du ihn schon gesehen?“

„Nein.“ Er sah ihr in die Augen. Sie hielt seinem Blick stand.

Langsam schob er die obere DVD zur Seite, entblößte das Cover. „Eine gemeinsame Premiere?“ Er sah, wie sich die Härchen auf ihren Armen aufstellten. ‚Aha, sie kennt die Handlung.’

Charly verschränkte die Arme vor der Brust. „Nein.“

„Warum nicht?“, fragte er harmlos.

„Du bist nicht Christian Grey und ich bin nicht Anastasia Steele.“

‚Ich bin mir da nicht so sicher’, dachte er.

Ihn nicht aus den Augen lassend beugte sie sich vor und ihr Finger tippte auf ein anderes Cover.

Zustimmend zuckte er die Schultern.

***

Zwei Stunden später zog er vorsichtig die Decke höher um Charlys Schultern, betrachtete sie sinnend und schritt zur Tür. Er zog sie auf und fand sich Steven gegenüber, der ihn misstrauisch musterte. Kurz angebunden wünschte er eine gute Nacht und ging zum Porsche. Es war ihm ein Rätsel, wie sie in der spannendsten Szene des ganzen Filmes einschlafen konnte. ‚Und der Kater ist schlimmer als jeder Wachhund. Es ist frustrierend.’

Life Is a Highway – Rascal Flatts

Charly und Steven waren früh aufgebrochen. Sie in ihrer Rennkombi mit jungfräulichen Knieschleifern auf der Monster, er auf ihrer BMW, ebenfalls in Rennkombi, was ziemlich verboten aussah. Das erste Rennen lieferten sie sich gleich auf der Autobahn. Trotzdem wartete Arved bereits an der Rennstrecke auf sie, gemeinsam mit Melli, die am Abend vorher hochgefahren war.

Voller Vorfreude inspizierte Charly die Motorräder, die ihr Vater mitgebracht hatte.

***

Neun Stunden später nahm sie ihren Tagesüberblick in Empfang, schlang die Arme um ihren Vater und machte sich mit Steven auf den Heimweg. Die Knieschleifer waren gründlich zum Einsatz gekommen und ihre Rundenzeiten konnten sich sehen lassen. Sie war zufrieden mit sich.

Gesittet und defensiv war sie zwar auf zügiges Vorankommen bedacht, aber auf echtes Kurvenjagen hatte sie keinen Bock mehr, und so gab sie mehreren Rennmaschinen, die kurz vor der Schikane auf sie aufliefen, bereitwillig den Weg frei. Am Abzweig zur Waldstrecke setzte sie den Blinker und fuhr rauf zum Treff. Sie stellte die Monster an Mellis Stammplatz und ließ sich mit ihrem Kaffee auf eine der Bänke fallen.

Ein paar bekannte Gesichter, das war's.

Steven hatte sich schweigend, mit etwas Abstand zu ihr, gesetzt. Nach einer Weile stellte sie den Pott neben sich ab und schloss die Augen. Der Tag war anstrengend gewesen.

Mit ziemlich viel Krach fuhr ein ganzer Trupp auf den Parkplatz und sie blinzelte. ‚Ist mir denn kein bisschen Ruhe vergönnt?' Lärmend trudelte der Trupp heran und Charly fand sich interessiert beäugt.

Steven war verschwunden.

Sie legte den rechten Fuß aufs linke Knie, lehnte sich wieder zurück und unterzog die Neuankömmlinge ihrerseits einer eingehenden Musterung. Sie merkte schnell, dass sie im Bewertungsmodus war. Einer nach dem anderen fiel durch ihr Raster. ‚Zu klein.'

‚Zu kräftig.'

‚Schnauzer, nein danke.'

‚Zu laut.'

‚Zu arrogant.'

Ihr Blick blieb an einem Subgrüppchen hängen. ‚Oder gehören die nicht dazu?'

Auch sie trugen Knieschleifer und Rennkombis, wenn auch nicht so perfekt sitzende wie die ihre. Einer bemerkte, dass sie sie musterte, sagte etwas zu seinen Kumpels, kam herüber und grüßte sie.

Sie erwiderte den Gruß. „Wo wart ihr denn?", fragte sie mit einem Kopfnicken zu seinen Knieschleifern hin, bevor er mehr sagen konnte.

„Nürburgring, ist aber schon eine Weile her. Und du?"

„Sachsenring. Heute." Sie kostete seine Überraschung aus.

„Was fährst du?", fragte er.

„Auf dem Ring oder ‚normal'?" - ‚Herrlich, seine verwirrte Miene', beobachtete sie innerlich vergnügt. „Das", sie zeigte auf ihre Schleifer, „war mit einer Fireblade", erbarmte sie sich. „Mein Mopped steht da drüben." Sie wies mit dem Kinn zur Ducati.

Er hockte sich neben sie und inspizierte ihre Schleifer genauer. „Das warst du selber?", fragte er ungläubig.

„Wer sonst?" Sie hob die Augenbrauen.

Seine waren nicht annähernd so abgeschliffen wie die ihren. Aber das konnte viele Gründe haben. Sie hatte sich ein paar Mal richtig aufs Knie gestützt, und der Asphalt am Sachsenring war bekannt dafür, Pads zu fressen. Dass es nicht das einzige Paar war, das sie heute verschlissen hatte, verschwieg sie besser.

Er sah sie abschätzend an. „Es gibt Leute, die lassen andere fahren und kleben sich die Dinger dann nur an."

‚Was das angeht, gibt es Leute, die für die Schleifspuren eine Feile bemühen', dachte sie, nahm den Fuß vom Knie und stand auf. „Einmal runter zur Bundesstraße und zurück."

Er grinste siegessicher. „Ok. Was krieg ich, wenn ich gewinne?"

„Dann," sie beugte sich vor, stützte sich auf die Lehne der Bank und brachte ihr Gesicht auf Höhe des seinigen, „darfst du dir was von mir wünschen."

„Geiler Einsatz." Er lachte.

„Wenn ich gewinne, entschuldigst du dich." Sie drehte auf dem Absatz um und schwang sich auf die Monster.

Sie stellten sich an der Parkplatzeinfahrt nebeneinander auf und einer seiner Kumpels gab das Signal. Charly ließ die Ducati mit einem Wheelie losschnippen, fegte die Kurven hinunter, wendete auf der Bundesstraße und stob die Kurven wieder hinauf. Legte eine Vollbremsung hin, fuhr langsam auf den Parkplatz und stieg entspannt vom Motorrad.

„Bist du wahnsinnig?", blaffte eine verärgerte Stimme und sie fuhr erschreckt herum. Ihre verkniffene Miene erhellte sich schlagartig.

„Nein, nur stinksauer. Aber schön, dich zu sehen!" Sie grinste Gereon verwegen an. „Ich bin nur hier, weil ich hoffte, dich zu treffen."

„Deshalb fährst du Rennen gegen irgendwelche Typen?"

„Nur gegen einen", versuchte sie, ihn zu besänftigen. „Das war kein Rennen, keine hundert Prozent, höchstens neunzig." Sie legte den Kopf schräg. „Allerhöchstens. Du hast mir am Freitag mehr abgefordert." Sie setzte sich seitlich auf ihr Motorrad, stellte den Fuß auf die Raste und sah ihn abwartend an. „Außerdem bin ich heute bestens im Training und in Topform." Sie gewahrte ihren Konkurrenten, der sich unschlüssig hinter Gereon herumdrückte. ‚Respekt, dass er sich nicht unbemerkt davongemacht hat.' Auffordernd sah sie ihn an.

„Sorry", brachte er heraus. „Ich war … ähm …"

„Voreilig?", soufflierte sie.

Es war ein Angebot, das ihn überraschte. „… blöd", vollendete er seinen Satz mit einem schiefen Lächeln.

‚Sehr viel mehr an Entschuldigung werde ich wohl nicht erhalten', dachte sie. „Lass' gut sein", erwiderte sie wegwerfend. „Pass auf dich auf." Sie reichte ihm die Hand, die er verblüfft annahm. Mit einem letzten Nicken entließ sie ihn und wandte ihre Aufmerksamkeit wieder zu Gereon. „Biergarten, Kneipe, Bar? In einem feinen Restaurant brauchen wir es so wohl nicht zu versuchen."

„Biergarten klingt schon ganz gut." Er freute sich, das sah sie ihm an, und seinen Ärger über ihre Rennfahrt schien er vergessen oder zumindest verdrängt zu haben.

„Du wirst mich allerdings teilen müssen."

„Äußerst ungern. Mit wem?"

„Steven." Sie schwang ihr Bein über den Tank und griff nach dem Helm. Bevor sie ihn aufsetzte, ließ sie einen scharfen Pfiff hören und noch ehe sie ihre Handschuhe angezogen hatte, stand Steven neben ihr.

„Du hast ein Händchen fürs Timing." Anklagend sah er sie an.

„Ich erspare dir nur Ärger. Im Übrigen darfst du dich den Rest des Abends revanchieren." Ihr Blick streifte Gereon, der zu seiner Maschine ging.

Steven begann zu grinsen. „Darauf kannst du dich verlassen, Schwesterchen."

***

Der Abend war, trotz Aufpasser, schön.

Steven erwies sich als wortgewandt und witzig, aber tiefgründig und versiert genug, dass sie sich gut unterhalten hatten. Es war offensichtlich, dass zwischen ihm und Charly eine große Vertrautheit herrschte, sie ihn abgöttisch liebte und er mit dem gleichen Beschützerinstinkt über sie wachte wie er über seine Schwester Maja, obwohl sie die Ältere von ihnen beiden war.

Viel zu früh hatte Charly den Abend beendet. Sie müsse früh raus und der Tag sei anstrengend gewesen. Aber das war es nicht, was ihn jetzt keine Ruhe finden ließ. Es war ihre beiläufige Bemerkung, ehe sie losfuhr, nachdem sie sich auf dem Parkplatz verabschiedet hatten: „Übrigens, sehr anschmiegsam, die Fireblade."

Kiss With a Fist – Florence + The Machine

Charly hatte einige Besorgungen erledigt und kam auf dem Heimweg am Motorradtreff vorbei. Melli kniete neben ihrem Motorrad und Charly setzte ergeben den Blinker und hielt neben ihr. „Bin schon da."

Melli sah nicht auf. „Geht schon", erwiderte sie ausweichend, „einmal raus- und reindrehen, dann klappt es meistens."

Charly drehte den Zündschlüssel und drückte den Starter. Die Maschine sprang an. Sie schüttelte den Kopf. „Ich verstehe das nicht. Es gibt keine rationale Erklärung dafür. Ich habe alle Foren durchforstet, aber keinen Hinweis gefunden, dass so was öfter auftritt. Scheint eine ganz individuelle Macke zu sein. Du solltest sie verkaufen, bevor sie noch mehr Marotten ausheckt."

Melli erhob sich kopfschüttelnd und ließ ihre langen Haare vor das Gesicht schwingen. „Ich mag sie." Zärtlich klopfte sie auf den Tank.

Charly schnaubte durch die Nase. „Wenn es mir zu bunt wird, verkaufe ich sie ohne dein Wissen. Schließlich habe ich sie dir nicht abgetreten, nur um mich weiter mit ihr rumzuschlagen."

„Untersteh dich", drohte Melli, aber es klang unsicher.

An der Ausgabe klirrte Porzellan zu Boden und reflexartig sah Melli auf. Charly prallte zurück. Mellis rechtes Auge war bläulichrot verfärbt und geschwollen, die Wange rot unterlaufen und auf dem Wangenknochen blutverkrustet, die Lippe ebenso.

„Schmeiß den Mistkerl endlich raus!", blaffte sie schockiert.

Mellis Unterlippe begann zu zittern und Charly nahm ihre Freundin in die Arme und wiegte sie wie ein kleines Kind. „Es ist seine Wohnung", murmelte die in ihre Halsbeuge.

Sie schob Melli von sich weg. „Das gibt ihm nicht das Recht, dich zu schlagen! Komm mit zu mir", beschwor sie Melli. „Ich habe Platz, da bist du sicher und ich habe sogar einen Hund. Ich weiß zwar nicht, wie Pollux reagieren würde, aber allein seine Anwesenheit wird Enrico abschrecken."

Melli schüttelte heftig den Kopf und setzte den Helm auf. „Ich muss, ich will", verbesserte sie sich hastig, „heim." Sie vermied es, ihr in die Augen zu sehen und schwang ein langes Bein über ihr Motorrad. „Mach's gut. Ich rufe dich an."

Charly sah ihr nach, wie sie aus der Einfahrt fuhr. Unangenehm drang ihr der Abgasgeruch in die Nase und sie nieste. Gedankenversunken ging sie zur Ausgabe, bestellte einen Kaffee und rutschte auf die Bank am Tisch. ‚Soll ich ihn anzeigen? Ich kann es nicht beweisen, solange Melli meine Aussagen nicht stützt.'

„Wer sich nicht selbst helfen will, dem kann niemand helfen. – Pestalozzi."

Sie sah auf. Lester ließ sich auf die gegenüberliegende Bank sinken.

„Was machst du hier?", fragte sie erstaunt.

„Ich habe dein Motorrad gesehen und dachte, ich halte kurz an."

Sie lächelte schwach. „Du und Pestalozzi, ihr habt recht", sagte sie. „Leider." Sie fühlte sich unbehaglich unter seinem Blick.

„Hat er dich auch geschlagen?" Er fragte es beiläufig.

„Er hat mich geküsst", knurrte sie.

Seine Augenbrauen schnellten in die Höhe. Ärgerlich wischte sie mit einer Handbewegung die Erinnerung beiseite. „Das Übel ist, dass ich … irgendwie … weiß …, was sie in ihm … sieht." Enrico konnte charmant sein, sehr sogar. „Aber nein, es rechtfertigt sein Verhalten nicht."

„Letzteres beruhigt mich."

Sie sah ihm die Neugier an. „Es war ganz zu Anfang, fast fünf Jahre her. Ich war mit Melli zum Shoppen verabredet, aber er wollte sie nicht gehen lassen. Ich bin dazwischengegangen und Melli ist ins Bad geflüchtet. Plötzlich hat er seinen Arm um mich gelegt und küsste mich …" ‚Und er küsste gut', fügte sie in Gedanken hinzu. ‚Nicht zu zögerlich, der Arm um meine Taille ließ mich seine Kraft spüren und ich mag das.' Aber er war damals erst seit ein paar Wochen mit ihrer besten Freundin zusammen. Empört hatte sie ihn von sich geschoben. Widerwillig nur unterbrach er den Kuss. Sie erinnerte sich an sein böses Grinsen und diesen Satz, der jeglichen Gedanken an einen freundlichen Umgang weggefegt hatte: ‚Dich kleine Wildkatze kriege ich auch noch ins Bett.'

„Ich habe ihm das Knie gegen den Oberschenkel gerammt und den Absatz am Schienbein entlang geschrammt, inklusive präziser Landung auf seinem Fuß." Ihre Mundwinkel hoben sich. „Wäre mit Heels effektiver gewesen als mit Motorradstiefeln."

„Das nächste Mal das Knie gleich in die Kronen", bemerkte er.

Überlegend wiegte Charly den Kopf. „Ich wusste, instinktiv, denke ich, dass ich das nicht schaffe. Männer sind sich ihrer verwundbarsten Stelle zu bewusst. Einen Fehlversuch konnte ich mir nicht erlauben. Außerdem habe ich ihm den rechten Arm unters Kinn gehauen." ‚Auch wenn das nur eine Reflexbewegung war, um zu verhindern, dass er in meine Haare packt', dachte sie. „Alles in allem war er ganz gut beschäftigt."

„Wenn du seinen Kehlkopf gestreift hast, allemal."

Charly lehnte sich zurück. „Gut möglich."

„Hast du Angst vor ihm?"

Sie schnaubte. „Nein", antwortete sie wegwerfend. „Ich habe Angst um Melli. Es wird schlimmer. Oder vielleicht fällt es mir nur stärker auf, weil ich sie jetzt regelmäßig sehe."

Lester betrachtete sie aufmerksam.

„Was?", fragte sie.

„Ich versuche abzuschätzen, ob deine Antwort stimmt."

Sie verdrehte die Augen. „Darauf kannst du Gift nehmen, aber ich werde trotzdem meine Selbstverteidigungskenntnisse auffrischen."

Sie trank ihren Kaffee aus und brachte die Tasse zurück zur Ausgabe. Dann umarmte sie ihn flüchtig und ging zu ihrem Motorrad.

Sein besorgtes „Pass auf dich auf“ ließ ihre Schultermuskeln kribbeln, und unbehaglich bewegte sie ein paar Mal die Arme, bevor sie auf ihre Maschine stieg.

Lay All Your Love on Me – ABBA

„Hi Peter, nimmst du mich nachher mit?“

Peter blinzelte Charly über seine Brille hinweg an. Sie hatte wohl an irgendeinem Fahrzeug herumgeschraubt, trug eine verwaschene, ausgefranste und ölverschmierte Männerjeans und ein Männerhemd, die Ärmel hochgekrempelt, eine Seite in die Jeans gesteckt, die andere zippelte heraus und hing ihr fast bis zum Knie. „Aber nicht so.“

„Schade, ich wollte versuchen, mich an deinem Stammtisch einzuschleichen.“

Peter lachte und legte die Zeitung beiseite. „Da hast du in einem hübschen Kleid aber mehr Chancen. Dann machen die Männer dir sogar bereitwillig Platz.“

„Und ich muss mir einen Haufen dummer Sprüche und anzügliche Bemerkungen anhören“, ergänzte sie seufzend. „Wann willst du los?“

***

Kurze Zeit später betrachtete sich Charly im Spiegel. Sie hatte sich für das ‚Blumenwiesenkleid' entschieden. Auch wenn es fürs Dorffest ein bisschen overdressed war, aber sie hatte was zu feiern. ‚Schade, dass Christian nicht da ist. Ich wäre neugierig, was er dazu sagt', dachte sie. ‚Gereon kennt es ja schon. Der wird denken, ich hab nur zwei Kleider im Schrank.' Sie schnaubte belustigt. Schnappte sich die High Heels und trabte beschwingt die Treppe hinunter.

Draußen fuhr ein Wagen vor.

Sie beeilte sich, in die Schuhe zu schlüpfen, und trat aus dem Haus. Peter schaute sie mit fast väterlichem Stolz an und nickte anerkennend. „Soll ich dich heimwärts wieder mitnehmen?“, fragte er, während er aus Charlys Einfahrt kurvte.

„Weiß ich noch nicht, ich sag dir später Bescheid, ja?“

„In Ordnung.“ Er parkte seinen Wagen in Christians Hof und stellte sie dem ihm etwa gleichaltrigen Herrn vor, der bei ihrer Ankunft mithilfe zweier Krücken aus dem Haus getreten war. „Christians Vater“, erläuterte er knapp.

Sie wechselte einige höfliche Worte mit ihm, dann bot Peter ihr den Arm und sie strebten gemächlichen Schrittes dem gegenüberliegenden Kirchplatz zu. Charly vermied es, sich nach Gereons Haus umzusehen.

Entlang der Kirche führte eine schmale Gasse auf den Marktplatz, von dem schon Musik und Stimmengewirr bis zu ihnen drang. Als sie aus dem Schatten heraustraten, wandten sich die ersten Köpfe zu ihnen um, und sofort erklangen johlende Empfangsrufe, Applaus und bewundernde Pfiffe. Gereon, der, eine Mass Bier in der Hand, mit einigen Freunden gesprochen hatte, wandte sich um, sah sie, drückte sein Bier einem der anderen Männer in die Hand, die ebenfalls zu pfeifen und zu johlen begannen, und kam mit langen Schritten auf sie zu. Charly löste sich von Peters Arm, wandte sich den versammelten Dörflern zu, und unter allgemeinem Jubel knickste sie anmutig und stand gerade wieder, als Gereon ihre Hand nahm und sich zu einem formvollendeten Handkuss darüber beugte.

„Ich würde mich glücklich schätzen, wenn Sie mir Gesellschaft leisten würden, schöne Frau.“

Sein Blick war intensiv, seine Stimme tief und …

Peter räusperte sich und Charly merkte, dass sie Gereon anstarrte wie ein Reh ins Scheinwerferlicht.

„Soso, du willst mir also meine Tischdame entführen“, plusterte sich Peter auf.

„Das geht schon in Ordnung“, lachte Charly übermütig, drückte dem überraschten Peter einen Kuss auf die Wange und zog Gereon in

Richtung der Schaustellergasse. Bei seinen Freunden verhielt sie kurz und grüßte. „Seid ihr schon rum?“ Sie nickte in Richtung der Buden. Allgemeines verneinendes Kopfschütteln war die Antwort. Die jungen Männer musterten sie unverhohlen, aber ein Blick auf Gereon, der sich unmissverständlich dicht neben ihr aufgebaut hatte, ließ sie von allzu deutlichen Kommentaren Abstand nehmen. „Kommt jemand mit zum Schießstand?“ Charly legte fragend den Kopf schräg.

„Klar, wenn du selber schießt, will ich das sehen“, antwortete der kleine, drahtige Typ, den sie schon vom Motorradtreff kannte und der als einziger Motorradklamotten trug. „Andi“, stellte er sich vor.

***

„Ladies first“, wollte Andi ihr den Vortritt lassen.

„Nee, mach du mal“, grinste sie ihn an.

„Wie du willst.“ Er verhandelte kurz mit dem Betreiber, streifte dann Gereon mit einem Blick, nahm eines der Luftgewehre, fischte ein Diabolo aus der Metallbüchse, die der Betreiber neben ihn auf den Tresen gestellt hatte, lud und schoss. Dies wiederholte sich flüssig, bis er binnen kürzester Zeit allen Viechern der Zielkarten einen Blattschuss verpasst hatte. Der Betreiber des Schießstandes raufte sich die Haare und knallte eine Flasche Sekt auf den Tresen. Andi hielt ihr auffordernd die Waffe entgegen.

Charly sah sich kurz zu Gereon um, der Andi anfunkelte, schmunzelte, nahm das Luftgewehr, lud gemächlich das erste Diabolo, während sie wartete, dass neue Zielkarten aufgesteckt wurden, und reihte die benötigte Anzahl Diabolos auf dem Tresen auf. Sie schoss. Lud genauso routiniert wie Andi vorher und mindestens genauso schnell. Und traf genauso gut, wie sich herausstellte, als der Betreiber die Karten auf den Tresen legte und resigniert die zweite Flasche Sekt dazustellte.

Andi und Gereon starrten sie sprachlos an; auch die anderen Männer sagten nichts.

„Ihr Jungens fallt aber auch immer wieder drauf rein", ließ sich Peters Stimme vernehmen.

Alle fuhren erschreckt herum und Peter feixte. „Sie hat den Jagdschein", erklärte er.

„Du nicht auch noch", stöhnte der Betreiber theatralisch und warf die Hände in die Luft.

„Lass mal, Ottmar", meinte Peter begütigend. „Ich wollte mir nur das Schauspiel nicht entgehen lassen."

„Sorry, Jungs", grinste Charly. „Es gab Feste, da hat Ottmar die Sektflasche schon auf den Tresen gestellt, wenn er mich nur gesehen hat." Sie zwinkerte dem Betreiber zu.

„Wo hast du so gut schießen gelernt?"

„Zuerst bei meinem Dad, dann habe ich öfter mit Peter geübt. Den Jagdschein habe ich quasi bei ihm gemacht. – Jetzt brauch ich was zu essen, sonst vertrage ich den Sekt nicht." Sie schnappte sich die zweite Flasche.

„Das ist ja was richtig Gutes", warf einer der anderen Männer ein.

„Da haben wir vor ein paar Jahren drum geschossen, Ottmar und ich. Seitdem kriege ich immer was Besonderes."

„Einkalkulierter Verlust", ergänzte der.

***

Sie hatte sich verpflegt, ein dunkles Weizen geholt und es sich neben Gereon mit dem Trupp an einem Biertisch bequem gemacht. Nachdem die Männer sich an ihre Gegenwart gewöhnt hatten, war es lustig geworden. Einige Anzüglichkeiten und der eine oder andere derbere Witz blieben nicht aus. Charly hatte unter allgemeinem Hallo den Korken der Sektflasche in die Dorflinde geschossen, und als die Sonne langsam sank, war sie auf einen Frankenwein umgestiegen.

Am Himmel zogen sich dunkle Wolken zusammen, was aber im allgemeinen Festtrubel niemandem auffiel. Eine heftige Windböe fegte über den Platz und die Leute von den Bänken. Schwer klatschten erste einzelne Regentropfen auf den staubigen Boden. Sommerregenduft erfüllte die Luft.

Ein greller Blitz zuckte, gefolgt von einem ohrenbetäubenden Krachen. Eilig strebten alle der nächstbesten Zuflucht zu; die meisten suchten Schutz im Portal der Kirche. Charly hatte die Schuhe von den Füßen gestreift. Jetzt griff sie die Schuhe an den Absätzen zusammen und rannte barfuß los. Gereon blieb dicht bei ihr. Lachend erreichten sie die Ecke der Kirche. Er umfasste ihre Hüfte. „Komm“, raunte er ihr zu.

Sie folgte ihm. Seine Hand umschloss fest die ihre. Als sie hintereinander, Gereon voran, durch die Gasse rannten, setzte strömender Regen ein. Sie überquerten den Kirchplatz und die Straße, den Hof. Erreichten atemlos und stolpernd die Haustür und retteten sich klatschnass unter das Vordach. Küssten sich. Hielten sich lachend aneinander fest, Gereon schloss die Tür auf, Charly wühlte derweil etwas aus ihrer lächerlich kleinen Handtasche, dann fielen sie geradezu ins Haus.

***

Sie ließ die Schuhe los und die Handtasche vom Arm gleiten, er drängte sie rückwärts an die Wand, gab mit dem Fuß der Tür einen heftigen Schwung, dass sie ins Schloss krachte und hob Charly hoch. Sie schlang ihre nackten Beine um seine Hüften. Er lehnte sie an die Wand, stützte sich mit der linken Hand ab und tastete mit der Rechten seine Taschen ab. ‚Wo, verdammt, habe ich das Kondom hingesteckt?‘

„Suchst du das hier?“ Sie hielt ihm kurz ein Päckchen unter die Nase, ehe sie es zwischen die Zähne nahm und ihre Hände flink seine Jeans öffneten. Es folgte ein kurzer Balanceakt, dann war er in ihr; sie stöhnte und drückte ihre Schenkel fester an seinen Körper, und nach einigen wenigen Bewegungen stöhnte auch er laut auf. Schwer atmend stützte er den linken Unterarm neben ihr an die Wand und legte den Kopf in seine Hand. „Du bringst mich um den Verstand.“

„Ich werde mich bessern“, versprach sie.

Er stellte sie vorsichtig wieder auf die Füße und sie ging vor ihm her in den Wohnbereich. Draußen peitschte eine heftige Windböe den Regen prasselnd an die bodentiefen Scheiben.

„Hoffentlich hast du nirgendwo ein Fenster auf“, fragend sah sie ihn an.

„Theoretisch nicht. Praktisch sehe ich besser nach. Aber nicht ohne dich.“ Schwungvoll hob er sie auf seine Arme und trug sie die Treppe hoch.

„Hey, lass das! Dafür bin ich zu schwer“, protestierte sie.

„Bist du nicht. Unvorteilhafter Vergleich, aber nicht viel mehr als zwei Sack Zement.“ Sie lachte und er zwinkerte ihr zu. „Allerdings trag ich die auf der Schulter.“

„Ich weiß die Rücksichtnahme zu schätzen. Aber ich hab Beine ...“

„Tolle Beine“, raunte er ihr ins Ohr und ließ sie auf sein Bett sinken. Er schloss für einen Augenblick die Augen. ‚Charly nicht nur in meinem Haus, sondern in meinem Schlafzimmer, meinem Bett.’ Gänsehaut lief über seinen Körper und ließ seine Haut zucken. „Nicht ausreißen, ja?“, flüsterte er und machte einen schnellen Kontrollgang.

Als er zurückkehrte, klang ihm leise Musik entgegen. Sie lag bäuchlings im Bett und blätterte in seinen Fachzeitschriften. Er blieb im Türrahmen stehen und genoss das Bild. Dann drang die Musik in sein Bewusstsein. „Das hast du in Görlitz gepfiffen.“

Sie sah auf, lauschte kurz dem laufenden Song, dann sah sie ihm mit sichtlicher Überwindung in die Augen. „Das ist mein Ducati-Lied. Ich singe beim Motorradfahren", erklärte sie. Sie pausierte und sah weg.

Er wartete.

„Was den Text angeht … damals wie heute zutreffend." Sie ließ offen, welchen Zeitrahmen sie meinte.

‚Und ob mich oder ihr Motorrad', dachte er.

***

Charly ließ ihren Blick durch den Raum wandern, ehe sie ihn wieder ansah. Er stand unverändert im Türrahmen. Offensichtlich war er unschlüssig, wie er den Abend fortsetzen sollte. Das verunsicherte sie.

Ehe die Beklommenheit überhandnehmen konnte, glitt sie mit schnellen Bewegungen aus dem Bett, griff die Krawatte, die einsam an einer Hakenleiste hing, und trat so dicht vor ihn, dass sie den Kopf in den Nacken legen musste, um zu ihm aufzusehen. Sie schlang ihm die Krawatte um den Hals und band mit geübten Griffen einen lockeren Knoten. „Sie passt zwar überhaupt nicht dazu", bemerkte sie dabei. „Aber das ist nebensächlich." Probeweise zog sie an der Krawatte und bot ihm gleichzeitig die Lippen zum Kuss. Er ging darauf ein.

„Jetzt bin ich dran", murmelte er an ihrem Mund. „Wobei ich eher dafür wäre, dir etwas aus- denn anzuziehen."

„Dann bin ich nackt", flüsterte sie kaum hörbar.

Er unterbrach seinen Kuss, ließ seine Hände fühlend über ihre Taille und Hüfte gleiten, dann zielstrebig ihren Rücken hinauf zum Reißverschluss des Kleides. Langsam zog er ihn herunter und sie löste sich weit genug von ihm, dass ihr Kleid zu Boden fiel. Dann schmiegte sie sich wieder in seine Arme, die sie besitzergreifend umschlossen. Als wären mit ihrem Kleid auch seine Hemmungen gefallen, schob er sie rückwärts zum Bett. „Dreh dich um. Reck mir deinen herrlich runden

Hintern entgegen.“ Seine Stimme war rau. Er ließ sie los und griff ins Nachtschränkchen. Sie beobachtete unter gesenkten Lidern, wie er seine Jeans öffnete und sich das Kondom überstreifte, dann drehte sie sich mit einem aufreizenden Blick in seine Augen um, kniete sich aufs Bett und wackelte verführerisch mit den Hüften. Fand sich im nächsten Augenblick in seinem festen Griff wieder und spürte, wie er langsam und tief in sie eindrang. Sie schob sich ihm entgegen, drückte den Rücken durch und stöhnte lustvoll. Diesmal aber nahm er sich Zeit, ihren Körper zu erkunden, zu streicheln.

Für ihren Geschmack fast zu viel. Er strich mit dem Daumen über ihre Lippen und sie biss zu. Er zog die Hand weg und fasste sie im Nacken wie eine ungehorsame Katze. Dann lehnte er sich über sie und drückte sie mit seinem ganzen Gewicht sanft, aber unnachgiebig nieder. Seine Linke löste sich gerade lange genug von ihrer Hüfte, um ihr eines der Kopfkissen unter den Unterkörper zu stopfen. Erst als sie flach ausgestreckt unter ihm lag, nahm er die Hand aus ihrem Nacken. Stattdessen glitt sein Atem kitzelnd über ihre Haut, gefolgt von seinen Lippen und dann den Bartstoppeln, als er genüsslich mit dem Kinn von ihrem Haaransatz zur Schulter strich. Sie wand sich unter ihm, stöhnte wieder. Er wurde schneller. Stützte sich seitlich von ihr ab und legte sein linkes Bein über das ihre. Sie wand sich unter ihm, weit genug, dass sie die Krawatte erwischte, und zog seinen Kopf zu sich. Küsste ihn leidenschaftlich. Er verhielt seine Bewegungen, kostete ihren Kuss aus, dann bewegte er sich, langsam und tief.

Charly stöhnte auf.

„Gefällt dir das?“ Sein Atem kitzelte ihren Hals. Er wiederholte seine Bewegung.

Ihr „Ja.“ verwandelte sich in ein Stöhnen.

„Gut.“ Seine Stimme war dunkel, voller Verlangen und sehr zufrieden.

***

Er genoss ihre Reaktionen auf seine Bewegungen. Sie machte die herrlichsten Geräusche. Die ihren Effekt auf ihn nicht verfehlten. Der langsame Rhythmus forderte ihm einiges an Beherrschung ab. Er spürte, wie Charly sich unter ihm aufbäumte, hörte ihr heiseres Stöhnen und überließ sich dem Sog.

Tief atmete er Charlys Geruch ein. Sie duftete nach einem frischen, leichten Parfum und sie roch unglaublich gut nach Sex. ‚Nach Sex mit mir.' Er streichelte ihren Rücken und sie machte ein Geräusch, das dem Schnurren einer Katze verdächtig ähnlich klang. Widerstrebend erhob er sich. Charly streckte sich und rollte sich auf den Rücken, sich dabei in eine der Decken einwickelnd, und sah ihn an.

Er hob das Ende der Krawatte an. „Darf ich sie abmachen?"

Sie lächelte und streckte die Hand aus. Er lockerte den Knoten und zog sie über den Kopf, reichte sie ihr. Sie setzte sich auf und band sie um. Dann stieg sie aus dem Bett und kam mit langsamen, verführerischen Schritten auf ihn zu. Sie knöpfte sein Hemd auf und schob es von seinen Schultern. Ihre Hände fühlten sich gut an, ein bisschen kühl. Erregend anders. Unbeirrt glitten sie weiter, schoben auch seine Jeans zu Boden.

Er hob ihr Gesicht zu sich an, küsste sie.

„Komm ins Bett", raunte sie.

Silver Stallion – Cat Power

Charly erwachte und brauchte einen Augenblick, um zu begreifen, wo sie war. Die Sonne schien hell ins Zimmer. Neben ihr atmete Gereon tief und gleichmäßig. Vorsichtig löste sie sich aus seiner Umarmung, er murmelte etwas und drehte sich auf die andere Seite. Leise glitt sie aus dem Bett und tappte ins Badezimmer. Auf dem Geländer der Galerie hing ein T-Shirt. Sie hob es an die Nase und atmete tief Gereons Geruch ein, dann zog sie es an. Im Schlafzimmer stieg sie in Gereons Jeans, hängte sich ihr Kleid über den Arm und ehe sie sich zum Gehen wandte, trat sie ans Bett und legte sehr vorsichtig ihre Hand an Gereons Wange. Er bewegte sich leicht, seine Lider flatterten kurz, dann entspannte er sich wieder und atmete tief aus. Er sah jünger aus, verletzlicher, wenn er so entspannt schlief. Lautlos verließ sie den Raum, trabte die Treppe hinunter, hob im Flur ihre Schuhe und Handtasche auf und schlüpfte aus dem Haus.

Barfuß überquerte sie Kirch- und Marktplatz und schlug den Feldweg zu ihrem Heimatdorf ein. Er führte am Waldrand entlang. Ihre nackten Füße hinterließen akkurate Abdrücke im pulverigen Staub. Es fühlte sich gut an, die Oberfläche schon von der Sonne erwärmt, darunter noch die erfrischende, prickelnde Kühle der Nacht. Sie streifte mit der Hand durch die hohen Gräser am Wegrand. Zwischen ihnen blühte eine einzelne Mohnblume. Charly lächelte. ‚Ich liebe diese filigranen Pflanzen.'

Nachdem sie etwa die halbe Strecke nach Hause zurückgelegt hatte, stieß sie einen lauten Pfiff aus. Kurz darauf kamen ihr Pollux und Napoleon entgegengejagt. Aufgeregt sprangen die Hunde um sie herum und an ihr hoch, so dass sie den dumpfen Hufschlag erst hörte, als er sich verlangsamte. Sie hatte beide Hunde kraulend zu beruhigen versucht, jetzt sah sie auf und starrte Phoenix verdutzt an. „Was machst du denn hier?“

Er schnaubte und tänzelte. Sie hielt ihm die Hand hin und er schnupperte an ihren Fingern. Langsam schob sie ihre Hand unter sein Kinn. Vertrauensvoll ließ er sich von ihr führen und folgte ihr zu der verwitterten Bank am Waldrand. Sie dirigierte ihn daneben, stieg auf die Sitzfläche und drapierte ihr Kleid über seinen Halsansatz. Dann stieg sie auf die Lehne und schwang sich vorsichtig auf seinen Rücken. Er stand ganz still.

Sacht drückte sie ihre Waden gegen seinen Körper und er setzte sich zögernd in Bewegung. Sie lobte ihn, sprach mit ihm, und allmählich wurden seine Schritte entspannter, freier und weiter. An der Weggabelung lehnte sie sich zur Seite, zum Waldweg hin. Er gehorchte und sie wagte es, sich ein wenig nach vorn zu beugen. Der Waldweg stieg hier steil an, der Hengst drängte energisch vorwärts, trabte erst, dann galoppierte er an. Charly griff mit beiden Händen fest in die Mähne, und als der Hengst kraftvoll unter den hohen Buchen den Weg hinauf preschte, duckte sie sich auf seinen Hals, machte sich ganz klein und jubelte laut auf.

Sie ließ ihn laufen, bis er von selbst langsamer wurde und lenkte ihn Richtung zu Hause. Sachte lotete sie aus, wie viel Führung er akzeptierte und war überrascht über seine Feinfühligkeit und Beflissenheit, ihr zu gehorchen. Trotzdem war sie froh, als sie in ihrem Garten von seinem Rücken springen konnte. Es war eine unüberlegte Dummheit, den Hengst so zu reiten.

Dankbar für seinen Gehorsam nahm sie sich viel Zeit, ihn zu putzen und zu loben, ehe sie ins Haus ging. Sie tauschte die Jeans gegen die Kombi, fand noch eine überreife Banane in der Obstschale, die sie angeekelt mit spitzen Fingern der Schale entledigte und eilig hinabwürgte, und saß kurz darauf im Sattel der Monster.

***

Zielstrebig steuerte sie Rothenburg an. Sie mochte die Stadt und es gab einige nette Restaurants. Auf dem großen Besucherparkplatz reihte sie sich in die Phalanx der Motorräder entlang der Stadtmauer ein. Nur, dass sie die Ducati rückwärts einparkte. Die Jacke geöffnet und den Helm am Arm schritt sie an den Motorrädern entlang zum Stadttor. Hauptsächlich BMWs, gelegentlich ein Modell anderer Marken, aber auch fast ausschließlich große Tourer mit Reiseausstattung.

Sie stutzte. Die silberne Zwölfer GS kam ihr bekannt vor. ‚Tatsächlich, das ist Christians Maschine. Soll ich ihn anrufen und ihm sagen, dass ich hier bin? Nein', entschied sie. Sie würde die Augen offen halten und den Rest dem Zufall überlassen.

***

Gereon drehte sich behaglich auf den Rücken, blinzelte kurz ins helle Sonnenlicht und schloss genüsslich wieder die Augen. Sonntag und kein Grund, frühzeitig aus dem Bett zu müssen. ‚Eher einer, um länger drin zu bleiben', erinnerte er sich. Er tastete nach links und rechts, setzte sich auf und blickte verwirrt um sich. Er war allein. „Charly?" Keine Antwort. Seine Jeans war weg. Ihr Kleid auch. ‚Was soll das denn jetzt bedeuten?' Enttäuscht und ratlos fuhr er sich durch die Haare.

Zum Denken brauchte er einen Kaffee. Neben der Maschine lag ein Zettel.

„Guten Morgen. Wollte Dich nicht wecken. Melde Dich, wenn Du heute mit mir noch eine Runde drehen willst. CU Charly"

‚Ist die Doppeldeutigkeit Absicht?', überlegte er. Noch ehe der Kaffee fertig war, hatte er sein Handy am Ohr und rief sie an. Sie nahm nicht ab. ‚Eine Nachricht schreiben?' Ihm fiel kein vernünftiger und halbwegs kurzer Text ein. Stattdessen schrieb er an Christian: „Hey Urlauber, heute Abend einen Wein? Oder soll ich Dich irgendwo abfangen?"

Er rief noch mal bei Charly an. Keine Antwort. Er zog sich an und checkte das Handy. Nichts. Seufzend schwang er sich auf die Fireblade und fuhr gen Westen.

Waiting for a Girl Like You – Foreigner

Christian schlenderte durch die Gassen der Altstadt und fand ein ansprechendes kleines Lokal. Es war herrliches Wetter und alle Tische draußen waren schon besetzt. Er zögerte kurz und hatte Glück. Ein älteres Ehepaar verließ seinen Platz im hintersten Eck neben einer verschwenderisch blühenden Kletterrose. Er machte es sich bequem. Nachdem er bestellt hatte, zog er sein Handy aus der Tasche. Eine Nachricht von Gereon. „Rothenburg", tippte er als Antwort.

***

Charly streifte kreuz und quer durch die Altstadt. Sie wollte es sich nicht eingestehen, aber sie suchte Christian. Einige Leute, vor allem Männer, schauten sie irritiert an. Es fiel ihr allerdings erst auf, als sie unschlüssig, wie sie weiter vorgehen sollte, den kleinen Marktplatz einmal umrundet hatte und von drei Jungs in Motorradklamotten angesprochen wurde.

„Meinst du das ernst?", fragte einer und grinste anzüglich.

Sie folgte seinem Blick, der auf ihrer Oberweite ruhte. Darauf prangte breit der Schriftzug „Komm nackt!". Sie lachte unwillkürlich. „Das kommt davon, wenn man sich Männer-Shirts ausborgt, ohne sie sich genauer anzuschauen." Sie zuckte mit den Schultern. „Nicht ernst nehmen, Jungs."

„Schade." Er blinzelte ihr frech zu.

Sie lächelte entschuldigend und setzte ihren Weg fort. Jetzt, da sie auf ihren Fehlgriff aufmerksam gemacht worden war, fühlte sie sich unwohl und angestarrt. Sie zog trotz des warmen Tages den

Reißverschluss der Jacke zu. Davon abgelenkt, schenkte sie ihrer Umgebung nicht viel Aufmerksamkeit und wurde von einem Pfiff aufgeschreckt.

***

Er hatte gegessen und sich ein zweites Weizen bestellt. Bis nach Hause war es nicht mehr weit, und er war bei Charly erst für achtzehn Uhr angekündigt, um Napoleon abzuholen. Gereon hatte sich gemeldet und würde in einer halben Stunde hier sein. Keine Eile also.

Genüsslich trank er sein Bier und beobachtete die vorbeiflanierenden Leute. Er sah gerade einer aufreizend gestylten Blondine nach, als diese einer ihr entgegenkommenden Person auswich.

‚Charly!'

Sie nestelte an ihrer Kombi herum. Ohne zu überlegen stieß er den Pfiff aus, mit dem er sonst Napoleon zu sich rief. Sie reagierte prompt und kam auf ihn zu, als sei sie nicht im mindesten überrascht, ihn hier zu sehen.

„Hi", grüßte er. „So folgsam? Bin ich gar nicht gewohnt", zog er sie auf.

„Dann lass Napoleon ein bisschen mehr Erziehung angedeihen. Von mir wirst du das nicht oft erleben. Ich habe vielleicht einen Hunger", erklärte sie. „Und Durst. Darf ich?"

„Nur zu."

Sie setzte sein Bier an und trank in langen Zügen. Dann ließ sie sich in einen der Stühle fallen, legte ihren Helm in den Nachbarsitz und winkte gleichzeitig der Kellnerin. Mit einer Geste zum nahezu leeren Glas hin bestellte sie zwei neue und etwas zu essen, ohne nach der Karte gefragt zu haben. Sie lümmelte sich in den Sitz, schloss die Augen und fragte: „Wie war der Urlaub?"

„Gut."

Sie blinzelte ihn aus einem halben Auge heraus an. „Was genau hast du alles gemacht?"

‚Ah, psychologische Fragestellung', bemerkte er und lachte. „Erzähle ich dir gleich. Du siehst müde aus."

„Ich bin müde."

Er betrachtete sie. Sie strahlte die entspannte Glückseligkeit einer sonnenbadenden Katze aus. ‚Es fehlt nur noch, dass sie sich räkelt', dachte er.

Er kannte diesen Ausdruck, nur dass diesmal nicht er dafür verantwortlich war. Er lehnte sich zurück und betrachtete seine eigenen Empfindungen. ‚Ich habe damit gerechnet. Ihre Ansage war eindeutig.' Aber seine Gefühle waren widerstreitend. Er freute sich, sie zu sehen, freute sich, dass sie so offensichtlich glücklich war, wäre lieber selbst der Grund gewesen, gönnte sie Gereon und gönnte sie ihm gleichzeitig nicht.

Charlys Bestellung wurde serviert. Sie rappelte sich auf, zog ihre Motorradjacke aus und widmete sich dem Essen. Sie trug eines von Gereons eindeutigeren T-Shirts.

Er drängte alle Gedanken in den Hintergrund und berichtete ihr von seinem Urlaub. Als sie ihr Besteck beiseitelegte, sah er Gereon auf sich zusteuern.

***

Gereon klapperte zielstrebig die Restaurants ab, die er von seinen Touren mit Christian kannte. Er bog gerade vom Marktplatz in eine schmale Gasse, als er ihn entdeckte. Er war nicht allein.

Er wand sich durch die eng stehenden und voll besetzten Tische zu seinem Freund durch. Christian erhob sich, sie umarmten einander und klopften sich gegenseitig auf die Schulter. Verspätet entsann er sich seiner Manieren und drehte sich zu Charly um. Sie trug sein T-Shirt.

Sie erhob sich ebenfalls und umarmte ihn. „Na? Ausgeschlafen?"

Die Bemerkung war harmlos genug. Trotzdem warf er seinem Freund einen schnellen Blick zu. Um dessen Mundwinkel spielte ein sardonisches Lächeln. Er wusste genau, was hier gespielt wurde.

„Etwas einsam aufgewacht", antwortete er liebenswürdig.

„Vermutlich." In Charlys Augen tanzte der Schalk.

„Offensichtlich nicht zu verkatert zum Mopped fahren", bemerkte Christian.

„Der alkoholhaltige Teil des Abends war früh zu Ende." Charly lachte geradeheraus. „Das Dorffest endete abrupt in einem heftigen Gewitter", erläuterte sie an seinen Freund gewandt.

„Gereon hat dir nobel seine Couch angeboten", stellte dieser sachlich fest.

Sie senkte den Blick und die Röte kroch in ihre Wangen. „So ungefähr."

„Und weil diesmal du die nasse Katze warst, hat er dir gleich noch sein T-Shirt geopfert?"

„Äh, nein. Das war meine kleptomanische Ader."

***

Um dem weiteren Verhör zu entgehen, zog sie ihr Handy aus der Tasche und tippte emsig darauf herum. Nach einer Weile und immer noch mit dem Handy befasst, fragte sie beiläufig: „Wie fahrt ihr denn nach Hause?"

Sie zuckten unisono die Schultern. „Und du?"

„Jedenfalls mit Umweg."

Gereon schob ihr seine Karte entgegen. „Wo lang?"

Sie zeigte ihm den ungefähren Streckenverlauf. Beide Männer begutachteten ihre Wahl und schienen sich mit einem Blick verständigt zu haben. „Was dagegen, wenn wir dich begleiten?"

„Ich nehme die Spitze, und wenn ihr nicht hinterherkommt, euer Pech“, erklärte Charly resolut und hielt der Kellnerin, die eben mit den Rechnungen herantrat, einen Zwanziger entgegen. „Stimmt so.“

Love Is a Battlefield – Pat Banatar

Unterhalb einer trutzigen Burg, malerisch auf einem Felssporn erbaut, bog Charly auf einen Feldweg ab, der zunächst in den Wald hineinführte und dann auf einer Wiese direkt am Fuße der Felsen endete. Die Wiese beherbergte einen bunten Mittelaltermarkt. Gereon und Christian wechselten hinter Charlys Rücken einen Blick. Christian zuckte mit den Schultern. Früher oder später würde sie es sowieso erfahren.

***

Charly schritt zielstrebig suchend durch die Menge, schwenkte aber von der eingeschlagenen Richtung ab, als sie den Schenk der Taverne erkannte. Der erkannte sie auch, erfasste ihre Motorradkleidung und stellte das Schnapspinchen auf den Tresen. Sie schmunzelte. „Heute nehme ich einen kleinen Heidelbeer."

Er tauschte das Pinchen gegen einen Tonbecher. „Woher der Sinneswandel?"

Er grüßte Christian und Gereon mit einem Nicken.

„Ich bleibe lange genug." Sie wartete, bis er auch beiden Männern ausgeschenkt hatte, dann prostete sie ihm zu. Da weitere Kundschaft wartete, nahm sie ihre Suche wieder auf. Sie grüßte hier und da, wich Entgegenkommenden aus und fand sich im Griff des Folterknechtes wieder, der sie stabilisierte, sie aber nach einem Blick über ihre Schulter kommentarlos freigab. Sie folgte seinem Blick und sah, wie Christian ihn anfunkelte. In diesem Moment entdeckte sie den Trupp, den sie suchte.

„Marek!"

Sie umarmte einen älteren, schmächtigen Mann in der Gewandung eines Waffenmeisters. Im Gegensatz zu ihr zögerten Christian und Gereon, den Lagerbereich zu betreten, und Charly winkte sie heran und stellte sie vor.

***

Marek musterte sie unverhohlen abschätzend und reichte ihnen dann die Hand. „Heute in Zivil?“, wandte er sich an Christian. Der warf einen schnellen Blick zu Charly. Sie war in die Begrüßung der anderen Männer und Frauen der Truppe vertieft. Er nickte.

Marek schätzte ihn noch einmal ab, gründlicher diesmal. „Schade. Ich wollte deine Fähigkeiten testen. Du könntest gut in meine Truppe passen.“

Das hatte er nicht erwartet. Während er nach einer passenden Antwort suchte – immerhin hatte er schon mehrfach erwogen, sich ihm vorzustellen und um Unterricht zu ersuchen – tauchte Charly neben ihm auf. Sie blickte mit gerunzelter Stirn an ihm vorbei, und ihrem Blick folgend sah er den Folterknecht, der sich in der Nähe postiert hatte.

„Was ist nur in die Kerle gefahren?“, knurrte Charly.

„Wieso?“, fragte Marek.

Unwirsch deutete sie in die entsprechende Richtung. „Der hat mich letzte Woche schon fast mit den Augen aufgefressen. Und nicht nur er. Da war noch ein voll gerüsteter, schwer bewaffneter Typ in einem blauen Waffenrock ...“ Sie verstummte, weil Marek grinste.

„Steht neben dir.“ Mareks Blick wies auf ihn, und als sie sich ihm zuwandte, zuckte Christian entschuldigend mit den Schultern.

Charly maß ihn von Kopf bis Fuß, als sähe sie ihn zum ersten Mal. Wortlos zog sie eines der Schwerter aus dem Waffenständer und nahm einem der Männer den Rundschild ab. Mit aufforderndem

Blick baute sie sich vor ihm auf. Die Lagerleute stupsten einander an. Er wollte gerade ablehnend den Kopf schütteln, als er Mareks feines Lächeln bemerkte. „Darf ich?“

Marek machte eine einladende Geste zum Waffenständer hin.

Er wählte ein schmuckloses, recht kurzes Einhandschwert und musterte Charly nachdenklich. ‚Abgesehen von der Waffe und dem Schild ist sie ungeschützt, ich habe mehr Reichweite und ein Drittel mehr Gewicht als sie. Andererseits …’, erinnerte er sich an ihre Reaktion, als er sie beim Bauen erschreckt hatte.

Marek erschien neben ihm und reichte ihm einen Schild. „Unterschätze sie nicht“, warnte er.

Er begann ein harmloses Geplänkel, Charly reagierte defensiv, wenn auch prompt. Es widerstrebte ihm, sie offensiver anzugreifen, bis er wiederum Mareks Blick bemerkte und realisierte, dass der wissen wollte, wie er mit dieser Situation umging.

Abgelenkt von seinen Gedanken hatte er seine Deckung vernachlässigt, und Charly führte einen kräftigen Hieb gegen seinen Oberarm. Im letzten Moment brachte er seinen Schild dazwischen. Sie hatte offenbar keine Hemmungen, ihm im Zweifelsfall ein paar schmerzhafte blaue Flecken zu verpassen.

Er bedrängte sie stärker. Sie war flink, wechselte häufig ihre Position. Nach wie vor defensiv, und wenn sie angriff, dann gezielt auf Lücken in seiner Deckung. Der reinste Floh, sogar die Stiche saßen. Langsam, aber sicher irritierte ihn das. Dass sie dann noch einen Hieb, den er pariert geglaubt hatte, an seinem Schwert entlang abgleiten ließ und ihn in die Brust piekte, brachte das Fass zum Überlaufen.

Mit einigen wuchtigen Hieben trieb er sie in die Enge, sie duckte sich hinter ihren Schild und wich an den Pfosten des Baldachins zurück. Gerade, als er einen abschließenden Hieb anbringen wollte, stemmte sie ihm ihren Schild mit aller Kraft, die sie aufbringen konnte, entgegen und brachte ihn aus dem Gleichgewicht. Er trat einen Schritt rückwärts, wollte sich stabilisieren, als ihr Schwert mit der flachen Klinge auf seinen Handrücken traf. Reflexartig öffnete er seinen Griff, verlor das Schwert; da hatte Charly auch schon ihren Fuß hinter den seinen geschoben und brachte ihn rücklings zu Fall. Geistesgegenwärtig schlang er seinen Arm um ihre Taille und zog sie mit sich. Sie ließ ihren Schild los, stemmte sich gegen seine Brust, um Bewegungsfreiheit zu erlangen, packte dann mit der freien Hand die Klinge ihres Schwertes und drückte sie ihm, schwer atmend, an die Kehle.

„Ich habe einen Wunsch frei“, stellte sie, nach Luft schnappend, fest. Sie kniete halb neben, halb auf ihm, und er wünschte alle Zuschauer meilenweit weg.

„Das kannst du auch ohne Schwertkampf haben. Einfach fragen reicht“, knurrte er. Schade, sie erhob sich, wenn auch schmunzelnd und bot ihm die Hand. Als auch er wieder auf den Beinen stand, trat Marek zu ihnen.

„Nicht schlecht.“ Der Tscheche nickte ihm anerkennend zu.

Er schüttelte den Kopf. „‚Nicht schlecht' sieht anders aus. Ich habe sie unterschätzt, ich konnte den fehlenden Schutz und ihre offensichtlichen Benachteiligungen nicht ausblenden“, zählte er seine Fehler auf.

„Was in dem Fall eher für dich spricht. Wäre es dir gelungen, würde ich einen Weg finden, Charly vor dir zu schützen.“ Mareks Blick enthielt eine eindeutige Warnung.

Er schluckte. „Sie haben ihr das beigebracht?“

„Hat er“, antwortete Charly. „Wobei der Schwertkampf eher ein Nebeneffekt war.“

„Inwiefern?“ ‚Gereons Stimme. Er hasst es, wenn er außen vor bleibt', dachte Christian.

„Mein Dad hat mich nie von irgendetwas abgehalten, das ich machen wollte. Aber er hat Bedingungen daran geknüpft. Als ich reiten lernen wollte, das ‚Richtig-vom-Pferd-fall'-Training, zum Beispiel. So habe ich Marek kennengelernt. Er ist Stuntman und ein langjähriger Freund meines Vaters."

„Was kannst du sonst noch?", fragte Gereon weiter.

„Neben dem Falltraining vom Pferd kamen die Motorradtricks und danach das richtige Fallen bei Motorradstürzen. Aus gegebenem Anlass Selbstverteidigung." Über ihr Gesicht glitt ein düsterer Ausdruck, verschwand aber sofort wieder. „Und als ich in mein Haus gezogen bin, war es der Jagd- und Sportwaffenschein." Sie lachte. „Die Sturztrainings haben sich allemal bezahlt gemacht und die Moppedtricks auch." Sie zwinkerte ihm, Christian, zu. „Der Rest hat sicher nicht geschadet, auch wenn ich es noch nicht ernsthaft anwenden musste. Stichwort anwenden,", wandte sie sich an Marek, „Ich brauche eine Sattlerin."

Marek zog fragend die Augenbrauen hoch. Sie erläuterte ihm die Schwierigkeiten mit Phoenix, und er versprach, sich den Hengst in den nächsten Tagen anzuschauen. Dann nahm er einem seiner Lagerleute einen langen, in ein öliges Tuch geschlagenen Gegenstand ab und schlug den Lappen auseinander. Zum Vorschein kam eine wunderschöne Klinge an einem unscheinbaren, wenn auch kunstfertig geschmiedeten Heft und einem eher kleinen, leinenumwundenen Griff. Ehrfürchtig nahm Charly Marek die Waffe aus der Hand, drehte und inspizierte sie und führte einige Probehiebe aus. „Sie ist atemberaubend! Danke!" Sie fiel Marek um den Hals.

„Du wirst dich zum Knappen mausern müssen", schmunzelte der.

„Warum nicht gleich Ritter?", fragte sie.

„Ein Weib gehört in die Küche oder an die Spinnrocken, nicht in Waffenröcke."

Charly fuhr herum.

‚Der Folterknecht.' Christian verengte verärgert die Augen.

Charly musterte den Mann von oben bis unten, dann grinste sie breit. „Wenn du einmal essen musstest, was ich gekocht habe, denkst du anders darüber."

‚Schlagfertig, aber glatt gelogen', dachte Christian.

***

Jetzt, da Marek die Finger an Christian bekommen hatte, ließ er ihn nicht wieder aus den Fängen. Charly kannte das schon. Innerlich schmunzelnd nahm sie sich Gereons an, der etwas verloren danebenstand. ‚Mittelalter, das ist nicht seins.' Es war ihm unschwer anzusehen.

Sie lotste ihn aus dem Lager zur Taverne, nicht ohne bei einem letzten Blick über die Schulter zu bemerken, dass Christian ihr über Mareks Kopf hinweg nachsah. Sehnsüchtig, wie ihr schien.

Sie hockten sich an einen der Tische, die etwas abseits im Schatten einer großen Linde aufgestellt waren. Über ihnen summte der ganze Baum von emsig fliegenden Bienen und eine dezente Süße hing in der Luft. Gereon fasste ihre Hand und sie überließ sie ihm. Seine Finger auf den ihren fühlten sich gut an, warm und stark. Sie erschauerte leicht. „Woran denkst du?" Vollkommen überflüssig, ihre Frage. Sie sah ihm seine Gedanken an. In seinen Augen spiegelte sich sein Verlangen, sein Händedruck wurde merklich fester, und sie spürte ihre eigene Reaktion auf ihn.

„An eine Wiederholung von letzter Nacht", antwortete er. „Möglichst bald."

„Die es nicht geben wird", brüsk und verspätet entzog sie ihm ihre Hand.

Er erstarrte.

„So war es nicht gemeint", beeilte sie sich, ihn zu beschwichtigen.

„Wie denn?", blaffte er sie an.

Sie schlang sich die Arme um den Körper, hielt aber seinem Blick stand. „Ich will nicht, dass du dir Hoffnungen auf mehr machst, als ich derzeit will", erklärte sie, sehr ruhig, sehr defensiv und mit sorgfältig kontrollierter Stimme. Das stoppte ihn. Was auch immer er hatte sagen wollen.

„Und was willst du derzeit?", imitierte er sie.

„Das Leben genießen, ohne Rücksicht auf Verbindlichkeiten. Davon hatte ich in den letzten Jahren genug." Sie wartete.

„Wic stcllst du dir das vor?"

„Ich bin für – fast – alles zu haben", wählte sie die gleichen Worte wie bei Christian.

„Das heißt?", fragte er nach.

„Motorradfahren, klettern, ausgehen, was auch immer …" Ihre Stimme verlor sich und sie sah auf ihre Hände.

„Aber keinen Sex? Die Beste-Kumpel-Tour?", fragte er, sehr trocken und sehr ironisch.

Über ihre Arme zog sich Gänsehaut. Sie schlang die Finger ineinander. „Darauf möchte ich ungern verzichten. ‚Beste Kumpel' hab ich genug."

„Aber?"

***

Sie wand sich sichtlich unter seinem Verhör. Überraschend hob sie den Kopf und sah ihm in die Augen.

„Ich habe zu Christian gesagt, dass ich die Finger nicht von dir lassen kann", erklärte sie. „Es stimmt, nach letzter Nacht umso mehr."

Verblüfft starrte er sie an. ‚Wow, welch ein Kompliment!'

„Aber das Gleiche gilt für ihn."

‚Der Tiefschlag direkt darauf', dachte er. „Er sagte mir etwas Ähnliches bereits."

„Ach?“ Sie legte den Kopf schräg. „Du hast deine Meinung schon gefasst.“

‚Feststellung, keine Frage‘, bemerkte er. „Ja.“

Sie wartete einfach ab.

‚Raffiniertes Biest.‘ Widerwillig ihre Selbstsicherheit bewundernd, antwortete er: „Lieber teile ich mit ihm, als dass ich ganz auf dich verzichte.“

Sie erstarrte.

‚Warum?‘, fragte er sich. Er legte die Hand auf ihren Arm und beugte sich nahe zu ihr, um seinen nächsten Worten mehr Gewicht zu verleihen. „Aber nur mit ihm.“ In seiner Stimme lag eine unüberhörbare Warnung.

„Wenn du meinst, dass ich neben dir und ihm noch“, sie suchte nach dem richtigen Begriff. „ … Kapazität … für andere Männer hätte, dann kennst du ihn schlecht. Oder ich sollte mich ob deines Vertrauens in meine Leistungsfähigkeit geschmeichelt fühlen.“

Er lachte unwillkürlich. ‚In der Tat kenne ich Christian, was das betrifft, sehr gut.‘, dachte er und fand ein wenig Genugtuung darin, ihr dieses Wissen vorzuenthalten.

Charly stand auf. „Schön, dass das geklärt ist.“ Sie wirkte erleichtert.

Lasse reden – Die Ärzte

Sie hatte keine Ruhe mehr und brach bald auf. Begleitung lehnte sie ab. Wild wirbelten die Gedanken durch ihren Kopf.

Charly bremste scharf und fluchte leise. Beinahe wäre sie ihrem Vordermann ins Heck gefahren. ‚Ich muss mich aufs Fahren konzentrieren!' Sie vergrößerte den Abstand zum vorausfahrenden Auto. ‚Warum grade jetzt? Wann sonst – die letzten Jahre habe ich weder rechts noch links geschaut.' Obwohl, so ganz stimmte das nicht, aber meist war es bei oberflächlichen Bekanntschaften geblieben. Ein paar unverbindliche Treffen, einige Motorradtouren, die eine oder andere gemeinsame Nacht. ‚Hätte einer nicht gereicht?', grübelte sie. ‚Wenn ich keine Beziehung will, ist es doch egal, wie viele ich kennenlerne.'

Sie setzte den Blinker und überholte, zu aufgewühlt, um die gesetzte Fahrweise des Autofahrers länger zu erdulden. Außerdem lockte eine schmale, kurvige Strecke entlang eines Baches mit Fahrspaß. Aber auch das brachte ihre Gedanken nicht zur Ruhe, und nach jeder Kurve blitzte ein anderer Satzfetzen in ihrem Kopf auf. ‚Soll ich es besser beenden?', ‚Mit wem?', ‚Mit beiden?', ‚Unverbindlich ein bisschen Motorrad fahren, klettern meinetwegen und den Rest weglassen?', ‚Wie die letzten Jahre auch?', ‚Ich will den ‚Rest' nicht weglassen!', begehrte sie innerlich auf. Genervt zog sie das Gas auf und nahm die nächsten Kurven am Limit der Physik. Die Straßenverkehrsordnung war schon längst ausgereizt. Eine enge Rechtskurve, großzügig über den Asphalt verteilter Splitt aus dem Bankett und das Gefühl des sich verselbständigenden Hinterrades brachten sie abrupt zur Besinnung. Mit einem Stoßgebet, dass jetzt bitte kein Gegenverkehr kommen möge, riss sie die Maschine senkrecht, bremste die knapp drei Meter bis zum gegenüberliegenden Fahrbahnrand, und legte die Maschine kaum eine Handbreit vor der steil abfallenden Böschung wieder nach rechts um. Dass das Manöver gelungen war und sie noch immer unversehrt im Sattel saß, realisierte sie erst einige Kurven später. Mit klopfendem Herzen, Adrenalin in den Adern und wilden Triumphschreien feierte sie ihr Leben. Erst allmählich knüpften ihre Gedanken an das zuletzt behandelte Thema an. ‚Was die Männer wohl von mir denken?' Sie musste lachen, bremste die Maschine an der nächsten Bushaltestelle und warf sich auf der angrenzenden Wiese ins sonnenwarme Gras. Sie scrollte durch ihre Kontaktliste und hielt sich gleich darauf das Telefon ans Ohr. Es klingelte nur einmal, dann meldete sich der Personal Assistant ihrer Mutter. „Charly, Süße, was kann ich für dich tun?"

„Hi Gale, den üblichen Satz …"

„Lass die Leute denken, sie denken sowieso", sagte er prompt.

„Es tut immer gut, es von dir zu hören."

„Geht es ums ‚was' oder ‚wer'?"

„Beides." Sie zögerte und er wartete geduldig. „Zwei Männer", sagte sie schließlich.

„Sehen sie gut aus?"

Charly lachte. „Sehr."

„Hätte ich Chancen?"

„Eher weniger. – Sie waren beide mit mir im Bett."

„Hoppla!", antwortete er. „Ein flotter Dreier."

„Nein, nein, schon einzeln."

Diesmal lachte er. „Wiederholungsfähig?"

„Unbedingt."

Sie schwiegen beide. Nachdenklich zupfte sie an einem Grashalm vor ihrer Nase.

„Mach dir nicht zu viele Gedanken", sagte er schließlich. „Genieße es. Wann, wenn nicht jetzt? Du bist nur einmal jung."

„Danke“, murmelte sie. „Gale?“

„Kein Wort zu Mam“, imitierte er sie. „Natürlich nicht, Süße. Küsschen.“

„Küsschen“, verabschiedete sie sich. Während sie den wenigen weißen Wolken, die langsam über den blauen Himmel wanderten, nachsah, löste sich ihre Unruhe und machte ihrem üblichen inneren Frieden Platz.

Am späten Nachmittag fuhr sie auf ihren Hof, stellte die Maschine unters Dach und sah nach den Pferden.

Der Kleine Prinz stand neben Puck auf der Koppel und versuchte mit weit gespreizten Vorderbeinen, ans Gras zu gelangen. Sie lachte über seine Verrenkungen und Grimassen.

***

Christian bremste die BMW am Rondell. Der Motor war noch nicht verklungen, da sprangen bereits beide Hunde jappend an ihm hoch. Mit einiger Mühe schaffte er es, vom Motorrad zu steigen und es abzustellen, dann kraulte er Napoleon und auch Pollux ausgiebig. Charly erschien nicht und nach geraumer Zeit umrundete er auf dem Trampelpfad das Haus. Sie stand, noch in Kombi, auf der Koppel und putzte die Mutterstute. Sie nickte ihm zu, ließ sich jedoch nicht stören.

Er stützte sich auf den Zaun und ignorierte Phoenix, der sich drohend vor ihm aufbaute. ‚Ich werde erst gehen, wenn sie mit mir geredet hat.‘

Sie schien zu dem gleichen Schluss gekommen zu sein, denn wenige Minuten später verstaute sie das Putzzeug im Unterstand und kam zu ihm. Sie streichelte den Hengst beruhigend und vermied es, ihn anzusehen.

„Danke fürs Hundesitting“, begann er.

„Gerne. Er ist ein lieber Kerl.“

„Redest du von Gereon oder dem Hund?“

Das brachte sie zum Lachen.

„Tatsächlich meinte ich Napoleon. Gereon würde sich bedanken, wenn ich ihn als ‚lieben Kerl' betiteln würde."

„Wie würdest du ihn denn betiteln?"

„Genauso wie dich", hielt sie dagegen.

„Macht mich nicht wesentlich schlauer."

„Als einen interessanten Mann."

‚Rumms, da habe ich meine Breitseite. Nun ja, ich habe sie herausgefordert.' Unvermittelt legte er seine Hand in ihren Nacken und küsste sie über den Zaun hinweg. Einen fast unmerklichen Moment spürte er ihren Widerstand, dann lehnte sie sich näher zu ihm, schlang die Arme um seine Taille. „Ich habe morgen noch frei", murmelte er.

„Ich nicht", antwortete sie.

„Darf ich trotzdem bleiben?"

„Du darfst immer bleiben." Sie duckte sich durch den Zaun, ging zum Trampelpfad und öffnete kurz darauf von innen die Terrassentür.

Sehr zielstrebig ging er auf sie zu und schob sie ins Haus zurück. Ihm war klar, was er hier tat. Es war kindisch, doch er konnte nicht anders. Er wollte wissen, ob er neben seinem Freund bestehen konnte, wollte seinen Anspruch auf sie nicht aufgeben.

***

Sie war überrascht von seiner Vehemenz, dem Hunger in seinen Augen. Aber da war noch mehr. Ein mühsam gezügeltes Verlangen, das in ihr widerhallte und dem sie sich nicht entziehen konnte. Sich nicht entziehen wollte.

Kurz perlte noch einmal ein Gedanke an die Weisheit ihres Tuns an die Oberfläche und verschwand unbeachtet in der Freude über das Gefühl seines Körpers unter ihren Händen.

***

Spät nachts schob Christian die Motorräder in den Carport, sah nach den Pferden und fütterte die Hunde. Dann stützte er sich auf den Zaun, spürte das raue Holz, sog die kühle Nachtluft tief in seine Lungen und blickte über die mondbeschienene Koppel, aus der geheimnisvoll der Nebel stieg. In Peters Garten schrie klagend ein Käuzchen.

‚Sie zieht es also durch.'

Friends – Justin Bieber

Es war ihre erste geplante Tour zu dritt.

Charly fühlte sich unsicher, obwohl sie beiden eindeutig klar gemacht hatte, dass sie keinen festen Freund wollte, sondern im Augenblick nur das Leben genießen. Es war schon spät, sie waren auf dem Heimweg. Sie hatte sich im Laufe des Nachmittags immer mehr entspannt, auch, weil Christian und Gereon sich in der Situation tatsächlich wohl zu fühlen schienen. Mal hatte der eine sie geneckt, mal der andere. Beim letzten Stopp hatten sie sich sogar die Wortspielereien zugeschanzt. Keine Spur von Rivalität zwischen ihnen. Eher im Gegenteil. Ihr Bauchgefühl sagte ihr, dass sie nicht mit den Männern gemeinsam nach Hause fahren sollte. Der Motorradtreff tauchte auf, sie setzte den Blinker, bremste und bog auf den Parkplatz.

Sie holten sich jeder einen Kaffee und setzten sich an einen der Tische. Sie allein auf der einen Bank, die Männer nebeneinander auf der Bank gegenüber. Sie sprachen über Belangloses, Fahrsituationen, die sie erlebt hatten. Über allem lag der träge Frieden eines sommerlichen Spätnachmittages. Trotzdem fühlte Charly sich zusehends unwohler. Die Männer ließen sie kaum aus den Augen. In ihrer entspannten Haltung lag etwas Wachsames, in ihren Blicken ein Hunger, der sie an Wölfe erinnerte. Sie fühlte sich immer mehr wie ein in die Enge getriebenes Reh. Der letzte Schluck Kaffee war nur noch lauwarm; sie zog eine angewiderte Grimasse und stellte die Tasse geräuschvoll auf den Tisch. „Ok", sagte sie entschieden. „Meinetwegen können wir gern zu zweit, zu dritt, in jeglicher Konstellation unterwegs sein."

Die Männer tauschten einen unergründlichen Blick und grinsten.

„Nur eins sollte euch klar sein: Sobald ihr euch streitet, ist Ende. Für jeden von euch! Klar?"

Sie nickten.

„Ich fahre jetzt heim."

Sie machten Anstalten, ihr zu folgen.

„Allein", stellte sie nachdrücklich klar, und sie ließen sich auf ihre Bank zurücksinken. „Es war ein schöner Ausflug. Macht's gut und passt auf euch auf", setzte sie versöhnlicher hinzu, drehte sich um und schritt zu ihrem Motorrad.

***

„Wenn das keine Ansage war", amüsierte sich Christian.

Gereon knurrte.

„Was?"

„Am liebsten würde ich sie auf der Stelle übers Knie legen und ihr den Hintern versohlen." Gereons grüne Augen wanderten für einen kurzen Augenblick von Charly zu ihm.

Christian lachte. „Heb dir das für eine Gelegenheit auf, wenn sie keine Kombi anhat. Bringt mehr und macht auch mehr Spaß", empfahl er seinem Freund.

Gereon schaute ihn mit einem merkwürdigen Blick an. „Ach?"

„Allgemein gesprochen." Christian schnippte ein Insekt vom Ärmel seiner Kombi.

„Was machen wir jetzt?"

„Auch nach Hause fahren."

Gereon schnaubte und blickte hilfesuchend gen Himmel. „Das meinte ich nicht."

Charly hatte sich inzwischen Helm und Handschuhe angezogen und fuhr los. Als sie an ihnen vorbeikam, nickte sie grüßend, bog dann auf die Straße, und angriffslustig röhrend verschwand die Ducati im Wald.

Sie sahen ihr nach.

Dann atmete Christian tief aus, stand auf und antwortete gleichmütig: „Ich denke mal: genießen, schweigen …“, kurze Pause, „… und nicht streiten.“ Er klopfte seinem Freund aufmunternd auf die Schulter und ging zu seinem Motorrad.

Silver Stallion – Waylon Jennings, Willie Nelson, Johnny Cash & Kris Kristofferson (The Highwaymen)

Als Charly zwei Tage später nach der Arbeit nach Hause kam, wurde sie erwartet. Marek stand an der Koppel und beobachtete die Pferde. Pollux lag neben ihm. „Hübscher Bursche."

„Von wem redest du?"

„Wenn ich von den Männern reden würde, hätte ich die Mehrzahl benutzt."

Sie verdrehte die Augen.

„Hast du schon überprüft, ob er gestohlen wurde?"

„Ich gehe davon aus, dass das Doktor Schnellenbach gemacht hat."

Marek förderte ein Chiplesegerät zutage und drückte es ihr in die Hand. „Üblicherweise auf der linken Halsseite, knapp unterhalb des Mähnenkamms."

Unsicher blickte sie auf das Gerät. „Keine Ahnung, ob er mich damit an sich heranlässt." Sie überlegte. „Außerdem hat er da eine Narbe." Sie schob sich den Chipleser in den Hosenbund, lockte den Hengst heran, drehte ihn so, dass er Marek die linke Seite zuwandte und klappte seine Mähne auf die andere Seite. Ein paar Strähnen blieben störrisch aufrecht stehen. Ungefähr in der Mitte zwischen Ohren und Widerrist etwa zwei Fingerbreit unter der Mähne befand sich eine knapp zehn Zentimeter lange, gezackte Narbe. „Könnte da ein Chip entfernt worden sein?"

Marek zuckte die Schulter. „Möglich. Aber eher unwahrscheinlich. Versuchs mal."

Sie zog das Lesegerät heraus und fuhr damit vom Widerrist aus Richtung Ohren.

„Langsamer.“

Sie begann erneut mit justierter Geschwindigkeit. Der Hengst spielte unruhig mit den Ohren, hielt aber still.

„Geh über den Bereich der Narbe.“

Sie verweilte lange dort, von links nach rechts, umgekehrt, von oben nach unten. „Nichts.“

Er nickte. Jetzt brachte er einige zerfledderte Zettel hervor und blätterte sie durch. Bei jedem warf er prüfende Blicke auf den Hengst. Offensichtlich verglich er ihn mit Beschreibungen oder gar Fotos.

Sie klopfte dem Schimmel abschließend den Hals, richtete seine Mähne und duckte sich durch den Zaun. Marek reichte ihr die Zettel und auch sie blätterte durch. Die mit Fotos ließen sich leicht ausschließen, und selbst die zwei, drei ohne Foto waren eindeutig genug. „Nichts dabei. – Heißt das, er ist nicht gestohlen?“

„Nicht unbedingt“, Marek wiegte den Kopf. „Wer schickt einen Rassehengst auf einen Schlachttransport?“

„Keine Ahnung. Was denkst du, zu welcher Rasse er gehört?“

„Das ist ein Spanier.“ Er klatschte unverhofft in die Hände und der Hengst sprang erschrocken von ihnen weg, galoppierte erst, dann trabte er mit aufmerksam gespitzten Ohren in einem Halbkreis auf sie zu. „Vielleicht ein Lusitano, aber eher ein Andalusier, so, wie er die Beine hebt. Sehr personenbezogene Pferde, je nach Charakter stellen sie sich nur schwer auf neue Reiter ein.“ Ein weiterer zerfledderter Zettel tauchte in seiner Hand auf, den er ihr weiterreichte. Es war eine Rechnung. „Die beste Sattlerin, die ich kenne. Allerdings nicht billig.“

„Das sehe ich.“ Sie warf einen Blick auf ihr Handy. „Darf ich dich unhöflich alleine lassen?“

„Nur zu. Ich hab’ Gesellschaft.“ Er tätschelte Pollux’ Kopf.

***

Charly stellte die Monster ab und ging zur Ladentür. Ihr Blick blieb auf den Öffnungszeiten haften. ‚Ich bin zu spät.' Trotzdem versuchte sie die Tür. Mit einem leisen Klingeln schwang sie auf. Sofort umgab sie der intensive Geruch nach neuem Leder.

Es war ein kleiner Raum. Links von ihr mehrere Sattelhalter mit Sätteln verschiedenen Typs und dazu passende Kopfstücke, mittig vor ihr ein kleiner Ladentisch mit einem Laptop, dahinter eine Schiebetür, die, halb geöffnet, den Blick in die Werkstatt ermöglichte. An der Wand daneben ein großer Kalender mit einem Kletterfoto. Ein schmales Regal mit ausgewählten Lederpflegemitteln und Zubehör. Rechts neben ihr auf einem Gestell ein neuer cognacfarbener Sattel im Westernstil.

„Augenblick, bitte", rief eine weibliche Stimme aus der Werkstatt.

„Keine Eile", antwortete Charly, inspizierte kurz den Westernsattel, der ausgezeichnet gearbeitet war, und ging dann, magisch angezogen, zu dem Kalender. Sie kannte den Felsen, hatte oft genug – erfolglos – versucht, diese Route zu klettern. In die Analyse des Fotos, möglicher Tritte und Griffe versunken, überhörte sie fast das erneute Klingeln der Ladentür.

„Die Schlüsselstelle. Du hast da und da …", eine sehnige Männerhand tippte an ihr vorbei auf zwei Stellen des Bildes, „… Griffe, und der Tritt ist hier." Die andere Hand zeigte auf einen Punkt etwa zehn Zentimeter neben dem Kalender an der Wand. „Dürfte für dich recht knapp werden."

Charly wandte sich dem Sprecher zu. „Was machst du hier?", fragte sie Andi erstaunt.

„Ich hole Diane ab, damit sie nicht den ganzen Abend in der Werkstatt hockt. Willst du dir den Motorradsattel abpolstern lassen?" Er grinste frech.

„Ich brauche einen Sattel für einen Hengst, der keine Männer mag", erwiderte Charly.

„Interessant. Haben Sie bereits einen Sattel von ihm?“, unterbrach die weibliche Stimme, während Andi etwas von ‚gut verstehen‘ und ‚ähnlich ergehen‘ murmelte.

Charly wandte sich zu der Sattlerin um, die in den Verkaufsraum getreten war. Sie war etwa in ihrem Alter, groß, schlank, blond, mit eindrucksvollen grüngoldenen Augen. ‚Wie Dad's‘, dachte sie. „Nein.“ Sie schüttelte bekräftigend den Kopf. „Es wäre eine Neuanfertigung und müsste angepasst werden. Er hat einen sehr kurzen, breiten Rücken. Ich muss gestehen, dass ich nicht weiß, wie er auf einen Sattel reagiert.“ Sie erläuterte die Situation in einigen wenigen Sätzen.

„Das kriegen wir schon hin“, lächelte die junge Frau. „Du kennst sie?“, fragte sie an Andi gewandt.

„Flüchtig.“

Charly fand sich noch einmal eindringlich gemustert, dann hielt die Sattlerin ihr die Hand hin. „Diane. Wann soll ich vorbeikommen?“

„So bald wie möglich. Nachmittags, ab 18 Uhr.“

Diane blätterte in einem Tischkalender. „Morgen? Oder ist dir das zu kurzfristig? Sonst geht es erst in zwei Wochen.“

„Morgen ist perfekt. Beeindruckende Arbeit“, bemerkte Charly abschließend mit einer Geste zu dem Westernsattel hin. Andi zog die Schultern hoch und verschwand nach draußen. Irritiert sah Charly ihm nach.

Diane seufzte. „Mein Meisterstück. Er war für Andis Pferd gedacht. ‚Ramòn‘, ein rassiger spanischer Hengst, schneeweiß. Er hat ihn nicht einmal getragen, wurde in derselben Nacht gestohlen, als ich ihm den Sattel gebracht habe.“

„Das tut mir leid“, sagte Charly, ehrlich betroffen. Sie erhaschte einen Blick durch die Tür nach draußen, und einer Intuition folgend stürmte sie aus dem Geschäft und vertrat Andi den Weg, als er gerade losfahren wollte. „Ich muss dir etwas zeigen.“

Er sah sie an, als sei sie von allen guten Geistern verlassen, folgte ihr jedoch. Schließlich standen sie gemeinsam an der Koppel.

„Ist das ‚Ramòn'?" Charlys Stimme zitterte.

Er betrachtete den Hengst, rief ihn. Drohend kam Phoenix herangeprescht, bremste hart vor dem Zaun und schnappte nach Andi. Der rührte sich nicht. Verärgert über die mangelnde Reaktion seines Opfers stieg der Hengst und galoppierte wieder weg. „Nein", sagte Andi leise. Seine übliche Lässigkeit war wie weggeblasen.

„Es tut mir leid." Charly berührte seinen Handrücken. Es stimmte, und doch war sie erleichtert, dass sie Phoenix behalten konnte. Sie schämte sich ob dieses Gedankens. Andi ging zum Trampelpfad zurück. An der Hausecke drehte er sich um. „Danke, dass du ihn mir gezeigt hast."

„Andi, warte!" Sie lief ihm nach. „Hilfst du mir? Ich …" sie rang mit sich. „Ich weiß nicht, ob ich ihm gewachsen bin." Unsicher sah sie ihn an.

Ein winziges Lächeln glomm in seinen Augen auf und hob für einen Augenblick seine Mundwinkel. „Mach ich."

Lifesaver – Sunrise Avenue

Sie hörte, wie Andis Supersportler gestartet wurde und wegfuhr, dann war es still. Erst da fiel ihr auf, dass Pollux und Marek fehlten. Napoleon auch, wie sie mit einem Blick über die Koppel feststellte. Achselzuckend wandte sie sich zum Haus und kümmerte sich ums Abendessen. Sie hatte den Tisch auf der Terrasse gedeckt, ihr Motorrad unters Dach geschoben und einige rote Punkte von der Liste ihres Vaters abgehakt, als Marek auf Napoleon ums Haus herumgeritten kam. Er versorgte den Braunen gründlich, und als er sich schließlich der Terrasse zuwandte, beendete Charly ihre Arbeit und hielt ihm ein Bier entgegen. „Zuerst essen oder eine Runde Training?"

„Training? Was denn?", fragte er und setzte sich.

„Selbstverteidigung."

„Hast du Schwierigkeiten?", fragte Marek und ließ das Bier sinken, ohne getrunken zu haben.

„Ich nicht", sagte sie. „Melli." Sie schnippte einen Krümel vom Tisch. „Sie kann das Gleiche wie ich. Warum lässt sie ihn gewähren? Andere Männer hält sie doch auch auf Abstand. Locker sogar!", sprudelte sie hervor.

„'Andere' Männer respektieren sie", strich Marek heraus und sie nickte nachdenklich.

Amadeus tauchte aus dem Fliederbusch auf und sprang maunzend auf ihren Schoß. Abwesend streichelte sie ihn.

„Sie muss ihm entweder seine Grenzen aufzeigen, und das wird schwierig nach der langen Zeit, oder sich von ihm trennen."

„Beides wird sie nicht tun“, sagte sie bedrückt. „Deshalb brauche ich Training, damit ich im Zweifelsfall für uns beide Luft schaffe.“

„Dann los.“

***

„Sollte ich eine Waffe tragen? Für alle Fälle?“, fragte sie und sah zu ihm auf. Sie saß keuchend im kühlen Gras unter dem Apfelbaum und verschnaufte. Marek stand in seiner ausgebeulten Jeans und dem verblichenen Holzfällerhemd lässig zwei Meter von ihr entfernt und inspizierte die unreifen Äpfel. Ihm war keine Anstrengung anzumerken.

„Würdest du sie benutzen?“, fragte er beiläufig zurück.

Sie zögerte.

„Nein“, sagte er entschieden.

Erstaunt sah sie ihn an.

„Wenn du eine scharfe Waffe trägst, musst du bereit sein, sie jederzeit kompromisslos einzusetzen. Abgesehen davon, dass es nicht legal ist, ist ein entschiedener Hieb oder Tritt wirkungsvoller als ein halbherziger Einsatz einer Waffe. Ich nehme an, wir reden von einem Messer?“

Sie nickte.

„Eine Waffe kann auch immer gegen dich gerichtet werden.“

„Schon klar.“

„Außerdem findet sich immer etwas, das sich nutzen lässt. Die berühmte Handvoll Sand, die Hutnadel oder ein Päckchen Taschentücher.“ Er ließ den Ast des Apfelbaumes los und der schnippte nach oben. „Das Wertvollste …“, begann er.

„… das du in einer solchen Situation gewinnen kannst, ist Zeit“, leierte sie herunter. „Das betest du mir vor, seit wir uns kennen.“

„Aber hast du es auch verinnerlicht?“ Er griff in seine Tasche, und schon flog ein kleines Irgendetwas auf sie zu. Sie ignorierte es, sprang auf und parierte seinen Angriff. Nachdem sie ihren Schlagabtausch beendet hatten – zu ihrer und seiner Befriedigung hatte sie sich aus seiner Umklammerung befreien können – ging sie suchenden Blickes auf und ab und hob den kleinen Gegenstand auf. „Pferdeleckerli?" Ungläubig schüttelte sie den Kopf.

„Komm essen", sagte er. „Die Techniken kannst du im Schlaf."

„Aber es tat gut, sie auszuführen. Ich trete Leute so selten als Erstes auf den Fuß oder haue ihnen die Linke unters Kinn", grinste sie.

„Du könntest mit deinen Freunden üben", schlug er vor.

Sie setzten sich. Amadeus tauchte aus dem Fliederbusch auf und strich maunzend um ihre Beine. Sie hob ihn auf den Schoß.

„Schon", gab sie zu. „Mit dir macht es mehr Spaß, da muss ich mich nicht zurückhalten, weil ich weiß, dass du es parieren kannst. Bei meinen Kumpels weiß ich das nicht."

„Hm, was auch eher kontraproduktiv wäre", brummte er. „Was ist mit Christian?"

„Nein", genierte sie sich.

„Warum nicht? Er ist gut und ihm schaden ein paar blaue Flecke nicht, wenn er nicht schnell genug ist."

Obwohl ihr der Gedanke nicht behagte, nahm sie sich die Zeit, seinen Vorschlag zu durchdenken.

Amadeus entwand sich ihren kraulenden Händen, sprang von ihren Beinen und stolzierte erhobenen Schwanzes ins Haus.

„Ich glaube, ich möchte mir die Illusion, ihn auf Abstand halten zu können, lieber noch etwas bewahren."

Girls Just Wanna Have Fun – Cyndi Lauper

Pollux verschwand bellend zwischen den Büschen und Charly beeilte sich, ihm zu folgen. Inzwischen konnte sie anhand seiner Reaktion unterscheiden, ob der Besucher bekannt war. Dieser hier war fremd.

Als sie am Rondell ankam, parkte ein schwarzer VW-Bus an genau der gleichen Stelle, an der sie ihren Bus parkte. Davor lag Pollux auf dem Rücken und ließ sich von Diane genüsslich den Bauch kraulen.

„Wie hast du das geschafft?", fragte Charly erstaunt.

„Hunde mögen mich einfach. Könnte daran liegen, dass ich immer Leckerchen einstecken habe." Sie grinste verschmitzt. „Er ist speziell. Hat es genommen, da drüben hingelegt, kam zurück und ließ sich streicheln." Jetzt unterbrach sie ihre Liebkosungen und Pollux sprang auf, lief zu dem Leckerchen, hob es auf und brachte es zu Charly, legte es ihr zu Füßen und sah sie an.

„Na, iss schon", ermutigte sie ihn. Aber erst als sie es aufhob und ihm vor die Nase hielt, nahm er es sachte und fraß es.

„Gut ausgebildet", bemerkte Diane.

„Nicht mein Verdienst. Ich frage mich, wie er überlebt hat, wenn er von Fremden nichts nimmt, und wieso er bei mir eine Ausnahme macht." Auf dem Weg zur Koppel erzählte sie Diane die Geschichte von Pferden und Hund, soweit sie selbst diese kannte. Phoenix kam, wie immer, sofort zum Zaun, um zu erkunden, was an seiner Koppel vor sich ging. Er zeigte Diane gegenüber weder Scheu noch Aggression, unterzog sie einer eingehenden Leibesvisitation und hatte schnell die Leckerchen gefunden. Diane lachte und duckte sich durch den Zaun zu ihm auf die Koppel. Er ließ sich ihre Vermessungen mit aufmerksam gespitzten Ohren gefallen, darauf bedacht, regelmäßige Belohnungen abzufassen.

„Welche Art Sattel möchtest du denn? Zaumzeug auch?“, fragte Diane.

„Ja, komplett“, erwiderte Charly. „Vielseitigkeit. Ich reite ausschließlich im Gelände. Für Napoleon habe ich einen alten Kavalleriesattel, mit dem ich gut zurechtkomme. Es sei denn, du empfiehlst mir was anderes.“

„Ich kann dir einen Stierkampfsattel machen. Die sind ideal fürs Gelände und diesen Typ Pferd.“ Sie pausierte kurz. „Wenn du überhaupt noch einen zweiten Sattel haben willst.“

„Wie meinst du das?“

„Andi bat mich, dir den Westernsattel mitzubringen. Phoenix ist zwar etwas schlanker, aber nicht so viel, dass der Sattel nicht passt, außerdem denke ich, dass er seine endgültige Figur noch nicht wieder erreicht hat. Mit einer Decke drunter dürftest du im Moment auskommen und ich schau regelmäßig vorbei und messe nach.“

„Aber …“

„Kein Aber. Es sei denn, du erklärst es Andi selbst, dass du sein Geschenk nicht annehmen willst.“ Diane hielt ihr über Phoenix’ Rücken hinweg auffordernd ihr Handy entgegen. Charly winkte ab.

Pollux sprang auf und verschwand ums Haus, nur um kurz darauf auf der Jagd nach einem gelben Tennisball wieder aufzutauchen. Er schnappte den Ball und kam schwanzwedelnd zu Charly.

„Wer hat dir das Spielzeug mitgebracht?“, fragte sie den Hund und nahm ihm den Ball ab. Sie konnte seinem Betteln nicht widerstehen und warf den Ball fort. Er hetzte hinterdrein.

„Hast du dein Handy verloren oder wieso gehst du nicht ran?“, erklang eine verärgerte Männerstimme.

Instinktiv klopfte sie ihre Taschen ab, erinnerte sich, dass sie es in den Tankrucksack gepackt und diesen auf dem Sideboard deponiert hatte. „Sorry, liegt drin.“ Sie drehte sich zu Steven um und begrüßte ihn mit Wangenküssen.

„Na, wenigstens bist du zu Hause“, knurrte er etwas besänftigt. Er drückte ihr einen Autoschlüssel in die Hand. „Lackiert, gewaschen, poliert, TÜV, angemeldet und vollgetankt.“

„Du bist ein Schatz!“ Sie strahlte ihn an. „Bleibst du zum Essen?“

„Nein, mein Zug geht in vierzig Minuten. Peter bringt mich zum Bahnhof.“ Versöhnlich drückte er ihr ebenfalls einen Kuss auf die Wange, warf einen flüchtigen Blick zu Diane, nickte grüßend und ging zum neuen Törchen. Die Hand auf dem Holm drehte er sich um. „Wieso hast du dieses ‚Scheußlichgrün‘ behalten? Die paar Tausender für eine andere Farbe wären auch drin gewesen.“

„Weil man im Leben nicht alles bekommt“, orakelte Charly. „Ich verzichte bei unwichtigen Dingen auf Perfektionismus und hoffe, er wird mir zum wichtigen Zeitpunkt zuteil.“

Er zeigte ihr sehr akzentuiert einen Vogel, drehte sich wortlos um und bog um Peters Hausecke.

„Wer ist dieser missgelaunte junge Mann?“

„Steven, mein Bruder. Sehr untypisch für ihn.“ Charly sah in die Richtung, in die er verschwunden war.

„Er hat keine Ähnlichkeit mit dir.“ Diane bemerkte es beiläufig und Charly wandte sich zu ihr zurück.

„Könnte daran liegen, dass mein Dad ihn adoptiert hat“, antwortete sie grinsend.

Diane lachte und duckte sich durch den Zaun. „Ich hole den Sattel und wir legen ihn mal drauf. Bin gespannt, wie Phoenix reagiert.“

Zu ihrer beider Überraschung ließ sich der Hengst ohne Schwierigkeiten satteln und zäumen, dann bot Diane ihr die Räuberleiter und Charly hievte sich vorsichtig auf seinen Rücken. Er stand mucksmäuschenstill. Ermutigt trieb sie ihn an. Wie bei ihrem ersten Ritt reagierte er willig und feinfühlig. Unter Dianes kritischem Blick absolvierte sie eine kleine Dressurvorführung, wechselte nicht nur die Gangarten, sondern auch die Tempi, ritt Bahnfiguren und Schlangenlinien, brachte ihn aus allen Gangarten zum Stehen und ritt wieder an, und versuchte sich schließlich an Galoppwechseln und einer Pirouette. Er folgte ihren Hilfen mit aufmerksam spielenden Ohren und Charly hielt den Atem an. ‚Ja, er dreht!' Innerlich jubelnd ritt sie die Pirouette nur halb, dann konnte sie sich nicht mehr beherrschen, sie ließ ihm die Zügel, trieb ihn mit einem lauten „Jippieh" kräftig an und preschte mit ihm über die Koppel. Nach zwei Runden nahm sie die Zügel auf und visierte die Feldsteinmauer an. Er setzte ohne das geringste Zögern hinüber, sie wendete ihn um den Birnbaum herum und kehrte auf dem gleichen Weg zurück.

„Dir ist schon klar, dass das ein Westernsattel und der Hengst kein Springpferd ist?", rief Diane ihr kopfschüttelnd entgegen.

„Mir egal, was er ist, er kann es, nur das ist interessant." Sie sprang aus dem Sattel und fiel dem Hengst um den Hals, was Phoenix mit unruhigem Tänzeln quittierte und rückwärts hopsend versuchte, sich aus ihrem Griff zu befreien. In Windeseile nahm sie ihm Sattel und Zaumzeug ab, belohnte ihn und umarmte Diane. „Jetzt machen wir einen Sekt auf. Das muss gefeiert werden."

Es blieb nicht bei einer Flasche. Als Charly Diane auf ihrem Big Sofa untergebracht hatte und selbst zu ihrem Zimmer hinaufstieg, war es weit nach Mitternacht. Hinter ihnen lag ein vergnüglicher Abend voller Pferde-, Kletter- und Motorradgeschichten. Am Morgen schieden sie als Freundinnen, verabredet zum Klettern an Charlys Waterloo-Felsen, wie sie ihn insgeheim nannte.

Waterloo – ABBA

Charly balancierte, jeden Muskel gespannt, ihren Körper unterhalb des Kalksteinüberhanges und fluchte nur deshalb nicht, weil ihr die Luft dafür fehlte. Sie warf einen halben Blick nach unten. Lester lehnte aufmerksam gelangweilt mit in den Nacken gelegtem Kopf an der schrägen Kiefer, bereit, entweder ihren Sturz abzufangen oder ihr Seil auszugeben. Er blieb still, kannte sie zu gut, um sich Anraunzer einzufangen.

Sie konzentrierte sich wieder auf den Fels vor ihr. Eben war sie aus der Sonnenwärme in den Schatten des Überhanges geklettert und versuchte nun, genug Halt, Schwung und Courage für die nächsten zwei Griffe aufzubauen.

„Du hast keine Kraft mehr, komm runter!"

Unwillkürlich entfuhr ihr ein gereiztes Fauchen. Sie schnellte sich, den Worten aus der Schlucht zum Trotz, vorwärts-aufwärts, nutzte den Aufleger als Verstärker ihres Schwunges und schnappte um die Kante herum. Irgendwo da oben war eine Sanduhr, ein komfortabler Henkel – wenn sie ihn denn erwischte. Ihre Finger spürten rauen Stein, automatisch schloss sie den Griff und erwartete gleichzeitig zu fallen. Nichts dergleichen geschah. Sie öffnete die Augen – ‚Wann habe ich die zugemacht?' – und sah verwundert, dass sie die Sanduhr umklammert hielt. Ächzend brachte sie die rechte Hand ebenfalls nach oben, angelte mit dem Fuß nach dem Überhang, und mit halbem Aufschwung rollte sie sich auf den abschüssigen Felsen. Sie blieb einige Augenblicke auf dem Bauch liegen, um ihren fliegenden Atem zu beruhigen und lehnte die Stirn an den wieder warmen Fels. Verspätet dämmerte ihr, dass es nicht Lesters Stimme gewesen war. Vorsichtig die Hände zur Balance flach auf die schräge Fläche gepresst, richtete sie sich zum Hocken auf und lugte hinunter.

Lester, Gereon, Andi und Diane sahen mit offenen Mündern zu ihr herauf.

Nonchalant setzte sie mit einem weiten Sprung über die Schlucht und hakte die Sicherung ein. Die verbleibenden dreieinhalb Meter auf den runden Felskopf waren ein Kinderspiel. Zufrieden streckte sie sich auf dem geräumigen Gipfel aus.

Sie musste nicht lange warten, bis Andi neben ihr erschien.

„Respekt." Er musterte sie anerkennend. „Ich habe dir in Dianes Laden nichts Neues erzählt."

„Aber mir die Abstände bestätigt. Das war viel wert." Charly lächelte ihn an. „Das und Lesters ‚First Kiss'. Aber ohne deinen blöden Kommentar hätte wohl beides nichts genutzt." Plötzlich missgelaunt begann sie, ihre Kletterschuhe aufzuschnüren. Hinter ihnen scharrte das Seil über den Felsen und kündigte den nächsten Kletterer an.

„Du bist sauer", stellte er erstaunt fest. „Sorry, ich wollte dich nicht ärgern." Andi klang scheu.

„Wenn ich etwas nicht leiden kann, dann Männer, die meinen, meine Fähigkeiten besser einschätzen zu können als ich selbst und mich bevormunden wollen", erklärte Charly vehement. Unfähig, weiter stillzusitzen, sprang sie auf und ging zur Gipfelbuch-Box. Der Metalldeckel klemmte und ungeduldig zerrte sie daran. Mit widerstrebendem Knarzen gab er nach und sie angelte das zerfledderte Buch heraus. Der unverwechselbare Geruch nach vergilbtem Papier wehte aus der Box. Vorsichtig blätterte sie bis zum letzten Eintrag, drei Tage her, und kein Wunder, es hatte Bindfäden geregnet. Andächtig, aber schnörkellos trug sie das Datum und ihren Namen ein und reichte das Buch an Andi weiter; ihre Irritation war vergessen.

Accidentally in Love – Counting Crows

Ärgerlich auf sich selbst und nicht nur mit angekratztem Stolz kletterte Gereon die letzten Meter zum Gipfel hoch. Er hatte die Route auf die leichte Schulter genommen, und jetzt zierte eine lange Schürfwunde seinen linken Unterarm. Ein dünner Blutfaden rann ihm unangenehm glitschig in die Handfläche, der Herzschlag dröhnte in seinen Ohren und der erste Blick über den runden Felskopf endete genau in der sinkenden Sonne. Lichtbögen wegblinzelnd tastete er sich zu einem Platz etwas abseits und begann mit der Inventur.

„Halt still." Charlys Stimme an seinem Ohr. Ihre deftigen, unerwartet warmen, fast heißen Hände auf seiner Hand, auf seinem Arm. Ihr Geruch, nach Holz, duftendem Heu und frischem Schweiß, direkt unter seiner Nase, betörend, erregend. Sein Blut, mit dem Schreck des Sturzes den oberen Regionen seines Körpers entschwunden, sah keine Veranlassung, in diese zurückzukehren.

Charly hob seinen Arm über seinen Kopf und pappte zwei Taschentücher auf die Wunde. „Lester ist gleich oben."

Lester war ihm gerade ziemlich egal. Charlys Oberweite wenige Zentimeter vor seiner Nasenspitze war völlig ausreichend, die Unbill der letzten Viertelstunde vergessen zu machen. Im Augenblick wollte er nur eines.

Charly.

Mühsam hob er den Blick zu ihrem Gesicht. In ihren traumhaft blauen Augen stand Besorgnis. Seine Augen mussten genug seines inneren Kampfes um Beherrschung transportiert haben, denn alle Farbe wich aus ihren Wangen. Aber sie sah nicht weg. Die Welt bestand nur noch aus ihnen beiden. Für Sekunden. Minuten. Stunden? Eine gefühlte Ewigkeit hämmernden Herzens und ohrenrauschenden Blutes.

Zwischen Charlys Lippen erschien ihre Zungenspitze. Die Zeit raste und floss gleichzeitig in einzeln tröpfelnden, Ewigkeiten währenden Augenblicken, fror ihre Bewegungen in ein Kaleidoskop feinster Nuancen. Unendlich fasziniert und seltsam losgelöst von seinem Körper beobachtete er, wie ihre Zunge, scheinbar in Zeitlupe dem sinnlichen Schwung ihrer Oberlippe folgend – die Wärme der Sonne auf seiner Haut, das Rauschen des Windes in den Blättern der Bäume unter ihnen und der harte Fels, auf dem er saß, nur mehr Randnotizen des Lebens – wieder verschwand und Charly ihre Unterlippe zwischen die Zähne zog.

‚Ich will dich', dachte er.

„Zeig her."

Lesters Stimme ließ ihn zusammenzucken, Charly zog ruckartig ihre Hand aus seinem Griff und die Welt kehrte sich ihrem gewohnten Rhythmus zu.

Er blieb zurück. Einsam. Mit einer nie gekannten Sehnsucht.

Skin – Rag'n'Bone Man

Gereon tigerte durchs Haus. Sein Körper schmerzte. Aber es waren seine Gedanken, die ihn keine Ruhe finden ließen. Das war neu. Anders. Zutiefst beunruhigend.

Er fand sich an der Tür zu seinem Büro wieder. Nach kurzem Zögern trat er ein. Silbern flutete das Mondlicht in den dunklen Raum und ließ die Umrisse seines penibel aufgeräumten gläsernen Schreibtisches aufleuchten. Sein Skizzentisch dagegen chaotisch, ein Wirrwarr halbfertiger Arbeiten, schnell hingekritzelter Notizen, schwungvolle Zeichnungen verrückter Ideen, aus jedem Bleistiftstrich der Enthusiasmus sprühend. Mittig ein Stapel zusammengerollter Blätter.

Zögerlich nahm er eines zur Hand, rollte es langsam auf. Sauberer, neuer Papiergeruch hüllte ihn ein. Unbewusst fuhr er mit dem Daumen die akkurate Schnittkante nach, wie er den Konturen von Charlys Wange folgen würde. Schließlich nahm er Platz, tastete über die Blätter und fand den Bleistift. Zog ein neues Blatt Papier aus dem Drucker, und innerhalb der nächsten Stunde skizzierte er eine Situationsanalyse seiner … Beziehung? Affäre? Liaison? zu Charly. „Nennen wir es einfach Freundschaft." Beim Klang seiner Stimme erschrak er. Er räusperte sich. „Freundschaft", wiederholte er fester.

Sie hatte kaum ein Wort mit ihm gesprochen heute. Aber er war sich jeder ihrer Regungen bewusst gewesen. Neidisch auf jedes Wort, das sie mit Andi oder Lester gewechselt hatte. Eifersüchtig auf jeden Blick und jedes Lächeln, das nicht ihm galt. Argwöhnisch hatte er jede ihrer Berührungen der anderen Männer beobachtet.

Aufmerksam studierte er den Zettel und begann, Muster zu ahnen. ‚Je stärker ich Treffen herbeigeführt habe, umso entschlossener schien sie mir zu widerstehen, und als die Ereignisse mir die Zügel aus der

Hand genommen haben, ist sie mir regelrecht in die Arme gefallen, sogar ins Bett', korrigierte er mit einem Grinsen und spürte eine Woge der Erregung durch seinen Körper fluten. ‚Ob es eine Rolle gespielt hat, dass Christian im Urlaub war?'

Erneut unruhig, stand er auf und trat ans Fenster. So dicht, dass sein Atem ein Wölkchen auf der Scheibe hinterließ. Ohne zu überlegen, hauchte er die Scheibe großflächiger an und malte eilig ein Herz mit den Initialen C und G. Die Kondenswolke verblasste und er fühlte sich kindisch. Er zögerte dennoch, es wegzuwischen.

Schließlich wanderte er zurück zum Skizzentisch. Sein Blick streifte das Modell der Frauenkirche und blieb auf seinem Spiegelbild in der nachtdunklen Fensterscheibe hängen. Die alten Jeans hingen tief auf seinen Hüften, auf ein T-Shirt hatte er nach dem Duschen verzichtet. ‚Ich mag meinen Körper. Sie auch? Sie zeigt es nicht', überlegte er. ‚Oder doch, aber nicht so offen, wie ich es gewohnt bin. Sie himmelt mich nicht an. Es fehlt die Koketterie und sie versucht nicht, mich zu beeindrucken.' In allem, was sie tat, schien sie nur ihrem eigenen Verlangen zu folgen, und die Haltung ihrer Umwelt dazu schien völlig uninteressant zu sein. ‚Beneidenswert.'

Er seufzte. War er sich seiner selbst doch oft genug nur zu bewusst, und der Reaktionen der ihn umgebenden Menschen noch mehr.

Gedankenverloren tippten seine Finger auf dem Papier. ‚Wie weiter? Drängen hat nichts gebracht, Zurückhaltung schon eher', überlegte er. „Das Gras wächst nicht schneller, wenn man daran zieht. Wo Opa recht hat, hat er recht", sagte er laut. – ‚Nur habe ich es nicht so mit der Geduld.'

Happy Birthday – Stevie Wonder

Charly parkte den Bus an der Kirchgasse. Sie hatte kaum die Tür geöffnet, um auszusteigen, als Napoleon schon bellend am geschlossenen Tor von Gereons Grundstück hochsprang. Sie schnappte die Flasche vom Beifahrersitz, schwang sich aus dem Bus, nahm über die Straße Anlauf und flankte über das Tor. Der Hund ließ sich erwartungsvoll auf die Seite fallen und sie kniete sich hin und kraulte Napoleon ausgiebig. Als der sich aus ihren Händen wand, gewahrte auch sie die sich nähernden Schritte. Gereon kam auf sie zu. Er freute sich, das sah sie ihm an. „Hi, schön, dich zu sehen!“ Sie erhob sich, ging ihm die letzten paar Schritte entgegen, schlang ihre Arme um seinen Hals und küsste ihn. Schmiegte sich an ihn und ließ ihn ihren Körper spüren. Er ging darauf ein und zog sie an sich.

Napoleon sprang an ihnen hoch und sie unterbrach ihren Kuss und schob den aufgeregten Hund beiseite. „Christian hat es mir verraten. Ich hoffe, es ist ok?“ Sie hielt ihm die Flasche entgegen. „Passend zur Schnapszahl. Alles Gute zum Geburtstag!“

Er lächelte, ließ den Blick nicht von ihr. „Ich freue mich, dass du da bist“ sagte er und nahm sein Geschenk entgegen. „Slyrs. Hat dir das auch Christian verraten?“

„Nein, ich habe deine Sammlung gesehen und dachte, der passt dazu.“

„Das tut er. Danke. – Komm.“

Nebeneinander schritten sie um die Hausecke herum. Im Garten waren mehrere Biertische und Bänke aufgebaut und reichlich besetzt; die Party schien bereits in vollem Gange zu sein. Charly verhielt unsicher einen Moment, straffte dann die Schultern und schloss wieder zu Gereon auf.

„Was magst du trinken?“, wandte der sich an sie.

„Dunkles Weizen ohne, wenn du hast.“

Christian erhob sich zu ihrer Begrüßung und sie umarmte ihn flüchtig. Den Männern, die sie vom Dorffest her kannte, nickte sie grüßend zu, nur Andi erhob sich und fand sich ebenfalls umarmt.

„Ich hasse es, auf eine Party zu kommen, wo ich kaum jemanden kenne“, flüsterte sie.

„Halt dich an mich, wenn du eine starke Schulter brauchst.“ Er zwinkerte ihr zu.

Sie grüßte die Leute am „Verwandtschaftstisch“, wie sie ihn insgeheim bezeichnete, höflich zurückhaltend und wandte sich dem letzten Tisch zu, an dem wiederum junge Leute saßen. Hier grüßte sie allgemein und flüchtig, als sie stutzte. „Lars! Schön, dich zu sehen!“

Sie umrundete den Tisch und umarmte einen blonden jungen Mann, der bei ihrem Ausruf von seinem Gespräch aufsah, mit breitem Lächeln aufstand und ihre Umarmung erwiderte.

„Charly! Wie geht's? Du siehst gut aus. Setz dich“, wies er einladend neben sich auf die Bank.

„Ihr kennt euch?“ Gereon tauchte mit einem Glas neben ihr auf und blickte sie erstaunt an. Sie nahm ihm das Bier ab und antwortete an Lars gewandt. „Gleich. Ich will erst noch den Jungs ‚Hallo' sagen.“ Sie deutete Richtung Schaukel und Sandkasten, wo zwei kleine Jungen damit beschäftigt waren, sich gegenseitig Sand in die Taschen zu stopfen.

„Kennen ist untertrieben. Wir waren fast vier Jahre zusammen“, antwortete sie Gereon.

„Während meiner Studienzeit in Chemnitz, bevor ich nach Berlin kam“, ergänzte Lars.

„Ich wusste nicht, dass ihr euch kennt“, sagte Gereon verwundert.

„Hättest du aber können“, lachte Lars. „Ich habe dir jedenfalls von ihr erzählt, als wir uns damals in Stiege getroffen haben. Da hattet ihr euch nur um ein paar Minuten verpasst. – Fährst du noch die blaue MZ?“, wandte er sich an Charly.

Sie schüttelte den Kopf und entfleuchte. Tief durchatmend versuchte sie, sich zu entspannen.

Die zwei kleinen Jungen musterten sie skeptisch, aber deren Mutter, die auf der Sandkastenumrandung saß, begrüßte sie erfreut. „Hallo, Charly. Schön, Sie wiederzusehen. Ich bin Maja.“

Charly nahm die dargebotene Hand und erwiderte den Gruß. „Darf ich Ihnen eine Weile Gesellschaft leisten?“

„Gerne. Viel Ruhe werden wir allerdings nicht haben.“

„Kein Problem.“ Charly ließ die Tasche von der Schulter gleiten und zog ihre Fliegerjacke aus, deponierte beides im Gras und das Bierglas auf dem Rand des Sandkastens. „Wollen wir eine Sandburg bauen?“, fragte sie die beiden Jungs.

Sie nickten. Während sie mit den beiden Jungen im Sand buddelte und ihnen erklärte, was sie da baute, beobachtete sie Maja verstohlen und überlegte, wie sie am besten mir ihr ins Gespräch kommen könnte.

„Das ist schon das zweite Mal, dass Sie mir mit den Jungen helfen“, stellte schließlich Maja fest.

Charly sah auf und klopfte sich den Sand von den Händen. „Ich habe sonst nur mit Erwachsenen zu tun. Die bauen keine Sandburgen. Der Reiz des Seltenen, schätze ich.“

„Was machen Sie beruflich?“

„Ich bin auf dem Bau, Zimmermeisterin.“ Abwartend sah sie Maja an. Sie wusste nicht, wie sie die Gegenfrage formulieren sollte. Maja war augenscheinlich überrascht und schien gleichzeitig seltsam peinlich berührt. ‚Wieso?‘, fragte sich Charly. „Und Sie?“, soufflierte sie schließlich.

Maja seufzte. „Wenn es Ihnen recht ist, können wir zum ‚Du‘ übergehen“, bot sie ausweichend an.

Charly nickte und blickte Maja weiter abwartend an. Das Schweigen begann unangenehm zu werden, als Maja doch noch antwortete: „Hausfrau und Mutter."

„Und vorher?", fragte Charly vorsichtig nach.

„Ich habe Business Development für eine kleine Firma gemacht, war viel unterwegs auf Kongressen und zu Auftraggebern." Sekundenlang war Majas Haltung eine völlig andere. Unbewußt wohl hatte sie sich aufgerichtet und wirkte selbstsicher. Ein glückliches und leicht wehmütiges Lächeln glitt über ihr Gesicht, dann sank sie wieder in sich zusammen und hockte erneut gebeugt da. Wie um sich abzulenken, griff sie in den trockenen Sand und ließ ihn rastlos durch die Finger rieseln. Wieder und wieder.

Charly betrachtete sie nachdenklich. Dann stellte sie sachlich fest: „Du wirst das bald wieder machen."

„Ich würde es gern. Aber dazu müssten die Jungs in den Kindergarten gehen. Das will die Schwiegerfamilie nicht", sagte Maja mit einem müden Abwinken.

Charly blickte in Richtung der Tische. Wie aufs Stichwort war dort ein Mann aufgestanden und kam auf sie zu.

Maja folgte ihrem Blick. „Das ist Michael, mein Mann."

„Was sagt er dazu?"

„Er hält sich raus." Es klang bitter.

Als er bei ihnen angelangt war, stellte Maja Charly vor. Er musterte sie unverhohlen. Charly hielt seinem Blick stand. Nach einigen Augenblicken lächelte sie liebenswürdig. „Sie haben zwei entzückende Söhne."

„Nervensägen, meinst du wohl eher", knurrte er. „Wann bringst du sie nach Hause, es ist schon spät!", sagte er ungehalten an seine Frau gerichtet, ohne den Blick von Charly zu nehmen.

„Gleich", beschied Maja ihm eisig.

Offensichtlich wütend drehte er sich um und kehrte an den Tisch zurück. Charly stand auf, wühlte in ihrer Tasche und förderte ein

Stück Papier und einen Kugelschreiber zutage. Schrieb vier Zeilen darauf und reichte den Zettel an Maja. „Bring mir die Jungs vorbei, wenn du Abstand brauchst. Ab sechs bin ich meist daheim, wochentags."

Maja sah sie erstaunt an. „Danke, aber …"

„Nichts aber."

***

Charly half Maja, die widerstrebenden Kinder ins Auto zu bugsieren. Noch während sie sich von Maja verabschiedete, tauchte Gereon neben ihr auf. Er musterte seine Schwester kurz und legte ihr nahe, mit den Kindern zu Bett zu gehen. Maja zog die Augenbrauen hoch, nickte aber. „Nötig wär's."

„Mach's." Seine Stimme war eindringlich, die Umarmung liebevoll. Maja stieg ins Auto und fuhr vom Hof. Gemeinsam sahen sie dem roten Kleinwagen einen Augenblick nach, dann wandte Gereon sich zu ihr. In seinem Blick war noch die Zuneigung zu seiner Schwester. „Danke", sagte auch er.

Charly schnaubte. „Es war nicht ganz uneigennützig."

„Inwiefern?" Sein intensiv fragender Blick verunsicherte sie.

„Um mir zu überlegen, wie ich mit der Situation umgehen soll." Sie wies mit dem Kopf zu den Tischen.

„Ah", machte er und musterte sie noch einen Augenblick länger mit diesem zärtlichen Ausdruck in den Augen, bevor sich ein belustigtes Funkeln hineinschlich. „Strategie festgelegt?", fragte er neckend.

„Ja", hielt sie herausfordernd dagegen.

„Na dann …" Er bot ihr den Arm.

***

Christian beteiligte sich kaum an den Gesprächen. Er zog es vor, die Grüppchen zu beobachten und seine eigenen Schlüsse zu ziehen. So war er sich zwar Majas und Charlys am Sandkasten im hinteren Teil des Gartens bewusst, aber Charlys und Lars' vertraute Begrüßung hatte ihn neugierig gemacht. Es konnte nicht schaden, in Hörweite zu sitzen, wenn sie an den Tisch zurückkehrte.

Nahezu meditativ dem Hund die Kehle kraulend, was der mit halb geschlossenen Augen genoss, überhörte er fast die Bemerkung Andis über Charlys Phoenix. Der Name jedoch ließ ihn aufhorchen und sie vertieften sich in eine Diskussion über ihren Hengst. Ohne sein Tun zu bemerken, drehte und wendete er während des Gespräches die leere Bierflasche in seinen Händen, als diese ihm plötzlich entschwebte und mit dumpfem, aber energischem „Plopp" eine Neue vor ihn hingestellt wurde. Augenblicklich gesellten sich zwei weitere dazu und Charly und Lars setzten sich, ebenfalls bereits im Gespräch, auf die Bank gegenüber.

„Was fährst du jetzt?", fragte Lars.

„Verschiedenes", antwortete Charly. „Erzähl mal, was gibt's Neues?"

Lars schmunzelte. „Geheimnisvoll wie immer", bemerkte er. In kurzen Zügen umriss er seine Neuigkeiten und versuchte gerade erneut, Charly auszuhorchen, als Gereon ihm auf die Schulter tippte und einen kleinen Zettel reichte.

Christian lehnte sich erwartungsvoll nach vorn. ‚Jetzt wird es spannend.'

Lars überflog den Zettel und schob ihn weiter zu Charly. Sie überflog ihn kurz, hob den Blick und sah Gereon in die Augen, der ebenfalls abwartend schräg hinter ihm, Christian, stehengeblieben war. „Wann hast du das aufgeschrieben?"

„Als ich aus Görlitz nach Hause kam. Er entspricht nicht ganz meinem aktuellen Stand." Er zwinkerte.

Charly lächelte spitzbübisch und fischte den Stift aus ihrer Tasche. „Das kannst du laut sagen. Da fehlt einiges.“ Schnell ergänzte sie die Liste um weitere sechs Kennzeichen.

CAT 69	Ducati Monster, rot, 900er?
CAT 2014	VW T5, braun
CAT 14	gelb
CAT 2	GS 500 E, schwarz
CAT 1	
CAT 5	
CAT 1989 H	
(CAT 1955 H)	
CAT 15	
CAT XXXX	

Sie schob den Zettel zu Lars zurück. „Viel Spaß beim Knobeln.“ Ihre Augen funkelten.

„Wieso sind da Klammern um den einen Eintrag?“ Andi, der sich eben ein neues Bier geholt hatte, beugte sich über Charlys Schulter.

„Das Fahrzeug hatte ich zu dem Zeitpunkt, als Gereon die Liste gemacht hat, aber mittlerweile nicht mehr.“

„Dein ‚Winterprojekt’“, stellte Lars fest.

„Das letzte“, nickte Charly.

„Und die vier ‚X’?“, hakte Andi nach.

„Steht in meiner Garage, hat aber noch kein Kennzeichen.“

„Das neue Winterprojekt“, grinste Lars. „Du bist früh dran. Mir hilft es allerdings nicht weiter. Aber die hier kenne ich.“ Er tippte auf ihren ersten Eintrag und schrieb flugs ‚Yamaha XT 250’ dahinter. „Und das ist dein Traktor.“ Er tippte auf den nächsten.

Charly nickte.

Er tippte die restlichen vier jeweils mit „Weiß ich nicht“ an und begann die Liste von oben. „Interessante Kennzeichenkombination“, bemerkte er. „Möchte nicht wissen, wie vielen Männern du damit Herzflattern verursacht hast. – Ist es wirklich die große 900er?“

Charly lachte. „Letzteres: Ja. Ersteres: Dabei ist der Grund ganz harmlos.“

Lars musterte sie nachdenklich, lächelte dann. „Dein Geburtstag“, rief er triumphierend.

„Du weißt ihn noch. Ich bin beeindruckt“, antwortete sie trocken.

Christian wechselte einen raschen Blick mit Gereon und bemerkte den flehentlichen Ausdruck in dessen Gesicht. ‚Daten, das ist nicht seins‘, wusste er um die Schwäche des Freundes und nickte ihm unauffällig zu. ‚Ich werde dich daran erinnern.‘

„Wow, du hast einen T5? – Letztes Jahr gekauft?“

„Ja.“

Lars störte sich nicht an ihrer Wortkargheit. „Und was ist das? Auch letztes Jahr gekauft, oder ist das die fortlaufende Nummer? Ich meine, die blaue hatte CAT 12.“

„BMW 800 GS“, hörte Christian sich sagen.

„Sowohl als auch“, kollidierte Charlys Antwort mit der seinen und sie sah ihn aus schmalen Augen an.

„Deine Erinnerung trügt dich nicht“, antwortete sie Lars, ohne den Blickkontakt zu unterbrechen.

„Ich bin lange genug hinter dir gefahren“, konterte jetzt Lars trokken. „Eine 800er GS“, murmelte er und ergänzte kopfschüttelnd den Eintrag.

„CAT 2, die kenne ich auch noch“, beendete er seine Ausführungen und stutzte dann. „CAT 15. Muss ja ganz aktuell sein?“

„Ist er.“

„Also ein Auto, sonst hättest du ‚sie‘ gesagt“, kombinierte Lars mit zusammengekniffenen Augen.

„Das ‚Geschoss‘?“, mischte sich Gereon ein.

„Ja.“ Charly lächelte zu ihm auf.

„Dann dürfte ich ihn bald zu sehen bekommen."

„Ich warte nur auf eine passende Gelegenheit", schnurrte Charly.

„Wer weiß die anderen beiden?", unterbrach Lars das Geplänkel zwischen seinem besten Freund und Charly.

Kommentarlos übernahm er, Christian, Zettel und Stift und ergänzte zwei der offenen Einträge:

CAT 1989 H VW T1 Samba, Flower-Power

(CAT 1955 H) Cadillac Fleetwood Series 60, Elvis Rose

Hatten anfangs nur er, Gereon und Andi Interesse an dem Zettel und den Andeutungen darauf gehabt, so wandten sich jetzt, als Lars mit erstaunter Stimme die zwei Zeilen vorlas, alle neugierig zu Charly hin. Wie immer war es Andi, der es auf den Punkt brachte: „Wie kommst du an einen Cadillac?"

***

Charly sah unschuldig zu ihm auf. „Ganz einfach. Über meinen Dad. Er restauriert Fahrzeuge und hat mir letzten Herbst den Caddy als rostiges Wrack in die Scheune gestellt. Ich hab ihn über den Winter aufgebaut. Vor drei Wochen hat er ihn abgeholt und verkauft. Punkt."

Die jungen Leute starrten Charly ungläubig an. Lars warf einen Blick in die Runde und meinte: „Ich erzähle euch mal, wie ich Charly kennengelernt habe."

Während alle neugierig näher zusammenrückten, lehnte sich Lars genießerisch zurück. Charly beobachtete es schmunzelnd. Lars hatte es schon immer geliebt, andere mit Erzählungen zu unterhalten, umso mehr, wenn die Geschichte sich zwar um ihn drehte, er aber einem anderen nur die Bühne geboten hatte: „Ich hatte einen Studienplatz in Chemnitz an der TU bekommen. Fahre also am ersten Unterrichtstag, erster November, ich weiß noch, dass es mich total genervt hat, weil ich hier in Franken Feiertag gehabt hätte, zur Uni.

Es war scheußliches Wetter, kalt, glatt, und ich hatte nur die alte Kuh, die ich damals fuhr." Lars machte die erste Kunstpause und sah in die erwartungsvollen Gesichter rundum.

Charly verdrehte, insgeheim amüsiert, die Augen.

„Ich habe mich unterwegs ein Mal lang gemacht, dabei ist mir der rechte Spiegel abgebrochen, was meine Laune nicht wesentlich verbessert hat. Am Eingang war ein recht großer Motorradparkplatz. Verwaist, bis auf eine total verdreckte Enduro in der hintersten Ecke unter der einzigen Straßenlaterne. Ich habe ja noch nie was für Japaner übriggehabt, aber aus irgendeinem Grund hab ich die Kuh direkt daneben geparkt."

Grinsen, vereinzelte Lacher und ein paar Bemerkungen unterbrachen Lars' Erzählung. Er antwortete scherzhaft, dann nahm er den Faden wieder auf: „Nachmittags war die Yamaha weg und die Kuh stand alleine da. So ging es weiter. Morgens, wenn ich kam, war sie da, nachmittags weg. Die erste Woche war noch nicht rum, da war plötzlich mein rechter Spiegel wieder dran."

„Die gute Fee", ulkte Andi. „Das war der erste der drei Wünsche."

Wieherndes Gelächter und einige Bemerkungen unterbrachen wiederum, und es dauerte eine ganze Weile, bis Lars seinen Bericht wieder aufnehmen konnte.

„Den ganzen Winter über habe ich nie gesehen, wer die Enduro fährt. Im Frühjahr wurde der Parkplatz voll, fast nur Mopeds, kaum ein Motorrad, aber neben der Yamaha war immer ein Platz frei. Dann fielen bei mir gleich mehrere Kurse aus, ich kam mittags raus, da standen ein Haufen junger Kerls herum und ich habe die angequatscht, ob sie auch studieren und wissen, wem die Enduro gehört." Wieder genoss Lars seine Kunstpause und die erwartungsvollen Gesichter seiner Zuhörer.

Charly spielte schmunzelnd mit dem Teelicht.

„Es waren Schüler vom Gymnasium gegenüber. Zu der Enduro konnten – oder wollten – sie mir nichts sagen."

„Sie werden schon gewusst haben, warum“, warf Andi ein. Lars störte sich nicht daran und sprach weiter: „Also habe ich angefangen zu überlegen, ob ich einfach mal schwänzen soll, aber bevor ich mich dazu entscheiden konnte, hatte ich Glück: Ich kam aus der Uni, die Enduro stand noch da, und Charly war ‚mal eben' dabei, die Kette zu wechseln.“

Alle Blicke schwenkten zu ihr.

„Sie war mir morgens auf dem Weg zur Schule gerissen und ich wollte heimwärts fahren, nicht schieben. Also hab ich aus dem Sekretariat meinen Dad angerufen, der hat mir eine neue Kette besorgt und mit allem nötigen Werkzeug, das ich nicht sowieso an Bord hatte, ins Cockpit gelegt. Et voilà.“ Charly zuckte die Schultern.

„Ich habe sie genauso angestarrt wie ihr jetzt grade“, schmunzelte Lars. „Sie hat mich zwar kurz und sehr nett gegrüßt, aber seelenruhig weitergeschraubt, und ich stand gleich vor dem nächsten Dilemma: Mir auf die Schnelle einen guten Aufhänger einfallen zu lassen, um mit ihr mal eine Runde Motorrad zu fahren, denn darauf war ich damals wirklich neugierig, oder sie zumindest wiederzusehen.“

Alle lachten und einige spöttische Bemerkungen flogen hin und her. Lars wartete geduldig, bis einer schließlich fragte:

„Mit welchem Spruch hast du sie gekriegt?“

Lars lachte lauthals.

„Sie fragte mich ganz beiläufig, was ich mit dem Rest des Tages vorhätte. Was mich vollends aus dem Konzept gebracht hat.“ Der letzte Satz ging in johlendem Applaus unter.

Charly übernahm. „Langer Rede kurzer Sinn: Wir sind von da aus zur Augustusburg gefahren, ein paar Mal die Kurven rauf und runter, haben uns in ein Café gesetzt und waren für die nächsten drei Tage verabredet, ehe wir uns bei Einbruch der Dunkelheit in Chemnitz trennten. Und eigentlich auch ab da zusammen, bis er nach Berlin gewechselt ist und ich auf Walz gegangen bin.“

„Moment mal“, mischte sich Andi stirnrunzelnd ein. „Das passt doch alles gar nicht. Zeitlich, meine ich. – Wie alt bist du?“, wandte er sich an Charly.

„Nicht gerade die netteste Frage an eine Dame“, ertönte hinter ihnen eine Stimme. „Hast du noch eine Mass für deinen alten Herrn?“

„Die die Jungs aber alle brennend interessiert“, schmunzelte Charly. „Ich bin vierundzwanzig.“ Sie drehte sich zu Gereons Vater um und stockte.

Andi nahm derweil die Finger zu Hilfe. „Es passt trotzdem net. Du bist doch Meister, stimmt's?“

„Meisterin, ja“, antwortete sie abwesend. ‚Bin ich die Einzige, die es sieht?‘ Sie warf einen schnellen Blick rundum. ‚Nein, keinem scheint etwas aufzufallen.‘

Gereons Vater stand noch immer halb neben, halb hinter ihr, und als sie ihn jetzt wieder anschaute, schüttelte er kaum merklich den Kopf.

„Entschuldige, was sagtest du?“, riss sie sich zusammen.

„Aber nicht erst seit gestern, oder?“, wiederholte Andi geduldig seine Frage.

„Ein knappes Jahr.“

„Ok. Meisterin,“, er betonte die letzte Silbe, „mit dreiundzwanzig. Der Meister dauert mindestens ein Jahr. Zweiundzwanzig. Walz sind drei Jahre und ein Tag. Neunzehn. Drei Jahre Ausbildung. Sechzehn. Da warst du noch nicht mit der Schule fertig. Du sagtest letztens, du hast Abitur.“

„Ich war mit Abstand die Jüngste in der Klasse und habe meinen Abschluss mit siebzehn gemacht. Wegen des Abiturs konnte ich die Ausbildung um ein Jahr verkürzen und war kurz vor meinem zwanzigsten Geburtstag fertig mit der Lehre. Deine Rechnung passt.“

Andi tippte noch einmal ungläubig alle Finger durch. „Hast recht“, er grinste schief. „Wo warst du auf Walz?“

„An der Ostseeküste war ich lange unterwegs, bin dann über die Lüneburger Heide, Harz, Westerwald, Mosel und den Schwarzwald gemächlich südwärts und dann lange in den Alpen geblieben. Über den Bayrischen Wald und die Oberpfalz retour."

Andi verwickelte sie in Fachsimpelei und Anekdoten auf der Walz. Auch die meisten anderen fanden zu neuen Gesprächsthemen. Nur Christian und Gereon warfen gelegentlich einen verstohlenen Blick zu ihr. Bemerkte sie das, bemühte sie sich um ein neutrales Lächeln.

***

Es war spät. Nach und nach waren fast alle Gäste aufgebrochen. Nun erhob sich Lars und verabschiedete sich. „Schön, dass wir uns so unverhofft wiedergetroffen haben. Mach's gut!"

„Pass auf dich auf", antwortete sie ihm.

Christian stand ebenfalls auf. Er hatte Charly den ganzen Abend kaum aus den Augen gelassen, und jetzt auf sie zu verzichten, schmerzte regelrecht. ‚Aber dies ist nicht mein Abend', dachte er. Er grüßte knapp und steuerte sein Gartentor an. Napoleon trottete ihm nach.

***

Charly folgte Christian mit dem Blick, achtlos das Weinglas schwenkend. Ihr erstes. ‚Noch kann ich mich in den Bus setzen und heimfahren.'

Andis Hand auf ihrer Schulter riss sie aus ihren Gedanken und sie erhob sich. Andi und Lars waren die letzten Gäste.

„Kommst du mit?"

„Ich helfe Gereon noch eben beim Abräumen", antwortete sie ausweichend.

Die beiden Männer warfen sich einen wissenden Blick zu.

***

„Da spricht die Hausfrau", schmunzelte Lars.

Gereon zögerte. Er wollte weder Charly alleine abräumen lassen noch den beiden Männern die Sache mit Charly nach mehr aussehen lassen, als sie angedeutet hatte.

Charly erlöste ihn aus seinem Zögern. „Die Küche finde ich." Betont lässig ging sie mit einem Tablett Gläser ins Haus.

Er begleitete seine Freunde zum Tor und sie wünschten ihm grinsend eine schöne Nacht.

Shadow on the Wall – Mike Oldfield

Leise, aber zwei Stufen auf einmal, nahm Christian die Treppe zu seiner Wohnung. Er hatte sich nicht die Mühe gemacht, Licht einzuschalten und bewegte sich trotz der Dunkelheit sicher. Leise schloss er die Tür hinter sich, schaltete den Fernseher an und warf sich aufs Sofa. Ziellos zappte er einige Male die Senderliste rauf und runter. Wahlweise herrschte Krieg, Horror und Meuchelei der groben oder Sex der billigen Sorte. Er schaltete den Fernseher aus und angelte nach dem Tablet. Keine Nachrichten, keine Benachrichtigungen, keine E-Mail. Tippte sich im Internet durch verschiedene Seiten, die geöffnet waren. Öffnete mehrere Spiele-Apps und schloss sie wieder, ohne gespielt zu haben. Legte das Tablet weg und ging ins Bett.

Die Stille war unerträglich, provozierte Bilder und Gedanken, die er unnachgiebig aus seinem Kopf zu verdrängen suchte. Er griff das Handy vom Nachtschrank und klickte wahllos einen Song an. Ließ einige Lieder nach Zufall durchlaufen, während er versuchte, eine Position zum Einschlafen zu finden. ‚Normalerweise habe ich keine Schwierigkeiten einzuschlafen.' Aber heute war nichts normal. ‚Ob ich den Hund nach oben holen soll?' Der war zufrieden, im Hausflur schlafen zu dürfen. Auch in der Wohnküche seines Vaters fühlte er sich wohl. Im Obergeschoß dagegen, das war ihm nicht geheuer. Es würde ihn nur verunsichern und er mit seiner Unruhe es dem Hund noch schwerer machen. Er verwarf den Gedanken.

An seiner statt tauchte Charly auf. ‚Raus', dachte er entschlossen, setzte sich im Bett auf und lehnte sich mit dem Rücken ans Kopfteil. Er sah ihr Gesicht vor sich, wie sich ihre Mundwinkel nach oben kräuselten, ihren verspielten, neckischen Blick. ‚Dann gehe ich eben', meinte er ihre spöttische Stimme zu hören. Die Charly seiner Vorstellung wandte sich mit einem unvergleichlichen Hüftschwung zum Gehen. An der Tür warf sie einen verführerischen Blick zurück zu ihm, dann verschwand sie lautlos im Schatten. Verwirrt starrte er seine Zimmertür an.

Majas Gesicht tauchte vor seinem inneren Auge auf. ‚Nein', dachte er gequält. Ihre müden, traurigen Augen, ihr einsamer Anblick, wie sie mit den beiden Jungs am Sandkasten saß, waren eine Tortur für ihn gewesen. Nur zu willkommen die Abwechslung, die Charlys Erscheinen auf Gereons Party geboten hatte. Dann war sie, fast ohne stehen zu bleiben, zu Maja gegangen, und beide Frauen nebeneinander zu sehen, ein Unterschied wie Tag und Nacht. Maja, groß und kräftig; nach den beiden Kindern hatte sie ein paar Kilo mehr, die ihr, seiner Meinung nach, sehr gut standen. Angespannt, übermüdet, verletzt und einsam. Zusammengefasst: desolat.

Charly, gut einen Kopf kleiner, schlank, im direkten Vergleich fast zierlich, obwohl er dieses Wort nicht benutzen würde, um sie zu beschreiben. Übermütig, temperamentvoll, sprühend, auf eine Art, wie Maja es nie gewesen war. Doch schienen beide Frauen einen Draht zueinander gefunden zu haben.

Unerwartet schob sich die Bedienung des Bikertreffs ins Bild.

Charlys Freundin, Melli. ‚Saublöder Name. Was diese beiden verbindet, ist mir unerklärlich.' Zu ungleich waren sie in ihrem Auftreten. Sie war schon lange am Bikertreff, aber so richtig wahrgenommen hatte er sie erst, als sie das einzige Bindeglied zu Charly darstellte. Durchaus attraktiv, aber nein. ‚Charly ist da schon ganz richtig. Ich brauche das Verspielte und ihr Tempo.' Keine Situation mit ihr hatte sich je so entwickelt, wie er es erwartet hatte. Er zog die Augenbrauen zusammen. ‚Charly', knurrte er ärgerlich in ihre Richtung. Sie verschwand.

‚Nein, nein, nein', dachte er, als das nächste Bild auftauchte.

Die Blonde aus der Buchhaltung. ‚Wie lange arbeite ich nun schon dort? Über sechs Jahre und sie hat immer noch nicht aufgegeben.' Ein – sehr – netter Anblick, und er ertappte sich regelmäßig dabei, dass er ihr länger als nötig nachsah. Das war sogar schon den Kollegen aufgefallen und er sah sich als Zielscheibe ihrer Sticheleien. Sie war sehr zielstrebig, hatte er munkeln gehört, und wahrscheinlich hatte er es nur seiner Erscheinung und seiner abweisenden Ausstrahlung zu verdanken, dass sie noch nicht handgreiflich geworden war. Zumindest ließ dies ein Kommentar seines Stellvertreters vermuten, als der sich erst gestern in sein Büro geflüchtet hatte. Vor ihr. ‚Attraktiv ist sie und immer aufreizend gekleidet. Gereon hätte sie vermutlich längst erlegt, aber ich bin nicht der Jäger, nicht offensichtlich jedenfalls. Sie ist zu leichte Beute – und zu anstrengende. Von manchen Frauen lässt man lieber gleich die Finger.'

In diese Kategorie fiel auch seine neueste Azubine. Sie himmelte ihn in süßer Unschuld an. Es gab Momente, da reizte es ihn, ihr diese Unschuld zu nehmen, ihr die härteren Spielarten der Liebe zu zeigen. Er schmunzelte in Erinnerung an eine eher beiläufige Situation: Sie saß bei zwei Kollegen im Entwicklungsbereich, er hatte mit einem einige Pläne besprochen, stand mit dem Dokument in der Rechten neben dessen Schreibtisch, hörte ihm mit halbem Ohr zu und blätterte mit der Linken den Plan auf. Unter seinem Arm hindurch hatte er gesehen, dass ihr der Träger des BHs von der Schulter gerutscht war und sie ihn eiligst unter die Bluse zurückschob. ‚Rote Spitze. Im Büro.' Er hatte es mit einem leicht sardonischen Lächeln, einem wissenden Blick und einem Hauch, wirklich, nur Hauch, von Interesse in ihre Augen quittiert, und sie hatte beinah die Farbe des Wäschestücks angenommen und war mit einer gemurmelten Entschuldigung aus dem Raum gestürzt, dass sein Kollege ihr kopfschüttelnd nachgesehen hatte. Dann seinen Blick und sein Lächeln bemerkt und er hatte seine Countenance – mit den englischen Vokabeln der Pläne im Kopf fiel ihm der deutsche Begriff nicht ein – schleunigst in ‚Ingenieur in Lösung eines kniffeligen Problems versunken' umgewandelt. Sie war mindestens fünfzehn Jahre jünger als er. ‚Zu jung. Punkt.'

‚Und sonst? Am Bikertreff?' Da gab es einige, aber keine, die bleibenden Eindruck hinterlassen hätte. ‚Abgesehen von …' Schon war sie wieder da. Ergeben ließ er sich zurück in die Waagerechte gleiten, schob die Decke zusammen und schlang ein langes Bein darum, als sei sie Charly. Knüllte das Kopfkissen und drückte es an seine Brust. Überließ sich ihr.

Lautlos schwebte sie aus dem Schatten und glitt zu ihm ins Bett. Sanft meinte er ihre kühlen Finger auf seiner Wange zu spüren. Seine Gliedmaßen wurden schwer, das Gefühl von Decke und Kissen an seinem Körper immer mehr zu Charly, und mit einem tiefen Atemzug ließ er sich zu den Klängen von Rosenstolz' „Jedesmal" von ihr ins Reich der Träume führen.

Verliebte Jungs – Purple Schulz

Als Gereon von der Verabschiedung seiner Freunde zurückkehrte, hatte Charly bereits alle Gläser in die Küche gebracht und sortierte gerade die Flaschen in die entsprechenden Kästen. Gereon trat hinter sie, küsste sie auf den Nacken und umfasste sie. Sofort glitten seine Hände weiter zu ihren Brüsten; er drängte sich fordernd an sie. Die Hände voll leerer Flaschen entzog sie ihm den Oberkörper und schob ihn gleichzeitig mit dem Po von sich. „Nicht jetzt."

Sie warf einen Blick in Richtung von Christians Grundstück und vergewisserte sich dann, dass sie alles Leergut eingesammelt hatte. Sie wich seiner erneuten Annäherung aus, indem sie ihm einen der Kästen in die Hand drückte mit der Ansage, diesen wegzuräumen. Sie war noch mit dem Einsammeln der Sitzkissen beschäftigt, als er sich seiner Aufgabe entledigt hatte und sie wieder überfiel. „Nicht hier." Erneut schob sie ihn von sich, schnappte nach den letzten Sitzkissen und trat ins Haus.

Er folgte ihr auf dem Fuße. „Jetzt?", fragte er, nahm ihr die Kissen ab und ließ sie achtlos fallen.

Sie lachte.

„Hier?" Er zog sie so fest an sich, dass sie das Gleichgewicht verloren und sie sich an der Wand abstützen musste.

‚Himmel! Ist der Kerl nur so verrückt nach mir oder sturzbetrunken?', fragte sie sich. „Nein." Sie flüchtete sich in die Küche und wollte die Spülmaschine einräumen.

„Lass. Das macht Corinna morgen."

„Dann wenigstens die." Eilig nahm sie zwei Sektgläser und spülte sie, während er seine Hände nicht von ihrem Körper lassen konnte.

„Schade, dass du deine High Heels nicht anhast", murmelte er.

„Das bereue ich auch gerade“, antwortete sie teils lockend, teils warnend. Einen Augenblick schien es, als würden sie gleich in der Küche auf dem Fliesenboden landen. Sie duckte sich aus seiner Reichweite.

Im Kühlschrank war tatsächlich noch Sekt kalt gestellt und sie inspizierte die Flaschen flüchtig, bevor sie sich für einen entschied. Er wollte ihr die Gläser abnehmen. „Die nehme ich“, wies sie ihn zurück. „Du musst dich festhalten.“ Was er auch gehorsamst tat. An ihr.

Sie bugsierte ihn die Treppe hinauf und ins Bett. Er rollte sich auf den Rücken und streckte alle viere weit von sich. Langsam bezweifelte sie, dass er noch viel von der Nacht erleben würde.

Tonight – Enrique Iglesias

Sie stellte die Gläser und die Flasche auf den Nachttisch und huschte aus dem Zimmer. „Bin gleich wieder da. Nicht einschlafen!“, hörte er sie noch sagen, dann war die Badezimmertür zu.

‚Ah, sie denkt also, ich sei betrunken. Gut, ich werde sie eines Besseren belehren.‘ Er hatte zwar genug getrunken, dass die lästigen Hemmungen verschwunden waren, aber bei weitem nicht so viel, dass er … zu nichts mehr fähig gewesen wäre. Er spitzte lauschend die Ohren. ‚Was treibt sie so lange im Bad?‘ Er öffnete die Sektflasche und schenkte ein, dann ließ er sich in der gleichen Pose aufs Bett fallen.

Ein Lichtstreif fiel in den dunklen Flur und Charly bog, die Hemdbluse von den Schultern gleiten lassend, in den Raum. Bei den nächsten Schritten verlor sie die Jeans. Sie trug die roten Dessous aus Magdeburg. Im Vorbeigehen nahm sie eins der Sektgläser, setzte es an die Lippen und trank einen großen Schluck, ohne ihn aus den Augen zu lassen. Sie stellte das Glas zurück, stieg aufs Bett und stand, die Füße links und rechts neben seinen Hüften, über ihm.

Sprachlos starrte er zu ihr hoch. Seine Hände glitten über ihre Waden in ihre Kniekehlen. Sie folgte seinem sanften Druck, ging in die Knie und nahm seine Hände in die ihren, verschränkte sie und führte sie von ihrem Körper weg über seinen Kopf. Ließ los und stützte sich auf seine Unterarme. Küsste ihn hingebungsvoll. „Nicht bewegen“, flüsterte sie rau. „Lass deine Hände da, wo sie sind.“

„Sonst?“ – ‚Was hat sie vor?‘

„Höre ich auf“, warnte sie ihn. Sie nahm ihre Hände von seinen Armen und küsste ihn wieder. Dann rutschte sie von seinem Körper herunter und knöpfte sein Hemd auf, schob ihre flinken Finger hinein und strich mit angenehm festem Druck über seine Brust. Ihre Zunge folgte dem Beispiel ihrer Hände.

Er wand sich, als sie seinem Rippenbogen folgend die weiche Haut über dem Hüftknochen erreichte und die Zähne hineinsenkte. Er quiekte auf und fasste reflexartig nach ihr.

Sie erwischte seine Hände, führte sie zurück in ihre Position und warnte noch einmal. „Bleib so." Sie kehrte dahin zurück, wo sie aufgehört hatte und machte weiter. Näherte sich dem Gürtel. Ehe er sich versah, hatte sie diesen geöffnet und die Jeans gleich mit.

Mit tiefem Aufstöhnen genoss er ihre Zärtlichkeiten und wollte nach ihr greifen.

Sie unterbrach. „Hände", sagte sie streng und wartete, bis er sich wieder ausgestreckt hatte. „Braver Junge", lobte sie ihn mit schnurrender Stimme und machte weiter.

Unwillkürlich spannte er seinen ganzen Körper an, packte den Zipfel des Kopfkissens und klammerte sich daran fest, um sich nicht um dieses Vergnügen zu bringen. ‚Ich will sie anfassen, meine Hände in ihre Haare wühlen, das Tempo bestimmen.' Rechtzeitig genug erinnerte er sich an ihren Befehl, und seine unwillkürliche Regung erntete nur einen königsblauen, strengen Blick, der ihm den Atem nahm. So bewegte er nur die Hüften und sie nahm seinen Hinweis an. Zunächst tief und langsam, dann schneller, dafür etwas flacher, und er näherte sich … „Charly, hör auf!", presste er zwischen den Zähnen hervor.

Sie ignorierte ihn; wenn überhaupt, wurde der Druck ihrer Lippen fester und mit aufreizender Bedächtigkeit führte sie ihre Bewegungen weiter.

Das Knirschen des in seinen Händen straff gespannten Bettbezuges brachte ihn langsam wieder zur Besinnung. Charly hatte ihre Berührungen nicht unterbrochen, aber seinem wohligen Räkeln angepasst. Kühler und mit festerem Druck kam jetzt ihre Hand dazu. Er hob den Kopf, sah zu ihr und begegnete ihrem Blick.

Sie wirkte sehr zufrieden mit sich, sah ihm in die Augen und schluckte. Fasziniert sah er die Bewegung ihrer Kehle. Dann beugte sie sich über ihn und spitzte herausfordernd fragend die Lippen zum Kuss. Er zögerte nur den Bruchteil eines Augenblickes, packte sie, warf sie mit einer halben Drehung aufs Bett, sich darauf und küsste sie hart. Atemlos setzte er schließlich ab.

„Ich habe dir nicht erlaubt, mich anzufassen", japste sie. Ihre unverhohlene Freude über ihren gelungenen Streich nahm den gestrengen Worten jede Wirkung, und er strich mit dem Zeigefinger von ihrer Augenbraue zu ihrem Kinn.

„Sehe ich so aus, als würde ich deine Erlaubnis brauchen?", fragte er sehr sanft.

Ihr Lächeln verschwand.

Sein Zeigefinger ruhte unter ihrem Kinn. Er wartete geduldig auf ihre Antwort. Plötzlich sah er Gänsehaut über ihren Körper laufen.

„Nein", flüsterte sie.

All Night Long (All Night) – Lionel Richie

„Kluges Mädchen“, imitierte er sie. Er erhob sich vom Bett. „Sekt?“

Sie nahm ihr Glas entgegen und trank durstig. Als sie es leer zurückreichte, hielt er es fragend in die Höhe. Sie schüttelte den Kopf. Charly beobachtete, wie er sich seiner Kleidung entledigte. Bewundernd ließ sie ihren Blick über seinen Körper wandern. „Ich könnte dich ewig anschauen“, lächelte sie.

„Nur anschauen?“ Sein unwiderstehliches Grinsen hob seine Mundwinkel. „Jedes Mal, wenn ich dich sehe, will ich nur eines: Meine Hände auf deinen Körper kriegen.“ Er zog den Gürtel aus seiner Jeans, wog ihn abschätzend in der Hand, rollte ihn zusammen und legte ihn neben die Sektflasche.

„Was hast du denn damit vor?“

Seine Augen ruhten forschend auf ihr. „Nichts“, antwortete er harmlos. „Soll ich mich revanchieren oder willst du noch mal?“ Er grinste sie breit an.

„Du hast Geburtstag, nicht ich.“

Er verharrte mitten in der Bewegung. „Willst du damit sagen, dass du mir heute Nacht …“ Er schien zu überlegen, welche Worte er wählen sollte. „… zur Verfügung stehst? Was immer ich will?“

„So ungefähr.“ Sie wich seinem Blick aus.

„So ungefähr?“, echote er.

Charly nahm all ihren Mut zusammen und sah ihn an. ‚Ich habe ihn unterschätzt. Er ist nicht betrunken.‘

Der kleine Tod – Rosenstolz

Christian trat aus dem Haus, um Brötchen zu holen. Charlys Bus stand gegenüber. Sie war also noch bei Gereon. ‚Damit habe ich gerechnet.'

Er kehrte zurück, ging mit Napoleon laufen, duschte und frühstückte mit seinem Vater. Auf dem Weg in seine Wohnung warf er einen Blick aus dem Fenster auf halber Höhe der Treppe. Ihr Bus stand immer noch da. ‚Was macht sie so lange da?', fragte er sich.

‚Du weißt genau, was die beiden machen', meldete sich eine kleine, hämische Stimme in seinem Kopf. Ärgerlich warf er sich in Motorradklamotten und fuhr kurz darauf vom Hof.

Die BMW trug nicht zur Milderung seines Ärgers bei. Egal, wie stark er sie forderte, der Motor die Leistung zu seiner Zufriedenheit abrief, rein von der Geräuschkulisse blieb die Maschine unbefriedigend zivil. Kurz wünschte er sich Gereons Fireblade. Mit der konnte man Ärger viel besser ausleben, aber er hasste es, so zusammengefaltet auf dem Motorrad zu hocken. Verstrickt in widerstreitende Gedanken drehte er eine große ziellose Runde in der Fränkischen und kehrte am späten Nachmittag zurück.

Unverrückt stand der Bus gegenüber.

‚Damn!'

Wenn Kinder singen – Mireille Matthieu

Charly hatte gerade ihr Motorrad geparkt, da rumpelte zögernd ein Auto durch ihre Einfahrt und hielt am Rondell. Charly erkannte Maja, rief Pollux zu sich und brachte ihn ins Haus.

„Ich war neugierig, wo du wohnst. Ich hoffe, wir kommen nicht ungelegen?", entschuldigte Maja ihr unangekündigtes Auftauchen.

Charly beschwichtigte sie und half ihr, die Kinder aus dem Auto zu heben. Sie führte sie in den Garten und die Jungen waren ganz aus dem Häuschen, als sie Freddy erblickten. Im Haus, an der Terrassentür, jammerte Pollux.

„Lass ihn doch heraus."

„Ich weiß nicht, wie er auf Kinder reagiert, ich habe ihn noch nicht lange und weiß nichts über ihn." Zweifelnd sah Charly zu dem Hund hinüber.

„Wir sind ja beide hier", beruhigte Maja.

Charly holte Pollux, behielt ihn aber vorsichtig am Halsband. Winselnd und jaulend wand er sich in ihrem Griff und wedelte heftig mit dem Schwanz. Er versuchte, an den Kindern zu schnuppern, die Maja beide auf den Arm genommen hatte. Maja kniete sich hin und Pollux ließ sich auf den Bauch fallen. Einer der Jungen streckte die Hand zu ihm aus und Pollux leckte sie ab.

Der Junge begann zu kichern und entzog dem Hund die Hand, um sie sich selbst in den Mund zu stecken. Charly kam ihm zuvor, hielt sie fest und putzte sie mit einem Zipfel ihres Hemdes ab. Dazu hatte sie Pollux loslassen müssen, der auf dem Bauch weiter an die Kinder heranrobbte und begann, deren nackte Beine abzulecken. Der ganze Hund zappelte in freudiger Ekstase.

Charly schnappte mit einer Entschuldigung nach seinem Halsband und versuchte, ihn von Maja wegzuziehen.

„Lass ihn", meinte die. „So beruhigt er sich am schnellsten. Angst, dass er ihnen etwas tut, brauchen wir wohl nicht zu haben. Höchstens, dass er sie vor Begeisterung auffrisst."

„Was auf das Gleiche hinausläuft", antwortete Charly düster und Maja lachte.

„Spielt er Stöckchen holen?"

„Er hat einen Ball. Pollux, wo ist dein Ball?"

Pollux sah mit schräg gelegtem Kopf zu ihr auf, rührte sich jedoch nicht. Sie befahl ihn energisch zu sich und er folgte ihr widerwillig, sich immer wieder zu den Kindern umdrehend. Sie nahm ihn mit zum Holzschuppen. Ein passendes Aststück war bald gefunden. Schon als sie es aus dem Stapel zog, sprang Pollux schwanzwedelnd auf. Sie warf es probeweise einige Meter weit weg und er rannte hin, schnappte es, brachte es zurück und ließ es ihr zu Füßen fallen. Hechelnd blickte er sie erwartungsvoll an. Sie hob es auf.

Er folgte ihrem Befehl „bei Fuß" willig und blieb neben ihr, nach dem Stock schnappend. Sie überließ es Maja und den Jungen, mit ihm Stöckchen werfen zu spielen und holte die Einkäufe vom Metzger aus dem Auto. Als sie mit dem knorpeligen Ende eines Rinderknochens zurückkehrte, gab Pollux sich damit zufrieden, trug seine Beute in den Unterstand und begann hingebungsvoll, das verbliebene Fleisch abzunagen.

Charly holte Freddy von der Koppel, gab jedem Kind eine Bürste und zeigte ihnen, wie er geputzt werden wollte. Dann durften die Jungen abwechselnd auf dem Pony reiten. Nach einer Weile übernahm Maja, und Charly zauberte ein schnelles Abendessen. ‚Nudeln mit Jagdwurst und Käse. Das habe ich als Kind geliebt.' Auch hier lag sie richtig. Nachdem sie sich schwer von dem Pony getrennt hatten, mampften nun beide selbstvergessen und glücklich.

„Wie heißen sie?", wandte sich Charly an Maja.

„Nicolaus und Nikodemus. – Damit wenigstens einer kommt, wenn ich ‚Niko' rufe", fügte Maja grimmig hinzu.

Charly grinste. „Schöne Namen."

Schweigend aßen sie weiter. Nikodemus war dazu übergegangen, mit den Händen zu essen und stopfte eine Nudel nach der anderen in seinen Mund, dazwischen kaute er wie in Trance. Nicolaus war bereits in seine Kissen gesunken und eingeschlafen.

„Maja, darf ich dich etwas fragen?"

„Natürlich."

„Du hast am Freitag so seltsam geschaut, als ich dir meinen Beruf genannt habe."

Maja zögerte, antwortete aber doch. „Ich war überrascht."

Charly wartete geduldig.

„Mein Bruder mag es nicht, wenn Frauen in Männerberufen arbeiten", erklärte Maja. „Ich hoffe, dass ich ihm jetzt damit keinen Nachteil verschafft habe?"

Charly lächelte. „Nein." Sie stutzte. „Wie meinst du das?"

„Ich hatte den Eindruck, dass er nicht der Einzige ist, der dich interessant findet. Christian hat dich kaum aus den Augen gelassen."

Nikodemus rülpste vernehmlich, kicherte und rutschte in sich zusammen. Charly fing ihn auf und kuschelte ihn an sich. Mit einem tiefen Seufzer lehnte er sich vertrauensvoll an sie, fasste nach der Hand seiner Mutter und wurde schwer.

„Eingeschlafen. – Soll ich ihn dir abnehmen?"

Charly schüttelte den Kopf und betrachtete das runde, ketchupverschmierte Gesicht. „Sie sehen so niedlich aus."

„Wenn sie schlafen, ja. Dann kann ich mich auch nicht sattsehen an ihnen. Aber wehe, sie sind wach!"

Charly hob den Blick und bemerkte, dass Maja sie beobachtete. „Was?", fragend zog sie die Augenbrauen nach oben.

Maja zuckte ertappt zusammen. „Ich überlege, zu wem du besser passt."

Charly spürte, wie sie rot wurde, beugte sich über das Kind und ließ die Haare nach vorn schwingen. „Es ist nichts Ernstes. Nur ein bisschen Motorradfahren", nuschelte sie. Maja antwortete nicht, und nach einigen Minuten hob Charly den Kopf.

„Du bist mir keine Rechenschaft schuldig", lächelte Maja. „Ich sage dir das Gleiche, was ich gestern zu Gereon gesagt habe. ‚Lasst euch Zeit.' Du bist noch jung. Die Jungs hatten es bis jetzt nicht eilig mit einer festen Freundin, also können sie auch warten. Meinem Bruder schadet es jedenfalls nicht, wenn er nicht sofort alles kriegt, was er will."

„Zu spät", murmelte Charly unhörbar. „Versteht ihr euch gut?", fragte sie laut, als sie realisierte, dass sie möglicherweise ihrer zukünftigen Schwägerin gegenübersaß.

„Bestens. Schon immer. Als er zum Studium ging, war es schwierig für mich. Glücklicherweise war ich fast fertig mit meinem eigenen Studium und bekam gleich eine Arbeitsstelle, bei der ich häufig auf Reisen war. Jede Gelegenheit habe ich genutzt, um in Berlin Station zu machen, am besten über Nacht oder wenigstens auf einen Kaffee. Er hat mich leidlich mit meiner Anhänglichkeit aufgezogen. Aber wehe, ich kam eine Woche nicht vorbei."

„Er mag es nicht, wenn es nicht nach seinem Kopf geht, stimmt´s?"

„Gut erkannt", nickte Maja. „Er war und ist der Anführer, allerdings selten der Anstifter. Das war ich. Ich habe gesagt, was ich machen wollte, und er hat sich überlegt, wie es geht." Sie pausierte nachdenklich. „Christian war der unaufdringliche Mann im Hintergrund, der Retter in der Not, wenn Gereons Pläne aus dem Ruder liefen." Maja schüttelte kichernd den Kopf.

Charly schmunzelte. ‚Retter in der Not, ja, das passt zu Christian.'

„Also seid ihr ein unzertrennliches Dreigestirn?", lachte Charly leise.

„Gewesen.“ Ein Schatten legte sich auf Majas Züge.

Charly wartete, aber Maja blickte nur eine Weile düster vor sich hin. Schließlich rappelte sie sich seufzend auf. „Die Kinder müssen ins Bett. Danke für alles.“

„Keine Ursache.“ Charly half Maja, die schlafenden Kinder ins Auto zu setzen. „Nächste Woche Montag, gegen sechs?“, fragte sie.

Majas Erleichterung war spürbar. „Wenn es dir wirklich recht ist?“

„Klar doch, gerne.“

Pick Up the Phone – The Notwist

Charly stand auf der Koppel, hielt Puck an der Stirnlocke und versuchte, dem Fohlen den Dreck aus dem Gesicht zu putzen. Der kleine Hengst sträubte sich gegen ihre Bemühungen und versuchte, sich ihrem Griff zu entwinden. Ihr Handy klingelte, und wild bockend und ausschlagend drehte er sich im Kreis. Das Fohlen fest im Griff, ließ sie die Bürste fallen und angelte nach dem Handy. ‚Mist, warum muss ich gerade heute eine enge Jeans tragen statt wie sonst eine meines Vaters?' Als sie aufs Display schaute, vergaß sie ihren Unmut.

***

Christian wollte eben auflegen, da meldete sie sich doch noch. „Hi, Christian hier." ‚Das läuft unter unnötige Info', dachte er, als er das Lachen in ihrer Stimme hörte. „Ich weiß, es ist sehr kurzfristig …" Er merkte, wie er unsicher wurde.

„Ja?"

„… und ich hab was zu feiern …"

„Was denn?"

‚Täusche ich mich, oder klingt sie ungeduldig?', überlegte er, während er antwortete. „Ich habe die Freigabe, einen weiteren Kollegen einzustellen …"

„Glückwunsch!", unterbrach sie ihn. Es klang herzlich.

„… und ich habe einen neuen Chef, der mich heute auf einer Abendveranstaltung dabeihaben will. – Er hat mir Begleitung nahegelegt", setzte er zögernd hinzu. Plötzlich fand er den Gedanken, Charly mitzunehmen, gar nicht mehr so gut wie gerade eben noch.

„Um dich vor den unausgelasteten Karrierefrauen zu schützen?"

‚Macht sie sich über mich lustig?'

„Aua! Hör auf, mich zu kneifen. Nein! Nach mir geschlagen wird auch nicht. Halt still! Himmel, verflixt noch mal, ich zieh dir die Ohren lang, wenn ich dich das nächste Mal kriege!", scholl es unter lautem Geraschel ohne nennenswerte Pausen ärgerlich aus dem Hörer.

„Alles ok?", erkundigte er sich besorgt.

„Nur ein paar blaue Flecken. Ich habe versucht, Puck zu putzen. – Wann, wo, wie? – Ich fahre."

„Halb acht, Würzburg", antwortete er automatisch. „Wie, du fährst?", fragte er, wenig intelligent, wie ihm erst später auffiel.

„Ich hole dich ab, ich habe das passende Auto in der Scheune stehen. – Wie ist der Dresscode?"

„Abendgarderobe."

„Die gibt's von elegant bis sommerlich."

Er sah sie vor sich, wie sie die Augen verdrehte. „So, wie du dich einen Abend lang auf internationalem Parkett wohlfühlst."

„Ok. Ich bin in einer halben Stunde bei dir."

‚Aufgelegt.' Sprachlos sah er auf das Telefon in seiner Hand und wurde das Gefühl nicht los, sich komplett zum Idioten gemacht zu haben.

Dressed for Success – Roxette

„Glück gehabt“, sagte sie zu Puck, der inzwischen zurückgekehrt war und an der Bürste zu ihren Füßen nagte. Sie nahm sie ihm ab und drohte ihm damit. „Bei nächster Gelegenheit bist du dran.“

Eilig brachte sie die Bürste in den Unterstand, holte den Audi aus der Scheune und ging unter die Dusche. Keine zehn Minuten später stand sie vor ihrem Kleiderschrank.

‚Teuer oder echt? Mit deren Waffen kämpfen oder meinen eigenen?‘, überlegte sie. ‚Kill them with confidence‘, dachte sie in Anlehnung an den Spruch, den ihre Mutter überlebensgroß in ihrem Atelier verewigt hatte. Dort stand allerdings ‘Kill them with success and bury them with a smile’. ‘So weit bin ich denn doch noch nicht. Also Blumenwiesenkleid und die roten High Heels‘, entschied sie, auch wenn es eine schöne Gelegenheit gewesen wäre, eines der edlen, teuren Kleider ihrer Mutter auszuführen. ‚Aber das ist nicht Charly. In diesen Kleidern bin ich …‘ Sie drückte den Gedanken weg. Sie mochte die High-Society-Partys, auf denen ihre Mutter regelmäßig zu Gast war und gelegentlich ihr, Charlys, Erscheinen einforderte, ganz und gar nicht.

Make-up nur ganz dezent, die Haare verwegen wild. Als Kontrast dazu die klassischen Brillantohrringe und die dazugehörige Kette. Chanel No 5. ‚Manchmal ist Mutter, so anstrengend sie ist, sehr nützlich‘, schmunzelte Charly. ‚Noch zehn Minuten.‘

Sie stieg ins Auto und fuhr gemächlich in den Nachbarort. Rückwärts rangierte sie durch das schmale Tor auf Christians Hof und hielt vor der offen stehenden Haustür.

Christians Vater saß auf der Bank daneben. Er beugte sich vor und hielt Napoleon am Halsband fest, bis sie sich zu ihm gesetzt hatte. „Christian dürfte gleich fertig sein.“

„Ich bin etwas zu früh", lächelte sie den älteren Herrn an. Ein paar Worte Smalltalk, dann hörte sie Christian die Treppe herunterpoltern. Er trat aus der Haustür und blieb verblüfft stehen.

„Ich bin hier", sagte sie und stand auf.

Er schluckte. Räusperte sich. Holte tief Luft. „Du … das …", krächzte er. Hilflos irrte sein Blick zwischen ihr und dem Auto hin und her.

***

‚Verdammt, diese Frau bringt mich leichter aus der Fassung, als ich es für möglich gehalten hätte.'

„Lass uns fahren", mahnte sie sanft und stieg ein.

Er folgte ihrem Beispiel. Das Woher des Wagens klärte sie schnell auf. Blieb noch ihre Erscheinung. ‚Sie sieht toll aus, ohne Frage, aber … ob es das Richtige ist? Für diesen Abend?'

Charly fuhr auf die Autobahn auf, beschleunigte und scheuchte als Erstes einen großen SUV aus dem Weg. Er blickte rüber und zuckte zusammen. Den Fahrer kannte er. ‚Wie schnell fährt sie?'

„Ich habe elegantere Kleider im Schrank", sagte Charly, als habe sie seine Gedanken gelesen. „Aber ich bin keine dieser Karrierefrauen. Ich kann zwar auf deren Niveau auftreten, das habe ich auf den Partys meiner Mutter gelernt, aber dann bin ich … nicht ich selbst. Dann bin ich Blanche und stelle mich auch mit meinem zweiten Vornamen vor", erklärte sie, „Ich dachte, du würdest lieber Charly mitnehmen." Sie warf einen Blick in den Rückspiegel. „Hör auf zu drängeln, ich habe mehr Power als du, und da vorn steht ein Blitzer", murmelte sie.

Er sah sich um. Der SUV. „Das ist mein neuer Chef", meinte er mit einer Geste nach hinten.

„Soll ich ihn vorbeilassen?" Sie sah kurz zu ihm und ihre Nase kräuselte sich ablehnend.

Er musterte sie, grinste dann. „Nein, wenn du nicht willst. So kriege ich raus, ob er Spaß versteht. Außerdem, du fährst, nicht ich."

„Und wenn er denkt, du hast deine Freundin nicht im Griff?" Ihr Tonfall enthielt eine seltsame Nuance.

„Soll ich dich so vorstellen? Als … meine Freundin?" Sein Herz machte einen kleinen, atemlosen Hüpfer, den er seiner Stimme nicht gestattete.

„Wie wolltest du mich denn vorstellen?"

„Ich habe mir noch keine Gedanken darüber gemacht", log er.

„Jetzt hast du Zeit", schnaubte sie. „Wie möchtest du mich vorstellen?", fragte sie nach einer kurzen Pause.

‚Das klingt nach Neugier', dachte er.

Sie nahm den Blick nicht von der Straße, duellierte sich noch immer mit dem BMW. Sie näherten sich der Ausfahrt. Eine Kolonne LKW, an denen Charly mit mindestens doppelter Geschwindigkeit vorbeizog.

Dreierbake …

Zweier …

Einer …

Er sog scharf die Luft ein, seine Hand umklammerte den Türgriff und jeder Muskel seines Körpers spannte sich an. Charly zog souverän in der kurzen Lücke zwischen zwei Vierzigtonnern nach rechts auf den Verzögerungsstreifen, bremste kräftig, aber gleichmäßig, fuhr mit hoher Geschwindigkeit durch die Abfahrt, wechselte auf den Zubringer und beschleunigte wieder. „Bis zur Stadtgrenze mache ich das Spiel mit, dann ist Schluss."

Der SUV saß ihnen noch immer im Nacken und sie ließ ihn nicht vorbei. Am Ortseingangsschild bremste sie den Wagen ab. Der SUV, Marke BMW, überholte, setzte sich demonstrativ vor sie, fuhr jetzt jedoch genau so vorschriftsmäßig wie Charly.

„Ich folge ihm einfach, ja?"

Ein kobaltblauer Blick traf ihn und er nickte.

Nahezu gleichzeitig hielten beide Fahrzeuge vor dem Foyer des teuersten Hotels.

Ihm entging, dass er ihr die Antwort auf ihre Frage von vorhin schuldig geblieben war.

***

Ein Parkboy öffnete ihr die Tür, sie stieg aus und hielt den jungen Mann vom Einsteigen ab. „In zehn Minuten finde ich den Schlüssel an der Rezeption, und wenn Sie nicht anständig fahren, ziehe ich Ihnen das Fell über die Ohren. Eigenhändig."

„Ja, natürlich", stotterte der Junge. Unsicher starrte er in den Wagen.

Mit scheelem Blick gesellte sich der BMW-Fahrer zu Christian.

„Wo liegt das Problem?", fragte Charly scharf.

„Ich bin so einen teuren Wagen noch nie gefahren."

„Einsteigen", befahl sie in einem Tonfall, der keinen Widerspruch duldete. Sie umrundete den Audi, lächelte Christian und dem Fremden charmant zu und glitt auf den Beifahrersitz.

***

„Ein R8?" Sein Chef reichte ihm die Hand.

Sehr vorsichtig wurde der Wagen aus der Parklücke gesetzt.

„Nicht mein Auto." Er zuckte die Schultern.

Statt in die Tiefgarage bog der Audi auf die Straße.

„Ihre Freundin fährt einen R8?"

Der Wagen beschleunigte und entschwand ihren Blicken, war nur noch zu hören.

„Sie ist nicht meine Freundin“, bremste Christian, während der Sound des R8 verklang.

„Freundin genug, um sie hierher mitzubringen“, betonte sein Chef.

‚Täusche ich mich, oder nähert sich der Audi wieder?‘ „Sie hatten es mir nahegelegt.“ Erneut zuckte Christian die Schultern. ‚Ja, da biegt er in die Zufahrt.‘

Gemeinsam beobachteten sie, wie er in die Tiefgarage fuhr.

„Gehen wir rein.“

Sie traten ins Foyer, gerade als sich die Aufzugtüren öffneten und Charly heraustrat. Selbstsicher schritt sie durch den Raum. Trotzdem wirkte sie sehr jung und in diesem edlen Ambiente deplaziert.

„Sind Sie sicher, dass dies das richtige Parkett für sie ist?“, fragte sein Chef.

Sie sahen ihr entgegen, aber er nahm kaum etwas anderes wahr als sie und fühlte, wie sich die Gefühle in seinem Inneren überstürzten. „Nein. Aber sie fährt einen R8 und das nicht schlecht“, grinste er plötzlich. ‚Nicht die beste Idee, einen neuen Chef zu provozieren, auch wenn ich sofort einen guten Draht zu ihm hatte‘, dämmerte ihm, aber eigentlich war es ihm egal. Hier zählte nur noch Charly. Trotzdem perlte Erleichterung wie Sekt durch seinen Körper, als er Ronalds Lachen wahrnahm.

„Da hast du nicht ganz unrecht.“

Einen Moment lang blickte er verwirrt auf die ausgestreckte Hand, die ihm sein Chef entgegenhielt.

„Ich freue mich, mit dir zusammenzuarbeiten. Dass du ein guter Mann bist, war mir sofort klar. Dass du auch Überraschungen zu bieten hast, ist noch besser. Wir bleiben ab jetzt beim ‚Du‘.“

„Ok.“ Er schlug ein.

„Auf einen erfolgreichen Abend. Ich hoffe, die Furien rupfen dein Mädchen nicht zu sehr.“

„Was das betrifft, werden wir heute Abend unser blaues Wunder erleben", prophezeite er und erntete einen verwunderten Blick.

Charly hatte sie erreicht und er stellte sie und Ronald einander vor.

***

Charly mischte sich entspannt unter die anwesenden Gäste. Ohne Scheu unterhielt sie sich mit allen, die Interesse an ihr zeigten, ungeachtet ob Lagerarbeiter oder Führungsperson, Mann oder Frau, jung oder alt, deutscher, englischer, französischer oder spanischer Sprache.

Sie suchte und hielt regelmäßigen Blickkontakt zu ihm und verbrachte auch immer wieder Zeit in seiner Nähe und mit ihm. Zuerst hatten die anwesenden Frauen Charly nur argwöhnisch gemustert, doch je weiter der Abend fortschritt, desto mehr schienen sie gewillt, ihr näher auf den Zahn zu fühlen.

Abgelenkt von einem Gespräch mit Ronald und weiteren Vorgesetzten, war ihm entgangen, dass Charly in den Fokus geraten war. Er sah auf und schob sich ohne Erklärung an Ronald vorbei.

„Das hatte ich befürchtet", hörte er ihn sagen.

Charly war eingekreist und die „Damen" rückten ihr zuleibe. Zwischen ihnen sah sie aus wie ein Gänseblümchen im Orchideengarten. Als er näherkam, verhielt er seine Schritte.

Eine sehr schlanke Frau bemerkte gerade herablassend: „Ja, sicher, Kind, du hast ein kleines Zimmerchen, mit einem Balkon zum Hinterhof, ein rostiges Fahrrad und ein klappriges Auto und freust dich, dass du einen Kerl gefunden hast, der gutes Geld nach Hause bringt. Da machst du doch gerne die Beine breit."

Schockiert atemloses Schweigen folgte diesen Worten, ein Kristall des riesigen Lüsters drehte sich schwerfällig, fing einen Lichtstrahl auf und schickte eine Kaskade bunter Fragmente durch sein Blickfeld. Endlos dehnten sich die Sekunden, hoben jede Miene, jede Bewegung hervor.

Charlys Augen weiteten sich in gekränkter Aggression, wechselten zu einer hochmütig verschlossenen Maske, um sofort in ihr übliches gelassenes Selbst zurückzufallen, ihr Gesichtsausdruck unlesbar. So schnell, dass er blinzelte und seine Wahrnehmung anzweifelte.

Er spürte Ronalds bremsende Hand auf seinem Arm und die verärgert drohende Präsenz eines ihm ebenbürtigen Mannes neben sich, wandte jedoch keinen Blick von Charly. In aller Seelenruhe fing sie den Blick eines Kellners auf und ließ sich ein weiteres Glas Champagner reichen. Erst als sie es in der Hand hielt und einen Schluck genommen hatte, wandte sie sich ohne Hast und mit einem Lächeln der Sprecherin zu. „Ich habe gar kein Fahrrad."

Nervöse Lacher liefen durch die Umstehenden. Tief rumpelte die Brust des Mannes neben ihm in verhaltenem Amüsement, und er spürte, wie dessen Anspannung, gleich seiner eigenen, verebbte. Ein Schmunzeln stahl sich auf seine Lippen. ‚Der Punkt geht an Charly.'

„Nun,", sprach sie nachdenklich weiter, „Sie haben Ihre Position aus eigener Kraft erreicht. Gestehen Sie mir zu", Charly neigte anmutig den Kopf, „dass ich die meine nicht auf fremde Federn stütze. Wir haben mehr gemeinsam, als wir beide wahrhaben möchten." Charlys Blick schweifte durch die Menge, schien aufzuleuchten, als sie ihn entdeckte, plötzlich aber stutzte sie und steuerte auf den Mann neben ihm zu. Beiläufig stellte sie das halbvolle Sektglas auf einem Stehtisch ab. „Mr. Sanders!"

„Charly!"

Der Mann riss sie in eine bärenhafte Umarmung und Christian wechselte einen Blick mit Ronald. ‚Sie kennt den Big Boss?'

„How are you? I did not expect to see you here, though I planned to meet your father – and you hopefully – later this week. I am delighted." Sanders schob sie eine Armeslänge von sich weg und musterte sie mit dem Kennerblick eines Mannes, der schöne Frauen zu schätzen wusste. Neben Stolz lag eine eigentümliche Distanz in seiner Haltung, die Christian mit Erstaunen als väterlich kategorisierte. Seine Sinne signalisierten Entwarnung, zudem auch von Charly keinerlei Signale ausgingen, die auf Konkurrenz deuteten. Da war sie selbst Ronald interessierter begegnet. Aber der würde ihm Charly nicht streitig machen, das spürte er, und die anderen, die sie so offensichtlich musterten, waren keine Gefahr. Unwillkürlich richtete er sich dennoch gerade auf.

„You look wonderful."

Charly errötete und schlug kurz die Augen nieder. „Thanks. I did not expect to be here either until some hours ago. Christian, a friend of mine, asked me to come. Not without reason, I see."

Er spürte ihre kühlen, energischen Finger in den seinen, sie zog ihn an ihre Seite und ließ seine Hand los, die, wie von selbst, ihren Arm und Rücken hinaufglitt und sich um ihre Schultern legte. ‚Sie hat nicht nur für sich gekämpft', realisierte er langsam unter der eingehenden Musterung des großen Mannes. Sehr amerikanisch, sehr gutaussehend und sich dessen durchaus bewusst. Charmant dazu. ‚Sie hat auch mich verteidigt.'

„You've got you a rare lioness", echote Sanders präzise seine Gedanken. "Cross her mind and she'll rake you to the bone", fuhr er im Plauderton fort, "A trait she has from her great Grand-Ma." Die Hand des Big Bosses legte sich auf seine linke Schulter, im gleichen Moment löste sich Charly aus seiner halben Umarmung. „Exceptional women, that line. The men, too, but much more gentle."

Charly glühte flammendrot und sah aus, als wolle sie ausreißen. Die Band intonierte einen Rock'n'Roll. Die Zeit, die einzeln tröpfelnd jedes Detail betont hatte, begann wieder normal zu fließen.

„Darf ich bitten?", fragte er sie.

„Rock'n'Roll kann ich nur barfuß", antwortete sie atemlos.

„Dann barfuß", schmunzelte er.

Ihr strahlendes Lächeln erleuchtete ihr Gesicht, sie trank ihr Glas leer und streifte die Schuhe von den Füßen. Er nickte kurz Sanders und Ronald zu, dann ging Charly ihm voraus zur Tanzfläche. Unterwegs platzierte sie säuberlich den Sektkelch auf dem Tablett eines vorbeischwebenden Kellners.

Sie hatten noch nie miteinander getanzt. Charly folgte seiner Führung, passte sich ihm an. Er beließ es beim Grundschritt und den Drehungen, auf die anspruchsvolleren Figuren verzichtete er. Auch die folgenden Songs, zumeist Discofox, tanzte sie mit ihm, nach wie vor barfuß. Als die Band zum Tango wechselte, schüttelte sie den Kopf.

‚Schade', dachte er.

„Ich brauche was zu trinken und meine Schuhe. Tango kann ich nicht ohne."

Er organisierte ihr ein Glas Wasser, das sie durstig in einem Zug austrank, sie zog die Schuhe an. Dann stiegen sie in den Tango ein.

***

Es war fast Mitternacht, als Charly das Buffet ansteuerte. Ein wenig unsicher balancierte sie zwei volle Teller zur Bar, kletterte umständlich auf einen der Barhocker und bestellte ein großes Wasser. Hungrig machte sie sich über ihre Beute her.

Still amüsiert beobachtete er sie. Sie ließ sich nicht davon stören, dass Ronald sich zu ihnen gesellte.

„Ihr kennt euch noch nicht lange, hm?"

Es war eine halbwegs höflich als Frage verpackte Feststellung. Er verengte die Augen. Normalerweise keine Frage, die er von seinem Chef erwartet hätte. Der schien etwas mehr getrunken zu haben, als angebracht schien. Kleine Schweißperlchen glitzerten in den grauen Schläfen und er lockerte umständlich seine Krawatte.

Charly hatte den Mund voll Essen und brummelte ein undefinierbares „Hümm, hümm, hümm."

Blieb es an ihm zu antworten. Er musterte sie eingehend, auf der Suche nach einem Anhaltspunkt, welche Antwort sie erwartete, aber ihre Haltung war sehr sorgfältig neutral.

„Etwa sechs Wochen.“ Er bemerkte, wie Charly die Augen verdrehte. ‚Die falsche Antwort.‘

„Merkt man.“

„Woran?“, schaltete sich Charly scharf in das Gespräch ein.

„Beim Tanzen. Ihr harmoniert gut, aber ich bin mir sicher, ihr könnt beide mehr.“

Sie warf ihm einen Blick zu.

„Ach … Was macht Sie zum Experten?“

„Meine Frau“, lachte Ronald.

„Die Sie wo vergessen haben?“ Sie hielt einen Bissen auf der Gabel und sah Ronald herausfordernd an.

„Sie hatte schon ein Date mit ihrem Lover.“ Ronald zuckte die Schultern.

Sie fixierte ihn noch immer über die Gabel hinweg. „Die Tatsache scheint Sie nicht allzu sehr zu bekümmern“, stellte sie fest.

Lachend zog er sein Smartphone aus der Tasche, tippte einige Male darauf und schob es zu ihr. „Um allen Missverständnissen vorzubeugen.“

Sie begann zu grinsen. Merkte, dass er einen langen Hals machte und schob nach einem Einverständnis erfragenden Blick zu Ronald das Handy weiter zu ihm. Darauf das ausdrucksstarke Porträt eines Friesen.

„’Latin Lover’.“

„Nun“, Charly legte den Kopf schräg und in ihren Augen tanzten Funken. „Verstehen Sie es nicht falsch. Sie sind ein durchaus attraktiver Mann, nicht ganz der Typ, den ich üblicherweise im Visier habe und ein paar Jahre außerhalb meiner Altersrange, aber wenn ich Sie auf einem Moppedtreff getroffen hätte, … Sie wären einen zweiten

Blick mehr als wert", sie blinzelte Ronald zu, „aber für diesen Burschen würde ich nicht nur Sie stehen lassen."

Ein sehr eindeutiger Blick traf ihn selbst.

Ronald lachte so heftig, dass er beinahe vom Barhocker gekippt wäre. Hinter ihrem Rücken beugte er sich herüber und schlug ihm auf die Schulter. „Kompliment und Abfuhr im gleichen Atemzug, und du weißt, wo die Konkurrenz lauert."

Charly warf noch einen Blick auf das Bild und reichte das Handy zurück. Ein bedauernder Schatten glitt über ihr Gesicht. „Letzten Herbst hätte ich mir um ein Haar einen mindestens genauso prächtigen Friesen gekauft."

Ronald sah sie erstaunt an. „Was hat Sie davon abgehalten? – Wenn ich fragen darf."

„Sie dürfen. – Mehrere Gründe. Ich habe mir das Handling eines Hengstes nicht zugetraut, er passte nicht in die Lebensgestaltung, die mir für die kommenden Jahre vorschwebt, die Ducati dagegen schon. Letztlich war sie auch wesentlich günstiger als der Friese."

Ronald fischte eine zerknautschte Visitenkarte aus der Hosentasche. „Falls Sie doch noch einen haben wollen. Meine Frau hat eine kleine, feine Zucht."

„Danke." Ihre Hand schlängelte sich unter sein Jackett und sie steckte ihm die Visitenkarte in die Innentasche.

***

„Wo hast du tanzen gelernt?", kehrte Charly zu ihrem ursprünglichen Thema zurück.

„Tanzstunden." Er zuckte die Schultern.

„Für den obligatorischen Kurs mit dreizehn oder so tanzt du ziemlich gut. – Zu gut", ergänzte sie.

Ronald neben ihr begann zu grinsen.

„Gereon und ich mussten den Jungenmangel in genau den obligatorischen Tanzkursen abschwächen, weil seine Mutter mit dem Tanzlehrer befreundet ist. Einmal hab ich das kostenlos über mich ergehen lassen, dann habe ich für die Teilnahme an jeder Grundkursstunde ausgleichsweise eine Fortgeschrittenenstunde gefordert. Im ersten Jahr hat er ziemlich gefeilscht, aber dann war's ok. Zumindest, bis es mir zu blöd wurde, kichernde Dreizehnjährige übers Parkett zu schieben."

Charly warf den Kopf in den Nacken und lachte. „Was hast du gegen Dreizehnjährige?"

„Nichts, aber ab einem gewissen Zeitpunkt sind sie einfach zu jung." Sein Blick fixierte sie.

„Zu jung", murmelte sie und schlug den Blick nieder. „Kein Wunder, dass du dich nicht daran erinnerst."

***

„Woran?" Er war ehrlich überrascht.

„An unser erstes Kennenlernen."

‚Was meint sie?' Er entschied sich fürs Abwarten.

„Es ist fast fünfzehn Jahre her und ich bin mir nicht ganz sicher, denke aber, dass du es warst."

„Ja?"

„Vor Peters Haus. Ich habe versucht, rauszufinden, was das für ein Schalldämpfer war und kniete neben deinem Motorrad. Ich habe dich nicht kommen hören."

‚Ich erinnere mich. Ich weiß, auf welchen Tag sie anspielt', erinnerte er sich. Den Abend vorher war er mit Gereon gemeinsam bei Peter gewesen und hatte bei der Abfahrt gemeint, aus dem Nachbargarten beobachtet zu werden. Tags darauf bei der Ankunft ebenso. Dann hatte er dieses Mädchen überrascht, das irgendetwas an seinem

Motorrad inspiziert hatte. Sie war mehrere Schritte zurückgewichen, aber nicht ausgerissen.

„Ein schönes Motorrad", bot sie ihm vorsichtig einen Gesprächsanfang an.

Er lächelte; was sollte er zu diesem Statement auch sagen?

„Wie heißt sie? – Nicht die Bezeichnung, lesen kann ich selber", präzisierte sie ihre Frage gleich selbst. „Ich meine, wie nennst du sie?"

„Sie hat keinen Namen", antwortete er. Er sah ihren Gesichtsausdruck von damals vor sich. Mitleidig.

„Alles, was du liebst, hat einen Namen. Einen geheimen. In dir drin."

Das hatte ihn getroffen, mehr als er vor sich zugeben und ihr zeigen wollte. ‚Zwar lag die Sache mit Maja da schon zwei Jahre zurück, verwunden hatte ich sie aber noch längst nicht.' Statt einer Antwort bot er ihr an, sich auf die Maschine zu setzen.

„Darf ich wirklich?" Ihre Augen hatten schon damals dieses Strahlen.

Er erinnerte sich an sein stilles Amüsement darüber, wie sie auf der Maschine klebte wie eine erklatschte Fliege. Wie sie sich aufrichtete und noch im Sattel sitzend verkündete: „Wenn ich groß bin, fahre ich eine Ducati." Sie sprang vom Motorrad und kletterte mit einem kurzen Abschiedsgruß flink auf die Feldsteinmauer. Kurz flatterte ihre Hand in seine Richtung, und ehe er es als Winken identifiziert und entsprechend reagiert hatte, war sie weg.

Am nächsten Tag war sie nicht aufgetaucht und er hatte Peter nach ihr gefragt. Der war ungewöhnlich redselig gewesen und hatte einiges über sie erzählt.

„Ich kann sie ja mal eine Runde mitnehmen", äußerte er damals Peter gegenüber.

„Sie hätte sich sicher gefreut. Aber du bist zu spät, sie ist gestern Abend nach Hause gefahren. Ferienende."

Ihre Herbstferien hatte er verpasst, obwohl er sich vorgenommen hatte, diesem Mädchen eine Freude zu machen. Im Sommer drauf war er bei der Bundeswehr und im folgenden Jahr mit Gereon in Südeuropa unterwegs gewesen; im April waren sie Richtung Frankreich gestartet und hatten zuerst die Atlantik- und dann die Mittelmeerküste abgeklappert, bis sie im Oktober ihr Studium antreten mussten.

„Und ich meine, ich hätte dich zwei Jahre darauf in Griechenland gesehen, auf dem Markt eines kleinen Bergdörfchens“, sagte sie in seine Gedanken hinein. „Ungefähr Mitte August. Kann das sein?“

„Möglich.“ Er musterte sie.

„An mich wirst du dich nicht erinnern“, lachte sie. „Ich war da noch nicht ganz zwölf.“

‚Keine zehn beim ersten Mal.' Er brauchte keine bewussten Berechnungen, es war seine zweite Natur, solche Daten nebenbei zu erfassen.

„Zu Griechenland erinnere ich mich sowieso nur an Hitze, Schotterpisten und ewig Staub.“

„So saht ihr aus, ganz gepudert. Unser Bulli auch. Ich war mit meinem Dad während der Sommerferien da unterwegs.“

Die Erwähnung des VWs weckte eine vage Erinnerung. „Du hast ein gutes Gedächtnis.“

„Für Motorräder“, lachte sie. „Ich weiß noch, dass ich mir die genau angeschaut und überlegt habe, wer welche fährt. Leider habe ich verpasst, wie ihr weggefahren seid. Dieses Rätsel begleitet mich immer noch, ich habe erst heute Nachmittag dran gedacht, als ich versuchte, Puck zu putzen.“

„Und, welche war meine?“, konnte er sich nicht verkneifen zu fragen.

Nachdenklich sah sie ihn an.

„Es ist eine Fifty-Fifty-Chance“, ermutigte er.

“Darum geht es nicht”, antwortete sie. „Die Africa Twin?“, riet sie dann.

Er nickte. „Gereon hat sich mit der Triumph schwergetan. Er ist und bleibt der Geschwindigkeitsfreak.“

„Ich finde, eure jetzigen Motorräder passen sehr gut zu euch“, lächelte sie. „Hat die BMW denn einen Namen?“, fragte sie verschmitzt. Trotz ihrer Leichtigkeit schwang ein verwirrend zärtlicher, sanfter Unterton aus ihren Worten, und er schob das halb volle Rotweinglas, dessen Pegel den ganzen Abend über verblüffend konstant geblieben war, aus seiner Reichweite.

„Alle meine Motorräder hatten seitdem einen Namen“, antwortete er mit belegter Stimme.

Sie nickte. Lächelte. “Meine auch.”

‚Männer- oder Frauennamen?’, fragte er sich.

„I wanna dance with somebody“, röhrte Whitney Houston und Charly hopste von ihrem Barhocker. Sie hielt ihm auffordernd die Hand entgegen. „Besser könnte ich es nicht ausdrücken.“

Er folgte ihr zur Tanzfläche. Die Party trat in den Hintergrund. Es gab nur noch die Musik, Charly und ihn.

***

Es war spät. Charly hatte sich bei ihm eingehakt und sie steuerten die Rezeption an. Er spürte ihr Stolpern rechtzeitig genug und stabilisierte sie ohne großes Aufsehen.

„Es war wohl doch etwas zu viel Champagner“, murmelte sie.

„Ist dir schlecht?“

„Nur wackelig.“

„Festhalten“, befahl er ihr und deutete auf den Tresen der Rezeption.

Offensichtlich konsterniert verfolgte sie, wie er den Anmeldeschein ausfüllte und dann ihr zuschob. Sie holte tief Luft, als wollte sie etwas sagen, blickte von der Rezeptionistin zu ihm und weiter zu jemand, der hinter ihm stand, nahm aber kommentarlos den Stift und ergänzte ihre Daten. Er nahm die Schlüsselkarte in Empfang. Am Aufzug mussten sie warten.

„Du hast hier ein Zimmer gebucht?“, fragte sie leise, mit großen Augen.

„Ja“, beantwortete er ihre überflüssige Frage.

„Bist du des Wahnsinns?“, erkundigte sie sich fast beiläufig.

„Nein.“

„Dass wir in einem Hotel übernachten würden, war mir klar, aber nicht hier.“

Er wandte sich ihr zu. „Du darfst mich mit einem R8 chauffieren, aber ich kein Hotelzimmer für uns buchen?“

„Das ist etwas anderes“, wich sie aus.

„Charly, ich hätte sowieso hier übernachtet“, sagte er sanft.

„Im Einzelzimmer“, insistierte sie.

„Im einzeln genutzten Doppelzimmer, weil ich es hasse, in kleine Räume eingesperrt zu werden. So viel teurer ist die Belegung zu zweit nicht.“

„Außerdem geht das auf Firmenkosten“, schaltete sich eine Stimme ein. Ronald.

„Auch für mich?“, fragte Charly irritiert.

„Es war mit Begleitung gewünscht, also wird sie mit bezahlt“, nickte Ronald.

‚Aber nicht der Aufpreis zur Suite‘, dachte Christian. ‚Das braucht Charly nicht zu wissen, zumindest nicht jetzt. Und nicht die zweite Nacht.‘ Aber die würde er ihr erst morgen, das hieß, heute, später, eröffnen. Nachdem er geschlafen und hoffentlich ein gutes Argument gefunden hatte. Die Aufzugtüren öffneten sich, Ronald ließ ihnen den Vortritt und wünschte eine gute Nacht. Kaum waren die Türen zu, zog er Charly zu sich heran und erstickte jegliche weitere Kontroverse in einem Kuss. Er presste sie an sich.

Ping. Sacht kam der Aufzug zum Stehen.

Als Charly im Wohnzimmer stand und den Blick durch den Raum schweifen ließ, schüttelte sie den Kopf. „Doppelzimmer?", fragte sie sarkastisch.

„Vermutlich war nix anderes mehr frei", flunkerte er.

Sie musterte ihn scharf, stakste zu einem der Sessel, ließ sich hineinfallen und versuchte, sich die Schuhe auszuziehen. Bemerkte seinen Blick und ließ den Fuß unverrichteter Dinge sinken. „Was?"

„Ich würde ja sagen: ‚Lass sie an', aber du bist zu müde", antwortete er. „Lass mich dir helfen." Er warf sein Jackett auf den anderen Sessel, den Schlips hinterher. ‚Ist das Bedauern in ihrem Blick?', beobachtete er. Er kniete zu ihren Füßen nieder und zog ihr die Schuhe aus.

Kaum war das geschehen, entschwand sie ins Bad. Kurz darauf kam sie mehr herausgefallen denn getreten. Er fing sie auf und wollte sie auf seine Arme heben.

„Erst Kleid", murmelte sie undeutlich und hielt die Arme in die Höhe.

Er zog den Reißverschluss des Kleides auf. Mehr war gar nicht nötig. Es fiel zu Boden. Charly war nackt, bis auf einen unschuldig weißen Spitzentanga, der sich sanft um ihre Hüften schmiegte. Er schluckte.

Sie schwankte.

‚Ihr fallen ja schon im Stehen die Augen zu.' Er hob sie hoch und trug sie zum Bett.

„Entschuldigung", murmelte sie und war eingeschlafen, noch ehe er die Bettdecke über sie gezogen hatte.

„Nicht nötig, wir haben mehr als genug Zeit", flüsterte er und beeilte sich, ebenfalls ins Bett zu kommen.

Zu müde, um einzuschlafen, lag er in der Dunkelheit und lauschte ihrem tiefen und gleichmäßigen Atem in der luxuriös gedämpften Stille der Suite. Wieder und wieder spulte sein Hirn die Minuten von Charlys Zusammentreffen mit dem Big Boss ab, beginnend bei jenem fraktierten Lichtstrahl bis zu den ersten Takten des Rock'n'Roll. Je tiefer er dem Schlaf entgegensank, umso mehr Details verschwanden, reduzierte sich die Sequenz auf Sanders Worte. „She'll rake you to the bone."

Wie tief tönende Glocken schwangen sie träge, ihr Echo leiser und leiser. „Rake. Bone. Rake. Bone."

Mit einem tiefen Seufzer glitt er in den Schlaf.

„Rake."

***

Charly stand unter der Dusche, in die Rasur der Bikinizone vertieft. Aufatmend richtete sie sich auf und bemerkte, dass er sie beobachtet hatte.

„Lass noch was dran."

„Stehst du schon lange da? Was meinst du damit?", fragte sie sichtlich pikiert.

„Nur ein paar Augenblicke. – Ich bevorzuge erwachsene Frauen."

Sie legte den Rasierer aus der Hand und stellte das Wasser ab. Er trat heran und nahm sie in die Arme. Sie entwand sich ihm und griff nach dem Handtuch. Erstaunt ließ er zu, dass sie sich darin einwickelte, dann versuchte er es erneut. Steif verharrte sie in seiner Umarmung.

„Alles ok?" Er lehnte sich zurück, um sie ansehen zu können.

„Ja, schon." Sie zögerte, wich seinem Blick aus und wurde rot. „Ich bin … Ich habe …", druckste sie herum.

„Charly", sacht mahnend suchte er Blickkontakt.

„Ich habe Bauchschmerzen", reagierte sie ungewohnt aggressiv.

„Brauchst du was dagegen?", fragte er sachlich.

„Ich weiß, was hilft." Sie zog die Unterlippe zwischen die Zähne.

‚Sie überlegt also, was sie mir sagen soll.' Er wartete.

„Wärme", gab sie auf. „Oder Sex."

„Tatsächlich?“, er schmunzelte. „Gibt es Erkenntnisse, wie am besten?“ Neckend atmete er in ihr Ohr und strich mit den Bartstoppeln über ihre Schultern. Seine Hände suchten einen Weg unter das Handtuch.

„Es … stört dich nicht?“

„Warum sollte es? Es ist normal und gehört dazu“, er zuckte die Schultern. „Ich habe keine Angst vor ein bisschen Blut.“

An der schönen blauen Donau – Johann Strauß (Sohn)

Eine knappe Stunde später waren sie auf dem Weg zum Frühstück. Charly in knackig sitzenden Jeans, einem frechen Oberteil und den roten High Heels. Er warf einen Blick auf die Uhr. Sie waren recht früh dran, trotz späten Zu-Bett-Gehens und ihres ausgiebigen Schäferstündchens unter der Dusche. Er hatte ihr die Führung überlassen.

Versonnen lächelnd folgte er ihr durch den Gang zum Aufzug. Nach wenigen Schritten holte er sie ein und griff nach ihrer Hand. Charly von hinten war ein verführerischer Anblick, aber er wollte sie an seiner Seite spüren. Überrascht sah sie zu ihm auf.

***

Der Aufzug war bereits besetzt, aber das Ehepaar rückte zusammen, und obwohl er gern auf die andere, und hoffentlich freie, Kabine gewartet hätte, fand er so schnell keine passende Ausrede. So standen sie brav Seite an Seite, ihre Hände ihr einziger Berührungspunkt. Ihr Parfüm, frisch und leicht, umschmeichelte ihn und verwirrte ihm die Sinne. Aus einem versteckten Lautsprecher klang klassische Wohlfühlmusik.

Das ‚Ping' des anhaltenden Aufzuges holte ihn in die Wirklichkeit zurück. Sie verließen ihn, noch immer Hand in Hand. Sie passierten die Rezeption und er grüßte gutgelaunt, als die Musik neu einsetzte. Mit den ersten Takten verhielt er seine Schritte. „Darf ich bitten?"

Charly horchte mit schräg gelegtem Kopf, warf einen scheuen Blick rundum, blinzelte und auf ihrem Gesicht erschien jenes verwegene Lächeln, das sein Herz schneller schlagen ließ.

„Aber gern."

Sie hatte kaum ausgesprochen, da legte er den rechten Arm um ihre Taille, fasste ihre Hand, und gemeinsam schwangen sie die einleitenden Schritte. Seine Vorfreude stieg mit jedem Takt, ‚da, die Pause' und mit weiten Schritten umschwebten sie das verschwenderische Blumenbouquet, das in der Mitte des Foyers auf einem runden Tisch thronte. Charly lehnte sich vertrauensvoll in seinen Arm, folgte willig und sicher genug. ‚Soll ich es wagen, die Variation zu versuchen?' Falls sie die Schritte kannte, mehr Genuss, falls nicht, war er versiert genug, eine kleine Unsicherheit zu kaschieren. ‚Täusche ich mich oder ist die Musik lauter geworden?' Jedenfalls war es eine gute Anlage und die Akustik erstaunlich. Die Töne schienen in der Luft zu vibrieren.

Auf Charlys Gesicht lag ein völlig selbstvergessenes, glückliches Lächeln. Die nächste Taktpause nutzte er, gab den Impuls zum veränderten Schritt – und Charly folgte! Er musste reichlich verblüfft geschaut haben, denn sie lachte auf. Er bemerkte noch, dass sich ein Kreis von Zuschauern gebildet hatte, dann blieb nur noch Raum für Charly, die Musik und den nächsten Schritt. Als der letzte Ton verklang, hielt er inne. Atemlos.

Charly schmiegte sich noch einen Augenblick in seinen Arm, löste sich dann und senkte verlegen den Blick. Die Umstehenden klatschten Beifall und der Concierge nickte ihm mit einem Daumen-hoch zu. Er wollte sie gerade unauffällig Richtung Frühstückssaal dirigieren, als Charlys Handy zu klingeln begann. Sie pflückte es mit einer raschen Bewegung aus ihrer Tasche und bog durch die Glastür ins Freie. Mit etwas Abstand folgte er.

„Hi Mam." Sie lauschte kurz. „Ich bin schon hier."

„Kann ich machen." Sie klang nicht sehr begeistert.

„Natürlich kriege ich das hin." Genervt. Charly warf einen halben Blick zu ihm und bohrte mit einem Absatz im Zwischenraum der Pflastersteine. „Wir haben bereits ein Zimmer. Eine Suite, genauer gesagt."

„Ich wollte ihn dir vorstellen, aber dir ist irgendeine Party ja wichtiger", bellte Charly ins Telefon. „Bye Mam." Sie steckte das Handy weg und sah ihn an. „Die zweite Nacht bezahle ich bzw. meine Mutter." Ihr Ton duldete keinen Widerspruch.

„Gut. Dafür zahle ich tagsüber alles", erwiderte er. ‚Was du kannst, kann ich auch.' Er schob die Rechte in die Hosentasche.

Charly nickte knapp und überließ es ihm, ihr ins Foyer zu folgen.

Lilac Wine – Jeff Buckley

Am späten Sonntagnachmittag steuerte Charly den R8 aus der Stadt, fuhr jedoch an der Autobahnauffahrt vorbei. Er atmete auf. Sie fuhr sicher und er vertraute ihr, aber offensichtlich war auch ihr nicht nach Tempo zumute, denn sie wählte kleine Straßen und ihnen begegnete kaum ein Fahrzeug. Ein paar Motorräder überholten, manche herausfordernd das Gas aufziehend, aber Charly reagierte nicht. Schließlich bog sie auf einen Wirtschaftsweg ab und folgte diesem langsam zu einer kleinen Anhöhe, die von einer mächtigen Eiche gekrönt wurde, umgeben von Rebstöcken. Ein kleiner Trecker rumpelte durch den Weinberg und sie hupte und winkte aus dem offenen Fenster, bevor sie im Schatten des Baumes hielt. Sie wand sich eilig aus dem Auto, lief dem Traktoristen entgegen und kehrte kurz darauf mit zwei Holzbechern und einem Bocksbeutel zurück.

„Holst Du Wasser? Auf der anderen Seite ist eine kleine Quelle."

Sie reichte ihm einen Becher und deutete auf die Eiche. Tatsächlich rieselte dort ein dünner Wasserstrahl in einen kleinen Holztrog und von da aus zweifellos in einen größeren unterirdischen Wassertank. Er füllte den Becher und ging zurück. Charly saß im Schneidersitz auf dem Dach des R8. Sie nahm das Wasser entgegen und neigte den Bocksbeutel fragend in seine Richtung.

„Trink du."

„Du willst ja nur mein Auto fahren", grinste sie zurück.

„Der Mann, der das nicht will, muss erst noch geboren werden", antwortete er ohne Hitze und sie lachte.

Glucksend floss der Wein in den Becher.

„Komm mit rauf."

Er zögerte.

„Der hält das aus", versicherte sie ihm.

„Davon gehe ich aus, wenn du mir das anbietest. Trotzdem, es mutet wie ein Sakrileg an, auf einen solchen Wagen zu klettern."

„Wäre er kein Auto geworden", zuckte sie gleichgültig die Schultern. „Prost Wasser."

Dumpf klangen die Becher aneinander. Das Wasser war kühl und schmeckte belebend frisch. Von Charly wehte ein Hauch fruchtigen Weinbouquets herüber.

Es war ungewohnt, zu ihr aufsehen zu müssen. Scharf hob sich ihre Figur vor dem hellen Sonnenlicht des Weinberges ab und er wäre am liebsten ein paar Schritte zurückgetreten, um sie noch mehr dem Schatten preiszugeben, mehr Silhouette zu erhalten. Schließlich beugte er sich ins Auto und angelte seine Kamera heraus.

„Darf ich?" Illustrierend hielt er sie empor.

Sie warf einen beiläufigen Blick zu ihm und nickte. „Nur zu."

An den rissigen Baumstamm gelehnt machte er einige Fotos, spielte mit Bildausschnitt und Blende, als ihm langsam bewusst wurde, dass sie für ihn posierte. Subtil. Unaufdringlich. Sehr erotisch. „Machst du das öfter?", fragte er schließlich heiser.

„Was?"

„Fotoshootings."

„Eher selten. Mehr Präsentationen, wie gestern Abend. Trotzdem hat meine Mam Wert darauf gelegt, dass ich lerne, mich ohne Scheu vor einer Kamera zu bewegen. Die nötige Mimik und Gestik beherrsche ich etwa seit meinem achten Lebensjahr." Sie streckte sich, geschmeidig wie eine Katze. „Wer gefällt dir besser?", fragte sie übergangslos.

„Charly", antwortete er prompt. „Aber auch Blanche hat ihren Reiz." Er lächelte. „Ich bin immer noch beeindruckt von Freitagabend", gestand er.

Schnaubend rutschte sie an den Rand des Daches und sprang herunter. „Das war keine Kunst. Brandon stand ja sofort zu meiner Verteidigung parat."

„Brandon?" Er stockte.

„Mr. Sanders", sprach sie weiter. „Es ist eine Sache, als Nobody den Big Boss zu kennen, aber dass wir per du sind, muss nicht jeder wissen. Er sieht das anders, deshalb habe ich mich nur Englisch mit ihm unterhalten, da fällt es nicht ins Gewicht", schmunzelte sie.

„Woher kennst du ihn?", siegte seine Neugier.

„Oh, jetzt muss ich scharf überlegen, das ist etwas kompliziert." Sie zog die Stirn kraus. „Wenn ich mich nicht irgendwo verhaspelt habe, dann ist er ein Stiefenkel meiner Urgroßmutter aus deren zweiter Ehe. Er ist in etwa so alt wie mein Dad." Sie trank ihren Becher leer, nahm ihm den seinen ab und klemmte sie kopfüber in eine Astgabel. „Lass uns in Volkach eine Kleinigkeit essen, bevor wir heimfahren." Charly warf ihm den Schlüssel zu, den er mit einer Hand auffing. Sie wollte einsteigen, hatte den linken Fuß schon im Auto, als sie doch wieder ausstieg und ihm die Arme um den Hals schlang.

„Danke für ein aufregendes Wochenende", flüsterte sie und stellte sich auf die Zehenspitzen.

Er kam ihrem Kuss nur zu gern entgegen.

Cherry Cherry – Neil Diamond

Gereons Laune sank genauso schnell, wie sich die Tür des Gartenhäuschens zur Erde neigte. An sich war die Reparatur des kaputten Scharniers keine Herausforderung, aber Maja hatte ihm so mir nichts, dir nichts die Jungs aufgehalst. Ein halbes Auge auf die Burschen, versuchte er nun schon zum wiederholten Male, die Tür so einzufädeln, dass er sie irgendwie festhalten und zumindest eine erste provisorische Schraube setzen konnte. An ein Aushängen der Tür war dank des kleinen Schneedaches darüber nicht zu denken. Und ihm fehlte eine dritte Hand.

Mühsam brachte er die Tür wieder in Position und hatte einige Minuten kein Auge für die Kinder übrig. ‚Jetzt könnte es klappen', frohlockte er, den Fuß unterm Türblatt zur Höhenregulierung, die Rechte zur Justierung der Position und griff den Schrauber aus der Gesäßtasche seiner Jeans. Die Schraube hatte er bereits seit mehreren Minuten zwischen den Lippen; die jetzt auf die magnetische Spitze zu setzen, sollte machbar sein und dann …

Kontrollierend blickte er zu den Jungs. Während Nicolaus friedlich im Sandkasten buddelte, hatte sich Nikodemus auf Entdeckungsreise begeben und näherte sich sehr zielstrebig der Werkzeugkiste, die für den Zweieinhalbjährigen ganz sicher nicht das Richtige war. ‚Wenn ich jetzt loslasse, ist alle Mühe umsonst', dachte er. ‚Aber …'

Eine Bewegung ließ ihn weiter nach rechts blicken. Charly war um die Hausecke gekommen, in Kombi, den Helm in der Hand. Sie beschleunigte ihren Schritt, fing den Jungen vom Objekt seiner Begierde ab und wollte ihn an sich kuscheln, hielt ihn aber naserümpfend von sich und klemmte ihn sich stattdessen unter den Arm, dessen strampelnden Protest ignorierend. Sie trat zu ihm und bot ihm die gespitzten Lippen zum Kuss, den er obligatorisch ablieferte. Mit festem Griff packte sie derweil mit der Linken die Gartenhäuschentür und sagte, als er nicht reagierte, den Blick auf den immer noch buddelnden Nicolaus gerichtet: „Mach schon, ich hab hier einen kleinen Müffel."

Nikodemus kicherte, und Gereon beeilte sich, die Schraube zu setzen. Kaum war das Geräusch des Akkuschraubers verklungen, da ließ Charly die Tür los und trug den immer heftiger widerstrebenden Jungen ins Haus. Erleichtert prüfte er den korrekten Schwung des Türblattes und schraubte das Scharnier endgültig fest. Zufrieden schloss er die Tür, freute sich über sein Ergebnis und wollte gerade sein Werkzeug einpacken, als im Nachbargrundstück die Haustür geöffnet wurde. Napoleon kam herausgeschossen, überquerte den Hof und quetschte sich durch das nur angelehnte Gartentürchen. Christians Vater stand auf der Schwelle seines Hauses und versuchte, den Hund zurückzurufen. Ohne Erfolg.

Nicolaus starrte angstvoll auf das heranjagende Tier und begann zu weinen. Gereon ließ das Werkzeug fallen und hechtete Napoleon entgegen. Zwar war er sich sicher, dass der dem Kind nichts tun würde, aber er wollte dem Jungen den Schrecken ersparen.

Plötzlich erscholl Charlys scharfe Stimme: „Platz!" Der Hund ließ sich augenblicklich auf den Bauch fallen und beobachtete mit zwischen die Pfoten geducktem Kopf, verhalten schwanzwedelnd, ihre Annäherung. Sie reichte Gereon den offensichtlich wieder sauberen Nikodemus, bevor sie sich zu Napoleon umwandte und sich auf die Schultern tippte. Glücklich jappend sprang der an ihr hoch und versuchte, ihr Gesicht abzulecken, aber sie wehrte ihn ab, befahl ihn wieder zu Boden und brachte ihn auf sein Grundstück zurück. Mit hängender Rute trabte er zur Bank neben der Haustür und ließ sich missmutig dort nieder.

„Jungs, das Essen ist gleich fertig. Deckt ihr bitte den Tisch?" Damit verschwand Charly wieder im Haus und stellte kurz darauf Gläser und Besteck auf den Gartentisch.

Er hatte inzwischen den heulenden Nicolaus beruhigen können und dieser kuschelte sich, den Daumen im Mund, an seine Brust. „Geo, was Essen?“, fragte Nicolaus.

„Lassen wir uns überraschen und waschen wir derweil unsere Hände, ja?“, antwortete er dem Kind und nahm auch Nikodemus an der Hand mit zum Gartenschlauch. Mit Mühe nur konnte er die Jungen davon abhalten, eine Wasserschlammschlacht zu beginnen und sie um einiges nasser, aber auch halbwegs sauber an den Tisch setzen, bevor Charly das Essen aufgetragen hatte. ‚Wahrscheinlich Nudeln mit Fleischwurst und Käse', überlegte er gerade, als Charly ihm genau dies vor die Nase setzte.

„Hol du bitte noch Getränke“, wies sie ihn an, und schmunzelnd ging er in den Keller, während Charly die Bändigung seiner Neffen übernahm.

Kurz darauf saßen sie alle, er einschließlich, erwartungsvoll am Tisch, und nach „Piep, piep, piep, wir haben uns alle lieb“, tauchten die Jungen mit beiden Händen in die Nudeln und er und Charly sahen sich lächelnd in die Augen. ‚Wer uns sieht und nicht kennt, hält uns für eine glückliche Familie', dachte er. Es war nur zu einfach, sich in Charlys Fürsorge fallen zu lassen und als Patriarch einer kleinen Familie zu fühlen. Und das Beste war, er brauchte es sich nicht nur vorzustellen, sondern er saß mittendrin. Warm nach Heu duftender, lauer Sommerwind strich vom Feld herunter, im verschwenderischen Azurblau des Himmels tirilierte eine Lerche, und das leise Klappern von Charlys Besteck war nur allzu real. ‚Ich bin glücklich', dachte er erstaunt.

„Iss, sonst wird es kalt“, holte ihn Charlys Stimme zurück an den Tisch.

Er warf einen Blick in die verschmierten Gesichter seiner Neffen. ‚Aber ich bin noch viel glücklicher, wenn ich Charly gleich für mich allein habe', dachte er sehr klar.

***

Als habe seine Schwester seine stille Bitte erhört, kam sie wenige Minuten später, um ihre Söhne abzuholen und wurde von Charly prompt mit einer Portion Nudeln mit an den Tisch gesetzt.

Ungeduldig wartete er, bis die Frauen ihre Mahlzeit und ihre Absprachen beendet hatten und konnte es kaum erwarten, Maja die Jungs ins Auto zu setzen. Endlich hatte er sie mit einem flüchtigen Wangenkuss verabschiedet und wandte sich vorfreudig seinem Haus zu, als Charly, wieder in Motorradjacke und Helm in der Hand, aus der Haustür trat.

„Du willst weg?", fragte er und konnte seine Enttäuschung nicht verbergen.

„Ich hatte mich auf einen schönen Abend mit dir irgendwo im Biergarten gefreut", antwortete sie. „Aber da wir ja nun schon abgefüttert sind, lass uns wenigstens noch eine Runde fahren und vielleicht oben am Treff was trinken." Fragend sah sie ihn an, bereits die Handschuhe anziehend.

„Ok, ich zieh mich um", seufzte er. Es gab Momente, da war selbst die Aussicht auf eine, zugegebenerweise sehr flotte, Runde durch die Fränkische keine Alternative. Während er in seine Kombi stieg, begann er sich doch auf die Fahrt zu freuen. ‚Ich habe am Treff noch Gelegenheit, sie zu einer Übernachtung bei mir zu überreden.'

Sie stand fix und fertig in der Einfahrt, als er mit der Fireblade aus der Garage rollte. Surrend schloss sich hinter ihm das Tor, übertönt vom Sound seiner Maschine, die gleich darauf röhrende Unterstützung bekam.

Mit angedeuteter Verbeugung ließ er ihr den Vortritt.

„Ladies first", murmelte er, nur für sich selbst hörbar.

***

Es war ein herausfordernder Genuss, Charlys schlanker Silhouette über schmale, verschlungene Straßen, durch Wälder, Dörfer und vorbei an nach frisch gemähtem Gras oder Heu duftenden Wiesen zu folgen. Natürlich blieb auch die ein oder andere Schotterpiste nicht aus, wie immer. Charly scherte sich nicht um den ursprünglichen Verwendungszweck ihrer Fahrzeuge.

Sie hatte ihren Bogen schon wieder gen Heimat geschlagen; gemächlich schnurrten sie durch ein langgezogenes, bereits abendstilles Straßendorf. Rechts vor ihnen blühte eine prachtvolle Kletterrose und überhing den schmalen Gehsteig bis auf die Straße. Er sah, wie Charly sich aufrichtete und die Rechte nach der Pflanze ausstreckte. Ihr Motorrad, um den Zug am Gas gebracht und mit beträchtlicherer Motorbremse ausgestattet als seines, verzögerte sofort und er griff in die Handbremse. Da hatte Charly bereits einen Zweig ergriffen. Die Ranke zog sich, riss und schnippte wippend zurück. Er duckte sich durch einen romantischen Schauer orangeroter Blütenblätter. ‚Wie nennt sich diese Farbe?', überlegte er. ‚Ich werde Maja fragen müssen.'

Nach der nächsten Kurve tauchte ein Zebrastreifen auf, ein unsicheres älteres Muttchen am Straßenrand und Charly gewährte ihr den Vortritt. Sie nahm den Gang heraus und richtete sich auf, das Visier hochgeklappt. Er brachte die Fireblade neben ihr zum Stehen, und während die alte Dame langsam über die Straße tapste, blickte er verwirrt auf die Rosenknospe, die Charly ihm unter die Nase hielt.

„Nimm schon, extra für dich gepflückt", sagte sie und ihre Hand mit der Pflanze rückte noch einige Zentimeter näher und ließ ihn schielen.

Er nahm sie, Charly klappte das Visier herunter und schoss mit einem Wheelie los. Eilig verstaute er die Rose im Tankrucksack und folgte Charly, genervt angehupt von einem Kleinlaster, der seinetwegen hatte halten müssen.

Auf der Hochfläche kurz vor dem Treff legte Charly plötzlich eine Vollbremsung hin. Er vermied die Kollision nur um Haaresbreite durch ein Ausweichmanöver. Nachdem er umständlich auf der schmalen Straße gewendet hatte, fand er sie, die Ducati auf dem Seitenständer unter einem der Straßenbäume geparkt, stehend auf der Sitzbank um Balance bemüht und eifrig Kirschen pflückend.

Er stellte sein Motorrad schräg auf die Straße, um eventuellen, unwahrscheinlichen Verkehr zumindest zum langsamen Vorbeifahren zu zwingen und holte die Wasserflasche aus dem Tankrucksack. Dabei gewahrte er die Rose und ohne weiteres Nachdenken fädelte er den Stiel in die Flasche und setzte sie vorsichtig auf die Straße neben seinem Motorrad. Ein Kirschkern landete zu seinen Füßen und er sah auf.

Charly streckte ihm die Hand hin. „Magst du auch?"

Er nahm ihr die dargebotenen Kirschen ab. Tiefrot und herzförmig lagen sie in seiner Handfläche und ihr süßer Duft stieg ihm in die Nase. Er steckte eine in den Mund. Knackend zerbarst sie zwischen seinen Zähnen und intensive Süße verteilte sich auf seiner Zunge. Er lutschte den Kern ab und spuckte ihn in Richtung Straßengraben.

„Mein Lieblingskirschbaum hier oben", hörte er sie sagen. „Die anderen sind gut, aber die hier sind die besten. Ich muss dran denken, morgen mit dem Bus raufzukommen. Oder mit Napoleon. Von unten kommt man schon nirgends mehr ran."

Der Baum war unten tatsächlich schon leer gepflückt, abgerissene Blätter und Äste lagen im Gras des Grabens und das angrenzende Feld war unter dem Baum zertrampelt.

„Lass dich nicht vom Bauern erwischen", sagte er automatisch.

„Der kennt mich und ich habe seine ausdrückliche Erlaubnis", lachte sie. Sie verlor dadurch ihr Gleichgewicht, kippelte auf dem Motorrad und sprang nach einem vergeblichen Versuch, sich wieder auszubalancieren, herunter. Sie landete in der Hocke vor seinen Füßen und gewährte ihm in dieser Position einen Blick in ihre himmelblau funkelnden Augen.

Er schluckte. ‚So darfst du nachher gleich noch mal vor mir hocken', dachte er wie in Trance, als sie ihm die Hand auf die Hüfte legte und sich langsam und verheißungsvoll, die Nase nahezu entlang des Reißverschlusses seiner Kombi, aufrichtete. Sie endete mit in den Nacken geworfenem Kopf und gespitzten Lippen. Ihr Kuss schmeckte warm und süß nach Kirschen.

Bevor sich seine Hände auf Erkundungsreise begeben konnten, unterbrach sie den Kuss und leckte sich genießerisch die Lippen. „Hmmm…“, schnurrte sie. „Du schmeckst gut. – Noch Kirschen?“, fragte sie, den Blick in den Baum gerichtet und offensichtlich abschätzend, wo und wie sie ihr Motorrad positionieren müsste, um einen der beladeneren Äste zu erreichen.

‚Nein, dich‘, war das Einzige, was Raum in seinen Gedanken hatte. „Heb sie dir für morgen auf“, hörte er sich sagen, und es war wohl sein Tonfall, der sie aufblicken ließ. Ein gleichzeitig wissendes und diabolisch spielerisches Lächeln hob ihre Mundwinkel.

„Auch gut“, antwortete sie und schwang sich in den Sattel. „Stopp am Treff? Ich habe Durst“, erklärte sie in seine Richtung.

‚Du freches Luder‘, dachte er und stakste etwas steifbeinig zu seinem Motorrad.

***

Keine zwei Minuten später bremsten sie am noch ungewöhnlich gut gefüllten Treff und mussten auf dem Parkplatz eine Weile suchen, bis sie eine Lücke fanden, die beide Motorräder aufnehmen konnte. Mellis Motorrad war nicht da, also war zumindest von daher keine Störung zu erwarten, stellte er zufrieden fest.

Aber an der Ausgabe wartete bereits eine lange Schlange. Charly stellte sich an und er tat es ihr gleich. Er hasste es zu warten. Andererseits stand Charly verführerisch dicht vor ihm und er wurde der sich bietenden Möglichkeiten gewahr. ‚Vielleicht kann ich die Wartezeit nutzen, sie zum Bleiben zu überreden?‘ Er schob sich näher an sie heran und legte von hinten die Arme um ihre Taille. Sie lehnte sich tatsächlich in seine Umarmung zurück. Dafür, dass sie am Treff sonst eher Abstand hielt, war das sehr vielversprechend. Er versuchte, seine Hände unter ihre Jacke gleiten zu lassen und stieß auf Widerstand. ‚Mist, sie hat wieder Jacke und Hose zusammengerödelt.' Seine Finger tasteten im Schutz ihrer Jacke nach dem Verbindungsreißverschluss und zogen ihn langsam und vorsichtig auf. ‚Kein Protest? - Sehr interessant.'

Charly trat von einem Fuß auf den anderen und ihr Hintern, knackig verpackt in der engen Lederhose, strich aufregend über die Front seiner Hose. ‚Absicht?', überlegte er. ‚Wenn du mich verlegen machen willst, Baby, keine Chance. Eine Kombi verbirgt so einiges.' Seine Hände hatten derweil das Hindernis beseitigt und schoben sich erneut in ihre Kombi. ‚Dämlicher Nierengurt, das Dings ist immer nur im Weg', dachte er leicht verärgert, weil das Vordringen seiner Hände schon wieder gebremst wurde. ‚Verdammt, ist die Hose eng, aber sonst sähe sie auch nicht so gut aus.' Beflügelt von der Vorfreude auf das Gefühl von Charlys weicher Haut unter seinen Fingern … ‚Aua! Jetzt hat sie bemerkt, was ich vorhabe und mir glatt auf die Finger gehauen!' Reflexartig zog er seine Hände zurück und nicht zu früh, denn es war jemand neben sie getreten. Charly wand sich eilig aus seinen Armen.

„Hi Christian", begrüßte Charly den Neuankömmling sichtlich durcheinander und drehte sich hastig von ihnen beiden weg.

„Charly. Gereon." Christians Blick ruhte kurz auf ihrem Rücken, dann schwenkte er weiter zu ihm.

‚Und was machst du hier?', dachte er sehr vergrätzt, aber grüßend nickend. Christians neutraler Erscheinung war keine Regung anzumerken.

„Ich habe eure Motorräder gesehen", beantwortete Christian seine unausgesprochene Frage. „Hast du ein Auge auf meinen Vater?", sprach er übergangslos weiter und sah auf die Uhr.

Erst jetzt fiel ihm auf, dass Christian im Anzug vor ihm stand, was ihn zwischen den sämtlich mit Motorradklamotten bekleideten Leuten ringsum befremdlich wirken ließ, ihn aber nicht zu stören schien.

„Ich bin über Nacht weg“, erklärte Christian seine Bitte.

„Geht klar“, hatte er kaum Zeit zu antworten, da drehte Christian sich auch schon um und ging zu seinem Wagen. Vage drang Charlys Stimme an sein Ohr, die sich ein dunkles Lamms ohne bestellte.

„Was willst du?“, fragte sie und ihr Ellbogen in seinem Magen verlieh ihrer Erkundigung Nachdruck. Er wandte seine Aufmerksamkeit von Christian ab, und als er ebenfalls bestellt und bezahlt hatte, war der verschwunden. ‚Freie Bahn', frohlockte er.

***

Gereon saß an seinem Schreibtisch, gähnte mit tränenden Augen und stützte dann den Kopf in die Hände. ‚Die Nacht war lang. Oder kurz', je nachdem, wie man es betrachtete. Aber er wollte sie um keinen Preis missen. Auch wenn er jetzt kurz davor war, mit dem Kopf zwischen den Zeichnungen zu landen.

Ihre Rose zierte seinen Schreibtisch. Er konnte im Moment sowieso keinen klaren Gedanken fassen, also kam es nicht darauf an. Er kramte sein Handy hervor, fotografierte die Rose und schickte das Foto gefolgt von dem Wort ‚Farbe?‘ an Maja. Während er ungeduldig auf ihre Antwort wartete, tippte er ‚Rosenfarben Bedeutung‘ in den Browser seines Laptops und überflog die Informationen auf dem Bildschirm, inklusive Farbvergleich der Blume auf seinem Schreibtisch mit den dargestellten Bildern. ‚Mein Gedächtnis hat mich nicht getrogen', dachte er. ‚Pures Begehren und erotische Lust, treffender kann man es kaum sagen. Dann kommt es jetzt darauf an, dass ich die Farbe nicht falsch interpretiert habe.' Er checkte das Handy, nichts.

Er holte er sich einen Kaffee, wohlweislich ohne das Handy mitzunehmen, und als er zurückkam, war die Antwort da. Ebenso knapp wie seine Frage erschien im Display nur ein einziges Wort: ‚Koralle.'

Ich will Spaß – Markus

Charly fläzte ungewohnt faul auf der Terrasse, zufrieden mit ihrer Arbeit. Die Steinplatten zu ihren Füßen schimmerten frisch geschrubbt, und die Bepflanzung stand stramm in feucht glänzender schwarzer Erde wie kleine Soldaten. Vom Garten drang der intensive Geruch nach frisch gemähtem Gras herüber. Ein Amselpaar und verschiedene andere Vögel, von denen sie nur das Rotkehlchen und einen winzigen Zaunkönig benennen konnte, suchten nach aufgescheuchten Insekten. Die Sonne leuchtete schon golden durch den Apfelbaum, und der Amselhahn flog auf den Dachfirst und begann sein abendliches Ständchen. Sie schloss die Augen und lauschte den klaren, melodischen Tönen.

Ein Wochenende ohne Verpflichtungen lag vor ihr. Ihre Mutter hatte vorübergehend Ersatz gefunden und sie war froh, zwei Tage für sich allein zu haben. ‚Spontan wegfahren', dachte sie. Ein Bild der Alpen im Frühnebel stieg vor ihrem inneren Auge auf. ‚Aber nicht mit dem Motorrad. Der Audi ist bequemer. Schneller auch. Wenn ich früh genug losfahre und die freien Strecken ausnutze, bin ich in drei Stunden unten.' Verschiedene Bergstrecken und Pässe wechselten sich vor ihrem inneren Auge ab und sie sprang auf. Abgesehen davon, dass sie früh zu Bett gehen sollte, wenn sie ihr Vorhaben durchführen wollte, sie konnte vor Vorfreude nicht mehr stillsitzen.

Sie tauchte ins Haus und brachte die Küche in Ordnung; viel war nicht zu tun. Ein tief brummelndes Geräusch vom Hof her ließ sie aufblicken, und ihre Hand mit dem Lappen sank schwer nach unten. ‚Mam', dachte sie. ‚Das Wochenende kann ich knicken.'

Mit gemischten Gefühlen beobachtete sie durchs Fenster, wie ihre Mutter aus dem Wagen stieg und mit vorsichtig gestelzten Schritten die Haustür anvisierte. ‚Bleistiftabsätze', bemerkte sie. Dann war es kein geplanter Besuch. Gitta achtete auf passendes Schuhwerk zur rustikalen Umgebung, wenn sie zu Besuch kam. ‚Vielleicht …' Eilig verließ sie ihren Posten und hechtete zur Tür, erreichte sie und riss sie auf. „Hi Mam!"

Gittas Finger verharrten einige Zentimeter vor der Türklingel, dann schwebten sie weiter zur Sonnenbrille und schoben diese ins Haar. Sie hielt ihrer Tochter die makellose Wange entgegen und Charly hauchte einen flüchtigen Kuss darauf.

„Kaffee?", fragte sie und hielt die Tür weiter auf.

„Wann hätte ich dazu je nein gesagt?"

Charly verdrehte die Augen und schloss die Tür. Sie fühlte sich unwohl und beobachtet, als sie unter dem Blick ihrer Mutter die Kaffeemaschine befüllte und einschaltete. Auch Gitta schien nicht zu wissen, wie sie das, was sie offenbar beschäftigte, vorbringen sollte.

„Setz dich doch", bot Charly an.

„Ich saß die letzten drei Stunden im Auto."

„Seit wann brauchst du so lange bis zu mir? War Stau oder wo kommst du her?"

„Nichts davon, das Auto fährt nicht mehr. Zumindest nicht schneller als hundert."

„Ach? Bedien dich. Ich schau mir das kurz an", flüchtete Charly nach draußen. Sie stieg ins Auto, der Wagen sprang sofort an, und sie fuhr langsam, der geringen Bodenfreiheit geschuldet, vom Hof. Schon beim Beschleunigen auf der Dorfstraße zur Kreuzung spürte sie, dass der Motor die Leistung nicht wie gewohnt abrief. Auf der Waldstrecke zum Treff wurde der Unterschied noch deutlicher. Asthmatisch keuchte der sonst schnelle und wendige Wagen die Kurven hinauf, verschluckte sich und war nur mit Mühe auf ein einigermaßen annehmbares Tempo zu bringen. Ein Grüppchen Motorradfahrer überholte sie, zwei machten verächtliche Gesten.

Sie nutzte die Einfahrt des Treffs zum Wenden, in Gedanken schon bei den möglichen Ursachen, und fuhr zurück. Bergab ging es etwas flotter, auch der Motor schien aufzuatmen, dass keine Anstrengung mehr gefordert war. Sie parkte den Wagen an der gleichen Stelle im Schatten der Buche und öffnete das Heck. Fluchend ließ sie die Klappe gleich wieder fallen, bevor sie die Stütze einrasten konnte. Die Karosserie war nahezu glühend heiß. Hastig knöpfte sie ihr Hemd auf, wand sich einen Zipfel um die Hand, und diesmal gelang es. Ebenso heiße Luft schlug ihr entgegen und sie fühlte, wie sich Schweißperlen an ihrem Hals bildeten und in den Hemdkragen rollten. Vorsichtig schnuppernd konnte sie jedoch keinen ungewöhnlichen Geruch wahrnehmen. Nachdenklich ließ sie ihren Blick über die Bauteile wandern, unschlüssig, was sie zuerst kontrollieren sollte. ‚Leistungsabfall, übermäßige Hitzeentwicklung, Letzteres fast immer eine Folge des Ersten, Verschlucken und Husten.' Der Luftfilter war am naheliegendsten und einfach zu beheben, ansonsten gab es eine Menge weiterer Kandidaten, die meisten umständlich und zeitraubend.

Sie seufzte. Eine Ahnung sagte ihr, dass der Luftfilter zu einfach war, trotzdem löste sie die Abdeckungen und angelte ihn mit spitzen Fingern heraus. Er sah gut aus, sie klopfte ihn probehalber gegen ihre Handfläche, dann nahm sie ihn mit ins Haus und ging gründlich mit dem Staubsauger darüber.

„Weißt du, woran es liegt?"

„Noch nicht. Ich fange mit dem Einfachsten an und hoffe, dass es nicht das Komplizierteste ist", antwortete sie bemüht leicht. „Du hast nicht zufällig das Falsche getankt?"

Gitta schnaubte.

„Seit wann hat er das denn?", fragte Charly weiter.

Unschlüssig fuhr sich Gitta mit der Hand durch die perfekt frisierten Haare. „In den letzten Tagen hat er sich ab und an mal verschluckt, dann fuhr er wieder normal. So schlimm wie heute jedenfalls nicht."

Charly nickte und ließ ihre Mutter stehen, um den Luftfilter wieder einzusetzen. Diesmal nahm sie ihr Handy mit nach draußen. ‚Was als Nächstes?', überlegte sie. ‚Wenn es an der Einspritzanlage liegt, muss ich passen, da kenne ich mich nicht gut genug aus.' Konzentriert rekapitulierte sie die einzelnen Komponenten und die Symptome, die sie verursachten. ‚Nicht genug Luft, nicht genug Sprit, der Luftfilter war es nicht, und der Benzinfilter ist eine Riesensauerei. Aber gab es da nicht noch diese Messkombination, wie hieß das Ding noch mal? Und wo finde ich die? Oder gibt es noch was Einfacheres, waren das keine Huster, sondern Zündaussetzer?'

Ihre Hand schwebte zur ersten Zündkerze. Eine nach der anderen drehte sie heraus und hielt sie ins Licht. Trocken, sauber und ohne Schmauchspuren schieden sie als Symptomquelle aus. Fast ohne weiteres Überlegen löste sie die Kappe des Zündverteilers und stutzte. ‚Das sieht seltsam aus.' Sie griff nach dem Handy.

„Hi Dad. Ich bin's, Charly. Mam ist hier. Der Rote spinnt. Hat mächtig Leistung eingebüßt, kriegt kaum Luft und verschluckt sich. Ich habe eben den Zündverteiler auf, und abgesehen davon, dass alles verrußt ist, hat das Dingsda ein Loch an einer Stelle, wo meines Wissens keines sein dürfte", sagte sie, ohne Luft zu holen und ohne ihrem Vater Zeit zu einer Antwort zu geben.

„Hi Schwesterchen." Sie konnte Steven förmlich grinsen sehen.

„Die Theorie kannst du dir sparen", würgte sie seinen Vortrag nach wenigen Worten ab. „Ich bin nicht in der Laune für sinnloses Gelaber. Gib mir einfach Dad, ok?"

Im Hörer blieb es still, offenbar wechselte das Telefon gerade den Besitzer, dann meldete sich die ruhige Stimme ihres Vaters.

Sie wiederholte ihren Spruch nur unwesentlich verändert und bemerkte, dass ihre Mutter aus dem Haus getreten war. Charlys Motorradstiefel bildeten einen seltsamen Kontrast zum eleganten Hosenanzug, waren aber allemal besser als die High Heels.

Konzentriert den Anweisungen ihres Vaters lauschend, das Telefon zwischen Schulter und Ohr geklemmt, beugte sie sich über den Verteiler und versuchte, seine Erklärungen nachzuvollziehen.

„Mit Dingsda meinst du wahrscheinlich den Läufer, und wenn der ein Loch hat, ist das tatsächlich nicht gut", sagte er gerade.

Sie musste einen sehr unmutigen Ton von sich gegeben haben, denn er lachte. „Hast du Alufolie?"

„Wahrscheinlich", antwortete sie automatisch. „Wozu?"

„Nimm ein Stück, roll es zusammen und stopf es in das Loch. Das sollte die Probleme vorübergehend beheben."

Sie ließ den Wagen stehen und holte die Rolle Alufolie aus der Küche. Das Handy zwischen Ohr und Schulter balancierend, brauchte sie einige Versuche, um die richtige Größe zu finden. Dann wischte sie den Ruß ab und setzte die Kappe wieder auf. „Das war´s? So einfach?"

„Theoretisch schon, praktisch solltest du jetzt eine Runde fahren und testen, ob das der Übeltäter war. – Was hat er jetzt auf der Uhr?"

Folgsam ging sie zur Fahrertür und sah ins Cockpit. „Fünfhundertzweiunddreißig und ein bisschen."

„Der hat lange gehalten. Ich bestelle den Neuen, und sag du deiner Mutter, sie soll vorbeikommen, etwa ab Mitte der Woche. Vorher anrufen, damit ich eine Bühne frei habe."

„Ich sag's ihr. – Ach, Dad, was sollte ich als Nächstes schauen, falls es das nicht war?"

„Lambdasonde und Luftmesser."

Sie unterdrückte ein Stöhnen. „Damit kenne ich mich ja wieder gar nicht aus. Drück mir die Daumen!"

„Mach ich. Wird aber nicht nötig sein. Gut gemacht."

„Danke", lächelte sie ins Telefon und warmer Stolz durchrieselte sie, während sie auflegte und das Telefon einsteckte.

Beißender Benzingeruch ging von ihren Fingern aus und sie rümpfte die Nase. Zudem zierten ihr Hemd einige metallisch-ölig ausdünstende schwarze Streifen. Ihre Mutter würde es zu schätzen wissen, wenn sie mit sauberer Kleidung ins Auto stieg. Das Heck des Wagens ließ sie offen; so konnte er noch etwas abkühlen.

Geschrubbt und umgekleidet war sie schon fast an der Haustür, als von der Terrasse eine Stimme zu ihr drang. Lauschend legte sie den Kopf schief. ‚Gereon', dachte sie.

Sie griff in der Küche zwei Tassen aus dem Schrank und die Kaffeekanne von der Arbeitsplatte. Er nahm das Angebot und ihre Geste zum freien Stuhl willig genug an, und sie ließ sich in ihren Sitzsack fallen.

Er blieb stehen, die Hand an der Stuhllehne. „Charly?", fragte er mit belegter Stimme. „In deinem Hof steht ein Ferrari."

„Ich weiß. Er gehört meiner Mam." Kurz fragte sie sich, wo die hin verschwunden sein mochte.

„Deiner ..."

„Mam", wiederholte sie. „Setz dich und guck nicht so entgeistert. Ist auch nur ein Auto, das einen von A nach B bringt", brummte sie verstimmt.

Schweigend nippten sie an ihren Tassen. Das Rotkehlchen, ‚ihr' Rotkehlchen, hüpfte über die Terrasse und suchte raschelnd in der Bepflanzung nach Insekten. Puck und der Kleine Prinz spielten Fangen und ab und an klang empörtes Quietschen zu ihnen. Genießerisch inhalierte sie den warmen Kaffeeduft, erinnerte sich, dass sie den Ferrari testfahren wollte und leerte ihre Tasse. „Ich muss eine Runde fahren und schauen, ob ich das Problem behoben habe. Willst du mit?"

„Im Ferrari?", fragte er nicht sehr geistreich.

Sie unterdrückte ein Schmunzeln. „Im Ferrari."

Sie ging ihm voraus und klappte das Heck zu, dann stieg sie ein. Wieder startete der Motor problemlos und langsam rollte sie auf die Straße. Mit gespanntem Herzklopfen drückte sie fester aufs Gaspedal und der Wagen schoss vorwärts. Beherzt bog sie auf die Bundesstraße und gleich darauf auf die Waldstrecke. Es war ein Unterschied wie

Tag und Nacht zur vorherigen Fahrt. Kein Husten, kein Verschlucken, kein plötzlicher Leistungsverlust. Der Motor reagierte fein auf ihre Dosierung am Gaspedal und brachte wieder alle seine Pferdchen auf die Straße. Im Rückspiegel tauchte das einzelne Licht eines Motorrades auf. ‚Rennmaschine', kategorisierte sie.

„Festhalten", empfahl sie atemlos und packte das Lenkrad mit beiden Händen. Sie ließ dem nachfolgenden Supersportler keine Chance, näherzukommen. Auf dem Hochplateau bremste sie ab und fuhr aufreizend langsam, aber herausfordernd röhrend, am Treff vorbei. Tatsächlich beeilten sich einige Fahrer, auf ihre Maschinen zu kommen. „So, Jungs. Dann seht euch mal schön mein Heck an", murmelte sie, wartete, bis der Erste zu ihr aufschloss und zog abrupt das Tempo an. Im nächsten Tal schlug sie den Bogen zurück zur Bundesstraße. Nach der Schikane breitete sich ein triumphierendes Lächeln auf ihrem Gesicht aus. Aus den Augenwinkeln bemerkte sie seinen Blick. „Was?"

„Du fährst völlig regelkonform und sie kommen trotzdem nicht an dich heran."

„Auf der Geraden schnell sein ist keine Kunst. In den Kurven schon eher. Wobei es mit einem Fahrzeug, dem man es nicht ansieht, noch mehr Spaß macht."

Drei Motorräder überholten sie, trotz durchgezogener Linie, Überholverbot, und deutlich schneller als das angezeigte Limit. Sie zuckte mit keiner Wimper.

„Juckt es dich da nicht?"

Er wies mit dem Kinn auf das aufblinkende Bremslicht vor ihnen, bevor es um die Kurve verschwand.

„Schon", gab sie zu, „und ich bin auch kein Engel, was die Verkehrsregeln betrifft. Aber für manches bin ich einfach zu stolz." Sie zwinkerte zu ihm hinüber und bog kurz darauf in ihre Einfahrt.

„Ist er ‚das Geschoss'?"

„Nein“, lachte sie. Sie sah ihm an, dass er sich vor Neugier wand. „Der steht in der Scheune. Aber ein teures Auto am Tag reicht.“

***

Als die Schatten der Nacht begannen, die Pferde auf der Koppel einzuhüllen, saß Charly mit einem Whisky auf ihrer Terrasse und fragte sich, ob sie den Spuk nur geträumt hatte.

Ihre Mutter war vor wenigen Minuten, Gereon im Kielwasser, vom Hof gefahren, und sie hatte heldenhaft der Versuchung, einen herzhaften Schluck gleich aus der Flasche zu nehmen, widerstanden und sich einen Fingerbreit vom Besten in ein Glas gegossen.

Die Platten zu ihren Füßen waren inzwischen getrocknet, kein Vogel raschelte mehr durch den Garten, aber die Pflanzen standen noch immer kerzengerade Spalier.

Je tiefer die Dunkelheit sich rings um sie her ausbreitete, desto leichter wurde ihr Gemüt. Dem geplanten Ausflug stand nichts mehr im Wege, aber nur langsam schlug ihr Verstand den Bogen da hin.

Plötzlich scharrten die Stuhlbeine über die Platten, sie sprang auf und tauchte ins Haus. Nach einer Weile kam sie wieder heraus, leerte das Glas und nahm es mit nach drinnen, gerade, als der volle Mond vollständig über den Bäumen des Bergrückens aufgegangen war. Knirschend verriegelte sie die Terrassentür und zog eilig die Vorhänge ordentlich zurecht. Sie hatte kein Ziel, nur eine Idee, die es wert war, ihr zu folgen. ‚Jean.‘

Noch einmal störte ein großer Motor die Ruhe des ausklingenden Tages, dann überließ sie ihr Grundstück seiner wohlverdienten Ruhe und lenkte den Wagen in die samtene Sommernacht.

In the Summertime – Mungo Jerry

Es war ein schöner Sommer. Mangelnde Abwechslung konnte Charly nicht beklagen, eher fehlende Ruhepausen.

Über die Wochen entwickelte sich eine ungefähre Routine. Montags brachte Maja gegen sechs die Jungs zu ihr und holte sie etwa zwei Stunden später wieder ab. Nach einem abenteuerlichen Nachmittag in Charlys Garten mit Pollux und Freddy hatte sie mit ihnen nicht mehr viel Mühe, da die Kinder meist schon im Auto einschliefen. Nach dem zweiten Mal hatte Charly ihr vorgeschlagen, sie solle die Schlaf- und Zahnputzsachen mitbringen, und sie lieferte die Jungen bettfertig ab.

Dienstags war Charly entweder mit ihrer Clique oder Melli unterwegs. Mittwochs fuhr sie zu Gereon. Alle zwei, drei Wochen hüteten sie seine Neffen, sonst drehten sie eine gemeinsame Runde in der Fränkischen oder gingen klettern. Meist blieb sie über Nacht bei ihm.

Donnerstags kam Christian zu ihr. Mit ihm kam sie sich manchmal vor wie ein altes Ehepaar. Sie begrüßten sich, dann ging jeder einer Aufgabe nach; liegen blieb im Garten, auf den Koppeln und im Haus genug, zu später Stunde trafen sie sich zu einer Flasche Wein auf der Terrasse, die sie oft nur zur Hälfte leerten, bevor sie auf dem Sofa in den Armen des andern einschliefen.

Den Freitag musste sie meist schon zur Anreise für die Events ihrer Mutter verwenden. Manchmal nahm sie Christian mit, oder, wenn sie alleine unterwegs war, kam es vor, dass Gereon sie im Hotel überraschte. Es war Verschwendung, denn sie endeten fast immer gemeinsam in einem Zimmer, mal seinem, mal ihrem.

Es war ein Spiel. Es machte Spaß. Sie liebten es beide.

Die Samstage vergingen unter Gittas Fuchtel auf Messen und bei Fotoshootings.

Die Sonntage brauchte Charly für sich. Sie merkte, wie die ständige Anforderung an ihren Nerven zehrte und versuchte, sich so viel Entspannung wie möglich zu gönnen. Sie bastelte am T1, ritt Phoenix und Napoleon, spielte mit Pollux oder lungerte faul in ihrem Garten herum. Schleichend baute sich trotzdem immer mehr Druck auf, der Mitte August in einem heftigen Streit mit Melli ein Ventil fand. Charly zog die Notbremse und fuhr die letzte Augustwoche mit der Ducati in den Urlaub.

Allein.

Zoom! – Klaus Lage

Charly streckte sich genüsslich und grub die Zehen in den warmen Sand. Der Fußmarsch bis zum letzten Übergang zahlte sich aus. Kaum eine Handvoll anderer Badegäste war am Strand zu sehen.

Der Wind frischte auf und wehte ihr die Haare ins Gesicht. Mit einem tiefen Atemzug schloss sie die Augen und überließ sich dem Rauschen der Wellen und den Schreien der Möwen.

Das tiefe Blubbern eines Motors mischte sich darunter und kam näher.

Sie wandte sich dem Geräusch zu, gerade rechtzeitig, um zu sehen, wie ein Motorrad wenige Meter neben ihr zum Stehen kam. Das Blubbern versiegte.

„Was machst du hier?“, entgeistert starrte sie Steven an.

„Schauen, ob es meiner Lieblingsschwester gutgeht“, antwortete er und förderte aus dem Tankrucksack eine Metallplatte zutage. Mit dumpfem Plopp landete sie neben seinem Fuß im Sand.

„Moment mal, wie hast du mich gefunden?“, fragte sie stirnrunzelnd, während er vom Motorrad stieg, den Seitenständer ausklappte und die Metallplatte passgenau zurechtschob.

„Deine Standortangabe im Handy ist aktiviert.“ Er hängte den Helm an den Spiegel und drehte sich zu ihr um. Grinsend.

„Du siehst gut aus“, bemerkte er und ließ ganz unbrüderlich den Blick über ihre Figur schweifen. „Ist schon eine Weile her, dass ich dich im Bikini gesehen habe.“

„Werde nicht frech.“

Er beugte sich zum verspäteten Begrüßungs-Wangenkuss über sie. „Braun, knusprig und salzig.“ Illustrierend strich er mit der Hand über ihren Arm, auf dem die Härchen umhüllt von Meersalz knisterten. „Wie ein Salzbraten. – Zum Anbeißen." Lachend wich er ihrem zusammengeknüllten Top aus. „Kommst du mit rein?", fragte er, während er sich zügig seiner Motorradklamotten entledigte.

Sie schüttelte den Kopf. „Ich war erst. Ist mir zu kalt."

„Zimperliese", brummte er.

Sie sah ihm nach, wie er mit jungenhaftem Überschwang in die Brandung lief und sich in einen heranrollenden Brecher warf, hindurchtauchte und kraulend aufs Meer hinausschwamm.

Sie begegnete dem missbilligenden Blick eines älteren Ehepaares und rollte sich achselzuckend auf den Bauch.

Sie versuchte, das Motorrad zu vergessen. Unruhig zappelte sie hin und her, setzte sich schließlich auf und schirmte die Augen ab. Steven war ein ganzes Stück hinausgeschwommen, kam aber bereits zurück.

Die Ducati am Strand zu fahren, war Frevel, und sie hatte in den vergangenen Tagen bereits mehrfach bereut, nicht die BMW gewählt zu haben. Aber hier stand die KTM und der Schlüssel steckte. ‚Barfuß?' Sie zögerte. ‚Seine Stiefel sind mir zu groß, meine Flip-Flops kann ich ganz vergessen', überlegte sie. Sie stand auf und deponierte seinen Helm auf ihrem Handtuch. ‚Endurorasten sind nicht das Highlight für nackte Füße.' Charly stellte probehalber den Fuß auf die Raste und tat, als wolle sie sich in den Sattel schwingen. ‚Autsch, das kann ich vergessen', dachte sie enttäuscht und inspizierte die spitzen Abdrücke in ihrer Fußsohle. Sie wollte schon resigniert ihr Vorhaben aufgeben, da fiel ihr Blick auf Stevens Socken, die säuberlich auf den Stiefeln hingen. Binnen Sekunden hatte sie beide Fußrasten mit den Socken umwickelt und widmete sich der weiteren Ausführung ihres Vorhabens. ‚Schalten kann ich auch nicht, also zweiter Gang.' Sie drehte den Schlüssel und stellte die Maschine auf. Sie klappte den Seitenständer ein und startete. Kribbelige Vorfreude machte sich in ihr breit.

Sie zog die Kupplung und legte von Hand den zweiten Gang ein. Stellte den Fuß auf die Raste, drehte probehalber am Gas und ließ vorsichtig die Kupplung kommen. Spürte, wie die Kupplung zu greifen begann, gab mehr Gas und schwang sich auf das Motorrad. ‚Himmel, ist der Sattel heiß!' Die Maschine schob sich schlingernd durch den Sand und sie rutschte unbehaglich hin und her. Am Wassersaum wurde der Sand fester und sie lenkte die Maschine nach rechts. ‚Ist das ein herrliches Gefühl, durch die ausrollenden Wellen zu fahren!'

Wasser und nasser Sand spritzten an ihre Beine. Sie näherte sich dem Ende des Strandes und lenkte die KTM in einem weiten Bogen durch den tiefen lockeren Sand zurück an den Saum des Meeres. Noch einmal preschte sie durch die Wellen.

Plötzlich sackte das Vorderrad weg; geistesgegenwärtig drosselte sie das Gas, sprang ins wadentiefe Wasser und schaffte es, die Maschine aufrecht zu halten. Eine weitere große Welle rollte heran und schlug gegen das Motorrad. Gischtflocken flogen über den Sattel und spritzten sie nass.

Die Welle floss zurück und sie spürte den Sog des ebenfalls zurückfließenden Sandes. ‚Verflixt! Wie wieder raus?', fragte sie sich, sofort die Antwort nachsetzend: ‚So wie vorhin.' Sie konzentrierte sich, bemüht, die Maschine senkrecht zu halten und einen günstigen Moment im Auf und Ab der Wellen abzupassen.

„Du kannst es nicht lassen“, sagte Steven hinter ihr.

„Dein Pech, wenn sie ins Wasser klatscht, weil du mich erschreckst“, fuhr sie ihn an.

„Ich sollte es dir überlassen, da rauszukommen, aber ich habe keinen Bock, die nächsten Tage mein Motorrad auseinanderbauen zu müssen.“ Er griff nach dem Lenker.

„Ich schaffe das“, funkelte sie ihn an.

„Zweifellos“, antwortete er ohne jede Ironie.

Eine kleine Welle umspülte ihre Füße und sie realisierte, dass die Dünung nachgelassen hatte. ‚Jetzt oder nie', erkannte sie ihre Chance. ‚Kupplung, Gas, drauf', Wasser und nasser Sand spritzten auf, Steven sprang zur Seite und Charly fuhr das Motorrad auf den Rasten stehend zu ihrem Handtuch zurück. Zum einen war der Sattel wieder heiß, zum anderen reichte in Linkskurven der rechte Arm nicht, wenn sie saß, was jedes Mal einen Schreckmoment auslöste, wenn sie dadurch das Gas aufzog.

„Verdammt, Charly, mir musst du nichts beweisen!" Steven half ihr, das Motorrad abzustellen.

„Darum geht es nicht. Ich muss es üben, sonst verlerne ich es."

„Das nächste Mal schreist du lauter ‚Hier!', wenn Körpergröße verteilt wird."

„Wie du siehst, es geht auch ohne." Sie grinste.

„Fahr noch eine Runde, damit ich ein Foto machen kann."

„Vergiss es." Sie zeigte ihm einen Vogel. „Lass uns lieber zusammenpacken und verschwinden, ehe wir Ärger bekommen."

Er folgte ihrem Blick Richtung Ort, von wo ein einzelner Mann zielsicher auf sie zuhielt. In Windeseile flogen ihrer beider Badesachen auf ihr Handtuch, er zwängte sich in die Kombi, sie streifte ihr Top über und zog die kurze Jeans hoch. Mit wenigen Handgriffen war alles in ihrer Strandtasche verstaut, er schwang sich auf die KTM, sie klaubte die Unterlegplatte auf, bevor sie den Sozius erkletterte, und in einer Sandwolke stoben sie dem Strandaufgang entgegen, ehe der Mann auf Rufweite herangekommen war.

Gemächlich fuhr Steven bis zum Radweg, ließ einige Radler passieren und folgte dem Waldweg zur Straße. Sie klopfte ihm auf die rechte Schulter und er bog nach rechts. Am Ortseingang klopfte sie ihm auf den Oberschenkel und er hielt an. Sie sprang ab. „Wo übernachtest du?"

„Keine Ahnung. Es wird sich was finden."

„Du kannst mit bei mir im Hotel schlafen, ich habe ein Doppelzimmer. Es für ein paar Tage zu zweit zu belegen, sollte kein Problem sein. Wir treffen uns da."

„Alles klar, schick mir die Adresse. Ich schau, ob ich irgendwo einen Kärcher finde, um das Salz abzuspülen. Und vorher meine Socken anzuziehen“, ergänzte er.

***

Sie betrat das Hotelfoyer und wäre am liebsten umgekehrt. Die Junggesellentruppe lungerte am Tresen der Bar herum und schien nur auf sie gewartet zu haben. Selten hatte sie sich so spröde gegeben wie in den letzten Tagen. Einer glitt von seinem Hocker und steuerte auf sie zu.

Steven, gelangweilt in einen der Sessel gefläzt, warf die Zeitung, in der er lustlos herumgeblättert hatte, beiseite und kam ihm zuvor.

„Hallo Schatz.“ Sie stellte sich auf die Zehenspitzen und hauchte ihm ein keusches Küsschen auf die Lippen. „Schön, dass es noch geklappt hat mit deinem Urlaub“, freute sie sich.

Während sie unter den wachsamen Junggesellenblicken an der Rezeption warteten, ließ er seine Hände nicht von ihr. Verschmust senkte er die Nase in ihr Haar, atmete gegen ihren Nacken und nahm schließlich sogar ihr Ohrläppchen zwischen die Zähne.

„Übertreibe es nicht“, zischte sie.

„Hast du etwa einen von denen im Visier?“, neckte er leise mit Blick zur Bar.

„Nein, ich habe zu Hause zwei, das reicht“, knurrte sie. „Wir sind dran.“

***

Steven ließ seinen Tankrucksack auf den Beistelltisch fallen.

Charly schmunzelte. Er hasste Koffer und packte sie nur an sein Motorrad, wenn er länger als drei Wochen unterwegs war.

„Hast du überhaupt was Vernünftiges zum Anziehen dabei außer deiner Badehose?“

„Jeans, zwei T-Shirts und sogar Schuhe.“

„Wow, ist deine Kreditkarte abgelaufen?“

Er grinste. Dieses unwiderstehliche Lausejungengrinsen, das sie liebte. „Manchmal will ich dich einfach nur beeindrucken.“

‚Himmel, er ist mein Bruder‘, dachte sie. ‚Und er weiß ganz genau, dass er es eigentlich nicht ist. Genau wie ich.‘ Sie brachte die nassen Badesachen ins Badezimmer und hängte sie auf. „Um das Thema von vorhin wieder aufzugreifen: Die Männer sind zur Zeit alle … verrückt“, rief sie in Richtung Wohnzimmer.

„Ich auch?“

„Im Moment ganz besonders“, knurrte sie. „Vielleicht sollten wir über was anderes reden.“ Sie trat zurück in den Wohnraum. Er saß im Sessel am Fenster und hatte die Füße aufs Bett gelegt.

„Inwiefern verrückt?“

„Verrückt nach mir? Oder täusche ich mich da?“ Sie zog die Unterlippe zwischen die Zähne.

„Könnte daran liegen, dass du ein hübsches Mädel bist“, antwortete er. Erstaunt nahm sie zur Kenntnis, dass aller Spott verschwunden war.

„Redest du jetzt von dir oder von den anderen?“

„Vermutlich weicht meine Meinung nicht weit von der der anderen ab.“

„Aber … warum? Was ist an mir so … besonders?“

„Gefällt es dir nicht? Von Männern begehrt zu werden, meine ich. Etwas ‚Besonderes‘ zu sein?“, ahmte er ihre Ausdrucksweise nach.

„Schon“, gab sie zu und lächelte ihn an. „Meist stört es mich auch gar nicht …“

„Es stört sie nicht!“ Er lachte laut auf. „Hast du eine Ahnung, wie viele Frauen sich auch nur einen Teil der Aufmerksamkeit, die die Männer dir hinterherschmeißen, wünschen würden?“

„Nein." Sie verschränkte abweisend die Arme. „Ich habe mir letztes Jahr die Ducati gekauft, um endlich das zu machen, was ich will. Motorrad fahren, das Leben genießen, ohne Verpflichtungen und vor allem ohne Rechtfertigungen."

„Genau das ist es. Deine Unabhängigkeit. Du stellst keine Ansprüche und bist völlig frei von Bedürftigkeit, nach Liebe oder Zuneigung, meine ich", erklärte er. „Ich habe schon einige Mädels kennengelernt und alle schnappen zu, wie eine Falle, die meisten eher früher als später. Sie wollen, dass ich sie liebe, sie besonders zärtlich oder besonders wild küsse, pünktlich bin, Blumen mitbringe, Möbel aufbaue, Autos repariere und … und … und … Ob ich das will, fragt keine. ‚Richtig' machen kann ich erst recht nichts", sagte er bitter.

Er schien noch nicht fertig, also wartete sie ab.

„Du entscheidest und handelst selbst: Wenn du Blumen willst, kaufst du dir welche. Du kümmerst dich selber um deinen Kram. Du bietest an und bist zufrieden, egal, wie die Antwort ausfällt. Verstehst du? Bei dir hat ein Mann, jeder Mann", betonte er, „das Gefühl, dass er so sein darf, wie er ist. Und das", er begann zu grinsen, „ist attraktiver als der geilste Arsch. Den du so ganz nebenbei auch hast."

So ähnlich hatte Christian das auch formuliert. Also musste was dran sein. „Du meinst also, weil ich gar keinen … festen Freund … will, wollen sie … mich?"

„So ist es."

Schweigend nagte sie an ihrer Unterlippe. „Was mache ich jetzt?", fragte sie nach einer Weile.

„Oh, mir fallen da spontan einige Sachen ein." Der Unterton in seiner Stimme, seine lässige Haltung und vor allem der Ausdruck in seinen grünen Augen ließen ihr Herz schneller schlagen.

„Du bist mein Bruder", knurrte sie.

Einen langen Augenblick sahen sie sich an. Keiner zwinkerte. Keiner bewegte sich.

„Ansonsten gilt das Sprichwort: ‚Ein Gentleman genießt und schweigt'. Ich wüsste nicht, warum das für eine Frau nicht gelten sollte", antwortete er und trat auf den Balkon.

***

Tagsüber waren sie wie andere Pärchen unterwegs und manchmal lag plötzlich Spannung zwischen ihnen. Abends jedoch waren alle Unsicherheiten verflogen, war das alte geschwisterliche Nähegefühl wieder da, und mit Weißt-du-nochs und Musik vergaßen sie die Zeit, bis sie sich schließlich an seine Brust kuschelte und einschlief.

Es passierte – nichts. Vor den letzten Schritten scheute sie zurück. Auch er vertiefte seine Andeutungen nicht. Zwei Tage später stieg Steven auf die KTM.

„Fahr vorsichtig, pass auf dich auf und grüß' Dad", verabschiedete sie ihn.

„Mach ich." Er zog die Handschuhe an, zog die Kupplung, legte den Gang ein. „Übrigens, der Unimog ist fertig, soll ich dir ausrichten."

‚Typisch, dass ihm das im letzten Moment einfällt', dachte sie und hob die Hand zum Abschiedsgruß.

Remember, It's Me – Gotthard

Die Bierflasche zischte einladend, als Gereon sie öffnete. Er setzte sie an die Lippen und trank durstig. Noch bevor er sie absetzte, reichte er Christian mit entschuldigender Geste die zweite Flasche und den Öffner. Christian platzierte beides auf dem kleinen runden Tisch und zog sich zunächst das Laufshirt aus. Nachdem er es ordentlich über die Brüstung gehängt hatte, öffnete auch er sein Bier.

„Hat sich Charly bei dir gemeldet?", fragte Christian.

„Nein", antwortete er in den Stoff seines Funktionsshirts.

Er tauchte aus dem nassen Shirt auf und warf das widerlich feuchte Ding ebenfalls auf das Balkongeländer. „Aber sie ist wieder da. Ihr Motorrad stand bei Alois auf dem Hof."

Christian nickte. „Sie hat am Sonntag Geburtstag."

‚Natürlich, Christian mit seinem untrüglichen Datengedächtnis.' Bewundernd schüttelte Gereon den Kopf. „Bisher bin ich nicht eingeladen", sagte er.

„Ich auch nicht."

„Wir wissen nicht mal, wann und wo sie feiert, und ob überhaupt." Gereon blinzelte zu seinem Freund, der noch immer am Geländer lehnte, hoch.

Christian trank in aller Ruhe sein Bier aus. „Sie wird fünfundzwanzig, sie feiert", sagte er dann sehr bestimmt. „Wann und wo lässt sich rauskriegen."

„Dann sind wir immer noch nicht eingeladen", gab er zu bedenken.

„Das war sie zu deinem Geburtstag auch nicht. Ich glaube nicht, dass es dich gestört hat", Christian grinste.

Anzüglich, wie Gereon fand. „Worauf willst du hinaus?"

„Gemeinsam schenken oder jeder einzeln?“, antwortete Christian wie aus der Pistole geschossen.

Er lehnte sich zurück und überdachte die Alternativen. Währenddessen ging Christian ins Haus und kam mit zwei neuen Bierflaschen zurück.

„Du hast sicher schon eine Idee, so, wie du fragst.“

Christian setzte sich in den anderen Sessel, öffnete beide Flaschen und reichte ihm eine. Klirrend stießen sie an.

„Gedanken gemacht habe ich mir.“ Christian begann, am Etikett zu zupfen.

Gereon lehnte sich zurück und schloss die Augen. Christian würde schon reden. Er hatte keine Lust, seinem Freund die Antworten einzeln abzuluchsen. Er setzte das Bier an und trank. Etwas kälter als kühl. Genau richtig für diesen warmen Sommerabend nach dem Wettkampf, den sie sich geliefert hatten. Wie immer hatte Christian gewonnen. Im Kraftraum mit Leichtigkeit. Aber auf der anschließenden Joggingrunde war es knapp geworden. ‚Trotzdem, ich habe selten erlebt, dass er mir so konsequent gezeigt hat, dass er besser ist als ich. Vielleicht nicht besser, aber zumindest sturer. Sonst steckt er schneller zurück. Ich kann nicht behaupten, dass mir diese Entwicklung gefällt.' Er runzelte die Stirn und wischte gedankenverloren das Kondenswasser von seiner Flasche.

Christian neben ihm seufzte und regte sich. Sein Sessel knarrte leise. „So wie ich das sehe, hat Charly alles. Was sie haben will, kauft sie sich selber. Für irgendwelchen Schickschnack hat sie nichts übrig.“

Unwillkürlich nickte er. ‚Ja, Charly ist keines dieser Konsum-Girls, denen ‚Mann‘ mit nichts mehr Freude machen kann als mit einer unlimitierten Kreditkarte.' „Sie mag es auch nicht sonderlich, eingeladen zu werden“, gab er preis und sah Christians zustimmendes Nicken.

„Die Diskussion hatten wir auch schon“, knurrte der. „Ich wollte ihr anbieten, eine Woche mit mir in den Urlaub zu fahren“, setzte er übergangslos hinzu und sah ihn an. „Fragt sich nur, ob mit dir zusammen?"

‚Gefällt mir nicht', dachte er. „Was wäre dir denn lieber?", fragte er.

In Christians Haltung lag eine seltsame Spannung. „Ich kann mich nicht entscheiden …", sagte der langsam.

‚Christian und sich nicht entscheiden können? Das gibt's nicht', dachte Gereon.

„Es hat beides seine Vorzüge. Charly für mich alleine oder sie mit dir gemeinsam zu haben." Scheinbar belanglos drehte Christian die Bierflasche und zog mit einem Ruck das Etikett ganz ab. Dann sah Christian ihn an.

„Ah." Sein Mund wurde trocken.

Christians Mundwinkel hoben sich.

„Ich komme mit." Gereons Stimme raspelte und er räusperte sich.

Christian schlug ihm auf die Schulter. „Dachte ich mir."

„Verpackung?"

„Dein Part. Du bist der künstlerisch Kreative von uns beiden. Ich helfe allenfalls beim Schleife binden", lachend wich Christian dem Kronkorken aus.

Zwei Stunden später machten sie zufrieden die letzten zwei Bier auf. Die Sonne war hinter den Bergrücken gesunken, und ein warm-samtener Dämmerungshimmel ließ langsam die Konturen verschwimmen. Zwischen ihnen thronte auf dem filigranen Tischchen ein hübsches Paket.

‚Ich bin gespannt, was sie dazu sagt.'

Reveal – Roxette

Charly kramte in ihrem Bundeswehr-Rucksack und brachte zwei Flaschen Weizen zum Vorschein. Geübt öffnete sie erst die eine, dann die andere mithilfe der Kronkorken, packte letztere säuberlich ein und reichte ihm eine der Flaschen. Er setzte sich neben sie. Golden flutete das Licht der sinkenden Sonne über den runden Felskopf, den sie soeben erklettert hatten. Die Seillänge für den Abstieg war vorbereitet, es war nur eine, der restliche Abstieg war leicht über einen normalen Wanderweg zu bewältigen. Auch im Dunkeln. Keine Eile also; sie konnten romantisch den Sonnenuntergang weit über den Tälern der Fränkischen Schweiz genießen.

Zunächst tranken sie schweigend. Gereon beobachtete sie. „Du wusstest von Anfang an, wer ich bin, stimmt's?“, fragte er schließlich ohne Umschweife.

„In Görlitz, meinst du?“, vergewisserte sie sich.

Er nickte.

„Ja.“ Abwartend sah sie ihn an. Als er nicht antwortete, fuhr sie fort: „Der Porsche ist recht unverwechselbar.“ Sie grinste frech.

„Wann hast du mich das erste Mal gesehen?“, fragte er weiter.

„Samstagmorgens Mitte Mai, an der Ampel der Autobahn“, antwortete sie prompt. Sie hielt sich ihre Flasche vor das linke Auge und schielte hinein. „Ich habe dich das ganze Wochenende nicht aus dem Kopf bekommen.“

Sie blickte eine Weile in die Ferne, aber er war sich nicht sicher, ob sie die Landschaft wahrnahm. Dann wandte sie sich ihm zu.

„Du sahst so … niedlich … aus. Zerzaust, vergrätzt, verdutzt. Ich war echt beeindruckt, dass du mit dem Auto mit mir mithalten konntest.“

„Also war es Absicht, als du den Abend darauf dafür gesorgt hast, dass ich nicht mitkriege, wo du wohnst?“

Sie schüttelte den Kopf. „Ich musste dringend aufs Klo und wollte nur heim. Ich habe dein Wendemanöver noch registriert“, sie grinste, „Wenn ich gewusst hätte, es galt mir, hätte ich die Monster in der Einfahrt stehen lassen.“

„Montagmorgen stand dein Bus an der Baustelle …“

„Jaaa …“, unterbrach sie gedehnt. „Sepp hat mir sogar angeboten, mich vorzustellen.“ Sie kratzte am Etikett der Flasche und sah ihn nicht an. „Ich wollte dich nicht im Job kennenlernen. Es erschien mir irgendwie … nicht richtig.“ Sie zuckte die Schultern. „Sorry, ich kann es nicht erklären.“

„Montagabend warst du mit Napoleon am Aussichtsturm?“

„Ja.“

„Dienstag mit der Suzuki auf der Baustelle?“

„Zur Arbeit fahre ich fast immer mit der Kleinen. Hast du mich verfolgt?“ Mit hochgezogenen Augenbrauen sah sie ihn an.

‚Ob sie die gleiche Formulierung wie damals in Görlitz mit Absicht verwendet hat?‘, überlegte er. „Ich wollte wissen, wer du bist“, verteidigte er sich. „Es gibt nicht viele, die in der Schikane die Fußrasten aufsetzen.“

Ihre Augenbrauen hoben sich. „Du hast einen heftigen Schlenker hingelegt. Ich hatte schon Angst, erste Hilfe leisten zu müssen.“

„Ich hatte auch alle Hände voll zu tun, das zu vermeiden. Hab um ein Haar die Schikane verpasst, weil bei dir Funken stoben.“

Sie lachte. „In Görlitz hast du nichts gemerkt?“

„Was sollte ich denn bemerkt haben?“, stellte er sich dumm.

„Dass ich wusste, wer du bist.“ Sie zögerte. „Und dass ich … verrückt nach dir war?“

„Weder noch. Letzteres hast du meisterhaft verborgen. Sonntagmorgen hätte ich geschworen, du hättest kein Interesse an mir.“

Charly lächelte ihn an. „Gut, dass ich nicht wusste, was ich verpasse, als ich dir abends die Tür vor der Nase zugeknallt habe. Es war eine harte Nacht." Ihre Wangen begannen zu glühen. „Wenn auch nicht zu vergleichen mit Magdeburg. Ich hatte nachts die Nachricht an dich schon getippt. Ich habe mich gefragt, wo du schläfst." Sie sah weg, drehte die Flasche in den Händen, trank sie leer und lehnte sie kopfüber an die Gipfelbuch-Box.

„Im Nachbarzimmer", knurrte er. „Frag mich mal, wie hart meine Nacht war." Erst als er es ausgesprochen hatte, merkte er, wie zweideutig der Satz war. ‚Und sie lacht auch noch!' Er stutzte. „Moment mal. Mit was warst du in Magdeburg?"

„Mit der Duc." Ihr unschuldiger Augenaufschlag ließ seinen aufsteigenden Ärger verebben. „Übrigens danke."

„Was?" Abgelenkt von seinen widersprüchlichen Gefühlen hatte er ihre letzte Bemerkung überhört.

„Fürs Vorbeilassen. Ich hatte ja damit gerechnet, dass du die Tür zumachst."

„Ich habe dich, das heißt, die Ducati, erst am Kennzeichen erkannt. Dass du es warst, wusste ich zu dem Zeitpunkt ja noch gar nicht."

„Ich hatte schon Angst, mich verraten zu haben, weil ich dir so kurz darauf die ‚Ich-bin-daheim-SMS' geschickt hatte."

„Hast du nicht", murrte er. „Ich war vollkommen geplättet, als du am Treff das Geheimnis gelüftet hast."

„Du warst sauer. Meinetwegen?" Sie fragte es leicht.

„Ich habe mich veräppelt gefühlt. Vor meiner Nase hin und her, und ich zu blöd, dich einzuholen. Dass ihr, Christian und du, euch offensichtlich kanntet, hat meine Laune nicht gerade gehoben."

Sie wich seinem Blick aus. „Eifersüchtig?"

Er zögerte. „Nein. Aber mir war klar, dass ich zuerst mit ihm klären würde, ob und wie unsere weitere Bekanntschaft ablaufen würde."

Sie blickte ihn scharf an und er erwiderte ihren Blick. „Wir haben uns noch nie wegen einer Frau in die Haare bekommen, und wir gedenken, das nicht zu ändern."

„Freut mich zu hören." Sie klipste den Kronkorken auf ihre Flasche und packte sie in den Rucksack. Es war dunkel geworden, das Blätterdach zu ihren Füßen eine undurchdringliche Schwärze.

„Normalerweise, weil er und ich nicht das gleiche Beuteschema haben, was Frauen anbetrifft."

„Ach?" Interessiert sah sie auf. „Wer weicht von seinen üblichen Vorlieben ab?", fragte sie nach einem Augenblick der Überlegung.

„Beide", antwortete er. ‚Bilde ich es mir nur ein oder verdreht sie die Augen?' Er konnte es im Dämmerlicht nicht sicher erkennen.

„Inwiefern?" Sie warf sich den Rucksack über die Schulter und schickte sich an, zum Abseilpunkt zu klettern. Er erwischte ihren Klettergurt und zog sie an sich.

„Zu jung. Zu unerfahren", flüsterte er an ihren Lippen.

„Es scheint dich nicht zu stören."

„Ganz und gar nicht", nuschelte er. „Man lernt nie aus."

„Was denn?"

„Ich lerne gerade, dass mir meine Vorlieben der letzten fünfzehn Jahre völlig wurscht sind", erklärte er sehr sachlich, nahm ihr Gesicht zwischen die Hände und küsste sie hingebungsvoll.

Es dauerte eine Weile, bis sie ihn von sich schob. „So kommen wir von diesem Felsen nicht runter. Heb dir deine Energie für später auf. Hier oben ist es zu kalt und zu unbequem. Kalkstein gibt so fiese Schürfwunden." Frech grinsend duckte sie sich zum Seil hinüber, und kurz darauf stand er allein in der Dunkelheit. Nur das leichte Schaben des Seiles am Stein unterbrach die Stille rundum. Es dauerte nicht lange, dann scholl ihr Ruf herauf und er folgte ihr nach unten. Als das Seil verstaut war, nahmen sie zunächst den Wanderweg in Richtung Tal, bogen dann jedoch auf einen Forstweg ab, der sie zum Waldrand der Hochebene führte.

„Zu mir oder zu dir?“, fragte er, als sie an Charlys Bus eintrafen.

„Hier“, antwortete Charly verschmitzt, hatte mit zwei Handgriffen die Rückbank des Busses umgelegt, breitete zwei Matratzen und ein Laken darüber. „Willkommen im Hotel ‚Atlantis‘“, grinste sie mit einer einladenden Handbewegung. Dann sprang sie hinaus und machte sich an der Heckklappe zu schaffen. Mit sanftem Surren hörte er sie leicht einrasten, und wenige Minuten später hatte sie alle Seitenscheiben des Busses mit Thermomatten verschlossen und kletterte auf die Liegefläche. Er folgte ihr. Sie hatte den Beifahrersitz nach hinten gedreht.

‚Das geht?‘, fragte er sich und ließ sich hineinsinken.

Charly zog Schuhe und Socken von den Füßen und streckte sich auf dem improvisierten Bett aus. Wie ein Käfer auf dem Rücken lockerte sie aufatmend ihren Klettergurt, schob ihn über die Hüften und zog die Knie an.

‚Schade.‘ Er seufzte schwer.

Sie sah auf.

‚Habe ich das laut gesagt?‘, überlegte er hastig.

„Was?“

„Ich amüsiere mich mit der Vorstellung, wie du nur den trägst.“

„Ah.“ Sie verharrte in der Bewegung. Unter ihrem Shirt spannten sich die Muskeln. „Nun, das ließe sich einrichten“, schmunzelte sie. „Was bietest du denn?“ fragte sie lauernd.

„Mich.“

Somethin' Stupid – Frank Sinatra & Nancy Sinatra

Charly war, den nackten Rücken an seine ebenfalls nackte Brust geschmiegt, eingeschlafen. Er lag wach und versuchte, eine halbwegs bequeme Position zum Schlafen zu finden, ohne sie zu stören. Bei der kleinsten Bewegung begann der Bus sachte zu schaukeln. Es duftete intensiv nach noch tagwarmem Heu und feuchtwarmer Sommernacht.

Es war Jahre her, dass er in einem Zelt übernachtet hatte. Er fuhr gerne Motorrad, auch in den Urlaub, aber die rustikalen Übernachtungen hatte er aufgegeben, sobald er es sich leisten konnte. Er genoss den Komfort in höherklassigen Hotels.

Der Bus war eine ganz neue Erfahrung. ‚Vielleicht sollte ich doch ein Wohnmobil ausprobieren. Ein vernünftig großes, das neben den mir wichtigen Annehmlichkeiten wie einer Dusche und einem großen Bett trotzdem noch Platz für eine Familie bietet. Die Abmessungen des Fahrzeugs sind dank der Bundeswehrzeit irrelevant', überlegte er.

Träge flossen die Gedanken durch sein Hirn. Sein Haus tauchte auf und mit ihm Pläne, wie welches Zimmer umverlegt werden müsste, um ein Kinderzimmer einzurichten …

Er hielt inne.

Vorsichtig setzte er sich auf und knipste das Licht an. Sein Herz raste und das Blut pulsierte in seinen Ohren. Einen Augenblick fühlte er sich völlig surreal und streckte vorsichtig die Hand nach Charly aus, die tief und fest schlief. Er berührte ihren Arm, spürte ihre Wärme, und die Welt rückte wieder in ihre gewohnten Bahnen. Er merkte, dass er die Luft anhielt und atmete langsam aus. Mit der freien Hand schaltete er das Licht aus, blieb aber in der Dunkelheit sitzen, bis seine Augen wieder Charlys Konturen wahrnahmen. „Ich liebe dich", flüsterte er. Die leisen Worte entzündeten eine wohlige Wärme in seinem Magen, breiteten sich aus. Eine nie gekannte Gewissheit strömte durch seinen Körper und ließ seine Fingerspitzen kribbeln. ‚So Gott will, wirst du meine Frau und die Mutter unserer Kinder.' Die Worte umwogten ihn und trugen ihn dem Schlaf entgegen. „Ich liebe Dich, Charly."

***

Sie erwachte mit einem Ruck und setzte sich auf. ‚Wo bin ich? Im Bus, mit Gereon.'

Helles Tageslicht flutete in Streifen durch die Lücken der Thermomatten.

Eilig kletterte sie nach vorn und drehte den Schlüssel im Zündschloss. ‚Halb sieben.' Mit einem unterdrückten Fluch hampelte sie nach hinten, zog Gereon die Decke weg und zwängte sich in Hose und Shirt. Während sie die Matten von den Fenstern pflückte, beugte sie sich über ihn und küsste ihn flüchtig. „Los, auf, wir haben verschlafen." Schon saß sie auf dem Fahrersitz, die Klimaanlage begann zu fauchen und der Bus holperte zügig über den Feldweg zur Straße, bevor er sich aufgerappelt hatte.

Als er neben ihr auf dem Beifahrersitz auftauchte, warf sie einen Blick hinüber. Zerstrubbelt, müde, mit Bartstoppeln und unglaublich süß. Sie bremste und ließ einigen Schulkindern den Vortritt, beugte sich hinüber und zog seinen Kopf zu sich. Küsste ihn innig und vergaß, wo sie waren.

Es hupte. Mit einer entschuldigenden Geste nach hinten stob Charly durch den Rest des Ortes. Auf der Landstraße wählte sie eine Telefonnummer. „Hi Sepp, ich habe verschlafen. Ich bringe Brötchen mit", sagte sie, ohne dem Angerufenen Zeit zur Antwort zu geben, und legte wieder auf.

Im Rallyestil fegte sie die restliche Strecke nach Hause, fütterte Pollux, warf einen prüfenden Blick auf die Pferde, hob Amadeus vom Sims des Ostfensters und nahm ihn mit ins Haus. In Zimmermannskluft kletterte sie wieder auf den Fahrersitz und bremste wenig später an der Bäckerei gegenüber seines Hoftores. „Kaffee zum Mitnehmen und Brötchen wie immer“, bestellte Charly und verschwand auf der Toilette.

***

Corinna, ihres Zeichens morgens Verkäuferin in der Bäckerei und zweimal wöchentlich seine Haushaltshilfe, betrachtete seine Erscheinung mit sardonischem Blick. „Du siehst etwas zerrauft aus, mein Junge. Kaffee?“, bot sie ihm an.

„Gerne.“ Wortkarg nahm er ihn entgegen und hockte sich an einen der Tische.

Charly erschien und nichts an ihr deutete auf einen überstürzten Aufbruch hin. Sie zahlte, nahm Brötchen und Kaffee, zwinkerte ihm zu und verließ die Bäckerei.

In Gedanken versunken und unter Corinnas wachsamem Blick blieb er sitzen. Schließlich zog er sein Handy aus der Tasche, sagte seine Termine ab und holte den Porsche aus der Garage. Er fuhr nach Süden.

In München sollte das zu finden sein, was er sich vorstellte.

He Wasn't Man Enough – Toni Braxton

Schnell und routiniert zog Charly durch die enge Rechtskurve. Christian, knapp dahinter, warf einen Blick auf den Tacho. Mustergültig die erlaubten 70 km/h. Inzwischen kannte er ihre Funkenkurven, und die hier gehörte nur dazu, wenn sie besonders übermütig war und die Ducati in die Kurve titschte.

Er hob den Blick und sah den Trecker, die Gabel mit drei großen Strohdoggen nur halb angehoben, zwei schwer beladene Hänger angekoppelt, auf die Straße einbiegen. ‚Scheiße!'

Die Sekundenbruchteile dehnten sich endlos. Kalte Angst im Herzen griff er hart in die Bremse, sah, wie Charly sich duckte und ihre Maschine scharf auf die Gegenfahrbahn steuerte, bevor sie umlegte und hinter den Strohdoggen verschwand. Er spürte, wie die BMW sich aufrichtete, in die Gabel eintauchte, das ABS sich meldete. Die Handbremse bis zum Anschlag gezogen, blieb ihm nur zu warten und zu hoffen. Der Strom der entgegenkommenden Fahrzeuge riss nicht ab, und in einem Winkel seines müßigen Denkens fand er diesen Umstand seltsam, wusste aber nicht, warum. Eine Handbreit vor dem übermannshohen Hinterreifen des Treckers brachte er die BMW zum Stehen. Die Zeit sprang in ihren normalen Rhythmus.

Er stellte die Füße runter und ließ seine Maschine achtlos fallen. Mühsam die Panik niederkämpfend, sprang er vom Motorrad, riss sich den Helm vom Kopf und spähte zwischen Zugmaschine und Anhänger hindurch nach vorn. Etwa fünfzig Meter weiter am Straßenrand stieg Charly gerade von ihrem Motorrad.

„Mach die Augen auf, wenn du auf die Straße fährst!", bellte er den Traktoristen an, unterdrückte das dringende Bedürfnis, in die Kabine zu klettern und dem Typen eine zu drücken, und flankte über das

Zuggestänge des Anhängers. Er erreichte Charly und riss sie in seine Arme. „Alles ok?"

„Die Autofahrer haben richtig reagiert." Sie war vollkommen ruhig.

Er hielt sie fest umschlungen, ignorierte den Trecker, der langsam an ihnen vorüberfuhr, und die Tatsache, dass sein Motorrad noch immer die Straße blockierte. ‚Oh Gott, es ist nicht mehr nur Motorradfahren mit Bettoption. Nicht für mich. Schon lange nicht mehr', gestand er sich ein. Ganz plötzlich begann Charly in seinen Armen heftig zu zittern. ‚Schock.' Er zog sie enger an sich. Sie murmelte etwas an seiner Brust. „Was?" Er lehnte sich zurück, um ihr ins Gesicht sehen zu können.

„Schokolade, im Tankrucksack", wiederholte sie stockend mit klappernden Zähnen.

Er schob sie zu ihrem Motorrad, mit unsicheren Handgriffen wühlte sie eine Packung heraus, riss das Papier ab und biss hinein. Er half ihr über den Straßengraben, sprang zurück, hob einen Zettel, der aus ihrem Tankrucksack zu Boden geflattert war, auf, und ging zu seiner Maschine. Mit einer entschuldigenden Geste zum vordersten Autofahrer hin wuchtete er sie hoch und schob sie hinter Charlys Monster.

Das Papier in seiner Hand war der dünne Durchschlag eines Lieferscheins. Verblasst, kaum noch lesbar. Er strich ihn glatt und wollte ihn zusammenfalten, als er seitenverkehrt auf der Rückseite seinen eigenen Namen erkannte. Er drehte den Zettel um.

Ganz oben stand Charlys voller Name. Links darunter sein eigener, rechts der Gereons. Darunter in zwei Spalten mehrfach ihr Vorname, mal förmlich, mal als Spitzname, je mit seinem und Gereons Familiennamen. Zuerst sorgfältig ausgeschrieben, dann ganz offensichtlich in dem Versuch, eine Unterschrift nachzustellen. Ganz unten zwei Mal ihr eigener Name, ausgeschrieben und die Unterschriftenversion. Geflissentlich ignorierte er Gereons Namen und kehrte zu der

Kombination ihres Namens mit seinem Familiennamen zurück. ‚Es sieht gut aus. Ganz ‚objektiv", fand er, ‚passt mein eigener Name besser.' Plötzlich schoss Adrenalin durch seinen Körper. ‚Heißt das, dass ihre eigene Maßgabe nicht mehr gilt? Denkt sie über eine Intensivierung ihrer Beziehungen nach? Zu mir oder zu Gereon? Oder ist es nur eine Spielerei?' Sorgsam faltete er den Zettel zusammen und schob ihn zurück in Charlys Tankrucksack.

Er sprang über den Straßengraben, setzte sich neben sie, legte ihr den Arm um die Schulter und zog sie an sich. Sie kuschelte sich an ihn und bot ihm die sichtlich geschrumpfte Schokolade an. Er bediente sich. „Besser?"

„Schokolade hilft immer."

Lange saßen sie in komfortablem Schweigen nebeneinander.

Schließlich rappelte sich Charly auf. „Es hilft nichts, irgendwie müssen wir heim. Je länger wir hier sitzen, umso mehr Panik kriege ich vorm Weiterfahren." Sie sprang über den Straßengraben und zog sich an.

Er folgte ihr. Sie fuhr zunächst sehr vorsichtig, die ersten Kurven fast verkrampft. Die Gewohnheit der Maschine und die bekannte Strecke ließen sie zunehmend sicherer werden. Als sie die Schikane erreichten, fegte sie in ihrer üblichen Manier durch.

Er lächelte. ‚Mein mutiges Mädchen', dachte er stolz.

***

Charly schob die Monster auf ihren gewohnten Platz. Heute war einer der Tage, da sie froh war, das Motorrad abstellen zu können. Christian stieg am Rondell von der BMW. ‚Er bleibt also nicht über Nacht.' Sie seufzte. Gerade heute, nach dem Schreck, dem riskanten Manöver und ihrer Angst, wieder auf die Maschine zu steigen, wünschte sie sich, er würde bleiben. Sie wollte sich anlehnen, sich der

Illusion hingeben, dass nichts Schlimmes passieren konnte, solange er bei ihr war. ‚Soll ich ihn bitten?', überlegte sie. „Du brauchst deinen Schlaf?", neckte sie stattdessen.

Er lächelte, aber seine Augen blieben ernst. „Geht es dir wirklich gut?" Er musterte sie sorgfältig.

„Alles ok", versicherte sie ihm. „Bis Samstag?"

„Bis Samstag", schmunzelte er. „Schlaf gut." Er küsste sie.

‚Sein Ich-will-eigentlich-nicht-gehen-Kuss', wie sie ihn insgeheim nannte.

Dann war er fort.

Enttäuscht und rastlos wanderte sie durch ihr Haus.

***

Christian trat in sein Wohnzimmer, stellte das Handy in die Halterung und schaltete die Anlage ein, drückte die Random-Taste und stellte die Lautstärke höher.

„When I saw you standing there …"

'Ah, Lobo, einer meiner Lieblingssongs.' Er drückte die Lautstärke noch etwas höher.

„I about fell off my chair …"

Er zog sich die Socke vom rechten Fuß.

„When you moved your mouth to speak …"

Er knüllte die Socke zusammen und zielte durch die Tür zum Schlafzimmer auf den Wäschekorb.

„I felt the blood go to my feet …"

Die Socke landete passgenau. In seinem Bauch formte sich das Gefühl, dass etwas nicht stimmte.

„Oh, it took time for me to know …"

Die linke Socke war widerspenstiger und er hüpfte, um Balance bemüht, durchs Zimmer.

„What you tried so not to show …“

Das ungute Gefühl wuchs und er ließ sich auf die Kante seines abgewetzten Sofas sinken.

„Something in my soul just cried.

I see the want in your blue eyes.”

Als der Refrain einsetzte, merkte er, dass dieser Song ihn bereits den ganzen Nachmittag begleitet hatte. Als er sie nach … nach … – er gab auf, fand keine Worte dafür – in den Armen gehalten hatte, waren diese Zeilen lautlos in seinem Inneren widergehallt. Nur wusste er es dort noch nicht zu benennen.

„You told yourself years ago …“

Die Socke hing vergessen schlapp in seiner rechten Hand.

„You'd never let your feelings show …“

'Das ist es', dachte er.

“The obligation that you made …”

Sehr konzentriert knüllte er die Socke zusammen und zielte auf den Wäschekorb.

„For the title that they gave.“

Sie landete auf dem Rand, entrollte sich und hing da schlaff wie eine tote Maus in den Fängen einer Eule.

Er nahm die Fernbedienung und stellte die Musik aus. „Christian“, sagte er laut und sehr deutlich in die plötzliche Stille. „Du bist ein Riesenidiot!“

Stay the Night – James Blunt

Charly wanderte noch immer ruhelos durchs Haus. Sie hatte die Spül- und Waschmaschine bestückt, aber um größere Aufgaben anzufangen, war es zu spät. Zum Lesen fehlte ihr die Ruhe, für die Liste ihres Vaters die Motivation. Sie warf sich auf die alte Couch im Dachzimmer und holte ihr Handy aus der Tasche. Löschte eine Handvoll Werbe-E-Mails ungelesen, schickte Melli eine Nachricht, scrollte sich durch einige Facebook-Meldungen, feuerte ihr Handy aber bald genervt in die gegenüberliegende Sofaecke. Blieb schmollend einige Minuten sitzen, dann tauchte Amadeus am Dachfenster auf und sie ließ ihn herein. Er war jedoch nicht an Schmusen interessiert, sondern lief miauend zur Treppe. Seufzend folgte sie ihm in die Küche, fütterte ihn und stieg wieder nach oben. Klaubte ihr Handy auf. Melli hatte nicht geantwortet. Abschätzend wog sie es in der Hand, dann tippte sie schnell drei Zeichen und schickte die Nachricht ab.

***

Sein Handy piepste einmal kurz. Gereon ließ den Stift fallen und tastete über die Papiere. ‚Wo, verdammt noch mal, habe ich es diesmal hingelegt?' Als seine kursorische Suche das Handy nicht zutage förderte, schnappte er genervt nach dem Bürotelefon und wählte seine Handynummer.

Es klingelte aus der Küche. Ärgerlich warf er den Hörer auf die Gabel und rannte die Treppe hinunter. Das Handy lag neben dem Kaffeeautomaten.

‚Habe ich es wirklich piepsen gehört oder es mir vielleicht doch nur eingebildet?' Er tippte aufs Display. Verpasster Anruf: Büro. Er wischte die Meldung weg. Wie immer, wenn es schnell gehen sollte, poppten erst eine Handvoll völlig irrelevanter Informationen auf. Aber nein, nicht verhört, da war tatsächlich eine Nachricht. ‚Von Charly.'

„Hi."

Wenn sie nur eine belanglose Begrüßung schickte, wollte sie nicht stören. Normalerweise überfiel sie ihn grußlos mit dem Vorschlag zu einer Unternehmung. „Alles ok?", tippte er zurück.

„Ja."

‚Umgehende Antwort', dachte er.

„Weiß nichts mit mir anzufangen", folgte auf dem Fuße.

‚Moment mal.' Er verharrte mit dem Finger über der Tastatur. ‚Heute ist Donnerstag, üblicherweise ist Charly dann mit Christian … Sie wird mir wohl kaum schreiben, wenn …', überlegte er weiter. ‚Was ist da los?'

Er drückte die Ruftaste und sie nahm sofort ab. „Du bist allein?", fragte er vorsichtshalber nach.

„Christian hat morgen einen Termin."

‚Ah, das erklärt es.' Erstaunt registrierte er, wie sich Erleichterung in ihm ausbreitete. Charly war in den vergangenen Tagen recht launisch gewesen und er hatte befürchtet, sie könnte sich mit Christian gestritten haben. ‚Vielleicht bin ich zu sensibel, was ihre Stimmung anbetrifft? Oder sie bekommt ihre Tage …' – „Soll ich vorbeikommen?", bot er an.

Sie zögerte mit der Antwort.

„Oder magst du herkommen? Ich kann die Sauna einschalten."

Sie lachte. „Hast du mal aufs Außenthermometer geschaut?"

„Nein", gab er zu. „Ich habe die Klima an. – Was nun, zu mir oder zu dir?", drängte er.

Wieder zögerte sie.

‚Was ist los? Diese Unentschlossenheit passt überhaupt nicht zu ihr.' – „Ich bin gleich da", beschied er und legte auf.

***

Sie erwartete ihn an der Haustür. Pollux begrüßte ihn schwanzwedelnd und drängte sich an ihren Beinen vorbei ins Haus, trabte schnurstracks zur steinernen Schwelle der Hintertür und streckte sich darauf aus.

„Schon bettfein?“, fragte er spöttisch.

Sie hob entschuldigend eine Schulter und nahm ihn mit ins Dachgeschoss, in ihr Schlafzimmer.

‚Hier ist irgendwas mächtig faul. Bislang habe ich ihr Haus kaum einmal betreten‘, bemerkte er überrascht.

Es war ein großes Zimmer über die Nordhälfte des Obergeschosses. Auf dem türabgewandten Nachttischchen stand sein Lieblingsbier. Große Tropfen perlten daran und glitten an der Flasche herab.

‚Kellerkalt.‘ Kontrollblick auf ihre Seite. ‚Wasser. Halbvoll.‘

Daneben ihr Tablet und zwei Bücher, Handy und iPod.

Es war kurz vor zehn, spät für ihre Verhältnisse, da sie oft schon vor fünf Uhr aufstand, wie er mittlerweile wusste.

„Ich kann nicht schlafen“, erklärte sie befangen.

‚Und sie hofft, dass das mit mir besser ist? Warum ich – und nicht Christian? Immerhin ist es dessen Abend. Wirklich nur aus Rücksicht auf den Job?‘

Charly hatte sich auf die Bettkante gehockt.

„Hast du Ärger mit Christian?“, fragte er rundheraus.

„Nein.“ Sie sah ihn nicht an.

Er hockte sich vor sie. „Charly, was ist los?“

Sie erzählte es ihm, stockend, während sie die Füße unter das Laken steckte, das ihr als Decke diente. Er umrundete das Bett, zog Shirt und Jeans aus und glitt zu ihr. Sie kuschelte sich an ihn, umklammerte ihn aber bald so fest, als hinge ihr Leben davon ab.

‚Was ist in Christian gefahren, dass er sie nach diesem Erlebnis allein gelassen hat, Termin hin oder her?‘ Ärgerlich auf seinen Freund und dankbar, dass Charly wohlbehalten in seinen Armen lag, zog er sie beruhigend enger an sich. Jeder Gedanke an erotische Vorhaben war wie weggeblasen, er wollte nur noch eines: Charly alle Sicherheit und Geborgenheit geben, die sie brauchte.

Er spürte den Moment, als sie einschlief. Ihre Umklammerung seines Brustkorbes ließ nach; nun lag ihr Arm nur mehr schlafschwer auf ihm. Vorsichtig, um sie nicht aufzuschrecken, rutschte er in eine bequemere Position. „Bist du verrückt geworden, sie allein zu lassen?“, tippte er.

„Ich fürchte, ja.“ Postwendend, und die nächste folgte auf dem Fuße. „Du bist bei ihr?“

„Ja, sie schläft.“

„Gut.“

Nach einer Pause von einigen Minuten piepte sein Handy erneut.

„Danke.“

Er schnaubte. „Ich habe zu danken, für eine unverhoffte Nacht mit Charly“, schrieb er zurück.

Die Antwort kam umgehend. „Blödmann.“

„Meinst du mich oder dich selber?“, konnte er sich nicht verkneifen.

Auf eine Antwort wartete er vergebens.

Wind of Change – Scorpions

Er erwachte davon, dass Charly versuchte, sich aus seiner Umarmung zu schleichen. Es war noch stockfinster. „Guten Morgen. Wie geht's dir?", murmelte er.

„Bestens", antwortete Charly gut gelaunt. „Aufwachen, Schlafmütze."

„Wie spät ist es?"

„Kurz vor sechs. Ich bin spät dran." Sie huschte aus der Tür, und während er mühselig seine Lebensgeister sammelte, hörte er unten die Dusche rauschen. Als er endlich auch die Treppe hinabstieg, stand Charly fix und fertig in Motorradkleidung an der Haustür und wippte ungeduldig mit dem Fuß, bis er seine Treter angezogen hatte.

Sie packte den Tankrucksack auf den Sitz der Suzuki und schritt durch die Büsche zur Koppel. Sie hatte die Weideflächen miteinander verbunden, und Napoleon hatte seine Führung an Phoenix abgetreten, der nun über eine stattliche Herde wachte. Auf den angrenzenden Koppeln waren keine Pferde mehr auszumachen.

„Du bist alle Transportpferde losgeworden?"

„Beatrix war sehr rührig, der letzte Wallach wurde am Dienstag abgeholt", berichtete sie. „Eine Sorge weniger. Es sind ja noch genug übrig", fügte sie trocken hinzu.

„Sag Bescheid, wenn du Hilfe brauchst."

„Hast du nicht genug damit zu tun, Florentine zu bewegen?"

„Ein bisschen Zeit kann ich schon noch erübrigen, und Christian kann auch reiten." – ‚Warum bringe ich Trottel den jetzt selber wieder ins Gespräch?', ärgerte er sich sofort.

„Vermutete ich schon." Sie hatte offenbar seinen fragenden Blick bemerkt, denn sie sprach unaufgefordert weiter. „Er hat mir ein paar Mal geholfen, sie zu putzen, ganz selbstverständlich. Eher ungewöhnlich, für einen Mann." Sie grinste schelmisch. „Wie kommt's? Dass du, beziehungsweise ihr, reiten könnt?"

„Meiner Schwester zuliebe", begann er. „Sie hat unsere Eltern belagert mit ihrem Wunsch, reiten zu dürfen. Damit sie nicht alleine durch den Wald zum Reitverein fahren musste, wurde ich mit zum Reitunterricht verpflichtet. Ich hatte nur meistens keine Lust und Christian ist für mich eingesprungen. Bis ich merkte, dass er mit seinen Reitkünsten bei den Mädels besser ankam."

Charly lachte auf.

„Dann haben wir uns ein paar Mal drum geprügelt, wer reiten darf. Dummerweise hat er immer gewonnen." Er verzog das Gesicht bei der Erinnerung. „Ungefähr zur gleichen Zeit flog unsere kleine Lüge auf, weil eines Tages mein Vater unangekündigt am Reitplatz auftauchte und sich von unseren Fortschritten überzeugen wollte. Nur saß eben nicht ich auf dem Pferd, sondern Christian. Der kam ziemlich in Erklärungsnöte." Er grinste.

„Klingt fast so, als wärst du dabei gewesen?"

„Ich hatte mich hinter einen Stapel Turnierhindernisse verdrückt und war zu fasziniert von Christians Dilemma. Wenn Maja mich nicht verpetzt hätte, wer weiß. Aber so fand mich mein Vater und setzte mich an Christians Statt auf das Pferd, woraufhin dann ich in Erklärungsnöte geriet."

Wieder lachte Charly. „Wie ging es aus?"

„Gut, für alle. Mein Vater bezahlte ab da auch Christian die Reitstunden und wir bekamen sogar Kleingruppenunterricht, nur wir drei, weil es günstiger war. Prinzessin Maja und ihre beiden getreuen Ritter. Natürlich stachelten wir uns gegenseitig zu allem möglichen Blödsinn an. Die meiste Zeit verbrachten wir neben oder unter statt auf dem Pferd. Wir haben den Reitlehrer – nicht Bernd, seinen Vorgänger – zur Verzweiflung getrieben."

Diesmal schmunzelte Charly nur vor sich hin. Sie schien in Gedanken weit weg zu sein. „Wie alt wart ihr damals?“, fragte sie, und ihre Augen fokussierten sich wieder auf ihn.

„Wir Jungs acht, Maja zwölf.“

„Wie lange habt ihr Reitunterricht gehabt?“

„Bis wir auf die Motorräder umgestiegen sind, mit sechzehn.“

„Was war dein erstes Motorrad?“

„Eine Ducati“, schmunzelte er.

„Welche?“ Charly verdrehte ungeduldig die Augen.

„Die Senna“, sagte er und sah, wie sich Charlys Augen überrascht weiteten.

„Welche?“, fragte sie erneut, atemlos diesmal.

„Die I. Nummer 246.“

„Du hattest eine Senna I und hast sie verkauft?“ Charly sah ihn an, als zweifele sie an seinem Verstand.

Er zog vorsorglich den Kopf zwischen die Schultern, bevor er antwortete: „Ich hab sie geschrottet.“

Ihr ungläubiger Gesichtsausdruck verwandelte sich in Entsetzen. „Oh … - wie? – Und was ist dir passiert?“

Die letzte Frage war der puren Höflichkeit geschuldet. Sie interessierte einzig die Senna. ‚Ich stehe ja auch unversehrt vor ihr‘, dachte er. „Mir nichts weiter, außer einem heißen Hintern. Ich bin auf der Rennstrecke weggerutscht, und während ich gut von der Maschine wegkam und harmlos im Kiesbett landete, hat sie einen spektakulären Highsider hingelegt und war Schrott. – Wenn mein Vater sie nicht verkauft hat, steht der Haufen noch irgendwo in seiner Scheune.“

„Wenn dem so ist, will ich sie haben!“ Ihr Zeigefinger piekte ihn in die Brust. „Verflixt, ich muss los!“ Sie klopfte Phoenix abschließend den Hals und kehrte hastig zu ihrem Motorrad zurück, schwang sich drauf und war verschwunden, kaum dass er am Rondell angekommen war.

„Wie üblich“, seufzte er.

Count on Me – Bruno Mars

Der Bikertreff war gut gefüllt, überall standen Grüppchen zusammen. Charly nutzte die Gelegenheit, einige flüchtige Bekanntschaften aufzufrischen und schickte sich an, zum Kiosk zu gehen, als sich ihr schwer eine Hand auf die Schulter legte. Sie drehte sich um.

„Wo ist Melli?“, fragte der breitschultrige Mann aggressiv, ohne einen Gruß voranzustellen.

„Hi Enrico“, grüßte sie ungerührt. „Keine Ahnung. Ich habe sie länger nicht gesehen.“ Sie zuckte die Schultern und schaute ihn abwartend an.

„Das kannst du deiner Oma erzählen“, knurrte er.

Er stand bedrohlich dicht vor ihr und versuchte, sie einzuschüchtern. Charly stellte die Füße hüftbreit auseinander, wippte leicht auf die Fußballen und verschränkte die Arme vor der Brust.

Enrico ignorierte ihre abweisende Haltung. „Wo. Ist. Sie?“, presste er durch gebleckte Zähne und lehnte sich vorwärts.

Sie verlagerte sehr betont das Gewicht auf das rechte Bein und nahm die Hände locker an die Seiten. Noch glaubte sie nicht, dass er sie inmitten der Menschen um sie herum angreifen würde, andererseits war er gewalttätig und hatte auch sie schon ruppig behandelt, selbst in der Öffentlichkeit. Äußerlich ruhig hielt sie seinem Blick stand. Ihre Stimme sorgfältig neutral haltend, antwortete sie ihm mit der gleichen Aussage wie vorher.

Er ballte die Fäuste, rückte noch näher.

Sie ahnte, dass sie bereits Aufmerksamkeit auf sich zogen, aber sie wagte nicht, den Blick von ihm zu wenden. ‚Wenn er angreift, und sei es, dass er mich am Arm packt, so erkenne ich das an seiner Mimik, und auf diesen minimalen Vorteil bin ich angewiesen.‘

***

Gereon und Christian waren am Treff angekommen, hatten sich den obligatorischen Kaffee geholt, statt Mellis bediente jemand anderes, und an den Stammtisch gehockt. Wie immer, Christian links, Gereon rechts.

Charlys Motorrad stand auf dem Parkplatz, sie war noch nicht aufgetaucht. Sie unterhielten sich über dies und das, ließen angelegentlich den Blick über die Leute schweifen und warteten auf ihr Erscheinen.

Plötzlich erhob sich Gereon. „Charly ist in Schwierigkeiten."

Christian folgte seinem Blick, dann war er auf den Füßen und schritt zielstrebig auf Charly zu. Gereon folgte ihm und stellte sich darauf ein, gleich seinen Freund aus einer Schlägerei zu holen.

***

„Hi Charly, gibt's ein Problem?" Christians unaufgeregte Stimme beendete ihr Dilemma. Beruhigend spürte sie seine Präsenz hinter ihrer linken Schulter, und die Gereons auf ihrer anderen Seite.

„Noch nicht. Ich habe Enrico gerade erklärt, dass ich ihm nicht weiterhelfen kann."

„Gut. Dann kann er dich in Ruhe lassen." Ein stählerner Klang lag in Christians Stimme.

Noch immer nahm sie den Blick nicht von Enrico, der seine Aufmerksamkeit den beiden Männern zugewandt hatte, die ihr so unverhofft Rückendeckung boten. Er knurrte etwas, das in ihren Ohren arg nach ‚kleine Schlampe' klang, und spürte, wie sich Christians Haltung veränderte. Abrupt drehte Enrico sich um und schob sich brüsk durch die Umstehenden, dann preschte er mit seinem Rat Bike rücksichtslos vom Parkplatz.

***

Charly stieß heftig die Luft durch die Nase. „Danke, Jungs. Ihr habt mir eben ein paar blaue Flecken erspart." Sie drehte sich zu ihnen um und trat unwillkürlich zwei Schritt rückwärts. Sie standen noch immer Schulter an Schulter und strahlten eine Feindseligkeit aus, die mit Händen greifbar war.

„Wer war das?", erkundigte sich Christian mit kalter Belanglosigkeit, dass sich die Haare an ihren Armen aufstellten.

„Mellis Freund."

„Der tritt dir nicht noch einmal zu nahe", versprach er.

Sie schluckte. Ging zum Kiosk, bestellte einen doppelten Espresso und eine Tafel Schokolade, hockte sich an ihren Stammtisch und hatte die Hälfte der Schokolade vertilgt, ehe die beiden Männer bei ihr Platz nahmen.

This Could All Be Yours – Guster

Er fuhr auf Charlys Hof. Am Rondell parkte ihr brauner Bus. Napoleon und Pollux trafen am Trampelpfad aufeinander und begannen eine wilde Hatz in Richtung Garten. Er folgte ihnen.

Charlys Terrasse war leer geräumt bis auf zwei riesige Boxen links und rechts neben der Tür. Unter den Bäumen im Garten standen mehrere Biertische nebst Bänken und Sitzkissen. Am Fuße des kleinen Hanges unterhalb ihrer Terrasse auf halbem Wege zur alten Koppel war eine Feuerstelle vorbereitet und ein Grill aufgestellt. Direkt neben ihm standen zwei Biertische, die offensichtlich als Buffet vorgesehen waren, denn es befanden sich bereits Besteck, Teller sowie verschiedene, sorgfältig abgedeckte oder verschlossene, zumeist große, Schüsseln darauf.

„Hi“, riss ihn ihre Stimme aus seinen Betrachtungen. „Du bist früh dran.“

„Ich dachte, ich könnte noch was helfen.“

Sie drückte ihm einen Schlüssel in die Hand. „Die Getränkekisten aus dem Bus hertragen und hier unterm Buffet abstellen.“

„Stets zu Diensten.“

Er nahm gerade die letzten drei Kisten aus dem Auto, da huschte Charly an ihm vorbei und schob das Tor zur Scheune auf. Kurz darauf parkte sie den Bus ein. Er beeilte sich und stand bereit, um ihr das Tor zu schließen. Es lief noch immer so schwer. Bisher hatte sich ihm keine Gelegenheit geboten, es genauer zu untersuchen.

„Komm, es ist alles so weit fertig und wir haben noch eine halbe Stunde Zeit.“ Charly überrumpelte ihn und er ließ ihr den Vortritt. Er war sich nicht sicher, was er erwartet hatte, aber sie führte ihn in Peters Garten.

„Hilfst du mir rauf?“ Sie brauchte nicht viel Hilfe, um auf Phoenix’ Rücken zu gelangen. „Nimmst du Napoleon?“

„Solange du nicht erwartest, dass ich ohne Hilfsmittel auf seinen blanken Rücken springe.“

Sie lachte. „Am alten Unterstand ist ein Tritt, der sollte dir genügen. Auch Zaumzeug, falls du brauchst.“

‚Aber sicher brauche ich!‘, dachte er.

Kurz darauf ritten sie gemeinsam zum Waldrand. Sie preschten hintereinander, Charly voran, den Waldweg hinauf. Oberhalb eines einzelnen Felsens verhielt Charly den Schimmel.

‚Wie macht sie das, so völlig ohne alles?‘, fragte er sich.

Schritt für Schritt ritt sie auf den Felssporn zu, bis sie fast am Abgrund stand. Sie wendete Phoenix halb und sah zu ihm zurück. Es war ein atemberaubender Anblick. Beide, Pferd und Reiterin, verharrten, scheinbar ohne einen Muskel zu rühren. Schließlich kam sie zu ihm zurück.

„Fünfundzwanzig“, murmelte sie.

„Steinalt“, bemerkte er trocken.

Sie sah zu ihm auf, sogar zu Pferd war sie kleiner als er. „Nun, ich denke, ich kann ganz zufrieden sein mit dem bisher Erreichten.“

„Kannst du“, bestätigte er ihr ernsthaft. „Welche Ziele sind gesteckt für welchen Zeitraum?“, erkundigte er sich mit einem neckenden Unterton. Er erwartete keine Antwort.

Sie sah noch einmal über das Tal hinaus. „Weiterbildung Restauration, Familie, Kinder, in die Firmenführung einsteigen. Wenn möglich in dieser Reihenfolge. Erledigungshorizont zehn Jahre, Überprüfung in fünf.“ Damit ließ sie den Hengst den steilen Fußweg hinabklettern. Auf halbem Wege nach unten wandte sie sich zu ihm um. „Und den blöden Kirschbaum fällen“, ergänzte sie.

***

Charly war soeben ins Haus verschwunden, um sich ‚partyfein' zu machen, wie sie es nannte. Bei ihm war nicht mehr viel zu retten: Durch den improvisierten Ausritt müffelte er nach Pferd und entlang der Innenseiten seiner Jeans stichelte es. Pferdehaare; da half es auch wenig, dass Charly seine Kehrseite abgebürstet hatte. ‚Ich werde es überleben.'

Napoleon und Pollux, die zu seinen Füßen gelegen hatten, hoben die Nasen von den Pfoten, sprangen auf und rasten ums Haus. Mit einem scharfen Pfiff rief er sie zurück. Beide verharrten unschlüssig am Beginn des Trampelpfades zwischen den Rhododendren und er erhob sich, um Napoleon die Leine anzulegen. Er hatte soeben sein Vorhaben in die Tat umgesetzt und kraulte ihn entschuldigend, als er merkte, dass jemand neben ihn getreten war. Er sah auf. ‚Melli.' Verblüfft musterte er sie. Sie trug schwarze, hautenge Jeans, ein kobaltblaues Oberteil, ihre schwarzen Locken nachlässig aufgesteckt, eine edel anmutende Kette und Brillantohrringe. ‚Oder Modeschmuck?' Sein Gefühl deutete auf Ersteres. Verspätet erhob er sich. Sie war größer als sonst.

Er hatte kaum Zeit, sie zu grüßen, da tauchte Charly flink aus dem Haus auf. Sie trug die unvermeidlichen Jeans, Plateausandalen und ein hautenges, rotes Oberteil. Schwupp, war Charly im Haus verschwunden, um im nächsten Moment wieder aufzutauchen, mit einer Flasche Sekt in der Hand, so kalt, dass sich der Beschlag, der sich auf der Flasche gebildet hatte, bereits zu Tropfen formte. Das Knallen des Sektkorkens ließ Phoenix aufgeschreckt über die Koppel galoppieren und Charly rief ihm ein fröhliches „Sorry, big boy." zu. Sie hob fragend die Flasche in seine Richtung.

„Ich bleib vorerst beim Bier", lehnte er ab.

„Live and let live", erklang der Trinkspruch der Mädels, zweistimmig.

***

Es war ein lustiger Abend. Die Truppe bunt gemischt. Arved und Steven. Peter. Charlys (Kletter-)Clique. Ihre Arbeitskollegen. Beatrix.

Zu seiner Überraschung hatte Gereon Maja mitgebracht.

Bernd, der Chef des Reitvereins. Einige Leute, die sich als Tierschutzvereinsmitglieder herausstellten. Andi und seine Cousine Diane. Marek und einige seiner Gefolgsleute, wie er sich zu erinnern meinte.

Sogar Lars war aufgetaucht.

***

Charly wirbelte durch ihre Gäste wie ein Derwisch, sogar während des Essens saß sie kaum still. Bis Arved der Kragen platzte. Er beorderte seine Tochter an seine Seite, und sobald sie aufspringen wollte, delegierte er die Aufgaben an die Anwesenden.

Um Mitternacht übernahm er die Moderation und ließ Charly die Geschenke auspacken. „Wir sind doch alle neugierig", zwinkerte er in die Runde.

„Ja, vor allem du", gab sie zurück, fügte sich aber.

„Mein Geschenk steht seit Anfang Juni in deiner Scheune. Remember, don't drink and drive." Er überreichte ihr eine Flasche Rotwein.

„Immer doch. Danke, Dad." Sie umarmte ihn.

„Hey, das ist unfair, wir wollen auch wissen, was das ist", begehrte Lars auf.

„Hmmm…" Charly sondierte ihren Garten und ging ins Haus.

Christian erhob sich und nahm den Trampelpfad zum Hof. Gereon sah ihm nach. ‚Was weiß er, was ich nicht weiß?'

Einige Minuten blieb es still und die Erwartung stieg, dann erklang vom Hof der satte Klang eines großen Motors. Interessanterweise entfernte er sich und kam dann von Peters Grundstück näher. Christian nahm wieder neben ihm Platz. Mit der zufriedenen Miene, etwas zu wissen … Weiter kam Gereon mit dem Denken nicht; ein Wagen bog langsam um den Fliederbusch und parkte neben der kleinen Pferdekoppel. Edel und schimmernd.

‚Ein R8.'

Charly schwang sich aus dem Auto und setzte sich wieder neben ihren Vater.

Die Reaktionen waren zweigeteilt und hielten sich etwa die Waage. Wenig Überraschung bei den einen, ungläubiges Staunen bei den anderen.

„Super Geschenk, Arved." Steven schüttelte den Kopf. „Sie musste sich das Ding selber zusammenbauen."

„Musst du das verraten?" Arved deckte theatralisch die Hand über die Augen.

„So habe ich ihn mir wenigstens verdient. Anders würde ich ihn gar nicht haben wollen", sagte Charly gleichmütig.

Steven reichte ihr einen Umschlag. „Vergiss den Prinzen, mir reicht das Pferd", las Charly mit hochgezogenen Augenbrauen vor, ehe sie den Umschlag mit ihrem Taschenmesser öffnete. „Apassionata", jubelte sie gleich darauf, sprang auf und umarmte Steven stürmisch.

„Lass mich leben", lachte der. „Wen nimmst du mit?"

„Dich", grinste Charly und er ließ sich resigniert auf die Bank zurücksinken.

„Kannst du dir für deinen Pferdefimmel nicht jemand anderes aussuchen?"

„Du hast es geschenkt, also musst du mit. Mitgefangen, mitgehangen, Bruderherz", erwiderte Charly fröhlich. Sie setzte sich wieder und blies ihm einen Kuss zu.

‚Gefällt mir nicht', dachte er und spürte Christians Ellbogen in den Rippen.

„Reiß' dich zusammen", drang kaum hörbar dessen Stimme an sein Ohr. „Er ist ihr Bruder. Außerdem kannst du nicht jedem Mann, mit dem sie flirtet, an die Gurgel gehen."

„Hast ja recht", knurrte er zurück, räusperte sich und versuchte sich an einer entspannteren Haltung.

Peter stand auf und hob ächzend ein großes Paket vor Charly auf den Tisch, eingewickelt in einfaches, weißes Papier, eine schmale, bunte Feder zierte die Oberseite.

Vorsichtig löste Charly sie ab.

„Was ist es?", fragte Peter verschmitzt.

„Ganz leicht", antwortete Charly ebenso. „Fasan." Sorgfältig wickelte sie das Papier ab und öffnete den Karton. Zuerst hob sie zwei Umschläge heraus. Den weißen betrachtete sie kritisch. „Peter, du sollst doch nicht …"

„Doch, Charly, keine Widerrede", unterbrach er sie energisch.

Seufzend schob sie den ungeöffneten Umschlag ihrem Vater zu. Dann schnappte sie nach dem grünen Kuvert und fächelte sich damit Luft zu. „Jägerball", riet sie.

„Und ich werde die hübscheste Tischdame haben." Peter räkelte sich zufrieden in seinem Sessel.

Charly lachte und öffnete mit einem ‚Klack' ihr Taschenmesser. Ratschend glitt es durch das Papier. Sie überflog den Text. „Oh, Jagd am Hofe des Zaren."

„Deine Mutter versprach, ein passendes Kleid beizusteuern."

‚Charly als russische Großfürstin?' Gereon begann zu überlegen, ob und wie er sich Zugang zu besagtem Abend verschaffen könnte.

Derweil begann Charly, das Paket auszupacken. In rascher Folge erschienen Salami, Schinken sowie verschiedene eingeschweißte Fleischstücke unterschiedlicher Größe auf dem Tisch, jeweils von ihr mit der Herkunft betitelt. Sie war treffsicher, denn Peter nickte jeden ihrer Kommentare ab. „Danke." Sie umarmte Peter. „Den nächsten Monat werde ich jedenfalls nicht verhungern."

Das brachte einen allgemeinen Lacher hervor. Die Bank unter ihm erzitterte unter Christians Amüsement. Unwillig verzog er den Mund. ‚Was weiß der schon wieder, was ich nicht weiß?', dachte er leicht verärgert.

Sepp erhob sich und überreichte im Namen Alois' und aller Kollegen sowie einiger Fremdfirmenkollegen, wie er betonte, einen dicken Umschlag und einen riesigen bunten Sommerblumenstrauß. Steven sprang auf, nahm ihr den Strauß ab und ging ins Haus. Charly bedankte sich artig in Richtung ihrer Kollegen, umarmte dann Sepp, bevor sie den Umschlag öffnete. „Gutscheine vom Sägewerk, Naturstein- und Sanitärgroßhandel, Einrichtungshaus, Gartencenter und meinem Lieblingsbaumarkt." Sie sah auf. „Sieht es hier so schlimm aus?", fragte sie.

„Ach, es gibt immer was zu tun", imitierte Sepp eine Baumarktwerbung. „Einen guten Architekten hast du ja an der Hand." Er blinzelte ihm zu und Gereon wand sich unbehaglich unter der plötzlich auf ihn gerichteten Aufmerksamkeit.

„Stimmt", bestätigte Charly. „Trotzdem, ihr sollt mir nicht so teure Geschenke machen", schalt sie sacht.

„Ich hab nur rumgefragt, wer dazugeben möchte und die Liste der Geschäfte dazugelegt. Es gab kaum einen, der nichts gegeben hat. Die Anerkennung hast du dir selber verdient", sagte Sepp einfach.

Charly wurde rot und wusste nicht, wo sie hinschauen sollte.

„Jedenfalls danke", murmelte sie, dann wiederholte sie laut, „Danke!"

Sepp verbeugte sich, einen imaginären Hut ziehend. Beatrix schloss sich an. Ebenfalls mit einem Umschlag. Diesmal war es ein Gutschein vom Futtergroßhandel. Bernd, auch ein Umschlag und ein Gutschein, vom Tierarzt. Mit extra Grüßen von Letzterem und wahrscheinlich aufgerundet.

Eine Pause trat ein.

Die jüngeren Leute sahen sich unsicher an und Lars ergriff die Gelegenheit. Er reichte Charly eine Flasche Wein und ein kleines Päckchen nebst Umschlag. „Mit Grüßen von meiner Familie und der ganzen Truppe."

Für Gereons Geschmack schmiegte sie sich zu lange und zu eng an ihn. Viel zu lange!

„Goldriesling. Aus Meißen", las sie das Etikett vor. „Hmmm, auf den freue ich mich jetzt schon." Das Päckchen enthüllte Süßigkeiten. „Marc de Champagne Trüffel." Der Umschlag enthielt wieder mehrere Gutscheine. Für Kraftstoff. „Lars, das ist zu viel." Charly klang schockiert.

„Ist nicht alles von mir. Meine Eltern, meine Großeltern und die Clique waren sich einig, dass sie was dazugeben. Du sollst mal vorbeischauen", sagte er leichthin.

Sie sahen sich in die Augen. Lange, bis Charly schließlich als Erste den Blick senkte. „Bei Gelegenheit", gab sie nach.

Diane wechselte einen Blick mit Andi, stand auf und ging zum Trampelpfad. Maja sah, Ermutigung heischend, zu ihm und Gereon nickte ihr zu. Sie straffte die Schultern und stand auf. Sie überreichte einen Strauß aus weißen Rosen, verschwenderisch groß und prachtvoll. ‚Meine einzige Möglichkeit, ihr Rosen zu schenken, ohne es Christian auf die Nase zu binden', dachte er.

Charly nahm den Strauß an und ihr Blick huschte für den Bruchteil eines Augenblicks zu ihm. Ein Schauer überlief ihn und ließ alle Haare seines Körpers aufgerichtet zurück. Christian musterte ihn aus schmalen Augen, aber allein Charlys Blick eben war es wert gewesen.

Den Umschlag dazu nahm sie mit einem Stirnrunzeln. „Maja ...", begann sie, das Kuvert unschlüssig in der Hand.

„Bitte, Charly", sagte Maja eindringlich. „Du hütest meine Kinder, verpflegst sie, und ich darf dir dafür nichts geben. Danke sagen ist zu wenig." Sie zögerte. „Es ist ‚nur' Geld", fügte sie leise hinzu.

Charly nickte und lächelte, aber er sah ihr die Überwindung an.

„Die Rosen sind …“ Charlys Stimme versiegte und sie umarmte Maja fest. Sie schob auch diesen Umschlag ungeöffnet ihrem Vater zu.

Diane trat in den Lichtschein der Laternen, und bevor sie zu Charly aufgeschlossen hatte, verschränkte die die Arme vor der Brust und sagte fest, „Nein, das nehme ich nicht an!“

Diane hob ungerührt einen mattschwarz schimmernden, mit silbernen Nieten beschlagenen Sattel auf den Tisch vor Charly. Dann zog sie einen zerknautschten Umschlag aus der hinteren Tasche ihrer Jeans. „Die Rechnung“, offerierte sie. „Ich habe ihn vor einigen Tagen vollendet und es bot sich noch keine Gelegenheit, ihn vorbeizubringen. Nicht die feine Art, mit einer Rechnung auf einem Geburtstag zu erscheinen …“

Lachend warf Charly ihre Arme um Dianes Hals und drückte sie fest. „Trotzdem danke. Umso mehr, als ich ihn bezahlen darf.“

„Anders hätte ich es gar nicht gewagt, so wie du dich bei Andis Sattel angestellt hast.“ Sie duckte sich aus Charlys Reichweite. „Aber ein Geschenk gibt es auch noch von uns.“ Andi reichte ihr ein langes, schmales Päckchen.

Charly packte es aus und sah einen Moment verwirrt auf die Ansammlung aus Leder. „Gürtel“, stellte sie fest und zog eines der Teile heraus.

„Richtig“, antwortete Diane.

Charly zog ihn in die Gürtelschlaufen ihrer Jeans. „Passt perfekt, würde ich sagen.“ Als Nächstes hob sie eine aufwändig verzierte Schwertscheide hoch.

Steven stand auf und kam kurz darauf mit einem Schwert zurück. Charly hatte derweil ein weiteres Lederteil aus dem Papier hervorgeholt und fädelte die Schwertscheide auf, dann schlang sie sich das Gehänge um die Hüften und schloss die Schnalle. Steven reichte ihr die Waffe und Charly schob sie hinein. Sie passte wie angegossen.

„Toll!“ Charlys Augen glänzten. „Aber …“

„Kein Aber“, unterbrach Marek, „einen Teil davon habe ich bezahlt.“

„Dann ist es etwas anderes.“ Sie grinste frech und schob die Finger in eine Halterung, die schon auf das Gehänge aufgefädelt gewesen war. „Und wofür ist das?“

„Sei nicht so ungeduldig“, wies Marek sie zurecht. „Außerdem ist das Papier noch nicht leer.“

Verwirrt zog Charly eine lange dünne Lederleine, in die in verschiedenen Abständen kleine Lederösen eingearbeitet waren, heraus. „Was ist das?“

„Ein Multitool“, antwortete Diane. „Nach Bedarf Gürtel, Hundeleine, Pferdehalfter oder Spanngurt. Als Wäscheleine geht es zur Not auch, aber nur für dunkle Sachen. Dir fallen bestimmt noch weitere Verwendungen ein.“

„Cool. Davon gebe ich dir gleich noch fünf in Auftrag“, sagte Charly, es eilig um die Hand zu einem Knäuel aufwickelnd, um es gleich darauf in der Hosentasche verschwinden zu lassen. „Danke.“ Sie umarmte zuerst Diane, dann Andi.

Marek trat zu ihr. „Bevor du Protest schreist, auch wir haben gesammelt, und nicht nur unter uns.“ Er gab Charly eine Pergamentrolle, die sie fragenden Blickes entgegennahm. Sie entrollte sie und begann vorzulesen. Es war eine altertümlich verfasste Lobrede auf sie, gefolgt von Glückwünschen und einer schier endlosen Liste an Namen.

Christian neben ihm schmunzelte leise vor sich hin und nickte die Namen ab. Gegen Ende der Liste runzelte er jedoch die Stirn und stieß ein unbestimmtes Knurren aus. „Was?“, fragte Gereon leise.

„Einer davon, Thorin, verkörpert einen Folterknecht und ist ziemlich hinter Charly her. Ich habe ihm Anfang des Sommers deutlich klar gemacht, dass er sich von ihr fernhalten soll. – Respekt, dass er es gewagt hat, sich namentlich erwähnen zu lassen.“ Neben einer

Portion Aggression klang in seinen Worten aber auch widerwillige Anerkennung mit.

‚Typisch. Andere betrachtet er objektiv und gesteht ihnen allen Respekt zu, auch wenn er sie nicht leiden kann, nur bei sich selbst schafft er das nicht.' Innerlich schüttelte Gereon den Kopf über seinen Freund.

Inzwischen hatte Marek Charly ein riesiges Paket überreicht, das er scheinbar mühelos gehandhabt hatte, unter dem sie aber sichtlich in die Knie ging. „Hilfe, was hast du denn da drin? Bleigewichte?"

Schmunzelnd und ohne weiteren Kommentar trat Marek zur Seite. Hier ließ Charly keine Vorsicht walten. Hastig fetzte sie das Papier beiseite und schlitzte den Karton auf. Mit einem triumphierenden Schrei riss sie eine mächtige Streitaxt heraus und reckte sie in die Höhe. Wie ferngesteuert umrundete sie den Tisch und griff Marek an. Der ließ sich von einem seiner Gefolgsleute eine der Wäschestangen zuwerfen, die an den Apfelbaum gelehnt standen, und parierte ihren Hieb. In den folgenden Minuten lieferten beide ein eindrucksvolles Schauspiel, bis Marek einen kräftigen Hieb auf Charlys Handrücken platzierte.

Christian neben ihm sog scharf die Luft ein.

Charly ließ die Waffe fallen und schüttelte heftig ihre Hand. Derweil holte Marek zu einem weiteren Hieb aus. Sie wich ihm aus, indem sie sich platt auf den Boden warf; sich zur Seite rollend sprang sie auf und zerrte mit der Rechten ungeschickt das Schwert aus dem Gehänge. Sie wechselte es in die Linke, verzog den Mund und wechselte es zurück, den Angriffen Mareks ausweichend wie ein hyperaktiver Floh. Die nächsten Attacken parierte sie, dann wagte sie einen Angriff, den Marek beiseite wischte. Charly versuchte, zu der Stelle zu gelangen, an der die Axt lag, aber Marek drängte sie sicher in eine ganz andere Richtung. Auf ihrem Gesicht machte sich Verzweiflung breit.

Neben ihm erhob sich Christian und schlenderte scheinbar unbeeindruckt Richtung Buffet und sondierte das dort verbliebene Angebot.

Charly war fast bis an den Fliederbusch zurückgewichen, jetzt gelang ihr eine Finte, mit deren Hilfe sie wieder auf den anfänglichen Kampfplatz zurückkam. Marek brachte sie mit der Wäschestange zu Fall und wollte seinen abschließenden Hieb von oben anbringen – denn Charly hatte sich auf den Rücken gerollt, das Schwert an Griff und Klinge gefasst und versuchte, ihr Gesicht zu schützen –; als plötzlich Christian breitbeinig über ihr stand, Mareks Hieb mit der Axt abfing und zur Seite drückte. Der warnende Ruf eines von Mareks Männern war in der raschen Abfolge der Ereignisse fast unbemerkt geblieben.

Marek, scheinbar nicht im mindesten überrascht, zog die Wäschestange zurück und zielte einen Hieb auf Christians Hüfte. Im letzten Moment brachte der seine Waffe dazwischen, die ihm jedoch von Marek aus der Hand gehebelt wurde. Schutzlos stand er dem geschickten Waffenmeister gegenüber. Sie taxierten sich. Dann führte Marek einen Hieb gegen seine linke Schulter. Christian war gewappnet und erwischte die Wäschestange mit unnachgiebigem Griff. Eine Weile rangen sie um die Waffe, dann entwand Christian sie dem Älteren und warf sie mit wütendem Schwung wie einen Speer in Richtung Garten. Charly beendete den Kampf, indem sie Marek von hinten das Schwert auf die Schulter legte.

Arved atmete explosionsartig aus. „Du sollst mit ihr nicht mit scharfen Waffen kämpfen!“, grollte er.

Marek reichte der zerzausten und heftig schnaufenden Charly die Hand und klopfte ihr auf die Schulter, bedachte Christian mit einem Nicken und ging zu Arved. „Mache ich normalerweise nicht. Auch nicht gern ungeschützt“, beruhigte er ihn.

Charly trank mit großen Schlucken, gelegentlich japsend absetzend, eine angefangene Wasserflasche leer.

Christian kam zurück zu ihm und setzte sich wieder. Er wirkte verärgert. Fragend sah Gereon ihn an.

„Er hat mich mit der gleichen Taktik geschlagen, die ich Charly einmal anwenden sehen habe", knurrte Christian leise. „Ich hätte es wissen und abwenden müssen."

„Ihr habt ihn besiegt", strich er heraus.

„Glaubst du", murrte sein Freund.

„Dann unentschieden."

„Nein,", erwiderte Christian. „In einer ernsten Situation wären wir jetzt beide tot, Charly und ich auch. Marek trägt sicher noch versteckte Waffen. Oder hätte getragen, in anderer Zeit."

„Das mag sein", mischte sich Marek ein, der unbemerkt herangetreten war.

„Du unterschätzt aber das Wissen um die Situation. In einem echten Kampf mobilisierst du ganz andere Ressourcen. – Im Übrigen warst du der Einzige, der ihr zu Hilfe gekommen ist." Marek lächelte schmal. „Charly bittet nicht um Hilfe, und es gehört Mut dazu, gegen ihren Willen zu handeln."

Christian zuckte unwillig mit den Schultern. „Den Tag, an dem ich tatenlos zusehe, wie eine wehrlose Frau attackiert wird, wird es nicht geben", blaffte er scharf. Er wollte sich wieder erheben, wurde aber von Charlys Armen gehindert, die sich von hinten um ihn legten.

„Danke", flüsterte sie so leise an Christians Ohr, dass er, Gereon, es kaum verstand, und kehrte zu ihrem Tisch zurück. Aus dem arg vernachlässigten Paket förderte Charly im Verlauf der nächsten Minuten eine gesamte Lederrüstung zutage, inklusive Schulterpanzer, Armstulpen und Handschutz. „Das nächste Mal packe ich erst aus", sagte sie reuevoll und inspizierte ihre Linke. „Ich brauche einen medizinischen Schnaps."

„Schon da", vermeldete Lester und stellte ihr einen Whisky vor die Nase.

„Bowmore Black Rock", entzifferte Charly das Etikett und hob den Blick zu ihrer Klettertruppe. „Als Gipfeltrophäe taugt der aber nicht", grinste sie und öffnete den Verschluss. „So lange hält der sich nicht." Demonstrativ setzte sie ihn an und nahm einen großen Schluck. Hustend setzte sie die Flasche wieder ab.

„Lass das deine Mutter nicht sehen", mahnte Arved.

Das dazu überreichte Päckchen enthielt eine große Kerze und verschiedenes Kletterzubehör, von dem man nie genug haben konnte. Einen neuartigen Karabiner hielt Charly in die Höhe. „Super, mit dem habe ich schon länger geliebäugelt."

Er erwartete, dass Melli sich anschließen würde, aber sie sah zu ihm und Christian und schüttelte den Kopf.

„Dann los", murmelte sein Freund neben ihm.

„So schwer, dass ihr zu zweit tragen müsst?", empfing sie Charly.

Christian ließ los und Gereon wuchtete es vor ihr auf den Tisch. Jetzt kam es darauf an, ob sie es vorsichtig auspackte oder aufriss. ‚Sollen wir den Hinweis geben?' Er sah unschlüssig zu Christian.

Da hob Charly ihr Taschenmesser vom Tisch auf und schob es unter einen der Klebestreifen. Sie klappte das Papier auf und stutzte kurz, als der Holzklotz zum Vorschein kam. Dann strich sie die rechte Ecke glatt und setzte den Whisky darauf, links Arveds Rotwein. Sie hob den Kloben neben sich auf die Bank. Die unteren Ecken beschwerte sie mit der Kerze und ihrem Taschenmesser. „Raffiniert", schmunzelte Charly. Sie beugte sich über die verschiedenen Zeichnungen und studierte sie. „Du hast gezeichnet", stellte sie fest und sah ihn an.

Befangen nickte er.

„Festung Nauders." Ihr Finger tippte auf eine Stelle auf dem Papier, ohne ihn aus den Augen zu lassen.

„Ja", fiel ihm nichts anderes ein.

„Reschen. – Stilfser Joch, Ostseite. – Großer und kleiner Sankt Bernhard. – Witzig gemacht, mit dem Hund und dem Welpen." Sie sah wieder auf, betrachtete nachdenklich erst ihn, dann Christian. „Ok, ein Bilderrätsel also.“ Ihr Finger wanderte nach oben links. „Christians BMW, deine Fireblade und meine Auswahl,“, interpretierte sie seine Zeichnung richtig, „verschiedene Alpenpässe, ein Weinetikett, ein Hotel, neun Kalenderblätter … hör auf zu grinsen, Steven! – Meine Antwort ist ja und ich bestehe auf getrennten Zimmern. Danke.“

‚Sie kommt mit. Sie freut sich', realisierte er, als sie die Arme um seinen Hals schlang und sich an ihn drückte. Leider ließ sie viel zu schnell los und bedankte sich genauso bei Christian. Gemeinsam traten Christian und er den Rückzug an.

„Brunello, hm? Wenn ihr das ernst meint mit dem Wein, wird das ein teurer Urlaub“, rief sie ihnen nach.

„Jeder Cent wird gut investiert sein“, antwortete Christians tiefe Stimme hinter ihm, völlig ruhig.

Er ließ sich auf die Bank fallen und schwang die Beine darüber, hob den Blick und sah Charly, deren Wangen flammten. Sie verbarg es, indem sie den Kopf über das Zusammenrollen seiner Zeichnung senkte. Christian neben ihm stieg umständlich über die Bank und setzte sich ebenfalls. Steven wollte Charly die Papierrolle abnehmen, aber sie brachte sie eigenhändig ins Haus.

Als sie wieder herauskam, stand Melli auf. Die Mädels umarmten sich, dann drückte Melli Charly ein etwa laptopgroßes Päckchen in die Hand und verschwand fluchtartig im Haus. Charly sah ihr verwirrt nach.

Langsam und sorgfältig wickelte sie das Geschenkpapier ab. Zum Vorschein kamen zwei edle, silberne Bilderrahmen, mit den Vorderseiten zueinander, durch Seidenpapier getrennt.

Charly zögerte kurz, dann hob sie das obere Bild hoch und drehte es um. Ihr Blick huschte vom Rahmen zu Christian. Der zuckte zusammen.

Hastig riss Charly das Seidenpapier beiseite und ihr Blick traf den seinen. Mühsam unterdrückte er sein eigenes Zucken. Allerdings nur, bis Charly beide Rahmen aufgestellt hatte und sie gleichzeitig zu den Gästen umdrehte. Ein kollektives „Oh" erklang und Christian und er sahen sich als Mittelpunkt des Interesses.

‚Porträtfotos. Christian. Ich. – Wie kommt Melli an diese Fotos?' Er konnte sich nicht erinnern, sie jemals mit einer Kamera gesehen zu haben. ‚Wo?' Soweit er das sehen konnte, bot der Hintergrund keinen Anhaltspunkt. Dafür waren ihrer beider Gesichter umso ausdrucksstärker. Christians Kopf war geneigt, um seine Mundwinkel lag ein leichtes Lächeln und in seinen Augen ein zärtlicher Ausdruck. Es stand außer Zweifel, wen er so anschaute.

Seines dagegen. Durchdringend grün leuchteten ihm seine eigenen Augen entgegen und erinnerten ihn in ihrem Ausdruck an eine nicht allzu lang zurückliegende Begebenheit. Allerdings waren diese Augen golden und gehörten einem Tiger.

Er erinnerte sich, wie er neben dem Holzpfosten an der übermannshohen Glasscheibe gestanden hatte. Die Scheibe war offenbar neu in die einer Jagdhütte nachempfundenen Besucherkanzel eingesetzt worden und völlig klar. Er hatte die Kraft und Schönheit der lautlos herantappenden Katze bewundert, als diese plötzlich etwas fixierte und sich anzuschleichen begann. Er hatte sich gewundert, was sie wohl im Visier hatte. Just, als ihm dämmerte, dass er das Ziel sein könnte, veränderte sich der Ausdruck in ihren Augen, wurde der Blick starr. Dann krachte der zentnerschwere Körper gegen die Glasscheibe, die Zähne auf seiner Augenhöhe. Rund um ihn wichen Besucher schreiend zurück; er dagegen war nicht in der Lage gewesen, auch nur einen Muskel zu rühren. Die Katze verharrte in dieser Haltung, beide Hinterpfoten auf dem Boden, die linke Pranke klebte am Glas, der heftige Atem beschlug die Scheibe und entzog die tödlichen Reißzähne seinem Blick. Die rechte Pranke aber hatte oberhalb der

Holzverkleidung durch ein nicht ersichtliches Loch gegriffen und hing mit ausgefahrenen Krallen im Holz fest, samt einem Büschel Haare von seinem Kopf.

‚Überlebensinstinkt habe ich keinen', dachte er und strich sich unbewusst über den Schädel. ‚Auch wenn ich den Tötungsblick beherrsche. Erstaunlich, dass sie noch nicht schreiend davongerannt ist, wenn ich sie so anschaue. Welches wird sie wohl aufstellen?'

„Herzlichen Dank euch allen", unterbrach Charly seine Gedanken. „Für die Geschenke und eure Gedanken dazu. Am meisten aber dafür, dass ihr hier seid, mit mir feiert und mir Freunde seid!"

‚Zittert ihre Stimme?' Er konnte es nicht sagen, denn sie ging in johlendem Applaus unter und er klatschte mit. Hörte Christian neben sich pfeifen.

Charly hob ihr Glas und wartete, bis der Jubel verebbte. „Prost", rief sie. „Let's dance!"

Wie auf Stichwort erklang lauter Discofox aus den Boxen, Charly leerte auf Ex ihr Glas, was ihr Vater mit missbilligendem Kopfschütteln quittierte, schnappte die beiden Fotos und brachte sie ins Haus. Wenige Augenblicke später kam sie gemeinsam mit Melli heraus und begann mit ihr auf der Terrasse zu tanzen.

***

Zu später früher Stunde tauchte Gitta auf. Filmreif.

Die Party war in ausgelassenster Stimmung, Charly tanzte mit Melli einen Twist, als urplötzlich ein schriller Schrei alles übertönte. Charly kehrte auf dem Absatz um und stürzte ins Dunkel der Büsche. Als er, Christian, am Rondell ankam, lehnte sich Charly auf die Fahrertür eines weißen Oldtimers, Pollux links, Napoleon rechts von sich, und lachte so heftig, dass ihr die Tränen über die Wangen rannen. Er nahm sie, die sich gar nicht wieder beruhigen konnte, in den linken

Arm, schickte die Hunde in den Garten, öffnete der Fremden die Autotür und bot ihr die Rechte zum Aussteigen.

„Wie reizend von Ihnen", flötete sie mit dunkler Stimme. „Charlène ist ja leider ein wenig – derangiert."

„Äußerst liebenswert", antwortete er und ließ offen, ob er sie oder Charly meinte. Weitere Konversation war ihm nicht vergönnt, denn sie entdeckte an ihm vorbei Arved und ließ ihn mit Charly stehen.

„Darf ich vorstellen, meine Mutter", sagte die überflüssigerweise.

Hard Headed Woman – Cat Stevens

Am Abzweig zum Aussichtsturm trafen sie aufeinander. Phoenix wieherte Florentine mit einem gewaltigen Hengstschrei entgegen und rundete imponierend den Hals. Mit kraftstrotzenden Trippelschritten drängte er sich neben die hübsche Fuchsstute. Die quietschte und versuchte mit drohend erhobener Hinterhand, ihn auf Abstand zu halten.

Energisch trieb Charly den Schimmel an und übernahm die Spitze. „Wir sollten erst noch ein Stück reiten, damit er sich etwas beruhigt“, rief sie über die Schulter und galoppierte an.

Der lange Waldweg, der auf halber Höhe um den Berg herumführte, war genau das Richtige zum Austoben. Im nächsten Tal setzte sie neben der schmalen Fußgängerbrücke über den Bach und galoppierte in unvermindertem Tempo den Pfad zur Burgruine hinauf. Oben angekommen, tauschte sie Zaumzeug gegen Halfter und band den Hengst im Schatten einer großen Buche an. Tänzelnd hob er mit geblähten Nüstern den Kopf und wieherte, als Florentine, gefolgt von Charlys Napoleon, erschien. Beiden Pferden flockte Schaum vom Gebiss. Phoenix dagegen war keine Anstrengung anzumerken.

Charly band die Decke, die zusammengerollt hinter dem Sattel festgeschnallt war, los und breitete sie am Rande des Schattens auf der mageren Wiese aus. Ratschend zog sie die Klettverschlüsse der Chaps auf und zerrte sich die Jodhpurs von den Füßen. Sie ließ sich aufatmend auf den Rücken sinken, legte den linken Arm über die Augen und genoss die Hitze der Sonne und das leichte Lüftchen.

Die Pferde am langen Zügel ritten die Männer in einem Kreis um sie herum und neckten sie mit anzüglichen Bemerkungen, auf die sie nicht einging. Schließlich banden auch sie Florentine und Napoleon an und setzten sich zu ihr.

„Wir sind uns einig darüber, dass ich meine Kosten für Übernachtung, Sprit und Verpflegung selber trage?", sagte sie, kaum, dass sie sich niedergelassen hatten.

„Ja", antwortete Christian unbeeindruckt von ihrem herausfordernden Tonfall.

Sie lugte unter ihrem Arm hervor und der Blickwechsel zwischen den Männern entging ihr nicht.

„Wir wollten eine ungefähre Route festlegen und natürlich den Zeitraum." Gereon lächelte sie an.

„Ab kommenden Samstag. – Sofern ihr so kurzfristig frei bekommt?"

„Sollte machbar sein. Was das betrifft ist jede Woche so schlecht wie die andere", brummte Christian, ließ sich ebenfalls auf den Rücken sinken und verschränkte die Arme hinter dem Kopf.

„Dito", lachte Gereon. „Ich brumme meine Termine einfach meinem Vater auf."

Charly sprang auf, ging zu Phoenix und angelte ihr Handy aus der Satteltasche. Es ans Ohr haltend kam sie langsam zur Decke zurückgeschlendert. „Hi Alois, entschuldigen Sie die Störung. – Kann ich kommende Woche noch fünf Urlaubstage haben?" Sie lauschte, mit der Zehenspitze einen Hahnenfuß anstupsend. „Wunderbar, danke. Antrag gebe ich Ihnen morgen. Schönen Sonntag noch." Sie legte auf. „Also, ich fahre", grinste sie.

„Und wonach steht dir der Sinn?" Gereon sah zu ihr auf und schien den Anblick sehr zu genießen.

Sie warf sich neben ihn auf die Decke. Christian hob den Kopf und sah zu ihnen herüber. Scharf zeichnete sich unter seiner Achsel der große Rückenmuskel unter seinem Shirt ab, das Falten schlug auf seinem Bauch und – leider – das Sixpack verdeckte.

„Pässe jagen?", schlug Gereon gerade vor.

Charly zwang ihre Aufmerksamkeit zurück zu ihm, obwohl der Anblick, den Christian bot, als er sich jetzt auf die Seite rollte, um ihrem Gespräch besser folgen zu können, viel interessanter war. Sie schüttelte den Kopf, dass ihre Locken flogen. ‚Zum Friseur muss ich vorher noch', dachte sie. Sie zupfte an einem Gänseblümchen vor ihrer Nase. „Ich will schauen können, die Landschaft genießen, nennt mich jetzt meinetwegen ‚Blümchenpflücker', aber jagen kann ich zu Hause, oder noch besser, auf der Rennstrecke. Dafür wurden die nämlich gebaut. Und sicherer ist es auch. Kein Gegenverkehr, keine Traktoren."

„Danke für die Erinnerung." Christian reagierte gereizt und Charly schaute ihn fragend an, aber er ging nicht darauf ein.

„Es ging ja gut", beschwichtigte sie. „Ich mag geschwungene Passstraßen, und wenn Spitzkehren, dann schön runde, zum zügigen Ausfahren im zweiten, dritten Gang."

„Gibt's Strecken, die du unbedingt fahren willst, oder überhaupt nicht?" Christians Stimme hielt einen seltsamen Unterton und sie blinzelte in seine Richtung. „Hmmm." Sie zupfte wieder an der Pflanze. „Die Silvrettastraße, aber die kostet."

Die Männer warteten ab.

„Den Col de l'Iseran liebe ich."

„Ich mag ihn auch", pflichtete Christian ihr bei.

„Dann sollten wir den einplanen", warf Gereon ein.

„Der ist nur ziemlich weit weg", seufzte Charly, ihr Handy vor der Nase und die Karten-App geöffnet. „Mein erster Gedanke war ja durch den Bayerischen Wald runter, dann von Ost nach West nach Lust und Laune über den Alpenhauptkamm hin- und herhüpfen, den Iseran als Höhepunkt und ab da gen Norden schwenken und durchs Elsass und an der Mosel lang heim. Zwiebelkuchen und Federweißer." Charly leckte sich vorfreudig die Lippen.

„Höhepunkt auf dem Iseran. Soso." Gereon grinste.

„Er ist nun mal der höchste Pass Europas", antwortete Christian und verpasste Gereon einen Hieb gegen den Oberschenkel.

„Ist er das?", fragte Charly.

„Ok, der höchste asphaltierte“, präzisierte er.

Sie legte den Kopf schräg. „Ich dachte, das wäre der Bonette?“

„Die Schleife ist höher, aber die eigentliche Passhöhe ist niedriger als der Iseran. Müssten was um die vierzig, fünfzig Höhenmeter sein, wenn ich das richtig im Kopf habe. Schau doch nach.“ Er deutete mit dem Kopf zu ihrem Handy.

„Schon dabei“, murmelte sie. „Du hast recht“, verkündete sie kurz darauf. „Sogar mit den Höhenmetern, genau neunundvierzig.“

Gereon lachte. „Pass auf, was du Christian an Daten anvertraust, der sammelt die wie ein Hund Flöhe. Nur dass man Letztere leichter loswird, als dass er was vergisst.“

„90-60-90“, lachte Charly.

„Garantiert nicht“, antworteten beide Männer unisono und taxierten sie.

„Taille dürfte passen, aber mehr Hintern und weniger Oberweite“, schätzte Christian.

„Sehr zivil formuliert“, murmelte Gereon.

„Vielen Dank auch“, knurrte Charly und die Männer lachten. „Ich dachte, wir wollten die Tour planen?“ Charly zog die Nase kraus.

„Machen wir doch. Du hast abgelenkt.“ Christian stand auf und streckte sich. „Das ist eine anspruchsvolle Runde, die du in Aussicht stellst.“

„Tourplanung ist nicht meins. Ich will zu viel und am besten alles auf einmal und sofort. Deshalb fahre ich meist frei Schnauze, was mich gerade anspricht.“

„Wie machst du das mit Übernachtungen?“, fragte Gereon.

„Was sich anbietet.“ Sie zuckte die Schultern. „Zur Not auch zusammengerollt unterm Bike. Wobei ich nichts gegen ein Hotel mit Sauna, Pool und Sternerestaurant habe, sofern es bezahlbar ist.“

Gereons nicht sonderlich begeisterte Miene hellte sich auf. „Schon besser, auf Zelten kann ich verzichten.“

„Sollten wir auch, ist schon ziemlich kalt nachts. In den Bergen sowieso." Christian sah auf sie herunter. „Ich fasse zusammen: Wir fahren ins Blaue, Charly führt, wir übernachten in Hotels mit einigem Komfort und jeder zahlt selbst."

Charly sah Gereon nicken und stand ebenfalls auf. „Korrekt."

„Das nenne ich eine effiziente Besprechung." Christian streckte sich.

„Wir sind doch noch gar nicht fertig." Gereon blieb auf der Decke sitzen und verhinderte so, dass Charly sie aufheben und zusammenlegen konnte.

„Was fehlt dir denn an Info?" Charly runzelte fragend die Stirn.

„Welches Mopped du fährst?"

„Die BMW. Es wird doch wohl die ein oder andere Schotterstrecke dabei sein."

Ablehnend verzog Gereon den Mund und Charly grinste. „Soll ich Steven fragen, ob er dir die KTM vorbeibringt?"

„Ihr mit euren Rindviechern", brummte er und erhob sich. „Die Fireblade fällt nicht auseinander, wenn sie ein paar Meter Schotter fährt."

„Stimmt", sagte Charly versöhnlich. „Es finden sich Möglichkeiten. – Sollten wir ganz heiß auf Schotter sein." Sie zwinkerte. „Apropos heiß, ist euch auch so warm?", stöhnte sie und fächelte sich mit der Hand Luft zu.

„Zieh deine Stiefel an, wir reiten rüber zum Aussichtsturm, ich spendiere ein Eis", sagte Christian und sah auf die Uhr.

„Oh ja, Eislust", juchzte Charly, schlug schnell die Decke zusammen und drückte sie Gereon in die Arme. Sie stieg eilig in die Stiefeletten und zog die Chaps an. „Seit wann trägst du eine Uhr?", fragte sie.

Christian drehte sein Handgelenk zu sich und schaute sie an, als sähe er sie zum ersten Mal. „Weiß nicht, hatte Lust drauf heute morgen." Er zuckte die Schultern.

„Uhrlust, sozusagen“, amüsierte sich Charly.

„Ist das so was wie Eislust?“, fragte Gereon dazwischen.

„Alles, was du machst, weil du Lust drauf hast, obwohl du es sonst nicht machst oder es keinen besonderen Nutzen hat.“ Sie richtete sich auf und nahm ihm die Decke ab.

„Und welche Lüste hast du?“

„Harmlose ...“ Sie streckte sich und warf die Decke hinter Phoenix' Sattel. Leise schnurrend zog sie die Schnalle fest und ließ sie einrasten, das Metall heiß unter ihren Fingerspitzen. Die Sonne war weitergewandert und mit ihr der Schatten. Sie umrundete den Hengst und befestigte auch die andere Schnalle. „... und nicht so harmlose.“

Die Männer saßen bereits im Sattel. Gereon passte gut auf Florentine. Sie war hübsch und elegant gebaut, aber auch großrahmig.

‚Maja ist auch fast so groß wie ihr Bruder', dachte Charly. ‚Für Christian könnte Napoleon noch etwas wuchtiger sein', überlegte sie und überhörte Gereons Frage. „Was sagtest du? – Zieh den Bauch ein, Dicker, die Pause war lang genug.“ Sie zog sich in den Sattel und begegnete zwei Paar hochgezogenen Augenbrauen. „Ich sprach mit meinem Pferd“, sagte sie würdevoll.

„Das wollen wir schwer hoffen“, antwortete Christian.

„Was die nicht so harmlosen Lüste sind.“ Gereon grinste.

„Shoppinglust“, antwortete sie und wendete ihr Pferd. Sie drehte sich im Sattel um und stützte sich auf Phoenix' Kruppe. „Vor allem Schuhlust. – Ducatilust.“ Sie überlegte.

„Achtung, Ast“, rief Christian, und geistesgegenwärtig ließ sie sich flach auf Phoenix' Rücken fallen.

„Danke“, antwortete sie. „Und, ganz gefährlich, PS-Lust.“

„Was ist das denn?“ Gereon tauchte neben dem Pferdehals auf und setzte sich gerade hin.

„Die Lust, zerzaust in Jeans und T-Shirt in einem Autohaus der Nobelmarken aufzutauchen und nach dem teuersten Wagen zu fragen.“

„Das funktioniert?“

„Bestens. Zwar meist erst, wenn man das Bündel großer Scheine aus der Hosentasche zieht …“

Weiter kam sie nicht, die Männer begannen zu lachen.

„… und als Erstes checken sie, ob das Geld gestohlen ist …, aber hier in der Gegend klappt das leider nicht mehr.“ Sie zog einen Flunsch. Phoenix rutschte von einem Stein ab und Charly japste erschrocken auf.

„Warum nicht?“

„Ich bin zu bekannt. Es ist nur der halbe Spaß, wenn sofort der Chef mit dem Schlüssel geflitzt kommt und die Tür aufhält, bevor man einen Fuß aus dem Auto oder vom Motorrad gesetzt hat.“

When the Rain Begins to Fall
– Pia Zadora & Jermaine Jackson

Sie fuhren bei schönstem Sonnenschein den Pass hinauf, fläzten sich oben auf die Wiese, genossen den Ausblick und faulenzten. Erst durch das Donnerrollen wurden sie auf das drohende Unheil aufmerksam, aber da zog die schwarze Wolkenwand schon in beängstigender Geschwindigkeit hinter ihnen auf. Es brachte sie schlagartig auf die Beine und die Maschinen. Sie hatten keinen Blick mehr für die Schönheit der Landschaft, sondern hetzten, Charly voran, gefolgt von Gereon und Christian als Schlusslicht, den Pass hinunter.

Charly legte ein mörderisches Tempo vor, und jeder von ihnen musste ein, zwei halsbrecherische Manöver fahren. Gerade, als ein einsames Berghotel auftauchte, fielen die ersten Tropfen. Charly fegte über den Parkplatz unter das Traufdach, Gereon rechts, Christian links neben sie. Fast gleichzeitig bremsten sie ihre Maschinen. Genau da, wo sie die Füße runtersetzen mussten, lief eine Abflussrinne entlang. Keine Chance für Charly. Sie versuchte, die Maschine in Balance zu halten, Gereon schnappte mit der Linken nach ihrem Lenker, erwischte den Protektor und hielt gegen, Christian stabilisierte von der anderen Seite, Charly schwang sich von der BMW und wuchtete sie auf den Hauptständer. Es passte so eben. Aufatmend stellten auch die Männer ihre Maschinen ab und folgten Charly mit großen Sprüngen durch den sintflutartig einsetzenden Regen ins Foyer.

Die junge Frau hinter dem Tresen lächelte. "Das haben Sie gerade noch geschafft."

Charly lächelte zurück. "Wir haben es uns aber auch verdient. In nicht mal zwanzig Minuten von der Passhöhe bis hierher muss uns erst jemand nachmachen. Haben Sie noch drei Einzelzimmer für uns?", wechselte sie zu ihrem Anliegen.

Bedauernd schüttelte die Rezeptionistin den Kopf.

"Doppel- und Einzelzimmer?", fragte Charly hoffnungsvoll weiter.

Wieder Schütteln. Ihre Hoffnung schwand.

"Das Einzige, was ich Ihnen anbieten kann, ist unsere Royal Suite, allerdings nur mit einem Schlafzimmer, das andere ist bereits vom Nachbarzimmer belegt. Eine Schlafcouch ist im Wohnzimmer vorhanden. Zwei Bäder ..."

"Preis?", fragte Christian, der hinter Charly getreten war.

"Dreihundert Euro pro Nacht ..."

"... und Nase?" Charly schluckte.

"Nein, nein. Nur pro Nacht, und das Frühstück ist im Preis inbegriffen", fügte die junge Frau begütigend hinzu.

Die Männer wechselten einen Blick.

"Für uns ok", akzeptierte Gereon. "Charly?"

Sie zögerte. Nicht wegen des Preises. Nein, sie hatte es bisher tunlichst vermieden, mit beiden Männern in einem Zimmer zu schlafen. ‚Und jetzt?', überlegte sie und fragte laut: "Wie sind denn die Wetteraussichten?"

Die Finger der Empfangsdame klapperten über die Tastatur. "Heute und morgen Regen, übermorgen ab nachmittags Auflockerungen, dann wieder schön, soweit man das jetzt schon beurteilen kann", fasste sie die Informationen auf dem Bildschirm zusammen.

‚Mist. Es hilft nix.' – "Zwei Nächte, mit Option auf Verlängerung um eine dritte Nacht?", entschied sie.

Die Männer nickten.

"Herzlich willkommen im Berghotel Alpenrose", lächelte die Rezeptionistin.

***

Kaum waren die Formalitäten erledigt, drückte Charly Christian ihre Motorradjacke in die Hand und holte als Erste ihre Koffer. Tropfnass kehrte sie ins Foyer zurück. Ihr dünnes Shirt klatschte an ihrem Körper wie eine zweite Haut.

Gereon beugte sich zu Christian und raunte: "Igelschnäuzchen."

Der grinste. "Wirst du auch gleich haben. Nur nicht so schöne. Aus meiner Sicht jedenfalls. Charly sieht das vielleicht anders."

Charly streifte sie mit einem wachsamen Blick, ehe sie ihre Koffer in den Aufzug hob. Ihre Haltung wirkte angespannt. Falls sie ihre Bemerkungen gehört hatte, zog sie es jedenfalls vor, nicht darauf zu antworten. Als sich die Aufzugtüren hinter ihr schlossen, seufzte Gereon ob der verpassten Gelegenheit, und während seine Gedanken sich mit verschiedenen Vorstellungen von sich und Charly im Aufzug amüsierten, hetzte er seinem Freund durch den Regen nach, um seine Klamotten auch ins Trockene zu bringen.

Ich geh' auf Glas – Rosenstolz

Charly stand in der Suite und rang mit sich. ‚Soll ich trotz des Regens weiterfahren? Mir woanders Quartier suchen? Die Suite ist traumhaft, das Bett nicht nur King Size, sondern … tja, wie nennt man es? Spielwiese', war das Einzige, was ihr Hirn ihr soufflierte. Dies wiederum ließ einige Schmetterlinge in ihrem Magen erwachen und gleichzeitig verursachte ihr das Bauchschmerzen.

Die Männer traten nacheinander ein, die T-Shirts ebenso nass wie ihres.

Sie grinste, trotz ihrer unruhigen Gedanken. „Na, in einen Wet-Shirt-Contest geraten?", fragte sie.

„Schon selber in den Spiegel geschaut?", erwiderte Gereon.

Sie deutete auf die zwei großen Wandspiegel, die jeweils außen an den Badezimmertüren angebracht waren. Dann straffte sie ihre Haltung, drückte den Rücken durch und zog die Schultern nach hinten. „Ich schätze mal, ich gewinne", flachste sie noch, dann war sie mit ein paar schnellen Schritten im Bad links vom Schlafzimmer, klappte die Tür hinter sich zu und verriegelte.

***

Gereon blickte nachdenklich auf die geschlossene Tür und wandte sich langsam zu seinem Freund um. Der wirkte irritiert. Besorgt. Und belustigt. „Was?"

„Langsam. Wir wollen sie nicht verschrecken."

Gereon musterte Christian mit schmalen Augen. „Sollen wir …?"

„Wenn du willst, sicher. Aber wie ich sagte, langsam, nichts überstürzen. Wir haben mindestens zwei Tage."

Gereon lächelte. Ein hartes Lächeln, das seine Eckzähne entblößte und ihn wie einen hungrigen Wolf wirken ließ.

***

Christian kannte das. Sie hatten sich während ihrer Studienzeit gemeinsam in Berlin, wenn auch in unterschiedlichen Fachrichtungen, so manches Mal ein Mädchen geteilt oder zugeschanzt und kannten ihre gegenseitigen Vorlieben recht gut. Gereon war der Impulsivere von ihnen beiden, er spielte gern Katz und Maus. Ihn und sein ‚Opfer' zu beobachten, war immer ein besonderes Vergnügen, vor allem, wenn es ein wehrhaftes Opfer war. Das war Charly zweifelsohne.

***

Gereon schmunzelte, als er sah, wie Christian ebenfalls die Zähne bleckte. Ein typisches Zeichen, dass ihm eine Idee ausnehmend gut gefiel. So ausgeglichen und ruhig er im Alltag agierte, im Bett war Christian unnachgiebig dominant. Trotzdem hatte Gereon es noch nie erlebt, dass ein Mädel Christian zurückgewiesen hätte. Nein, der umwarb und verwöhnte die Frauen in seinem Bett so lange, bis sie ihm alles erlaubten und ihn mitunter sogar anbettelten.

Jetzt beugte sich sein Freund zu ihm und legte ihm schwer die Hand auf die Schulter. „Ich werde dich notfalls bremsen", verhieß Christian ihm.

„Wie immer", nickte er zurück.

„Du oder ich zuerst? Unter die Dusche?"

Gereon schnaubte. „Geh du."

Sie sahen sich in die Augen. Dann nickte Christian.

***

Sie ließ sich gegen die Tür sinken und fuhr mit beiden Händen durch die Haare. ‚Bin ich völlig verrückt geworden? Wie weiter? Ich weiß es nicht.'

Nach ein paar Minuten gewann ihr rationaler Verstand die Oberhand, sie stellte die Dusche an und schälte sich aus der Kleidung. ‚Es wäre intelligent gewesen, mir gleich Wechselkleidung mit hereinzunehmen', überlegte sie. ‚Noch einmal raus? Nein. Später.' Sie wagte sich jetzt nicht unter die Augen der beiden Männer.

Sie stieg in die Duschwanne und seufzte wohlig, als das warme Wasser über ihren Körper rann. Es erinnerte sie an Christians sanfte Hände, seine leichten Berührungen, seine Stimme. Meist verführerisch, neckend und doch … hinter seinem ruhigen, geduldigen Naturell verbarg sich eine Willensstärke, die ihr manchmal Angst einflößte. In Verbindung mit seiner Größe und Kraft … ‚Aber die braucht er gar nicht einzusetzen.' Er bekam auch so, was er wollte. ‚Als hätte er ein Radar für meine Stimmungen', lächelte Charly in sich hinein. Ein guter Beobachter, das war ihr schon früher aufgefallen. Trotz aller Unsicherheiten fühlte sie sich in seiner Gegenwart wohl.

Gereon dagegen … intensiver, unberechenbarer. ‚Ich habe immer das Gefühl, ihn herausfordern zu müssen. Gleichzeitig kann ich seine Reaktionen nicht einschätzen.'

Und beide gefährlich. Umso mehr, wenn sie sich einig waren. ‚Was, wenn …' Sie schreckte mit einer unwillkürlichen Bewegung vor ihren Gedanken zurück, erwischte den Regler der Dusche und verschob ihn. Die Wassertemperatur änderte sich sofort zu eiskalt, sie quiekte erschrocken und stellte das Wasser aus. Sie griff nach dem Handtuch und wickelte es um ihren Körper. ‚Arg knapp, aber es bedeckt alles. Und jetzt –' Sie holte tief Luft. ‚Ruhig bleiben und Nerven behalten', ermahnte sie sich innerlich und öffnete die Badezimmertür.

***

Die Badezimmertür klappte auf und Charly trat betont gleichgültig heraus. Gereon hatte sich in einem der Sessel ausgestreckt und beobachtete sie unter lasziv gesenkten Augenlidern. Er rührte sich nicht und nach kurzem Zögern tappte sie auf nackten Füßen zu ihren Koffern, schloss sie auf und begann, sich Kleidung zurechtzulegen. Aus ihren nassen Haaren rannen kleine Wasserperlen und tropften auf ihre Schultern. Sie knurrte ungehalten.

Im gleichen Moment öffnete sich die andere Badezimmertür und Christian trat heraus. Er hatte sich das Handtuch locker um die Hüften geschlungen, seine Haare waren zerzaust und standen in alle Richtungen ab. Von seinem Oberkörper perlte noch Wasser.

Sie hob den Kopf und starrte auf seine muskulöse Brust. Als ihr das bewusst wurde, riss sie mühsam ihren Blick los und fühlte ihre Wangen heiß werden. „Ich schlafe auf der Couch." Sie gab sich Mühe, bestimmt zu sprechen.

„Das Bett ist groß genug für uns drei", widersprach Christian.

„Nein." Sie schüttelte so energisch den Kopf, dass kleine Wassertröpfchen in alle Richtungen flogen. Verspätet erhob sie sich und verschränkte die Arme vor der Brust.

„Doch." Christian trat auf sie zu und sie wich zurück.

„Christian, lass das", fuhr sie ihn an.

„Was denn?", fragte er unschuldig zurück.

„Mich zu bedrängen."

***

‚Nicht gut. Gar nicht gut. Langsam', ermahnte er sich selbst.

Gereon war ins Badezimmer verschwunden und Christian schwankte zwischen Nachgeben und Charly in Ruhe lassen und einem weiteren Versuch, sie zu ködern. Er schmunzelte, nahm bewusst etwas Spannung aus seiner Haltung und lehnte sich mit ebenfalls verschränkten Armen abwartend an den Türrahmen. ‚Immerhin, sie ist schon mal im Schlafzimmer', stellte er innerlich schmunzelnd fest.

Sie stand fast mittig vor dem riesigen Bett, und dieser Anblick allein genügte, um ihm den Puls hochzujagen. Es war unfair ihr gegenüber, aber zu schön, um es nicht zu genießen. Als er so gar nichts tat, entspannte sie sich sichtlich und ließ etwas ratlos sogar die Arme sinken.

Er amüsierte sich darüber. Herausforderung, Konfrontation und Druck waren für sie nicht das Problem. Sie wehrte sich, notfalls auch handgreiflich und das sehr schmerzhaft, wie er am eigenen Leib erfahren hatte. ‚In einer weit harmloseren Situation als jetzt', erinnerte er sich und grinste breit. Mit seinem Abwarten dagegen konnte sie überhaupt nicht umgehen. Es machte sie zunehmend nervöser, und darüber ärgerte sie sich normalerweise so sehr, dass sie ihm schließlich eine Herausforderung entgegenknallte – meist genau das, worauf er sowieso aus war.

„Christian." Sie klang genervt und ihre Stimme war scharf, aber nicht laut.

‚Noch etwas, das an ihr besonders ist.' War sie wütend, wurde sie im Gegensatz zu allen, die er sonst kannte, nicht laut und schrill, sondern sprach leise und extrem kontrolliert.

„Ich glaube nicht, dass das eine gute Idee ist." Ihre halbherzige Geste umfasste die gesamte Situation inklusive der Implikationen.

Er schnaubte. „Er weiß doch, dass ich mit dir ins Bett gehe, so wie ich weiß, dass er mit dir ins Bett geht. Obwohl,", er legte den Kopf schräg, „eher unwahrscheinlich, dass ihr es bis in ein Bett geschafft habt, dafür ist er zu ungeduldig."

Charly schnappte nach Luft. „Wissen ist nicht das Gleiche wie sehen", antwortete sie nach einigen Augenblicken in bestimmtem Ton.

„Dann brauchen wir es uns nicht mehr vorzustellen", gab er gleichmütig zurück.

***

Vollkommen perplex starrte sie ihn an. Ihre Gedanken überschlugen sich. ‚Natürlich ist es ihnen beiden klar, dass ich auch mit dem jeweils anderen etwas habe. Aber sprechen sie darüber? Ist das am Ende etwa geplant und hat ihnen das Wetter nur den passenden Rahmen geschaffen?' Sie spürte die Wut hochkochen, war mit zwei Schritten bei ihm und holte aus.

Er fing ihre Hand mit Leichtigkeit ab und hielt sie fest. Umschlang mit dem anderen Arm ihren Körper und küsste sie. Sie wand sich und biss ihn.

Er ließ sich davon nicht wirklich bremsen, nur seine Hand schob sich in ihren Nacken und er knurrte warnend. Sie knurrte zurück und biss noch einmal. Seine Finger griffen in ihr Haar und zogen ihren Kopf zur Seite. „Nicht beißen." In seiner sanften Stimme lag eine unüberhörbare Warnung. Sein Atem kitzelte über ihren Hals, alle Härchen ihres Körpers richteten sich auf, dann spürte sie seine Zähne auf ihrer Schulter.

„Ach, du darfst?" Sie versuchte, sich ihm zu entziehen. Er löste seinen Biss mit einem sanften Zungenschlag.

„Das ist etwas anderes."

Sie schnaubte. Ohne Vorwarnung ließ er sie los und sie wich bis ans Bett zurück.

***

Die Badezimmertür klappte zu und Gereon musterte sie irritiert. „Also, ich hatte erwartet, dass ihr entweder aus- oder angezogen seid, aber nicht, dass ihr immer noch so herumsteht wie vorhin." Er trug bereits Jeans und zog sich jetzt das T-Shirt über den Kopf. „Kommt schon, ich habe Hunger", setzte er hinzu, als Charly und Christian sich nicht rührten und sich weiterhin anstarrten wie zwei aggressive Katzen.

Er wartete. „Dann eben nicht.“ Achselzuckend stieg er barfuss in die Motorradstiefel, nahm die Schlüsselkarte und ging zur Tür.

„Lass dir Zeit.“ Die Stimme seines Freundes hatte einen Unterton, der selbst ihm einen Schauer über den Rücken jagte.

‚In Charlys Haut will ich jetzt nicht stecken.‘ Leise schloss er die Tür hinter sich.

Mach die Augen zu – Die Ärzte

‚Ich habe ihn wütend gemacht. Bisher habe ich das vermieden.' Auch jetzt war ihr nicht wohl dabei. Versuchsweise machte sie eine Regung zum Durchgang hin, er reagierte prompt und versperrte ihr den Weg. ‚Wie weit wird er gehen?' Dass er das Spiel mit der Macht genauso genoss wie sie selbst, hatte sie schon früh erkannt. Aber er war vorsichtig und hatte sich eisern im Griff. ‚Und ich habe ihn nicht übermäßig herausgefordert.'

***

Unvermittelt trat er auf sie zu und riss sie in seine Arme. Knurrend stemmte sie ihre Hände gegen seine Brust. Er drehte sie rücklings zur Wand, griff ihre Handgelenke und hob ihre Hände über ihren Kopf. Ihr Handtuch, das lächerlich knapp mehr ent- als verhüllte, löste sich und gab ihm den Blick auf ihre Brüste frei. Er konnte den Blick nicht davon abwenden und versuchte, seine Linke frei zu bekommen, fasste beide Handgelenke mit der Rechten. ‚Sie ist so widerspenstig. Hat sie sich sonst eher spielerisch zur Wehr gesetzt, scheint sie heute entschlossen, mir nicht nachzugeben.' Er war versucht, es einfach darauf ankommen zu lassen. Aber der Grat war zu schmal. Wenn er auch nur ein Signal ihrerseits falsch interpretierte, konnte ihm das als Vergewaltigung ausgelegt werden. ‚Das ist das Letzte, was ich will.'

***

Er gab es auf, seine Hand frei bekommen zu wollen, betrachtete sie forschend und küsste sie jetzt. Genüsslich und ausgiebig. Sie machte ein wohliges Geräusch, das ein bisschen wie Amadeus' Schnurren klang und presste ihren Körper an den seinen, ohne die Spannung aus den Armen zu nehmen. ‚Es scheint ihn zunehmend zu verwirren.'

***

‚Ich würde schwören, dass sie Sex will, aber sie wehrt sich, gibt nicht nach. Teil des Spiels?', fragte er sich. Die spannungsgeladene Atmosphäre machte es ihm zunehmend schwieriger, die Nuancen zu erfassen.

„Denk dir ein Codewort aus." Seine Stimme war heiser und selbst für ihn kaum zu verstehen.

„Will nicht mehr denken." Ihre Antwort. Dunkel und neckend.

„Pfirsiche", schlug er flüsternd vor, seine Lippen an ihrem Hals.

„Ich bin also rund, süß und pelzig?" Sie klang entrüstet und entzog sich ihm, soweit es ihr möglich war.

„Süß allemal." Er ließ sich nicht beirren, drängte sich an sie. „Und unschuldig."

Das entlockte ihr ein Lachen. „Wohl kaum. Sonst wäre ich nicht hier."

„Eben weil du hier bist."

***

Das musste sie erst verdauen. Für einen Augenblick vergaß sie, sich zu wehren. Er nutzte die Gelegenheit, seine Linke freizubekommen und strich ihr mit dem Daumen von der Augenbraue bis zum Kinn.

Sie schloss die Augen.

„Benutze es. Bitte", hörte sie ihn flüstern. „Ich will dir nicht weh tun."

Sie sah ihn an. Seine Augen waren besorgt und sie lächelte. „Werde ich", versprach sie, fast lautlos. „Du auch, ja?"

Einen langen Augenblick bewegte er sich gar nicht, schien nicht einmal zu atmen. Dann verschwand die Besorgnis aus seinen Zügen, Härte schlich in seine Augen. Er bleckte die Zähne.

***

Charly riss die Arme nach unten und rammte ihm beide Ellbogen gegen den Brustkorb. Mit diesem Angriff hatte er nicht gerechnet, und sie schaffte es, sich von ihm zu befreien und zu ihren Koffern zu flüchten. Sie ließ ihn nicht aus den Augen und schnappte sich ihr Hemd und die Jeans. „Wenn ich angezogen bin, gehen wir essen", forderte sie ihn heraus.

„Das schaffst du nicht."

Sie war wendig und schnell. Es machte ihr augenscheinlich Spaß, sich mit ihm zu messen. Das Hemd schaffte sie. Die Jeans nicht.

Er erwischte sie, hielt sie fest und beförderte sie zum Bett. Sie bekam eine Hand frei und pflückte das Kondompäckchen aus dem Bund seines Handtuches, ehe sie ihm dieses mit beherztem Griff von den Hüften zerrte.

„Pfirsiche."

Er verhielt sofort.

Ihr Tonfall war neckisch, ihre Augen funkelten belustigt. Sie riss die Packung mit den Zähnen auf, ein Anblick, der ihm schier den Verstand raubte, und streifte es ihm über. Zeit genug für ihn, sie zu betrachten. Ihr Atem flog, ihre Brust hob und senkte sich heftig. Sie hob den Blick und sah ihm in die Augen. „Fertig", hauchte sie.

***

Sie warf sich rückwärts, versuchte, übers Bett zu entkommen. Er war schneller, packte ihre Hüften und zog sie ungeachtet ihrer Strampelei zu sich heran, drängte sich zwischen ihre Beine, griff nach ihren Händen und presste sie mit seinem ganzen Gewicht in die Decken. Sein Griff war härter als sonst; sie konnte sich kaum rühren.

Er küsste sie, liebkoste ihren Körper mit der Rechten. Ließ sich Zeit. Seine Hand schlich sich in ihre linke Kniekehle, drückte ihr Bein nach oben. Er stützte sich halb auf, schien ihren Anblick zu genießen. Versuchsweise ruckelte sie, zerrte an seinem Griff. Er war unnachgiebig.

Ihr blieb nichts übrig, als zu warten.

***

Er senkte sich auf sie. Hörte sie aufstöhnen. Nahm sie, nur noch auf sein eigenes Vergnügen bedacht. Sein Griff wurde zunehmend fester, je mehr er sich dem Höhepunkt näherte. Er schenkte ihr keine Beachtung mehr. Plötzlich bäumte sie sich unter ihm auf, er erkannte seinen Namen zwischen den erregenden Lauten, die sie von sich gab. Dann wich die Spannung aus ihr. Er presste sich noch ein paar Mal tief in ihren jetzt widerstandslosen Körper, dann stöhnte auch er und ließ sich auf sie sinken. Es dauerte eine Weile, bis ihm bewusst wurde, dass er sie noch immer wie ein Schraubstock umklammert hielt.

***

Charly war fast enttäuscht, als er sie losließ. Es war aufregend, dass er sich diesmal nicht um ihre Befindlichkeit gekümmert hatte, sondern um seine eigene. Sie streichelte ihm sacht durchs Haar, schob ihn dann mit leisem Bedauern von sich herunter, beugte sich über ihn und küsste ihn. Zärtlich.

„Alles ok?“, fragte er.

„Bestens. Es war …“, sie suchte nach einem passenden Ausdruck, „… heiß.“ Schlug die Augen nieder und entfleuchte aus dem zerwühlten Bett.

***

Er seufzte und fühlte sich mies. ‚Ich habe sie benutzt. Es hat als Spiel begonnen.‘

Sie wusste nicht um das Feuer, mit dem sie so sorglos umging. ‚Wen wird es diesmal in den Abgrund reißen? Sie? Mich? Gereon?‘ – „Wenn, dann mich“, sagte er laut und zuckte beim Klang seiner Stimme zusammen. ‚Ich weiß immerhin, dass ich es aushalten kann‘, setzte er grimmig in Gedanken dazu.

Almost Lover – A Fine Frenzy

„Ich muss ein paar geschäftliche Dinge regeln“, verkündete Christian nach dem Abendessen. „Kann dauern.“

Ihm war klar, dass er damit Gereon das Feld überließ. Aber das hatte er schon vor knapp zwei Wochen, als er ihre Reaktion auf den Trecker so falsch eingeschätzt hatte. ‚Sie hat sich verändert seitdem; mir gegenüber.'

So sehr sie sich darum bemühte, Gereon und ihn gleich zu behandeln; seit diesem Tag war sie reservierter, distanzierter. Manchmal spürte er ihren Blick, und wenn er sie dann ansah … Sie wich ihm nicht aus, aber es lag eine Frage darin.

‚Sie hat mir vertraut und ich? Habe sie für mein Vergnügen ausgenutzt und dabei selbst nicht bemerkt, dass sie mehr für mich geworden ist, sehr viel mehr.' Bis zu jenem Tag. Auch dann hatte er es erst zu spät begriffen. ‚Ich habe schon fast nicht mehr geglaubt, jemals wieder eine Frau lieben zu können.' Aus und vorbei, es würde nicht mehr lange dauern, bis sie sich endgültig von ihm zurückzog. ‚Diesmal weiß ich wenigstens, warum', dachte er grimmig. ‚Soll ich es beenden? Nach Hause fahren?' Blicklos starrte er auf den Bildschirm vor sich, stützte dann den Kopf in die Hände. ‚Das kann ich nicht. Solange sie noch bereit ist, mir etwas zu geben … nehme ich, was ich kriegen kann.' Voller Verachtung für sich selbst erhob er sich und nahm die Treppe hinauf zur Suite. Zwei Stunden sollten Charly und Gereon vollauf genügt haben, wofür auch immer.

Top of the World – Carpenters

Charly machte ihnen einen dicken Strich durch die Rechnung. Sie verbrachte tatsächlich die Nacht auf der Couch. Selbst die war verlassen, als er am Morgen ins Bad tappte.

„Charly?“

Keine Antwort. Die Couch war aufgeräumt, das Bettzeug auf der rechten Seite gestapelt. Ihre Koffer standen daneben.

‚Also ist sie nicht abgehauen und muss irgendwo auffindbar sein.‘ Er kehrte ins Schlafzimmer zurück. Gereon schlief noch. Seine Decke hing halb auf der Erde, er lag auf dem Rücken und das T-Shirt spannte über seiner Brust. Über dem Ohr stand ein Büschel Haare wie aufgestellte Stacheln ab. ‚Wie Charly diesen Anblick wohl empfinden würde?‘

Leise kleidete er sich an, nahm sein Handy vom Nachttisch, es war kurz nach acht, und ging ins Wohnzimmer. Er zog die Gardine am Fenster zur Seite. Große Tropfen rollten träge an der Scheibe herunter. Von seinem Atem beschlug das Glas. Dahinter erkannte er schwach die Schemen der Motorräder.

Im Frühstücksraum war sie auch nicht. Er wurde unruhig.

Die Bedienung kam und fragte ihn nach der Zimmernummer. Er nutzte die Gelegenheit, um zu erfahren, ob Charly gefrühstückt hatte.

Sie habe nicht nur gefrühstückt, sondern außerdem eine Nachricht an der Rezeption hinterlegt. Die Bedienung konnte ihr Schmunzeln über seinen eiligen Abgang nicht verbergen und ihm entging es nicht. ‚Soll sie denken, was sie will.‘

Die Rezeptionistin reichte ihm einen zweifach gefalteten Zettel.

„Bin wandern. Jägersteig, Kreuzjoch, Saumpfad. Spätestens 16 Uhr zurück.“

Unwillkürlich blickte er zur Tür. ‚Wandern? Bei diesem Wetter?'
„Haben Sie eine Karte, die ich ausleihen dürfte?"

***

Charly warf die Kapuze zurück und drehte sich in den Wind. An das Gipfelkreuz gelehnt genoss sie die rauen Böen. Der Regen hatte vor einigen Minuten eine Pause eingelegt. Die sich jagenden Wolken aber ließen keinen Zweifel, dass dies nur vorübergehend war. Rund um sie herum waberte das Grau, öffnete kleine Fenster auf den gegenüberliegenden Berghang, ihren Aufstieg und ihren geplanten Abstieg, sonst war jedoch keine Aussicht. Sie hatte keine erwartet und es störte sie nicht. Mit klammen Fingern angelte sie das Gipfelbuch aus dem Alukasten am Kreuz und trug ihren Namen, Datum und Uhrzeit ein, überlegte kurz und setzte „Regen, keine Aussicht" dahinter. Sie holte ihr Handy hervor und fotografierte den Eintrag, dann erfasste sie den Berg in ihrer Gipfelbuch-App. Verstaute das Buch sorgfältig und begann den Abstieg.

Etwa hundertfünfzig Meter unter dem Gipfel hockte sie sich in den Windschatten eines großen Felsens und packte ihre frugale Brotzeit aus. Ein Käsebrötchen und ein Apfel, dazu eine Flasche Wasser. Gemütlich war es nicht. Tropfnass hingen ihr die Haare ins Gesicht, der Wind pfiff leise über die Kanten des Felsens und erratische Böen erreichten sie und ließen sie frösteln. Sonst herrschte gedämpfte Stille. Irgendwo gluckste Wasser.

Rauschende Flügelschläge ertönten. Eine Alpenkrähe landete neben ihrem Fuß und blickte sie mit schräg gelegtem Kopf an. Sie brach ein Eckchen Käse ab und hielt es ihr hin. Der Vogel blinzelte.

„Du musst es dir schon holen!" Sie näherte ihre Hand dem Tier um einige weitere Zentimeter und nach einigem Zaudern pickte die Krähe zielgenau den Käse aus ihren Fingern und hob ab. Geschoben vom Wind segelte sie elegant knapp über dem Boden hangabwärts und tauchte hinter eine Kante. Charly beeilte sich, ihr Mahl zu beenden.

Mit kleinen, schnellen Trippelschritten lief Charly den Berg hinunter, fand in ihren Rhythmus. Der Steig war nass, aber nicht rutschig und schränkte ihre Bewegungen nicht über das der Abschüssigkeit und Ausgesetztheit des Geländes geschuldete Maß hinaus ein. Mit der Sicherheit der Tritte kam die Freude an der Bewegung. Den Blick fest auf den Pfad vor sich gerichtet, die besten Tritte suchend, wurden ihre Schritte weiter, fügten sich zuerst kleine, dann weitere Sprünge ein, und rasch ließ sie die unwirtlichen Höhen hinter sich. Langsam schälte sich die Passhöhe aus dem Nebel. Charly blieb einen Moment stehen, um zu verschnaufen und sog das Bild in sich auf. Die Passstraße lag am gegenüberliegenden Hang, etwas oberhalb des kleinen Sees, aus dem sich der Bach speiste, dessen Verlauf sie gleich bis zum Hotel folgen würde.

Auf der Passhöhe hielten nur zwei Autos, kaum andere Fahrzeuge waren unterwegs, erst recht keine Motorräder.

Wer fuhr schon bei Regen und Nebel über die Berge? „Was das angeht, wer rennt bei Regen und Nebel auf einen Berg?“, fragte sie laut. Sie war keiner Menschenseele begegnet. „Nur Verrückte“, murmelte sie und ging weiter.

Kurz darauf erreichte sie den Abzweig zur Passhöhe, ließ sie jedoch rechts liegen und folgte dem Verlauf des Wanderweges nach links. Während die Straße in einem weiten Bogen nach rechts die flachere Bergflanke hinabführte, bevor sie sich weiter unten zurück und weiter nach links schlängelte, führte ihr Wanderweg über einige Schotterfelder den steilen Berghang entlang. Das Hotel und der große Felsquader, der etwa hundert Meter oberhalb das Zusammentreffen ihres Ausgangs- und Rückkehrweges markierte, waren noch durch einen Felsvorsprung verborgen. In weniger als einer Stunde würde sie dort sein.

Sie freute sich auf eine heiße Dusche. Inzwischen nicht mehr wegen der Kälte. Sie schwitzte unter der isolierenden Regenjacke und ihre Hände waren trotz der kalten Temperaturen warm.

Die kleine Pause hatte ihrem Rhythmus nicht geschadet und sie folgte den Windungen und Kehren des Pfades schnell weiter nach unten. Unterhalb der Passhöhe wurde es merklich windstill und trotz des feinen Nieselregens warf sie die Kapuze ihrer Jacke zurück. Die vorderen Locken und der Pony fielen ihr bereits jetzt nass ins Gesicht, da kam es auf den Rest auch nicht mehr an.

Mit einem weiten Satz sprang sie über das breite Rinnsal, das sprudelnd und gluckernd über den Weg rann, alle Gedanken aufgehoben von der Konzentration auf den nächsten Tritt, den nächsten Schritt, den nächsten Sprung. Die Konturen des Quaders ragten drohend vor ihr auf und sie umrundete ihn mit nicht mehr als einem flüchtigen Blick aufwärts zum wolkenverhangenen Gipfel. Das Hotel lag einladend vor ihr, als plötzlich eine Gestalt aus dem Windschatten des Felsens auf sie zutrat.

Mit einem erschrockenen Quietschen sprang sie seitwärts, landete auf instabilem Schotter, der unter ihrem Gewicht nachgab und wäre gestürzt, wenn nicht eine helfende Hand sie gestützt hätte. „Erschreck' mich nicht so!" Unmutig schob sie Christian mit beiden Händen von sich, bevor er etwas sagen konnte, und versuchte, sich zu sammeln. „Warum lauerst du mir auf?", fuhr sie ihn an.

„Ich habe mir Sorgen gemacht", antwortete er, ebenfalls verärgert.

Sie betrachtete ihn. Die Haare klebten nass platt am Kopf, die Motorradjacke troff und seine Hände waren klamm gewesen, als er sie festgehalten hatte. Er hatte das verfrorene Aussehen eines Menschen, der bereits lange Zeit ohne ausreichende Bewegung im Kalten wartete.

„Entschuldigung", murmelte sie. „Komm, bevor du dir hier den Hund holst."

Sie drehte sich um, und ohne sich zu vergewissern, ob er ihr folgte, nahm sie ihr Tempo wieder auf und legte die verbleibenden wenigen hundert Meter zum Hotel zurück.

Unter dem Vordach zog sie ihre Bergstiefel von den Füßen und tappte auf Socken zur Rezeption. Sie grüßte kurz. „Wann ist die Sauna eingeschaltet?"

„Ab 17 Uhr", erwiderte die Empfangsdame.

„Wäre es möglich, heute für uns eine Ausnahme zu machen?", fragte Charly unbeirrt mit ihrem besten Lächeln.

„Natürlich", antwortete ihr ein untersetzter, grauhaariger Herr, der aus dem Foyer hinter den Empfangstresen getreten war und einige Schlüssel aufhängte. „Kommen Sie, ich zeige Ihnen, wo Sie Ihre Sachen trocknen können." Er reichte ihr ein Paar Badeschlappen. „Damit Sie nicht in Socken laufen müssen", schmunzelte er.

„Oh, da gibt es prominente Vorbilder", lachte Charly.

Sie warf einen Blick zu Christian. Wie eine düstere Gewitterwolke stand er hinter ihr und schloss sich ihnen an. ‚Ich habe mich doch entschuldigt', dachte sie rebellisch. ‚Ich bin alt genug, meine eigenen Entscheidungen zu treffen.'

„Die Sauna läuft. In einer guten halben Stunde ist sie auf achtzig Grad." Der Grauhaarige zeigte ihnen den Sauna- und Badebereich und führte sie weiter in den geräumigen Keller, der auf die Aufbewahrung und Trocknung von Berg- und Skisachen ausgerichtet war.

Erleichtert schlüpfte Charly aus Regenjacke und -hose und stülpte die Stiefel auf einen Schuhtrockner.

„Sie können ihn separat einschalten." Er knipste einen am Gestell befindlichen Schalter ein, und neben einem sanften orangefarbenen Licht fühlte sie die Metallstreben schnell eine angenehme Wärme annehmen.

„Wunderbar." Sie strahlte den älteren Herrn an und sah, wie sich Christians Augenbrauen zusammenzogen.

Der Mann verabschiedete sich und ließ sie und Christian in unbehaglichem Schweigen zurück. Sie duckte sich an ihm vorbei aus dem Raum und nahm die Treppe zum Saunabereich.

***

Er folgte ihr langsamer.

Sowohl Sauna- als auch Umkleidebereich waren nicht nach Männlein und Weiblein getrennt und er traf auf eine halbnackte Charly, die eben aus ihren Cargohosen stieg. Ohne Hast stapelte sie ihre Kleidung, während er sich das Shirt auszog, dann ging sie an ihm vorbei zur Dusche, nahe genug, dass ihm ihr Duft in die Nase stieg. Sie hatte geschwitzt auf ihrer Bergtour, und er wünschte nichts sehnlicher, als sie in den Arm zu nehmen und seine Nase an ihrem Hals zu vergraben, aber er wagte nicht, sie aufzuhalten. Zu steif, zu ablehnend war ihre Haltung. Als die Dusche zu rauschen begann, atmete er bedauernd tief aus und zog seine restliche Kleidung aus.

Sie trat aus der Dusche, ignorierte das von ihm dargebotene Handtuch, nahm sich ein anderes und trocknete sich sehr flüchtig ab, bevor sie die Saunakabine betrat.

‚Bin ich dein Hinterherlaufmännchen?', dachte er, ärgerlich auf sie und sich selbst.

Sie breitete ihr Saunatuch auf die oberste Liege und kletterte hinauf. Kurz darauf blieb ihm nur noch ihre Rückansicht, die Füße zu ihm gerichtet.

Kurz erwog er, wieder zu gehen. Aber er war ausgezogen, die Sauna zwar sicher noch keine achtzig Grad, aber angenehm, und die Wärme tat gut, nach den Stunden im Nieselregen draußen. Er setzte sich unmittelbar an den Ofen. Fünfundsechzig Grad Celsius zeigte das Thermometer über ihm.

Charly lag völlig regungslos und atmete tief und gleichmäßig. Einzelne Wassertröpfchen perlten noch auf ihrer Haut, verschwanden aber bald.

Er lehnte sich zurück, zog ein Bein an und stellte den Fuß auf die Bank, legte seinen Arm aufs Knie und schloss ebenso die Augen. Heiß strich seine Atemluft über seinen Bauch. Trotz Charlys beunruhigender Gegenwart dämmerte er langsam einer tiefen Entspannung entgegen.

„In Ruhe!", schrie Charly plötzlich auf und er öffnete die Augen rechtzeitig genug, um zu sehen, wie ihr Körper sich in einer Abwehrreaktion spannte und ihre Fäuste gegen die Holzplanken der Kabine krachten.

Mit einem Schmerzenslaut rappelte sie sich auf und blinzelte verwirrt rundum. Dann richtete sie ihr Handtuch, so dass sie auf der zweiten Stufe sitzen und sich an die dritte anlehnen konnte und setzte sich wieder. Sie zog die Beine auf die Stufe herauf und kreuzte die Knöchel. Ihre rechte Hand massierte die Linke. „Entschuldige. Ich bin eingeschlafen und habe angefangen zu träumen." Ein Schauer überlief sie und trotz der Hitze bekam sie Gänsehaut.

„Offensichtlich nichts Angenehmes."

Sie starrte vor sich hin, schien ihn nicht mehr wahrzunehmen.

‚Was sieht sie?', fragte er sich besorgt, als sie unter einem erneuten Schauer erzitterte. Seine Irritation über ihr Verhalten verflog.

„Es ist vorbei", flüsterte sie nahezu lautlos. Mit einem sichtbaren Ruck nahm sie sich zusammen und kehrte in die Wirklichkeit zurück. „Ja", antwortete sie ihm. „Aber es ist viele Jahre her. – Es ist vorbei", wiederholte sie fest.

Er wartete, aber sie gab keine weitere Erklärung ab.

„Ich glaube, wir müssen raus. Wir sind sicher schon länger drin als fünfzehn Minuten?", fragte sie ihn, rührte aber keinen Muskel.

„Knappe halbe Stunde", schätzte er.

Ihr Blick taxierte ihn mit einem Ausdruck, den er nicht deuten konnte.

Tainted Love – Soft Cell

Sie verließen die Saunakabine. Charly brachte ihr Handtuch in die Wäschetonne und stellte sich dann splitterfasernackt ans Fenster, das von ihrer erhitzten Haut beschlug. Außen glitten große Wassertropfen an den bodentiefen Scheiben herab. Sie sah in den Regen hinaus, stützte sich mit einer Hand am Glas ab. Dann drehte sie sich um, lächelte ihn kurz an und ging duschen.

Er schlang sein Handtuch um die Hüften und nahm ihren Platz ein. Er legte seine Hand neben den Abdruck der ihren. Das Glas war kalt unter seinen Fingern. Die Hitze seines Körpers ließ die Scheiben wieder beschlagen.

Er nahm seine Hand weg. Ihre Linke, seine Rechte.

Hinter ihm schlug die Türe zu. ‚Sie kann es kaum erwarten, zu ihm zu kommen.' Er hob die Hand wieder und wischte über beide Abdrücke. Er drehte sich um, duschte und zog sich an. An der Tür sah er zurück. Die Hände waren nicht mehr zu sehen.

By Your Side – Sade

Charly saß auf dem Balkon und blätterte in ihrem Handy. Regenradar und Wetterbericht sahen gut aus, ihre Zwangspause war also beendet, morgen früh war es sicher so weit abgetrocknet, dass sie die Fahrt genießen konnten.

In Gedanken tippte sie eine App an, mehr aus Versehen denn aus Intention. Nebenbei nahm sie die Informationen zur Kenntnis. ‚Gut', dachte sie.

„Was ist das?", fragte Gereon über ihre Schulter.

Hastig drückte sie das Programm weg. „Geht dich nichts an", murmelte sie, stand auf und duckte sich an ihm vorbei ins Zimmer.

***

Er blieb, das Handtuch, mit dem er sich das Gesicht abgetrocknet hatte, vergessen in der Hand, draußen stehen und blickte ihr nach. ‚Wenn es das ist, was ich vermute, dann geht es mich sehr wohl etwas an.'

„Kommt ihr mit? Rauf zum Pass?", unterbrach Christian seine Gedanken.

Er schüttelte den Kopf.

„Nee, keinen Bock", hörte er Charlys Stimme von drinnen.

„Dann nicht", zuckte Christian die Schulter, kurz darauf fiel die Tür hinter ihm ins Schloss.

‚Der benimmt sich seltsam. Seit der Treckergeschichte reißt er regelrecht vor ihr aus.' Kopfschüttelnd trat er in den Raum und zog die Balkontüre hinter sich zu. Charly stand am anderen Fenster und schaute auf den Hof hinaus. Er trat hinter sie, legte die Arme um sie. „Was machen wir inzwischen?“ Tief atmete er ihren Geruch ein, hauchte auf ihre Haut und liebkoste Ohr, Hals und Schulter mit Zunge und Zähnen.

Sie erschauerte. „Uns langweilen“, schlug sie vor.

„Bessere Idee“, murmelte er, noch immer an ihrer Schulter.

Sie lehnte sich an ihn. „Die wäre?“

Er drehte sie zu sich herum und küsste sie ausgiebig. Seine Hände waren eifrig damit beschäftigt, sie aus ihrer Jeans zu schälen. Schnurrend drückte sie sich an ihn, er hob sie hoch, überwand die wenigen Schritte zum Sessel, setzte sie auf die Lehne und wollte in sie eindringen.

„Hast du nicht was vergessen?“, fragte sie neckisch.

„Bitte, Charly.“

Kaum merklich zögerte sie, schüttelte jedoch den Kopf.

„Komm schon, deine App sagt, es ist sicher.“

„Ohne Verhütung ist nur eines sicher.“ Auffordernd hielt sie ihm ein Päckchen vor die Nase.

„Ohne“, wiederholte er langsam mit seinem besten Hundeblick.

„Ich nehme keine Pille oder sonst was. Das will ich meinem Körper nicht zumuten, und ein bisschen Verantwortung tut euch Männern auch gut.“ Verschmitzt grinste sie wieder.

Er seufzte tief und rollte langsam das Kondom auf seinen Penis.

„Was?“ Sie sah ihm suchend in die Augen.

Er schlang erneut die Arme um sie und zog sie an sich. Sie rutschte auf der Lehne nach vorn, spreizte weit ihre Beine. Er spürte ihre Wärme, genoss jeden Zentimeter, als er in sie eindrang.

„Ohne ist es viel schöner“, flüsterte er heiser an ihrem Ohr. Er spürte ihr Lächeln.

„Das werde ich noch früh genug erleben.“

„Mit mir? – Ich will dich, Charly. Für mich. Für immer.“ Er stöhnte auf und presste sie fest an sich.

„Dann lass mich leben“, japste sie und wand sich aus seiner Umarmung.

Er fasste mit beiden Händen ihre Oberarme. „Ich meine es ernst“, sagte er eindringlich.

„Ich weiß“, sie wich seinem Blick aus. „Im Moment …“

„… willst du keine Beziehung. Das ist ok. Ich kann warten.“

„Ach, tatsächlich?“ Wie so oft gewann ihre verspielte Ader die Oberhand.

„Ich habe nicht gesagt, dass es mir leichtfallen wird.“ Auch er hielt seinen Ton sorgfältig leicht.

Sie schien nicht zu wissen, was sie darauf antworten sollte.

Darauf bedacht, den Abstand zwischen ihnen nicht zu verändern, küsste er sie. Er spürte, wie ihre Daumen über seine Unterarme strichen, ihre Hände seinen Bauch berührten, und vergaß seine Selbstbeherrschung. „Oh Charly, ich kann die Finger nicht von dir lassen“, stöhnte er. Sekunden später fand er sich rücklings auf dem Teppich wieder und sie schwang sich rittlings auf ihn.

Sie vergaßen die Zeit, im Rausch der gegenseitigen Nähe, gleichzeitig gefangen und gehalten in den Berührungen des anderen.

Nur das störende Etwas hatte sie nicht vergessen. ‚Diese Frau behält in allen Lebenslagen die Nerven‘, dachte er bewundernd, dann löste er sich langsam unter ihren Händen auf.

***

Der Sound von Christians BMW auf dem Hof brachte sie zurück in die Wirklichkeit. Sie waren tatsächlich unbequem auf dem Fußboden ineinander verschlungen eingeschlafen. Eilig rappelte sich Charly auf und griff nach ihrer Kleidung. Er begnügte sich mit seiner Jeans, holte sich ein Bier aus dem Vorrat und verzog sich auf den Balkon.

Reveal – Roxette

Christian klopfte kurz, um sich anzukündigen und wollte eben die Schlüsselkarte durchziehen, da öffnete ihm Charly.

„Wie war's?“, erkundigte sie sich und trat zur Seite.

„Gut.“ Er ging an ihr vorbei ins Zimmer. Während er seine Motorradklamotten auszog, durchstöberte sie die Vorräte. Sein Shirt war nass geschwitzt. Er musste dringend unter die Dusche.

„Auch ein Bier?“

„Ja.“ Als er aufsah, stand sie vor ihm und hielt ihm die Flasche entgegen. Ihre Nasenflügel zuckten.

‚Stinke ich so furchtbar?'

„Prost.“ Sie ließ ihre Flasche gegen die seine klirren.

Er war ihr so nahe, dass er Gereon auf ihr riechen konnte.

Wie ein elektrischer Schlag lief der Wunsch, sie übers Knie zu legen, gezielte raue Behandlung, sie Gereons Berührungen vergessen zu lassen, bis sie sich ihm anbieten würde, durch seinen Körper.

Sie wich zurück und musterte ihn prüfend.

‚Hat sich etwas davon in meinen Augen, meiner Haltung gezeigt?'

„Alles ok?“, fragte sie.

„Bestens“, log er.

„Du schaust so komisch.“

„Wie denn?“

„Dass sich mir die Nackenhaare aufstellen.“ Sie sah ihn von unten herauf an.

Instinktiv richtete er sich zu seiner vollen Größe auf. ‚Wenn sie sich von mir bedroht fühlt, dann richtig.' Je tiefer der Graben zwischen ihnen wurde, umso weniger würde sie versuchen, ihn zu überbrücken und umso leichter wäre es für ihn, den Abstand zu ihr zu wahren.

Sie blieb stehen, wo sie stand, justierte nur ihren Blick die nötigen Zentimeter höher, mit fragend hochgezogenen Augenbrauen.

‚Verdammt!', fluchte er innerlich. ‚Ich habe vergessen, dass Konfrontation bei ihr nicht funktioniert.' Mit zwei Schritten war er bei ihr, umfasste sie und drängte sie rückwärts, bis sie an den Sessel stieß. Er küsste sie hart, spürte, wie sie mit der Hand und der Bierflasche gegen seine Brust drückte.

Er ignorierte es. Vergessen war seine Vorsicht von vor zwei Tagen, vergessen der Versuch, Abstand zu ihr zu wahren, vergessen Gereons Anwesenheit. Er drängte ein Knie zwischen ihre Beine, schob seine Hände tief in ihre Jeans und hob sie auf die Lehne.

Sie versuchte, sich ihm zu entziehen. Sie schaffte es, seinen Oberkörper so weit von sich wegzuschieben, dass er den Kuss unterbrechen musste. „Lass das", zischte sie leise. „Gereon sitzt draußen."

„Ich bin hier", korrigierte sie dessen amüsierte Stimme. „Ihr glaubt doch nicht, dass ihr euch alleine vergnügen könnt? Heb sie hoch, so kriegst du ihre Jeans nie runter", wandte Gereon sich an ihn.

Sein Freund löste seine entspannt in die Balkontür gelehnte Haltung und kam auf sie zu. Ehe Christian jedoch dessen Vorschlag in die Tat umsetzen konnte, riss Charly ihre freie Linke aus seiner Umklammerung. Mit hässlichem Klatschen traf sie zielgenau seine Wange. Reflexartig ließ er sie los, Charly rollte sich rückwärts über den Sessel ab und landete in der schmalen Lücke zwischen Sessel und Couchtisch auf den Füßen. Sie hatte weder die Bierflasche losgelassen, noch etwas von deren Inhalt verschüttet, bemerkte er.

„Bleib, wo du bist", herrschte sie Gereon an; dann mit einem Blick zurück zu ihm, „Kriegt euch wieder ein und vergesst, was ihr vorhabt, oder ich verschwinde! – Eins … zwei …" Sie holte Luft.

„Entschuldige, ich weiß nicht, was in mich gefahren ist", gab er nach. Seine Wange brannte wie Feuer.

Mit einem Schnauben akzeptierte sie und sah zu Gereon. Der zögerte unmerklich, nickte dann ebenfalls entschuldigend. ‚Später', hieß das Signal, das er ihm ohne Charlys Wissen bedeutete.

Charly stellte ihr Bier ungetrunken auf den Couchtisch. „Ich gehe Abendessen. Ihr könnt mitkommen", bot sie an. „Aber wenn ich von euch nur die leiseste Zweideutigkeit höre, sitze ich noch heute Abend auf dem Motorrad und fahre heim."

Addicted to You – Avicii

Er konnte sich nicht erinnern, wann er das letzte Mal so abgestürzt war. Oder nein, doch. Der Abend, als er Charlys Vater kennengelernt hatte. Aber da war er weitgehend bei einer Sorte Alkohol geblieben. Und heute? Zum Abendessen hatten sie zur Milderung der entstandenen Spannung zwei Flaschen Wein geleert, danach an der Bar mit Verschiedenem weitergemacht. Charly saß zwischen ihnen, sie lachte über eine Bemerkung Gereons, rutschte vom Barhocker und verlor das Gleichgewicht. Er erwischte sie am Bund der Jeans und verhinderte, dass sie stürzte. „Ich denke, für heute haben wir genug."

„Geht auf mich", antwortete Gereon und fischte seine Brieftasche hervor.

Selbst nicht zu stabil auf den Beinen dirigierte er Charly Richtung Treppe. Sie klammerte sich mit beiden Händen an ihm fest, und sie schafften es gemeinsam bis zum ersten Absatz, dort stolperte sie, ließ ihn los und brach, noch immer Tränen lachend, auf den Stufen zusammen. Gereon holte sie ein, zwei Flaschen Rotwein in den Händen.

„Als ob wir den noch bräuchten", knurrte Christian. Er hievte Charly von den Stufen hoch und nahm Gereon eine der Flaschen ab. „Fass mit an."

Gemeinsam bugsierten sie Charly hinauf in die Suite.

***

Zwei Stunden später, gegen Mitternacht, tastete Charly nach der zweiten Rotweinflasche, nur um festzustellen, dass sie leer war. Sie stellte sie wieder neben ihren Sessel, in dem sie gänzlich undamenhaft fläzte. Gereon warf einen Blick zu Christian. Der hatte seinen Blick unverwandt auf Charly gerichtet. Hinter ihnen wehten die Gardinen im Luftzug. Warm strich der Wind ins Zimmer. Auf Christians T-Shirt zeichneten sich dunkle Flecken ab. Auch sein eigenes Hemd klatschte unangenehm feucht auf seinem Leib. ‚Charly hat uns da einiges voraus.'

Ihr Hemd war bis auf zwei Knöpfe geöffnet, die Ärmel über die Ellbogen aufgekrempelt. Sie bot einen hinreißenden Anblick.

Mühsam rappelte sie sich aus dem Sessel hoch. Allzu geradlinig war auch sie nicht mehr.

„Ich gehe ins Bad", erklärte sie überflüssigerweise.

Er wechselte einen Blick mit Christian. Der schien zu überlegen, wie er die Distanz zum Bett überbrücken sollte.

***

„So, Jungs …" Charly war unbemerkt aus dem Bad getreten und stützte sich auf die Lehne des Sessels. Er hatte freien Blick auf ihr Dekolleté. Das Hemd, ohnehin kaum noch zugeknöpft und sehr weit, lenkte seinen Blick tunnelartig zum Bauchnabel und weiter. Die Jeans klaffte offen und er konnte ganz deutlich ihren landing strip erkennen. Christian starrte genauso hypnotisiert dahin wie er, registrierte er.

Da richtete sie sich auf, langte auf ihren Rücken, öffnete ihren BH und begann, sich dessen Träger von den Schultern zu streifen und durch die Ärmel des Hemds zu ziehen. Der BH landete auf der Armlehne des Sessels, und sie stieg aus dem Häufchen ihrer Jeans. „… runter von meiner Couch!"

Sleep Like a Baby – Sam Brown

Charly erwachte mit einem dringenden Bedürfnis. Ihr war heiß, die Haare im Nacken nass geschwitzt. Die Decke war weg, zur Seite gestrampelt oder zu Boden gefallen, jedenfalls weg. Unangenehm kalt traf der Nachtwind auf ihre erhitzte Haut. Ihre suchende Hand traf auf ein zusammengeknülltes Laken, sie schlang es sich um den Körper und tappte ohne Licht ins Bad. An der Tür ließ sie das Laken fallen, in dem kleinen Raum störte es nur. Erleichtert und durstig trank sie mehrere Hände voll kalten Wassers aus dem Hahn, dann klaubte sie das Laken vom Boden und tappte zur Couch. Ließ sich darauf fallen und war wieder eingeschlafen.

***

Gereon stand, nur in Shorts, im Wohnzimmer und betrachtete Charly, die tief und fest schlief. Ihre Brust hob und senkte sich unter regelmäßigen Atemzügen. Sie hatte sich ins Laken eingewickelt, wie eine Made in ihren Kokon. Er erinnerte sich nur schwach an den vergangenen Abend; das einzige halbwegs klare Bild war, wie sie, vollkommen selbstvergessen, im Sessel lümmelte. Der Rest war quasi nicht mehr vorhanden.

Christian trat, sich die Jeans zuknöpfend, neben ihn. „Seltene Gelegenheit, vor Charly wach zu sein“, brummte er.

Gereon nickte zustimmend. „Weißt du, wie wir gestern Abend ins Bett gekommen sind?“, fragte er mit angestrengt gerunzelter Stirn.

„Keine Ahnung. Vermutlich jeder selber. Jedenfalls beruhigend, dass Charly auf der Couch ist“, antwortete sein Freund.

„Sollte sie woanders sein?“, fragte er und musterte Christian.

„Nicht, dass ich wüsste." Christian wandte sich ab und griff nach seinem T-Shirt, das auf dem Sessel lag. Direkt neben Charlys BH.

Schon halb aus der Tür sah sein Freund zu ihm zurück und warf ihm nur ein einzelnes Wort hin: „Frühstück."

Gereon las seine Klamotten vom Boden auf und folgte Christian nach unten.

***

Er war mit dem Gefühl von Charlys Berührung, mit dem Gefühl ihres Körpers unter seinen Händen aufgewacht. Hatte enttäuscht festgestellt, dass die regelmäßigen Atemzüge neben ihm nicht Charly, sondern Gereon gehörten. In seinen Schläfen hämmerten Schmerzen. Er fühlte sich komplett gerädert. Wild geträumt schien ihm eine schamlose Untertreibung, aber er konnte sich nur noch an Bruchstücke erinnern: Charlys Ducati. Ein großer, grauschwarzer Wolf, der ihm auf den Fersen war. Das Gefühl großer Leere, des Kämpfens gegen … was? ‚Ich weiß es nicht mehr.' Sehr erotische Bilder von Charly. Sehr wahrscheinlich seinem Wunschdenken entsprungen. Hatten sie einen Weg in seine Träume gefunden? ‚Zumindest hoffe ich das', dachte er.

Je t'aime moi non plus – Serge Gainsbourg & Jane Birkin

Mit Sonnenbrillen gegen das gleißende Sonnenlicht gewappnet, suchten sie sich auf der Terrasse das schattigste Plätzchen. Sie waren eben fertig mit dem Essen, als Charly auftauchte, ebenfalls eine Sonnenbrille auf der Nase.

Ein großes Glas Wasser, ein zweites mit Orangensaft, die in rascher Folge geleert wurden, ehe Charly sich eine große Portion Rührei mit Speck bestellte.

„Gut geschlafen?", erkundigte sich Gereon.

„Geträumt wie eine Furie", antwortete sie knapp.

„Wovon?", fragte Christian.

„Kann mich kaum noch erinnern. Ein weißes Pferd kam darin vor, erst dachte ich, es sei Phoenix, aber er war es nicht. Es war zierlicher, kleiner, feiner gebaut. Eine Frau, vielleicht zehn, fünfzehn Jahre älter als ich. Viel Regen und es war kalt. Das lag wahrscheinlich daran, dass ich mich aufgedeckt hatte und gefroren habe. Und ich musste aufs Klo."

Gereon lachte. „Kein Wunder, bei dem, was du gestern Abend getrunken hast."

„So viel war es gar nicht", verteidigte sie sich. „Zwei Gläser Wein, Whisky, Gin Tonic, Spanish Temptation und oben noch zwei Gläser Wein", zählte sie auf. „Verteilt über sechs Stunden."

„Weißt du, wie wir ins Bett gekommen sind?" In Christians Stimme lag ein undefinierbarer Unterton.

„Ich kann mich erinnern, dass ich euch von der Couch gescheucht habe", frech blinzelte sie den Männern zu. „Ich musste euch beim Ausziehen helfen. Ihr vertragt eindeutig weniger als ich." Sie lachte und rührte in ihrem Kaffee.

„Wir mussten deine Anteile am Wein mittrinken“, warf Gereon ein.

„Ich war etwas verwundert, dass ich mein Hemd nicht mehr anhatte heute morgen, weil ich mir sicher war, dass ich damit ins Bett bin. Aber ich bin irgendwann nachts klatschnass geschwitzt aufgewacht, gut möglich, dass ich mich da nackig gemacht habe. Das erklärt auch, warum mir später kalt war.“ Angestrengt nachdenkend krauste sie die Nase. „Wieso fragst du?“

„Filmriss“, erklärte Christian knapp.

‚Es scheint ihm unangenehm zu sein', stellte sie erstaunt fest. Sie sah zu Gereon.

„Dito, fürchte ich.“

„Habt nichts verpasst.“, lachte sie. „Denke ich zumindest. So ganz hundertprozentig ist meine Erinnerung auch nicht.“

„Du hast uns ausgezogen?“ Christian versuchte offenbar noch immer, Licht ins Dunkel seiner fehlenden Erinnerungen zu bringen.

„Beim T-Shirt habe ich dir geholfen und die Knöpfe der Jeans, den Rest hast du selber geschafft. Es schien, als wäre es dir nicht recht, dass ich dir überhaupt helfen musste“, fragend legte sie den Kopf schräg, aber er blieb ihr eine Antwort schuldig. „Bis zum Bett habt ihr euch gegenseitig gestützt“, erklärte sie ihm. An Gereon gewandt fuhr sie fort: „Bei dir war das nicht ganz so einfach. Du hast dich geweigert, noch mal aufzustehen, nachdem du mit Christian zusammen ins Bett gekippt bist. Die Hemdknöpfe hast du selber gar nicht hinbekommen, so wirklich einfach waren sie für mich auch nicht mehr, und ihr habt dauernd versucht, an mir herumzukrabbeln, ich musste ständig einem von euch auf die Finger hauen. Ihr habt gebettelt wie die jungen Hunde, dass ich bei euch schlafen sollte. Eine Ausrede wilder als die andere.“ Sie schüttelte den Kopf. „Ich kriege nicht mehr alle zusammen, aber am besten gefallen hat mir ‚Ich habe Angst im Dunkeln'.“ Sie sah zu Christian. „Dabei hattest du keine zwei Augenblicke vorher selber das Licht ausgemacht, und ich durfte im Finstern mit den letzten zwei Hemdknöpfen kämpfen. Die andere war: ‚Ich kann alleine nicht einschlafen.' Dass du es mit mir in deinem Bett erst recht nicht kannst, Gereon, war dir nicht mehr zu vermitteln. Ich habe mir fast den Mund fusselig geredet."

Beide schauten betreten drein.

‚Ihr Benehmen scheint ihnen peinlich zu sein', beobachtete sie erstaunt. „Dann hast du angefangen, mir zu erzählen, was du alles mit mir machen würdest, wenn ich bei dir im Bett bliebe. Das war durchaus interessant, zumal Christian es um die Variante, was er alternativ oder gar gleichzeitig machen würde, ergänzt hat." Flammend stieg ihr das Blut in die Wangen. „Falls ihr das alles schon mal gemacht habt, bin ich beeindruckt von eurem Repertoire."

Jetzt wurden auch die Männer rot.

„Kein Wunder, dass ich mich bei euch fühle wie die Jungfrau Maria." Charly erhob sich und ging zum Büffet. Sie ließ sich mit ihrer Rückkehr Zeit, nahm aber ungefragt den Faden ihrer Erzählung wieder auf. „Als ich dich endlich auch aus Hemd und Jeans hatte, habe ich am Fußende eures Bettes verschnaufen wollen. Ich musste schon wieder aufs Klo, hatte aber so gar keine Energie mehr, noch einmal aufzustehen. Ihr habt das weidlich ausgenutzt, bis ich mich aufgerafft habe."

„Inwiefern ausgenutzt?", fragte Christian.

„Gereon hat mir fast das Ohrläppchen abgekaut und du hattest meine Füße in der Mache. – Aber das Beste kam, nachdem ich auf dem Klo war und auf die Couch wollte." Sie stand auf und ließ die gespannt lauschenden Männer erneut sitzen, während sie sich einen Teller Süßes vom Buffet holte. Genüsslich vertilgte sie zwei Mini-Muffins, ehe sie weitererzählte. „Ihr habt mir hoch und heilig versprochen, mich nicht mehr anzufassen, wenn ich zu euch ins Bett komme und euch eine Gute-Nacht-Geschichte erzähle. Ihr habt nicht lockergelassen, bis ich zugestimmt habe. Ich habe die Whiskyflasche geholt und es mir in der Mitte zwischen euch gemütlich gemacht. Ihr lagt zwar tatsächlich brav still, habt aber dauernd Zweideutigkeiten eingeworfen. Egal, ob bei ‚Raupe Nimmersatt' oder ‚Ferdinand, der Stier'. Letzteres war grundsätzlich eine ungünstige Story, aber was anderes als die beiden hatte ich nicht parat. Jedenfalls sollte ich euch dann erzählen, was ich mit euch machen würde und was ihr mit mir machen dürftet. – Also, ich meine, zu dritt", präzisierte sie, erneut errötend.

Die Männer sahen sich an und schienen zu bereuen, dass sie am Vorabend so viel Alkohol getrunken hatten.

„Das nennst du ‚nichts verpasst'?"

Sie grinste. „Ich habe euch geantwortet: ‚Kann ich gerne machen, aber von der Couch aus.' Bin aufgestanden, aus eurem Bett gefallen – daran kann ich mich noch erinnern –, aber was genau ich euch dann erzählt habe, keine Ahnung. Ich bezweifle, dass ich überhaupt noch was erzählt habe." Sie zuckte entschuldigend die Schultern. „Wie fahren wir weiter? – Nicht, dass ich vor dem Nachmittag dazu fähig wäre …"

Die immer lacht – Stereoact feat. Kerstin Ott

Es war nicht der beste Tag. Froh, die Baustelle verlassen zu können, fuhr Charly auf dem kürzesten Weg nach Hause, holte die Monster und zog ziellos Kreise in der Fränkischen. Erst spät steuerte sie den Motorradtreff an.

Der ganze Trupp hockte am Stammplatz neben dem Kiosk. Sie winkte kurz und trabte zur Toilette. Kam zurück und sprang in Vorfreude auf einen heißen Kaffee die Treppenstufen hinunter, sah zum Tisch und erstarrte.

Christian, wie immer auf der linken Bank, hatte sich nach vorn gelehnt, Gereon stand ihm gegenüber und stützte sich mit beiden Händen auf die Tischplatte. Sie waren Aug in Auge und fast Nase an Nase und knurrten sich an. Gereon sah sie zuerst, und es war wohl ihr Gesichtsausdruck, der ihn veranlasste, sich abrupt aufzurichten. „Scheiße!"

„Charly, es ist nicht, wie du denkst." Christian sprang auf und griff nach ihrem Arm.

Sie machte eine abwehrende Geste und wich mit weit aufgerissenen Augen zurück, unfähig zu sprechen. Mühsam, leise und heiser brachte sie dann die Worte „Das war's" heraus, drehte sich um und lief gehetzt zu ihrem Motorrad. Gereon rannte ihr nach und erwischte sie am Ärmel. Sie fuhr herum wie ein gereizter Stier, schlug nach ihm und fauchte: „Fass mich nicht an!"

Während er hilflos stehen blieb, schwang sie sich in Windeseile auf ihre Maschine, startete, dann schoss die Ducati röhrend vom Parkplatz. Sie preschte über die kleine Landstraße, bog wahllos hier links, da rechts ab und fand sich schließlich auf der Bundesstraße wieder. Die Dämmerung hatte eingesetzt; vor ihr fuhr ein dunkler Kombi noch ohne Licht. Sie hängte sich mit knappem Abstand hinten dran.

Nach einigen Kilometern bemerkte sie aus den Augenwinkeln links im Gras eine Bewegung. Ein Hase rannte direkt vor ihnen auf die Straße, wurde erfasst und unter dem Auto einmal im Kreis gewirbelt, dann flog er nach rechts in den Straßengraben. Charly verfolgte seinen Leidensweg mit fasziniertem Horror, unfähig wegzuschauen, und als sie endlich wieder nach vorn blickte, sprangen sie die Bremsleuchten des Kombi geradezu an.

‚Er steht fast!' Sie griff reflexartig in die Bremse. ‚Das passt niemals!' Sie ließ die Bremse los und legte die Maschine um. Mit einem bildschönen Ausweichmanöver umkurvte sie das Auto, schwenkte zurück auf die rechte Spur und fuhr weiter. An der nächsten Bushaltestelle hielt sie zitternd ihr Motorrad an, stieg ab und sehnte sich nach einer Zigarette. Sie, die noch nie geraucht hatte.

Um sie herum war alles still. Eine Fledermaus flatterte vorbei.

Sie war schon oft allein gewesen, aber noch nie hatte sie sich so einsam gefühlt wie in diesem Augenblick. Sie hockte sich auf die Bordsteinkante, verschränkte die Arme auf den Knien, legte den Kopf darauf und weinte.

Part II

Flucht

Alles wird besser – Rosenstolz

Sie wusste nicht, wie sie nach Hause gekommen war. Es war fast Mitternacht.

Im Briefkasten fand sie einen großen, braunen Umschlag, der ein weiteres Kuvert, beigefarben und aus teurem Büttenpapier, beherbergte. Darauf stand in einer ihr unbekannten, altmodisch anmutenden und etwas zittrigen Handschrift ihr Vorname. Verwundert riss sie ihn noch in der Diele auf. Der enthaltene Brief war kurz, ebenfalls auf teurem Büttenpapier verfasst, aber, bis auf die Unterschrift, computergeschrieben. Sie überflog ihn, las ihn noch einmal, langsamer, dann starrte sie blicklos darauf, während ihre Gedanken rasten. Sie ließ den Brief sinken, schließlich entglitt das Blatt ihren Händen. Das Licht der Außenbeleuchtung, in deren Schein sie gelesen hatte, verlosch, die Zeit war abgelaufen, aber sie nahm es nicht wahr. Nach einer gefühlten Ewigkeit wählte sie die Nummer ihres Vaters.

***

Sie schlief nicht in dieser Nacht. Im Morgengrauen nahm sie das Telefon und rief im Reitverein an. Fragte Bernd, ob sie mit einem anderen Pferd zur Fuchsjagd starten könne; ihr geplanter Wallach habe sich verletzt.

Es war möglich. Sie zog Napoleons Meldung zurück und nannte stattdessen Phoenix. Dann handelte sie ihm den Kleinen Prinzen ab. Er war nicht begeistert, ihr den jungen Hengst abzutreten, aber sie ließ nicht locker und schließlich gab er nach.

Sie ging nach draußen, sattelte Phoenix und ritt los. Erst in der Abenddämmerung kehrte sie zurück. Sie versorgte den Hengst und besuchte Peter. Es wurde ein langes Gespräch.

Am Sonntagmorgen überfiel sie Beatrix mit Frühstücksbrötchen. Sie sprachen fast bis mittags. Den Rest des Sonntags verbrachte sie mit kleineren Reparaturen an Haus und Fahrzeugen. Auch die folgende Woche kümmerte sie sich um ihren Hof.

***

Abends blieb sie zu Hause, igelte sich ein oder ritt aus. Gereon und Christian klingelten vergeblich, sie öffnete ihnen nicht. Sie beantwortete keine Nachricht. Ging nicht ans Telefon. Vermied es, sie irgendwo zufällig zu treffen, kaufte sogar in anderen Geschäften ein als gewohnt. Viel brauchte sie nicht. Hunger hatte sie keinen.

Tennessee Stud – Johnny Cash

Am Sonntag der Fuchsjagd ritt sie frühmorgens los. Sie hatte sich gegen die Anfahrt im Hänger entschieden, weil sie nicht wusste, wie der Hengst darauf reagieren würde und sie traute ihm die zusätzliche Strecke ohne weiteres zu. Außerdem würde er dann schon warm und etwas ruhiger und hoffentlich leichter zu händeln sein.

Auf den Wiesen glitzerte der Tau und in den Senken lag Nebel. Die friedliche Stimmung war Balsam für ihr gequältes Gemüt.

***

Gereon hatte Maja zur Fuchsjagd überredet. Zugesagt hatte sie letztlich nur, weil ihre Eltern versprochen hatten, die Zwillinge zu hüten und Gereon sie begleiten würde, als „Pferdeboy" und moralische Stütze. Die Anfahrt fiel glücklicherweise weg, Start und Ziel waren auf einem großen Feld nahe des Reitvereins.

Maja hatte Florentine aufgewärmt und es formierten sich bereits erste Grüppchen für den Start, als sich eine junge Frau auf einem nervösen Schimmel unter die anderen Reiter mischte. Der Hengst wurde von dem Trubel zusehends unruhiger.

Gereon schüttelte ärgerlich den Kopf. ‚Welcher Idiot lässt ein Mädchen solch ein Kraftpaket auf einer Fuchsjagd reiten? Moment mal …' Er stutzte, dann schritt er zielstrebig auf den Schimmel zu.

Maja überholte ihn auf Florentine; er spürte ihre Berührung am Arm. „Lass, ich mache das", rief sie ihm über die Schulter zu.

Sie drängte Florentine neben den Hengst, der die hübsche Fuchsstute begeistert begrüßte und tatsächlich um einiges ruhiger wurde.

Gereon atmete auf. Ehe er jedoch sein Vorhaben, Charly zu sprechen, in die Tat umsetzen konnte, bliesen die Jagdhörner das Signal und der Pulk setzte sich in Bewegung. Er beeilte sich, zum Porsche zu kommen und steuerte als einer der Ersten den Aussichtspunkt an, von dem aus man den ersten Teil der Strecke überblicken konnte.

Phoenix war kraftvoll und gewandt, und trotz seiner Ungebärdigkeit am Startpunkt trug er Charly sicher über die teilweise schweren Hindernisse. Wenn er in ein Knäuel anderer Pferde geriet, verschaffte er sich mit seiner Masse und seinem Hengstverhalten Platz. Solange er auf den Beinen blieb, nicht stürzte und Charly unter sich begrub, war sie in seinem Sattel tatsächlich am sichersten. Ein wenig beruhigter fuhr er weiter zum Pausenplatz.

Wie versprochen kümmerte er sich während der Pause um Florentine.

Charly hielt sich vom Trubel fern. Sie blieb im Sattel des Hengstes und ritt langsam mit ihm am Waldrand entlang, bis die Jagd fortgesetzt wurde. Wieder verfolgte er den Fortgang vom nächsten Aussichtspunkt aus. Der zweite Teil der Strecke war zwar nicht schwieriger als der erste, aber die Pferde waren nicht mehr frisch und es ereigneten sich die ersten Stürze.

Charly war im vorderen Drittel gut aufgehoben, bis sie an einer glitschigen Stelle mitten in einen Pulk geriet. Der Hengst schulterte einen schweren Wallach zur Seite, wurde dann aber von einem verweigernden Rappen abgedrängt, war zu schnell, um noch abzubremsen und hatte keinen Platz.

‚Er muss springen!' Gereon hielt die Luft an, meinte zu sehen, wie die mächtigen Muskeln der Hinterhand des Hengstes sich anspannten, als der abdrückte und sich aus dem Durcheinander verunsicherter Pferde herauskatapultierte. Phoenix streckte sich zu einem gewaltigen Satz, landete mitten im Matsch an einer abschüssigen Stelle und schlitterte den Rest des kleinen Hanges hinunter bis an den

Bach und platschte hinein. Wasserfontänen spritzten auf, verdeckten einen Moment Reiterin und Pferd, dann wuchtete der Hengst seinen Körper mit einer immensen Kraftanstrengung auf das hohe Ufer der anderen Seite. Dort verhielten sie kurz, der Hengst schüttelte sich, dann trabte Charly wieder an und tauchte in den Wald ein, als sei nichts geschehen.

Gereon atmete explosionsartig aus. Er atmete noch eine Weile in tiefen Atemzügen, um sich zu beruhigen, dann hetzte er zum Porsche und fuhr zurück zum Ziel.

Er kam an, als die Jagd gerade freigegeben wurde. Der Fuchs kam das lange Feld heraufgeprescht, gefolgt vom Pulk der Reiter, wendete und wand sich durch seine Verfolger. Ein junger Mann auf einem schlanken, sehr schnellen Braunen versuchte es zuerst, verfehlte den Fuchsschwanz aber knapp. Dann ein älterer Reiter auf einem großen, unbeholfen wirkenden Wallach. Ein junges Mädchen auf einer wendigen Schimmelstute. Noch einige andere. Der Fuchs nahm noch einmal Anlauf und kam wieder den Berg heraufgaloppiert. Charly auf dem schaumflockenden Schimmel löste sich aus dem Pulk und folgte ihm mit wenigen Metern Abstand. Auf der Hälfte des Berges machte sie sich plötzlich klein und ihr anfeuernder Ruf schallte über das Feld. Der Hengst schoss vorwärts wie von einer Kanone abgefeuert, Charly schnappte nach dem Fuchsschwanz, erwischte ihn und riss ihn ab. Mit einem wilden Triumphschrei reckte sie die begehrte Trophäe in die Höhe und lenkte den Hengst in einen weiten Bogen.

Gereon applaudierte als Erster. Er fand Maja, aber sie signalisierte ihm und er machte sich auf die Suche nach Charly. Die war inzwischen offiziell beglückwünscht worden, und die Traube der Gratulanten um sie herum nahm bereits ab. Er drängte sich in ihre Richtung durch Reiter, Pferde und Helfer, als sie ihn plötzlich entdeckte. Sie erstarrte kurz, verabschiedete sich dann eilig, wendete Phoenix und trabte an.

„Charly, warte!“

Sie trieb den Schimmel stärker an, sah nicht zurück.

Er wandte sich zu Maja um, sie war ihm langsamer und in einigem Abstand gefolgt, jetzt schob er sich zu ihr durch, riss ihr Florentines Zügel aus der Hand, saß im Sattel und galoppierte an, noch ehe er einen bewussten Gedanken gefasst hatte.

Charly hörte den Hufschlag hinter sich, blickte sich um, sah ihn kommen und drängte den Hengst ebenfalls in den Galopp. Die Menschen wichen vor den beiden Reitern auseinander, und sobald Charly freie Bahn hatte, feuerte sie den Hengst an. Knapp hintereinander preschten sie auf die kleine Straße zu, die etwa zwei Meter über dem Feldniveau verlief.

Der Schimmel schob sich durch das Gesträuch am Straßenrand und kletterte den Hang hoch, klapperte im eiligen Trab über die Straße und setzte auf der anderen Seite mit einem Sprung hinunter. Ohne zu überlegen, trieb er Florentine an und folgte ihm.

Auf dem nächsten Feld sah Charly sich noch einmal um und galoppierte wieder an. Florentine war ebenfalls angaloppiert, streckte sich jetzt und kam fast gleich auf. Charly blickte zu ihm herüber, duckte sich tief über den Pferdehals und gab Phoenix die Zügel frei. Der presste die Ohren flach an den Kopf und jagte los.

Den Kraftreserven und dem Tempo des Hengstes war die Stute nicht gewachsen, erst recht nicht mit seinem Gewicht im Sattel. Nach wenigen Galoppsprüngen fing er sie behutsam ab, hielt an und sprang von ihrem Rücken. Die heftig schnaufende Florentine beruhigend streichelnd, sah er Charly nach, wie sie in halsbrecherischem Tempo die gesamte Länge des Feldes hinunterritt und riskant in den Waldweg einbog.

Florentine am Zügel kehrte er langsam zurück. Er wurde von vielen fragenden, interessierten und so manchen missbilligenden Blicken begleitet, bis er Maja fand. Sie sagte nichts und schweigend versorgten sie Florentine.

Durch die schweren Zeiten – Udo Lindenberg

Ihr letzter Arbeitstag war vorüber. Charly war ausnahmsweise mit der Monster zur Baustelle gefahren. Die Männer klopften ihr auf die Schulter und wünschten ihr Glück. Jetzt dümpelte sie nach Hause.

Von hinten näherte sich ein Supersportler, zog vorbei, ging auf ihr Tempo herunter, neckte sie und versuchte, sie zur Kurvenjagd zu verführen.

‚Heute nicht', signalisierte sie.

An der nächsten Ampel ließ er sie vorbei und schloss sich ihr an. Sie fuhr unkonzentriert, verbremste sich ein paar Mal, zum Glück ohne Folgen, und bog schließlich aufatmend auf ihr Grundstück ab. Der Supersportler folgte.

„Hi Andi", begrüßte sie ihn, sobald die Motoren verklungen waren und sie die Helme abgesetzt hatten.

„Grüß dich, Charly. Bist ein bisschen von der Rolle, hm?" Er musterte sie.

Sie zuckte die Schultern. „Was gibt's?"

„Gereon und Christian …", begann er vorsichtig.

„Ich will nichts von ihnen hören!", fuhr sie scharf dazwischen.

Er holte tief Luft, drehte den Helm in den behandschuhten Händen. „Charly", begann er noch einmal, vorsichtig, nachsichtig und beruhigend.

Sie nestelte an ihrem Tankrucksack herum und sah nicht auf.

„Sie haben sich nicht deinetwegen gestritten."

„Haben sie dich hergeschickt?", fragte sie aggressiv. Ihre Stimme war dick. Tränen drohten sich ihren Weg zu bahnen, und das machte sie wütend.

„Nein." Er zögerte. „Du bist sonst immer auf die Einladung zum Kurvenjagen eingegangen. Heute …" Er verstummte. „Du weißt es ja selber…", setzte er erneut an.

Sie nickte.

Er musterte sie noch einmal. Sie wich ihm aus, blickte auf ihr Motorrad und behielt ihre abweisende Haltung. ‚Lass mich in Ruhe, lass mich einfach nur in Ruhe', dachte sie vehement.

„Na, dann fahr ich mal", sagte er.

Sie nickte wieder.

Seufzend setzte er den Helm auf, rangierte seine Maschine und schwang sich darauf. Seine Hand legte sich um den Griff, der Daumen auf den Starter.

Es kostete Überwindung, aber es war die letzte Gelegenheit. Sie sprach ihn an: „Andi?"

Fast erschrocken blickte er sie an.

„Danke, dass du es mir gesagt hast." Das Lächeln gelang ihr nicht.

Er nickte, grüßte und fuhr vom Hof.

***

Charly fuhr die schwer bepackte BMW auf den Hof ihres Vaters. Pollux, den Arved schon vor einigen Tagen abgeholt hatte, stürmte bellend auf sie zu, umkreiste schwanzwedelnd ihr Motorrad und sprang an ihr hoch, kaum dass sie angehalten hatte. Sie begrüßte ihn ausgiebig, ehe sie sich Arved und Steven zuwandte.

„Was'n mit dir los?", fragte Steven statt einer Begrüßung.

„Nichts", antwortete sie flach und begann, ihr Gepäck im Unimog zu verstauen.

„Lass sie in Ruhe." Arved berührte ihn am Handrücken. „Wolltest du nicht klettern gehen?"

Steven starrte Arved einen Moment lang verständnislos an, nickte dann aber und sagte laut: „Ich hau erst mal ab. Wir sehen uns morgen."

Charly zuckte desinteressiert die Schultern.

***

Eine Stunde später war alles zu ihrer Zufriedenheit verstaut, und sie fand keinen Grund mehr, ihrem Vater aus dem Weg zu gehen. Er hatte es sich im Wohnzimmer auf der Couch bequem gemacht, zwei Gläser und eine Flasche Rotwein standen bereit.

„Mach dir was zu essen." Arved wies mit dem Kopf zur Küche.

„Hab keinen Hunger." Unschlüssig stand sie im Raum.

„Setz dich zu mir." Einladend klopfte Arved neben sich.

Seufzend hockte Charly sich hin, zog die Füße aufs Sofa und lehnte sich an ihren Vater, der schützend den Arm um sie legte. Sie kuschelte sich in seine Armbeuge, wie sie es von Kindesbeinen an getan hatte, wenn sie Trost bei ihm suchte.

„Magst du mir erzählen, was los ist?"

Solange sie sich erinnern konnte, war das der Satz, mit dem er ihr anbot, ihren Kummer bei ihm auszusprechen. Stockend begann sie zu erzählen, von Anfang an, das ganze Durcheinander an Gefühlen, Wünschen, Sehnsüchten, Ängsten und Hoffnungen, ließ nichts aus, was geschehen war. Am Ende schlang sie den Arm um seine Brust und weinte. Er streichelte ihren Rücken und sagte nichts. Erst als sie sich etwas beruhigt hatte, fragte er das eine oder andere nach. Sie antwortete, verschnupft vom Weinen und erschöpft vom Durchleben ihrer Gefühle. „Ich will es nicht so in der Luft hängen lassen", stellte sie schließlich fest.

Arved nickte und schenkte den Wein ein. Charly nahm ihr Glas und trank durstig. Sie verzog angeekelt das Gesicht und holte sich aus der Küche ein Glas Wasser.

„Was hast du im Sinn?“

„Zum einen will ich mich entschuldigen. – So wie es aussieht, habe ich überreagiert. Zum anderen hatte ich mich darauf gefreut, ihnen zu berichten.“

„Ruf sie an.“ Arved schob ihr sein Telefon zu.

„Ich weiß nicht …“ Charly zögerte. „Die Reihenfolge ist auch so eine Sache.“

„Briefe? Die kannst du gleichzeitig abschicken.“

„Zwei mal dasselbe schreiben?“ Sie zog eine Grimasse.

The Boys of Summer – Don Henley

Christian näherte sich Charlys Einfahrt. ‚Soll ich anhalten? Versuchen, mit ihr zu reden?'

Er hatte nicht damit gerechnet, dass sie so stur sein würde. Hatte gedacht, dass er oder Gereon früher oder später Zugang zu ihr finden würden, das Missverständnis aufklären könnten. ‚Anhalten', entschied er und setzte den Blinker. Auf ihre Ablehnung kam es nach diesem Tag auch nicht mehr an, und sollte sie ihm öffnen, ihm zuhören … ‚Ich kann nur gewinnen.'

Seine Hoffnung sank, als er ans Rondell kam. Pollux erschien nicht. Der Carport war leer. Am Haus waren alle Fensterläden geschlossen. ‚Irgendetwas ist ganz anders als sonst.'

Er schaltete die Zündung aus und trostlose Stille legte sich über das Grundstück. Er nahm den Helm ab, hängte ihn an den Spiegel.

‚Was mache ich hier?' Gerade wollte er seinen Helm wieder aufsetzen, als ihm auffiel, dass die Haustür nur angelehnt war.

Er schwang sich vom Motorrad und schritt zur Tür, schob sie auf. „Charly?", fragte er hoffnungsvoll hinein.

„Verreist." Peter tauchte aus dem Dunkel der Diele auf.

„Wohin?", fragte er und vergaß zu grüßen.

„Darf ich dir nicht sagen."

Er zuckte zurück, fragte aber doch. „Wann kommt sie wieder?"

„Keine Ahnung." Peter musterte ihn. „Komm rein. Im Wohnzimmer liegt was für dich."

Er folgte dem Älteren ins Haus. Auf dem niedrigen Couchtisch lagen zwei identisch große, akkurat in braunes Packpapier eingewickelte Päckchen. Mit dickem schwarzem Edding in großen, schwungvollen

Buchstaben prangte auf dem einen sein eigener Name, auf dem anderen Gereons.

„Nimmst du es ihm mit?"

„Ja." Er nahm sein Päckchen und wog es abschätzend. Es lag gut in der Hand, nicht zu leicht, nicht zu schwer. ‚Was hat sie uns zurückgelassen? Einen endgültigen Abschied? Eine Erklärung?', wunderte er sich. „Was ist mit den Pferden?", fiel ihm ein.

„Hinterm Haus, wie immer. Wieso?"

„Also kommt sie wieder?" Erneute Hoffnung glomm in ihm auf.

Peter schnaubte ungehalten. „Natürlich kommt sie wieder. Die Frage ist nur: wann?"

Christian wandte sich um. Peter stand im Durchgang und wies mit unmissverständlicher Geste Richtung Haustür. Schnell nahm Christian auch Gereons Päckchen vom Tisch. ‚Genauso schwer wie meines.'

Er folgte Peter nach draußen. Der sah ihm zu, wie er sie im Koffer verstaute.

„Weswegen hattet ihr euch denn nun am Wickel?"

„Wegen eines Kaffees", antwortete er, ohne aufzusehen.

Peter sah ihn an, als habe er den Verstand verloren. „Geschieht euch recht", konstatierte er nur.

Wohin willst du – Gestört aber Geil featuring Lea

Christian polterte die Treppe hinunter, klopfte einmal, öffnete schwungvoll die Tür zur großen Wohnküche seines Vaters und steckte den Kopf hinein. Er wollte sich, wie jeden Morgen, vom Wohlergehen seines alten Herrn überzeugen und stellte erstaunt fest, dass dieser bereits Besuch hatte. Peter saß mit einer Tasse Kaffee am Tisch, und beide Männer blickten ihn mit der gleichen tadelnden Miene an.

„Habe ich was ausgefressen?", erkundigte er sich vorsichtshalber, nachdem er gegrüßt hatte, betrat entgegen seiner ursprünglichen Absicht die Küche und goss sich ebenfalls einen Kaffee ein.

„Ich komm nicht drüber weg, dass du so blöd sein kannst, wegen eines Kaffees die Frau, die dich liebt, zu verlieren."

‚Was?' Sehr vorsichtig stellte er den Pott ab und drehte sich zu Peter um. „Sag das noch mal."

„Du hast sie gar nicht verdient", fuhr Peter ungerührt fort. „Weder, dass sie dir seit einem halben Jahr hinterherrennt, noch, dass sie jetzt davonrennt und ihr dabei womöglich wer weiß was passiert, und erst recht nicht, dass sie kaum noch was isst und …"

Peter redete sich richtig in Rage, aber Christian bekam es nur am Rande mit. Er versuchte noch immer, das Gehörte zu verdauen. „Sie sagte, sie will keinen festen Freund. – Und wir hatten die Abmachung, dass sie es mir sagt, sollte sich daran etwas ändern", unterbrach er ihn dann. Er stützte sich auf den Tisch, um mit Peter auf Augenhöhe zu kommen. „Außerdem hat sie sich nicht nur mit mir getroffen, sondern auch mit Gereon."

Peter winkte ab. „Weil sie ihn auch gernhat."

„Ach ja?", er klang sarkastisch. „Ich vermute eher, weil sie ihn liebt."

„Vielleicht auch das, ein bisschen. Man kann durchaus mehrere Menschen gleichzeitig lieben, weißt du? Denk an Mütter …"

„Das ist doch was ganz anderes", unterbrach er resigniert.

„Ist es nicht", widersprach Peter. „Überleg mal, was du alles liebst und ob da eins dem anderen was wegnimmt. Das tut es nämlich nicht, weil du alles ein wenig anders liebst. Deinen Vater, Napoleon, das Motorradfahren, deine Arbeit. – Maja. – Charly …"

Er zuckte zusammen, wollte protestieren, doch Peter hob bremsend die Hand und fuhr fort: „Liebst du Maja weniger, jetzt, da du Charly kennst?" Peter ließ die Frage auffordernd in der Luft hängen.

Bei Majas Erwähnung war sein Vater unruhig geworden. Er sah aus, als wollte er etwas dazu sagen, schwieg aber doch.

Widerstrebend verneinte Christian. „Ich verstehe, was du meinst. – Trotzdem: Aber …"

„Ja. Aber", unterbrach ihn Peter, „sie liebt dich. Und sie mag Gereon. Sie weiß, dass sie sich irgendwann entscheiden muss." Peter ließ seine Worte wirken. „Du solltest sie gut genug kennen, um zu wissen, dass sie sich nicht scheut, Entscheidungen zu treffen. Dass sie bereit ist, die Konsequenzen zu tragen."

Er nickte, mechanisch.

„Was nicht heißt, dass sie sie nicht fürchtet." Peter sah ihn eindringlich an. „Die Konsequenzen ...", verdeutlichte er. „… und ihre Endgültigkeit."

***

„Also ist sie abgehauen, weil sie mich liebt?", er schüttelte den Kopf. „Das ergibt doch keinen Sinn."

„Nicht alleine deshalb, nein. Da spielen auch andere Gegebenheiten eine Rolle", sagte Peter kryptisch. „Sehr wahrscheinlich habt ihr nur einen schlechten Moment für euren Streit erwischt."

„Welcher Moment ist schon gut für einen Streit?“, murmelte er. ‚Und dieser hier war der denkbar schlechteste‘, dachte er, sagte es aber nicht laut.

Peters nächste Worte rauschten bedeutungslos an ihm vorbei und das Schmunzeln der beiden älteren Männer fiel ihm ebenfalls nicht auf, denn er haderte mit dem Gedanken, woher Peter dies alles wusste. „Hat Charly dir das gesagt? Dass sie mich liebt?“, platzte er schließlich heraus.

Peter sah ihn mitleidig an. „Charly verliert nie ein Wort über ihre Liebschaften, obwohl ich mir sicher bin, dass sie mir jeden halbwegs wichtigen Burschen vorgestellt hat, und sei es nur, damit einer weiß, wem Arved die Hammelbeine langziehen soll, falls mal irgendetwas sein sollte.“

‚Meint er mit wichtig die, mit denen sie im Bett war?‘, fragte er sich. „Waren es viele?“, konnte er seine Neugier nicht bezwingen.

„Dich und Gereon mitgezählt?“ Peters Stimme troff vor Ironie. „Das geht dich nichts an.“

„Schon gut, vergiss meine Frage.“ Er winkte ab.

„Charly macht alles mit sich selber aus. Erfolge und Freude, aber auch Sorgen und Leid. Ich hatte gehofft, dass sich das ändert, wenn sie den Richtigen trifft“, seufzte Peter.

„Woher willst du es dann wissen?“, fragte Christian. Aufmüpfig wie ein Sechzehnjähriger; er merkte es selbst.

„Ich habe Augen im Kopf, mein junger Freund.“

„Ich auch“, knurrte er verärgert. „Das, was ich gesehen habe, sieht mir eher danach aus, dass Gereon ihr eigentliches Ziel war und ich nur … ein netter Zeitvertreib.“ Sie schmerzte, diese Feststellung.

„Dein Wort in Gottes Ohr. Aber man sagt ja nicht umsonst, ‚Liebe macht blind‘ …“, behielt Peter das letzte Wort.

Outlander – The Skye Boat Song
– Bear McCreary feat. Raya Yarbrough

Noch immer mit dem Gespräch vom Morgen beschäftigt, klingelte Christian bei Gereon.

„Hi. Was hast du da?“, wurde er begrüßt.

„Erkläre ich dir oben“, wich er Gereon aus.

Auf dem Balkon angekommen, platzierte er beide Päckchen nebeneinander und drapierte einen weißen Umschlag darauf.

***

Gereon hob ihn hoch und drehte ihn in den Händen. „Gemeinsam öffnen“, las er. ‚Wenn ich nicht irre, ist das Charlys Handschrift.‘ – „Hm“, brummte er. „Wie wortwörtlich wird das nun wieder gemeint sein?“

„Mach ihn auf.“ Christian stellte sich dicht neben ihn und beobachtete, wie er nach einem leichten Zögern den Umschlag aufriss. Darin befand sich eine Postkarte. In der oberen linken Ecke war eine eingekringelte Eins, Briefmarke und Adresse fehlte.

„Das Abenteuer beginnt“, las Gereon vor. „Mogli hat seine Seereise angetreten, und wir, Dad, Pollux und ich, warten auf unseren Flug. Es tut mir leid, wie ich reagiert und dass ich euch keine Möglichkeit zur Erklärung gegeben habe. Passt auf euch auf! **C**harly (+ **A**rved & **P**ollux)“

„Wer zum Teufel ist Mogli?“, fragte Gereon in die Stille hinein, die eingetreten war, nachdem er geendet hatte.

***

Christian nahm Gereon die Postkarte aus der Hand, als könne sie jederzeit explodieren und drehte sie um. Ein Flugzeug. SCHIPHOL – AMSTERDAM stand darüber.

„Wo wollen sie hin?"

Sie sahen sich an.

Er folgte seinen Gedanken zurück zu Begegnungen und Gesprächen mit Charly, die Andeutungen, Hinweise enthalten haben könnten. In ihr Schweigen hinein ertönte das Geklapper von Gereons Briefkasten. Napoleon sprang auf, nahm die Abkürzung über die Balkonbrüstung und kehrte kurz darauf mit Post in der Schnauze zurück. Christian nahm sie ihm ab und blätterte durch. „Nur für mich und meinen Vater, du musst selber laufen", grinste er seinen Freund an.

Gereon machte auf dem Absatz kehrt und polterte die Treppe hinunter. Als er zurückkam, schwenkte er eine Ansichtskarte. Christian trat auf ihn zu und riss sie ihm aus der Hand.

„Hey, das ist meine Post!", grollte Gereon.

„Du hast schon die erste lesen dürfen", gab Christian zurück und sah auch hier auf die Vorderseite. Ein großer Seevogel über wild schäumenden Wellen. Er drehte die Karte um. Diesmal eine eingekringelte Drei. Die Schrift winzig und krakelig, kaum zu entziffern.

„Da Moglis Schiff noch den Wellen des Südatlantiks trotzt und frühestens in zehn Tagen eintreffen wird, haben wir einen Flug auf die Falklands gebucht, zwei Pferde gemietet und sind in die Wildnis aufgebrochen. Pollux ist glücklich über „Bings" und „Peanut", er vermisst Phoenix. Im Augenblick sitze ich auf einem Hügel mit atemberaubendem Ausblick auf den Atlantik, umgeben von neugierigen Pinguinen. Am Strand rollen riesige Wellen auf, und über allem segeln majestätisch die Albatrosse. Sie landen und starten tatsächlich so ungeschickt, wie es karikiert wird. CAP"

***

Sie sahen sich an.

„Die Falkland-Inseln?“, wiederholte Gereon ungläubig. Er nahm Christian die Karte aus der Hand und las sie noch einmal.

„Scheint, als habe sie die Karten nummeriert. Fragt sich nur, wo Karte Nummer 2 abgeblieben ist.“ Christian trommelte mit den Fingerspitzen einen lautlosen Takt auf dem Balkongeländer.

„Vielleicht noch unterwegs“, antwortete Gereon abwesend. „Ist es nicht ein wenig übertrieben, ans Ende der Welt abzuhauen, weil wir uns gefetzt haben?“

Christian schüttelte den Kopf. „Das war keine Kurzschlusshandlung. Sonst wären wohl kaum Arved und der Hund dabei. Mogli ist zu sperrig fürs Flugzeug und musste verschifft werden.“

„Ein Unimog?“

„Denke ich auch.“

„Deshalb wollte sie keine Beziehung“, brach Gereon das eingetretene Schweigen.

„So sieht es aus.“

„Aber warum hat sie es uns nicht gesagt?“

„Hättest du ihr geglaubt?“ Er sah, wie sein Freund die Stirn in Falten zog. ‚Hätte ich ihr geglaubt, wenn sie es gesagt hätte?‘, überlegte Christian. Er sah Charly vor sich, wie sie draufgängerisch mit dem Motorrad durch die Kurven fegte, selbstsicher seine BMW handhabte, verschmitzt über Zweideutigkeiten lächelnd auf ihrer Terrasse. Unversehens schoben sich eindeutige Bilder dazwischen: Charly bewegungsunfähig unter ihm, auf sich selbst bedacht auf ihm, ihr runder Hintern, ihr unschuldiger Augenaufschlag …

„Nein“, unterbrach die Stimme seines Freundes seine Gedanken.

Er sah ihn nachdenklich an. „Was haben wir denn überhaupt von ihr gewusst?“

Gereon betrachtete ihn seinerseits. „Fakten. Was sie uns sehen lassen wollte.“

Langsam schüttelte er den Kopf. „Wohl eher nur, was wir sehen wollten."

Sein Blick fiel auf die Päckchen, die auf dem Tisch lagen. Gedankenversunken nahm er seines in die Hand und ließ sich in den linken Sessel fallen, in dem üblicherweise Gereon saß. Der nahm ihm gegenüber Platz und griff nach dem verbliebenen Paket. „Auf drei?"

„Übertreiben wir nicht", knurrte er zurück, kramte sein Taschenmesser hervor und schob es vorsichtig unter die Klebestreifen. Gereon beobachtete sein sorgsames Vorgehen und fetzte dann das Packpapier ab. „Sie ist verrückt geworden."

Christian ignorierte seinen Freund und wickelte langsam das Papier ab, ließ es jedoch achtlos zu Boden flattern, als er sah, was er in der Hand hielt: ‚Ein iPod touch.'

Gereon stand auf und ging ins Haus.

Er öffnete die Verpackung und nahm den iPod heraus. ‚Mattgrau.'

Gereon kehrte mit einer Verteilersteckdose zurück. Schweigend schlossen sie beide iPods an die Stromversorgung an und warteten genauso schweigend darauf, dass sie so weit geladen waren, dass sie sich einschalten ließen.

Er drehte seinen in der Hand. ‚Wieso schenkt Charly uns diese teuren Geräte?' Er stutzte. Drehte ihn mehr ins Licht. Der iPod war sogar graviert. ‚Christian' stand da und darunter ‚Ava Adore.' – "It's you that I adore, you'll always be my whore." Ungebeten fluteten die ersten Zeilen in seine Gedanken. Seine Nackenhaare stellten sich auf. „You'll be a mother to my child and a child to my heart." – 'Ich hätte geschworen, dass sie diesen Song nicht kennt.' – "We must never be apart." – 'Warum hat sie ausgerechnet diesen für mich ausgewählt?' – "We must never be apart." – 'Diesen Song, den ich gehört habe, wenn ich von ihr nach Hause kam.' – "You'll be a lover in my bed." – 'Wenn ich mich von dem Gedanken, dass sie vielleicht gerade mit Gereon unterwegs war, ablenken wollte.' – "And a gun to my head." – 'Wenn ich nachts nicht schlafen konnte.' – "In you I count stars." – 'Wenn ich das Gefühl hatte, vor Glück zu zerspringen, weil sie sich unverhofft bei mir gemeldet hat, so selten es war.' – "In you I taste god." – ‚Wenn ich daran denke, dass ich sie Gereon zuliebe aufgeben muss. Vielleicht. Irgendwann. Bald.' – „In you I crash cars." Und immer wieder … "And you'll always be my whore." – Zärtlich strich er mit dem Daumen über die Gravur. "We must never be apart." Die Zeile echote in seinen Gedanken. "We must never be apart."

Er sah auf. Gereon beobachtete ihn.

„Ava Adore", beantwortete er die unausgesprochene Frage und hob seinerseits fragend eine Augenbraue.

„Nothing Else Matters."

***

Die iPods enthielten offensichtlich ihre ganze Musiksammlung, die beträchtlich war. Er tippte auf Playlists und fand einige: Charly, Christian, Happy, Lonesome, Powerful, Classic, Love, Ava Adore.

Er tippte auf Charly, random und play. Die ersten Takte von 'Slow Hand' von den Pointer Sisters klangen auf.

‚Da scheine ich ja einiges richtig gemacht zu haben', dachte er.

„Hätte sie mir das nicht irgendwann mal sagen können?" Gereons ironische Stimme.

Er sah auf, Gereon deutete zu seinem iPod, um deutlich zu machen, dass er sich auf den laufenden Song bezog. Er lachte und verstand plötzlich, was Peter am Morgen gemeint hatte. „Vielleicht haben wir uns nur gut ergänzt", bemerkte er.

Er hielt dem Blick seines Freundes stand und ließ ihm eine Weile Zeit, über seine Worte nachzudenken. Dann fragte er provozierend: „Hast du bei Charly jemals etwas vermisst?"

Unerwartet lachte Gereon auf. „Was denn? Charly ist alles, was man sich wünschen kann, und noch mehr …“, seine Stimme verlor sich, sie hatte einen desolaten Beiklang.

„So geht es mir auch“, bekannte Christian leise.

Eine Weile blickten beide sinnierend vor sich hin. In das Schweigen hinein sagte Gereon: „Was machen wir, wenn sie wiederkommt?“

Er schloss die Augen. ‚Ja, was dann?' Er sehnte sich nach ihr, dass es fast körperlich schmerzte, und er ahnte, dass es Gereon ebenso erging. „Ich fürchte mich davor.“ Er öffnete die Augen und begegnete Gereons hochgezogenen Augenbrauen. „Weil ich dann vielleicht zusehen muss, wie sie mit einem anderen glücklich wird. – Oder mit dir.“

‚Oder unglücklich, wie Maja', dachte er. Schnell verdrängte er diesen Gedanken wieder.

Gereon holte tief Luft. „Sie kann sich genauso gut für dich entscheiden.“

„Spekulation“, wiegelte er ab.

Gereon schnaubte. „Es ist genau so wahrscheinlich wie die anderen beiden Varianten.“

Christian seufzte und hob die Schultern. Sein Freund hatte ja recht. Auch wenn er selbst momentan nicht so recht daran glauben konnte. „Wie auch immer“, wich er aus, beugte sich vor und fixierte Gereon scharf. „Sollte sie sich für dich entscheiden, wird das an meiner Freundschaft zu dir nichts ändern. Aber ich will euer Trauzeuge sein, und wenn du ihr Kummer machst, hau ich dir früher oder später kräftig ein paar auf die Fresse!“, grollte er ihn an. „Eher früher.“

Gereons Hände schlossen sich um die Armlehnen seines Sessels. Offensichtlich kostete es ihn Mühe, ruhig sitzen zu bleiben. „Was mir recht ist, ist dir billig“, nickte er und hielt ihm die Hand entgegen. „Deal?“

Christian zögerte nur einen kleinen Augenblick, dann schlug er ein. „Deal.“

Schweigen senkte sich über sie und jeder inspizierte weiter sein Geschenk. Gereon räusperte sich. Trotzdem klang seine Stimme belegt, als er sprach. „Die Fotos."

Folgsam tippte Christian den Ordner ‚Fotos' an. Es gab mehrere Alben: Motorrad, Klettern. Orte, That's Me, Pics you might like (or not). ‚Das klingt spannend', dachte er und öffnete den Ordner.

Es waren Fotos von Charly in verschiedenen, teils nicht ungefährlichen Situationen. Er blätterte sie immer schneller durch, wechselte dann zu ‚Klettern'. Auch hier: ausgewählte spektakuläre Fotos, entweder der Perspektive oder der Situation wegen. Er holte tief Luft und öffnete den ‚Motorrad'-Ordner. Gleich das erste Bild ließ ihm den Atem stocken. Charly auf einer Rennstrecke, auf einer blau-weißen Fireblade, das Knie am Boden, den Blick aus der Kurve herausgerichtet. Er blätterte einige weitere Fotos durch, wechselte dann zu ‚Orte'. Ein riesiger Ordner mit mehreren hundert Fotos. Er zögerte und tippte auf ‚That's Me'.

Charly schmusend mit Amadeus, in Joppe und mit Schrotflinte und stolz präsentiertem erlegtem Fasan, Charly ölverschmiert unter einer alten Karosse hervorlugend, Charly mit blauem Auge … ‚So habe ich sie kennengelernt', erinnerte er sich und ließ den iPod sinken.

Er hatte ihr zugeschaut, wie sie eingeparkt hatte, da sie ihr Motorrad rückwärts parkte, was sehr ungewöhnlich war. Hatte gesehen, wie sie darum gekämpft hatte, die Maschine zu halten, und war beeindruckt gewesen, wie schnell sie die BMW alleine aufgehoben hatte. Obwohl kein Bedarf mehr bestand, hatte er sie trotzdem angesprochen. Sie hatte abweisend reagiert, normal unter den Umständen, aber dann doch zu ihm hochgeschaut.

‚Das blaue Auge.' Er hätte morden können in diesem Augenblick. Er wollte sie in den Arm nehmen und dem, der ihr das angetan hatte, die Seele aus dem Leib prügeln. Er hatte ihr die Ausrede mit dem Pferd nicht abgenommen, aber als sie ihrer Freundin den Hergang der Geschichte erzählt hatte, hatte er es glauben müssen. Dann war sie sang- und klanglos entschwunden und ihre Freundin hatte seine Fragen nach ihr harsch abgewiesen.

'Ein paar Tage später stand sie an meinem Grundstück … mit der nächsten Blessur…' Gedankenverloren strich er über das Display. Er mochte die samtige Glätte und das gediegene Gewicht, die Wertigkeit.

'Aber warum diese teueren Geschenke? Um ihnen zu sagen, was sie ihr bedeuteten? Erinnerungen zum Abschied? Oder Versprechen für die Zukunft? – Und die Postkarten …' Seufzend legte er den iPod auf den Tisch und schloss die Augen.

„Und nun?“, fragte Gereon.

Er öffnete ein Auge. „Keine Ahnung.“

***

Es dauerte noch einige montägliche „Balkonmeetings“, die sie immer häufiger witterungsbedingt in die Sauna verlegten, bis sich ein Bild herauskristallisierte. Die Karten kamen nicht regelmäßig, manchmal zwei, drei Wochen gar keine, dann mehrere an einem Tag. Auch die Reihenfolge variierte sehr stark. Karte Nummer zwei erreichte sie erst nach mehr als zwei Monaten, inzwischen waren sie schon bei über fünfzig angekommen. Manch eine schien gänzlich verloren gegangen zu sein.

Charly blieb bei dem begonnenen Rhythmus, sie schrieb nahezu täglich, wie sich am Datum ablesen ließ, Christian bekam die geraden Zahlen, er die ungeraden. Und Charly, Arved und der Hund hatten schon zwei Drittel von Südamerika hinter sich, bevor Charly ihnen schwarz auf weiß ihren Verdacht bestätigte: Die Panamericana, von Süd nach Nord.

Stillschweigend ließen sie alles stehen und liegen und klapperten die Buchhandlungen der Umgebung ab, bis sie mittels mehrerer

Straßenkarten beide Kontinente lückenlos abdecken konnten. Die Giebelwand von Christians Dachboden wurde mit Korkplatten verkleidet und die Landkarten darauf tapeziert. Pinnadeln und Fäden verbanden die Postkarten mit den Orten auf der Landkarte und markierten den Weg der Abenteurer.

Der Montagabend wurde zum Ritual. Unter der Woche hütete jeder die eintreffenden Karten wie einen persönlichen Schatz, am Montag gingen sie in Allgemeingut über und wurden feierlich an der Wand verewigt.

Is This Love – Whitesnake

„Und wenn sie es weiß?“, bohrte Christian nach. „Dass du Angst um sie hast? Glaub mir, früher oder später wird sie sich danach richten, und das, was dich an ihr fasziniert, wird verschwinden.“

Gereon legte den Kopf in den Nacken und dachte nach. Lange.

Christian schwieg, ließ seinem Freund Zeit. Schließlich setzte er leise sein Weinglas auf den Tisch und erhob sich. „Die Frage ist doch: Liebst du sie als Person oder die Herausforderung, die sie für dich ist?“

„Da war ich auch ungefähr angekommen“, antwortete Gereon trocken. „Nächste Woche, selbe Zeit? Dann sollte ich auch eine Antwort gefunden haben.“

Christian musterte ihn eindringlich, lächelte dann. „Im Grunde weißt du sie jetzt schon.“

Einsamkeit hat viele Namen – Klee (1)

Christian öffnete die Flügeltür und trat in die sternenklare Winternacht hinaus. Sacht ballte sich sein Atem zu weißen Wölkchen. Aus der offenen Tür quoll Stimmengewirr und Musik und er schloss sie hinter sich.

Die steinerne Balkonbrüstung war kalt unter seinen Händen, aber er stützte sich dennoch darauf. Das Jackett spannte über seinen Schultern. Eine Weile blieb er mit gesenktem Kopf stehen, dann blickte er über den Main hinaus. Vom gegenüberliegenden Ufer grüßten die Lichter der Festung. Reste des ersten Schnees setzten festliche Akzente. Drinnen ging die Party weiter, der Geräuschpegel schwoll langsam aber stetig an und einzelne Wortfetzen waren sogar hier draußen verständlich.

‚Ich habe versucht, mich zu amüsieren.' Er hatte der blonden Sybille – ‚Sirene würde besser passen', dachte er zynisch – aus der Buchhaltung nachgegeben und mit ihr getanzt. Ebenso mit seiner Azubine, der er auch gleich noch einen Drink an der Bar spendiert hatte, sehr zum Missfallen ihres Freundes.

Sie tanzten gut.

Sie bemühten sich, ihm zu gefallen.

Sie waren anschmiegsam, und er verstand sehr wohl, was sie damit meinten.

‚Aber sie sind nicht Charly.'

Er schob die Linke in die Hosentasche und traf auf den Autoschlüssel. ‚Ich werde die Farce beenden und nach Hause fahren.' Gewohnheitsmäßig tastete er in der Brusttasche des Jacketts nach den Papieren und traf auf etwas Zerknautschtes. Kurz darauf hielt er eine Visitenkarte mit dem Abbild eines Friesen in den Lichtstreifen, der durch die Flügeltür fiel.

„Nachtschatten“, sagte eine Stimme hinter ihm und er fuhr herum. ‚Ronald. Wie lange hat er da gestanden?‘

Ronald hielt ein halbvolles Bierglas in der Hand und deutete damit in Richtung der Karte. „Jeder, der seinen Namen erfährt, denkt sofort an Drachen. Aber wir haben ihn so genannt, weil er in einer solchen Nacht geboren wurde.“ Mit weitem Schwung umfasste er die kaltsamtene Friedlichkeit der Nacht. Der Mond stand über den Wipfeln der Bäume und die Rebstöcke unterhalb des Balkons warfen akkurate Schatten auf den steilen Hang. „Im Januar wird er vier.“

Christian wandte sich ab. Seine Finger schlossen sich schützend um das Stück Papier.

„Sie ist also wirklich nicht deine Freundin.“ Ronald trat neben ihn und stellte das Bierglas auf der Brüstung ab.

Er war sich nicht sicher, ob er mit seinem Chef über Charly reden wollte. Widerwillig nickte er.

Ronalds Finger tippten unentschlossen auf dem kalten Stein. „Hat sie einen anderen?“

Er zuckte zurück und Ronald sprach weiter: „Es geht mich nichts an, ich weiß. Aber deine Arbeit leidet.“

„Sie ist verreist.“ Seine Stimme war rau und er räusperte sich. „Mit ihrem Vater.“

Ronald schob einen Finger in seinen Kragen und lockerte aufatmend die Krawatte. „Bis jetzt sehe ich da noch keinen Beinbruch.“

‚Er wird nicht lockerlassen.‘ Christian seufzte innerlich, kniff die Lippen zusammen und weigerte sich, mehr zu sagen.

Schweigend blickten sie beide auf das ölig träge fließende Wasser des Mains.

„Es ist ein seltsames Gefühl“, sagte Ronald leise.

‚Was?!‘, dachte Christian gereizt.

„Etwas in der Hand zu halten, das sie zuletzt berührt hat …“ Sein leises, freudloses Lachen blieb in der Luft zwischen ihnen hängen. „Es war auch eine Visitenkarte. Die erste mit meinem Namen darauf. Was war ich stolz! … Meine erste Frau hat sie genommen, angeschaut und mir wieder in die Tasche gesteckt. Am nächsten Tag war sie weg." Ronald wandte sich ihm zu und sah zu ihm auf. „Abgehauen mit meinem besten Freund, weil er erfolgreicher war als ich. Die Scheidungspapiere lagen auf dem Tisch, ich brauchte quasi nur noch zu unterschreiben." Ronald öffnete seine Hand und auf der Brüstung lag eine ehemals weiße, von häufigen Berührungen verfärbte und viel geknickte Karte.

Unschlüssig, wie er reagieren sollte, nahm Christian sie in die Hand. ‚Assistent der Projektleitung', las er lautlos. „Wann war das?"

„Vor zehn Jahren."

„Steile Karriere." Anerkennend sah er auf.

„Hat nichts genützt. Sie ist nicht wiedergekommen."

„Dein Freund?"

„Noch immer mein bester Freund."

„Du willst mir damit nicht weismachen, ich sei ohne sie besser dran?" Er stützte sich mit der Linken aufs Geländer und seine Augenbrauen hoben sich ironisch.

Unerwartet lachte Ronald. „Das ganz bestimmt nicht. Und dramatisch steht es um deine Karriere auch noch nicht." Das belustigte Funkeln verschwand aus seinen Augen. „Ich ahne, was in dir vorgeht."

Stirnrunzelnd blickte Christian noch einmal auf die Karte, dann reichte er sie zurück. Ronald verstaute sie sorgfältig.

„Du bist wieder verheiratet."

„Und es ist eine gute Sache. Cristina hält nicht nur ihre Pferde auf Trab."

„Trotzdem trägst du diese Visitenkarte mit dir herum?"

Ronald nickte. „Manche Menschen lassen dich nicht wieder los. Sie fehlen ein Leben lang."

Christian wandte sich hastig ab, um seine Züge vor seinem Chef zu verbergen. „Deine erste Frau … Was …?"

„Ist mit meinem Freund in die Staaten geflogen, hat sich da einen Milliardär geangelt und ihn fallen lassen wie eine heiße Kartoffel. Genießt jetzt die kalifornische Sonne und das Jetset-Leben."

Christian nickte, unsicher, ob Ronald einen Kommentar erwartete und wandte sich zum Gehen. Er sah noch, wie Ronald nach seinem Bier griff.

Gerade als er die Tür öffnen wollte, wehte der Wind zwei leise Worte zu ihm. Er hielt inne. Bevor er sich umgedreht hatte, trat Ronald an ihm vorbei in den Saal.

Einsam stand das leere Bierglas auf der Balkonbrüstung.

„Cheers, Jackie."

Papa Don't Preach – Madonna

Sie hatten ihr Nachtlager im Windschatten einer Sanddüne aufgebaut, die Reste des Abendessens waren verstaut und Arved saß bei einer Flasche Rotwein im Schein der untergehenden Sonne.

Charly kletterte aus dem Unimog und ließ sich in ihren Campingstuhl fallen. Eine Weile hingen beide ihren Gedanken nach. Sie war unruhig, knitterte ihr Hemd zwischen den Händen und vermied es, ihren Vater anzuschauen.

„Dad, ich bin schwanger“, unterbrach Charly schließlich die Stille.

„Dachte ich mir schon. Alles Gute, Engel.“

Sie war überrascht über die Zärtlichkeit in seiner Stimme und sah kurz auf. Ihr Vater lächelte sie an. Sie ließ ihren Blick wieder auf ihre verschränkten Hände sinken.

„Keine Vorwürfe?“, fragte sie erstickt und hoffnungslos.

„Das Kleine ist mein Enkel, mehr muss ich nicht wissen“, sagte er sanft.

„Oh Dad!“ Sie warf sich auf die Knie, schlang die Arme um seinen Körper und presste schluchzend ihr Gesicht in den rauen Stoff seines Hemdes. Sacht streichelten seine Hände durch ihre Haare.

Howling at the Moon – Milow

Gereon rutschte auf seinem Sofa hin und her. Er fand keine Ruhe und zappte immer wieder durchs Fernsehprogramm.

Stand auf, schlich unschlüssig durch die Küche, warf einen Blick in den Kühlschrank und klappte die Tür unverrichteter Dinge wieder zu. Stieg in die erste Etage und trat auf den Balkon. Tief atmete er die kalte Luft ein. Am sternenklaren Himmel lugte gerade der Mond über die Wipfel der Bäume. Alles war still. Er umfasste mit beiden Händen das Geländer und stützte sich darauf.

Eine Weile blieb er so stehen und blickte blind in den Garten hinaus. Allmählich drang die Kälte unangenehm in sein Bewusstsein und er kehrte ins Haus zurück. ‚Es hilft nichts, wenn ich mir draußen den Hund hole.'

An der Treppe verhielt er, ging weiter ins Schlafzimmer. Auf dem Nachtschränkchen stand ein kleines Kästchen. Er nahm es in die Hand, öffnete es aber nicht.

Lange saß er bewegungslos, bevor er das Kästchen zurückstellte, nach unten ging und die Lichter ausschaltete. Wieder oben zerrte er sich mit müden Bewegungen die Kleider vom Leib und stieg in die ausgeleierte Schlafhose. Ließ sich ins Bett fallen und zog die Decke hoch. Löschte das Licht.

Nach einigen Minuten tastete er im Dunkeln nach dem Kästchen, öffnete es und schüttete den Inhalt in seine Hand. Die Finger fest um einen kühlen Ring geschlossen, rollte er sich schützend um seine Hand zusammen und schloss nachdrücklich die Augen. Er lauschte dem gleichmäßigen Schlag seines Herzens und seinen Atemzügen.

Zu viele durchwachte Nächte forderten ihren Tribut und er glitt dankbar in Morpheus´ Arme, noch immer den inzwischen körperwarmen Ring umklammernd.

Sie besprachen die Möglichkeiten. Wälzten jede erdenkliche Variante mit Vor- und Nachteilen. Schließlich hob Charly ihr Gesicht in den Wind. „Wir fahren weiter“, entschied sie.

Ihr Vater lächelte, prostete ihr zu. Sie schwiegen eine Weile. Warmer Wind strich um sie herum.

„Willst du es ihm sagen?“

„Nein.“

„Das Kind braucht einen Vater – und er hat ein Recht darauf“, mahnte Arved sanft.

„Ich weiß nicht, wer der Vater ist.“ Charly sah ihn nicht an.

„Das lässt sich herausfinden.“

„Wenn ich es gar nicht wissen will?“, fragte sie aufsässig.

Er seufzte. „Lassen wir mal das Kind beiseite. Wen würdest du denn jetzt bevorzugen?“

Sie schüttelte den Kopf. „Ich weiß es nicht, Dad.“

Er wartete geduldig. Schließlich zuckte Charly mit den Schultern und fuhr fort: „Ich mag sie beide. Sehr. Optisch und … auch sonst“, fügte sie lahm hinzu. „Sie ergänzen sich perfekt. Gereon ist aufregender, ich liebe es, ihn herauszufordern …“ Sie verlor sich in Gedanken.

„Und Christian?“, soufflierte er nach einiger Zeit.

„Ruhig. So … präsent … Ich kann es nicht in Worte fassen …“, flüsterte sie. „Manchmal habe ich Angst vor ihm.“ Auf ihren Armen hoben sich plötzlich die feinen Härchen und sie erschauerte, obwohl der unberechenbar böige Wind angenehm warm wehte.

„Angst?“ Sie hörte die Beunruhigung in seiner Stimme.

„Nicht, dass er mir etwas antun würde“, beeilte sie sich zu erklären. „Eher …“ Sie schlang sich die Arme schützend um den Oberkörper und beugte sich vor. „… als ob ich mich verliere, wenn ich ihm zu viel von mir zeige.“ Sie schwieg, dann wandte sie ihm fragend den Kopf zu. „Ergibt das Sinn?“

Er ließ sich Zeit mit der Antwort, schwenkte gedankenverloren den Rotwein im Glas.

***

„Wie war es eigentlich bei Mom und dir?“, fragte Charly, als er noch immer nichts sagte.

Er stieß die Luft durch die Nase. „Wir konnten nicht genug voneinander bekommen“, sagte er leise. „Damals wie heute“, fügte er nahezu unhörbar hinzu.

„Was?!“

Fast reuevoll sah Arved seine Tochter an. „Du hast richtig gehört.“

Charly versuchte noch immer, das Gehörte zu verdauen.

„Wir können weder mit- noch ohne einander“, erklärte Arved. „Gemeinsam fühlen wir uns vom anderen eingesperrt, sind wir getrennt, fühlen wir uns unvollständig. Wir telefonieren oder schreiben uns täglich, sehen uns regelmäßig.“ Er hob entschuldigend die linke Schulter und ließ sie wieder sinken. „Es ergibt Sinn, was du gesagt hast.“

Allerdings ließ er offen, welchen.

***

Wieder schwiegen sie und jeder hing seinen eigenen Gedanken nach. Unvermittelt lachte Charly leise auf.

„Ich habe mich beiden von komplett verschiedenen Seiten gezeigt. Häuslich, handwerklich, bodenständig und gelegentlich sogar hilfsbedürftig bei Christian. Aufregend, geheimnisvoll und immer selbstständig bei Gereon.“

„Das ist nicht ungewöhnlich. Sie haben vorrangig die Saiten angespielt, die ihnen im Augenblick am bedeutsamsten sind. Jeder für sich, wie bei einer Gitarre. Was nicht heißt, dass jeder nicht auch die Saiten des anderen spielen kann. Oder die eine oder andere vielleicht gar nicht."

Charly nickte. „Manchmal werden sie mir beide zu viel." Sie strich eine Locke aus dem Gesicht. „Ist wahrscheinlich auch besser so. Vermutlich wird keiner von beiden mehr etwas mit mir zu tun haben wollen." Charly seufzte.

„Sei dir da nicht allzu sicher. Nicht nur du hast eigene Interessen verfolgt. – Sie auch."

‚So habe ich es noch nicht betrachtet.' Nachdenklich krauste sie die Nase und überlegte. „Was rätst du mir?", fragte sie schließlich.

„Nichts."

Charly sah ihren Vater mit großen Augen an. „Nichts?"

„Nichts", bekräftigte er und leerte sein Weinglas in einem Zug.

Lange noch saßen sie schweigend. Mitternacht musste vorüber sein, als Charly ihre Sachen zusammenpackte und in den Unimog kletterte. Im Schlafanzug lugte sie noch einmal heraus.

„Gute Nacht, Dad."

„Schlaf gut, Engel."

Picture Postcards from LA – Joshua Kadison

Weihnachten fiel auf den 19. Februar. Dann nämlich erhielten sie ihr erstes Paket. Es war am 24. Dezember aufgegeben worden, und obwohl es stabil verpackt war, sah es recht mitgenommen und zerfleddert aus. Peter spielte den Weihnachtsengel und entschuldigte sich wortreich, dass er sie so lange habe warten lassen; schließlich habe er das Paket seit drei Wochen zu Hause.

Neben einem ganzen Stapel Straßenkarten, Handzeichnungen und einigen kleineren Gegenständen, zweifelsohne Souvenirs, förderten sie auch zwei dicke Päckchen Fotos zutage.

Unter dem wachsamen Blick von Peter rutschten sie auf Gereons Sofa dicht nebeneinander und blätterten sie durch. Atemberaubende Landschaftsaufnahmen von schneebedeckten Bergen, windgepeitschtem Land und Meer, manchmal mit Pollux oder Arved davor, seltener Charly. Dazwischen Fotos von Camps, der Unimog im Sonnenuntergang, Arved bei einer Flasche Wein. Auch hier – kaum Fotos von Charly.

Ernüchtert öffneten sie das zweite Päckchen und wurden mehr als entschädigt. Es enthielt fast ausnahmslos Fotos von ihr: Am Strand, zu Pferd, im Profil, offensichtlich an einem Aussichtspunkt, auf einem Salzsee, braungebrannt und lachend. Am Steuer des Unimogs, beim Hantieren mit dem Gaskocher, beim Trinken aus einer Wasserflasche, das Gesicht staubverschmiert und kleine Schweißtröpfchen glitzerten an ihren Schläfen und in der Kuhle ihres Halses. Charly beim Reifenwechsel inmitten einer rotbraunen Schlammwüste.

So ging es weiter; jedes Foto von ihr nahm sie mit auf die Reise, erzählte von anstrengenden, berührenden und erhabenen Augenblicken. Sie trug praktische Cargohosen, ihre Bundeswehrstiefel und langärmelige Männerhemden, je nach Gelegenheit bis zum Ellbogen aufgekrempelt. Sie sah gut aus. Ein wenig müde um die Augen vielleicht, aber begehrenswerter denn je.

Nach dem letzten Foto sahen sie auf.

Peter beobachtete sie noch immer.

Du bist nicht allein – Klee

Missmutig hockte Charly auf ihrem Campingstuhl mitten im roten Schlamm. Er war hier nicht ganz knöcheltief, im Gegensatz zu den teils fast kniehohen Schlammlöchern, durch die sie sich den Tag über gekämpft hatten. Weit waren sie nicht gekommen, keine zwei Kilometer heute.

Arved betrachtete seine Tochter. Gitta, seine Frau, war während der Schwangerschaft ruhiger geworden, ihr sprunghaftes, überschießendes Wesen gemildert. Bei seiner sonst so ausgeglichenen und besonnenen Tochter schien das genaue Gegenteil eingetreten zu sein. Seit Tagen war Charly launisch, ungeduldig und reizbar. Er konnte es ihr nicht verübeln; die Strecke war anstrengend und sie musste die Hauptlast tragen.

‚Hoffentlich wird es nicht zu viel für sie', sorgte er sich.

Sie war ungefähr im fünften Monat, unter seinen weiten Hemden sah man ihren leicht gerundeten Bauch noch kaum. Sie sah sehr müde aus, strich sich eine Haarsträhne aus dem Gesicht und hinterließ auf dem Wangenknochen eine rötliche Spur.

Sie hatte am Vormittag den hinteren Reifen wechseln müssen. Die Radmuttern waren schlammverkrustet und saßen fest. Schon da fluchte sie wie ein Fuhrknecht. Dann rutschte sie von ihrem improvisierten Hebel ab und stieß sich den Kopf am Reifen, der Hebel platschte in den Schlamm und versank. Wutentbrannt klatschte ihre flache Hand auf den Reifen, bevor sie beide Hände bis an die Ellbogen in den Schlamm senkte und den Hebel herausfischte. Als er auch noch die Kamera auspackte und sie fotografierte, ging sie ihm fast an die Gurgel.

Endlich war das Rad ab und entblößte ein langes Eisenstück, das sich in den Reifen gebohrt hatte. Sie zerrte es heraus und warf es mit einem frustrierten Schrei ins Gebüsch. Gleich darauf tauchte sie in das Grün, kam nach einigen Minuten mit dem eben fortgeworfenen Metallteil zurück und schmetterte es krachend in ihre Müllkiste, die hinten am Unimog befestigt war. Der restliche Reifenwechsel verlief unkompliziert, und erneut waren sie dem mühseligen Rhythmus der Schlammpisten gefolgt.

Er fuhr so gleichmäßig wie möglich, bemüht, die Räder in Grip zu halten. Rutschten sie durch, sprang Charly aus dem Führerhaus, warf die Planken vor die Reifen und zerrte sie mithilfe der Hakenstange wieder nach vorn, wenn er darübergefahren war – oder hängte sie an ihren Platz zurück. Heute waren sie im Dauereinsatz, und als sie diesen etwas trockeneren Hügel erreicht hatten, befahl er Rast.

Charly fischte ihr Handy aus einer der Cargotaschen ihrer Hose. Es war mehr als unwahrscheinlich, dass sie hier Empfang hatte. Ihre düstere Miene umwölkte sich stärker. Sie pfefferte das Handy auf den Campingtisch. Es schlitterte über die glatte Oberfläche, kippte und wäre im Schlamm gelandet, hätte er sich nicht blitzschnell vorgebeugt und noch soeben seine Hand darunter gebracht. Vorsichtig legte er es auf die Tischfläche.

„Danke." Mit einem halben Lächeln und leichtem Achselzucken entschuldigte sie sich für ihr genervtes Verhalten.

„Schon gut, Engel", beruhigte er sie. Er lehnte sich genießerisch zurück und schloss die Augen. „Ich bin zwar gerade fürchterlich beschäftigt, die Regenwaldkulisse zu genießen", sagte er träge, „aber ein halbes Ohr hätte ich frei."

Charly begann zu lachen. „Ich benehme mich kindisch, stimmt's?"

„Nein, eher … schwanger …" Er öffnete die Augen früh genug, um den Deckel der Wasserflasche vor seiner Brust abzufangen. „Hey, keine Respektlosigkeiten!", drohte er schmunzelnd.

„Du sagtest letztens, Gereon und Christian haben eigene Interessen verfolgt. Welche?" Sie hob bremsend die Hand und überlegte noch einen Augenblick. „Mir ist klar, dass du auch nur Vermutungen anstellen kannst, aber vielleicht hast du Beobachtungen gemacht, die mir entgangen sind. Ich war wohl nicht immer voll zurechnungsfähig." Sie klang reumütig.

„Man nennt es auch verliebt", sagte er trocken.

Sie runzelte die Stirn und holte bereits Luft, um aufzubegehren, aber was sie sagen wollte, blieb ungesagt.

„Das Offensichtliche brauche ich dir nicht zu sagen ..."

„Dass sie mit mir ins Bett wollten."

„Ich bin mir ziemlich sicher, dass zwischen ihnen eine Absprache in Bezug auf dich bestand", gab Arved seinen Gedanken Raum.

Zu seiner Überraschung nickte Charly. „Die gab es." Sie blickte auf ihre Hände und errötete. „Dass sie mich teilen. Deshalb gehe ich davon aus, dass ich für beide nicht mehr war als … ein Abenteuer", endete sie leise.

„Anfangs war es das für mich auch", sprach sie nach einigen Minuten weiter, als er abwartend nichts sagte. „Ich dachte, ich könnte es kontrollieren. Dann, auf einmal, ging alles schief. Und ich bin schuld." Sie schluchzte auf und verbarg das Gesicht in den Händen.

„Charly …", er holte tief Luft. „Um Schuld geht es doch gar nicht. Wenn doch, dann trägt sie jeder von euch dreien gleichermaßen." Mühsam arbeitete er sich zu ihr hinüber, nahm ihre Hände in seine und beugte sich eindringlich vor. „Keiner der beiden hat nur ein Abenteuer gesucht. Sie sind beide Anfang dreißig, sie denken an Familie, Kinder." Er überlegte kurz. „Wahrscheinlich nicht bewusst, noch nicht. Aber sie wissen beide, dass ihr Leben nicht so weitergeht wie bisher. Dass sie Verantwortung übernehmen können, haben sie in ihren Berufen bewiesen."

Charly nickte schwach.

„Du hast sie beide an einem kritischen Punkt erwischt. Nämlich da, wo sie ihren beruflichen Erfolg ins Privatleben übertragen müssen, um vor ihrem gesellschaftlichen Umfeld zu bestehen. Es wird von ihnen erwartet, dass sie in absehbarer Zeit eine Familie gründen." Er pausierte. Sollte er zum Thema gesellschaftliche Erwartungen etwas sagen? Er entschied sich dagegen; es war kompliziert genug, auch ohne seine unkonventionellen Ansichten. Für die war später noch Zeit genug. „Nach dem, was du mir bisher erzählt hast, kämpft Gereon mit dem Abschied von seiner Ungebundenheit."

Wieder nickte Charly.

„Christian hat damit weniger Probleme. Er kämpft …" Er zögerte. „Mit etwas anderem. Erinnerungen, denke ich, und Selbstzweifeln. – Gereon auch, aber anderen und nicht so stark", fügte er wegwerfend hinzu. „Er ist, scheint es, gewohnt, alles zu bekommen, was er will. Das meiste fällt ihm quasi in den Schoß, aber im Zweifel kämpft er bis aufs Blut."

„Wer? Gereon?", fragte Charly.

Ihr Vater nickte. „Christian ist sehr loyal, vielleicht zu loyal, und steckt auch wider besseres Wissen zurück, wenn er merkt oder weiß, dass es jemand anderem viel bedeutet." Er blickte eine Weile ins Leere, dann räusperte er sich und sah ihr in die Augen. An ihren Wimpern zitterten Tränen.

„Charly, du hast einem Mann viel mehr zu bieten als ein kurzlebiges Abenteuer, und das sage ich nicht nur, weil ich als Vater ein verklärtes Bild von dir habe."

Sie brachte ein seltsam hicksendes Lachen zustande und er schmunzelte.

„Das dürften die beiden mittlerweile auch gemerkt haben …"

Charly holte zitternd Luft, blieb aber stumm. Arved drückte ihre Hände und mühte sich zu seinem Platz zurück. Er überlegte, ob es der Mühe wert war, sich bis zum Unimog zu kämpfen und den Kanister Rotwein zu holen, als Charly aufstand und in den Wagen kletterte. Sie rumorte eine Weile darin herum und kam mit zwei Gläsern, dem Kanister und einer Wasserflasche zurück.

„Danke“, lächelte er.

Sie nickte abwesend und goss die Getränke ein. „Mam und du … seid ihr euch treu?“ Sie drehte den Deckel des Kanisters zu und stellte ihn neben dem Tisch ab.

„Indirekt.“

„Wie bitte ist man sich ‚indirekt' treu?“

Arved lachte. „Wir fragen uns um Erlaubnis.“

„Das funktioniert?“

Er hörte die Skepsis in ihrer Stimme. „Nicht immer“, gab er zu.

Charly nahm wieder Platz, rutschte im Campingstuhl so weit nach unten, dass sie den Nacken auf der Kante abstützen konnte, und legte den linken Fuß aufs rechte Knie. „Es ist schwierig, sich die eigenen Eltern … im Bett vorzustellen.“

„Meinst du, bei der eigenen Tochter sei es einfacher?“

Sie hob ob seines grimmigen Tonfalls den Kopf und sah ihn fragend an.

Er hatte keine Schwierigkeiten, sich seine Tochter in den Händen eines Mannes vorzustellen, und die Bandbreite an Gefühlen, die ihn angesichts dieser Vorstellung überfielen, war erschreckend. „Ich bin ein friedfertiger Mensch, aber bei deinen Freunden habe ich mitunter das Bedürfnis, ihnen Achtung für dich einzubläuen“, knurrte er.

Seine Tochter lachte. „Dann wundert es mich umso mehr, dass ich Lars immer mit nach Hause bringen sollte.“

„So wusste ich wenigstens, wo ihr wart.“ – ‚Lars? Ich dachte immer, Robert wäre ihr Erster gewesen. Nun, wie man sich doch täuschen kann.'

Sie musterte ihn mit schmalen Augen und nickte nachdenklich.

„Du kennst den Song ‚Take good care …'“, begann er.

“'… of my baby'?”, unterbrach sie ihn. „Oh Dad! Ich hatte nie den Eindruck, dass es dir schwerfällt, mich gehen zu lassen. Nicht im Sinne von dass ich dir lästig wäre, meine ich“, berichtigte sie sich hastig. „… und du hast mich auch nicht fortgeschickt. Aber …“ Sie überlegte. „… wenn ich fliegen wollte, dann hast du mir eine Startrampe hingestellt, für den richtigen Wind gesorgt – und zugeschaut, wie ich die Flügel ausgebreitet habe und – geflogen bin … Und dafür gesorgt, dass die Landung nicht gänzlich daneben ging.“

Er sah sie an und schwenkte den Rotwein im Glas. Bei jeder Runde entströmte dem Glas ein feinherb-würziger Duft, den er tief inhalierte.

„Wenn du es so empfindest, dann habe ich alles richtig gemacht“, sagte er mit tiefer Befriedigung. „Ich war – und bin“, er zwinkerte ihr zu, „gern mit dir unterwegs. Aber du brauchst und hast dein eigenes Leben.“

Offensichtlich verlegen knitterte sie ihr Hemd.

„Für wen von beiden du dich entscheidest, meinen Segen hat er.“

„Danke, Dad.“, flüsterte sie. In ihren Augen schimmerten erneut Tränen.

Sie sprang auf und fuhr sich verstohlen über das Gesicht. „Ich kümmere mich ums Essen“, verkündete sie überflüssigerweise. „Was magst du? Bohnen- oder Erbseneintopf?“

Er verdrehte die Augen, ihm hing beides zum Hals heraus. „Steak.“

„Sieht schlecht aus. Schlange ließe sich vielleicht noch machen.“ Nachdenklich musterte sie den Waldrand.

„Hiergeblieben! Ich begnüge mich mit Bohnen.“ – ‚Nicht, dass sie noch einer Anaconda in die Fänge läuft!'

Binnen kurzem standen die Teller auf dem Tisch und die pampige Masse in der Metallbüchse über dem Campingkocher begann, träge Blasen zu werfen. Mit gerunzelter Stirn hockte Charly davor und rührte um. Sie zog den Löffel heraus und leckte ihn vorsichtig ab. „Hast du schon eine Idee, wie wir übers Darien Gap kommen?“

Zufrieden schmunzelte er. „Sogar eine ganz konkrete.“

Sie betrachtete ihn, dann nahm sie ihren Teller, füllte ihn und machte es sich gemütlich. „Essen gegen Info.“ Sie pustete über ihre Bohnen.

„Wir fahren nach Cartagena. Dort sammelt uns ein Schiff eines meiner Kunden ein, seine Reederei fährt die Stadt mehrmals wöchentlich an. In Panama-Stadt werden wir wieder ausgeschifft."

„Cool! Den Panamakanal vom Schiff aus!"

Die Bohnen wechselten den Besitzer und Charly angelte sich vorsichtig die heiße Büchse vom Kocher.

Barfuss im Regen – Klee

Der Regen prasselte auf das Dach der Kabine. Mittlerweile hatten sie den Dreh raus. Sie waren bis zum letzten Moment gefahren und noch trocken nach hinten in den Aufbau geklettert, bevor sintflutartig die Wassermassen vom Himmel stürzten. Charly spähte durch das einzige Fenster nach draußen, konnte jedoch außer Grau nichts ausmachen. Breite Wasserrinnen flossen über die Scheibe.

Ihr Vater saß auf der Bank am Tisch, mit dem Rücken gegen die Abtrennung des Fahrerhauses gelehnt, eine dampfende Tasse Kaffee in den Händen. Eine einzelne Kerze erhellte sanft flackernd das Innere des Unimogs. Charly krauste die Nase, als ihr ein Hauch des Schwefelgeruches auffiel. Arved blickte in seine Tasse, aber es war augenscheinlich, dass er nicht den Kaffee darin sah.

„Woran denkst du?"

Ertappt blickte er auf. Sie hätte schwören können, dass er sogar rot wurde, aber im gedämpften Licht war es nicht auszumachen.

„An eine Regennacht in Zadar, Ende November neunundachtzig."

Sein Blick ruhte auf ihrem schon sichtbar gerundeten Bauch.

Charly hatte automatisch nachgerechnet, aber sie war sich sicher, bevor ihr Bewusstsein die Ahnung bestätigte.

„Wir haben einen Fischer getroffen, sind mit ihm rausgefahren. Als wir zurückkamen, lud er uns in sein Haus ein. Wir haben mit seiner Familie gegessen, mit Händen und Füßen versucht, uns zu verständigen."

Sie nickte, wusste, was er meinte, oft genug waren sie beide schon in ähnlichen Situationen gewesen. Auf ihren Reisen früher und jetzt wieder.

„Irgendwann brachte er eine Flasche Selbstgebrannten angeschleppt, die wir niedergemacht haben. Auf dem Weg zum Bus wurden Gitta und ich von einem Gewitterguss überrascht und waren binnen kurzem völlig durchweicht."

„Was die Sache vermutlich vereinfacht hat, denn das letztendliche Ergebnis bin ich."

Arved lachte. „Ja, das Beste, was passieren konnte. Auch wenn sich unsere Begeisterung zunächst sehr in Grenzen hielt, als Gitta es bemerkte."

„Kann ich mir gut vorstellen", antwortete sie etwas zu trocken.

„Was macht dir Sorgen, Engel?"

Natürlich hakte ihr Vater genau da ein, wo sie sich gedanklich im Kreis drehte. „Ich weiß nicht, wie ich es ihnen sagen soll."

„Ah ..., du bist schon beim ‚wie'", bemerkte er.

„Irgendwann muss ich es ihnen sagen, spätestens, wenn wir nach Hause kommen." Sie zuckte die Schultern. „Manchmal hätte ich es einfach gern hinter mir."

Er nickte. „Mit ‚wie' drehst du dich im Kreis. Versuche es mit ‚was sage ich wann wo zu wem'", bot er an.

Schweigend tranken sie ihren Kaffee.

„Darf ich dich noch was anderes fragen?" Scheu sah Charly ihren Vater an.

„Fragen kannst du alles." Ihr Vater blieb ernst, aber sie sah das Funkeln in seinen Augen. Dankbar lächelte sie ihn an. „Wie hat es sich angefühlt, Vater zu werden?"

„Das ist für jeden unterschiedlich", schickte er voraus.

Sie verdrehte die Augen. „Das ist mir klar."

„Wie es war?", wiederholte er. „Unerwartet. Zuerst war ich sehr erschrocken, ich war gerade zwanzig, Gitta erst neunzehn. Ich hatte keinen festen Beruf, mich nur mit Gelegenheitsjobs über Wasser gehalten. Meine Eltern waren schon seit vielen Jahren tot, ihre warfen sie aus dem Haus und verweigerten jeden Kontakt, als sie erfuhren, dass sie von ‚einem Herumtreiber' schwanger war." Er schien zu Überlegen, ob er mehr sagen sollte, verwarf jedoch, was ihn gedanklich beschäftigt hatte, mit einer ungeduldigen Bewegung der Finger. „Vieles war im Umbruch – große Chancen, aber auch große Unsicherheit. Wir mussten schnell erwachsen werden.“ Er legte seine Hand flach auf den Tisch und spreizte die Finger.

Sie hatte seine Hände schon immer geliebt. Groß, aber elegant, mit langen Fingern. Sie erinnerte sich an den Hauch von Öl und Kernseife, der ihnen entströmte, wenn er sie abends zugedeckt hatte. Die Spuren von Schmieröl in den Rillen und unter den Nägeln, die nie richtig verschwanden. Die Zärtlichkeit, mit der sie ihre Decke glatt gestrichen hatten. Es schien Ewigkeiten her.

„Ich hatte schlicht Angst, Gitta – und dir – nicht gerecht zu werden, euch nicht das Leben bieten zu können, das euch zustand. Es erleichterte mir die Schritte in eine bürgerliche Existenz, und jeder Schritt wiederum brachte mehr Vorfreude auf dich und das Familienleben, weil es meine Fähigkeit, euch zu ernähren, bewies.“ Gedankenverloren schüttelte er den Kopf.

Sie kannte die Geschichte ihrer Eltern. Der Unfall, der kurz vor ihrer Geburt alle Bemühungen Arveds, seiner Familie eine gesicherte Zukunft zu bieten, zunichte machte. Den Kampf ihrer Mutter, sich, ihr Kind und dessen hüftabwärts weitgehend gelähmten Vater durchzubringen. Den anderen, bei dem ihre Mutter Zuflucht fand und der doch keine Zukunft bot. Ihre Entscheidung, den wirtschaftlichen und sozialen Erfolg in der Modebranche in München zu suchen.

Ihr Vater blieb zurück, und sie? Wurde früh daran gewöhnt, sich um sich selbst kümmern zu müssen. Ihre Mutter hatte wenig Zeit, brachte sie häufig zu ihrer Schwiegergroßmutter, die einzige Verwandte, die Charly außer ihren Eltern hatte. Sie erinnerte sich hauptsächlich an das Nest, das Heimelige, das deren Haus geboten hatte, das jetzt ihr Haus war. An ihre Urgroßmutter selbst hatte sie nur eine blasse Erinnerung: kühle Hände, Duft, elegante Kleidung, die sie damals nicht als Widerspruch zur ländlichen Umgebung empfunden hatte. Das weiße Auto.

Sie hatte es geliebt, darin mitfahren zu dürfen. Ihre Gedanken schweiften weiter nach Frankreich. Gemeinsam mit ihrem Vater hatte sie ihre Urgroßmutter besucht, und die schwachen Kindheitserinnerungen waren plötzlich dem Nebel der Zeit entrissen worden. Der gleiche Duft, die gleichen kühlen Hände, noch immer elegant gekleidet und perfekt frisiert. Arved hatte ihr ein altes Schwarz-Weiß-Foto mitgebracht. Charlène mit Gitta, die sie, Charly, etwa dreijährig, auf dem Arm hielt, vor einem weißen Borgward Isabella im Schatten der Blutbuche am Rondell vor ihrem Haus. Als sie bemerkte, wie ihre Urgroßmutter sich verstohlen Tränen aus den Augen wischte, wünschte sie sich inbrünstig, sie hätte den Wagen ihrer Mutter mitgebracht. Sie hoffte inständig, dass ihr noch genug Zeit blieb, Charlène diese Freude zu machen.

Das Flackern der Kerze brachte sie aus ihren Erinnerungen in die Gegenwart zurück.

„Hast du dir einen Sohn gewünscht?“, fragte sie plötzlich und vermied geflissentlich, ihn anzusehen. Er ließ sich Zeit mit der Antwort, so lange, dass Charly schließlich aufsah und provozierend fragte: „Überlegst du, ob du es mir sagen sollst?“

„Auch“, gab er schmunzelnd zu. „Ich weiß es nicht. Ich habe versucht, mir ein Baby, ein Kind, einen Jungen oder ein Mädchen, vorzustellen. Meine Phantasie reichte nicht aus.“ Mit einer hilflosen Geste griff Arved nach seiner Tasse, stellte fest, dass sie leer war und setzte sie wieder ab. „Gitta hat es einmal so beschrieben: Du warst geboren, ein Mädchen, gesund und alles in Ordnung, aber sie konnte nur an die andere Möglichkeit denken, dass der Sohn, der hätte sein können, nicht mehr war.“ Sie musste leidlich entsetzt geschaut haben, denn er beeilte sich hinzuzufügen: „Ich vermute, umgekehrt wäre es ähnlich gewesen.“

Langsam nickte Charly, leise ahnend, aber dennoch nicht ganz fassen könnend, was er meinte, und streichelte mit beiden Händen zärtlich über ihren Bauch. Plötzlich hielt sie inne, griff nach der Hand ihres Vaters und presste sie seitlich auf die Rundung. Erwartungsvoll verharrten sie beide, und als nach einer langen Weile eine leichte Bewegung gegen seine Hand drückte, lächelten sie sich an.

„Ich bin stolz auf mein Mädchen."

Unerwartet rannen ihr Tränen über die Wangen und sie warf sich in seine Umarmung.

Loco in Acapulco – Four Tops

„Hast du Karten zum Versenden? Ich will zum Postkasten“, rief Arved ins Dunkel des Aufbaus.

„Ja. – Nein! – Das heißt, ich wollte sie selber wegbringen.“ Sie tauchte an der Tür auf und setzte sich auf die oberste Stufe, zwei Karten in der Hand.

Er stutzte. ‚Was will sie nicht, dass ich es weiß?‘

Charly fächelte sich mit den Karten Luft zu und bemühte sich um einen entspannten Ausdruck, der ihr völlig misslang. Seine Tochter war aufgeregt bis in die Haarspitzen.

„Auch gut …“, begann er, da hielt sie ihm die Karten buchstäblich unter die Nase. Er schob sie unter die zwei, die er bereits auf dem Schoß liegen hatte. „Was gibt's zum Essen?“

„Essen?“, stöhnte sie. „Bei der Hitze?“

„Es wird gleich besser, wenn die Sonne verschwunden ist, liegst du mir wieder in den Ohren mit deinen Essenswünschen.“

„Bring irgendwas mit. Ich schreibe unser Tagebuch weiter.“

***

Am Briefkasten hielt er inne. Er zögerte, doch dann drehte er ihre Karten um. Identisch, fiel ihm sofort auf. Eine an Gereon, die andere an Christian. 107 und 107a.

‚Las Vegas also. Ich bin gespannt, Jungs. Wer weiß, welche Überraschung sie noch in petto hat.‘ Leise pfeifend warf er die Postkarten in den Kasten und wandte sich dem nächsten Punkt der Agenda zu.

Als er eine knappe Stunde später zum Unimog zurückkehrte, freute er sich. Auf Nudeln mit Tomatensauce und einem guten Bergkäse.

Dazu hatte er unverhofft ein Stück Karamellkäse gefunden, sogar den echten, aus Norwegen, auf den Charly ihren äußerst unpraktischen Schwangerschaftsheißhunger hatte. Aber der sollte eine Weile reichen, und in den USA hatte er genug Kontakte, um ihr diesen Wunsch überall erfüllen zu können.

Black Horse and the Cherry Tree – KT Tunstall

Christan legte seinen Laptop auf den Schreibtisch und zerrte heftig die Krawatte vom Hals. Ein Blick auf die Uhr ließ seine Laune weiter sinken. Halb acht, am Freitag. Gereon und die anderen waren sicher schon auf Tour.

Es klopfte und Ronald sah herein. „Du bist noch hier?"

„Witzbold", murmelte er. „Wir sind vor zwei Minuten aus demselben Meeting raus. Beamen kann ich mich nicht."

„Du hast was vor? Ich will dich nicht aufhalten."

Er winkte ab. „Nichts Bestimmtes."

„Gibt's – was Neues?"

Er hob die Schultern. „Bezüglich was?"

„Charly?"

Er erinnerte sich ungern an die Weihnachtsfeier. Seitdem hatten sie das Thema gemieden und er sich bemüht, Charly tagsüber aus seinen Gedanken zu verbannen.

„Sie meldet sich. Regelmäßig."

„Klingt gut."

„Bei meinem besten Freund auch."

„Nicht ganz so gut. – Was hältst du von einem Bier, dann redet es sich besser als hier auf dem Trockenen", fragte Ronald weiter.

„Ok, wo?"

„Bei mir zu Hause."

„Ich folge dir unauffällig."

***

Er stopfte seine Büroklamotten achtlos in den Koffer, dann folgte er Ronalds SUV.

Das Anwesen lag erhöht am Waldrand. Auf den sanft abfallenden Wiesen grasten mehrere Friesen.

„Welcher ist Nachtschatten?“, fragte er, kaum dass sie angehalten hatten.

Sie gingen zu einer der Koppeln und Ronald stieß einen durchdringenden Pfiff aus. Eines der Pferde hob den Kopf und kam zunächst im Trab, dann im Galopp auf sie zu. Übermütig mit dem Kopf schlagend bremste der große Rappe vor dem Zaun und begann neugierig, seine Hände und Taschen abzuschnuppern.

„Prächtiger Bursche. Der könnte mir glatt gefallen. Wallach oder Hengst?“

„Wallach. Leider. – Du reitest?“

„Nicht mehr aktiv, aber soweit ich weiß, verlernt man es nicht.“

„Richtig“, bestätigte eine energische dunkle Frauenstimme mit italienischem Akzent. Nachtschatten entwand sich seinen streichelnden Händen und streckte den Kopf der schwarzhaarigen zierlichen Schönheit entgegen.

„Sie sind Christian?“

„Ja. Und Sie sind Cristina. Erfreut, Sie kennenzulernen.“

Ihr Händedruck war kühl und fest. „Ihr duzt euch?“, fragte sie an Ronald gewandt, und auf sein Nicken hin fuhr sie fort: „Dann bitte du und Chrissie.“

„Ihr könntet ‚Sky‘ und ‚Cerberus‘ bewegen“, bot sie an. „Es wäre mir eine große Hilfe.“

„Dann los“, lächelte er.

Drück die 1 – Annett Louisan (I)

Sie ritten im Schritt einen überwucherten Waldweg entlang. Der Sattel knarrte leise, die Tritte der Pferde waren kaum zu hören. Er freute sich an den raumgreifenden Schritten, dem geschwungenen Hals und den aufmerksam spielenden Ohren seines Wallachs. Das erste Mal, dass er sich auf einem Pferd richtig zu Hause fühlte. Das Größenverhältnis passte und er mochte die Schwere der Pferde. Charlys Napoleon passte auch gut, aber das hier war etwas Besonderes.
Zu Beginn hatte er sich auf sein Pferd konzentriert, aber je länger sie unterwegs waren, desto mehr verselbständigten sich seine Gedanken. Ähnlich wie beim Laufen, eigentlich jeder körperlichen Beschäftigung, die eintönig war und lange genug andauerte. Sie landeten treffsicher bei Charly.

„Du denkst an sie."

„Sieht man mir das an?", fragte er wenig begeistert.

„Du lächelst so ganz still in dich hinein. – Seht ihr euch wieder?"

„Nein. Sie ist immer noch unterwegs." Er spürte Ronalds Erstaunen und wartete dessen Frage nicht ab.

„Mittlerweile in den Staaten. Sie bereisen die Panamericana mit einem Unimog."

Anerkennend pfiff Ronald durch die Zähne. „Langweilig wird es mit dieser Frau jedenfalls nicht."

„Kaum. – Sie freut sich auf Las Vegas, aber wann sie da sein werden, keine Ahnung. Es ist die einzige Stadt, die sie bisher im Voraus erwähnt hat", dachte er laut weiter, dann, innerlich, nur zu sich selbst: ‚Und wenn ich mir das eingestehe, nagt das an mir. Als ob sie eine Reaktion erwartet.'

„Wann ist sie dort?"

„Keine Ahnung."

„Wieso telefoniert ihr nicht?"

‚Ja, warum nicht? Wir haben uns mit den Karten zufriedengegeben, aber nicht wieder versucht, sie anzurufen. Zumindest ich nicht', dachte er, wechselte die Zügel in die Linke und tastete nach seinem Handy.

Ava Adore – The Smashing Pumpkins

Ihr Handy klingelte. Hastig riss sie es aus dem Rucksack. ‚Christian!'

Das Telefon entglitt ihren plötzlich klammen Fingern, sie versuchte, den Sturz zu verhindern, konnte aber nur zusehen, wie es, noch immer klingelnd, auf der Staumauer aufschlug, splitterte, der Klingelton verstummte abrupt, und die Einzelteile schlitterten nach unten, bis sie so klein waren, dass sie ihrem Blick entschwanden. Regungslos vor Entsetzen und sogar unfähig zu fluchen stand sie da, bis sie ihre Benommenheit abschüttelte. „Da geht es hin. – Hoffentlich erschlägt es niemanden", sagte sie düster, aber vollkommen gefasst. Dann begann sie zu lachen. Schließlich kramte sie, immer noch lachend, die Wasserflasche aus dem Rucksack und setzte sich auf den Bordstein. Er war heiß und sie rutschte eine Weile unbehaglich hin und her. „Da warte ich seit Monaten darauf, dass einer sich meldet, und dann, wenn Christian anruft, schmeiße ich das Handy vom Hoover-Damm. Gut, dass ich gestern erst das Back-up gemacht habe."

„Es war also Christian?"

Sie sah ihren Vater an, sah ihn aber nicht und antwortete auch nicht. ‚Er würde wohl kaum anrufen, wenn …' Vor sich hinbrütend saß sie da. „Ich bin blöd", sagte sie plötzlich. „Ich mache mich seit Monaten verrückt, was sie sagen, was sie denken. Ich bräuchte nur anrufen. – Dann weiß ich, wohin die Reise geht", endete sie leise. Schweigend starrte sie zu Boden, abwesend, und drehte die Wasserflasche auf und zu. „Es sind doch immer wieder die Umwege", murmelte sie, dann sah sie zu ihrem Vater auf und blinzelte verwirrt. Sie war es gewohnt, zu ihm hinabsehen zu müssen. „Naja, nicht immer", schränkte sie ein, „aber spannender sind sie allemal. Warum sollte das

Leben anders sein?" Sie beschäftigte sich damit, die Wasserflasche in den Rucksack zu packen, aber sie war nicht bei der Sache. „Jetzt genieße ich den Rest dieser Reise, alles andere wird sich finden", erklärte sie schließlich resolut.

„Eine weise Entscheidung, auch wenn ich von deinem Gebrabbel nicht die Hälfte verstanden habe." Arved betrachtete sie.

Sie stand auf, beugte sich wieder über die Brüstung und folgte mit den Augen dem Schwung der Mauer, an deren Fuß nun ihr Handy lag oder vielmehr das, was davon übrig sein mochte. „Eine würdige Ruhestätte", murmelte sie.

„Mit einer bestechenden Aussicht", antwortete Arved sehr trocken.

Während sie gut über die Brüstung schauen konnte, sah ihr Vater kaum mehr als den tiefblauen Himmel rundum.

„Oh, Dad, sorry!"

Mit ihrer Hilfe hievte sich Arved aus dem Rollstuhl an die Brüstung. Mit neuer Ruhe ließ Charly sich auf die atemberaubende Szenerie ein.

„Ava adore?", fragte ihr Vater plötzlich.

Der Wind blies ihre Haare ins Gesicht, aber es störte sie nicht.

„Ich habe ihn mal bei dir in der Anlage gefunden. Gefällt mir."

„Du kennst den Text?"

„Natürlich. – Wieso?" Geflissentlich vermied sie es, ihn anzusehen.

Ihr Vater nickte bedächtig. „Nur so."

Lange standen sie da und schauten in die Schlucht. Schließlich brach Charly ihr komfortables Schweigen.

„Lass uns gehen, Dad. Ich kriege langsam Sonnenbrand und ich will noch eine Karte kaufen."

***

Ein paar Mal ertönte das Rufzeichen, dann brach plötzlich die Verbindung ab und eine freundliche weibliche Stimme informierte ihn: „The person you called is not available at the moment."

Er steckte das Handy weg.

„Not available", murmelte er in Richtung Ronalds fragenden Blickes.

Pokerface – Lady Gaga

Arved beobachtete seine Tochter. In diesem schwarzen Paillettenkleid, das er ihr in einer der teueren Boutiquen gekauft hatte, und hochschwanger sah sie atemberaubend aus. Weltgewandt und selbstsicher bewegte sie sich durch das Casino, ein Glas Wasser ihr ständiger Begleiter.

Überall rückten Männer zur Seite, standen auf und boten Sitzgelegenheiten an; mal akzeptierte sie, häufiger nicht. Er konnte kein Muster darin erkennen. Sie stellte sicher, dass sie ein Spiel verstanden hatte, bevor sie ihren Einsatz brachte. Keine kleinen Beträge, aber auch keine außerordentlich hohen. Soweit er es einschätzen konnte, hatte sie bisher in etwa so viel gewonnen, wie sie verloren hatte. Sie ließ sich von vermeintlichen Glückssträhnen nicht locken, stieg nach zwei, höchstens drei Gewinnrunden aus einem Spiel aus.

„Sir, it's your turn", holte ihn eine Männerstimme an den Pokertisch zurück.

Er bedachte sein mäßiges Blatt mit einem flüchtigen Blick, bot eine unbedeutende Karte an und beobachtete die Reaktionen seiner Gegner. Zwei waren ruhige, erfahrene Spieler, die bedächtig und ohne Mienenspiel agierten, den dritten lohnte es, im Auge zu behalten; er spielte unbedacht und impulsiv, mit großen Gesten. Nicht zuletzt hatte er einen beachtlichen Stapel hochwertige Jetons vor sich liegen.

‚Noch ist die Reisekasse gut gefüllt, aber wenn ein Abend neben Amüsement auch Gewinn abwirft, warum nicht.' Mit neuer Aufmerksamkeit wandte er sich seinem Spiel zu.

***

Charly beobachtete ihren Vater. Er saß mit drei anderen Männern am Pokertisch, von einem Ring Zuschauer umgeben, die leise die Spielzüge kommentierten.

Er saß wachsam, aber entspannt, also war es gerade kein kritisches Spiel. Trotzdem wartete sie geduldig, bis die Partie beendet war, wusste aus früheren Erfahrungen, dass er Unterbrechungen nicht mochte.

Er sortierte seine Jetons und tauschte mit dem Mann zu seiner Rechten einige höfliche Sätze aus. Dabei glitt sein Blick suchend durch den Raum.

„Hi Dad. Amüsierst du dich?"

„Ja." Seine Augen lächelten sie an, sonst blieb er ernst, wie immer beim Pokern. „Du auch?"

„Prächtig", entgegnete sie und packte den Stapel Jetons, den sie in den Händen gehalten hatte, auf den Tisch. Sie klaubte einen seiner kleineren Stapel auf und hauchte ihm einen Kuss auf die Wange. „Bis später."

***

Sie tauchte durch den Ring der Zuschauer und ging zur Bar, wo sie sich ein neues Glas Wasser reichen ließ.

Er sah auf die gefächert halb vor, halb neben ihm liegenden Jetons. ‚Schwarz. Sie hat nicht nur die Anzahl vermehrt, sondern auch den Wert vervielfacht.' Er schüttelte seine Überraschung ab und sortierte ihre Jetons in Häufchen, die er beiseitesetzte.

Unter den Blicken seiner Partner nahm er das Blatt auf. Die Schonzeit war vorbei.

***

Um Mitternacht trafen sie sich auf der Dachterrasse, Charly mit einem wassergefüllten Sektglas, er mit einem Godfather. Den brauchte er jetzt auch.

Gedankenverloren stand sie an der Reling und sah über die bunt leuchtende Stadt. Warmer Wind wehte ihr Haarsträhnen ins Gesicht.

„Wie geht es dir?“, fragte er und sie drehte sich zu ihm um.

„Ich fühle mich wie eine überreife Melone kurz vorm Platzen“, antwortete sie sehr präzise. Wie zur Bestätigung ihrer Worte beulte sich ihr Bauch in verschiedene Richtungen aus und sie legte eine beruhigende Hand darauf. Sie stellte ihr Glas auf eine Säule der Reeling.

„Bist du enttäuscht?“

„Dass keiner aufgetaucht ist, meinst du?“ Sie sah ihn an, aber sie sah nicht ihn. „Nein“, antwortete sie nach einer Weile und es klang, als sei sie selbst erstaunt.

Sie drehte sich von ihm weg. „Seltsam, ich habe mir vor anderthalb Jahren die Duc gekauft, weil ich frei sein wollte. Aber nie war ich es weniger als seitdem. Nur heute, heute fühle ich mich zum ersten Mal wirklich frei.“ Sie breitete die Arme aus und legte den Kopf in den Nacken. Nach einiger Zeit tastete sie mit den Händen nach der Reeling und blickte dann wieder über die Stadt.

Ein junger schwarzer Kellner kam vorbei und nahm Charlys Glas mit. Sie bemerkte es nicht und auch nicht seinen anbetenden Blick. Schon den ganzen Abend hatte er sich um sie bemüht und ihm war es nicht entgangen. Arved nickte dem Mann freundlich zu.

„Was weißt du über Charlène?“, fragte Charly plötzlich.

„Ich bin bei ihr aufgewachsen, bis ich sechzehn war und abgehauen bin.“ Er ignorierte ihren entsetzten Seitenblick. „Zu vorher weiß ich nicht viel mehr, als ich euch auf deiner Terrasse erzählt habe.“

„Ich hoffe, dass wir sie noch einmal besuchen können. Ich möchte meinem Kind gern sagen können, wo es herkommt.“

‚Solltest du dann nicht bei seinem Vater anfangen?', dachte er, hütete sich aber, es auszusprechen. ‚Oder bist du es, die es wissen will?' – „Das werden wir", antwortete er zuversichtlich.

Too Shy – Kajagoogoo

Gereon und Christian fuhren langsam hintereinander gen Heimat. Sie waren zu unruhig, um wie üblich auf dem Balkon zu sitzen.

Nicht, dass sie es nicht versucht hatten. Er hatte eine Anekdote von der Blonden aus der Buchhaltung zum Besten gegeben, die immer noch hinter ihm her war wie der Teufel. Gereon hatte pflichtschuldigst gelacht und seinerseits von den Avancen einer Kollegin auf dem letzten Kongress berichtet.

‚Ja, es gibt Gelegenheiten.' Aber sie hatten jetzt schon seit über zwei Wochen nichts mehr von Charly gehört. Seit sie in den USA angelangt waren, kamen die Karten regelmäßig. ‚Nun gar nichts mehr?'

Christian wurde während des Grübelns immer langsamer. Als er aus dem Wald ins helle Sonnenlicht hineinfuhr, blinzelte er. Er setzte den Blinker und bog auf den Parkplatz. Die Mittagshitze lag flirrend über dem Asphalt.

Es war nicht viel los. Jeder vernünftige Mensch fuhr ins Freibad, statt in Motorradklamotten vor sich hin zu braten. Sie stellten die Motorräder ab.

Mellis Motorrad stand an seinem angestammten Platz, aber am Kiosk bediente jemand anderes. Sie fragten nach ihr. Schichtende, war die knappe Antwort der Bedienung. Dann rief sie einige Worte nach hinten und kurz darauf bog Melli um die Hausecke. Sie prallte merklich zurück, als sie die beiden Männer erkannte.

„Ach, ihr seid's", bemerkte sie und setzte verspätet einen Gruß dazu. Sie sah auf die Uhr und nahm einen Pott Kaffee von der Ausgabe entgegen.

„Hast du was von Charly gehört?", fragte Christian sanft. Mit sparsamen Bewegungen deutete er zu ihrem Stammtisch. Melli zögerte, begleitete sie aber und setzte sich sogar. Sie hielt Abstand zu ihnen. Unsicher rührte sie in ihrem Kaffee.

Christian betrachtete sie. Groß, schlank, dunkelhaarig. Ihre grünen Augen glichen denen Gereons aufs Haar. Nur, dass er kaum einmal Gelegenheit erhielt, einen Blick hinein zu erhaschen. Sie vermied es tunlichst, ihn anzusehen und verbarg ihre Figur in grauen Pullovern, die ihr zu weit waren. Dazu trug sie viel dunkle Schminke um die Augen.

‚Diese geduckte Haltung. Das ideale Opfer.' Er musste sich zurückhalten, um sie nicht an den Schultern zu packen und zu schütteln, sie wachzurütteln, dass sie so nur die niedersten Triebe in Männern ansprach. ‚Weibliche Unterwerfung hat ihren Reiz, aber nicht so. Nicht für mich.'

„Ich weiß auch nicht viel …" Sie zuckte die Schultern.

„Aber mehr als wir." Gereons Stimme war scharf und sie zuckte zusammen, verkroch sich tiefer in ihren grauen Sack, sah wieder auf die Uhr und blickte zur Straße.

„Sie meldet sich bald", versuchte sie, Gereon zu beschwichtigen. Nervös lächelte sie ihn an, schlug jedoch sofort den Blick nieder.

‚Wie ein junger Hund, der um Vergebung bettelt', dachte Christian.

„Versprochen." Dann stand sie eiligst auf und verschwand um die Ecke des Kiosks.

„Wovor hat sie Angst?", knurrte Gereon. „Sie tut, als sprängen wir ihr im nächsten Moment an die Kehle."

„Schlechte Erfahrungen, schätze ich." Er zuckte die Schultern. „Ich habe mich auch schon gefragt, wie ausgerechnet sie und Charly zusammengefunden haben."

Gereons Blick ruhte noch immer auf der Hausecke. „Sie ist eine Schönheit, wenn sie sich vernünftig anzieht", bemerkte er abwesend. Zweifellos dachte er an Charlys Geburtstagsparty. Das einzige Mal, dass sie Melli in schick gesehen hatten. Christian brummte zustimmend.

Drück die 1 – Annett Louisan (II)

Nr. 164

‚Da war ich immer stolz auf mein intaktes Handy, wo so viele im Splitterlook unterwegs sind. Nun liegt es unten am Hoover-Dam. Vergesst also meine Nummer, sobald ich eine neue habe, melde ich mich. Per Post, zumindest eure Adressen kann ich mittlerweile auswendig. C(AP, die sind ganz unschuldig daran).'

Auf der Vorderseite hatte sie ein Strichmännchen auf die Mauer gemalt und an den Fuß ein Kreuz mit Datum 29.04.2016, beides verbunden mit einer Strichellinie.

Seither hatte er nichts mehr von ihr gehört.

Black Velvet – Alannah Myles

Er fuhr die BMW auf den Hof. Napoleon hopste aufgeregt um ihn herum. Sein Vater saß auf der Bank neben der Haustür. Nachdem er Napoleon ausgiebig gekrault hatte, ließ er sich aufatmend neben seinem Vater nieder und streckte seine langen Beine von sich.

Einige Minuten saßen sie in behaglichem Schweigen. Gerade, als er langsam wegdämmerte, regte sich sein Vater. „Du hast Post."

Elektrisiert schoss er in die Höhe. Er nahm die dargebotene Ansichtskarte eilig entgegen, warf einen Blick auf die Vorderseite und drehte sie hastig um. ‚Mendocino und sie ist tatsächlich von ihr!'

„Entschuldigt die lange Funkstille, jetzt ist die Zwangspause beendet, morgen sind wir wieder auf dem Weg. Bin gespannt, wie die neuen Routinen die alten Gewohnheiten ergänzen werden. Das Abenteuer meines Lebens ist sehr viel abenteuerlicher geworden als ursprünglich erwartet und wird über unsere Rückkehr hinaus andauern. Das Beste, das mir je passiert ist. Passt auf Euch auf! CAP"

‚Ich habe keine Ahnung, wovon sie spricht. Aber irgendetwas … beunruhigt mich.' Er las die Karte noch einmal. Das Gefühl blieb; dumpf ringelte es sich in seinem Magen. ‚Was ist es? Hat sie jemanden kennengelernt?'

Sie würde nicht als die Charly, die er kannte, von dieser Reise zurückkehren, so viel war sicher. Noch schrieb sie ihnen getreulich, und diese Karte ließ ihn ahnen, dass sie das nicht ändern würde. Aber – und da machte er sich nichts vor – sie würde ihn und Gereon weitgehend unverändert vorfinden und selbst um sehr viele Erfahrungen reicher sein, vieles anders sehen und bewerten. Anders denken. Vielleicht anders leben wollen. Wahrscheinlich anders lieben. ‚Fokussierter.'

‚Familie. Kinder.' Ihre Worte hallten in seinen Gedanken wider.

‚Ich bin alt genug. Worauf warte ich noch?', fragte er sich. ‚Auf eine, an der noch was dran ist, wenn ich am Lack der Oberfläche kratze', dachte er.

‚Charly?', fragte er sich ehrlich. Er hatte es als Spiel genommen, mehr hatte sie nicht geboten. Es ihr nicht gesagt, als es für ihn anders, mehr geworden war, gegen ihre Abmachung. Weil er sie nicht unter Druck setzen wollte.

‚Was habe ich befürchtet?', grübelte er. ‚Dass sie mich verlässt?'

‚Sie hat dich verlassen', flüsterte diese kleine, hartnäckige Stimme in seinem Inneren.

‚Aber Gereon auch', hielt er dagegen. ‚Und sie kommt wieder', bäumte er sich in Gedanken auf.

‚Nach Hause bestimmt', antwortete ihm die Stimme spöttisch.

‚Ist an Charly noch was dran, wenn ich kratze?', überlegte er. ‚Mehr, als ich je wahrhaben wollte', gestand er sich ein.

‚Will ich Charly haben? Sie lieben, den Rest meines Lebens? Nie wieder eine andere anschauen? Ihre Kinder – unsere Kinder', korrigierte er sich, ‚großziehen, mit ihr alt werden, alle Höhen und Tiefen, die dieses Leben zu bieten hat, durchstehen?'

‚Was, wenn sie es nicht will?', flüsterte die Stimme.

‚Kommt das nicht später?', dachte er ärgerlich in ihre Richtung. ‚Erst muss ich das ja wohl für mich klären.'

‚Dann kläre es', höhnte es in seinem Kopf.

Er kämpfte noch einige Minuten mit seinen Gedanken, dann schob er sie seufzend von sich weg. ‚So wird das nichts.'

Weder mit Charly. Noch mit Familie. ‚Erst recht nicht mit Charly und Familie.'

Come Back Before You Leave – Roxette

Gereon war zu Maja gefahren. Die Kinder waren bereits im Bett – ‚Ist es schon so spät?' – und Maja saß mit einem Glas Wein auf der Terrasse. Allein.

„Michael?"

„Nicht da, wie du siehst", antwortete sie kurz angebunden.

Er ließ sich in den Stuhl neben ihr fallen und zerrte die Motorradstiefel von den Füßen. „Willst du reden?"

„Nein."

„Soll ich wieder gehen?"

„Nein. Die Klappe halten."

Er fischte seine Sonnenbrille aus der Kombi, setzte sie auf und machte es sich bequem. ‚Wenn ich Michael in die Finger kriege, rupfe ich ihn', dachte er nicht zum ersten Mal. Nur leider waren sie bisher nicht aufeinandergetroffen. Zumindest nicht allein. Vor der Familie wollte er das Thema nicht ansprechen.

‚Ob ich auch so genervt von meiner Familie wäre, hätte ich eine?' Außer der – ‚Liaison', formulierte er es vorsichtig – mit Charly im letzten Jahr hatte sich in dieser Richtung nichts getan. Er arbeitete zu viel. Die Frauen, die er trotzdem kennengelernt hatte, waren entweder Kolleginnen, deren verbissener Ehrgeiz ihn abschreckte, oder sie waren ihm nach wenigen Treffen bereits langweilig. Er verglich sie mit Charly. Die hatte er gejagt und zur Strecke gebracht – nur um festzustellen, dass sie ihm ebenbürtig war. Sie kämpfte nicht um ihn. Bettelte nicht um seine Zuneigung. Sie nahm an, was er gab. Zahlte mit gleicher Münze zurück. Und ging.

Sie war die erste Frau gewesen, die er seit seiner Schulzeit seiner Familie vorgestellt hatte. Auf der goldenen Hochzeit seiner Tante. Er hatte die Blicke bemerkt. Es war alles dabei gewesen. Erleichterung, Verwunderung, Freude, Glück. ‚Missgunst', erinnerte er sich an die Mimik seines Schwagers. Nahezu alle anwesenden Männer hatten Charly zu einem Tanz aufgefordert und sie hatte angenommen. Nur Michael hatte sie abgewiesen. Höflich genug, aber direkt, ohne Vorwand.

„Du denkst an Charly."

Die Feststellung Majas riss ihn aus seinen Gedanken.

„Ja." – ‚Was soll ich es leugnen?', dachte er müde.

„Schreibt sie noch?"

„Seit zwei Wochen kam keine Karte mehr." Die Hoffnungslosigkeit in seiner Stimme erschreckte ihn.

„Gereon, sie kommt wieder." Maja nahm seine linke Hand in ihre, drückte sie sanft.

„Und dann?", brach es aus ihm heraus. „Heirate ich sie – vorausgesetzt, sie schaut mich überhaupt noch an – mache ihr ein Kind und lasse sie damit zu Hause sitzen?"

Maja zuckte zusammen.

„Entschuldige."

„Angenommen." Sie schwieg eine Weile. „Was genau ist das Problem, Gereon?"

Er antwortete nicht und sie drückte seine Finger.

„Du lässt sie nicht alleine. Weder mit noch ohne Kind", sagte sie sanft. „Ob sie dich heiratet … hellsehen kann ich nicht. Aber anschauen wird sie dich noch. Sie mag dich. Sehr."

„Christian auch", knurrte er. „Sie weiß, dass du meine Schwester bist, sie wird mit dir kaum über einen anderen reden."

Jetzt schwieg Maja.

„Du hast Christian geliebt? Damals?"

Sie hatten nie darüber gesprochen. Zu früh, zu harsch waren ihre Eltern in die zarte Romanze eingeschritten. Hausarrest für Maja,

Hausverbot für Christian. Wochenlang hatte Maja getobt, mit den Eltern gekämpft. Er hatte keine Ahnung, was Veit zu Christian gesagt hatte, aber der hatte seitdem einen Bogen um Maja geschlagen. Sie hatte durchgesetzt, dass sie ihn noch einmal sehen durfte, unter seiner, Gereons, Aufsicht. Vehement hatte sie eine Erklärung von ihm eingefordert, ein Versprechen, eine Zurückweisung, irgendetwas. Christian hatte sich noch nicht einmal gesetzt. Hatte die ganze Zeit die geschnitzte Lehne des Stuhles am Kopfende des Esszimmertisches umklammert. Erst als Maja sich ausgetobt hatte und tränenüberströmt am Tisch saß, hatte er einen einzigen Satz gesagt: „Ich vergesse dich nicht." Hatte sich umgedreht und lautlos den Raum und das Haus verlassen. Und seither nie wieder betreten.

„Nicht nur damals."

Es war dunkel geworden. Schweigend saßen sie nebeneinander. Er wollte eben seine Stiefel anziehen, da sprach Maja weiter.

„Ich habe versucht, ihn zu hassen, habe ihn verflucht, und doch Gott und die Welt angefleht, dass er zu mir zurückkommen soll, und sei es, dass ich ihn mit einer Ohrfeige in die Wüste schicken kann. Ich vermisse ihn, heute noch. Kein Mann nach ihm – und es gab einige – hat mich je so … gehalten … wie er." Sie seufzte. „Und damals war er kaum mehr als ein Junge." Sie sah ihm bedeutungsvoll in die Augen. „Außer dir."

Er erstarrte. „Was?"

„Zu mehr als Umarmungen sind wir nicht gekommen. Mutter und Vater waren sehr …" Sie schüttelte das fehlende Wort ab. „Ich habe es nie verstanden."

Sie verharrte einige Minuten in ihrer Erinnerung, dann sah sie ihn wieder an. „Ich vermute, dass Charly die gleiche Erfahrung gemacht hat und sie nicht weiß, für wen sie sich entscheiden soll. Wie entscheidest du dich zwischen Tag und Nacht, Wärme und Kälte, Essen und Trinken …"

„Schon gut, ich hab's begriffen, die Aufzählung kann ich ewig fortsetzen", unterbrach er sie knurrend. „Komm zur Sache!"

„... wenn du beides zum Leben brauchst?"

Sein Hirn verweigerte seinen Dienst.

Maja blickte unverwandt ins Dunkel des Gartens. „Ihr seid euch ähnlich genug und doch so gänzlich verschieden. Du der Anführer, er der treue Gefolgsmann. Er der Bedächtige, du der Draufgänger."

Er klappte den Mund auf und wieder zu, wusste nicht, was er sagen sollte.

„In dir spiegelt sich ihr Temperament; wenn sie in deinem Beisein verrückte Sachen macht, findest du sie hinreißend und das zeigst du auch. Du hast ein ganz bestimmtes Lächeln in solchen Situationen. Sie liebt das. – Ich kam nicht umhin, euch zu beobachten auf Tante Gerdas Fest", gestand sie.

„Hmmm", murrte er ertappt.

„In ihm findet sie einen Ruhepol. Manchmal habe ich den Eindruck, als bräuchte sie den jeweils anderen zum Ausgleich."

„Was soll mir das jetzt sagen?" Seine Laune sank rapide.

„Ihr seid zu intensiv."

„Ich kann's nun mal nicht ändern", blaffte er sie an.

„Sollst du auch gar nicht", begütigend strich Maja über seinen Arm. „Aber ihr werdet euch miteinander arrangieren müssen. Sie wird ihn nicht missen wollen, sollte sie sich für dich entscheiden."

Sein Mund wurde trocken. ‚Oder andersherum', tönte es dumpf in seinen Ohren. Vergeblich versuchte er, seinem Sprachzentrum eine Antwort abzuringen.

„Ich weiß nicht, wer den schwierigeren Part hat, Freund oder Ehemann", warnte ihn Maja.

Von weither drangen ihre nächsten Worte zu ihm.

„Aber du wirst sie nie ganz verlieren."

Sie trank ihr Weinglas leer. Er zerrte die Stiefel an seine Füße, warf sich die Motorradjacke über und griff nach dem Schlüssel. Sein Plastikstuhl scharrte über die Fliesen der Terrasse, als er sich erhob.

„Fahr vorsichtig, kleiner Bruder", mahnte sie ihn. Maja sah noch immer in den Garten, aber es war klar, dass sie ihn nicht sah. Er verabschiedete sich und ging um die Hausecke.

„Ein Kuss", hörte er sie murmeln und er blieb stehen und lauschte angestrengt, um die Worte zu verstehen, die nicht mehr für seine Ohren bestimmt waren.

„Der einzige erste Kuss, an den ich mich erinnern kann."

Fight Song – Rachel Platten

„Ich war bei Maja“, eröffnete Gereon den obligatorischen Balkonabend.

„Wie geht es ihr?“, entgegnete Christian höflich desinteressiert.

„Nicht schlecht, aber auch nicht gut.“

Christian brummelte etwas vor sich hin.

„Interessiert es dich nicht?“, fragte er angriffslustig.

„Themenwechsel“, beschied Christian ihm und schnippte mit knapper Geste eine Postkarte auf den Tisch.

Das war so unerwartet, dass Gereon seinen Freund zunächst fragend ansah. Als dieser keine Erklärung volontierte, angelte er nach der Karte. Er las sie und legte sie vorsichtig auf den Tisch zurück.

„Denkst du, was ich denke?“, fragte er.

„Was denkst du denn?“, murrte Christian.

„Charly klingt verliebt.“

Christian zuckte zusammen und Gereon klatschte triumphierend die flache Hand auf seinen Oberschenkel.

„Du dachtest das Gleiche!“

„Erstaunlich, dass du das amüsant findest“, maulte Christian.

„Galgenhumor.“ Gereon zuckte die Schultern und nahm die Karte wieder in die Hand, las sie noch einmal. „Verliebt ist nicht dasselbe wie Liebe“, meinte er schließlich halbherzig.

„Wen versuchst du denn damit zu überzeugen?“

‚Christian, sarkastisch ist keine gute Richtung‘, dachte er verkniffen. „Mich. – Dich.“ Gereon lehnte die Karte an die Weinflasche. ‚Ich bin mir ja nicht einmal sicher, ob ich sie liebe‘, dachte er. ‚Damals in ihrem Bus, da war ich es, aber jetzt? Andererseits, so lange habe ich noch keiner Frau nachgetrauert, also muss es wohl über die bloße sexuelle Anziehung hinausgehen.' Verstohlen musterte er seinen Freund, der in sich gekehrt vor sich hinbrütete. „Es muss nichts zu bedeuten haben", versuchte er zu beschwichtigen und tastete beruhigend unter dem Tisch nach Napoleon. Aber es war nicht der Hund, der leise knurrte.

„Es würde uns zumindest ersparen, dass wir uns miteinander arrangieren müssten." Christian wandte sich ihm zu. In seiner Haltung lag so viel Aggressivität, dass er versucht war, zurückzuweichen. Er hielt Christians Blick stand. Sie waren drauf und dran, sich zu streiten. ‚Diesmal tatsächlich Charlys wegen', realisierte er langsam. Zudem sah Christian ganz danach aus, als würde es nicht bei Worten bleiben. Er wappnete sich für Handgreiflichkeiten.

„Liebst du sie?", fragte er herausfordernd und ließ Christian nicht aus den Augen.

Der schoss aus seinem Sessel, baute sich vor ihm auf und knurrte warnend. „Das geht dich nichts an!"

„Nicht?" Seine Stimme troff vor Ironie, aber er blieb, mühsam beherrscht, ruhig sitzen.

„Nein", schnappte Christian.

„Weil du es selbst nicht weißt?", bohrte er nach.

„Das musst ausgerechnet du mir sagen."

„Wenn ihr so weitermacht, kriegt ihr nie Familie", ertönte hinter ihnen Peters Stimme.

Sie fuhren erschrocken zusammen.

„Sagt einer, der mit achtundsechzig noch Junggeselle ist", motzte Christian.

„Ich muss es schließlich wissen", gab Peter würdevoll zurück, wuchtete ein Paket auf das Tischchen und ließ sich schwer in Christians Sessel fallen. „Warum schickt sie den Kram nicht gleich zu euch, das würde mir die Schlepperei ersparen", ächzte er theatralisch.

„Weil sie weiß, dass du es genießt, als Erster im Bilde zu sein und alles in Ruhe durchzublättern, damit du uns mit den Neuigkeiten beeindrucken kannst“, grollte Christian.

„Außerdem will sie keinen von uns bevorzugen“, fügte Gereon hinzu. „Immer noch.“ Er hatte gehofft, dass sie diese Vorgehensweise irgendwann ändern würde, als kleines Signal ihrer Vergebung vielleicht.

„Gibt's denn Neuigkeiten?“, fragte Christian und lehnte sich betont beiläufig an die Balkonbrüstung.

Peter saß leise schmunzelnd im Sessel, die Hände über dem Bauch gefaltet, und sah aus wie ein dicker Kater, der den Sahnetopf geleert hatte.

‚Natürlich gibt es Neuigkeiten', schlussfolgerte Gereon.

„Arved sagte mir, dass der Unimog etwa Mitte August verschifft werden soll.“

Einen Augenblick erstarrten sie beide, sprachlos sah er Christians Kinn nach unten klappen und fing sein eigenes auf dem Weg nach unten ein.

„Du hast mit Arved gesprochen?“

„Wie geht's ihnen?“

„Wo sind sie?“

„Von wo aus?“

„Wann kommen sie zurück?“, schollen seine und Christians Stimmen durcheinander.

Peter hob beschwichtigend beide Hände. „Langsam.“ Er nahm die Rechte und tippte den Daumen an.

„Ja.“

Zeigefinger.

„Gut.“

Mittelfinger.

„Anchorage."
Ringfinger.
„Anchorage."
Kleiner Finger.
Schulterzucken. „Keine Ahnung. – Habe ich alles?"
Er blickte in die Runde. Unisono seufzend ließen sich beide jungen Männer zurücksinken. Peter blinzelte über seine Brille, hob jetzt die Linke und tippte auch hier den Daumen an. „Ihr habt zwar nicht gefragt, aber sie bleiben in den Staaten, bis der Unimog in Rotterdam angekommen ist und kommen dann mit dem Flieger."
Zeigefinger.
„Wann ist noch unklar, Arved meldet sich, wenn der Flug feststeht."
Mittelfinger.
„Ich weiß nicht, was sie drüben noch machen; wenn ich alles richtig verstanden hab, standen noch San Francisco, New York und Disneyworld zur Debatte, aber Charly redete so schnell …"
„Du hast auch mit Charly gesprochen?", platzte Christian atemlos dazwischen.

Peter sah ihn streng an und wackelte mit dem Ringfinger. „Ich habe mit Charly gesprochen, sie hat nach jedem von euch gefragt. Ich habe geantwortet, euch ginge es gut und ihr vertrüget euch – das ist doch so?" Ein belustigt misstrauischer Blick traf zuerst Christian, dann ihn. Sie beide sahen ihn mit weit aufgerissenen Augen an und nickten wie zwei Eulen, Christians Silhouette in den Strahlen der Abendsonne eine exakte Replik seiner eigenen Empfindungen.

Kleiner Finger. „Sie sagte explizit ‚Grüße an alle' – ob ihr euch damit angesprochen fühlt, weiß ich allerdings nicht", feixte Peter. „Das war's", fügte er hinzu, als keiner sich regte.

***

„Jetzt lass uns die Kiste auspacken", brach Christian die Stille, die eingetreten war, als sie beide versuchten, das Gehörte zu verdauen.

Peter lehnte sich zurück und beobachtete still und gütig schmunzelnd, wie er und Christian einträchtig und glückselig den Kartoninhalt auspackten. Es fehlte nur der Weihnachtsbaum.

Luka – Suzanne Vega

Rechts vor sich sah Christian die Umrisse des Bikertreffs Konturen annehmen. Der Parkplatz war leer. Kein Wunder; der Treff war seit fast einer Stunde geschlossen.

Er stutzte. Mellis Motorrad stand an seinem angestammten Platz. ‚Jetzt noch?' Ein ungutes Gefühl regte sich in seinem Magen. Er setzte den Blinker und bog in die Einfahrt.

Im Schatten neben Mellis Motorrad stand ein zweites. Getunt, gedrungen und mattschwarz schimmernd wirkte es böse und wie auf dem Sprung. Sein Gefühl verstärkte sich. Er schaltete den Motor aus und stieg ab. Auch Gereon schaltete sein Motorrad aus. Die Stille klang in seinen Ohren, rann in Vibrationen von seinen Schultern und schien fast mit Händen greifbar.

Die Ausgabe war geschlossen. Christian hängte seinen Helm an den Spiegel und ging, sich sichernd umsehend, zur Tür. Er erwartete, sie verschlossen vorzufinden, aber sie gab seinem Druck nach und schwang nach innen. ‚Nicht legal', ging ihm durch den Kopf, ‚seltsam, dass mir das noch nie aufgefallen ist', dann stand er in dem spärlich beleuchteten Gang zu den Toiletten.

Mit dem Rücken zu ihm beugte sich ein Mann über jemanden, der, in die Ecke gekauert, auf dem Boden hockte. Am Arm des Mannes vorbei erkannte er lange, schwarze Haare und hörte ein Wimmern. Im nächsten Moment packte er den Fremden an der Schulter und schwang ihn zu sich herum. ‚Nicht fremd', dachte er noch, bevor er ihm die Rechte gegen das Kinn rammte. Der andere taumelte rückwärts. Ihn nicht aus den Augen lassend, fasste er Mellis Handgelenk, zog sie auf die Füße und schob sie mit einer fließenden Bewegung hinter seinen Rücken, gerade rechtzeitig, um sie dem wütenden Angriff des anderen zu entziehen. Obwohl der etwa so groß und kräftig war wie er selbst, ließ er ihm keine Chance. Sehr gezielt und mit kalter Wut setzte er ihn mit wenigen Hieben außer Gefecht.

‚Enrico', lieferte ihm sein Gedächtnis den Namen nach, als er sich keuchend an der Wand abstützte und im Versuch, sich zu sammeln, über seinem wehrlosen Gegner stand. Langsam drang die Umwelt wieder in sein Bewusstsein und er wandte sich um. Gereon stand ebenfalls im Gang, hielt die immer noch panisch wimmernde Melli fest umschlungen und sprach beruhigend auf sie ein, wenn auch mit wenig Erfolg.

Er zerrte Enrico auf die Füße und bugsierte ihn wenig zartfühlend zur Tür. „Raus", knurrte er überflüssigerweise und gab ihm einen Schubs, der Enrico die Treppe hinunterschickte und ihn auf Händen und Knien im Kies landen ließ. „Verschwinde, ehe ich es mir anders überlege und die Bullen rufe!" Demonstrativ zog er sein Handy aus der Tasche. Enrico kaum aus den Augen lassend, wählte er einen Eintrag und hielt sich das Telefon ans Ohr. Sofort kam Leben in Enrico, der, ihn wütend anfunkelnd, hocken geblieben war. Er sprang auf, lief, wilde Flüche ausstoßend, zu seinem Motorrad und verschwand mit aggressiv aufheulendem Motor im Dunkel der Nacht.

„Andi, entschuldige die späte Störung. Kannst du mit Auto und Anhänger zum Treff rauf kommen? – Danke, bis gleich."

That's What Friends Are For – Dionne Warwick

Die Männer luden ihr und Gereons Motorrad auf, dann fuhr Andi das Gespann, Christians Anweisung folgend, zu ihrer Wohnung. Christian folgte auf dem Motorrad. Ab und an warf sie einen Blick zurück. Sie konnte seine Gefühle spüren, als sei sie ein Teil seines Körpers. Fröstelnd schlang sie die Arme um ihren Körper. Viel zu schnell war die Fahrt vorbei und sie gezwungen, sich mit den Männern, die es gewohnt waren, dass das Leben nach ihren Vorgaben verlief, auseinanderzusetzen.

Alle Fenster waren dunkel. Trotzdem zitterten ihre Finger, als sie versuchte, die Tür aufzuschließen. Sie kannte das, hatte eine Technik entwickelt, das zu übertünchen, aber heute half ihr das nicht. Der Schlüssel fiel zu Boden, sie erhaschte das missbilligende Stirnrunzeln Christians, doch ehe sie in die Knie gehen konnte, hob Gereon den Schlüssel auf, steckte ihn ins Schloss und öffnete die Tür. Wortlos schob sich Christian an ihnen vorbei in den dunklen Flur und kontrollierte, sehr wachsam, alle Räume. Als er sie tatsächlich leer fand, wich ein Teil der Anspannung aus seinen Schultern.

„Pack alles ein, auf das du nicht verzichten willst. Du wirst die Wohnung nicht mehr betreten", wies er sie grimmig an. Hatte sie sich bisher immer vor Gereon gefürchtet und ihn für den Zugänglicheren gehalten, sah sie sich jetzt eines Besseren belehrt.

Gereon blieb bei ihr, half. Mit kalter Effizienz organisierte Christian derweil den Transport ihrer Habseligkeiten. Sie versuchte, sich für ihn so unsichtbar wie möglich zu machen. Es war unmöglich.

„Welche Möbel sollen mit? Kleb Zettel dran." Er griff die bunten Klebezettel vom Schreibtisch und hielt sie ihr auffordernd hin.

Es klingelte. Auch wenn nicht zu erwarten war, dass Enrico an seiner eigenen Wohnungstür klingeln würde, vergewisserte sich Christian, wer draußen war, bevor er die Tür öffnete. Gemeinsam mit Gereon trug er die wenigen, kleinen Möbelstücke, die sie markiert hatte, hinaus und verstaute sie im Anhänger. Die Männer machten sich noch nicht einmal die Mühe, die Möbel auszuräumen.

Woher hatte der Dritte, ‚Andi?', so schnell die passenden Anhänger aufgetrieben? Aus den Tiefen des Schreibtisches förderte sie einige Fotoalben zutage und legte sie auf den Couchtisch, wo sie alles sammelte, was aus dem Wohnzimmer mitgenommen werden sollte.

***

Es gab fast nichts mehr zu tun. Unruhig, aber untätig tigerte Christian durch die Räume. Auf dem Wohnzimmertisch lagen einige Fotoalben. Ganz offensichtlich wollte sie die mitnehmen. Es ging ihn zwar nichts an, aber er nahm eines in die Hand und blätterte es auf. ‚Fotos von ihm.'

Er spürte die Wut hochkochen und klappte das Album zu. Als er aufblickte, sah er, dass Melli ihn beobachtet hatte. Jetzt trat sie unsicher auf ihn zu, nahm ihm zaghaft das Buch aus der Hand und klemmte es sich zusammen mit den anderen unter den Arm.

„Fertig", hauchte sie. Ihr Blick flackerte von ihm zur Seite und zurück. Zweifelnd betrachtete er sie. Defensiv drückte sie die Alben nun wie einen Schutzschild an ihre Brust. Er presste die Lippen aufeinander und verkniff sich einen Kommentar.

***

Sie verließen die Wohnung.

„Hast du alles?" Christians Stimme ließ sie zusammenzucken. Sie nickte.

„Schlüssel." Er hielt ihr die Hand entgegen und sie nestelte den Wohnungsschlüssel von ihrem Bund. Laut scheppernd warf er ihn in den Briefkasten. „Gehen wir."

***

Sie fuhren zu Gereon, Christian und Andi schoben den Anhänger mit ihren Sachen hinters Haus, luden die Motorräder ab und brachten sie in der Garage unter. Derweil kümmerte sich Gereon um Melli.

Jetzt warteten sie in Gereons Wohnzimmer auf die Ankunft des Pizzaboten. Die Männer hatten sich jeder ein Bier aufgemacht, Gereon bot Melli Wein an, aber sie lehnte ab. Sie hockte mit hochgezogenen Beinen neben ihm auf dem Sofa, die Knie mit unter den Pulli gesteckt. Zwischen grauem Pullover und grauen Wollsocken war gerade mal eine Handbreit schwarzer Jeans zu sehen.

Christian vibrierte förmlich vor unterdrückten Gefühlen. Jetzt stellte er klirrend die Bierflasche auf den Couchtisch. „Hat er auch Charly geschlagen?"

Der stählerne Klang in seiner Stimme ließ sie tiefer in sich zusammenkriechen und unwillkürlich suchte sie Gereons Nähe. Der legte beruhigend den Arm um sie.

„Er hat es versucht."

„Aber?" Christian ließ nicht locker. Er sah ihren panischen Blick und merkte, dass er die Hände zu Fäusten geballt hatte. Es kostete ihn beträchtliche Anstrengung, sie zu öffnen und flach auf seine Beine zu legen. Er umklammerte seine Knie fest genug, dass er morgen blaue Flecken haben würde.

„Sie kann sich wehren." Ihre Stimme war kaum hörbar. „Sie ist ein paar Mal dazwischen gegangen, wenn er …"

Er sprang erregt auf, unfähig, sich weiter zu beherrschen. Nur zu deutlich stand die Szene am Treff vor seinen Augen. „Du hast sie da mit reingezogen!"

Er bemühte sich um Fassung, sie hatte genug erlebt heute, aber die Wut, die Unsicherheit des letzten Jahres und seine irrationale Angst ließen sich nicht bezähmen.

„Christian", mischte sich Gereon beruhigend ein.

„Sie hat mit ihrem Verhalten Charly in Gefahr gebracht", brüllte er seinen Freund an.

***

Jetzt erhob sich auch Gereon. „Christian, es reicht!"

‚Raus', wollte er anfügen, da stand Melli vor ihm. Mit vor der Brust gekreuzten Armen schirmte sie ihn vor dem Zorn seines Freundes ab. „Charly hat mir das Leben gerettet."

„Wenn du so für dich kämpfen würdest, wie du Charly verteidigst, wäre das nicht nötig gewesen", blaffte Christian.

Während Gereon noch über Mellis Ausbruch staunte, wandte sich Christian resigniert ab. „Ich gehe schon", knurrte er und kam so seinem Rausschmiss zuvor.

Mit steifen Bewegungen und hochgezogenen Schultern stakste Christian zur Tür und Gereon sah seinem Freund nach, hin- und hergerissen zwischen dem Wunsch, Melli Schutz und Christian den Freund zu bieten, den dieser jetzt so ganz offensichtlich brauchte. Krachend fiel die Tür hinter Christian ins Schloss, dass das Haus in seinen Grundfesten erzitterte.

Without You – Nilsson & Harry Nilsson

Mit langen Schritten überquerte Christian Gereons Hof, betrat sein Grundstück, ignorierte Napoleon, hetzte die Treppe hoch, zog sich Laufklamotten an und rannte los. Napoleon, der ihm wie ein Schatten folgte, nahm er auch jetzt nicht zur Kenntnis. Er rannte gegen die Bilder in seinem Kopf an.

‚Du hast zu viel Phantasie', hatte Charly einmal gesagt. Das war richtig; seine Phantasie quälte ihn mit Bildern, wie Enrico, bullig und gereizt, auf Charly losging. Er rannte immer schneller. Normalerweise half das, ab einem gewissen Tempo konnte sein Körper nicht mehr gleichzeitig laufen und denken.

Langsam näherte er sich seiner Leistungsgrenze. Die Bilder wollten und wollten nicht verschwinden. Er rannte trotzdem keuchend und taumelnd weiter, bis er schließlich nach einer gefühlten Ewigkeit stolperte und um Luft ringend auf die Knie fiel. Tief wühlte er seine Finger in das weiche Moos und die kühle Walderde.

„Oh Gott, Charly", schluchzte er hilflos und spürte, wie ihm Tränen in die Augen stiegen. Abwechselnd seine Wut, Frustration und Angst in den Wald brüllend und von ohnmächtigen Tränen geschüttelt, blieb er dort hocken, bis er sich vollkommen leer fühlte.

The Sound of Silence – Disturbed

Er setzte sich auf die Fersen zurück und versuchte, sich zu orientieren. Er wusste weder, wo genau er sich befand, noch wie lange er dort gesessen hatte. ‚Minuten? Stunden? Wohl eher Letzteres.'

Napoleon, der, den Kopf auf den Pfoten, einige Schritte entfernt gelegen und ihn aufmerksam beobachtet hatte, kam winselnd und schwanzwedelnd zu ihm und drängte sich in seine Arme, leckte ihm das Salz der Tränen von den Wangen. Er schlang seine Arme um das Tier und barg sein Gesicht in Napoleons dicker Mähne. Noch einmal verharrten sie lange so. Schließlich erhob er sich mühsam.

„Lass uns nach Hause gehen." Seine eigene Stimme klang fremd in seinen Ohren.

Napoleon wandte sich einem schmalen Pfad zu und er folgte dem Hund schleppend, völlig erschöpft. Wachsam blieb Napoleon dicht bei ihm, schob wieder und wieder tröstend seine Nase, seinen Kopf unter seine Hand.

Vereinzelt begannen Vögel zu zwitschern, und bald war der Wald erfüllt von einem lärmenden Chor. Als er in seinen Garten trat, kündigte im Osten ein breiter roter Streifen den baldigen Sonnenaufgang an.

Er nahm Napoleon mit ins Haus und hinauf in seine Wohnung. Unsicher schwanzwedelnd blieb der Hund an der Tür stehen. Er ließ sich komplett bekleidet ins Bett fallen, lockte Napoleon heran und klopfte neben sich aufs Laken. Der Hund sprang herauf und drehte sich mehrfach im Kreis. Als der es sich bequem gemacht hatte, schlang Christian einen Arm um ihn, drückte die Nase in das dichte Fell und war eingeschlafen, ehe der Hund seinen Kopf auf die Pfoten gelegt hatte.

Lovefool – The Cardigans

Sein Telefon klingelte. Er zog es zu sich heran und meldete sich unwirsch.

„Hey, alles ok?“, ertönte Gereons muntere Stimme aus dem Hörer.

„Nein“, knurrte er unfreundlich.

„Wie geht’s dir?“, formulierte sein Freund etwas vorsichtiger.

„Beschissen“, erwiderte er genauso unfreundlich wie zuvor. „Gibt’s was Wichtiges? Ansonsten lass mich in Ruhe“, schob er nach und hörte, wie Gereon scharf die Luft einsog.

„Peter war gerade hier, wir sollen ihm heute Nachmittag was an Charlys Stall richten helfen. Um fünf.“

Er hatte überhaupt keine Lust, irgendjemanden zu Gesicht zu bekommen. Jetzt nicht, und er bezweifelte, dass sich das innerhalb weniger Stunden ändern würde. „Wie spät ist es überhaupt?“, knurrte er, eine Spur freundlicher.

„Kurz vor halb zwei. Ich fahre gleich rüber, ich will Phoenix bewegen und die beiden ungleichen Brüder.“

Er ächzte, drehte sich auf den Rücken. Sein ganzer Körper schmerzte. „Geht das nicht ein anderes Mal?“

„Peter meinte, es sei wichtig. Aber wenn’s dir nicht passt, kriegen wir das schon irgendwie hin.“

„Schon gut. Ich werde da sein.“ Er verfluchte sich innerlich wegen seiner Gutherzigkeit. „Wie geht’s Melli?“, rang er sich noch ab. Es interessierte ihn nicht die Bohne, aber ganz verscherzen wollte er es sich mit Gereon auch nicht.

Der lachte. „Erstaunlich gut. In meinen Jeans und einem Hemd von mir sieht sie gleich wesentlich besser aus als in ihren grauen Sackpullis.“

Gereon klang fröhlicher und unbeschwerter, als er ihn das ganze letzte Jahr erlebt hatte. Er konnte sich dem positiven Gefühl nicht ganz entziehen.

Er brummte etwas Unverbindliches und verabschiedete sich.

Als er im Bad in den Spiegel sah, erschrak er. Die Haare waren zerzaust und dunkle Bartstoppeln zierten die untere Hälfte seines Gesichts. Er hatte blutige Kratzer auf der Nase und der rechten Gesichtshälfte. Der linke Wangenknochen schimmerte dunkel und schmerzte, als er ihn berührte. Die Augen waren blutunterlaufen wie nach den wildesten Saufgelagen.

Er warf einen Blick auf seine Hände. Blutige Risse liefen über die Knöchel, die Handflächen waren grauschwarz und die Nägel zierten schwarze Ränder. Er stellte sich unter die Dusche und versuchte zu retten, was zu retten war.

Part III

Fürsorge

Kurz vor fünf fuhr er in Charlys Einfahrt und hielt rechts im Rondell neben Gereons Fireblade. Umständlich hievte er sich vom Motorrad. Die Schlägerei mit Enrico und sein Waldlauf hatten Spuren hinterlassen, die auch die heiße Dusche nicht hatte beseitigen können.
Mit eckigen Bewegungen umrundete er die Motorräder und wollte auf dem Trampelpfad zum Stall gehen, als die Haustür geöffnet wurde. Gereon sprang enthusiastisch die Stufe herunter, langsamer gefolgt von Peter.
Im gleichen Moment ertönte hinter ihm ein langer Hupton. Er sah, wie sich Gereons Augen weiteten und wandte sich hastig um.
Langsam schob sich ein Unimog, den er nur von Fotos kannte, durch den Rhododendrentunnel.

***

Charly hockte nervös auf dem Beifahrersitz und wappnete sich für das Unvermeidliche. Jeder Kilometer, der sie der Heimat näherbrachte, hatte die Aufregung vergrößert.

Vor knapp einer Woche waren sie in Amsterdam am Flughafen angekommen, sehnsüchtig erwartet von ihrer Mutter. Gemeinsam mit ihr hatten sie einige Tage an der französischen Küste bei und mit ihrer Urgroßmutter verbracht, dann den Unimog aus Rotterdam abgeholt und die vorerst letzte Fahrt mit ihm angetreten. Bis Fulda hatte sie den Wagen gelenkt, dann war sie auf einen Rastplatz gefahren und hatte ihren Vater gebeten, das Steuer zu übernehmen.

Seitdem streichelte sie mechanisch Pollux' Kopf. Wieder und wieder. Das Fell war schon ganz plattgedrückt. Aber selbst er konnte sie heute nicht beruhigen.

So sehr sie sich vor der Ankunft gefürchtet hatte, so froh war sie, als ihr Vater endlich in ihre Einfahrt einbog. Sie atmete tief durch.

Peter, Gereon und Christian erwarteten sie am Rondell.

Hello Again – Klee

Gereon beobachtete mit sehr gemischten Gefühlen, wie das große Fahrzeug wenige Schritte vor ihnen zum Stehen kam. Zuerst sprang Pollux aus dem Wagen und begrüßte ihn, Christian und Peter stürmisch. Charly folgte dem Hund langsamer, aber statt sich einem von ihnen in die Arme zu werfen, drehte sie sich um und ließ sich von ihrem Vater vorsichtig etwas anreichen. Sichtlich befangen trat sie schließlich hinter der Beifahrertür hervor.

Sie lächelte ihr strahlendes, glückliches Lächeln, das er so lange vermisst hatte.

„Hi, darf ich vorstellen? Das ist Xaver. Also, eigentlich Javier Rambaud." Sie sprach den Namen in perfektem Französisch aus und blickte zärtlich auf das Baby nieder, das sie im Arm hielt. Erst nach einigen Augenblicken hob sie den Kopf.

***

Beide Männer standen da wie vom Blitz getroffen, unfähig, etwas zu sagen, und starrten das Kind auf ihren Armen an.

Billie Jean – Michael Jackson

Christians Gedanken wirbelten im Kreis und ließen sich weder fassen noch sortieren. Er spürte Gereons Anwesenheit neben sich und fühlte sich gleichzeitig, als würde ihm der Boden unter den Füßen weggezogen. ‚Charly mit Kind. Von wem?'

„Du hast ein Kind? Wer ist der Vater?", echote Gereon seine Gedanken.

Schützend drückte Charly das Baby fester an sich. Er sah, wie ihre Fingerknöchel weiß wurden. „Einer von euch beiden. Genauer geht's leider nicht."

***

Sie standen sich unbehaglich und fassungslos gegenüber. Derweil kletterte Arved aus dem Unimog, begrüßte Peter, Christian und ihn, Gereon. Charly folgte schließlich seinem Beispiel.

Sie sah aus wie Charly und sie fühlte sich an wie Charly, aber sie roch anders. ‚Süßer, schwerer. Fremd, aber auch irgendwie vertraut.'

Es dauerte einen Moment, dann schlugen seine Gedanken den Bogen zu Maja und seinen Neffen und er begriff, dass es der Milchgeruch sein musste. Charly erschien ihm kleiner und schlanker als damals. Dazu sehr viel unsicherer, als er sie in Erinnerung hatte.

Sie begrüßte Christian genauso, wie sie ihn begrüßt hatte. Sehr zurückhaltend und sachlich.

Er beobachtete seinen Freund verstohlen. Der sah zum Fürchten aus, bewegte sich mit eckigen Bewegungen, die auf einen gepfefferten Muskelkater hindeuteten, und seine Stimme war rau und heiser, als er jetzt Charly bat, ihm den Kleinen zu geben.

Sie trat einen halben Schritt zurück und drehte sich leicht von Christian weg. Musterte ihn prüfend und zögerte fast zu lange.

‚Gib ihm das Baby', hoffte Gereon inständig, als sie ihm endlich vorsichtig das Kind in den Arm legte.

Christian hatte ein Händchen für Babys und kleine Kinder, und auch Xaver betrachtete ihn aus großen runden, strahlend blauen Augen mit der für Kleinkinder eigentümlichen Faszination. Geräuschvoll schmatzend schob er sich die kleine Faust in den Mund.

Versuchsweise strich Gereon mit dem Zeigefinger über das andere geballte Fäustchen. Xaver schnappte nach seinem Finger und umklammerte ihn, als hinge sein Leben davon ab. ‚Irgendein Reflex', erinnerte er sich aus der Babyzeit seiner Neffen.

„Und jetzt?" Christians Stimme riss ihn aus seinen Beobachtungen.

„Was ist mit deiner Stimme passiert?" Charly hob die Hand und strich sacht über Christians Kiefer.

Er spürte, wie sein Freund erstarrte, sah, wie er die Augen schloss, ja, er schien noch nicht einmal zu atmen. Sehnsucht schoss durch seinen Körper. ‚Ich will auch, bitte, nur eine kleine Berührung', bettelte er stumm.

Christian neben ihm hatte zu zittern begonnen, und besorgt sah er zu ihm.

„Lass los, Xaverl", schnurrte Charly an seiner Schulter und nahm Christian ihr Kind wieder ab. Ihn geübt in die Armbeuge kuschelnd, wandte sie sich ihm zu und ließ ihm die gleiche zarte Berührung zukommen wie Christian soeben. Mit nahezu den gleichen Auswirkungen.

„Wollt ihr reinkommen?"

Er zögerte.

Christian neben ihm schüttelte den Kopf. „Ich muss …", er suchte nach Worten, „… nachdenken." Seine Stimme brach beim letzten Wort, wie Gereon es seit Jahren nicht mehr gehört hatte. Christian schwang sich aufs Motorrad, zwängte sich am Unimog vorbei und war verschwunden.

Charly blickte ihm nach.

Gereon sah die Enttäuschung auf ihren Zügen und wie sie um Fassung rang. Dann wandte sie sich ihm zu. Abwartend, bittend, hoffnungsvoll, ängstlich und noch eine Reihe anderer Empfindungen meinte er in ihrer Haltung zu lesen. Entschuldigend legte er die Hand auf ihren Arm. „Ich würde gern bleiben, aber er braucht mich jetzt", sagte er sanft. „Wir sehen uns." Impulsiv beugte er sich zu ihr, atmete noch einmal ihren Duft ein und strich mit den Lippen flüchtig über ihre Wange.

***

Charly blieb, am Boden zerstört, zurück. Sie spürte die Tränen nicht, die ihr übers Gesicht rannen und auf Xavers Strampler tropften. Erst als sie laut aufschluchzte, wurde ihr bewusst, dass sie weinte.

One Wish – Roxette

Gereon beeilte sich, Christian zu folgen, doch bevor er auf die Straße einbog, überlegte er kurz. ‚Wohin? Motorradtreff? Nein, das ist nicht Christians Art. Nach Hause? – Ja, nach Hause und sofort zum Laufen!'

Er bog nach rechts und bremste kurz darauf vor Christians Haus ab. ‚Ja, das Motorrad steht im Hof!'

Er bemerkte Christians Vater Veit, der sichtlich beunruhigt auf der Kante der Bank neben der Haustür saß und nach seinen Krücken angelte. Er hatte ursprünglich vorgehabt, seine Maschine in seinem Hof zu parken, fuhr jetzt aber neben die BMW und stieg ab.

„Was ist passiert?", rief ihm Veit entgegen.

„Charly ist zurück."

„Das hat den Jungen so aus der Bahn geworfen?"

Gereon hockte sich vor ihm auf den Boden und nahm die schwieligen Hände des Älteren in die seinen. „Das alleine nicht, nein", bekräftigend schüttelte er den Kopf. „Bitte, Veit, versprich mir, dass du es vorerst niemandem sonst erzählst …"

Der nickte.

Er spürte, wie dessen Hände zu zittern begannen, streichelte sie beruhigend und beeilte sich weiterzusprechen: „Charly hat einen Sohn."

Der alte Mann saß da wie vor den Kopf geschlagen. Gereon wartete, ließ ihm Zeit, auch wenn Christian so immer mehr Vorsprung gewann. ‚Wie soll ich den überhaupt finden?', fragte er sich.

„Von … Christian?"

Mühsam zwang er seine Aufmerksamkeit zurück zu dem alten Mann vor sich, der nach seinen Worten plötzlich um Jahre gealtert schien. Doch jetzt begann er förmlich zu vibrieren, und Gereon war erstaunt über die Hoffnung, die Zärtlichkeit in Veits Stimme.

„Nein, das heißt, ja, möglicherweise. Charly weiß es nicht“, stammelte er.

Der Ausdruck von Hoffnung in Veits Augen verwandelte sich schlagartig in Horror. „Wer …“, setzte Veit an, brach aber ab.

Gereon senkte den Kopf. „Ich.“

***

Er kalkulierte den Vorsprung, den Christian mittlerweile hatte. ‚Zu Fuß schaffe ich das nie. Fahrrad?’

„Rede mit ihm“, unterbrach Veit eindringlich seine Überlegungen.

„Hat er gesagt, wo er hin will?“

„Er hat sich noch nicht einmal Zeit genommen, Laufzeug anzuziehen.“

Gereon nickte, drehte auf dem Absatz um und saß wieder auf seinem Motorrad. Schoss zu Charlys Grundstück zurück, rannte über den Trampelpfad zur Koppel und pfiff nach Phoenix. Tänzelnd kam der an den Zaun. Er fuhr ihm mit der Bürste ein paar Mal über die Sattellage, warf den Sattel auf seinen Rücken und zurrte ihn fest. Phoenix machte sich schlank, schob den Kopf fast von selbst ins Zaumzeug und machte das Maul auf. Er warf ihm den Zügel über den Hals und kontrollierte schnell die Hufe.

„Was ist denn in dich gefahren?“, fragte Peters Stimme vom Koppelzaun und er zuckte heftig zusammen.

„Später“, vertröstete er ihn. „Machst du mir bitte die Tore auf?“

Verwundert, aber prompt kam Peter seiner Bitte nach.

„Pollux!“

Der Hund kam herangejagt.

„Such Napoleon!“

Pollux sah ihn einen Augenblick mit schräg gelegtem Kopf aus seinen gelben Augen an, dann huschte er durch den Koppelzaun und an Peter vorbei durchs Gartentor.

Gereon saß noch in der Koppel auf und trieb den Hengst sofort in einen flotten Trab. Kaum hatte er das Gartentor hinter sich gelassen, gab er dem Pferd die Zügel frei und preschte zum Wald. Wenige Minuten später klapperte er in seinem Heimatort durch die Kirchgasse zur Straße, überquerte sie und ritt an Christians BMW vorbei zum hinteren Tor.

„Such Napoleon!", erneuerte er seinen Befehl an Pollux, der am Tor ein paar Mal hin und her schnüffelte, langsam immer größere Kreise zog und schließlich jappend den schmalen Pfad zum Felsengarten einschlug. Phoenix folgte dem Hund, ohne seine Aufforderung abzuwarten.

In zügigem, aber kontrolliertem Galopp ritt er zunächst am Bachlauf entlang, dann gemächlich ansteigend den Berg hinauf. Sie hatten eben die kleine Lichtung auf dem Rücken des Berges erreicht, als Phoenix erschrocken scheuend zur Seite sprang und sich aufbäumte.

Er saß das irritierte Gehopse des Pferdes aus, bis es sich halbwegs beruhigt hatte, dann sprang er aus dem Sattel, dirigierte ihn zu einem Grasflecken in der Nähe der Bank, auf der Christian saß und das Spektakel ungerührt ignoriert hatte, und setzte sich daneben. Eine Weile saßen sie schweigend.

„Geschockt?", fragte er schließlich vorsichtig.

„Geschockt ist gar kein Ausdruck." Christian fuhr sich durch die nass geschwitzten Haare, so dass sie wild in alle Richtungen abstanden.

„Du siehst zum Fürchten aus", bemerkte Gereon leichthin.

„Ich habe mich sogar rasiert", brummte Christian.

„Was den Gesamteindruck nicht wesentlich verbessert."

Christian stieg nicht auf seine trockene Bemerkung ein und Gereon seufzte.

„Was machen wir jetzt?", fragte Christian stattdessen.

„Schätze, wir sind alt genug, eine Familie zu gründen." Gereon hob unentschlossen eine Schulter.

Christian machte eine wegwerfende Handbewegung. „Wenn du mich fragst, das ist überfällig. – Aber … wer?“

„Der, den Charly haben will.“

„Ich hatte nicht den Eindruck, als … wüsste sie das.“

„Dann der, dessen Kind es ist.“

„Du willst sie zwingen, den Kindsvater zu heiraten?“ Christian sah ihn entsetzt an.

„Für ‚Wünsch dir was‘ ist es ja wohl zu spät!“, schnappte Gereon und zeigte zum ersten Mal an diesem frühen Abend, dass auch an ihm die Ereignisse nicht spurlos vorübergegangen waren.

I Would Do Anything for Love – Meat Loaf

Sie kauerten noch eine Weile grübelnd nebeneinander auf der schmalen Bank.

„Ich muss Phoenix und Pollux zurückbringen", sagte Gereon schließlich.

Christian nickte.

Gereon stand auf, ging zu dem Hengst, der ruhig neben ihnen Gras rupfte, und saß auf. „Sehen wir uns nachher noch?", fragte er.

„Vielleicht", antwortete Christian unschlüssig und erhob sich ebenfalls von der Bank. Er trat an Phoenix heran, fasste die Zügel und strich ihm über den Nasenrücken. Phoenix schnupperte seine Taschen ab. Er liebkoste den Hengst noch etwas, dann trat er zurück, um Gereon den Vortritt zu lassen. Er sah zu ihm auf.

Ihre Blicke trafen sich und sie machten die gleiche Geste. Ihr stilles Einverständnis brachte sie zum Lächeln.

Ohne weiteren Gruß ritt Gereon an und Pollux folgte dem Reiter, nicht ohne sich seine Streicheleinheit bei Christian abgeholt zu haben.

***

Schwerfällig wandte sich Christian nach Hause. Ihm grauste vor dem Gespräch, das jetzt anstand. Seinem Vater beichten zu müssen, dass er, vielleicht, ein uneheliches Kind gezeugt hatte. Dass er nicht beabsichtigte, diese Verbindung zu legitimieren. Unabhängig davon, ob sich seine Vaterschaft bestätigte oder nicht.

„I'd do anything for love, but I won't do that …", kreuzte seine Gedanken.

Oh Gott, wie oft hatte er diesen Song gehört, nachdem sein Vater ihm rundheraus unter Androhung schlimmster Konsequenzen verboten hatte, sich weiter mit Maja zu treffen. Er hatte sich noch nicht einmal die Mühe gemacht, ihm Gründe zu nennen. ‚Warum habe ich mich damals nicht dagegen zur Wehr gesetzt, um meine, um unsere Liebe gekämpft?'

‚Weil ich mir sicher bin, dass Vater gute Gründe dafür hatte, auch wenn er sie mir nicht sagen wollte', beantwortete er sich automatisch, nicht zum ersten Mal, die selbstgestellte Frage. ‚Nur warum scheint sich jetzt alles, in verdrehter Form, mit Charly zu wiederholen?'

Seit sie in sein Leben getreten war, war er immer heftiger zwischen Hoffen und Bangen gependelt, und die Phasen trügerischer Ruhe waren immer kürzer geworden. ‚Ob es ihr genauso erging?'

Er spürte die vertraute Sehnsucht aufsteigen, sie zu sehen, sie zu berühren, sich zu vergewissern, dass es ihr gutging, sie glücklich war. Sie wieder zu Hause zu wissen, war berauschend, und doch hatte er sie vorhin einfach so stehen lassen. Um sich ihr nicht zu Füßen zu werfen. Um sie nicht anzubetteln, bei ihm zu bleiben, und wenn es aus Mitleid war.

„No, I won't do that."

***

‚Es sei denn, Charly liebt mich genauso wie ich sie.'

Da lag der Hase im Pfeffer. Sie fand ihn attraktiv, das wusste er, aber ihr eigentliches Ziel war immer Gereon gewesen. Von Anfang an. Oft genug hatte eines ihrer Fahrzeuge über Nacht in Gereons Hof geparkt. Sie hatte es ihm sogar gesagt. ‚Aber sie hat nicht einmal bei mir übernachtet. Auch wenn Gereon von ihr und mir wusste, sie hat immer darauf geachtet, ihm diese Tatsache nicht zu deutlich unter die Nase zu reiben.'

Sie hatte sich bereits einmal genötigt gefühlt, ihn handgreiflich zurückzuweisen. Er schwor sich, dass sie nicht noch einmal die Notwendigkeit dazu sehen sollte. Es war töricht gewesen, auf sie zu warten und zu hoffen. Sollte er der Vater des Kleinen sein, würde er Alimente zahlen und Gereon nicht weiter im Wege stehen.

Am Bach hielt er inne, um sich das verschwitzte Gesicht abzukühlen. Als er sich über die spiegelnde Wasseroberfläche beugte, stellte er erstaunt fest, dass Tränen von seinen Wangen tropften. Er klatschte sich einige Handvoll Wasser ins Gesicht und blieb energielos am Rand des Baches hocken.

‚Es sei denn, Charly liebt mich so wie ich sie', flüsterte leise die Hoffnung in ihm.

Don't Answer Me – The Alan Parsons Project

Gereon brachte Phoenix auf die Koppel, versorgte ihn und schaute gelegentlich verstohlen zur Terrasse. Charly ließ sich nicht blicken. Seufzend begann er, dem Hengst die Hufe auszukratzen. Als er sich nach getaner Arbeit aufrichtete, stand Arved im Rollstuhl am Koppelzaun. Er gab Phoenix einen abschließenden Klaps auf die Hinterhand und der Schimmel trabte weg.

„Du hast ihn gut hinbekommen."

„Danke, nicht allein mein Verdienst. – Du siehst gut aus. Erholt."

„Was man von dir nicht behaupten kann." Arved musterte ihn.

„Wundert dich das?", schnappte er.

Arved holte tief Luft. „Ich habe versucht, sie zu bewegen, es euch zu schreiben, seit sie es mir gesagt hat. Ich fürchte, ich war nicht hartnäckig genug."

„Es ändert ja nichts an den Tatsachen." Er sah zum Haus.

„Charly ist mit dem Kleinen eingeschlafen."

Er wusste nicht, was er darauf erwidern sollte. Sah auf seine Hände. „Weißt du …", begann er zögernd.

Arved wartete geduldig.

„… wen … Charly … liebt?" Das letzte Wort flüsterte er nur noch.

Arveds grüngoldene Augen blickten ihn mitfühlend an. „Nein."

Without You – Mariah Carey

Seit ihrer Ankunft waren knapp zwei Wochen vergangen. Gereon und Christian besuchten sie regelmäßig, manchmal gemeinsam, manchmal abwechselnd. Die Besuche erwiesen sich als angespannte Angelegenheiten. Immerhin, sie hatten die mögliche Vaterschaft Xavers diskutiert und entsprechende Schritte zur Erkundung unternommen.

Charly saß auf der Terrasse in den warmen Strahlen der Spätsommersonne und stillte Xaver, als Pollux, der ihr zu Füßen gelegen hatte, jappend aufsprang und um die Hausecke stob. Dann hörte sie auch das Dröhnen zweier Motorräder, ehe das Geräusch erstarb. Kurz darauf kehrte Pollux zurück, gefolgt von Gereon und Andi.

Die Begrüßung blieb ihr im Hals stecken, als sie deren Gesichter erblickte. Andi verhielt am Rand der Terrasse seine Schritte, Gereon trat heran, kniete vor ihr nieder und legte ihr eine Hand auf den Oberschenkel. Sogar durch den Stoff der Jeans spürte sie deren Kälte.

„Charly", seine Stimme war ernst und kontrolliert. „Christian hatte einen Unfall."

***

Er sah die Panik in ihren Augen, spürte, wie sie das Baby umklammerte, und beeilte sich, weiterzusprechen. „Er wird nach Bamberg ins Krankenhaus gebracht."

‚Sie atmet ganz flach', bemerkte er besorgt.

„Was ist passiert?" Ihre Stimme war hoch und dünn. Sie fasste nach ihrer Kehle und räusperte sich.

Er schüttelte den Kopf. „Ich weiß nichts Genaues. Auf der Autobahn. Sein Wagen hat sich überschlagen."

Das schien sie wachzurütteln.

„Er hat ein Auto?“ Pures Erstaunen klang aus diesen Worten.

Es verwirrte ihn. ‚Wusste sie das nicht?‘ – „Einen Audi. – A6“, fügte er hinzu, als mache es einen Unterschied.

In die darauffolgende Stille hinein klang ein leises „Plopp.“ Beide blickten automatisch zu Xaver, der eingeschlafen und dem der Nippel entglitten war.

Sein Blick verweilte sehnsüchtig auf Charlys nackter Brust, bis sie sich wieder bekleidet hatte. Sie stand auf, drapierte ihm ein Stofftuch über die Schulter und legte ihm das Baby in den Arm.

„Bisschen klopfen, bis die Luft aus dem Bauch kommt“, wies sie ihn an und verschwand ins Haus.

Hilfesuchend wandte er sich zu Andi um, der ihn mit unergründlichem Lächeln beobachtete. Vorsichtig tappte er mit den Fingerspitzen auf den kleinen, überraschend soliden Rücken. Nach einiger Zeit ertönte ein sanftes Rülpsen, dann schien der kleine Körper mit seiner Schulter zu verschmelzen. Er entspannte sich ein wenig.

Charly trat mit einer Schultertasche und der Babytrage aus dem Haus, nahm ihm den Kleinen ab und setzte ihn hinein. Sie zog die Terrassentür zu, nahm Baby und Tasche und schritt zielstrebig ums Haus herum.

***

„Steigt ein.“

„Was hast du vor?“

Sie ignorierte seine Frage, kletterte auf den Fahrersitz des Busses und kurvte zügig aus der Einfahrt. Auf der Dorfstraße wählte sie einen Eintrag aus dem Telefonbuch an. Nach zwei Ruftönen meldete sich ihr Vater.

„Dad. Ich brauche deine Hilfe. Christian hatte einen Unfall mit seinem A6.“

„Kennzeichen, Farbe, und wo, auf welcher Autobahn ist es passiert?", fragte Charly an ihn gewandt, und Gereon antwortete automatisch.

„Egal wie, ich will ihn bei mir auf dem Hof stehen haben, wenn ich aus dem Krankenhaus zurückkomme", erklärte Charly resolut, ohne ihren Vater zu Wort kommen zu lassen.

„In Ordnung. Pass auf meinen Enkel auf. Melde dich", war Arveds einzige Antwort.

Grußlos legte Charly auf und wählte gleich die nächste Nummer. Es klingelte gefühlt endlos. „Geh ran!", zischte Charly in Richtung Telefon und blaffte dann „Fahr doch zu!" nach vorn.

„Würde ich ja, und zwar nach Hause, wenn ich nicht mit dir telefonieren müsste", klang es milde aus dem Telefon.

„Les, sorry. Bei euch müsste jetzt oder bald ein Notfall eingeliefert werden." Charly spezifizierte sehr präzise, was sie an Fakten wusste. „Kannst du so viel wie möglich für mich rauskriegen?"

„Mach ich. Melde mich gleich zurück."

Charly legte auf und zog ihr ohnehin hohes Tempo noch mehr an. Er wechselte einen besorgten Blick mit Andi, hielt es aber für klüger, nichts zu sagen. Etwa zehn Minuten später klingelte ihr Telefon.

„Charly, fahr zur Notfallannahme, der Pförtner weiß Bescheid, ich übernehme dein Auto und eine Kollegin führt dich rein, ok?"

„Danke. – Gereon? Wie hast du von dem Unfall erfahren?"

„Durch meinen Vater. Wir saßen gerade über einem Projekt, als Christians Vater anrief und meinen bat, ihn zum Krankenhaus zu fahren."

***

Charly fegte in die Krankenhauseinfahrt, wechselte auf die Notfallspur, während sich vor ihnen schon die Schranke öffnete, und bremste wenige Sekunden später an der Notaufnahme. Sie folgten einer jungen Frau in Rettungsassistentenuniform ins Gebäude. Sie stellte sich vor, und während sie ihr durch verwinkelte Flure und Treppenhäuser folgten, erklärte sie ihnen in beruhigendem Tonfall, dass sie Christians Transport begleitet hatte, er ansprechbar und kohärent war, aber zur Sicherheit noch einige Untersuchungen stattfinden würden, und er zur Beobachtung mindestens eine Nacht im Krankenhaus bleiben müsse. Charly lächelte ihr nervös, aber dankbar zu.

„Hier ist es. Sie werden wahrscheinlich noch eine Weile warten müssen."

Father and Son – Cat Stevens

Sie betraten das Zimmer, in dem bereits Christians und Gereons Vater warteten und sie erstaunt anblickten. Charly grüßte, stellte den immer noch schlafenden Xaver so in die ruhigste Ecke, dass sie ihn beobachten konnte und begann, nervös im Zimmer herumzutigern. Die Spannung stieg mit jeder verstreichenden Minute.

„Vielleicht können Sie mir derweil hiermit weiterhelfen", sagte Charly schließlich, nahm einen großen Umschlag aus ihrer Tasche und reichte ihn Gereons Vater.

Er öffnete ihn und überflog den Inhalt. Dann schob er ihn wieder in den Umschlag zurück, wechselte einen Blick mit Christians Vater und rieb sich übers Gesicht. „Im Grunde wissen Sie es schon."

„Ich vermute etwas, aber es erklärt nichts."

Christians Vater übernahm. „Sehen Sie, ich habe meine Frau sehr geliebt. Sie war damals schon schwer krank, aber sie wünschte sich sehnlichst ein Kind. Auch dass die Ärzte ihr davon abrieten, konnte sie nicht umstimmen. Ich hätte alles für sie getan, nur eben das ging nicht. Ich bin unfruchtbar und wusste es auch. Nun, wir waren jung und …", die beiden älteren Männer wechselten einen Blick, „… wir trafen eine Abmachung." Er pausierte kurz. „Christian kam dann fünf Wochen zu früh, aber entgegen aller Prognosen überlebte meine Frau die Geburt, wenn auch nur um wenig mehr als einen Monat. Wenigstens ein bisschen Zeit hatte sie mit ihrem Sohn." Er verstummte.

Charly nickte mechanisch.

„Ich war auf einem Kongress, als ich den Anruf bekam, dass meine Frau in die Klinik gefahren sei", führte Gereons Vater den Faden weiter. „Als ich zurückkam, war Gereon bereits geboren. Ich besuchte meine Frau und den Jungen. Als ich nach Hause gehen wollte, kam mir auf dem Gang mein Freund entgegen. Er brauchte damals schon zwei Krücken zum Gehen, hatte aber nur eine dabei. Mit dem Baby im Arm hangelte er sich tränenüberströmt an der Wand entlang. Ich konnte ihm den Buben gerade so abnehmen, ehe er hinstürzte. Seine Frau war gerade gestorben. Das Baby schrie, ich versuchte, den Kleinen zu beruhigen, meinem Freund aufzuhelfen, ihn zu trösten, – kurz, ich war hoffnungslos überfordert – als die Zimmertüre aufging und meine Frau heraustrat." Er angelte ein großes Taschentuch aus seiner Hosentasche, wischte sich über die Stirn und schnäuzte sich. „Sie sah mich mit dem Baby, presste die Lippen aufeinander, sprach: ‚Er kann ja nichts dazu', nahm mir den Jungen ab, legte ihn an die Brust und verschwand wieder im Zimmer. Ich habe mich um Veit gekümmert, und als ich am nächsten Tag zu meiner Frau kam, standen beide Kinderbettchen neben ihrem Bett. Ab da bekam meine Frau Besuch von zwei Männern, entsprechend argwöhnisch beäugt von den anderen Zimmerinsassen. Sie hat nie wieder ein Wort darüber verloren."

Die beiden Männer schmunzelten wehmütig bei der Erinnerung.

Gereon runzelte die Stirn. „Milchbrüder, hat meine Mutter früher manchmal gesagt."

„Nicht nur", murmelte Charly unhörbar.

„Christian ist mein Ein und Alles", sagte Veit schlicht. „Aber durch die Umstände war er auch immer ein Teil von Gereons Familie. Seine Freunde kennen es nicht anders und sehen es deshalb nicht."

Charly nickte und lächelte verständnisvoll. „Das erklärt einiges."

Gereons irritierter Blick glitt von einem zum anderen und blieb zuletzt auf seinem Vater haften.

„Christian ist dein Halbbruder", sprach dieser endgültig die Tatsache laut aus.

***

In die konsternierte Stille hinein wurde geräuschvoll die Türe geöffnet und Christian mit Halskrause und geschientem Bein im Krankenbett ins Zimmer gerollt. Durch die Unruhe im Zimmer erwachte Xaver und gab einige unmutige Laute von sich. Charly beeilte sich, ihn aus dem Sitz zu befreien. Sie hatte sich noch nicht wieder erhoben, als Gereon unter einem fadenscheinigen Vorwand fluchtartig aus dem Zimmer verschwand.

***

„Kannst du und willst du?" Sie hielt Xaver fragend in seine Richtung.

Christian wollte nicken, sah sich jedoch durch die Halskrause gehindert. Sie platzierte Xaver auf seinem Bauch.

„Ich kann ihn noch nicht einmal sehen mit dem blöden Ding um den Hals", brummte er ungehalten.

„Maul nicht. Du bist verletzt", schalt Charly streng. „Wie ist es überhaupt passiert?"

„Keine Ahnung. – Wieso ist Gereon abgehauen?", lenkte er ab.

„Er verdaut einige Neuigkeiten", antwortete sein Vater.

„Sollte ich die auch erfahren?" Er zog fragend die Augenbrauen hoch.

„Es wird sich nicht vermeiden lassen", murmelte Charly. Einen Augenblick lang schwiegen alle. Dann reichte Charly ihm den Umschlag. „Die Analysen müssen wiederholt werden. Sie sind nicht eindeutig genug."

Er überflog die Berichte. „Der Verwandtschaftsgrad ist zu hoch?" Verwirrt huschte sein Blick von einem zum anderen und blieb auf seinem Vater haften.

Der seufzte. „Ich hoffte, dir das nie selbst sagen zu müssen", Veit knitterte mit Unbehagen den Stoff seiner Cordhose und nahm sich dann sichtlich zusammen. „Ich bin nicht dein biologischer Vater."

Charly nickte Gereons Vater und Andi zu und wies mit dem Kopf zur Tür. „Passt gut auf Xaverl auf, ja?“, bat sie an ihn und seinen Vater gewandt. Sie öffnete die Tür und ließ Andi und Gereons Vater den Vortritt, dann folgte sie ihnen auf den Gang hinaus.

Er kuschelte das warme Gewicht des Babys an sich und versuchte, den neuesten Offenbarungen Sinn abzuringen.

***

Gereon war nirgends zu sehen. Charly wandte sich an dessen Vater. „Können Sie sehen, wessen Kind Xaver ist?“

„Nein.“

„Du?“, fragte sie Andi.

Er schüttelte verneinend den Kopf.

„Bei Babys ist das nicht ganz so einfach. Gereon und Christian sind sich dafür wahrscheinlich auch zu ähnlich“, antwortete Gereons Vater mit weicher Stimme. Er hielt ihr die Hand hin. „Ich bin der Hias.“

„Charly“, schlug sie ein. „Hoffentlich rennt sich jetzt nicht der Nächste das Hirn ein.“ Sie spähte besorgt den langen, leeren Flur Richtung Ausgang entlang.

„Womit denn? Du bist doch gefahren“, brummte Andi.

„Ach ja, hast recht.“ Mühsam brachte sie ein schiefes Lächeln zustande.

Sie gingen zu einer wenige Schritte entfernten Sitzecke mit dunklen Ledercouchen. Charly ließ sich in einen der Sessel fallen, lehnte sich an das kühle Polster zurück und schloss die Augen.

***

„Charly?“

Sie schoss aus dem Sessel und in die Arme ihres Vaters. Nach einer rippenquetschenden Umarmung löste sie sich von ihm und fragte: „Was machst du hier?“

„Nachschauen, ob ich gebraucht werde“, antwortete er schlicht.

Charly stellte die Männer einander vor. Arved musterte seine Tochter verstohlen. ‚Übernächtigt, aber nicht übermäßig verstört.‘

„Kaffee?“, fragte er in die Runde.

Charlys Blick wurde sehnsüchtig, aber sie schüttelte ablehnend den Kopf. „Dann schläft Xaverl bald gar nicht mehr“, erklärte sie reumütig.

„Wo ist er?“

„Bei potentiellem Papa Nummer eins.“ Ihre Stimme war herb und sie nickte in Richtung eines der gegenüberliegenden Krankenzimmer. „Ist dir zufällig der potentielle Papa Nummer zwei über den Weg gelaufen?“

„Christian ist also so weit wohlauf, dass er auf den Kleinen achten kann?“ Er ignorierte ihre Frage und hielt seinen Ausdruck sorgfältig leicht.

Charly hatte sich wieder in den Sessel fallen lassen, beugte sich jetzt vor und wühlte die Hände in die Haare. „Er hatte eine Handvoll Schutzengel und eine Menge Glück dazu“, ertönte dumpf ihre Stimme.

„Wieso sitzt ihr dann hier draußen?“

„Weil die Ergebnisse zwar nicht Xaverls Vater ans Licht gebracht haben, dafür aber Christians.“ Charly tauchte aus ihren Händen auf und holte tief Luft. „Der klärt jetzt grade sein Verhältnis zu seinem …“, sie stockte und suchte nach dem richtigen Begriff.

„Vater“, erklärte Hias mit Nachdruck. „Veit hat den Jungen großgezogen und nachts an seinem Bett gewacht, wenn der Bub krank war. Nicht ich.“

Arved kniff die Augen zusammen und blickte zwischen seiner Tochter und dem Mann, der eine gealterte Version der beiden Freunde Charlys war, hin und her.

„Gereon verdaut also draußen, dass sein Freund nicht nur sein Freund, sondern auch sein Halbbruder ist?", fasste er seine Beobachtungen zusammen.

„Du hast ihn gesehen?" Charlys Erleichterung war greifbar.

„Er saß neben dem Eingang auf dem Geländer. Zumindest, als ich hereinkam."

Hias straffte sich. „Dann geh ich mal raus."

Sie sahen ihm nach, wie er entschlossen den langen Gang hinunterschritt.

„Sie wussten es?", interessiert lehnte sich der junge Mann, den er von der Geburtstagsparty seiner Tochter kannte, nach vorn. Er bemerkte, dass auch Charlys Ausdruck zu Neugier wechselte.

Christians und Gereons Ähnlichkeiten waren ihm zwar aufgefallen, doch er hatte es auf bloße Koinzidenz geschoben, was er jetzt beim Anblick von Gereons Vater revidiert hatte. Es hatte ihn überrascht, aber er war zu lange Geschäftsmann und Pokerspieler, um sich seine Regungen anmerken zu lassen. „Ich beobachte gern und mache mir meine Gedanken dazu. Allerdings ziehe auch ich nicht immer die richtigen Schlüsse", zwinkerte er seiner Tochter zu.

***

Die Tür zu Christians Zimmer öffnete sich und dessen Vater sah heraus. „Charly, würden Sie bitte zu uns hereinkommen?"

Charly wechselte einen Blick mit ihrem Vater und sprang auf. Eilig strebte sie in den Raum. Ihre Sorge war unbegründet. Christian hielt Xaver unter den Armen vor sich auf Augenhöhe und unterhielt das Baby offensichtlich königlich, denn der Kleine lachte und versuchte, auf der Bettdecke zu hopsen, sobald seine Zehen diese berührten.

Christians Vater hatte die Tür geschlossen und sich schwerfällig zu seinem Sitz zurückbewegt. Als er sich aufatmend niedergelassen hatte, wandte er sich an Charly. „Sie wussten es bereits?“

Sie schüttelte den Kopf. „Wissen ist zu viel gesagt. Als ich auf der Party zu Gereons dreiunddreißigstem Geburtstag seinen Vater sah, fiel mir die Ähnlichkeit zwischen ihm und Christian auf. Nicht vom Aussehen her, eher die Haltung, die Bewegungen. Er bedeutete mir damals, es nicht anzusprechen. Ich habe es nicht weiterverfolgt“, sie zuckte die Achseln. „Ehrlich gesagt, auch nicht wieder dran gedacht, bis ich die Ergebnisse gestern bekam.“

Er nickte. „Ich habe eine Bitte an Sie.“

„Ja?“

„Ich bin ab morgen für sechs Wochen zur Kur. Währenddessen wird unser Haus grundsaniert. Nun kann Christian nicht mit Gipsbein inmitten einer Baustelle wohnen. Wäre es möglich …“

„Vater, du kannst mich doch nicht bei ihr einquartieren!“, unterbrach Christian indigniert.

„Da hast du recht, mein Sohn, aber ich kann sie fragen, ob es ihr recht ist.“ Selbstzufrieden lehnte sich sein Vater zurück.

Charly hatte diesen kleinen Schlagabtausch amüsiert verfolgt. „Natürlich kannst du bei mir wohnen. Wenn es dir recht ist“, betonte sie. Mit einer Handbewegung stoppte sie seinen Einwand. „Besonders ruhig wird es bei mir nicht. Xaverl schläft nachts schlecht und ist tagsüber oft unleidlich. Ich bin auch nicht gerade tiefenentspannt. Wenn du dir das antun willst …“, sie ließ den Satz absichtlich in der Luft hängen.

***

Christian betrachtete das Baby, das sich einen Zipfel der Bettdecke in den Mund geschoben hatte und geräuschvoll daran nuckelte. Es widerstrebte ihm zutiefst, in dieser ungeklärten Situation, noch dazu eingeschränkt und auf ihre Hilfe angewiesen, in ihr Haus zu ziehen, wie vorübergehend auch immer. Er fühlte sich bereits jetzt als Eindringling in ihre Privatsphäre, ihren Rückzugsort. ‚Und was wird Gereon dazu sagen?', fiel ihm ein.

Er sah auf und begegnete Charlys Blick. Abwartend, bemüht neutral.

‚Könnte sie nicht ein bisschen Regung zeigen', dachte er mit einem Anflug von Ärger. ‚Immerhin, ich hätte den Kleinen um mich. Vielleicht hilft ihr das ein wenig, wenn ich auf ihn aufpasse. Sie sieht so müde aus.'

„Ok", gab er nach.

„Vater?", nahm er die Zügel der Unterhaltung wieder in die Hand. „Lässt du uns bitte einen Moment allein?"

Veit nickte, stand mühsam auf und bewegte sich langsam zur Tür.

„Falls du Gereon siehst, mit dem würde ich auch reden wollen", rief Christian ihm nach.

Charly nahm Xaver von seiner Decke und drehte sich von ihm weg zum Fenster. Er konnte nicht ermessen, was sie damit bezweckte.

„Danke."

„Entschuldigung."

Die Worte kollidierten zwischen ihnen. Charly wandte sich um. Er wollte ihr den Vortritt lassen, doch sie war schneller.

„Entschuldigung wofür?"

„Dass ich dich an dem Abend mit dem Trecker allein gelassen habe."

„Christian, du hast nichts falsch gemacht", versicherte sie ihm.

„Nicht?" Selbst er hörte die Ironie in seiner Stimme. „Ich war zu sehr mit mir selber beschäftigt, um zu bemerken, dass du nicht in der Verfassung warst, allein zu bleiben."

„Wenn sich jemand entschuldigen muss, dann ich", unterbrach sie ihn resolut. „Schließlich habe ich dich im Unklaren gelassen", strich sie heraus. „Jetzt hören wir beide mit dem Unsinn auf. – Danke, dass du Melli geholfen hast", fuhr sie fort.

„Ich war nicht allein", wiegelte er ab.

„Aber du hattest die blauen Flecken und bei Gereon hat Melli sich schon selbst bedankt."

Er schnaubte und sie bremste ihn mit einer Handbewegung. „Sie wird sich bei dir auch selbst bedanken, aber das kann noch dauern", erklärte sie beschwichtigend. „Sie hat Angst vor dir, deshalb nimm bitte vorerst den Dank durch mich an."

Bittend sah sie ihn an. Er brummte etwas Undefinierbares.

Xaver meldete sich und Charly ließ sich eilig in den Besucherstuhl fallen, knöpfte ihr Hemd auf und legte das Baby an die Brust. Er konnte seine Augen nicht von ihr losreißen. Sah, wie sie die Zähne zusammenbiss, als das Baby zu saugen begann, ihre angespannte Miene und wie sich auf ihrer Nasenwurzel kleine Schweißperlchen bildeten. Er langte die Wasserflasche vom Nachttisch, drehte sie auf und reichte sie ihr kommentarlos.

Sie nahm sie mit einem dankbaren Lächeln entgegen, setzte sie an und trank durstig. Nach Luft schnappend setzte sie die Flasche ab. „Woher wusstest du …?"

„Irgendwo mal gelesen", brummte er achselzuckend.

Nach einem weiteren langen Zug reichte sie ihm die Flasche zurück. Sie wechselte Xaver an die andere, ihm zugewandte Brust, und er bemühte sich, nicht mehr so auffällig hinzusehen.

„Charly, ich möchte, dass du dir über eine Sache im Klaren bist", begann er.

Sie schreckte zusammen und sah auf. Wartete ab.

„Gereon ist der Ansicht, derjenige von uns, der Xavers Vater ist, solle dich heiraten." Er pausierte, um seine Worte wirken zu lassen und sah, wie sich ihre Augen weiteten, als sie den Sinn seiner Worte begriff. Sie setzte zu einer Erwiderung an und er sprach weiter: „Selbst wenn Xaver mein Sohn sein sollte", es fühlte sich seltsam an, das zu sagen, „werde ich dich nicht heiraten. Nicht deswegen."

Charly klappte buchstäblich die Kinnlade herunter. Das erste Mal, dass er sie sprachlos erlebte. Ein winziger Funken Genugtuung glitt durch seinen angespannten Körper.

„Du erinnerst dich an unsere Abmachung? Zu sagen, wenn sich etwas ändert?"

Sie nickte.

„Ich weiß nicht genau, wann es sich geändert hat, aber als ich dich nach dem … Trecker… im Arm gehalten habe, ist es mir bewusst geworden. Dass es für mich mehr ist. Sehr viel mehr." Er sah auf seine Hände, die die Bettdecke zerknautschten, und zwang sich, den Stoff loszulassen und ihn glatt zu streichen. „Ich habe dir nichts gesagt, weil ich dich nicht unter Druck setzen wollte." Vorsichtig sah er auf. Sie starrte ihn noch immer an. Etwas regte sich in ihren Augen.

„Ich liebe dich", sagte er einfach. „Ich will dich."

‚Sogar mehr als Maja', dachte er, selbst überrascht. „Für mich. Ganz. Aber nur, wenn du mich genauso willst, ohne Wenn und Aber. Nicht aus Mitleid. Nicht wegen Xaver. Es spielt für mich auch keine Rolle, sollte er Gereons Sohn sein."

Er schwieg und schob ihr den iPod zu. Ihr Blick verwandelte sich in Panik. „Du gibst ihn mir zurück?" Ihre Stimme war hoch und atemlos.

„Es geht nur um den Song, der gerade läuft", beruhigte er sie.

Sie tippte aufs Display, und noch ehe die ersten Töne erklangen, begann ihre Hand zu zittern. Sie ließ den iPod aufs Bett fallen, als sei er glühend heiß und nahm verspätet Xaver, der eingeschlafen war, von ihrer Brust. Sie setzte ihn in die Trage und kleidete sich, ihm den Rücken zugewandt, eiligst an. Sie schniefte.

‚Weint sie etwa?' Lautlos verfluchte er das lädierte Bein. Er konnte sie nicht berühren; sie war außerhalb seiner Reichweite. „Charly?"

Sie antwortete nicht, hob die Trage auf und steuerte die Tür an. Gerade als sie die Hand auf die Klinke legte, klopfte es kurz und Gereon trat ein. Sie wich zurück und wandte sich ihm zu. „Ruf an, wenn ich dich abholen soll. See you." Sie zwängte sich an Gereon vorbei und zog die Tür hinter sich zu. Bevor sie ins Schloss fiel, hörte er noch ihr „Gute Besserung" durch den Türspalt.

Who Wants to Live Forever – Queen

Gereon blickte Charly verwirrt nach, ehe er ihm seine Aufmerksamkeit zuwandte.

Christian betrachtete seinen Freund, als sähe er ihn zum ersten Mal. Er sah ihn so vertraut wie immer. ‚Milchbruder. Blutsbruder. Halbbruder.' Die Worte des Mannes, der ihm vierunddreißig Jahre seines Lebens Vater gewesen war, hallten in seinem Inneren wider. ‚Vater ist und bleibt mein Vater. Punkt.'

Er holte tief Luft. „Hallo, kleiner Bruder."

Gereon verdrehte die Augen. „Schon klar, ich bin sowohl jünger als auch kleiner."

„Ändert es was für dich?"

Gereon sah ihn nachdenklich an, schüttelte dann den Kopf. „Wir waren schon immer mehr Brüder denn Freunde."

Er nickte. Das Wissen, wo er hingehörte, breitete sich wohlig in seinem Bauch aus. Die Neuigkeit war noch längst nicht verdaut und tauchte einige Ereignisse in ein anderes Licht, aber sie hatte kaum Auswirkungen auf sein Leben.

Gereon beobachtete ihn, umrundete das Bett und ließ etwas Metallenes auf seinen Nachttisch klingeln, bevor er hinter das Kopfteil des Bettes aus seinem Gesichtsfeld trat.

„Was ist das?" Schwerfällig tastete er danach. Es war ein massiver Silberring. ‚Warm. Gereon muss ihn am Körper getragen haben.'

‚Graviert', fiel ihm ins Auge. Er drehte ihn ins Licht. ‚Forever' stand da in zierlichen, geschwungenen Buchstaben.

„Ich werde Charly nachher bitten, meine Frau zu werden."

Er fühlte sich, als habe Gereon ihm die Faust in den Magen gerammt.

Der tauchte links von ihm auf. Er gab den Ring zurück. „Viel Glück."

Gereon wandte sich zum Gehen. An der Tür drehte er sich noch einmal zu ihm um. „Danke, großer Bruder."

***

Sein Vater merkte schnell, dass er in Ruhe gelassen werden wollte und verabschiedete sich bald. Endlich allein ließ er sich in die Kissen zurücksinken. Er fand weder eine bequeme und erst recht keine schmerzfreie Lage. Das verletzte Knie pochte. Auch sonst schmerzte bei fast jeder Regung ein Muskel. Aber im Augenblick bevorzugte er die körperlichen Schmerzen. Sie lenkten wenigstens ab.

‚Ich will nicht nachdenken. Ich will gar nicht mehr denken.'

Er klingelte nach der Schwester und bat um Schlaftabletten. Kurze Zeit später sank er dankbar in einen tiefen und traumlosen Schlaf.

Marry You – Bruno Mars

Gereon ließ sich von seinem Vater bei Charly absetzen. Ihr Hof lag verwaist. Pollux erschien und begrüßte ihn. Mit hämmerndem Herzen ging er zur Tür und drückte die Klingel. Er wartete mehrere Minuten, aber niemand öffnete.

Nach kurzem Überlegen schwang er sich auf die Fireblade.

Eine knappe Stunde später fuhr er wieder auf Charlys Hof, diesmal mit dem Porsche, frisch geduscht und im Anzug.

Charly öffnete diesmal sofort. Sie trug Xaver auf dem linken Arm, der, ein Fäustchen in den Mund geschoben, ihn aus großen Augen betrachtete. Sie wollte die Tür aufschwingen, aber er nahm ihre Hand, und verwundert folgte sie seinem sanften Zug einige Schritte auf den Hof.

Ihre Finger festhaltend, kniete er nieder. Ihre Augen weiteten sich, ein panischer Ausdruck glitt über ihre Züge, und einen Augenblick fürchtete er, dass sie ihm ihre Hand entziehen würde.

Nichts dergleichen geschah. Sie verharrten einen langen Augenblick regungslos. Schließlich fasste er sich ein Herz. „Charly, ich habe es dir schon letztes Jahr gesagt und es hat sich für mich nichts geändert. Ich will dich an meiner Seite haben, morgens neben dir aufwachen und abends mit dir schlafen gehen. Ich möchte unsere Kinder mit dir aufwachsen sehen und mit dir alt werden. Charlène, willst du meine Frau werden?“ Er sah zu ihr auf und nahm den Ring aus der Brusttasche.

„Gereon …“ Ihre Stimme war hoch und zitterte; sie unterbrach sich und setzte neu an. „Lass mir ein paar Tage Zeit. – Bitte!“ Flehend sah sie ihn an. „Es war ein bisschen viel heute.“

„Natürlich“, murmelte er, bemüht, sich seine Enttäuschung nicht anmerken zu lassen.

Er erhob sich, einen Augenblick schloss er seine Hand um den Ring. Charly wechselte Xaver auf die andere Schulter. Einer Eingebung folgend nahm er ihre Linke, hob sie an die Lippen und schob den Ring auf ihren Finger. Er passte wie angegossen. „Bitte behalte ihn so lange."

Unsicher sah sie zu ihm auf und ihre Hand ruhte ungewohnt schlapp in seinem Griff. Sanft schloss er ihre Finger zur Faust.

Sie senkte den Kopf, dann nickte sie, wandte sich ab und trat zurück ins Haus. Bevor sie die Türe schloss, sah sie ihm noch einmal in die Augen. Leise wehten ihre Worte zu ihm. „Gute Nacht."

Follow Your Heart – Scorpions

Xaver war quengelig, wie jeden Abend. Sie wickelte ihn und legte ihn, schon wieder, an die Brust. ‚Eigentlich müsste er müde sein', überlegte sie.

Er hatte zwar den größeren Teil der beiden Autofahrten verschlafen, aber dazwischen war er ungewöhnlich lange wach gewesen. Es war auch schon spät, kurz nach neun. Er schien wieder zu wachsen; jedenfalls hatte er mehr Hunger, trank die Brust schneller leer. Sie fühlte richtiggehend, wie er „trockenzog". Sie legte ihn an die andere Brust. Während er gierig nach dem Nippel schnappte, löste sie das Bändchen vom BH-Träger und knotete es an die Seite, an der er gerade trank. Bei jedem Handgriff war sie sich des Gefühls und Gewichts des Ringes an ihrem Finger bewusst.

Sie spürte, wie Xaver auch hier das Ende der Milchreserven erreichte und befürchtete schon, er werde anfangen zu brüllen, da ließ sein Nuckeln plötzlich nach, und wenige Minuten später entglitt ihm mit einem sanften Rülpser der Nippel. Erleichtert bettete sie ihn aufs Sofa.

‚Hunger.' Sie war noch nicht ganz am Kühlschrank, als ihr Handy klingelte. Eilig kehrte sie auf dem Absatz um und schnappte danach, ehe Xaverl, neben dem es gelegen hatte, vom Klingeln erwachte. „Ja?"

„Maja hier. Entschuldige die späte Störung, darf ich reinkommen?"

Erst jetzt bemerkte Charly den Schein zweier Abblendlichter auf dem Hof und ging zur Haustür. Maja umarmte sie fest und drückte ihr eine zugedeckte Schüssel in die Hand.

„Was ist das?"

„Essen …" Weiter kam Maja nicht mit ihrer Erklärung, denn Charly schnappte ihr die Schüssel aus der Hand. Mit flüchtigem

Kopfnicken bedeutete sie ihr, abzulegen und ließ sie dann sehr unhöflich im dunklen Flur stehen. Als Maja an der Küche anlangte, schob Charly gerade einen Teller in die Mikrowelle.

„Wie komme ich zu diesem Leckerbissen?"

„Gereon war gerade bei mir und hat von Christians Unfall berichtet. Es gibt da etwas, das du wissen solltest."

Charly schluckte schwer. Ihr Bedarf an weiteren Informationen war äußerst gering. Hatte sie doch weder Zeit gehabt, Christians Offenbarungen zu überdenken, noch war sie sich sicher, was ihr Gespräch gewesen war. Seinerseits eine Liebeserklärung, eindeutig, aber sie hatte nur Panik verspürt und wollte weg, fort aus dieser Situation. Kaum war sie zu Hause gewesen, der Heiratsantrag von Gereon, komplett mit Ring und Kniefall. Was sie im Augenblick wollte, war schlafen und vergessen, wie vorübergehend auch immer, ehe sie sich mit den Gedanken auseinandersetzte, die wie Glühwürmchen in ihrem Kopf aufblitzten.

„Xaver?"

„Im Wohnzimmer. Kann ich dir was anbieten?", erinnerte sich Charly an ihre Hausfrauenpflichten. Sie schenkte Maja und sich je ein großes dunkles, alkoholfreies Weizen ein. Die Mikrowelle piepte und Charly balancierte Teller, Besteck und randvolles Glas zum Sofa. Maja folgte ihr kopfschüttelnd.

Charly schlang die ersten Bissen hastig hinunter.

„Iß langsam", mahnte Maja, offenbar aus Gewohnheit, und Charly zog eine Grimasse.

„Hast recht. Schmeckt sehr gut." Sie zögerte einen Moment. „Was hat Gereon dir sonst noch gesagt?" Xavers fragliche Vaterschaft hatte sie ihr selbst erzählt, als Maja sie nach ihrer Rückkehr besucht hatte.

„Dass ich einen weiteren Bruder … Halbbruder… habe", antwortete Maja herb. „Es hat ein großes Rätsel gelöst."

Charly beschränkte sich auf fragend hochgezogene Augenbrauen; mit vollem Mund wollte sie nicht sprechen.

„Als ich zwanzig war, war ich heftig in Christian verliebt."

Charly ließ langsam die Gabel sinken.

„Er schien die Gefühle auch zu erwidern", fuhr Maja fort und Charly hörte auf zu kauen. „Wir sind zu nicht viel mehr gekommen als einigen Umarmungen, da fuhren meine Eltern dazwischen, ich bekam Hausarrest, er Hausverbot bei uns, ohne jede Erklärung."

Charly legte das Besteck beiseite und schluckte mühsam. ‚Logisch', dachte sie.

Maja schüttelte den Kopf: „Es ist mir unbegreiflich, dass wir es nicht selbst bemerkt haben. Dabei ist er das Abbild meines, unseres Vaters, was die Statur betrifft. Gereon kommt mehr nach Mutter."

Charly nickte. „Ich habe es gesehen, auf Gereons Geburtstagsparty."

Maja musterte sie nachdenklich. „Du hast nichts gesagt?"

„Dein Vater, euer Vater, bat mich darum. Unausgesprochen, mit einem nahezu unmerklichen Kopfschütteln. Die tatsächliche Bestätigung und die Hintergründe habe ich auch erst heute erfahren."

Maja lächelte schief. „Ich habe ganz oft gesagt, dass ich froh bin, dass Gereon mein Bruder ist. Es sei schwer genug, von seinem besten Freund die Finger lassen zu müssen, von ihm könnte ich das nicht auch noch – und mich zwischen ihnen entscheiden schon gar nicht."

Charly fühlte ihren Mund trocken werden und griff hastig nach ihrem Glas. Sie nahm einen großen Schluck. „Du hast den Finger drauf", murmelte sie und wagte nicht, Maja anzusehen.

„Ich habe es Gereon gesagt."

„Was?"

„Dass er dich nicht verlieren kann, aber immer mit Christian wird teilen müssen. Egal, ob als Partner oder Freund."

„Ist es so offensichtlich?"

Maja überlegte. „Für mich, ja. Weil ich weiß, wie sie lieben. Gereon hat mich mit seiner Bruderliebe manchmal fast erdrückt, im direkten wie im übertragenen Wortsinn. Und Christian … Ich habe achtzehn

Jahre lang versucht, ihn mir aus dem Herzen zu reißen. Heute bekam ich die Freiheit, ihn lieben zu dürfen, ohne jemand anderem im Weg zu stehen."

„Ich habe keine leiblichen Geschwister, aber ich weiß, was du meinst. Ich liebe Steven abgöttisch", Charly brach ab und seufzte. „Ich sollte mir jemand anderen suchen. Das wäre wohl für alle das Beste", murmelte sie.

Maja packte sie bei den Schultern und schüttelte sie leicht. „Charly, es geht nicht um das ‚Beste für alle'. Es geht um das Beste für dich! Wen du liebst und wer dich über den Verlust des anderen hinwegtrösten kann. Wenn es keiner von beiden, sondern ein Dritter ist, auch gut, aber es muss echt sein!"

Charly erwiderte nichts, starrte nur blicklos in ihr Weizenglas.

„Ich weiß", fuhr Maja fort. „Hier geht es um Nuancen, Gewichtungen. Zu viel denken schadet. Hör auf deinen Bauch."

Unwillkürlich nickte Charly.

„Entscheide. Egal, was. Ist es richtig, gut. Ist es falsch, dann wird sich eine Gelegenheit zur Neuentscheidung bieten. Entscheide. Lass sie nicht mehr lange im Unklaren!" Eindringlich sah Maja ihr in die Augen.

„Die Devise meines Vaters. Bisher hat sie auch mir gute Dienste geleistet", stimmte Charly ihr zu. Sie räumte Teller und Besteck in die Küche, dann brachte sie Maja zur Tür. „Danke. Fürs Essen. Fürs Reden. Es hat mir sehr geholfen."

„Geh schlafen, Charly", mahnte Maja sanft. „Ruf mich an, wenn du Hilfe brauchst."

***

Charly warf einen kontrollierenden Blick auf Xaver. Er schien tief und fest zu schlafen. Eilig rollte sie eine Decke zusammen, sicherte ihn auf dem Sofa ab und huschte ins Bad. Sie duschte schnell und schlüpfte in ihre Schlafkleidung, mit einem halben Ohr zum Wohnzimmer lauschend. Als sie zurückkam, schlief Xaver unverändert. Sie hob ihn vorsichtig auf und wurde augenblicklich von seinem schlafwarmen, süßen Babyduft eingehüllt. Die Nase in seinem weichen Haar blieb sie überwältigt stehen und drückte ihr Kind an sich.

In ihre stille Glückseligkeit hinein piepste ihr Handy. Seufzend langte sie nach dem Telefon. Eine Nachricht von ihrem Vater und sie drückte die Ruftaste.

In den letzten Tagen hatten sie den Besuch bei Charlène und den Transfer des Isabella nach Frankreich geplant; das hatte sie über der Aufregung von Christians Unfall ganz vergessen.

„Bist du überhaupt in der Lage, jetzt wegzufahren?", fragte er.

„Lieber jetzt als später", erwiderte sie. „Ich könnte es mir nur schwer verzeihen, wenn wir zu spät kämen."

Sie spürte sein nachdenkliches Nicken durchs Telefon.

„Wo bist du überhaupt? Ich hatte erwartet, du würdest bei mir übernachten."

„Bei Gitta."

‚Täusche ich mich oder klingt er schuldbewusst?', lauschte sie seinem Tonfall nach.

„Soll ich raufkommen?"

„Nein. Ich bin platt, ich schlafe schon fast im Stehen ein." Sie gähnte so heftig, dass ihre Augen tränten und die Kiefer knackten.

„Wir sind gegen zehn bei dir."

„Ok, schlaft gut." Sie legte auf. ‚Nach oben ins Bett gehen?' Sie verwarf den Gedanken, noch ehe sie ihn zu Ende gedacht hatte, bettete Xaver wieder aufs Sofa und rollte sich schützend um ihr Baby. Mit einem tiefen Seufzer hieß sie die dringend nötige Atempause von den Geschehnissen willkommen und war binnen Sekunden eingeschlafen.

Guess Things Happen That Way – Johnny Cash

Sie erwachte von nass gelüllten Babyhänden in ihrem Gesicht. Xaver lag vor ihr auf dem Bauch, lachte sie an und patschte ihr noch einmal auf die Nase. An der Terrassentür strich maunzend Amadeus herum.

Mit Xaver auf dem Arm ließ sie den Kater ins Haus und schüttete ihm Trockenfutter ins Schälchen. Aufmerksamkeit heischend rieb er sich an ihren Beinen und sah sie anklagend an, war er doch von ihr besseres Futter gewohnt.

„Später“, beschied sie ihm. „Wenn Xaverl satt und sauber ist.“

Dies erledigt, den Kater mit Nassfutter zufriedengestellt und sich selbst notdürftig durch die Haare gefahren, war sie gerade auf dem Weg zu den Pferden, als ihr Handy klingelte.

„Ja?“, fragte sie ins Telefon.

„Hi, Christian hier. Ich habe dich hoffentlich nicht geweckt?“

„Nein, passt schon.“ Sie hörte ihn tief Luft holen.

„Ich kann raus aus dem Krankenhaus …“

„Heute schon?“, platzte sie dazwischen.

„Soll ich besser ein Taxi nehmen? Und mich bei Gereon einnisten statt bei dir?“

„Nein!“, bellte sie eilig und laut.

Xaver, der auf den Dielen lag und interessiert ein Astloch untersuchte, sah zu ihr auf und seine Unterlippe begann zu zittern. Rasch hockte sie sich neben ihr Baby und strich ihm besänftigend über den Kopf.

„Nein“, sagte sie ruhiger, von ihrer Geste selbst beschwichtigt. „Wann soll ich dich abholen?“

„Jederzeit. Ich habe meine Entlassungspapiere eben bekommen.“

„Wir sind unterwegs“, sagte sie und legte auf.

***

Er freute sich auf sie.

Mit leisem Lächeln steckte er das Handy ein, schulterte seine Tasche und hopste mithilfe der Krücken zunächst ungelenk, aber zunehmend sicherer zum Aufzug. Moralisch gestärkt mit einem Coffee-to-go aus der Cafeteria des Krankenhauses saß er kurz darauf vor dem Eingang und harrte ihrer Ankunft.

***

Schwungvoll bog der braune Bus auf den Vorplatz und er beeilte sich, den letzten Schluck auszutrinken. Charly hielt und öffnete ihm die Schiebetür.

Wieder fühlte er sich, als habe ihm jemand in den Magen geboxt und einen Augenblick tanzten bunte Punkte vor seinen Augen. ‚Sie trägt Gereons Ring.'

***

Ohne viel Federlesens verfrachtete sie ihn auf die Rückbank und Xaver neben ihn. Schnurrend zog sich die Tür ins Schloss und Charly wand sich zurück auf den Fahrersitz.

Sie fragte ihn die üblichen Floskeln nach seinem Wohlergehen und er antwortete mit den üblichen Floskeln. Er sah im Spiegel, wie sie die Stirn runzelte, wich aber ihrem Blick rechtzeitig aus. Die Fahrt verlief schweigend, aber er war sich jedes ihrer Blicke in den Rückspiegel bewusst. ‚Sehe ich auch so oft nach hinten?', fragte er sich.

„Ich brauche noch ein paar Klamotten von zu Hause", sagte er, als sie von der Bundesstraße abbog. Kommentarlos fuhr sie an ihrer Einfahrt vorbei und hielt kurz darauf auf seinem Hof. Xaver saß friedlich in seinem Sitz und war völlig in die Erkundung eines Rasselringes vertieft. Charly mummelte den Kleinen in eine Decke, ließ das Fenster der Fahrertür eine Handbreit offen und schloss das Auto ab. Sie folgte ihm ins Haus.

Noch war von der Baustelle nicht viel zu sehen. Sie hielt ihm die Plastikplanen, die den Zugang zum Obergeschoss verschlossen, beiseite und folgte ihm dann langsam nach oben.

***

Sie war neugierig auf seine Wohnung. ‚Warum war ich nie hier?', überlegte sie.

‚Weil ich den Eindruck hatte, dass er sich bei mir wohlfühlt. Weil es sich anbot. Weil wir so ungestört waren.' Wehmütig lächelte sie. ‚Vor allem deshalb.'

Stur kämpfte er sich Stufe für Stufe die Treppe hinauf. Sie vermutete, dass Treppensteigen noch nicht in den erlaubten Umfang seiner Bewegungen fiel und war ein paar Mal versucht, ihm anzubieten, seine Sachen auf Zuruf zu packen, unterließ es aber.

Er öffnete eine Tür und ließ ihr den Vortritt.

‚Sein Wohnzimmer.' Zweckmäßig und schnörkellos verströmte es die zweifelhafte Gemütlichkeit eines abgewohnten Hotelzimmers. Er ging hinter ihr vorbei ins Schlafzimmer und sie folgte ihm. Ein aus Europaletten gebautes, übergroßes Bett mit einem einsamen zerknüllten Kissen und einer ebenfalls verwühlten Decke dominierte den Raum. Abrupt blieb sie stehen und bemühte sich, dem Wunsch, kopfüber in sein Bett zu tauchen, zu widerstehen.

In beiden Zimmern hing sein unverwechselbar maskuliner Geruch. Sie trat zum Bett und richtete das Bettzeug.

„Coole Idee." Sie wandte sich ihm zu. Er sah fragend zu ihr und sie stupste mit dem Fuß gegen eine der Paletten.

Ein kurzes Lächeln zeigte sich in seinen Augen und für einen Augenblick ließ seine übliche Leichtigkeit die Spannung zwischen ihnen verebben. „Schön, dass es dir gefällt."

Wie immer, wenn Zweideutigkeit in seinen Worten lag, war seine Stimme tiefer als sonst. Sie konnte nicht verhindern, dass ihr Körper darauf reagierte. Um Beiläufigkeit bemüht wies sie auf die übervolle Wäschetonne.

***

„Ich packe sie ein und wasch dir den Kram mit."

„Nein!", blaffte er.

Die Hand um das Türblatt seines Kleiderschrankes geklammert, drehte er sich zu ihr herum, soweit sein verletztes Bein dies zuließ. Charly, schon auf dem Weg zum Wäschekorb, blieb erstaunt stehen.

„Nein", wiederholte er ruhiger. „Das mache ich selbst."

In beeindruckender Geschwindigkeit wandelte sich Charlys erstaunter Gesichtsausdruck in Ärger. Sie stemmte die Hände in die Seiten. „Ach, und was willst du noch alles selber machen? Du bist verletzt!"

„Na und? Ich habe doch den ganzen Tag Zeit."

„Ich auch. Du sollst dich ausruhen und gesund werden. Du hast viel zu viel gearbeitet in den letzten Wochen."

„Und woher weißt du das?" Seine Augenbrauen hoben sich.

„Ich habe Ronald getroffen. Außerdem sieht das ein Blinder mit Krückstock", schnappte sie. „Du hast an die fünf Kilo weniger …" Ihre Stimme hob sich.

‚Eher acht', dachte er. „Meinen Chef?", er runzelte die Stirn. „Wann?"

„Vor ein paar Tagen."

„Weshalb?" Auch sein anfängliches Erstaunen wandelte sich rapide in Ärger.

„Egal“, wollte sie seine Frage beiseite wischen.

„Weshalb?“, insistierte er lauter.

„Reicht dir der Unfall nicht?“, schrie sie ihn plötzlich an. Wie ein Racheengel stand sie vor seinem Bett, und plötzlich überblendeten zwei Bilder die Wirklichkeit. Zwei Mal bereits war Charly wütend auf ihn gewesen. Zwei Mal hatte sie sich nicht anders zu helfen gewusst, als nach ihm zu schlagen.

Es ernüchterte ihn. Wie ein Schraubstock umklammerten seine Finger die Tür.

„Was muss denn noch passieren?“, tobte sie und ihre Stimme überschlug sich.

‚Die immer ruhige, beherrschte Charly macht mir eine Szene.' Ungläubig betrachtete er sie.

Sie schnappte nach Luft, nicht ganz ein Schluchzen. Dann schloss sie die Augen und ihre Lippen bewegten sich lautlos. Nach einer Weile schüttelte sie irritiert den Kopf, presste kurz die Lippen aufeinander, dann murmelte sie lauter vor sich hin.

‚Zahlen', erkannte er.

„Komm zur Vernunft, Christian“, sagte sie schließlich laut, aber wieder beherrscht, öffnete die Augen und prallte zurück.

Das Bett hinter ihr, ihre Wut, die wie Wellen auf ihn zubrandete, und sein Ärger, der sein Verlangen befeuerte. Alles zusammen drohte ihn von den Füßen zu reißen. ‚Sieht sie mir das an?'

„Bitte“, flüsterte sie.

‚Was, verdammt, meint sie? Die Vernunft? Die Wäsche?' Er trat einen Schritt auf sie zu. Schmerz zuckte vom Knie in die Fußsohle und hinauf zur Hüfte und er stieß einen Fluch aus. Rotgelbe Blitze zuckten durch sein Gesichtsfeld. Langsam nur verebbten die Schmerzen ein wenig und er war wieder in der Lage, klar zu sehen.

Charly war bis ans Bett zurückgewichen und ein seltsamer Ausdruck lag in ihren Augen.

„Alles ok?“, fragte sie zaghaft.

Ein weiteres Bild schob sich zwischen ihn und sie. Charly mit einer Rotweinflasche. Der gleiche Ausdruck … ‚Sie hat Angst vor mir‘, realisierte er plötzlich, und es war schlimmer als ein Schlag ins Gesicht.

„Lass dir doch helfen“, drang ihre wieder sanfte Stimme zu ihm wie durch Watte.

„Meinetwegen“, hörte er sich krächzen.

Der Schimmer in ihren Augen erlosch. Ihre Mundwinkel zuckten und sie senkte den Blick. Sie griff hastig seine Wäschetonne, stopfte ein paar Socken, die daneben lagen, hinein und floh aus dem Zimmer.

Er ließ die Schranktür los. Da, wo sein Daumen gelegen hatte, zog sich ein Riss durch den Holm. Tränen brannten in seiner Kehle und er zitterte am ganzen Körper. Er brauchte dringend Zeit, sich zu sammeln. ‚Hoffentlich kommt sie nicht so bald zurück.‘

***

Mit klappernden Zähnen setzte Charly ihre Last am Bus ab und tastete blind nach dem Schlüssel. Xaver war noch immer beschäftigt und sie langte ihre Jacke aus dem Auto. Aber es war nicht der kalte Wind, der sie weiterhin frösteln ließ, sondern ihre Vehemenz. Das letzte Mal, dass sie so gebrüllt hatte, war an einem heißen Sommertag vor fast fünfzehn Jahren gewesen. Sie spürte, dass sie die Zähne aufeinander knirschte und zwang ihre Gedanken in eine andere Richtung.

Christians Reaktionen hatten sie erschüttert, aber noch mehr ihre eigene. Die ganze Zeit vergnügte sich ihr Verstand mit Vorstellungen, wie sie ihm wehtat, mit Händen, Füßen, Zähnen und Nägeln. Jede Einzelheit probierte er, kostete er genüsslich aus. Gleichzeitig wollte sie sich ihm an den Hals werfen, seine Kraft spüren und wissen, dass sie ihm nichts entgegenzusetzen hatte. Beide, ihren Körper und ihren Verstand, seinem Verlangen unterwerfen in einem Akt, dem nichts

Zärtliches und Romantisches anhaftete. Heilung für ihre Zerrissenheit finden und ihm die Bestätigung, die Antwort auf die Frage geben, die sie in seinen Augen las, seit sie damals diesem verdammten Trecker begegnet waren.

Kalte Tränen rannen über ihre Wangen. Leise hicksende Geräusche klangen aus dem Auto. Xaver begann zu weinen. Sie kletterte zu ihm hinein und tröstete ihn. „Mama ist da, Mama ist da", gurrte sie. Sie war froh, Xaver als Ausrede zu haben, um nicht sofort wieder nach oben gehen zu müssen. ‚Er hat mich zurückgewiesen. Wie passt das zu seinen Worten von gestern?' Grübelnd blieb sie sitzen, bis Christian mit einer Reisetasche aus der Haustür trat. Als sie sein Gesicht sah, sank ihr Herz. ‚Ich habe zu lange gezögert.'

Die Entscheidung war nicht mehr die ihre. Nun galt es, sich damit zu arrangieren.

Don't Give Up – Peter Gabriel & Kate Bush

Christian humpelte zum Gartentürchen und ließ Napoleon, der auf Gereons Grundstück herzerweichend winselte, herüber. Aufgeregt wand der sich um seine Beine, sprang an ihm hoch und versuchte, ihm das Gesicht abzulecken. Irritiert schob er den Hund von sich, der sich umdrehte und sein Glück bei Charly versuchte. Sie befahl ihn streng zurück und setzte Xaver in die Babyschale. Drehte sich um und klopfte gegen ihre Brust. Mit einem glücklichen Jappen sprang der Hund an ihr hoch und sie packte mit beiden Händen in sein dichtes Fell und schmiegte ihr Gesicht in seine Mähne, während er ihr Kinn und Hals ableckte. Erst als er versuchte, an ihrem Ohr zu knabbern, befahl sie ihn von sich weg und in den Bus. „Platz."

Gehorsam legte er sich in den schmalen Raum zwischen Vordersitzen und Rückbank und senkte den Kopf auf die Pfoten. Seine braunen Augen waren hingebungsvoll auf sie gerichtet und folgten jeder ihrer Bewegungen. Mit brennenden Augen schob sie die Tür zu. Zu sehr erinnerte sein Blick an den seines Herrn.

Der war mittlerweile unassistiert auf den Beifahrersitz geklettert und sie ging zur Fahrertür. Einen Augenblick sammelte sie sich, dann stieg auch sie ein.

Auf der gegenüberliegenden Straßenseite stand das Postauto. Gerade, als sie aus der Einfahrt fahren wollte, hielt der Postbote einen Stapel Zeitschriften in die Höhe. Sie ließ die Scheibe herunter, nahm sie entgegen und reichte sie an Christian weiter. Er stopfte sie unbesehen in seine Tasche.

***

Zu Hause wartete der Pick-up ihres Vaters mit dem Isabella auf dem Anhänger am Rondell. Sie überließ Xaver ihrer Mutter, die Pferde, Pollux und Napoleon ihrem Vater und brachte Christian auf ihrem Sofa unter.

„Peter kümmert sich um die Hunde und Pferde. Wenn du was brauchst, melde dich bei ihm, er weiß Bescheid. Fütterst du Amadeus?"

„Ja."

Sie rannte, zwei Stufen auf einmal, die Treppe hinauf, um ihre und Xavers Habseligkeiten für die kommenden Tage zu packen.

***

Er ließ sich vorsichtig auf ihr Sofa sinken. Neben ihm wartete das Bettzeug aufs Beziehen, aber dem konnte er sich widmen, wenn Charly und ihre Eltern gefahren waren. Arved kam herein, schloss die Tür und arrangierte sorgfältig die Vorhänge.

„Du hast eine beachtliche Rolle gedreht", bemerkte er schließlich.

„Woher weißt du das?", fragte er erstaunt.

„Ich habe mir deinen Wagen angesehen. Er steht draußen in der Scheune."

Er sah sich scharf gemustert.

„Ist nicht viel dran zu retten."

„Mhm", brummte er unbestimmt. „Ich brauche kein Auto. Ich hatte ihn nur meines Vaters wegen. Im Prinzip Verschwendung." Er stutzte. „Wieso steht er hier?"

„Weil Charly ihn haben wollte. Über ihre Beweggründe kann ich nur spekulieren. – Wie hast du das geschafft?"

Er zuckte die Schultern. ‚Ich werde dir das nicht auf die Nase binden', dachte er grimmig und hielt Arveds Blick stand.

„Du bist ohne jeden Bremsversuch aus der Kurve geflogen, hast den Baum nur unwesentlich gestreift, sonst säßen wir nicht hier."

Er schwieg beharrlich.

„Die Bremsanlage war es nicht, die funktioniert jetzt noch“, fuhr Arved fort. „Also bist du eingeschlafen, oder … – es war Absicht.“

„Wenn ich mich hätte umbringen wollen, hätte ich es geschafft“, murmelte er unwillig.

Arved warf den Kopf in den Nacken und lachte. Er hörte gar nicht wieder auf.

„Dad, alles in Ordnung?“, rief Charly von oben.

„Bestens, Engel, ich habe mich selten so amüsiert“, rief er zurück, ehe er sich wieder ihm zuwandte. „Das habe ich damals auch gedacht.“ Er sah auf seine Hände. „Glaub mir, ich habe es mehr als einmal versucht.“ Er musterte ihn. „Habt ihr eigentlich alle Postkarten von Charly bekommen?“, wechselte er abrupt das Thema.

„Nein“, bekräftigend schüttelte Christian den Kopf. „Es fehlen noch einige. Nummer acht zum Beispiel.“

„Welche noch?“

Interessiert beobachtete Arved, wie er den Zettel aus seinem Portemonnaie zog.

„Der überwiegende Teil fehlt aus der ersten Hälfte. Soll ich die Nummern vorlesen oder geht es dir um eine bestimmte?“

„107.“

„Fehlt.“

„Dachte ich mir.“

„Dad, kann’s losgehen? Ich bin fertig. Mam und Xaver sitzen schon im Auto“, rief Charly aus dem Flur.

„Bin unterwegs, Engel“, antwortete er.

„Ist sie wichtig?“, fragte Christian. Beiläufig, wie er hoffte.

„Wie man es nimmt“, antwortete Arved und schob die Vorhänge wieder auseinander.

„Mach’s gut.“

***

Charly und ihre Eltern waren gegen Mittag gefahren. Jetzt war später Nachmittag und die Strahlen der untergehenden Sonne tauchten Charlys Wohnzimmer in rotgoldenes Glühen.

Die Türklingel schreckte ihn aus seinen Grübeleien über sein Gespräch mit Arved; Andeutungen, die er nicht verstand, und auch die Verabschiedung schien nicht das gewesen zu sein, was sie augenscheinlich war.

Eilig schnappte er nach den Krücken und hampelte los. Ihm fiel vage auf, dass das ungelenke Manövrieren durch den Flur das äußere Pendant zu seinen wirren Gedankengängen schien. Er hatte die Klinke kaum gedrückt, als die Tür heftig aufschwang und Maja ihm am Hals hing. Beide Krücken klapperten zu Boden, und während seine Rechte Halt am Türblatt suchte, legte sich seine Linke zögernd um ihre Taille. Mit einem Schluchzen schmiegte sie ihr Gesicht in seine Halsbeuge.

Bevor er sich von seiner Überraschung erholt hatte, ließ sie ihn wieder los und wischte sich verlegen Tränen aus den Augenwinkeln. „Wie geht's dir? Meine Güte, hast du mir einen Schrecken eingejagt", redete sie drauflos, und ihre Verunsicherung schickte eine Woge der Zuneigung durch seinen Körper.

Jahrelang hatte er jede unnötige Begegnung umgangen, und bei den wenigen Gelegenheiten, da er ihr nicht ausweichen konnte, jegliche Berührung vermieden. Kaum ein Wort mit ihr gewechselt. Ihre Ehe war nicht glücklich und es schmerzte ihn.

„Hallo, große Schwester", heiser raspelte seine Stimme. Er ließ die Tür los und schlang beide Arme um ihren Körper. Spürte ihr Zittern, presste sie fester an sich und senkte seine Nase in ihre Haare.

„Ich liebe dich", dumpf klang ihre Stimme aus seinem T-Shirt.

„Ich dich auch", flüsterte er. „Ich dich auch."

Eine gefühlte Ewigkeit hielten sie sich umschlungen.

„Komm rein", forderte er sie auf.

„Ich habe die Jungs im Auto", schüttelte sie den Kopf. „Ich wollte nur fragen, ob ich dir Essen vorbeibringen soll?"

„Ich kann kochen", schmunzelte er.

„Ich dachte nur …", murmelte sie, erneut verlegen.

„Maja, was hältst du davon, für mich einzukaufen, ich übernehme das Kochen und du kommst mit den Jungs zum Essen her? – Moment, woher weißt du, dass Charly nicht da ist?"

„Sie bat mich, nach dir zu sehen."

„Und ich dachte, ich kenne mich mit Frauen aus …", murmelte er halblaut und kopfschüttelnd.

Sie lachte. „Was soll ich einkaufen?"

Maja war mit der Einkaufsliste gefahren und er hatte sich wieder seinen Grübeleien gewidmet. Sein Telefon klingelte. „Gereon. Grüß dich."

„Hast du auch Post?" Gereons Stimme klang seltsam belegt.

„Keine Ahnung, ich habe sie noch nicht durchgesehen."

Mithilfe einer der Krücken zerrte er seine Tasche näher ans Sofa und zog nacheinander zwei Zeitschriften, mehrere Briefe und zwei Postkarten heraus. Eine aus Bad Doberan, zweifellos von seinem Vater, die andere aus Acapulco.

Sein Herz begann, schneller zu schlagen.

Er schenkte der Vorderseite, verführerisch braune Schönheiten posierten an einem paradiesisch breiten Sandstrand vor blauen Wellen, kaum Beachtung.

„Hi Christian", stand da in ungewohnt sorgfältiger Schrift.

‚Anrede?', fragte er sich.

„Grüße aus Acapulco. Wir liegen faul am Strand und planen die Tour durch die Staaten. Noch sind wir uns nicht ganz einig, aber am ersten Mai sind wir definitiv in Las Vegas im Caesars Palace und verjubeln ein paar große Scheine. Ich kann es kaum erwarten! Küsse von Charly"

‚Küsse?' Er sah aufs Datum. ‚Anfang März. Acht Wochen. Zeit genug', schlussfolgerte er. ‚Meine Ahnung damals hat mich nicht getäuscht.'

‚Karte 107a', registrierte er nebenbei. ‚Klar, die ungeraden Zahlen waren Gereons.' Das hatte sich bis zum Schluss nicht geändert. ‚Traute sie Gereon zu, mir diese Information vorzuenthalten?' Der Gedanke wurde schnell verdrängt:

‚Ich bin ihr wichtig genug, dass sie mir eine extra Karte geschrieben hat!', freute er sich. ‚Ich war es zumindest', schränkte er gleich darauf ein. Der kleine wärmende Funken, der sich in seinem Magen ausgebreitet hatte, erlosch. Er seufzte.

„Was ist nun? Hast du Post?", fragte Gereons Stimme ungeduldig an seinem Ohr.

„Wärst du rübergeflogen?", fragte er zurück.

„Das ist eine rhetorische Frage, oder?"

‚Natürlich ist es das. Gereon hätte keine Sekunde gezögert. Ich auch nicht. Wenn die Karten rechtzeitig angekommen wären.'

„Verdammt, wie muss sie sich gefühlt haben, als keiner von uns dort aufgetaucht ist", echote Gereons Stimme seine Gedanken.

It's a Good Life – Rea Garvey

Arved und sie fielen mühelos in ihre Reiseroutinen. Selbst Gitta passte sich reibungslos ihrem Rhythmus an. Sie übernachteten bei Metz und an der Bucht von Le-Mont-Saint-Michel inklusive Stippvisite im Kloster und hielten drei Tage später noch am Vormittag im knirschenden Kies des Herrenhauses.

***

Charlène war überwältigt und Charly fürchtete insgeheim, die Aufregung könne für ihre Urgroßmutter zu viel sein. Ihre Sorge erwies sich als unbegründet.

Nachdem sie sich verstohlen zwei Tränen aus den Augen gewischt hatte, ordnete Charlène resolut eine Ausfahrt in die Umgebung an und bestand darauf, dass Charly den Wagen steuern sollte. Nach einigem hektischen Hin und Her, während dessen von der Küche des Seniorenheims ein riesiger, mit allerlei Leckereien gefüllter Picknickkorb bereitgestellt wurde, rollte Charly mit Charlène im Fond des Isabella, gefolgt von Gitta, Arved und Xaver im Pick-up, aristokratisch behäbig durch den Park und aus dem Gelände des Seniorenwohnsitzes.

Die Seitenscheiben waren alle nach unten gekurbelt und der herbstlich kühle, salzig nach Meer duftende Wind erfüllte das Innere des Wagens. Charlène zog sich den Umhang enger um die Schultern und dirigierte Charly zu den Ruinen eines einst wohl stattlichen Schlösschens, die auf halbem Wege zu den Klippen über einem kleinen, verschlafenen Dorf thronten. Auf der anderen Seite des Ortes waren die trutzigen Mauern einer alten Abtei zu sehen.

Im Hof des Anwesens, dessen Seitengebäude offenbar noch bewohnt wurden, wartete eine offene, mit zwei kräftigen, eher bäuerlichen denn edlen Pferden bespannte Kutsche. Sie stiegen um und holperten langsam in einem weiten Halbkreis auf kaum erkennbaren Wegen über die verbuschte Hochfläche. Nahe den Klippen, vom inzwischen böigen Herbstwind umwirbelt, hielten sie unweit einer großen, verkrüppelten Eiche. In der Ferne, am kaum erkennbaren Übergang zwischen Himmel und Meer, drehten sich unzählige Windräder eines riesigen Offshore-Windparks. Davor zogen, wie auf eine Perlenkette aufgereiht, große Ozeanfrachter, durch die Entfernung auf Spielzeuggröße geschrumpft, ihre Bahn auf dem Weg von und zum nahen Brest.

Charlène ließ sich von Charly aus der Kutsche helfen und hielt entschlossen auf den Baum zu. Dort angekommen, tastete sie in einer Astgabel über ihrem Kopf und bat schließlich Charly, ihr zu helfen. Deutlich kleiner als ihre Urgroßmutter fand auch sie zunächst nichts, bis sie unter ihren Fingern plötzlich nicht nur die raue, von tiefen Furchen durchzogene Rinde des Baumes spürte, sondern noch etwas anderes.

Glatter, kälter, verbeult.

Mit etwas Mühe bekam sie es zu fassen. Es war eine alte Dokumentenkapsel. Charlène nahm sie ohne ein Wort an sich und sie kehrten in einem weiteren Halbkreis, der diesmal das Dorf und die Abtei einschloss, zu den Ruinen zurück. Charlène bedankte sich bei ihrem Kutscher, und während dieser den Wagen zu den Stallungen lenkte und begann, die Pferde auszuschirren, führte Charlène sie um die Überreste des Schlosses herum. Ein steiler Weg führte bergab auf einen schmalen Meeresarm zu, und direkt unter ihnen ragten die grauen Mauern einer kleinen Kapelle aus dem Buschwerk, mit dem sie nahezu verschmolz, wäre da nicht der bemerkenswert hohe Turm gewesen. Die Spitze, ein grün angelaufener Fisch, dessen Schuppung in den Böen des Windes leise klapperte, befand sich auf ihrer Augenhöhe. Charlène begann, vorsichtig den Pfad hinabzuklettern. Charly warf einen Unterstützung heischenden Blick auf ihre Eltern, beide versunken darin, ihren Enkel zu unterhalten, dann folgte sie ihrer Urgroßmutter und bot ihr den Arm. Dankbar, wenn auch weiterhin ohne jeden Kommentar, nahm diese ihre Hilfe an, und bereits wenige Minuten später standen sie vor dem Bauwerk. Charlène kramte die Schatulle hervor, drehte sie mit einiger Mühe auf und nahm einen großen Schlüssel heraus. Er passte und sie traten in den typisch abgestandenen, modrig Ehrfurcht gebietenden Dunst einer alten und selten genutzten Kirche. Der Altar war eingedeckt und ein großes Bouquet frischer Herbstblumen zauberte eine lebendige Note in das ansonsten triste und kahle Innere der Kapelle. Nach einigen Atemzügen wurde Charly leiser, unregelmäßiger Pfeiftöne gewahr und sie hielt den Atem an, um die Quelle zu ergründen. Sie kamen von oben. Charly legte den Kopf in den Nacken, konnte aber nichts erkennen. Die kleine, überraschend modern anmutende Orgel befand sich rechts von ihr ein wenig erhöht in einer Apsis und konnte als Herkunft der Töne ausgeschlossen werden.

„Im Turm ist eine Windorgel", bemerkte Charlène, die Charlys Verwirrung richtig gedeutet hatte.

Sie trat ans Weihwasserbecken und berührte Stirn und Brust, dann ging sie weiter in die Kirche hinein. Sie setzte sich in die Mitte der zweiten Reihe rechts und Charly zögerte, ob sie ihr folgen sollte.

Die Ankunft ihrer Eltern enthob sie einer Entscheidung. Arved ließ sich aufatmend in die hinterste Bankreihe fallen. Die Behandlung in Mendocino hatte zwar seine Fähigkeiten, an Krücken kurze Wegstrecken eigenständig zurücklegen zu können, verbessert, aber zum Bewältigen von Küstenpfaden waren sie eigentlich nicht ausreichend, zumal Gitta, mit Xaver im Arm, ihm kaum Unterstützung hatte bieten können. Xaver wand sich im Arm ihrer Mutter und stieß unmutige Laute aus, gefolgt von einem vernehmlichen „Hicks". Gitta war sichtlich erleichtert, das Baby ihrer Tochter überlassen zu können, und Charly nahm neben ihrem Vater Platz und legte Xaver an die Brust. Sie schloss die Augen.

Sofort umfingen sie die leisen, seltsam atemlos klagenden Töne viel eindringlicher. Waren sie ihr eben noch unstimmig erschienen, entfalteten sie nun eine ihnen eigene, fremde, darum jedoch nicht minder beruhigende Harmonie, interpunktiert von den regelmäßigen Atemzügen ihres Vaters und Xavers Schmatzern.

Sie warteten geduldig, bis Charlène sich schließlich erhob und zu ihnen gesellte. Die alte Frau wartete, bis Charly ihre Kleidung gerichtet und das Baby an ihrer Schulter positioniert hatte, bevor sie das Wort ergriff. „Ich möchte hier begraben werden. Neben meinem Bruder. Die Messe soll in dieser Kirche stattfinden."

Im ersten Moment wollte Charly protestieren, aber sie konnte es nicht leugnen. Ihre Urgroßmutter war einhundertsechs, fast einhundertsieben Jahre alt, jeder Tag, den sie noch erlebte, ein Wunder.

Charlène seufzte. „Ich habe viel erlebt, viel Schlechtes, aber auch viel Gutes. Ich kenne sogar meinen Ururenkel, und das, obwohl ich eine Zeitlang glaubte, mir seien Kinder und eine Familie nicht vergönnt … die Liebe nicht vergönnt", endete sie leise.

Stolz richtete sie sich auf, die Aristokratin, die sie einst gewesen war, unvergessen, und das Glück leuchtete aus ihren blauen wachen Augen unter der schlohweißen, perfekt sitzenden Frisur. „Ich kann euch noch all dies hier", ihre Handbewegung umfasste die Kirche und die bisherige Rundfahrt um das Anwesen, „selbst zeigen. Kommt", sagte sie und wandte sich dem Ausgang zu.

Sie folgten ihr nach draußen und zu einem einzelnen, schlanken Felsen, der wie ein strammstehender Soldat aufrecht über eine Gruppe von Gräbern an seinem Fuße wachte. Sie deutete auf die Grabmale, an denen sie vorüberschritten, und benannte die Familienmitglieder, an die sie erinnerten. Schließlich erreichten sie das Ende der Reihe; neben dem letzten Grabmal in einer Nische, überhangen von einem verschwenderisch roten Ahorn, noch Raum für eine letzte Ruhestätte.

„Mein Platz." Mit großer Sicherheit wies Charlène auf die Lücke, bückte sich dann und richtete eine Ranke auf dem Grab ihres Bruders, nach dem Charly ihren Sohn benannt hatte, und wandte sich dem Pfad zu. Ohne zurückzublicken überließ sie es ihnen, ihr zu folgen.

Breathe – SeeB feat. Neev

Es war später Nachmittag, als sie das Herrenhaus wieder erreichten. Sie erwartete, dass Charlène sich zurückziehen würde und war erstaunt, als diese sie bat, sie zu begleiten.

Die alte Dame hielt sich nicht im Wohnzimmer auf, sondern ließ sich von dem jungen Pfleger direkt in ihr kleines Arbeitszimmer, das sie den ‚Blauen Salon' nannte, bringen. Sie bedankte sich knapp und schickte ihn hinaus. Auf dem Sekretär erwartete sie ein Stapel gebundener Bücher.

Charlène nahm das oberste, schlug die erste Seite auf und schrieb mit einer Tintenfeder einige Worte hinein. Sie wartete geduldig, bis die Tinte getrocknet war, dann klappte sie das Buch zu und reichte es ihr.

Charly nahm es entgegen. Sie fand sich eingehend und mit leisem Lächeln von ihrer Urgroßmutter beobachtet, während sie die Titelseite betrachtete. Es zeigte ein Schwarz-weiß-Foto einer etwa fünfunddreißigjährigen, hochgewachsenen Frau in einem dunklen, knöchellangen Mantel, die vor einer weiten, hügeligen Landschaft ein weißes, zierliches Pferd am Zügel hielt.

„Von der Tänzerin im Moulin Rouge zur Botschafterin der deutsch-französischen Freundschaft", stand klein schwarz auf weiß unter dem Namen ihrer Urgroßmutter.

„Mein Weg aus der Aristokratie in das Nachtleben Paris' und durchs Nachkriegsdeutschland in meine neue und schließlich zurück in die alte Heimat", noch kleiner, immer noch schwarz vor dem hellen Hintergrund.

Ganz unten groß und weiß auf dem dunklen Hintergrund des Feldes stand: „ … und niemals vergessen zu atmen".

Ihre Stimmen trafen aufeinander, beide leise, weich. Sanft streichelten Charlys Fingerspitzen über die Erhebungen der Broschierung. Sie öffnete das Buch.

„Für meine Urenkelin Charlène", stand dort schlicht. Sie fuhr auch über diesen Eintrag, dann lächelte sie und klappte das Buch zu.

„Ich habe keine Zeit mehr, dir alles persönlich zu berichten", sagte Charlène und leises Bedauern klang aus diesen Worten. „Deshalb habe ich es aufgeschrieben." Sie lachte.

„Vielmehr aufschreiben lassen."

Charly wusste nicht, was sie darauf antworten sollte und begnügte sich mit einem einfachen „Danke". Ihre Stimme hörte sich in ihren Ohren seltsam quäkig an und sie räusperte sich.

Charlène wendete langsam ihren Rollstuhl und fuhr auf den Balkon hinaus. Im Westen versank die Sonne mit einem atemberaubenden Farbspektakel im Meer, das den Rausch des Himmels ergänzt um Wellenkräusel im Wasser widerspiegelte.

„Ich wünschte, du hättest Javiers Vater mitgebracht", sagte Charlène leise, von Charly abgewandt, dann drehte sie ihr den Rollstuhl zu.

Charly wusste im ersten Moment nicht, was sie sagen sollte. Schließlich sah sie auf ihre Hände und flüsterte: „Ich weiß es nicht."

Charlène antwortete nicht, und als sie nach scheinbar endlosen Minuten aufblickte, sah sie sich von ihrer Urgroßmutter mit hochgezogenen Augenbrauen gemustert. „Ich tauge nicht als Moralapostel. Schwanger einem feindlichen Soldaten durch ein zerrüttetes Land hinterherzulaufen …", Charlène brach ab und Charlys rechter Mundwinkel hob sich zu einem angedeuteten Lächeln.

„Ich weiß, wer in Frage kommt", präzisierte sie. „Ich kann dir zumindest ein Foto zeigen."

Sie zückte ihr Handy, tippte ein paar Mal darauf und reichte es Charlène. Diese förderte aus der Seitentasche des Rollstuhls eine überdimensionale Lupe zutage und nahm das Handy mit spitzen, kühlen Fingern entgegen.

„Hias' Jungen!", rief sie gleich darauf überrascht aus und hob Blick samt Lupe zu Charly empor. Sie blinzelte verwirrt und ließ die Lupe sinken. „Welcher von beiden?"

„Du wusstest es?" Ihrer beider Überraschung ballte sich zwischen ihnen wie ein riesiger Luftballon und … platzte.

„Jeder, der Augen im Kopf hat, hätte es wissen können!", sagte Charlène patzig und fixierte sie mit ihrem Blick.

Charly wand sich unbehaglich. „Einer von beiden."

Charlène lachte.

Charly hatte ihr ein solches Lachen nicht zugetraut. Jung, lebendig und voller Kraft. Es war ansteckend und sie lachte befreit mit.

Schließlich hob Charlène die Lupe wieder vors Auge. „Du hast dir einen guten Vater für Javier ausgesucht", nickte sie schließlich anerkennend. „Egal, welcher es ist. – Wirst du ihn heiraten?"

Charly nahm ihr das Handy wieder ab. Dabei streifte sie Charlènes Hand. Deren Augen weiteten sich, erneut überrascht. Mit unerwarteter Gewandtheit ergriff sie Charlys Finger und fühlte nach. „Du trägst einen Ring?"

„Von Gereon", nuschelte Charly. „Er hat mir vor drei Tagen einen Heiratsantrag gemacht."

„Gereon ist …?"

„Hias' Sohn. Ich meine, mit seiner Ehefrau."

„Ja, ja.", murmelte Charlène. „Veits Junge hieß …" Ihre Stirn legte sich in tiefere Runzeln.

„Christian", half Charly aus.

„Was sagt er?"

„Er hatte am selben Tag einen Autounfall und im Krankenhaus hat er mir seine Liebe gestanden. Also, bevor Gereon …", sie wischte den Rest des Satzes mit einer Handbewegung beiseite. „Ohne Ring."

Wach ruhten die Augen ihrer Großmutter auf ihr. „Tut ein Ring etwas zur Sache?"

Charly zuckte unbehaglich die Schulter. Charlène wartete geduldig, aber sie ging nicht weiter darauf ein.

„Was hast du ihnen geantwortet?"

„Gereon noch nichts. Christian …" Sie zögerte, dann erzählte sie ihrer Großmutter die Gegebenheiten. „Passt das zusammen?"

Charlène wiegte nachdenklich den Kopf. „So, wie du es berichtest, nicht." Sie streichelte ihre Hand. „Aber wir können nur das Äußere eines Menschen sehen. Wir sind Meister darin, unsere wahren Absichten in uns zu verstecken. Jeder von uns. Ich. Du. Dein Vater. Deine Mutter. Christian. Gereon …" Sie schwieg eine Weile. „‚Die Sprache ist dem Menschen gegeben, um seine Gedanken zu verbergen.' Diese Weisheit ist nicht von mir, sondern von Dante Alighieri. – Nicht immer mit Absicht, manchmal wissen wir selbst nicht genau, was wir wollen. Wir wehren uns gegen bestimmte Möglichkeiten."

Unwillkürlich nickte Charly.

„Mal hindern uns unsere Ängste, unsere Eitelkeiten, unsere Dummheit. Absolute Ehrlichkeit erfordert sehr viel Mut und Vertrauen. Nicht in den anderen, sondern in die eigene Stärke, mit der Reaktion der anderen umgehen zu können."

Sie schwiegen eine Weile, jeder in seine Gedanken versunken.

„Hast du Angst?", fragte Charlène unvermittelt.

„Ja", flüsterte Charly. Sie spürte, wie ihr Tränen in die Augen stiegen.

„Wovor?" Ihre Urgroßmutter war schonungslos.

„Ohne ihn leben zu müssen", sagte sie kaum hörbar.

„Ohne wen?"

„Ich weiß es nicht." Sie wandte sich hastig ab und trat ans Geländer des Balkons, stützte sich darauf. Rauer Stein, der noch einen Hauch von Sonnenwärme in sich barg.

„Du weißt es“, sagte Charlène mit tiefer Überzeugung hinter ihr. „Du willst es nur nicht wahrhaben. Noch nicht.“

Kalt rieselte es zwischen ihren Schulterblättern hindurch. So ähnlich hatte es ihr Vater formuliert, an jenem Abend vor den Sanddünen, als sie ihm gestanden hatte, dass sie schwanger war. ‚Du weißt es', hatte er gesagt, ‚Du musst es nur noch akzeptieren.'

Irgendwo aus dem weitläufigen Garten erklang das klagende Geheul eines Säuglings, und sie spürte, wie ihre Brüste zu kribbeln begannen. Abrupt drehte sie sich wieder um. „Warum bist du ihm gefolgt? War er aufregend? Wusstest du, er ist es – er und kein anderer? Hast du ihn geliebt?“, fragte sie ihre Großmutter, jeden Satz heftiger hervorstoßend.

Charlène seufzte. „Ich wusste, dass das Kind in meinem Bauch seinen Vater brauchte, egal, wer und was er war.“

Charly nickte mechanisch. Es war weder die Antwort, die sie erwartet, noch, die sie erhofft hatte. Sie half ihr nicht weiter.

„Ich muss …“, mit einer halb hilflosen, halb entschuldigenden Geste wies sie in den Garten, in dem ihre Mutter und ihr Vater eilig dem Haus zustrebten, mit dem mittlerweile lauthals heulenden Xaver. Ihre Urgroßmutter nickte und hastig verließ Charly deren Räume.

***

Noch einen Tag verbrachten sie gemeinsam, bevor Charly mit Xaverl im Pick-up ihres Vaters die Heimreise antrat. Ihre Mutter begleitete sie bis nach Paris und flog von Charles-de-Gaulle nach München.

Arved blieb.

November Rain – Guns N' Roses

Charly befreite Xaver aus seinem Sitz und platzierte ihn im Wohnzimmer auf dem Teppich. Da lag er nun, die Fäustchen in die Troddeln gekrallt, und sah sich aufmerksam um. Sie war aufs zerraufte Sofa gesunken und fand keine Energie, wieder aufzustehen.

Das Auto stand im Hof und musste ausgeräumt werden, Pollux jankte am Fenster und Amadeus strich ihr um die Beine. An die Pferde hatte sie noch gar keinen Gedanken verschwendet. Sie fuhr sich mit den Händen durchs Gesicht und die Haare. Sie fühlte sich kraftlos, überfordert und verloren und sehnte sich nach jemanden, bei dem sie Anlehnung und Geborgenheit finden konnte.

Kurz fragte sie sich, wo Christian sein mochte. Auch Hund Napoleon schien nicht da zu sein.

Sie hob Xaver vom Boden auf und hielt ihn wie einen Flieger über ihren Kopf. Mit rudernden Armen und Beinen lachte er vergnügt. Sie ließ ihn schwungvoll durchs ganze Wohnzimmer fliegen, dann nahm sie ihn auf dem Arm mit zu den Pferden.

Er hatte keine Angst vor den großen Nasen, die ihn neugierig anprusteten. Mit beiden Händen griff er nach ihnen und erwischte die Stirnlocke des Hengstes. Phoenix erduldete es mit der gleichen stoischen Langmut, mit der er damals den Allüren der Fohlen begegnet war. Einen Augenblick schmuste auch Charly mit ihm, dann löste sie vorsichtig die Mähnenhaare aus Xavers Händen und stellte Pollux Futter hin. Zügig kehrte sie ins Haus zurück, fütterte auch Amadeus und warf sich eine der Kuscheldecken um die Schultern, bevor sie sich mit Xaver bei Peter zum Abendessen einlud.

Auch wenn sie nicht erwartet wurde, so war sie mit ihrer Idee nicht allein. Christian saß in Peters Küche.

Kiss and Say Goodbye – The Manhattans

Charly war selbst für den steifen Umgang, den sie miteinander pflegten, ungewöhnlich in sich gekehrt. Sie war wie in den letzten zwei Tagen auch früh aufgestanden und hatte die Tiere versorgt, ihm Kaffee gekocht und sich um Xaver gekümmert. Dann hatte sie den Kleinen zu ihm aufs Sofa gebracht und halbherzig verschiedene Aufgaben im Haushalt angefangen, brachte aber nicht die nötige Geduld auf, sie zu beenden. Sie nahm ihn kaum zur Kenntnis und er hatte den Eindruck, als meide sie ihn mehr als an den anderen Tagen.

Irritiert und etwas besorgt beobachtete er sie. ‚Es ist nicht ihre Art, Dinge, die sie beschäftigen, nicht beim Namen zu nennen.'

Sie verschwand in der Küche. Xaver war eingeschlafen, und so konnte er es wagen, sich vorsichtig vom Sofa zu erheben und ihr zu folgen. Er sicherte Xaver mit einer Decke gegen ein eventuelles Herunterrollen ab, der Bursche konnte sich seit einigen Tagen sowohl vom Rücken auf den Bauch als auch umgekehrt drehen und war dabei schon so schnell geworden, dass man ihn nirgends mehr unbeaufsichtigt lassen konnte. Er warf einen letzten Blick auf das schlafende Baby und hievte sich zur Küche. Charly stand auf den Rand der Spüle gestützt und starrte blicklos hinein. Sie musste ihn gehört haben, aber sie rührte sich nicht. Er lehnte sich abwartend an den Türrahmen. Erst nach einiger Zeit drehte sie sich zu ihm um und ihre Augen fokussierten auf ihn.

„Xaverl schläft", beeilte er sich, ihr zu versichern.

Ein kurzes Lächeln huschte über ihre Züge. „Passt du bitte auf ihn auf? Ich muss etwas erledigen."

Ohne seine Antwort abzuwarten, trat sie an ihm vorbei und nahm eine Kombi vom Haken. Seine Augenbrauen hoben sich. Sie vermied es, ihn anzusehen, und er beobachtete stumm, wie sie sich anzog und in die Stiefel schlüpfte. Sie nahm einen Helm vom Bord. An der Tür sah sie zurück. „Es dauert nicht lange."

Das Lächeln gelang ihr nicht. Dann war sie fort.

***

Er ging zurück ins Wohnzimmer, nahm vorsichtig den schlafenden Jungen auf den Arm und machte es sich auf dem Sofa gemütlich. Wie immer, wenn er Xaver betrachtete, suchte er nach Ähnlichkeiten mit sich selbst. Wie immer fand er keine. Das Baby war rund und rosig und strahlte eine vertrauensvolle Glückseligkeit aus, die sein Herz berührte.

„Ich werde immer für dich da sein", versprach er und merkte erst beim Klang seiner eigenen Worte, dass er sie laut ausgesprochen hatte.

Nobody's Wife – Anouk

Es schellte.

Gereon schreckte aus seinen Unterlagen auf. ‚Besuch um diese Uhrzeit?', wunderte er sich. ‚Termin habe ich keinen und der Postbote kommt üblicherweise erst nachmittags.'

Er überlegte, ob er in den letzten Tagen etwas bestellt hatte, trabte flott die Treppe hinunter und zog die Haustür auf. Vor ihm stand Charly in Motorradklamotten, den Helm in der Linken, hinter ihr die kleine Enduro.

„Ich muss mit dir reden. Es ist wichtig", sagte sie statt einer Begrüßung.

Wortlos hielt er ihr die Tür etwas weiter auf. Sie wirkte angespannt und entschlossen.

‚Küche? Wohnzimmer?' Er verwarf die Gedanken und führte sie in sein Büro. Sie setzte sich an die lange Seite des Konferenztisches, so, dass sie in den Garten hinausschauen konnte. Er zog seinen Schreibtischstuhl an die Stirnseite.

Er mochte es nicht, mit dem Rücken zum Raum zu sitzen, aber sich ihr direkt gegenüber zu setzen, erschien ihm zu konfrontativ. Er meinte, den Anflug eines Lächelns zu sehen, aber es war so schnell wieder verschwunden, dass er sich auch getäuscht haben konnte. Als Charly tief Luft holte und ihm dann in die Augen sah, wusste er, warum sie hier war.

„Gereon", begann sie. „Ich mag dich. Sehr. Wahrscheinlich sogar mehr als das, aber ich möchte das andere Wort nicht verwenden. Es wäre nicht richtig, nicht im Zusammenhang mit dem, was ich dir zu sagen habe." Sie schwieg einen Moment, sammelte ihre Gedanken, das sah er ihr an. „Ich habe die Herausforderung, die du für mich warst, immer geliebt. – Nein, falsch", korrigierte sie sich selbst. „Ich liebe die Herausforderung immer noch." Sie grinste kurz ihr verwegenes, freches Grinsen, wurde aber gleich wieder ernst. „Ich kann dieser Herausforderung nicht auf Dauer gerecht werden. Für dich will ich perfekt sein, aber irgendwann wird mir in deiner Gegenwart das Mopped umfliegen, werde ich übernächtigt sein, weil Xaverl irgendwas hat oder sonst was …, und das Bild, das du von mir hast, wird bröckeln. Ich werde es hassen, wenn ich das Besondere verliere, das du in mir siehst."

„Verstehe", sagte er, ohne irgendetwas zu verstehen. Er fühlte sich seltsam, als wäre er nicht er selbst, sondern würde die Situation von außen beobachten.

Sie wartete.

„Was wäre, wenn …", begann er, verstummte dann aber.

„Wenn was?", fragte Charly nach einer Weile, als er nicht fortfuhr.

„Was wäre, wenn du Christian nicht kennen würdest?" – ‚Es ist unfair, sie das zu fragen', merkte er und begann zu überlegen, ob er die Frage zurücknehmen sollte, denn sie zögerte merklich mit ihrer Antwort. „Ich verspreche dir, es wird an meiner Freundschaft zu ihm nichts ändern", eindringlich lehnte er sich nach vorn.

Sie nickte und ein leichtes Lächeln legte sich um ihre Mundwinkel. „Ich würde mir all diese Gedanken nicht machen und wäre an deiner Seite wahrscheinlich glücklich. Versteh mich nicht falsch; ihr seid euch sehr ähnlich, habt die gleichen Prinzipien, und was mich betrifft, ergänzt ihr euch perfekt. Wenn ich könnte, würde ich euch beide behalten."

Das bekannte Funkeln glitt kurz durch ihre Augen. Unwillkürlich lachte er. „Ich wäre nicht abgeneigt. Vielleicht sollte ich mir eine Frau suchen, die Christian auch gefällt – und wir tauschen ab und an mal." Er zwinkerte.

„Klingt verlockend", ging sie spielerisch darauf ein, und auch wenn er ihren Ernst dahinter spürte, lag unversehens ein Knistern in der

Luft. Er beendete die spannungsgeladene Atmosphäre abrupt durch eine beiläufige Bemerkung. „Du hast die Ergebnisse?"

Sie hatten vor zwei Tagen noch eine Probe versandt.

„Ich wollte sie nicht abwarten", sie schüttelte energisch den Kopf. „Dann müssen wir gegebenenfalls überlegen, wie wir es handhaben werden. Selbstverständlich hast du jederzeit Umgang mit Xaverl."

Er nickte. Sie stand auf und er erhob sich ebenfalls.

„Charly?"

Fragend sah sie zu ihm auf.

„Im Grunde hat Christian mir diese Frage schon vor anderthalb Jahren gestellt: ‚Liebst du sie oder die Herausforderung, die sie für dich ist?' fragte er damals."

„Wir haben nicht darüber gesprochen", antwortete sie ihm. „Er weiß nicht, dass ich hier bin." Sie pausierte kurz. „Aber ich werde es ihm erzählen, wenn ich zurück bin. – Zu welcher Antwort bist du gekommen?", sie klang unsicher.

„Es war die Herausforderung, das Geheimnisvolle, das mich verlockt hat", er zögerte. „Ob ich dich liebe? Ich denke, diese Frage werde ich dir erst in einigen Jahren, wenn überhaupt, beantworten können", log er.

Sie sah ihn nachdenklich an. Er legte seinen Zeigefinger unter ihr Kinn und hob ihr Gesicht leicht zu sich an, um seinen nächsten Worten mehr Gewicht zu verleihen. „Ich werde meinem besten Freund, meinem Bruder, nicht im Wege stehen. Aber wenn er dir Kummer macht, drehe ich ihm höchstpersönlich den Hals um!" Er ließ sie mit einer heftigen Bewegung los und Charly lachte, etwas zittrig. Sie wandte sich zum Gehen.

„Das mit uns hätte wahrscheinlich sowieso nicht geklappt." Seine Bemerkung war beiläufig. Hoffentlich beiläufig genug.

„Wie kommst du darauf?" Sie war, die Hand auf der Türklinke, stehen geblieben.

Wortlos reichte er ihr das Hochzeitsmagazin, das aufgeschlagen auf seinem Schreibtisch gelegen hatte.

„So abergläubisch?" Ein Schmunzeln umspielte ihre Mundwinkel.

Er antwortete nicht, sah sie nur an. Er sehnte sich danach, sie noch einmal in den Armen zu halten, aber er wagte nicht, die wenigen Schritte zwischen ihnen beiden zu überwinden. Er wusste, sobald er sie berührte, würde er sich ihr zu Füßen werfen und sie anbetteln, nicht zu gehen. ‚Bin ich zu stolz? Bin ich dabei, das Glück meines Lebens loszulassen?'

„Mach's gut und pass auf dich auf." Charlys leise Stimme durchdrang seine wirbelnden Gedanken.

Er nickte, antwortete aber nicht. Er traute seiner Stimme nicht.

Charly musterte ihn aufmerksam, nickte dann und ging.

Leise schloss sich die Tür hinter ihr.

***

Er hatte sein Telefon in der Hand und gewählt, ohne nachzudenken. Gleich nach dem ersten Läuten meldete sich sein Freund halblaut.

„Gratuliere", sagte er ohne Vorwarnung. Seine Stimme war rau und er räusperte sich.

Am anderen Ende der Leitung blieb es zunächst still, dann erklang Christians vorsichtige Stimme: „Was ist los?"

„Sie hat mir eben den Laufpass gegeben."

Wieder Stille. Er sah Christian vor sich, wie sein Freund die möglichen Antworten überschlug.

„Wie geht es dir?", ohne seine Antwort abzuwarten, fuhr Christian fort: „Ich würde dir ja anbieten, auf einen Drink vorbeizukommen, aber ich weiß nicht, wann Charly zurückkommt."

„Bescheiden", widerwillig amüsiert schnaubte Gereon ins Telefon. „Heute Abend. So gegen acht. Bis dann."

Er legte auf.

Ring of Fire – Johnny Cash

Gereon saß schon geraume Zeit an seinem Schreibtisch und starrte Löcher in die Luft. Er versuchte, seine Gefühle einzuordnen.

Er war verletzt. Sonst hatte er mit den Mädchen Schluss gemacht und dann das jeweilige Häufchen Elend mit Mühe so weit wieder aufzurichten versucht, bis er halbwegs ruhigen Gewissens die endgültige Flucht ergreifen konnte. ‚Selbst am anderen Ende zu sitzen, tut verdammt weh', stellte er fest. Ehrlicherweise fragte er sich, ob es nur sein gekränkter Stolz war.

Er empfand Charly als außergewöhnlich attraktiv, hatte sich gern und mit Stolz mit ihr sehen lassen. Ihre Unabhängigkeit war aufregend, der Hauch von Geheimnis, der sie häufig umgab, reizvoll. Und natürlich die Herausforderung. Mit Charly zu klettern oder Motorrad zu fahren war … erregend. Alleine deshalb, weil er wusste, dass am Ende der Tour ihr wunderschöner Körper ihm gehören und sie sich ihm ohne Vorbehalte hingeben würde.

‚Hingegeben hatte', korrigierte er sich. Er seufzte. ‚Es wird nicht leicht werden, auf sie zu verzichten. Zumal wir uns häufig sehen werden.' Berührungspunkte waren unvermeidlich.

‚Xaver.' Er verbannte den Gedanken an das Baby. Sie würden eine Lösung finden. Wenn das Ergebnis da war. ‚Charly ist kreativ.'

Zum ersten Mal, seit sie bei ihm geschellt hatte, lächelte er und wandte sich mit neuer Konzentration seinen Unterlagen zu. Nach wenigen Minuten hielt er inne.

‚Der Ring …'

***

Charly fuhr die Enduro in den Carport, stieg ab und trat ins Haus. Im Vorbeigehen legte sie den Helm aufs Bord und streifte die Stiefel von den Füßen. Wie immer, wenn sie Xaver zurückgelassen hatte, führte ihr erster Weg zum Baby. Er schlief noch immer, in Christians Arm gekuschelt. Fragend hob sie die Augenbrauen.

„Alles ok. Ich brauchte ein bisschen Nähe", erklärte Christian leise über Xavers Kopf hinweg, und Charly verspürte einen leichten Anflug von Schuld.

Seit ihrer Rückkehr hatte sie keinen körperlichen Kontakt mehr gehabt, weder mit Gereon noch mit Christian. Dass sie mit Letzterem seit mehreren Tagen gemeinsam in ihrem Haus lebte, sich täglich mit ihm konfrontiert sah und dies voraussichtlich noch einige Wochen lang, machte die Sache nicht einfacher.

„Ich war bei Gereon." Sie zögerte.

„Ich weiß. Er hat mich angerufen." Er ging mit keinem Wort auf den Inhalt des Gespräches ein.

***

Auch sie verlor keine Silbe dazu.

„Er kommt heute Abend gegen acht vorbei", sagte er.

Charly blickte ihn nachdenklich an. Xaver streckte sich, pupste, klappte die Augen auf und begann lauthals zu brüllen. Mit wenigen Schritten war Charly bei ihm, nahm ihm das Kind ab, legte es an die Brust und augenblicklich kehrte wieder Ruhe ein, nur unterbrochen von gelegentlichen Schmatzern und Schnaufern.

„Ich fahre zu meiner Mutter", verkündete sie.

Sie wartete, bis Xaver satt war, dann übergab sie ihm das Baby und er amüsierte sich und den Kleinen mit einigen Reimen und Kitzeleien, bis Charly fertig gepackt hatte.

„Kommst du noch zwei, drei Tage ohne mich zurecht?"

Er sah zu ihr auf und grinste frech. „Das fragst du, wenn du schon alles gepackt hast?"

Sie lachte auf.

‚Ich habe sie überrascht', stellte er, selber erstaunt, fest.

„Das ist mein Vertrauen in deine selbstversorgerischen Fähigkeiten." Sie senkte den Blick, presste die Lippen aufeinander und schniefte. Sie wirkte bedrückt. „Pass auf dich auf", sagte sie leise und wandte sich hastig ab.

„Du auch", entgegnete er sanft.

Aber seine Worte trafen nur noch Leere.

Es könnt' ein Anfang sein – Rosenstolz

Charlys Mutter war so verzückt über ihren und Xavers unverhofften Besuch, dass an eine normale Unterhaltung nicht zu denken war, zumindest, solange das Baby wach war. Erst als Xaver endlich vollkommen erschöpft eingeschlafen war, kam Charly dazu, das Thema anzusprechen, weswegen sie hergefahren war. Dann aber ohne Umschweife.

„Mam, ich brauche ein Brautkleid, so gesehen, sogar zwei." Sie wartete die Antwort ihrer Mutter nicht ab, sondern trat an die Staffelei, auf der Gitta ihre Grobentwürfe zeichnete, schlug das oberste Blatt um, und zeichnete mit einigen wenigen Strichen ein Kleid. „Fürs Standesamt", erklärte sie.

Ihre Mutter war neben sie getreten, nahm ihr jetzt den Kohlestift aus der Hand und führte Charlys steife Zeichnung zu einem lebendigen Entwurf aus. Sie wartete ihr bestätigendes Nicken ab.

„In welcher Farbe?"

„Bordeaux", erwiderte Charly.

Ihre Mutter zog die Augenbrauen hoch, sagte aber nichts.

„Und für die Kirche?"

Charly zuckte unschlüssig die Schultern. „Was in Creme oder so ähnlich, kein reines Weiß. Sonst habe ich da keine Vorstellungen."

„Wann brauchst du es denn?"

„Weiß ich noch nicht. Das rote so schnell wie möglich."

Ihre Mutter verschränkte die Arme vor der Brust. „Warum hast du es so eilig?"

„Weil ich mich entschieden habe", gab Charly scharf zurück. „Warum soll ich es dann noch ewig hinauszögern?", fragte sie provozierend.

Ihre Mutter nahm ihr Gesicht zwischen die Hände. Die Geste war so unerwartet und so ungewohnt, dass Charly reglos in ihr verharrte.

„Ich will doch nur, dass du glücklich bist." Die Stimme ihrer Mutter war weich. Sie sahen sich lange in die Augen.

„Warst du glücklich? Mit Dad?", brach Charly schließlich das Schweigen. In die Züge ihrer Mutter schlich sich Wehmut.

„Sehr."

„Und jetzt?"

Urplötzlich war die gewohnte Gitta wieder da. „Bin ich aufgeregt wie ein Teenager, wenn ich zu ihm fahre", antwortete sie. „Und befreit, wenn ich wieder wegfahre. Das beruht auf Gegenseitigkeit."

Sie lachten beide. Ihre Mutter ließ noch einmal den Blick über ihre Zeichnung wandern. „Ich denke, in zwei Tagen sollte das fertig sein."

„Dann bleibe ich so lange."

„Schön. Bis dahin finden wir auch das andere."

Charly hatte ihre Mutter selten so glücklich gesehen. Sie folgte ihr in den Verkaufsraum. Plötzlich drehte Gitta sich um. „Welcher ist es denn überhaupt?"

„Steven."

„Steven?!" Ihre Mutter sah sie entsetzt an.

„Wir haben uns vorhin getroffen und alles besprochen", antwortete sie.

„Aber …", begann Gitta.

„Gewöhn dich dran", empfahl Charly.

***

Drei Stunden früher:

Charly setzte den Blinker und fuhr auf den Rastplatz. Sie suchte eine etwas abgeschiedene Parkbucht und kletterte auf die Rückbank, um die Wartezeit zum Ausruhen zu nutzen.

Sie musste nicht lange warten, dann erklang neben ihr der vertraute Sound von Stevens KTM. Sie hopste aus dem Bus und zog leise die Tür hinter sich zu.

Sie fröstelte. In der kurzen Zeit seit ihrem Start zu Hause war die Temperatur empfindlich gefallen. Winzige Schneekristalle wirbelten in unsteten Böen über den Parkplatz.

„Hi!"

Steifbeinig stieg Steven vom Motorrad und nahm den Helm ab. „Affenkälte", knurrte er. „Wie geht's dir?"

Sie zuckte mit den Schultern und vermied es, ihn anzusehen.

„Ich habe mit deinem Vater telefoniert. Er macht sich Sorgen um dich. Wenn ich dich so sehe, nicht ganz zu Unrecht." Er betrachtete sie eingehend.

‚Was soll ich dazu sagen?' Sie scharrte mit dem Fuß die kleinen Steinchen auf dem Asphalt zu einem Häufchen zusammen.

„Charly." Sein Tonfall ließ sie aufblicken. „Es ist hier nicht sonderlich romantisch. Kniefall und Ring sind auch nicht meine Sache. Aber: Willst du mich heiraten?"

Völlig entgeistert starrte sie ihn an und ihre Gedanken überschlugen sich. ‚Ja, ich liebe ihn. Abgöttisch, wie ich sogar Maja gestanden habe. Aber er ist mein Bruder! Oder nicht?' Ein weiterer ungeheuerlicher Gedanke formte sich und sie verschränkte abwehrend die Arme vor der Brust. „Ist das Dad's Idee?", fragte sie entrüstet.

Er ließ sich von ihrer abweisenden Haltung nicht stören und kam näher. „Auf so verrückte Gedanken komme ich selber und nicht erst seit gestern."

Er lächelte dieses unwiderstehliche Lächeln, in das sie sich schon als Noch-nicht-mal-Teenager verliebt hatte. Sanft legte er seine Hand an ihre Wange. Sie war eiskalt und sie zuckte zurück.

„Sorry. Die Griffheizung ist kaputt", murmelte er, den Blick auf ihren Mund gerichtet.

Eilig wandte sie sich zu seinem Motorrad um, schaltete die Zündung ein, betätigte den Schalter und legte ihre Linke um den Griff. Als sich nichts rührte, schaltete sie die Zündung wieder aus, zog den Schlüssel und nahm die Sitzbank ab. Aus dem Bus förderte sie eine Werkzeugkiste zutage. „Hol dir einen Kaffee“, wies sie ihn an.

Mit gehobenen Augenbrauen, aber grinsend trollte er sich und sie sah ihm, über die Werkzeuge gebeugt, einen Augenblick nach.

Eine halbe Stunde später packte sie die Sachen zusammen.

„Charly, denk drüber nach, ja? Ich mag dich. Sehr. Wir haben genug erlebt, um zu wissen, dass wir miteinander auskommen. Wir haben nächtelang gemeinsam in einem, in meinem, Bett geschlafen. Ich habe mich für dich geprügelt – und du dich für mich, du erinnerst dich?“ Seine Augen funkelten und sie lachte.

„Wie oft hast du meine Freundin gespielt?“, fragte er.

„Wie oft du meinen eifersüchtigen Liebhaber?“, sie grinste zurück.

„Ich habe immer bedauert, es nicht zu sein.“ Er nahm sie in die Arme. Verlegen senkte sie den Blick.

„Hast du kein Mädchen …“, sie brach ab.

„Keine, die nicht ohne mich leben kann“, antwortete er unbeschwert. Dann wurde er ernst. „Es wird genug böse Zungen geben“, gab er zu bedenken. „Dass ich mir so das Geschäft deines Vaters sichern will.“

Sie wollte protestieren, aber er hob die Hand. „Wir beide wissen: das ist seit langem geregelt.“ Er musterte sie einen Augenblick. „Ich würde lügen, wenn ich sagte, es spiele keine Rolle für mich. Aber was ich hauptsächlich will, ist, jene wilde Charly wiederzuhaben, die ganz alleine einen bekloppten Hengst ohne Zaumzeug ins Gelände reitet, die mir mein Motorrad klaut und flucht wie ein Fuhrknecht, wenn sie damit umkippt, oder die, ohne mit der Wimper zu zucken, eine fabrikneue Rennmaschine ins Kiesbett schmeißt, nur um zu sehen, wie sich das anfühlt.“

Sie musste lachen. Dann schniefte sie und wischte sich Tränen aus den Augenwinkeln.

„Charly, ich überlasse alles dir. Wann, wo, wie. Meinetwegen in Bastelklamotten in der Werkstatt deines Vaters. Und wenn du mich als Ausrede für eine Auszeit benutzt, auch gut. Ich muss dir das anbieten, ich könnte es mir nie verzeihen, nicht alles versucht zu haben, um dich glücklich zu sehen. Du musst dich nicht jetzt entscheiden."

Sie überlegte, während er sie eindringlich musterte. „Was ist mit Xaver?", fiel ihr plötzlich ein.

Zum ersten Mal während dieser wahnwitzigen Unterhaltung schien er unsicher. Er blickte zu ihrem Bus, dann folgten seine Augen einem auffällig lackierten Wagen auf der Autobahn.

„Ich weiß nicht, ob ich es ausblenden kann, dass er nicht mein Kind ist. Aber ich gebe mein Bestes, um ihn so zu behandeln, als wäre er es."

Nachdenklich nickte sie. Die Unterlippe zwischen den Zähnen, versuchte sie, die plötzliche Wendung zu erfassen. ‚Sein Angebot kommt zum richtigen Zeitpunkt. Christian hat seine Entscheidung getroffen, ich selbst Gereon gestern zurückgewiesen. Soll es so sein?' Sie sah zu Steven auf. Er drängte sie nicht. Hatte seine Aufmerksamkeit wieder dem Verkehr auf der Autobahn zugewandt und wartete geduldig.

‚Kann ich es mit ihm aushalten? Die nächsten Jahre? Jahrzehnte?', fragte sie sich. „Es liegt alles bei mir?", vergewisserte sie sich. „Ort, Datum …"

Er lächelte sie an. „So, wie du es möchtest. Natürlich bin ich nicht böse, wenn du vorher mit mir drüber redest, und falls du vom Absprung Gebrauch machst, dann bitte nicht erst vorm Altar."

Die Vorstellung war so abwegig, dass sie lachte. So sehr, dass sie sich schließlich atemlos auf die Bordsteinkante sinken ließ. Lachtränen aus den Augen wischend, sah sie zu ihm hoch. Lässig wie immer schmunzelte er auf sie herab, in seinen Augen ein zärtlicher Ausdruck. Er war sehr ruhig, dafür dass sie hier eine gemeinsame Zukunft diskutierten.

„Bist du aufgeregt?", fragte sie unvermittelt.

„Nicht mehr", gestand er und sein freches Grinsen stahl sich auf sein Gesicht. „Ich denke, das ändert sich wieder, spätestens in der Hochzeitsnacht."

„Ähem …", schluckte sie und fühlte ihre Wangen heiß werden. Hastig sah sie weg. Er war ein hübscher Bursche. Aber sie hatte sich immer bemüht, nur den Bruder in ihm zu sehen. Sie wagte einen flüchtigen Blick auf ihn. Er grinste immer noch. Offenbar hatte sie ihm mehr zu bieten als nur eine gesicherte Zukunft.

„Was hältst du von Juni für die kirchliche Trauung?", hörte sie sich sagen, während sie vom Bordstein aufstand. Er war eiskalt und sie wollte keine Blasenentzündung riskieren. „Dann könnten wir auch Xaver taufen lassen."

„Klingt gut."

„Standesamt auch dann? Oder früher?"

„Wie du möchtest."

„Dann so bald wie möglich." Zustimmung heischend sah sie ihn an und wühlte in der Hosentasche nach dem Autoschlüssel. Er griff, lächelnd, den Helm vom Spiegel. Verspätet dämmerte ihr ...

„Steven?"

Er drehte sich um.

„Meine Antwort ist ‚ja'. Ich werde dich heiraten", sagte sie förmlich.

„Dachte ich mir schon. Klang danach", grinste er und zog sich den Helm über den Kopf. „Wer sagt es Arved?", fragte er, die Augen aufs Anziehen der Handschuhe gerichtet.

„Du." Jetzt grinste Charly.

„Er bringt mich um", antwortete er düster.

„Wenn meine Mam ihm nicht zuvorkommt", lachte sie.

Er schwang sich aufs Motorrad. Charly hatte die Zündung nicht ausgeschaltet und die Griffe waren warm. Sie beobachtete, wie er, beide Hände am Lenker, für einen langen Moment glückselig die Augen schloss. „Es geht doch nichts über eine Frau, die die Elektrik eines Motorrads beherrscht."

„Fahr vorsichtig."

Er ließ den Motor an und rangierte die KTM rückwärts aus der Parklücke. Zog die Kupplung und legte den ersten Gang ein. Doch statt loszufahren, stellte er das linke Bein wieder auf den Boden und winkte sie mit der Rechten heran. Verwundert trat sie näher.

Er zerrte sich den Helm vom Kopf, dass seine Haare wild in alle Richtungen abstanden und hängte ihn zurück an den Spiegel. Schlang den Arm um ihre Taille und küsste sie ausgiebig, ohne die Kupplung loszulassen. Überrumpelt und mit plötzlich klopfendem Herzen folgte sie ihm. Dann setzte er den Helm wieder auf und stellte den rechten Fuß auf die Raste.

„Überstürze es nicht", sagte er, zog das Gas auf und verschwand hinter ihrem Bus. Sie umrundete ihren Wagen und sah noch, wie er sich auf der Autobahn in den Verkehr einfädelte.

Xaver schlief noch. Sie leckte über ihre Lippen, Schmetterlinge kribbelten in ihrem Magen. ‚Ob er wirklich bis zur Hochzeitsnacht warten wird? Seltsam, wie das Leben mitunter Wege präsentiert.'

Sie startete und setzte aus der Parkbucht. Langsam schwenkte sie auf die Beschleunigungsspur und trat aufs Gas. ‚Zeit, es Mutter beizubringen.'

Losing You – Roxette

Gereon klingelte. Ihm war unbehaglich zumute. Doch heute dauerte es, bis die Tür geöffnet wurde, und es war nicht Charly, sondern sein Freund selber. ‚Bruder', erinnerte er sich. Er seufzte verstohlen. ‚Dabei ist selbst Freund schon schwierig genug.'

„Charly ist nicht da", stellte Christian anstelle einer Begrüßung klar.

„Oh, gut ..." Seine Schultern sackten nach unten. „Das macht es etwas einfacher", fügte er entschuldigend hinzu.

„Zweifellos."

Sein Freund ließ ihn eintreten und folgte ihm langsamer ins Wohnzimmer. Gereon stellte die Whiskyflasche auf den Tisch neben die bereits wartenden Gläser und ließ sich auf das Big Sofa fallen. Etwas umständlicher setzte sich auch Christian und legte das lädierte Bein hoch.

„Ich mach drei Kreuze, wenn die Schiene endlich runterkommt", brummte er missmutig.

Gereon ging nicht darauf ein. „Seit Charly wieder da ist ...", begann er zögernd. „Habt ihr ...?" Er besah eingehend seine Hände.

„Nein!", blaffte Christian scharf, holte tief Luft und wiederholte dann ruhiger: „Nein. Wir waren nicht im Bett."

Gereon nickte, fuhr sich durch die Haare und sprang auf. Unruhig tigerte er durch das Wohnzimmer, wachsam von Christian beäugt.

„Ich stehe zu unserem Deal", stieß er schließlich hervor.

Christian starrte ihn an, als habe er sich plötzlich in ein Marsmännchen verwandelt.

„Erinnerst du dich, als wir die iPods ausgepackt haben?"

Christian nickte.

Gereon holte tief Luft. „An unserer Freundschaft ändert sich nichts", bekräftigte er. „Aber ich will Trauzeuge sein und Xaverls Pate, soviel Anteil an ihr und ihm steht mir zu", forderte er. „Den Part mit ein paar aufs Maul würde ich gern vorziehen, aber ich schlage keinen Wehrlosen."

„Ich bin nicht wehrlos", warf Christian herausfordernd dazwischen.

„Du bist verletzt", schnaubte Gereon.

„Komm nahe genug, und du wirst sehen, dass mich das nicht behindert", knurrte Christian, die Augen zu schmalen Schlitzen verengt.

Sie starrten sich über den niedrigen Couchtisch hinweg an. Plötzlich, ohne dass er wusste, wie es geschehen war, hatten sie sich gegenseitig am Kragen und rangen miteinander. Als sie sich das letzte Mal geprügelt hatten, waren sie schlaksige Heranwachsende gewesen, danach hatten sie gegenseitige Herausforderungen wohlweislich vermieden. Selbst, wenn sie sich zur Begrüßung umarmten, hielten sie eine gewisse Distanz ein. Zum ersten Mal seit langer Zeit war Gereon Christian so nahe, dass er dessen kraftvollen Körper wirklich bewusst spürte.

Ohne zu denken, tauschten sie einige Hiebe aus, Christian wich seiner Faust aus, die dumpf in die Lehne des Sofas krachte. Ein kurzer, kräftiger Haken gegen seine Rippen ließ ihn nach Luft schnappen. Christian verharrte, bereit, ihm die Rechte ans Kinn zu schmettern.

Keuchend ließen sie einander los. Von Christians linker Augenbraue tropfte Blut. Gereon leckte sich über den schmerzenden Mundwinkel und schmeckte ebenfalls warm metallisches Blut.

Er konnte sich weder erinnern, dass er Christian getroffen hatte, noch, dass er selbst mehrere Hiebe eingesteckt hatte. Argwöhnisch ließen sie sich nicht aus den Augen.

Schließlich unterbrach Christian den herausfordernden Blickkontakt, öffnete die Whiskyflasche und schenkte ein. „Setz dich wieder,", grollte er, „der Deal gilt."

Zum zweiten Mal an diesem Abend sackten Gereons Schultern nach unten und er nahm das dargebotene Glas an.

Zwei Stunden später war die Flasche leer, auf dem Bildschirm kämpfte sich Bruce Willis einsam durch Weihnachten, und beide Männer schliefen den Schlaf der gerecht Erschöpften.

***

Am nächsten Morgen fuhr Gereon den Porsche auf seinen Hof, bremste vor der geschlossenen Garage und schaltete den Motor aus. Er konnte die Erinnerung an den gestrigen Abend nicht abschütteln. Es war ihm bewusst, dass Christian und er gutaussehende Männer waren, größer als der Durchschnitt, und da sie gelegentlich gemeinsam trainierten oder liefen, wusste er auch recht genau, wie Christians Körper aussah. Aber er hatte noch nie dessen Präsenz gespürt. Nicht so. ‚Wie gestern Abend. In meinem Falle: die bedrohliche Seite der Kraft', dachte er. ‚Wie Charly das wohl empfindet?'

Er scheute vor dem Gedanken zurück, sich Christian und Charly …

Nein, es lag nicht viel zwischen ihnen, körperlich. Auch wenn er sich sicher war, dass er in einem ernsthaften Zweikampf gegen Christian keine Chance hatte. Er hatte während des Studiums ihm zuliebe einigen Fechtunterricht mitgemacht, das Hobby aber nicht ernsthaft betrieben. Seit Christian verstärkt in der Mittelalter-Szene aktiv war, und das waren nun schon einige Jahre, waren seine Fähigkeiten im Umgang mit Waffen sprunghaft gewachsen, und wenn er es recht bedachte, auch sein Instinkt für die Bewegungen seiner Gegenüber. Unbewusst verengte er die Augen, während er konzentriert seinen Gedanken folgte. Ja, er hatte es nicht benannt, aber genau das war es. Christian war noch nie der zappelige, unruhige Typ gewesen, aber seit er Scheinkämpfe focht, waren seine Bewegungen noch sparsamer, überlegter geworden. Seine Haltung transportierte genug seiner Gesinnung, und andere passten ihr Verhalten entsprechend an. Er hatte gestandene Männer vor ihm zurückweichen sehen und gelegentlich selbst den Impuls dazu verspürt. ‚Auch Charly?'

‚Nein', erinnerte er sich an den gemeinsamen Urlaub. ‚Sie hat keine Angst, ihn herauszufordern. Weder neckisch noch ernsthaft.' Sie war ihm auch nie unterwürfig begegnet. Eher im Gegenteil. Sie war so herrlich aufmüpfig. Einzigartig Charly.

Auf Tour, egal wie und wo, unkomplizierter Gefährte, Kumpel zum Pferdestehlen, sich nicht zu fein, mit anzupacken und mit einigen nützlichen Fähigkeiten sowie einer guten Portion Humor und Entdeckergeist ausgestattet. Und … – zweisam – drückte er den Gedanken vorsichtig aus … dasselbe. Unkompliziert, charmant, wild, herausfordernd und immer wieder überraschend.

‚Was? Was, verdammt, ist es, das Christian mir voraushat?' Er hieb aufs Lenkrad. „Au, verdammt", fluchte er laut und hielt inne.

War es überhaupt eine Frage des ‚Wer ist besser als der andere'? War es etwas ganz anderes? Charly hatte gesagt, dass sie auch mit ihm glücklich sein könnte.

Angestrengt runzelte er die Stirn. ‚Biete ich ihr etwa auch eine Alternative? Hat sie sich mit ihrer Entscheidung für Christian auch dafür entschieden, auf mich zu verzichten? Mich vielleicht', so hoffte ein kleiner Gedanke in ihm, ‚sogar zu vermissen? Und das alles bewusst?'

Ihr Dreier-Konstrukt war von Anfang an dazu bestimmt gewesen, irgendwann aufgehoben zu werden. Jeder hatte seinen Vorteil daraus gezogen. ‚Auch ich.' Er lächelte schief.

Er versank wieder in Gedanken, aus denen er jäh gerissen wurde, als sich eine große Hand auf seine Schulter legte. „Guten Morgen, mein Sohn. Zeit fürs Meeting."

Seit über einer Stunde saß er grübelnd im Auto. Er wollte gerade den Schlüssel abziehen, als der Song in sein Bewusstsein drang.

„… you can imagine his surprise, when he saw his own eyes …"

'Heart. All I wanna do is make love to you. – Oh Gott, wie wahr!'

Black Velvet – Alannah Myles

Gereon stand im Flur von Christians Haus und seufzte. Die Treppe ins Obergeschoss war abgerissen. Kurz überlegte er, ob er vorher die Klamotten wechseln sollte, entschied sich dagegen und nutzte zwei Ausbrüche in der Mauer, um sich nach oben zu stemmen, bis er die Dielen packen konnte. Er baumelte in der Luft, hängte die Ferse ein und zog den Oberkörper hoch. Schielte über den Rand, entdeckte in Griffweite ein großes Astloch, in dem er zwei Finger versenken konnte, und hievte sich ganz hinauf. Auf dem Rand sitzend verschnaufte er. Kurz nur, denn ein heraussstehender Nagel piekte unbequem in seine Kehrseite.

Vorsichtig löste er einen schmalen Spalt der Plastikplanen, die das Obergeschoss vor dem Staub der Bauarbeiten schützten, und duckte sich hindurch. Er trat in Christians Zimmer. Dessen After Shave hing in der Luft. Aber die Räume hielten keine Wärme. Kalt und seltsam leer fühlten sie sich an.

Das Bett war ordentlich. Die einzelne Garnitur Bettwäsche verloren, trostlos auf den Weiten von Christians Spielwiese. Sie barg einige interessante Erinnerungen.

‚Ob Charly jemals hier war?', fragte er sich. Nur zu gern lieferte ihm seine Phantasie die passenden Bilder von Christian und ihr in dessen geräumigem Bett. Natürlich nicht schlafend.

Eilig wandte er sich der schmalen Kommode und der darauf befindlichen Schmuckschatulle zu. Die passte überhaupt nicht in die karge Umgebung. Zögernd legte er seine Finger auf den Deckel. Es fühlte sich so falsch an, in Christians allerheiligste Besitztümer einzudringen. Er schloss die Augen, atmete tief ein und klappte den Deckel auf. Widerwillig öffnete er die Augen.

Auf schwarzem Samt schimmerte ein einziger, filigraner Ring.

Er nahm ihn heraus, barg ihn schützend in der hohlen Hand und sank auf Christians Bett. Mit zuckenden Schultern saß er dort, bis er sich völlig leer fühlte. Seine Tränen waren bereits getrocknet und hinterließen ein seltsam spannendes Gefühl auf seinen Wangen. Er fuhr sich mit dem Hemdsärmel übers Gesicht und stieg auf den Dachboden hinauf. ‚Charlys Postkarten. Was tue ich hier?'

Noch immer hielt er den Ring in seiner Faust. Er verstaute ihn sicher in der Brusttasche und kehrte dem Dachzimmer den Rücken. Verschloss den Spalt in den Planen sorgfältig und setzte sich auf den Rand der Dielen, darauf bedacht, eine Stelle ohne hervorstehende Nägel, Schrauben oder Splitter zu erwischen. Baumelte kurz mit den Beinen, packte mit beiden Händen die Kante und schwang sich hinunter. Verlor den Griff und vertrat sich bei der Landung schmerzhaft den Knöchel. Fluchend rappelte er sich auf und humpelte ins helle Sonnenlicht hinaus.

Er sah auf die Uhr. Die Aktion hatte ihn seine Mittagspause gekostet; die nächsten Termine würde er mit knurrendem Magen abhandeln müssen. Wenn er sich beeilte, konnte er den Ring noch eben beim Juwelier vorbeibringen. Schließlich sollte er passen.

Spending My Time – Roxette

Unruhig tigerte Christian durch Charlys Wohnung. Es war frühmorgens; zwar war das erste Licht des Tages schon zu erahnen, aber noch lag das Innere des Hauses in den dunklen Schatten der Nacht. Seltsam, wie vertraut ihm ihr Haus bereits war. Er liebte das heimelige Gefühl.

Bei seiner Runde kam er am Sofa vorbei. Das Bettzeug verknautscht, seine Klamotten verstreut, die Tasche halb ausgepackt. Ihm gefiel der Gedanke, dass sie in dieses Chaos zurückkehren musste, nicht. ‚Ob ich das Dachgeschoss erkunden soll?'

‚Zuerst einen Kaffee', entschied er. Seinem Orientierungssinn vertrauend, goss er in der dunklen Küche Wasser in die Maschine und nahm die Kaffeedose aus dem Regal. Als er sie zurückstellte, erklang ein leises, metallisches Klirren.

Er nahm sie wieder heraus und griff in das nachtschwarze Fach. Seine tastenden Finger trafen auf zwei kalte, schwere Ringe. Nachdenklich wog er sie in der Hand. Schnell passten sie sich seiner Körpertemperatur an.

Er betätigte den Lichtschalter und blinzelte in die plötzliche Helle. Fauchend und zischend gluckerte das erste heiße Wasser auf das Kaffeepulver und der verführerische Duft stieg ihm in die Nase.

Er sah auf die Ringe in seiner Hand. ‚Silber. Massiv', wie er schon am Gewicht gespürt hatte. ‚Beide graviert.'

Einer davon war Gereons Ring, das erkannte er sofort. ‚Wann hat sie ihn abgenommen? Es ist mir nicht aufgefallen.'

‚Woher kommt der zweite Ring?', wunderte er sich. ‚Und was hat er zu bedeuten?'

Er legte beide Ringe zurück, goss den Kaffee in einen großen Pott und erklomm die Treppe.

***

Ein schmaler Flur empfing ihn, von dem eine offene Tür in einen Raum führte, der den ganzen nördlichen Bereich des Hauses einzunehmen schien. ‚Ihr Schlafzimmer.'

Hier war ihr Duft ausgeprägter und er zögerte, den Raum zu betreten. Ein Doppelbett mit Metallkopfteil, ein Standspiegel und ein alter Bauernschrank bildeten die einzigen Möbelstücke im Raum. Nach Osten hin ein großes Dachfenster.

***

Er folgte dem Treppengeländer zur nächsten Türöffnung. Ein gleichartiges Zimmer, nach Süden ausgerichtet, mit zwei versetzten Dachfenstern nach Ost und West. Eine abgewetzte Schlafcouch und links von ihm ein bis in die Schräge reichender großer Kleiderschrank. ‚Warum hat sie mich unten einquartiert und nicht hier oben? Ist ihr das Obergeschoss zu persönlich, um mich hier zu haben?'

‚Warum haben wir immer nur auf dem Sofa genächtigt?' Die Unsicherheit quälte ihn und er hangelte sich zurück ins Erdgeschoss.

***

Er duschte. Räumte das Badezimmer auf und beseitigte die Spuren seiner Anwesenheit, so gut er konnte. Trank den letzten, kalten Rest Kaffee aus und räumte das verbliebene Geschirr in die Spülmaschine. Stellte sie an. Inspizierte den Kühlschrank. Die Sachen konnte sie gebrauchen, chronisch lebensmittelunterversorgt, wie sie war. Zuletzt klaubte er seine Sachen aus dem Wohnzimmer und packte die Tasche. Das Bettzeug faltete er sorgfältig und stapelte es auf einer Seite des Sofas. Er fand den Staubsauger und nutzte ihn gründlich. Die Tasche in der Hand ließ er noch einmal seinen Blick durch den Raum schweifen. ‚Ja, so ist es gut.'

Die aufgehende Sonne fiel ins Zimmer und ließ einige Staubkörnchen aufflimmern. Im Hof erklang das Grummeln von Gereons Porsche und er wandte sich zum Gehen.

***

Gereon hielt im ersten Morgenlicht auf Charlys Hof. Er nahm das silberne Kästchen aus der Mittelkonsole, während Pollux und Napoleon bellend ums Auto sprangen. Ein Pfiff rief sie zur Haustür und er konnte ungehindert aussteigen. Christian stand, mit nur einer Krücke, auf der Schwelle und sah ihm erwartungsvoll entgegen.

„Poliert und passend." Er lüpfte den Deckel. Christian starrte lange Augenblicke auf den Ring, dann riss er ihn, Gereon, ohne Vorwarnung in seine Umarmung.

„Ich habe Angst vor ihrer Antwort", krächzte er.

Gereon konnte ihn kaum verstehen. Beruhigend klopfte er seinem … Bruder … auf die Schulter. „Du schaffst das schon. So oder so. – Außerdem, was hast du zu verlieren?"

„Die Hoffnung."

„Willst du den Rest deines Lebens mit Hoffen zubringen?" Er trat zurück und betrachtete Christian skeptisch. ‚Er sieht nicht gut aus', dachte er und empfahl: „Iss etwas und bring es zu einem Ende. Egal wie."

Nur einmal noch – Rosenstolz

Erschöpft bremste Charly den Bus vor ihrer Haustür. Die ganze Fahrt über hatte Xaver gequengelt, drei Mal hatte sie seinetwegen anhalten müssen und für die Strecke doppelt so lange gebraucht wie sonst. Die letzten paar Kilometer hatte sie der Ankunft zu Hause entgegengefiebert, damit er endlich aus der Babyschale heraus konnte. Jetzt schlief er. Dahingerafft auf den letzten Metern. Vermutlich war er genauso erschöpft wie sie.

Sie betrachtete ihr Baby. ‚Ich bin eine Rabenmutter.' Überall musste er mit. Kaum hatte er sich an eine Umgebung gewöhnt, ging es weiter zur nächsten. Kein Wunder, dass er durcheinander war. Sie zweifelte, ob sie der Aufgabe, ein Kind glücklich aufwachsen zu lassen, gewachsen war.

Leise stahl sie sich aus dem Auto und rannte zum Stall. Weder Napoleon noch Pollux waren aufgetaucht und auch Freddy fehlte, bemerkte sie beim ersten Blick über die Koppel. Sie sah ins Stallbuch. „Bin mit Pferd und Hund die große Waldrunde. Pit"

‚Wieso Hund? Nicht Hunden?', wunderte sie sich. Plötzlich durchfuhr es sie eiskalt. ‚Christian ist weg!'

Sie hatte es befürchtet, dass er, nun, da er nicht mehr bedenken musste, seinem Freund, seinem Bruder, im Wege zu sein, dessen Junggesellenbude ihrem Haushalt vorziehen würde. Kalt rollten zwei Tränen über ihre Wangen. Sie klappte das Buch zu, strich Phoenix, der an ihrem Ärmel knabberte, flüchtig über die Nase und ging mit schleppenden Schritten zur Haustür.

Im Haus war alles still. Sie ging ins Wohnzimmer. Ihr Sofa war sauber aufgeräumt, Bad und Küche ebenso. ‚Christian ist wirklich weg.'

***

Mit zitternden Händen goss sie Wasser in die Kaffeemaschine, zählte mit tauben Lippen drei Löffel Kaffeepulver ab und stellte die Maschine an. Erinnerte sich an Xaverl und holte ihn ins Haus. ‚Wohin?'

Sie war müde. Sie würde den Kaffee trinken und dann auch die Gelegenheit zum Schlafen nutzen, in der Hoffnung, dass Xaver nicht allzu bald aufwachte. Sie brachte ihn ins Schlafzimmer und ging wieder nach unten. Eilig trug sie die Sachen aus dem Bus in den Flur. Das endgültige Aufräumen konnte bis später warten. Nur die sorgfältig in Hüllen verstauten Kleider sollten besser gleich an ihren Platz.

‚Oben, auf jeden Fall.' Sie zögerte an ihrer Schlafzimmertür. ‚Besser am Dachfenster im Rumpelzimmer, da stören sie nicht', überging sie den Raum und trat in das andere Zimmer. Sie streckte sich, um die Kleiderbügel in den Griff des Dachfensters einzuhaken, als sie seine Anwesenheit spürte. Unverrichteter Dinge ließ sie den Arm sinken und drehte sich um.

Tatsächlich, Christian saß auf der zerfledderten Couch, das geschiente Bein auf der Ottomane, das andere als Buchstütze benutzend, und sah sie an.

„Was machst du hier?", fragte sie ihn verblüfft.

***

„Ich dachte, ich mache mich besser hier breit, dann sieht dein Wohnzimmer nicht mehr aus wie ein Räuberlager. Nicht gut?", fragte er, weil sie ihn anstarrte wie einen Geist. Maunzend sprang Amadeus, der ihm Gesellschaft geleistet hatte, vom Sofa und strich ihr um die Beine.

Mit einem Ruck kam sie zu sich und hängte die Kleiderhüllen auf. „Nein. Doch", verbesserte sie sich sofort. „Ich dachte, du … wärst … fort", flüsterte sie abgehackt. Das letzte Wort war kaum noch zu verstehen und sie vermied es, ihn anzusehen. Unbehaglich ihre Hände knetend blieb sie auf halbem Wege zwischen Sofa und Tür stehen.

Plötzlich spürte er Spannung in seinen Schultern. ‚Was habe ich übersehen? Hat sie mir die zwei Tage eingeräumt, damit ich unauffällig aus ihrem Haus verschwinde?'

Er hatte begonnen, Gereons und auch Majas Überzeugung Glauben zu schenken und sich auf ihre Rückkehr gefreut. Er musterte sie genauer. Dunkle Schatten unter ihren Augen und Tränenspuren auf den Wangen. Ihre Lippen zitterten. Sie presste sie zu einem schmalen Strich zusammen und atmete flach und stoßweise.

„Charly, was ist los?", fragte er alarmiert.

„Nichts", presste sie tonlos hervor und ging zur Tür.

„Willst du, dass ich gehe? Ich kann bei Gereon wohnen", sagte er zu ihrem Rücken.

„Nein!"

Ihre Antwort war schnell. ‚Zu schnell', bemerkte er.

Sie stand in der Tür, ihre Rechte umklammerte den Türrahmen und er sah ihre Fingerknöchel weiß werden. Noch immer wandte sie ihm den Rücken zu. Nur den Kopf hatte sie leicht zu ihm gedreht, aber sie sah ihn nicht an. ‚Kann sie mich gar nicht mehr ertragen?'

„Warum?", fragte er.

„Nein", wiederholte sie, ruhiger jetzt. „Ich habe es deinem Vater versprochen", sagte sie zum dunklen Flur.

Das saß. Er klappte das Buch zu und erhob sich.

„Wo willst du hin?", fragte sie atemlos, hoch und dünn.

‚So habe ich sie noch nie gehört. Was, verdammt, ist mit ihr?'

Endlich drehte sie sich zu ihm herum und sah ihn an. Mit großen Augen, in denen Tränen schimmerten.

Gewandt umrundete er ohne Krücken das Sofa. Er freute sich, dass seine Mobilität nicht mehr so eingeschränkt war wie zu Beginn. Mit einem unwillkürlichen Lächeln, das sich auch durch die angespannte Situation nicht aufhalten ließ, langte er seinen Pullover von der Hakenleiste hinter der Tür. Als er sich wieder zu ihr drehte, war sie bis in den Flur zurückgewichen. Weiß leuchtete ihre Hand auf dem Treppengeländer.

Sein Lächeln verschwand. „Du kannst meinen Anblick nicht mehr ertragen", stellte er so sachlich und emotionslos fest, wie es ihm möglich war. ‚Jetzt geht es um sie. Um einen möglichst würdevollen Abschluss für uns beide. Um sie trauern werde ich später', dachte er. „Deshalb befreie ich dich von meiner Gegenwart", erklärte er laut.

Zwei Tränen kullerten über ihre Wangen. Sie gab keinen Laut von sich. Er hasste sich dafür, dass sie sich quälte und er der Grund dafür war. Impulsiv reagierte er auf ihre Not und trat auf sie zu. Sie wich erneut zurück, Panik im Blick.

„Du hast Angst vor mir", sagte er bitter. ‚Raus hier', dachte er. ‚Je eher, desto besser.'

Sie sagte etwas, das er nicht wahrnahm. Erst allmählich drang ihm ins Bewusstsein, dass sie ihn erstaunt ansah.

„Entschuldige, was sagtest du?" Er fühlte sich plötzlich müde und fuhr sich mit der freien Rechten über das Gesicht.

„Ich habe keine Angst vor dir. Wie kommst du darauf?"

„Du reißt vor mir aus." Illustrierend machte er einen weiteren Schritt auf sie zu. Sie stoppte sich rechtzeitig. Aber er sah die Mühe, mit der sie sich auf der Stelle hielt. „Charly. Es hat keinen Sinn, wenn du meine Nähe nur unter Zwang ertragen kannst." Er sprach sanft, wollte unbedingt vermeiden, sie noch mehr unter Druck zu setzen.

„Du meinst wohl, du kannst meine Nähe nicht ertragen", ging Charly unvermutet zum Angriff über. Sie trat sogar einen Schritt nach vorn und ihr Zeigefinger stach auf ihn zu. „Du hast mich zurückgewiesen!"

„Habe ich das?", fragte er zurück. In Windeseile rekapitulierte er alle Gespräche, seit sie von ihrem Abenteuer zurückgekehrt war. „Wann?"

„Bei dir zu Hause!", schleuderte sie ihm entgegen.

„Bei … mir?“, sagte er langsam.

„Du kannst es nicht mal ertragen, dass ich dir helfen will.“

„Ich bin es gewohnt, meine Sachen selbst zu erledigen“, strich er heraus. „So wie du.“

Das stoppte sie.

„Charly“, begann er und verlagerte das Gewicht. Auf das verletzte Bein. Scharf sog er die Luft in die Lungen.

„Setz dich!“

“Befehlston?“ Er zog die Augenbrauen hoch. ‚Wie viele neue Seiten hast du heute noch zu bieten?’

„Bitte. Du hast Schmerzen.“

„Nur, wenn du mitkommst und mir versprichst, nicht wegzulaufen.“

Sie atmete tief durch und ging an ihm vorbei zum Sofa, blieb jedoch stehen. Er folgte ihr und sank erleichtert ins Polster. Einladend klopfte er neben sich, aber sie schüttelte den Kopf.

„Ich bin zu … unruhig. Lass mich stehen bleiben“, bat sie. „Also, noch mal, in Ruhe“, fuhr sie übergangslos fort. „Du hast mich nicht zurückgewiesen?“

„Nein, das ist mir weder bewusst, noch habe ich das gewollt.“

„Aber du warst so … so … ablehnend“, formulierte sie vorsichtig.

„Ich wollte dir nicht wehtun.“ Er sah auf seine Hände.

„Mir wehtun? Was meinst du damit?“

„Du trugst Gereons Ring.“

Verständnislos runzelte sie die Stirn, und er sprach weiter: „Ich ging davon aus, dass du mit ihm geschlafen hast …“

„Habe ich nicht“, unterbrach sie ihn.

„Ich weiß.“ Ein leichtes Lächeln hob seine Mundwinkel. „Aber da wusste ich es nicht. Ich war wütend, auf ihn, auf dich, auf mich. Dein Anblick vor meinem Bett, das Wissen, dich in meiner Wohnung, in meinem Reich …“, beinahe hätte er ‚in meinem Besitz’ gesagt, „zu haben. Verdammt, Charly, ich hätte dich beinahe …“ – ‚…

vergewaltigt', dachte er, aber er wagte es nicht auszusprechen. Seine linke Hand glitt zum Gürtel und legte sich fest um die Schließe. Er spürte, wie die gleichen Gefühle unter seiner Haut brannten. ‚Ich will dich … lieben …, bis du ihn, den anderen, meinen Freund, meinen Bruder, vergisst!', dachte er heftig. „Ich habe die Tür meines Kleiderschrankes zerbrochen in der Anstrengung, dich nicht zu ... zu …", er fand nicht das passende Wort.

Ungläubig starrte sie ihn zunächst an und sah wieder weg. „Du wolltest mich?", fragte sie schließlich zaghaft. Es klang verwundert.

„Das ist sehr harmlos ausgedrückt, aber ja."

„Du … willst mich?" Sie war kaum zu verstehen. „Jetzt?"

„Ja", antwortete er, plötzlich heiser.

Da erst sah sie auf, sah ihn an, sah ihm in die Augen. Kam dann langsam und unsicher, aber mit schwingenden Hüften auf ihn zu, legte ihm die rechte Hand auf die Brust und küsste ihn. Scheu und zurückhaltend zunächst, dann gewohnt selbstsicher. Er schloss die Augen, glaubte zu träumen und fürchtete gleichzeitig das Aufwachen. Er wagte es, sie zu berühren. ‚Es ist kein Traum, es ist Wirklichkeit!'

Er packte ihre Hüften und zog sie auf seinen Schoß. Ihre Hände glitten zum Saum seines T-Shirts und darunter. Als sie seine nackte Haut berührten, stöhnte er und presste sie fester an sich. Sie schmunzelte an seinen Lippen.

Die Türklingel läutete energisch und lange anhaltend.

„Kann man denn nicht mal …", fluchte sie unterdrückt, während sie sich aus seinem Griff wand. Widerstrebend ließ er sie gehen. Sie flankte über die Lehne der Couch, dann hörte er, wie sie die Treppe hinabtrabte.

Please Mr. Postman – Carpenters

Charly riss die Haustür auf. Vor ihr stand der Postbote mit einem großen, weißen Umschlag. Sie unterschrieb den Empfang, klappte mit einem kurzen Gruß die Türe zu und riss hastig den Brief auf. Mit klopfendem Herzen überflog sie die darin befindlichen Blätter und ließ sich rücklings gegen die Wand sinken. Die Seiten entglitten ihren Fingern und flatterten zu Boden. Sie fuhr sich mit den Händen übers Gesicht, rutschte in die Hocke und blieb, die Finger in die Haare gewühlt und die Stirn gegen die Handballen gestützt, sitzen und ließ ihren rasenden Gedanken freien Lauf. Dann erhob sie sich, sammelte die verstreuten Blätter ein und legte sie achtlos aufs Sideboard.

***

Er hörte ihre Schritte auf der Treppe. Genüsslich bewegte er den Daumen auf und nieder, nicht zu schnell, sonst würde er sich gleich nicht mehr beherrschen können und sie sollte auch ihr Vergnügen haben, dann wandte er den Kopf zur Tür.

Ihre Blicke trafen sich. Sie sah zerzaust aus und schien abwesend. Aufreizend langsam bewegte er die Hand, streichelte sich ebenfalls scheinbar gedankenverloren.

Charlys Augen begannen zu lächeln, dann folgte ihr sinnlicher Mund. Sie legte den Kopf schräg und kam bis zur Lehne heran. Stützte sich mit den Händen darauf ab und beobachtete sein Tun.

„Soll ich dich weiterhin Christian nennen", fragte sie aufreizend langsam, „oder bevorzugst du … ‚Papa'?"

Abrupt stoppte seine Bewegung. Er starrte sie an. „Papa?", krächzte er.

Ein übermütiges Grinsen glitt über ihre Züge, sie schwang sich wieder über die Lehne und ihre Hände und Lippen lösten die seine ab.

Nach wenigen Augenblicken bereits bremste er sie. „Hör auf!“, stöhnte er.

Sie rutschte von der Couch, stieg aus ihrer Jeans und saß gleich darauf rittlings auf ihm.

‚Charly, pur Charly!‘ Ein ungeahntes Glücksgefühl rauschte durch seinen Körper, brachte jedes einzelne Härchen in die Senkrechte und ließ ihn vibrieren. Sie bewegte sich, nur um ihr Knie etwas angenehmer unterzubringen, aber es war zu viel für ihn.

„Oh Gott, Charly!“ Er umschlang sie mit beiden Armen und hielt sie fest, sein Gesicht zwischen ihren Brüsten vergraben. Sanft streichelten ihre Hände durch sein Haar, als aus ihrem Schlafzimmer ein leises Schmatzen ertönte, das übergangslos in lautstarkes Geheul mündete. Charly schoss von seinem Schoß und legte das Kind an die Brust. Doch statt wie vorher auf Abstand bedacht, kehrte sie zurück und setzte sich mit alter, längst verloren geglaubter Vertrautheit wieder rittlings auf ihn. Ihre Oberschenkel fest um seine Taille gelegt, bot sie ihm die freie Brust dar. Vorsichtig ließ er seine Zunge um den Nippel kreisen.

„Fester“, flüsterte sie und presste ihre Hand an seinen Hinterkopf.

Seine Lippen umschlossen ihre Brustwarze und sie drängte sich noch näher an ihn. Ihre Schamhaare kitzelten seinen Bauch. Seine Hände glitten zu ihrem Hintern. Er saugte kräftig, spürte, wie sie zusammenzuckte, hörte ihr Stöhnen und schmeckte Milch. Er schluckte unwillkürlich und löste seine Lippen. Sah zu ihr auf.

Sie blickte ihn mit einem zärtlichen Lächeln an. Von der eben freigegebenen Brustwarze tropfte bläulich schimmernd Milch auf seine Brust. Xaver ließ seine Brustwarze los und Charly veränderte ihre Position und legte den Kleinen an die andere Brust.

Christian schob die Rechte in die Hosentasche. Charly wartete, bis er sich wieder zurücklehnte und machte es sich erneut auf seinem Schoß bequem. Er nahm ihre Linke und hob sie an seine Lippen, suchte ihren Blick.

„Willst du meine Frau werden?"

Sein Herz raste. Er fürchtete ihre Antwort. Und doch, schon nach dem kurzen Anruf Gereons vor drei Tagen war ihm klar gewesen, dass er es wagen, sie fragen musste, auch wenn er die hoffnungsvolle Unsicherheit einem eindeutigen, endgültigen Nein vorzog.

Er öffnete seine Hand. Darin lag ein schmaler Rotgoldreif mit einer ovalen Krone aus ineinander verschlungenen Goldfäden. 'Der Ring meiner Mutter.'

The Power of Love – Jennifer Rush

Der Akt war kurz. Viel zu kurz, um sie zufriedenzustellen.

Xavers Hunger verstärkte ihr Verlangen, und Christians Lippen an ihrer Brust, so anders als der feste Zug ihres Sohnes, brachten sie schier um den Verstand. Aber sie kannte ihn. Später, wenn Xaver schlief, durfte sie auf Verwöhnung hoffen.

Überwältigt vom Wandel der Situation und abgelenkt vom noch immer pulsierenden Verlangen, war ihr sein Wechsel zu gespannter Aufmerksamkeit entgangen. Jetzt hob er ihre linke Hand an seine Lippen. Seine Worte rauschten an ihr vorbei, der Ring aber ließ keinen Zweifel offen.

Schon wieder schossen Tränen in ihre Augen. Sie wollte lachen, weinen und die Antwort hinausschreien. Sie traute ihrer Stimme nicht.

So war ihre Antwort prompt, aber schlicht und einfach.

Epilog I – Drück die 1 – Annett Louisan

„Das hast du absichtlich gemacht“, bellte sie ins Telefon.

„Was genau?“, scholl es zurück.

„Vor drei Tagen, auf dem Parkplatz.“

„Natürlich war das Absicht.“ Sie hörte ihn feixen. „Es hat also funktioniert?“, fragte er weiter. „Der Termin im Juni ist gecancelt?“

„Ja und nein. – Der Termin bleibt, nur ein anderer Mann an meiner Seite“, grinste sie.

Er lachte. „Ich freue mich für dich. Auch wenn ich auf die Hochzeitsnacht verzichten muss. Fällt schwer, nach dem Kuss letztens.“

„Versteh es nicht falsch, aber mir nicht. – Steven?“

„Ja?“

„Danke!“

„Für dich gern, kleine Schwester.“ Er zögerte kurz. „Mach dir keine Gedanken um mich. Es gibt da wahrscheinlich doch jemanden, der sich freut, dass ich noch zu haben bin.“

„Er?“, fragte sie leidlich entsetzt.

„Bei aller Toleranz, nein“, lachte er. „Schon ein Mädel.“

„Wer?“

Ihre Frage begegnete dem Piepton.

Epilog II – Midnight Lady – Chris Norman

Gereon saß auf seiner Couch und hatte den dritten doppelten Whisky gekippt, ohne ihn zu schmecken. Paul Young sang in Endlosschleife „Come back and stay".

Abrupt stoppte die Musik. Um seine Suhle aus Selbstmitleid betrogen, sah er ärgerlich auf.

„Gereon, hör auf."

Melli hatte den iPod in der Hand, tippte ein paar Mal darauf herum, dann ertönte ein anderer Song. Unheilig, „Geboren um zu leben".

‚Den musste ausgerechnet sie aussuchen.' Sein Blick fiel auf die Whiskyflasche und er schenkte das nächste Glas ein. ‚Ich habe gar nicht gehört, wie sie hereinkam.'

Es war spät, draußen schon dunkel.

‚Wo ist sie so lange gewesen?' Er wollte eben das Glas ansetzen, als sie es ihm aus der Hand nahm. Sie stellte es achtlos, aber außerhalb seiner Reichweite auf den Couchtisch.

„Was soll das?" Irritiert sah er zu ihr auf. ‚Irgendwas ist anders als sonst', drang langsam in seine vernebelten Gedanken.

„Gereon, davon kommt Charly nicht zurück", sagte sie sanft, nahm seine Hand in die ihre und ging vor ihm in die Hocke.

„Wo warst du?", fragte er.

„Dinge regeln." Sie wich seinem Blick aus. Er sah auf seine Armbanduhr, kurz vor halb elf.

„Jetzt?"

„Ich habe … draußen … einen Lieblingsplatz. Wo ich hingehe, wenn ich … Abstand brauche. Da habe ich die Zeit vergessen."

Das war deutlich zu merken. Ihre Hand war eiskalt. Er nahm ihre beiden Hände in die seinen und versuchte, sie zu wärmen.

„Du warst einkaufen“, registrierte er endlich erstaunt.

Sie trug blaue Jeans, flache Pumps, ein weißes Shirt und eine Kette mit einem blutroten Anhänger.

„Das auch“, bestätigte sie wegwerfend, hockte sich zurück auf die Fersen und starrte grübelnd an ihm vorbei.

„Worüber denkst du nach?“

„Ich habe Enrico angezeigt“, platzte sie heraus. „Und meinen Vater gleich mit. Das dürfte zwar verjährt sein, aber da ich einmal dabei war …“

Fassungslos sah er sie an. „Woher der Sinneswandel?“

„Ich weiß es nicht.“ Sie nahm seine Frage ernst. „Was habe ich heute anders gemacht als sonst?“, überlegte sie. „Du hattest diese Annonce in der Küche liegen lassen, und während ich meinen Kaffee getrunken habe, habe ich sie gelesen.“

Er erinnerte sich schwach. Eine ehemalige Schulkameradin, die jetzt eine kleine, sehr feine Werbe- und Medienagentur führte, hatte ihn angeschrieben, ob er jemanden empfehlen könnte. Er konnte nicht, zudem hatte er das vergessen, und ein bisschen plagte ihn deshalb das schlechte Gewissen. Er hatte einiges schleifen lassen im letzten Jahr.

„Ich habe Mediendesign studiert“, offerierte Melli in seine Gedanken hinein. „Master.“

„Du hast … den Master in Mediendesign?“, krächzte er ungläubig.

„… Fotografie und Kunst, ja“, präzisierte sie. „Die Bewerbungsfrist war abgelaufen, ich habe trotzdem angerufen.“ Versonnen blickte sie in den nachtdunklen Garten, dann zurück zu ihm. Flüchtig nur, ehe sie die Augen niederschlug. „Normalerweise mache ich so was nicht.“ Sie bemerkte offenbar seine verständnislose Miene. „Ich hasse es, irgendwo anzurufen“, erläuterte sie. „Ich habe mit einem

‚Nein' gerechnet. Es hat mich ziemlich kalt erwischt, dass die Dame am Telefon sagte, ich solle meine Unterlagen mitbringen und sofort vorbeikommen. Ich konnte mir eben noch Lesters Auto leihen. Aber so hatte ich auch keine Zeit mehr, Angst vor … mir selber zu haben", sie klang verwundert.

„Und?", fragte er gespannt.

„Ich habe den Job. Am Ersten fange ich an." Unverhohlener Stolz sprach aus ihr, als sie ihm geradeheraus ins Gesicht sah. Mit diesen wunderschönen grünen Augen, die den seinen so sehr ähnelten.

‚Welch ein Wandel. Und ich habe gedacht, die Welt sei stehen geblieben. Dabei hat sie sich in den vergangenen zwölf Stunden gleich mehrfach gedreht!' – „Gratuliere. Ich bin schwer beeindruckt."

Sie hatte die große Mappe auf dem Couchtisch abgelegt.

Er streckte die Hand danach aus. „Darf ich?"

Etwas zögerlich nickte sie.

Es waren Arbeitsproben, großrahmige Fotos, Strichzeichnungen, Studien. Das meiste im Grobentwurf. Nur ganz hinten, ein Kohlestiftporträt. ‚Von Charly.'

Ernüchtert klappte er die Mappe zu. Sie betrachtete ihn mit schräg gelegtem Kopf.

‚Hat sie das von Charly, oder Charly das von ihr?'

Sie stand auf und kam mit seinem Skizzenblock zurück.

„Darf ich?", imitierte sie ihn mit einem schelmischen Unterton in der Stimme.

„Nur zu."

Sie beugte sich über das weiße Blatt und begann zu zeichnen. Binnen Minuten war sie in ihre Arbeit vertieft. Zuerst verstohlen, zunehmend aber direkt beobachtete er sie. Sie hatte das Haar im Nacken zu einem Knoten zusammengefasst. Wo Charly hübsch und sehr attraktiv war, hatte Melli eine klassische Schönheit. Ihren Bewegungen wohnte eine unbewusste, schüchterne Grazie inne. Sie strich sich eine Locke aus den Augen, sah zu ihm auf, betrachtete ihn suchend und zeichnete weiter.

„Melli?"

„Hm?" Abwesend sah sie auf.

„Wie heißt du richtig?"

Sie beugte sich wieder über ihre Zeichnung. „Amalia Sophia Cäcilia Eleonore Zoé Fee von Rendsburg", rezitierte sie.

Er starrte sie mit offenem Mund an. Sie bemerkte es nicht.

„Eigentlich ist ‚Fee' mein Rufname", erklärte sie.

‚Um wie viel passender als Melli', dachte er. Unruhig begann er, im Raum umherzulaufen. Er wollte sie nicht stören, konnte aber auch nicht stillsitzen. Er sah auf die Uhr. Kurz vor zwölf. Sie zeichnete seit fast einer Stunde.

„Fertig", unterbrach sie seine Gedanken. „Das heißt, der Entwurf."

Sie zögerte, ihm das Bild zu zeigen. Vorsichtig setzte er sich zu ihr aufs Sofa und nahm ihr den Block ab.

Im Vordergrund, im unteren Drittel wälzte sich ein riesiger Drache. Er schien lebendig, durch geschickte Anordnung der Schuppen hatte sie einen Effekt erzeugt, der eine windende Bewegung vortäuschte. Darüber bäumte sich ein Pferd, ein Schimmel auf. Da der Rest des Bildes in dunkler Schattierung gehalten war, erhob er sich regelrecht daraus hervor.

Er schmunzelte. Sie hatte eine unverkennbare Eigenart von Phoenix eingefangen. Der Reiter des Pferdes zielte mit einer Lanze auf das Untier am Boden. Im Hintergrund loderten Flammen empor, der Schweif des Pferdes sah aus wie ein Vogel, im Begriff, sich in die Luft zu erheben. Hinten links thronte eine trutzige Burg auf einem Bergsporn, darüber waberten drohend geballte Wolken. Rechts über dem Drachen, aber durch einen geschwungenen Fluss von diesem getrennt, ebenfalls ein Felsen, darauf, von einem durch die Wolken dringenden Sonnenstrahl erhellt, eine Frauenfigur mit langen Haaren. Darüber schien der Himmel in Licht und Helligkeit getaucht.

Der Reiter trug seine eigenen Züge.

„Du siehst mich als Sankt Georg?", fragte er erstaunt.

„Ich wollte es nur etwas … persönlicher … ausführen. Dir einen Eindruck vermitteln."

‚Das ist ihr gelungen', dachte er, und ehe er etwas erwidern konnte, griff sie treffsicher seine Gedanken auf.

„Es könnte auch viele Titel haben, ‚Sankt Georg' ist nur einer, der naheliegendste."

„Welche sonst?"

„Je nachdem, an welchem Part ich gerade gearbeitet habe, ‚Loreley', ‚Fluss des Lebens', ‚Morgendämmerung', ‚Unheil'."

„Welchen bekommt es?"

„Phoenix aus der Asche."

Ihre Worte berührten sein Inneres zutiefst. Es war der passende Titel für dieses düstere Bild. Nicht nur das Offensichtliche, der Vogelschweif, sondern jede Gestalt, jedes Objekt, jede dargestellte Situation schien sich am Rand einer Wandlung zu befinden. Zu verharren, bereit, durch das Licht der Dunkelheit entrissen zu werden.

„Kannst du das … in bunt? Und groß?"

Sie lächelte. „Dauert etwas länger."

„Ich möchte es für mein Büro. Und den Drachen einzeln für meine Neffen."

„Mache ich."

Sanft klang ein Intro auf. Der iPod hatte inzwischen mehrere Songs durchlaufen, die unbeachtet geblieben waren.

„Darf ich bitten?", fragte er unvermittelt.

Überrascht weiteten sich ihre Augen, aber sie nickte.

Er erhob sich, nahm ihre Hand, führte sie um den Couchtisch und nahm sie in die Arme. Sein letzter Blues war eine ganze Weile her, entsprechend unsicher seine ersten Schritte. Geübt passte sie sich ihm an, als könne sie seine Gedanken lesen, seine Bewegungen im Voraus erahnen. So hatte er Tanzen noch nie erlebt. Er nahm es als Geschenk an und überließ sich einem zarten, diffusen Glücksgefühl und der Musik.

„… only you can ease my pain …"

Epilog III - „In Aeternum"

Zwei Tage vor ihrer Hochzeit fuhr Charly die wiederhergestellte Senna auf seinen Hof, drückte ihm kommentarlos den Schlüssel in die Hand und ließ sich von Melli nach Hause bringen.

Ehrfürchtig umrundete er die Maschine zunächst und begutachtete sie ausführlich, ehe er eine kleine Runde, rauf zum Treff und zurück, fuhr. Er stellte sie in die Garage und zog den Schlüssel ab. In der Schlüsseltasche fühlte er etwas Hartes, zog den Reißverschluss auf und schüttelte den Inhalt auf seine Handfläche. Ein massiver Silberring, mit einem dünnen Kettchen gegen ein unbemerktes Verlieren gesichert.

***

Der Ring, den er ihr bei seinem Heiratsantrag an den Finger gesteckt hatte. Er bekam Gänsehaut und fühlte sich wie damals in Görlitz, als er die Visitenkarte an seinem Porsche entdeckt hatte. ‚Diesmal ist es ein endgültiger Abschied.'

Er hob ihn ins Licht, suchte die Gravur.

***

Es war nicht sein Ring.

Epilog IV – Geile Zeit – Juli

Knapp 4 Jahre später

Christian verhielt Nachtschatten im Schutz des Apfelbaumes. Charly und Fee – Melli hatte sich entschieden, nun ihren richtigen Rufnamen zu verwenden – saßen auf der Terrasse. Charly stillte die bald sechs Monate alte Aurelie Zoé. Pollux bewachte die Zwillinge und Gereons große Tochter, die im Sandkasten spielten. Napoleon erduldete die Erziehungsversuche Xavers mit stoischer Geduld. Gereon hatte Phoenix neben ihm gezügelt und ebenso die Idylle auf der Terrasse nachdenklich betrachtet.

„Manchmal bin ich eifersüchtig auf dich, wenn Charly dich auf eine bestimmte Art anschaut", sagte Christian.

Gereon schnaubte. „Meinst du nicht, dass ich mehr Grund zur Eifersucht hätte? Schließlich ist Charly deine Frau, nicht meine." – „Aber du hattest recht", fuhr er fort.

Christian hob fragend eine Augenbraue.

„Ich hätte ihrer Wildheit und dem Geheimnisvollen nachgetrauert. Sie würde es spüren."

Sie sahen sich in die Augen. Es stimmte, Charly war ruhiger geworden und sie fuhr nur noch selten Motorrad, und wenn, dann defensiv und kurze Wege. Zum Brötchen holen.

„In einer Ehe bleibt nichts Geheimnisvolles." Gereon klang resigniert und Christian fragte sich nicht zum ersten Mal, wie die Ehe seines besten Freundes wohl wirklich aussah. Es stimmte, die Geheimnisse um Charly waren ebenfalls längst gelüftet, aber es gab diese Momente. Wenn er glaubte, ihren Blick zu spüren, aufsah und sie dabei ertappte, dass sie ihn beobachtete. Manchmal, wenn sich ihre Blicke über das Chaos hinweg trafen. Wenn ihr Abschiedskuss am Morgen länger und inniger ausfiel, Verheißungen für den Abend weckte, die sie nur selten einhalten konnten. ‚Kein Wunder, bei vier Kindern', dachte er. „Das ist die Kunst. Das Besondere über den Sumpf des Alltäglichen hinwegzuretten."

Gereon seufzte. „Schafft ihr das?"

„Mal besser, mal schlechter. Da sind vier kleine Störenfriede, die ich zwar nicht missen möchte, aber manchmal gerne auf den Mond schießen würde. Für eine ungestörte Nacht." Er seufzte ebenfalls tief.

Gereon musterte ihn. „Früher hätte ich dir bei dieser Aussage unmoralische Dinge unterstellt. Heute weiß ich, du willst nur mal ungestört schlafen. – Mir graust vor den nächsten Monaten."

„Selber schuld. Spätestens nach unseren beiden hättest du dir ausrechnen können, dass dir dasselbe blüht, zumal du schon einmal drum herumgekommen bist."

Gereon zog eine Grimasse und Christian klopfte ihm auf die Schulter. „Es ist halb so schlimm, wenn sie einmal da sind. Tröste dich, in vier Jahren wird es wieder besser." Er zwinkerte ihm zu und Gereon schloss sich etwas gequält seinem Lachen an.

Unbemerkt war Charly zu ihnen getreten. „Wollt ihr hier Wurzeln schlagen oder plant ihr eine Untat?"

„Weder – noch." Christian schwang sich von dem großen Rappen, den er seiner Frau zur Hochzeit geschenkt hatte, nahm ihr seine Tochter ab und half Charly in den Sattel. „Vielleicht kannst du Gereon etwas aufheitern. Er sieht zu schwarz."

„Und das auf dem weißen Pferd." Kurz zeigte sich Charlys verschmitztes Grinsen. Vom Sandkasten erscholl wildes Geschrei und aufgeregtes Hundebellen.

„Ich krieg das schon hin", beruhigte er Charly, die aussah, als wolle sie wieder vom Pferd springen. Er klatschte Nachtschatten auf die Hinterhand. „Ab mit euch, ehe ich es mir anders überlege", scherzte er. ‚Vielleicht sollte ich mir mehr Gedanken um meine eigene Ehe machen denn um die meines Freundes', überlegte er. Das kurze Aufleuchten Charlys neckischer Ader hatte ihm schmerzlich gezeigt, wie selten sie in den letzten Monaten gelacht hatte und wie sehr er das vermisste.

Die Streiterei am Sandkasten beanspruchte seine ganze Konzentration, und bis er die Sache aussortiert und alle Kinder beruhigt und zufriedengestellt hatte, waren die beiden Reiter längst aus dem Blickfeld verschwunden. Aurelie war zappelig und er packte sie zu Pollux' großer Freude auf die Decke ins Gras. Dann setzte er sich, den Blick auf die Kinder gerichtet, zu Fee, hob deren Füße auf seine Oberschenkel und begann sachte, sie zu massieren. Fee lächelte ihm dankbar zu.

„Froh, dass du es bald geschafft hast?"

Sie neigte leicht den Kopf. „Zwiespältig. Aber langsam beginnen die Nachteile zu überwiegen."

„Ach, eine Schwangerschaft hat Vorteile?"

Sie lachte und blinzelte ihm verschwörerisch zu. Kein Vergleich mehr zu der verunsicherten, abweisenden Frau, die ihm Charlys Telefonnummer verweigert hatte. Gereon hatte tatsächlich eine Prinzessin wach geküsst.

„Das brauche ich dir wohl kaum erläutern." Ihre langen Wimpern senkten sich schüchtern über ihre Augen und er lächelte.

„Ich kann mich schwach erinnern, dass Charly auch so manches genossen hat." Nicht nur sie. Besonders hochschwanger hatte Charly kaum genug von ihm bekommen können. Bei der Erinnerung lief ein Schauer über seine Haut, der Fee offensichtlich nicht entgangen war, denn sie schaute hastig weg und errötete. Vorsichtig seine Stimme samt Ausdruck neutral haltend fragte er: „Alles gut bei euch?"

Sie zögerte. „Gereon macht sich zu viele Sorgen. Er hat Angst, dass er nicht alle Kinder gleich behandeln wird. Ich denke, dass er manchmal seine Ungebundenheit vermisst, aber er mag mich auch nicht alleine lassen. Es ist das Gleiche wie kurz vor Sophias Geburt."

Er musterte sie konzentriert. Jetzt wurde es kniffelig. „Ich hoffe, es war ok, dass ich Charly mit ihm ausreiten lassen habe?" Er vermied es, sie anzusehen und beugte sich über ihre Füße. Sie lehnte sich vor und legte ihm die Hand auf den Arm. Er sah auf. Sie hat genau die gleichen grünen Augen wie Gereon, dachte er nicht zum ersten Mal.

„Die beste Idee, die du haben konntest. Sie können beide die Gesellschaft des anderen gebrauchen."

Er nickte. Ihr Lächeln war eindeutig flirtig.

„Wir ja auch …", lächelte sie.

Hinter ihm erhob sich Geschrei und er ließ widerstrebend ihre Füße los. „Nur sind wir nicht ungestört." Er hielt ihren Blick einen Augenblick länger, als es sich für die Frau seines besten Freundes – und Halbbruders – gehörte. Dann beeilte er sich, den erneuten Streit unter den Kindern zu schlichten.

***

Charly und Gereon ritten zügig und ohne miteinander zu sprechen den halben Anstieg zur Höhe hinauf. Oberhalb eines einzelnen grasbewachsenen Felsens verhielt Charly den Rappen, sprang ab und schlang den Zügel um eine junge Buche. Er folgte ihrem Beispiel. Nebeneinander traten sie an den Abgrund und sahen übers Tal hinaus.

Noch immer mit seinem Gespräch mit Christian beschäftigt, sah Gereon Charly von der Seite an. ‚Liebe ich sie? Habe ich sie geliebt?' Er fand keine Antwort. „Charly?"

Sie wandte sich ihm zu.

„Hast du mich damals geliebt?"

***

Sie sah zu ihm auf. Seine grünen Augen waren unverwandt auf sie gerichtet, sein Blick war intensiv. Sie legte ihre Linke an seine Wange und er schloss die Augen. Aus seinem Körper wich ein wenig der Anspannung, die sie schon den ganzen Tag über gesehen hatte. „Ich werde dich immer lieben."

***

Sie bauten den Kindern im Spielzimmer ein Matratzenlager auf und Charly las und sang ihnen vor, bis auch das letzte eingeschlafen war. Napoleon und Pollux blieben als Wächter oben, damit keines der Kinder Gefahr lief, schlaftrunken auf der Suche nach den Eltern die Treppe hinunterzufallen.

Sie beschlossen den Abend gemütlich auf der Terrasse. Bald senkte sich die Müdigkeit junger Eltern über sie, und die friedliche Stimmung der grasenden Pferde auf der angrenzenden Koppel ließ die Paare näher zusammenrücken.

Schließlich hievte sich Fee schwer aus ihrem Sessel und reckte sich. Gereon erhob sich ebenfalls und sacht stahlen sich seine Hände über ihren immensen Bauch, der noch seine Zwillingssöhne beherbergte. Ihre Blicke trafen sich und Christians und Charlys Anwesenheit war vergessen.

***

Sie verschwanden im dunklen Flur, dann hörte Charly das Tappen von Füßen auf der Treppe.

„Macht die Tür zu und seid nicht so laut", rief sie den beiden nach.

Von oben ertönte Fees Lachen und Gereons tiefe Stimme antwortete amüsiert: „Haltet euch selber dran."

Dann klappte ihre Schlafzimmertür geräuschvoll zu.

***

Christian lachte leise. Er trug die einzelne Kerze vom Terrassen- zum Wohnzimmertisch und nahm seine Frau in die Arme. „Jetzt sind wir wieder hier", flüsterte er an Charlys Hals. „Wie in unserer ersten Nacht." Er küsste sie, spürte ihr Lächeln unter seinen Lippen.

„Ich hoffe doch eher, wie in der zweiten …"

Sie lachten beide, leise und zärtlich, die Stirnen aneinandergelehnt.

„Christian?"

„Hm", brummte er.

„Ich liebe dich." Ihre Stimme war ernst, ihre Augen dunkel und ihr Blick eindringlich.

Er schloss für einen Augenblick die Lider. Charly sprach nicht leichtfertig von Liebe. Er sah die Gewissheit in ihren Augen und spürte überschäumende Freude im Herzen. „Ich liebe dich auch."

Dank

Natürlich wäre es mir nicht möglich gewesen, dieses Buch zu vollenden ohne die fortdauernde Unterstützung, die mir zuteil wurde. Folgenden Personen gebührt mein besonderer Dank:

Leo fürs Verzichten aufs Kabelrauszupfen, während ich auf meinem altersschwachen Laptop tippte.

Rolf fürs (nicht immer) stillschweigende Hinwegschauen über das häusliche Chaos.

Christian für den Stein des Anstoßes und die freundliche Genehmigung der Verwendung seines Vornamens sowie die Inspiration für den Namen von Gereons Schwester.

Delia für Enthusiasmus und die Bitte um passende Songtitel, die zur Verwendung dieser als Kapitelüberschriften führte.

Linda für medizinische Beratung und den Kalksteinhinweis.

Birgit für allerlei Motorradfragen.

Uwe für „Nüffe“, Wein, kritische Überprüfung der (fahr-) technischen Motorraddetails und das Zur-Verfügung-Stellen des Testobjektes, ob Endurorasten nackige-Füße-tauglich sind.

Thomas für die „Schräglagenfeelings“.

Dem anderen Thomas für die Optimierung der „Krankheit“ des Ferraris.

Meinen Eltern für die uneingeschränkte Begeisterung ob des ersten „Probeschriebs“, der veröffentlicht wurde.

Lilly und Wilby für Ablenkung und neue Inspiration.

Angela fürs wiederholte Korrektorat und Lektorat.

Und ganz besonders allen, die durch ihr fortwährendes Interesse und Kommentare wie „Ich kaufe es.“ und „Ich nehme auch eins.“ dafür gesorgt haben, dass „Charlys Sommer“ schlussendlich zwischen Buchdeckeln gelandet ist.